초판 1쇄 발행 2015년 10월 12일

지은이 이주성
펴낸곳 책밭
펴낸이 유광종
책임편집 손시한
디자인 남지현 정진영
일러스트 최민경
출판등록 2011년 5월 17일 제300-2011-91호
주소 서울 중구 필동1가 39-1 국제빌딩 607호
전화 070-7090-1177
팩스 02-2275-5327
이메일 go5326@naver.com
홈페이지 www.npplus.co.kr
ISBN 979-11-85720-13-5 03810
정가 13,800원

선희

이주성 실화 소설

목차

프롤로그/6

인연/10   아비규환/21

동침/33   지옥 문고리/57

미안해/69   산 놈, 죽은 놈/88

잡초의 추억/120   의로운 도둑/143

몽상의 늪/152   배신자/192

반딧불/216   유혹은 어디까지/234

목숨의 한계/246   사랑의 증거/256

설움/264   결혼/295

공동 변기/310   복수/323

노리개/334   잊힐 리야/345

악마의 굴/359   흩날린 꿈/386

어디로 가나/404

두견새/418

에필로그 - 흰 구름/430

글을 마치며…/440

프롤로그

선희가 내 곁을 떠난 지도 15여 년의 세월이 흘렀다. 다시 돌아올 수
없는 아득히 먼 곳으로… 그 시간의 흐름이면 강산도 변한다고 한
다. 햇살 눈부신 바닷가 해수욕장에서, 어둠이 짙어가는 아스팔트 길
마주 오는 여인의 모습으로, 아내의 곁 잠자리 꿈속에서까지 춘하추
동 때 없이 나타나 주위를 맴도는 그녀에게 속삭인다.
"왔어?… 언제 또 올거야?…"
그리움이 가랑비 되어 온몸을 촉촉이 적시는 천상에서 나는 그녀와
은밀한 만남을 가진다. 활화산 폭발마냥 심장이 터질 듯한 그 순간
에도 조용히 흐르는 용암이 되어 뜨거운 사랑을 나누곤 한다. 무르
녹는 환락의 순간들, 다시는 볼 수 없을 것 같은, 갈갈이 찢김으로 이
어지는 환영의 생이별.
방울방울 수정 같은 눈물이 선희의 하얀 두 볼을 적시며 흘러내리고

있다. 천년을 기다려 고인 사무침의 정화였다. 목화솜 같은 흰 구름이 하늘 가득 두둥실 떠가고 있다. 나는 그곳에서 선희와 노닐며 애정을 만끽한다. 바람결에 하느작거리는 옷자락에 가려진 둥근 달처럼 부푼 가슴에 얼굴을 묻고 잠들기도 한다.

우리들만의 공간에서 벌어지는 일이다. 저승의 영혼과 이승의 인간이 어떻게 동거가 가능한 걸까. 그녀와 비밀스런 재회가 끝나고 헤어질 때마다 느끼곤 하는 희로애락의 애끓는 감정은 인간 세상에서는 맛볼 수 없는 나만의 세계일 것이다.

유난히 흰 살결에 보조개 달린
복스럽고 갸름한 얼굴형의 선희였다.

인연

어제 오전부터 내리기 시작한 진눈깨비가 멈출 줄 모른다. 무엇이 그리 못마땅한지 며칠 전부터 찌뿌둥하던 날씨가 끝내 울음을 터트리고 말았다. 고원군 소재지에 들어선 지 꼬박 2일째 되는 날이다. '언제 올까.' 나는 온성행 열차시간을 알아보려 민박집을 나서 역 대합실로 향했다. 날씨가 구질거리니 만사가 개운치 않다. '개똥같은 날씨구나. 이젠 그만 내리지…' 수년째 행상(行商)객 신세지만 아직도 이런 날씨에 적응되지 않았다.

주변 땅에 온통 흙탕물이 흘러 질척거렸다. 떡 반죽 같은 흙덩이가 신발에 들러붙어 발을 옮길 때마다 애를 먹이고 있다. 흠뻑 젖은 바짓가랑이는 종아리에 철썩 붙어 돌아간다. 역 앞 광장으로 들어서기 바쁘게 콘크리트 바닥에 발을 몇 번이나 탕탕 굴러서야 골칫덩이들을 털어버렸다. 한결 홀가분했다. 대합실 안내방송에서 3시간 후면 온성행 열차가 들어온다는 방송원의 목소리가 울렸다. '열차 들어올 시간이 얼마 남지 않았구나.' 나는 급히 돌아섰다.

내가 보따리 장사를 시작한 것은 1996년 11월 말경이다. 함경북도 회령에서 잎담배를 가지고 북 강원도 원산 지방으로 나가곤 했다. 그곳 시장 장사꾼들에게 잎담배를 넘겨 남는 이윤으로 가랑가랑 생계를 유지 하기 위해서였다. 원산시는 바다를 낀 고장이다. 내가 10년간 청춘시절을 보낸 곳이기도 했다. 내륙 지방인 회령으로 돌아갈 때는 바다 고장에서만 맛볼 수 있는 말린 수산물을 가지고 들어가 시장에 넘겨 남는 마진을 챙기곤 했었다. 함경남도 고원군 읍은 남쪽으로 강원도, 서쪽으로 평안남도, 북쪽으로는 태조 이성계의 고향 금야에서 멀지 않은 곳이다. 서, 남, 북을 이어주는 도로망과 철길이 있는 전략적 요충지대였다.

"잠시 후 평양-온성행 열차가 고원역에 도착합니다. 온성 방향으로 가실 손님들은 표 찍는 곳으로 나와 주십시오."

'후우, 이제야 가는구나.' 심장 박동이 빨라지고 마음이 다급해진다. 역 대합실 벽에 걸린 시계를 보니 밤 11시가 다 되어 간다. 평양-온성행 열차가 도착한다는 안내 방송이 울리자 역 안에 있던 사람들이 약속이라도 한 듯 술렁이며 움직이기 시작했다.

"성애야! 성철아! 야! 야! 빨리 일어나라. 기차가 들어온단다."

길게 놓인 나무의자에 쪼그리고 앉은 아줌마가 양쪽에 기대어 잠든 애들을 흔들어 깨운다. 짐을 메고, 들고 머리 위에 올려놓고 밖으로 나간다며 법석 끓어대는 모양이 헤쳐 놓은 거대한 벌집을 보는 것 같았다.

"응아, 응아!"

대합실 안쪽 어디선가 애처로운 갓난아기 울음소리도 들려왔다. '저 앙까이(아기 엄마) 완전히 정신 돌았구나. 앨 죽이려고 기차를 탄단 말이야?' 누군가 한마디 던진다. 나는 40kg이 넘는 배낭을 메다 말고 아기 울음소리 난 곳으로 고개를 돌렸다. 밀려나오는 사람들에 가려 보이지 않는다. '이 난리에 애가 견디어 낼까. 피치 못할 사정이라도 있나 보다.' 빨리 나가야 한다는 생각에 발걸음을 옮기면서도 남의 일 같지 않아 보였다. 얼마나 사람들이 많은지 20m 거리 개찰구까지 나가는 데 30분 넘게 걸린다.

"이거 뒤에서 좀 밀지 말라요."

"여! 손님, 줄 서지 못하겠소? 이쪽으로 들어 서라요."

개찰구에서 붉은색 '검열원' 완장을 왼팔에 두른 중년의 남자 역원이 매 사람마다 차표를 확인한다. 그 뒤에서는 역 보안원(경찰)이 주민등록증과 여행증명서를 확인하고 있다. 차표 찍어주는 곳까지 다가서는데 뒤에서 또 아기 울음소리가 울린다. 검열을 마치고 개찰구를 빠져나오니 다리의 맥이 풀려 걷질 못하겠다.

'에라, 모르겠다.' 나는 잠깐 숨을 돌리려고 배낭을 벗어 놓았다. 잠시 후, 고가다리를 올라 열차가 들어올 홈으로 향했다. 바글대는 사람들 속에 짐을 내려놓고 평양 쪽을 보니 아직 열차가 보이질 않는다. 개찰구로는 사람들이 얼마 나오지 않은 것 같은데 역홈에 넘쳐날 것만 같다. 서로 찾는 소리, 열차원들의 호루라기 소리, 기관차의 경적 소리가 한데 뒤엉켜 아수라장이다.

역 경비를 어떻게 뚫고 들어왔는지 음식 장사꾼들이 빵이며 당과류, 소주, 말린 수산물 등을 배낭, 버치들에 담아 들고, 머리에 이고 메뚜기처럼 사방으로 뛰어다닌다. 수수떡 같은 전등불이 바람에 흔들리는 역홈에서 10세 좌우 돼 보이는 어린애들에서 할머니들까지 음식을 팔아먹고살려고 극성이다. 개찰구 쪽에서 손전등 불이 번쩍번쩍 구름다리를 향해 오고 있다.

나는 역 구내를 순찰하는 철도 보위대원(철도 보위대는 북한에서는 역 구내 질서와 국가에서 통제품으로 규정한 물품들을 단속한다는 명목으로 민간인들로 꾸려진 단속반이다) 아니면 군인들이라고 생각했다. 다가오는 불빛들을 보니 역 남자 안내원들이다. 그들 뒤에는 웬 여성이 애를 업은 채 수건을 머리에 감고 포단을 몸에 두른 차림으로 따라온다.

배낭 같은 짐을 머리에 이고 힘겹게 걸음을 옮기던 아기 엄마와 일행은 내가 서 있는 곳에서 5m 되는 곳에 걸음을 멈추었다. 여인은 머리 위 짐을 내려놓고 일행과 이야기를 주고받는다. '아니, 같이 가는 사람들 같은데 남자들은 홀몸에 나오고 애를 업은 여자는 짐을 지고 나오다니. 저 자식들도 사람이야?' 그들을 보는 순간 욕이 입 밖으로 튀어 나왔다.

'뿌~웅…' 얼마 안 있어 평양 쪽에서 열차 소리가 들려온다. '열차가 들어오는 모양이구나.' 짐을 다시 어깨에 멨다. 열차 도착을 알리는 호루라기 소리, 사람 찾는 소리들로 머리가 펭 할 지경이다. 땅을 흔들어 놓으며 다가오는 열차를 보니 지붕 위까지 사람들이 가득 올라 있는 것 같았다. 열차 지붕 위로 3300V 고압선이 늘어져 있다. 어떤 곳은 고압선이 열차 지붕 위에서 50cm 정도 돼 보였다.

"덜쿠덩 컹, 삐익~"

열차가 제동을 걸며 멈춰 서자 열차 창문으로 여객들이 쏟아져 내린다. '전쟁이 터져 폭탄이 떨어진다 한들 이보다 더 사람들이 난리를 칠까?' 수천 마리 갈가마귀 떼가 모여 떠들어 대는 것 같은 모양은 분명 목숨을 걸고 사투를 벌리는 드라마 속의 한 장면이다.

"삼촌! 아저씨! 이 술 도수 정미 25% 넘습니다. 술맛 완전히 죽입니다. 제 술 좀 사주시오. 예!"

열두세 살 돼 보이는 여자애는 내가 서 있는 바로 옆에서 술병을 쳐들고 흔들며 창문 밖으로 머리를 내민 여행객들을 향해 애절하게 간청을 하고 있다. '승강기 쪽은 안 되겠구나.' 열차 승강기(여객 손님들이 오르내리는 문)를 살피며 좌우로 머리를 돌려 올라갈 곳을 열심히 찾았다. 열차 창문은 유리라고는 한 조각도 보이질 않는다. 바람에 펄럭이는 비닐박막으로 창문을 가린 곳이 몇 군데 보인다.

열차 손님들이 뛰어내리는 창문으로 가야겠다는 생각에 견인기 방향으로 발길을 옮겼다. 몽구스처럼 사람들이 적은 창문을 찾느라 머리를 열심히 돌려댔다. 열차 안을 들여다봐도 사람들이 넘쳐날 것만 같았다. 열차가 떠날 것만 같은 급한 마음에 견인기로부터 다섯 번째 되어 보이는 열차간의 창문 쪽으로 다가붙었다. '에라, 모르겠다. 아무 데나 올라보자.' 나는 짐을 콘크리트 바닥에 내려놓고 창문에 걸터앉아 밖을 내다보고 있는 30세 중반쯤 됐을 남자에게 꾸벅 인사를 했다.

"저기요. 손님, 창문으로 좀 오르기오."

"올라오지 못하오. 보시오. 사람들이 꽉 찼는데 어떻게 오르오."

옆 창문으로 고개를 돌려보니 그쪽에서 열차에 탄 사람과 홈에 서 있는 사람이 무엇인가를 주고받는다. 창문을 지키고 앉은 남자들이 담배와 술을 받는 손님들의 짐까지 받아주며 열차 창문 안으로 들여놓고 있었다. '인제야 됐구나.' 함북도 지방 사투리로 말하는 것을 본 나는 속으로 환성을 올렸다. 같은 북쪽 지방 사람들이라 통할 것 같아 보였다. 머뭇거릴 사이 없이 그쪽으로 자리를 옮겼다.

"저기요. 창문으로 좀 오를 수 없을까요? 창문만 통과하면 자리 잡는 것은 내가 알아서 할 테니 좀 도와주시오. 인사는 내겠소,"

창문에 앉아 있는 남자들에게 말을 하고 있을 때였다.

"손님, 어디까지 가오?"

뒤에서 말소리가 들린다. 고개를 돌려보니 아기를 업고 있던 여성 일행 남자 한 명이 내가 서 있는 곁으로 다가와 묻는다.

"예? 회령까지 가오."

얼결에 반문하듯 대답했다.

"회령? 정말이요? 바로 만났구나. 손님, 이 아기 엄마 내 사촌동생이요. 집이 회령인데 친정에 갔다 집으로 들어가는 길이요. 함께 가면서 좀 도와주오."

그리고 보니 지금껏 여자의 집 쪽으로 가는 사람을 찾은 모양이다. 180cm 정도의 북한 사람치고 큰 키에 까칠하게 생긴 남성 안내원이 애를 업은 여성을 손으로 가리킨다. 나는 그들 옆에 서 있는 아기 엄마를 힐끗 쳐다보았다. 벌거스럼한 불빛에 얼굴 생김을 제대로 알아 볼 수 없다. 풀어 헤쳐져 엉성한 머리에 보자기 같은 포단으로 몸을 감싸 애를 업은 170cm 정도의 여성은 되게 커 보였다.

"아저씨, 좀 도와 달라요. 인사 내갓씨요."

당돌하다고 할까, 평안도 말씨의 여성은 처음 대하는 사이 같지 않게 말한다. '아니 내 몸도 건사하기 힘들어 죽겠는데 이건 또 뭐야.' 이 난리통에 아기까지 업은 낯 모를 여자와 함께 수천 리 길을 가라고 하니 억이 막혔다. 그렇다고 같은 고장에서 사는 사람이라고 하는데 차마 모른다고 외면할 수도 없는 노릇이다. 어떻게 해야 할까, 잠시 망설이던 나는 대답했다.

"예. 그렇게 하지요 뭐."

이해타산이 있어서였다.

"안내원 동무, 가는 것도 문제지만 기차에 올라야 하겠는데 오를 방법이 없어요. 어떻게 했으면 좋겠소?"

"조금만 있소. 여객전무한테 사람이 갔으니 금방 올 거요."

나의 이야기를 듣던 아기 엄마 일행 중 한 사람이 대답한다.

'여객전무가 온다고?' 그의 말을 듣고 놀라지 않을 수 없었다. 아기 엄마 일행을 만난 것이 오히려 나에게 도움이 될 것 같다는 생각에 벌써 열차에 오른 기분이다. 북한에서 여객전무라고 하면 열차에서는 대통령이나 같은 사람이다. 열차의 모든 규정과 질서를 통제는 물론 여객전무가 지시하면 달리는 열차를 세울 수도 있는 권한을 가진 사람이니 그럴 수밖에 없다. '이 사람들이 여객전무와 아는 사인가 보다.'

얼마 있지 않아 160cm 정도의 작은 키에 회색 상의와 검은 바지를 입고 손전등을 번뜩이며 철도원 복장의 남자 두 명이 걸어오는 것이 보였다.

어깨 위 한 줄에 별 네 개의 견장을 단 40대 중반으로 보이는 남자가 아기 엄마의 사촌오빠 되는 사람에게 다가왔다. 손을 마주 잡으며 악수를 한다. 보아하니 서로가 잘 아는 사인 것 같았다. 한 사람이 나를 가리키며 잠시 이야기를 하더니 돌아섰다. 여객전무는 내가 서 있는 열차 창문 쪽으로 다가와 창문 곁에 앉은 50대 중반쯤 되 보이는 남자에게 말을 건넨다.

"손님, 어디까지 갑니까?"

"청진까지 갑니다."

내가 묻는 말에는 시끄럽다는 식으로 대답하던 그 손님은 여객전무가 물어보자 머리를 굽히며 예의 바르게 대답했다.

"내, 이 열차 여객전무요. 이 부부간이 회령까지 가는데 창문으로 오르게 좀 받아주시오."

여객전무는 나와 아기 엄마를 부부간이라고 소개했다. 창문 옆에 앉아 있던 남자가 고개를 돌리더니 같이 가는 일행에게 무엇이라 몇 마디 주고받는 것 같았다.

"예, 함께 가야지요."

얼른 시원스레 대답한다. 여객전무의 부부라는 말에 나는 당황스러웠다.

"자, 먼저 오르시오. 짐은 오른 다음 올려 보내겠소."

아기 엄마 사촌오빠가 나를 보며 하는 말이다. 나는 얼른 창문 아래턱을 두 손으로 움켜쥐고 다리에 힘을 주며 뛰어올랐다. 오른발을 창문 안으로 밀어 넣고는 몸을 돌려 열차 안에 들어섰다.

"짐부터 주고 아주머니도 오르시오."

창문 옆에 앉은 남자가 아기 엄마에게 말했다. 좌우를 살펴보니 커다란 콩나물시루 안에 들어온 것 같았다. 열차 안은 술병을 입에 대고 기울이는 사람, 무엇인가 먹는지 열심히 입을 놀리는 사람, 담배를 꼬나문 사람들의 모양새 등 천태만상이다. 짐들을 올려놓는 당반 위는 절반 넘게 남자들이 올라가 앉아 있다. '회령까지 들어가기 헐치 않겠구나.' 장사 여행을 다니며 매번 겪는 일이지만 갈수록 열차 상황이 더 복잡해지는 것 같았다.

열차 안에 들어선 나는 짐부터 챙겨야 하겠다는 생각을 했다. 짐들을 받아 놓고 아기 엄마의 손을 잡아 올렸다. 아기를 업었으니 오르는 모양새가 가관이다. 열차 밖에서 남자 두 명이 아기 엄마를 들어서 밀고 안에서는 당겼다. 이미 빼곡히 차버린 사람들 사이로 우리가 들어서자 서로 자리를 좁히느라 술렁이며 한 발씩 몸을 움직인다. 열차 가운데 난 통로와 의자 사이로는 식량으로 보이는 짐들이 발을 옮길 틈 없이 겹겹이 쌓여 있다.

"아! 씨발, 이거 자리가 좁아 죽겠는데 둘씩이나 올라와!"

열차 뒤쪽 좌석 건너편에서 우리를 향한 짜증이 가득 담긴 날카로운 목소리가 들렸다. 생각할 여유 없이 소리가 난 쪽을 쏘아보며 말한 사람이 누구인지를 찾으려 했으나 더 다른 뒷말이 없다. 그렇지 않아도 며칠 동안 쓸고 부대끼며 피곤이 몰리고 지쳐 면도칼처럼 날카로워진 내 신경은 살짝 건드려만 놓아도 터질 화약 꾸러미였다. '어떤 새끼야,

한 번만 더 입질했다간 가만 놔두지 않는다.'

일부러 싸움을 거는 도발은 아닌 것 같았다. 수년째 지겹도록 찌든 몸부림의 고달픈 삶이 사람들을 울분에 찬 원망과 분노를 낳게 하고 거칠게 만든 것 같았다. 너나없이 목숨을 걸어도 살기 힘든 이 망할 놈의 오물구덩이 같은 세상살이 누굴 탓해야 할지… 여객전무의 말 한마디에 쓰다 달다, 말없이 자리들을 조금씩 비켜주는 모습들을 보며 나는 미안한 생각이 들었다. '오늘 일이 잘 돼 가는데. 이대로 쭉 회령까지 들어 같으면 좋겠다.'

"오빠, 수고했씨요. 이젠 들어 가라요."

"수고했습니다."

아기 엄마가 손을 흔들며 큰 소리로 하는 말에 나도 얼른 짧게 머리를 꾸벅이며 철도 사람들에게 고맙다고 인사를 했다.

"선희야, 잘 가라."

여객전무가 먼저 견인기 쪽으로 사라졌다. 아기 엄마의 사촌오빠 일행도 손을 흔들어 주고는 떠나가 버린다.

'이름이 선희였구나.'

나는 그제야 아기 엄마의 이름이 선희라는 것을 알았다.

'뿌~우웅.' 우리가 열차에 올라 자리를 잡느라 허우적거리는데 열차 견인기 쪽에서 경적 소리가 울린다. '떠나려는가 보다. 제발 빨리 가자.' 의자에 앉아 있던 손님들과 인사를 하느라 이리저리 몸을 돌리며 머리를 숙였다.

"복잡하게 해서 미안합니다."

"애기 엄마, 여기 좀 앉소."

창문 쪽에 등을 돌려대고 앉은 아주머니가 자리에서 일어서더니 선희를 손짓으로 찾는다.

"당신은 앉아 있소, 내 자리에 앉게 하오. 애기 엄마, 이쪽으로 와 앉소."

마주 앉아 있던 남자가 일어서며 자리를 내어준다. 부부인 것 같았다.

"고맙습니다."

서로 자리를 양보하며 권하자 그녀는 머리를 연신 굽히며 남자가 내어준 자리에 옮겨 앉았다. '이 모질고 험악한 세상 속에서도 인간의 정은 남아 있구나.' 그들의 모습을 보면서 정말 고마운 분들이라고 생각했다. 왁작 소란스럽게 떠들어도 울지 않는 아기를 보니 기특했다. 자리에 앉은 그녀는 얼른 애를 몸에서 풀어 의자에 눕히고는 천으로 만든 가방에서 천기저귀를 꺼내 놓는다. 아기에게 기저귀를 갈아줄 모양이다. 얼마나 깊이 잠들었는지 엄마가 이리저리 움직이는데도 꿈쩍 않는다. 애를 보니 남자애다.

"애기 아빠도 여기 좀 앉소."

선희에게 자리를 양보해주던 아주머니가 나에게 선희 옆을 가리키며 이야기한다.

"예? 아니 전 일없습니다."

얼른 대답했다. 내가 선희를 보며 무엇을 어떻게 할지 몰라 머뭇거리는 사이 선희는 애를 안더니 젖꼭지를 물린다.

"우리 일남이 용타. 힘들지."

'일남이?' 얼른 입 속으로 되받아 불러보았다. 열차 견인기에서 몇 번의 경적 소리가 더 울리자 역홈으로 내려갔던 사람들이 창문으로 쓸어들어온다. 밖에서는 열차가 떠나려는지 출발을 알리는 호루라기 소리, 경적 소리가 한데 뒤섞여 고막을 찢는 듯이 울렸다. '삐이~익, 치익.' 몇 번 더 경적 소리를 울리고 압축 공기가 빠지며 바퀴 제동 띠 풀리는 소리가 나더니 열차가 움직이기 시작했다. 역홈에서 안내원들이 불어대는 호루라기 소리가 더욱 귀청을 따갑게 때린다.

열차가 역 구내를 벗어나 속도를 높이자 창문으로 바람이 사정없이 들어와 열차 안을 휘젓는다. 고원역에 들어서며 벗겨 놓았던 비닐박막들로 잽싸게 다시 창문을 가리느라 창문 옆에 앉았던 남자들이 일어서 분주히 움직이고 있다. 어떤 창문들은 아예 못으로 비닐박막을 고정시켜 놓았다. 전등불 하나도 없는 새까만 속에서 이따금 손전등 불이 번뜩이고 담뱃불들이 여기저기 허공을 가르며 오르내린다. 비닐박막이 펄럭거리는 소리에 귀가 아플 지경이다.

나는 손전등으로 애 기저귀를 갈고 있는 선희를 비쳐주었다. 기저귀 갈이를 끝낸 선희는 일남에게 젖까지 먹이고 다시 들춰 업더니 먼저 앉았던 남자에게 자리를 내주고 내 곁으로 옮겨 왔다.

"일남 엄마, 여기 앉소."

나는 선희의 짐을 한데 묶어 바닥에 놓고 그것들 위에 함께 걸터앉았다.

'덜커덩, 덜커덩' 열차는 몸을 이리저리 비틀어 사람들을 흔들어 놓으며 칠흑 같은 어둠 속을 달리고 있다. 운명의 장난이 찾아왔다고 할까? 얼굴, 이름도 모르던 우리는 잠시 만난 사람들이 생각 없이 내뱉은 말로 부부가 되어 버렸다. 아기를 업고 깊은 잠에 곯아떨어진 선희는 내 몸에 기대어 열차의 흔들림에도 인기척 한번 내지 않는다. 시간이 갈수록 선희는 나에게 자신을 완전히 맡겨 버렸다. 나도 무릎을 세운 사이에 머리를 박고 잠이 들었다. 우리들은 이렇게 한 몸이 되어 평양-온성행 열차에 올라 북으로 가고 있었다.

아비규환

멀리서 훤히 날이 밝아오고 있는 것 같았다. 모지람을 쓰며 비틀비틀 달리던 열차가 함경남도 홍원군 관내에 들어선 지 얼마 되지 않았을 때이다. 차창 밖 왼쪽 산비탈 밭에는 무지무지 쌓여 있는 옥수수 짚더미가 보인다. 십수 마리의 까마귀, 까치들이 한곳에 어울려 날아올랐다가는 내려앉으며 밭에서 무엇인가 열심히 쫓고 있다. 오른쪽에는 개울보다 넓은 하천이 흐르고 그 옆으로 도로가 남북 방향으로 나 있다.

속도가 차츰 느려지더니 견인기에서 김빠진 경적 소리가 수십 번도 넘게 울린다. 지금껏 열차를 타고 다니면서 이렇게 열차가 경적을 시끄럽게 울리는 일은 처음인 것 같았다. 어질어질대던 열차가 아니나 다를까 마침내 멈춰서 버렸다. '무슨 일이 있어 또 서는 거야?' 나와 열차 손님들은 약속이나 한 듯 웅성이며 어리둥절한 눈길로 머리를 창문 밖으로 내밀었다. 그리고는 저마다 경적 소리 원인을 찾느라 두리번거린다.

"기차도 맥이 다 빠졌는가 보다."

고원역에서 우리가 열차에 오르기 전부터 있던 나이 지숙한 어르신의 말이다. 열차가 멈춰서 1분도 되지 않아 견인기 쪽에서 사람들이 소리를 지르며 떠들어 대는 소리가 들려왔다.

"야! 야, 1소대, 너희들 헤쳐지지 말고 그쪽 빵통에 오르라, 장구류들 잘 건사하라!"

누군가 명령어조로 호통을 친다. 절버덕절버덕, 수십 명의 발소리, 고함치는 소리가 한데 뒤엉켜 험악한 일이 벌어질 것을 예고하는 듯 했다. 완전무장한 한 개 중대의 100여 명이 넘는 군인들이 통나무와 바위돌로 철길을 막아 놓아 열차가 서 버렸다. 우리가 타고 있는 열차칸에 30명이 넘는 군인들이 매달렸다. 열차 안은 또다시 쑤셔 놓은 벌 둥지가 되어 버렸다. 총과 배낭을 비롯한 훈련 장구류들을 가득 걸머진 20세 또래 군인들이 창문에 걸터앉은 사람들에게 돼지 멱따는 소리를 질러댄다.

"야! 비키라, 너희들, 자리 못 내가서?"

군인 몇 명이 먼저 창문으로 오르더니 열차 밖에 있는 동료들의 장구류들을 받아 열차 안으로 마구 집어던져 버린다. 사람들이 있건 말건 닥치는 대로 쌓아 놓는다. 수십 명의 군인들이 창문으로 사람들을 밟으며 뛰어들었다. 그들에게는 열차가 싸움터이고 손님들은 점령해야 할 공격 목표로 보이는 모양이다. 지구촌 이름난 영화감독들, 배우들이 전쟁 영화를 만들어도 이렇게 처절한 백병전을 촬영해 낼 수 있을까. 적군을 향해 총창을 꼬나들고 육탄이 되어 악악 소리를 지르며 돌진하는 전투 영화 장면인들 이보다 더할 것 같지 않았다.

"아이고! 사람 죽는다."

아우성 소리가 사방에서 터져 나오기 시작했다.

"으앙, 으아앙!"

선희 등에 업힌 일남이의 자지러진 울음소리와 함께 나와 선희를 군인들이 덮쳤다. 그렇지 않아도 꽉 차있던 열차 안에 수십 명의 군인들이 훈련 장구류까지 가지고 올라와 발로 차고 주먹질하며 자리를 빼앗느라 고함을 질러댔다. 그들의 눈빛은 살기로 번뜩인다. 분명 인간이 아닌 먹이를 차지하려고 날뛰는 늑대 무리였다.

사람 위에 사람이 덧쌓여 애를 업고 있던 선희와 나는 모두 군인들과 장구류 속에 묻혀 버렸다. 사람이 죽는다고 고함을 쳐도 군인들은 막무가내다. 목이 터져라 고함을 치며 군인들과 사투를 벌이던 나는 열차가 떠나 한참 만에야 애가 잘못됐다는 것을 알게 되었다. 선희의 등에 업혀 축 늘어져 있는 일남을 보고 깜짝 놀랐다. 겨우 일남에게 손을 뻗쳐 얼굴을 돌려보니 새까맣게 죽어 있었다. 태어난 지 4개월도 되지 않은 일남은 군인들에게 밟히고 사람들에게 눌려 숨을 멈춘 것이다. 선희는 일남이가 잘못된 줄도 모르고 몸을 일으켜 세우느라 허우적거리고 있었다.

"선희, 일남이 잘못된 것 같소."

나는 선희의 등에서 일남이를 들어 안아 선희에게 주었다. 얼결에 일남이를 받아 든 선희의 입에서 비명이 터져 나왔다.

"엄마나! 일남아! 이 일을 어쩌면 좋니, 일남아!"

열차 안은 선희의 통곡 소리에 잠시 조용해졌다. 자신들이 무슨 일을 저질렀는지 그때서야 알아차린 군인들은 어안이 벙벙하여 어찌할 바를 몰라 머뭇거린다. 그들을 인솔한 지휘관인 듯한 사람이 선희의 광경을 목격하고 소리쳐 댄다.

"야! 장구류를 다 가지고 저쪽 빵통으로 넘어가라!"

그러자 군인들은 자신들이 소지했던 무기들과 짐들을 찾느라 다시 한번 열차 안을 휘저어 놓는다. 애를 죽이고도 다른 열차간으로 옮겨

가며 승객들이 길을 비키지 않는다고 발로 차며 주먹질을 해댔다. 선희의 통곡이 멎을 줄 몰랐다. '누가 살인자고, 누구를 탓해야 한단 말인가?' 군인들은 자신들의 폭력으로 어린애가 죽었는데도 미안하다는 말 한마디 없이 짐들을 걷어 가지고 다른 열차간으로 도망치듯 사라져 버렸다. 그들을 쏘아보며 나는 억이 막히고 무엇을 어떻게 해야 할지 당황스러웠다. '세상에 이런 일도 다 있다니…'

"저 짐승 같은 놈들 잡아먹는 귀신은 어디 없나?"

곁에 있던 아주머니가 혀를 차며 저주를 퍼붓는다. 선희는 완전히 실신하여 정신을 잃고 바닥에 쓰러졌다. 나는 아직 온기가 있는 일남이를 선희의 품에서 떼어 내어 애를 업었던 포단에 감싸 안았다. '이러다 일남 엄마까지 죽겠다. 선희를 살려야 한다.' 일남을 옆에 있는 아주머니에게 맡기고 선희를 흔들어 보았다. 눈이 완전히 뒤집어져 흰자위만 보이고 숨소리도 들리지 않는다.

"누가 바늘이나 옷 빈침 가지고 있는 분 없어요?"

주위를 둘러싼 사람들에게 소리쳤다.

"빈침은 어디다 쓰려구요?"

뒤쪽에서 여성의 목소리가 들려온다.

"예, 있으면 잠깐만 쓰고 돌려 드릴게요."

말소리 난 쪽으로 고개를 돌리자 30대로 보이는 여성이 바지 옆구리에서 옷 빈침을 건네준다. 어릴 때에 아버님이 집 지붕 위에서 장난하다 떨어져 까무러친 막냇동생에게 했던 대로 나는 옷 빈침을 머리에 벅벅 그었다. 그리고는 선희의 코 아래 부분을 빈침으로 서너 번 쿡 찔렀다. 검붉은 색의 액체가 솟아오른다. 그 다음, 선희의 매 손가락 끝을 빈침으로 찔러 대자 피가 방울방울 떨어졌다. 조금 지나자 선희가 눈을 떴다.

"일남 엄마, 정신 차리오."

내가 선희의 몸을 일으켜 앉히자 눈을 몇 번 껌뻑이더니 흩어진 머리칼을 손으로 쓸어 넘기며 몸을 움직였다. 입술로 흘러내리는 피를 닦을 생각도 않고 사방을 둘러본다. 일남이를 찾고 있는 것 같았다. 옆에 있던 아주머니가 일남을 안겨 주자 그녀는 포단을 풀어 헤쳐 애를 들여다보고 다시 울음을 터뜨렸다. 세상도 미치고 사람들도 미쳐 돌아간다. 싸늘하게 식어가는 일남이를 보며 내가 태어났고 살아온 이 나라와 정권에 대해 진실과 거짓의 정의를 다시 한번 생각해 보았다.

일남이를 안고 울기를 얼마인지… 선희의 통곡 소리에도 아랑곳없이 열차는 망가진 달구지 굴러가듯 덜커덩거리며 달리고 있다. 어떻게 알았는지 푸른색 복장 어깨 위 손바닥 크기의 노랑색 바탕에 은백색 별이 박힌 견장을 단 열차 보안원 두 명이 다가왔다. 승객 몇 명에게 일남이 사건에 대해 물었다. 그리고는 피해당사자인 선희의 공민증(주민등록증)과 여행증명서를 걷어 보고는 노트에다 무엇인가를 열심히 적는다.

그들은 잠시 뒤에 일남이를 죽인 군인들이 넘어간 쪽으로 향했다. 얼마 안 있어 우리 쪽으로 다시 돌아온 보안원들은 선희에게 일남의 사망확인서를 써주고는 사라져 버렸다. 정전이 되어 열차가 한 번 서면 보통 반나절이다. 함경북도 김책시에 들어서기 전 오목리라는 농촌마을 작은 역에 들어선 열차는 몇 시간이 지나도록 떠날 잡도리가 아니다. 고원역을 떠나 꼬박 2박 3일이 걸렸다. 먹을 것이라곤 옥수수가루로 만든 일명 '속도전 가루' 떡이었다.

"일남 엄마! 내 잠깐 내려가 먹는 물 떠오겠소."

3일 동안 한자리에 앉아 있었더니 온몸이 쓰시고 뻣뻣해진 다리는 저리다 못해 감각을 잃어 움직일 수 없다. 그보다 더 고통스러운 일은 화장실 가는 일이었다.

"저두 같이 가겠습니다."

목구멍이 부었는지 겨우 알아들을 목소리로 말한다. 선희도 오랫동안 움직이지 못했으니 뒷일을 보고 싶은 모양이었다. 달걀 모양의 동구스럼한 얼굴은 백지장 같았다. 얼마나 울었는지 퉁퉁 부어올라 감고 있는 눈은 붙은 것 같고 입술은 터실터실하게 갈라져 있었다. 나는 곁에 앉아 있는 아주머니에게 짐을 잘 봐달라고 부탁했다.

창문으로 선희를 먼저 내려보내고 일남이를 선희에게 주었다.

조금은 정신이 드는지 일남의 죽음을 사실로 받아들이는 듯했다. 우리는 얼른 창문으로 뛰어내려 100여 미터 떨어진 살림집들이 보이는 곳으로 달음박질하듯 걸음을 옮겼다. 첫 집 문을 두드리자 흰 머리카락이 드문이 섞인 나이 지숙한 여인이 문을 열고 머리를 내밀었다. 나는 그 여인에게 마실 물을 살 수 없는가 물었다. 그러자 여인은 어서 그러라며 부엌에서 물이 가득 담긴 떼 바가지를 나의 손에 들려 준다.

1.5L짜리 플라스틱 페트병 두 개에 물을 가득 넣고 돈을 준 뒤 뒷일까지 보고 난 다음 열차로 돌아온 우리는 다음의 사실을 알게 되었다. 열차가 떠나지 못하는 원인이 기관사가 먹지 못해 떠날 수 없다며 버틴다는 것이다. '아니, 기관사가 먹지 못해 열차 운행이 정지되는 게 말이 되는 소리야.' 옆 사람들과 이야기를 나누던 내 머리에는 문득 이런 생각을 떠올랐다. '열차에 탄 사람들에게 음식이나 돈을 조금씩 거두어 주면 될 것 아닌가?' 나는 검은색 모자와 양복 차림으로 열차 승강기문에 얼굴을 내밀고 어딘가를 바라보고 있는 처녀 열차 안내원에게 다가갔다. 열차가 정차된 사연을 물어보니 들은 바 그대로였다.

"열차원 동무, 열차 손님들한테서 1원씩만 거두어도 몇 천 원이 될 텐데 그 돈이면 얼마든지 기관사가 먹을 수 있는 음식을 사다 줄 수 있지 않소."

"그럼 손님이 좀 걷어서 가져다 주세요."

나를 의아한 눈길로 쳐다보던 열차원이 말을 했다.

"아니, 열차원이요. 여기 있는 사람들이 내가 말하면 듣기나 하겠소. 미친놈이라고 욕하지."

열차원의 말이 하도 어이가 없어 쓴웃음이 나갔다.

"여객전무에게 말해서 열차 손님들한테 호소하면 1원을 내지 않을 사람이 어데 있소."

내 말을 듣던 열차원은 머리를 몇 번 꾸벅이더니 아무 말 없이 여객전무가 있는 객실로 가는 것 같았다. 얼마 후, 여객전무와 그 열차원이 비닐봉투를 쥐고 열차 맨 뒤에서부터 한 사람에게 1원씩 거두며 견인기 쪽으로 나갔다. 그렇게 모금을 시작한 지 1시간 좀 지났었다. 기관사가 식사를 했는지 열차는 오목역을 출발했다. 그 무렵 죽은 일남의 몸에서 역한 냄새가 나기 시작했다.

자식의 시체가 부패되어 토할 것 같은 냄새에도 선희는 일남에게 얼굴을 파묻고 아무 말 없이 앉아 있다. 자신의 무릎에서 썩어가는 아기를 지켜봐야만 하는 엄마의 심정 과연 어떨까. 무슨 말로 어떻게 하면 조금이나마 위로가 될지. 선희의 모습을 곁에서 묵묵히 지켜볼 수밖에 없는 내 마음은 천근만근 무거웠다. 선희는 회령에 도착할 때까지 말 한마디 없었다.

우리는 고원역을 떠나 5일 만에 회령역에 도착했다. 기차에서 내린 나는 일남을 업은 선희를 데리고 회령역 보안원실에 찾아들어가 보안원에게 일남의 사망확인서를 내주었다. 열차에서 있었던 일을 이야기해주고 나서 그 길로 선희를 데리고 회령시 병원으로 향했다. 역에서

300m 남짓한 거리에 있는 회령시 병원 구급환자실에 선희를 소개해주고 돌아서 나왔다. 선희는 얼굴을 숙이고 입술을 감빨며 겨우 알아듣게 말을 한다.

"아저씨, 정말 신세 많이 졌습니다. 꼭 찾아뵙겠습니다."

선희의 눈가에서는 눈물이 흐르고 있었다. 나는 그녀를 더 보고만 있을 수 없어 한마디 말을 남기고 집으로 향했다.

"회령에서 살게 되면 다시 만날 때가 있겠지요."

회령시는 중국과 두만강을 사이에 둔 인구 13만 명 정도의 작은 국경도시다. 한겨울 대소한 때는 매섭다는 말이 아주 적중했다. 중국 쪽에서 한파가 불어올 때면 동장군도 밖에 나돌아다니다 얼어 죽는다는 말이 있다. 몰아치는 바람이 얼마나 맵짠지 침을 뱉으면 땅에 떨어지기 바쁘게 얼어붙곤 한다. 먹고, 쓰고 사는 모든 것을 시장을 통해 해결해야 하는 나에게 있어 회령시장은 생존을 위한 유일한 공간이자 생명을 연결해 주는 끈이기도 했다. 산과 들에 두문이 보이던 눈도 하나, 둘 자취를 감추고 있었다. 봄이 시작된 3월 초였다. 그날은 봄날이라 해도 바람이 불고 날씨가 쌀쌀히 추웠다. 나는 시장에 볼 일이 있어 나갔다 집으로 돌아오고 있었다. 회령천 강 옆으로 나 있는 철길 침목 위를 걸어 400m가량 왔을 때였다. 멀리서부터 웬 여인이 한쪽 철로 레루 위에 앉아 있는 것이 보였다.

'날씨가 추운데 웬 여자가 철길 침목에 앉아 있지?' 이런 생각을 하며 무심코 그 여인의 앞을 지나던 나는 놀라지 않을 수 없었다. 리선희였다.

"일남이 엄마 아니요?"

내 말에 고개를 든 선희가 당황한 얼굴로 반색을 하며 겨우 알아듣게 말을 했다.

"오랜만입니다. 한번 찾아뵙는다면서도 약속 지키지 못해 미안합니다."

무엇을 훔치다 들킨 사람처럼 쑥스러워하는 모습이 별스러웠다.

"아니, 날씨가 추운데 어떻게 철길에 앉아 있소?"

이상한 생각이 들어 그의 얼굴을 들여다보니 입술이 터져 있는 것이 모양새가 말이 아니다. 두 무릎을 모아 세우고 앉아 있는 모습이 전혀 기운이 없어 보였다.

"얼굴이 많이 부은 것 같은데 무슨 일이요? 다시 못 보는 줄 알았는데 여기서 보게 되었소."

나는 문득 작년 가을, 열차 안에서 일남이의 죽음으로 함께 고생하던 생각이 났다.

"병원에서 헤어진 다음 일남이는 어떻게 했소?"

선희는 한참 만에야 입을 열었다.

"집 뒤 산에다 묻었습니다."

그녀가 집 근처도 아닌 행상 길에 앉아 있는 것이 웬일인가 싶었다.

"원명 아저씨, 회령시 안전부라든가, 시 검찰소 같은 데 아는 사람 없습니까?"

선희의 말을 듣던 나는 그에게 심상치 않은 일이 생겼음을 금방 알 수 있었다.

"무슨 일이 있었소?"

"우리 일남이 아빠, 한 달 전에 법에 걸릴 일 해서 안전부에 잡혀갔습니다."

"무슨 일로 들어갔소?"

나는 재차 되물었다. 말하기 쑥스러워 쯔밋거리던 선희는 말을 이었다.

"공장에서 전동기를 떼다 팔아먹은 일 때문에 잡혀갔습니다."

"아니, 어떻게 돼서 공장 전동기까지 손댔소? 살아나오기 힘들겠는데…"

그녀의 남편이 공장 전동기를 훔쳐 팔아먹고 붙잡혔다는 소리에 가망이 없을 것이라고 생각되었다. 북한 보안성(경찰청)은 1995년 이후 식량난으로 생계형 도둑이 성행하자 이를 막아보려고 극단의 조치를 취했다. '공장 중요 시설물이나 국가 재산을 훔친 자는 사형까지의 중형에 처한다'는 포고문 발표하고 도둑들을 잡아들이느라 눈에 쌍심지를 켠 채 사건 현장을 들쑤시며 다녔다.

"알았소. 내 좀 알아볼게. 3일쯤 있다 다시 와 보오. 우리 집 알고 있지 않소?"

"예, 그전에 알려준 주소 기억하고 있습니다."

나는 선희에게 손으로 집 방향을 가리키며 어떻게 오면 쉽게 찾을 수 있는지를 가르쳐 주었다. 그날 그녀와 헤어진 후, 친구들을 통하여 선희 남편에 대해 알아본 결과 사형당할 거라고 했다. 선희의 남편이 시범에 걸린 것이다. 공개 총살함으로써 사회에 범람하는 국가재산 절도를 사전에 차단하겠다는 의도인 것 같았다. 3일 후에 집을 찾아온 선희에게 그 사실을 알려주었다.

"선희 마음을 독하게 먹소. 아마 남편이 시범에 걸린 것 같소. 시범에 걸리면 아무리 뇌물 같은 거 바쳐도 쓸데없소. 돈을 낭비하지 말고 면회나 자주 가보오."

"원명 아저씨, 저는 어떻게 하면 좋습니까, 시어머니도 사망했지 남편까지 없으면…"

선희의 말을 들으니 작년 11월 말, 나와 헤어진 다음 그간 많은 고생을 한 것 같았다. 하나밖에 없던 아들이 전동기 사건으로 법 기관에 잡혀가자 가뜩이나 앓아 누워 있던 시어머니는 화병으로 얼마 전 세상을 떠났다는 것이었다. 북한식 막말로 '선희네 집안은 완전히 박살난 집안'이었다. 나는 선희의 일이 너무도 안됐다는 생각이 들어 무슨 말로 위로해야 될지 송구스러웠다.

"선희, 나가기요."

선희를 데리고 '남문여관 국수집'으로 향했다. 그녀의 얼굴을 보니 엉망이 된 집안일로 밥도 제대로 못 먹고 있는 것 같았다. 회령에서 몇 안 되는 음식점들 중에 100명이 넘는 손님들을 한 번에 치를 수 있는 유일한 식당이었다. 감자 전분을 주원료로 한 국수발이 머리카락처럼 가늘고 육수맛 또한 별맛으로 소문이 났었다. 벽에 걸린 메뉴판을 보고 나서 음식을 나르는 여인을 불렀다.

"냉면 두 그릇, 돼지고기볶음, 달걀튀김, 명태조림. 술 한 병 이렇게 하면 가격이 얼마요."

내가 묻는 말에 음식을 나르던 여인은 주방으로 들어가 계산기로 얼른 가격을 계산해 보고는 손바닥만 한 종이에 음식 가격을 써 보인다.

"그렇게 주세요. 그리고 술 한 병과 안주를 먼저 주세요. 김치는 없어요?"

"김치는 공짜로 드립니다."

얼마 안 있어 술과 안주들이 나왔다. 돼지고기볶음을 비롯해 여러 음식들을 받아 선희 앞에 놓아주고 술병을 들어 그녀의 앞에 놓인 작은 술잔에 부었다.

"원명 아저씨! 전 술 전혀 입에 대지 못합니다. 혼자 하십시오."

"일남 엄마, 그러지 말고 한잔 마셔보오. 마음이 상하거나 머리가 아플 때 술 이상 없소. 내 말 대로 한 잔만 마셔보오."

나는 선희 앞에 놓여 있는 술잔을 들어 권했다. 선희는 얼굴을 붉히며 술잔을 받아 들고 망설인다.

"일남 엄마, 술맛 보지 말고 단숨에 쭉 넘기오."

내가 포기하지 않고 계속 권하자 술잔을 기울여 단숨에 마셔버린다.

"안주를 집어 들면 괜찮을 거요."

얼른 돼지고기볶음을 집어 선희에게 권했다. 후에 나온 냉면을 받아 선희와 식사를 끝낸 나는 잠깐 밖에 나가 지갑에서 돈을 얼마간 꺼내 주머니에 따로 넣었다. 식당 안으로 들어와 선희에게 천 원을 내밀었다.

"남편 면회 갈 때 보태서 음식이랑 간식 같은 걸 가지고 가오."

"원명 아저씨, 신세도 갚지 못했는데 어떻게 돈을 받습니까."

"이 다음 돈 벌면 그때 갚아주오. 혹시 내가 무슨 도움을 줄 수 있는지 일이 있으면 아무 때나 찾아와도 되오."

나는 굳이 마다하는 선희의 손에 돈을 쥐어주고는 식당을 나섰다.

선희와 헤어진 날부터 보름이 지난 어느 날이었다. 그녀의 남편은 농장 소 아홉 마리를 도둑질해 잡아먹은 사람과 함께 공개 총살되었다는 말을 선희에게 들었다.

"양덕에 계시는 부모님 집으로 가서 사는 것이 낫지 않소?"

"부모님들, 모두 돌아가셨다는 소식이 왔습니다."

순간 나는 말을 멈추었다. 그러고 보니 선희는 정말 의지가지할 데 없는 외로운 몸이었다.

어떻게 하면 살 수 있을까? 죽음이라는 인생의 동반자를 한 쪽 어깨에 짊어지고 손발이 달토록 버둥거려야만 했다.

동침

여름으로 접어들면서 나는 잎담배 장사를 다시 시작하기로 마음먹었다. 중국 연변 지역과 두만강을 곁에 둔 회령 지방은 잎담배 생산지로 유명한 곳이다. 그곳 담배가 다른 지방에서 생산되는 담배보다 특유의 맛과 향을 가지고 있는 것은 날씨나 토양에도 많은 관계가 있는 것 같다.

이씨 조선 세종시기 형조판서를 지낸 김종서(1383~1453)가 오늘의 함경북도 두만강 일대 6진을 개척할 당시의 이야기다. 함경도에 내려온 지 얼마 안 되어 김종서가 회령 지방을 순찰하다 어느 농가에 들린 적이 있었다고 한다.

"노인장께서 피우는 담배를 저도 한 대 피워볼 수 없는지요."

그 집 노인이 하도 담배를 맛나게 피우는 모습을 본 김종서가 담배 한 대를 청했다. 노인은 기꺼이 수락하며 잎담배를 말아 김종서에게 권했다. 일반 잎담배와 맛이 같은 줄로만 생각했던 김종서는 여느 때처럼 한 모금 깊이 빨아 넘겼다. 순간 목이 타고 숨이 넘어갈 것 같은 독한 연기에 잠시 기겁을 한 김종서는 눈물까지 흘리며 기침을 연이어 내뱉었다. 그 후부터 김종서는 회령 지방에서 생산되는 잎담배를 피워 보고 맛과 향기가 담배 중 으뜸이라 했다는 일화가 전해져 오고 있다. 그만큼 회령 지방에서 생산되는 잎담배는 전 북한에 잘 알려졌다. 나는 명인이 남긴 일화를 간직한 회령 지방의 잎담배를 가지고 강원도나 황해도로 가서 팔곤 했다. 열차를 타야만 하는 잎담배 보따리 장사는 죽기를 각오해야 했다.

입벌이를 해야 할 많은 일 중에서 내가 지난 기간 생활 체험을 통해 파악이 있는 잎담배 장사를 하기로 계획을 세웠다. 그것마저 하지 않으면 아사자들의 시체가 곳곳에 널려 있는 때라 굶어 죽을 판이었다. 이번 잎담배 장삿길은 황해북도 사리원으로 정했다. 사리원까지 600km 가량의 거리를 가려면 빨라도 10일 이상 걸렸다. 열차 안에 자리를 못 잡으면 열차 지붕 위에 매달려 가야만 한다. 발 옮길 틈마저 없는 지붕 위 공간은 운이 좋은 사람에게만 차례질 수 있는 선택된 자리였다. 아차하면 3300V 고압선에 튕겨 나가고, 달리는 열차 위에서 떨어지면 몸이 너덜너덜한 걸레 조각처럼 되는 줄 알면서도 그 자리마저 차지 못해 싸움질이다. 열차 지붕 위에 매달려 가야 하는 보름 동안은 인간 모험심의 한계를 극복해야 하는 생존 능력의 인체 시험장이 펼쳐졌다. 지금 한국에서 500km는 고속열차로 2~3시간이면 가 닿을 수 있다. 3시간과 15일은 120배 넘는 시간이 차이가 난다. 수백 년 전, 경상도 어느 산골에서 한양으로 한 번 올라오자면 걸어가거나 당나귀를 타고 가야만 했던 봉건시대와 다를 바가 없었다. 그 시대 사람들은 먼 길을 오간다 해도 목숨을 걸어야 할 이유가 없었을 것이다. 수백 년이 지난 오늘날, 인간은 지구 문명을 넘어 우주 문명에서 살고 있다. 그러나 김씨왕조가 통치하는 나라 사람들은 생명을 담보로 홀몸 아닌 수십 kg 이상의 보따리 짐들을 걸머지고 열차 지붕 위에 매달려 목적지까지 가야만 한다.

　그해 8월 중순 어느 날이었다.
　"원명 아저씨, 있습니까?"
　그날 오후 창고를 수리할 일이 있어 집에 있던 나는 웬 여인의 목소리에 누군가 싶어 문을 열었다. 마당에는 머리를 뒤로 동여매고 팔 속살이 들여다보이는 연자주색 튤립 꽃문양의 긴팔 티셔츠 차림에 검은색 바지를 입고 흰 고무바닥 청색 비닐신발을 신은 선희가 마당에 서 있었다. 산뜻한 옷차림을 한 선희의 예고 없는 출현에 나는 잠시 눈이 휘둥그레졌다.
　"일남 엄마가 어떻게 왔소? 밖에 서 있지 말고 들어오지 그러오."
　"아저씨, 여러 가지 채소들이 먹음직하게 자랐습니다."
　토마토, 배추, 파, 쑥갓이며 오이, 고추 같은 가지가지 소채가 푸르싱싱한 텃밭을 지나 선희가 겨우 알아들을 정도로 중얼거리며 출입문 앞으로 다가선다. 내가 살고 있는 집은 나무판자로 울타리를 둘러친 10평 남짓한 부엌이 달린 방과 윗방으로 나뉜 키 낮은 독집이었다. 텃밭도 20평은 실히 되었다. 문턱을 넘어 조심스레 방 안에 들어선 선희는 신발을 벗고 올라와 방 한켠에 다리를 모아 쪼그리고 앉는다.
　"어딜 가던 길이요?"
　집으로 찾아 온 것이 웬일인가 싶어 물었다. 머뭇거리던 그녀는 입을 열었다.
　"원명 아저씨에게 미안한 부탁이 있어 찾아 왔습니다."
　"무슨 일인데 그러오."
　"저도 아저씨랑 강원도나 황해도에 담배 장사를 같이 다닐 수 없을까 해서요."

"담배 장사요?"

나는 깜짝 놀라지 않을 수 없었다. 장년 남자들도 힘들어 하는 수천 리 길, 그것도 위험을 무릅쓰고 열차를 타야만 하는 장사를 하겠다니 믿기질 않는다. 선희의 가정형편을 잘 알면서도 그의 말에 선뜻 동의할 수 없었다. 그녀가 겪은 참담한 실상을 지켜보고도 어떤 도움도 줄 수 없었던 나는 내 자신이 민망스러웠다. 그렇다고 어쩌면 목숨을 걸어야 하는 장삿길인 줄 뻔히 알면서 그녀의 요구를 들어주는 것 또한 마음상 허락되질 않는다.

"일남 엄마, 작년 가을 일남이 일이랑 겪어보아 열차를 타고 다닌다는 것이 얼마나 위험하고 힘겨운지 잘 알지 않소."

나의 말을 담담히 듣고만 있던 선희는 입술을 감빨며 입을 열었다.

"저두 위험하고 힘들다는 거 압니다. 그런데 전 지금껏 장사라는 걸 한 번도 해본 적도 없고 무슨 일을 해서 먹고 살아야 하겠는지….'

선희는 내 말이 자신을 부담스러워하는 이야기인 줄 알았는지 말꼬리를 매듭짓지 못하고 얼버무린다. 방 안에 무거운 침묵이 잠시 흘렀다.

"아니, 내 말은 일남 엄마가 너무 힘들 것 같아 하는 소리요. 일남 엄마가 곁에서 도와주면 나야 좋지…"

그러는 선희를 보며 미안한 생각이 들어 얼른 해명에 가까운 말을 해주었다. 의지할 데 없는 선희의 애절함이 담긴 부탁을 들으며 홀몸으로 무거운 짐을 걸머지고 다녀야 했던 나는 오히려 그녀가 고마웠다. 내 말을 듣던 선희는 반색을 한다. 자신의 장사 경험과 생활상 필요한 이런저런 이야기를 나누던 나는 불쑥 선희에게 아닌 밤중에 홍두깨마냥 조금은 당황스럽다할 이야기를 꺼냈다.

"일남 엄마, 한 가지 말해도 되겠소?"

"네, 무슨 말인지 이야기하십시오."

내 말에 선희는 바로 응했다.

"나를 부를 때 오빠라고 하면 안 되겠소? 벌써부터 아저씨라는 말이 이상하게 들려서…"

나는 언제부터 하고 있던 생각을 털어놓았다. 내 나이보다 6세 아래인 선희가 수줍게 조용히 웃는다. 그러는 선희를 지켜보던 나는 조심스럽게 분명한 어조로 말을 했다.

"일남 엄마, 나이가 내 동생뻘이 되니까, 내가 일남 엄마를 부를 때 선희, 하고 이름을 부르면 어떻소?"

"네, 저두 그렇게 불러주면 좋겠습니다."

"쉽게 이해하여 주니 정말 고맙소."

허나 생각은 다른 데 있었다. 하늘나라로 떠나간, 그것도 생각조차 싫은 군인들의 군홧발에 밟혀 잘못된 자식의 이름을 자꾸 부르는 것이 몹시 부담스러웠다. 선희의 아픈 상처를 건드리는 것 같아 드디어 용기를 내어 말을 꺼냈었다. 그 몇 마디 말을 하는 데 몇 달이 걸렸다. 나는 어렵게 생각했던 문제가 불과 몇 분도 걸리지 않아 쉽게 해결되리라 생각도 못했었다. 자신에게 닥친 불행의 아픔을 누구에게도 말 못하고 흐르는 눈물마저 닦아 줄 친척 한 명 없는 그녀였다. 언제 봐도 깊은 시름에 잠겨 웃음이 뭔지를 아득히 잊고 사는 선희를 볼 때마다 나에게 가냘픈 동정의 마음이 되살아나곤 했다. 유난히 흰 살결에 보조개 달린 복스럽고 갸름한 얼굴형의 선희였다. 붓에 참먹을 듬뿍 묻혀 찍어놓은 듯한 눈썹, 상대방의 속마음까지 읽는 것 같은 사려 깊은 눈빛, 길면서도 뾰족 날이 선 코, 가쯘한 흰 이를 살며시 드러내며 웃는 그녀의 모습을 볼 때면 마음조차 시원해진다. 북한 여성들치고는 큰 키에 성격이 활달하고 서글서글했다. 아니 오히려 남자들보다 더 쾌활한 느낌이 들

때가 많았다. 나는 선희를 처음 알게 된 때로부터 1년 가까이 되어서야 처음 그녀의 얼굴을 유심히 바라볼 수 있었다.

이렇게 되어 나와 선희는 늑대와 여우, 악바리들만이 살아남아 몸부림치는 땅, 처절한 약육강식의 진흙탕 물이 사품쳐 범람하고 시작도 끝도 보이지 않는 강을 정처 없이 떠가는, 찢어진 돛폭에 운명을 맡긴 난파선에 오르게 되었다.

선희가 태어나 유년시절을 보낸 고향은 평안남도 양덕군 어느 농촌 마을이었다고 한다. 지리적으로 북한 중부 고산지대에 있는 양덕군은 높은 산과 깊은 계곡이 수림 같이 들어선 곳이다. 양덕-맹산이라고 하면 산세가 깎아놓은 것 같은 산과 골짜기로 둘러막힌 물 맑고 공기 또한 신선하여 청정지역으로 예로부터 유명했다. 선희네 집에서 장을 보거나 일이 있어 어쩌다 수십 리 떨어진 양덕군 소재지에 나가는 날이면 집안에 큰 경사가 난 것처럼 들썩였다고 한다.

그의 부모님들은 1960년 초에 일본에서 북한으로 귀국하여 양덕군 읍에 있는 큰아버님네 집에서 멀지 않은 곳에 자리를 잡았다. 양덕군 산골동네에서 태어난 리선희는 그곳에서 유년시절을 보냈다고 했다. 그의 소원은 도시에 나가 사는 것이었다. 그녀가 20세를 넘기 전부터 주변은 물론 이웃동네에서까지 그의 미모와 성품을 칭찬하며 청혼을 해왔다. 어떤 집에서는 자기 동생 아들이 간부를 하고 있는데, 또 다른 동네 여성은 오빠 아들이 도시에서 좋은 직장에 다닌다며 맞선을 보자고 선희를 유혹했다.

선희가 살고 있던 리 부락의 아들자식 가진 부모 중 선희를 욕심내지 않은 사람이 없었다. 연분이란 참 이상했다. 그렇게 많은 중매가 들어왔어도 선뜻 응하지 않던 선희가 마을에서 가깝게 지내던 이웃 여인의 중매로 22세 나이에 함경북도 회령으로 시집오게 되었다고 한다. 그 여인의 친언니가 양덕에서 천리길 떨어진 회령시 곡산공장(식료공장) 마을에서 살았다고 했다. 그 중매꾼 여인의 언니에게 마침 장가들 나이의 아들이 있었다고 한다. 여인은 연극배우 같은 미모에 마음씨까지 착한 선희를 자신의 조카와 살게 하자며 끈질긴 구애를 보내왔다. 쌀바가지를 들고 온다, 고기라도 생기면 의례히 선희네 집을 들락날락거렸다. 하도 거듭되는 청원공세에 선희 부모들은 귀가 솔깃해져 넘어가고 말았다. 선희네 쪽도 중매꾼 여인의 사람됨을 좋게 보아온 터라 그녀의 말이 혼사로 이어져 회령으로 시집오게 되었다고 한다. 시아버님은 리선희 남편이 어릴 적에 병으로 돌아가고 시어머니 홀로 외아들에 의지하며 살았다고 했었다. 그런 선희가 친정집에 갔다 회령으로 돌아오는 열차 안에서 변을 당했고 그렇게 나를 만난 것이 인연이 되었던 것이다.

장사를 떠나자면 우선 잎담배를 구해야 했다. 나는 회령시에서 60km가량 떨어진 새별군에서 독초 잎담배를 사오기로 선희와 의논했다. 새별 농촌들에서 심는 잎담배도 회령 담배 맛과 별반 차이가 없었다. 교통이 불편하고 산골 군이라는 이유에선지 새별군 농촌들에서는 회령보다 담배를 30% 정도 싸게 살 수 있었다.

"선희, 아침 6시에는 떠나야 하는데 그 시간까지 집에 도착할 수 있겠소?"

"네, 걱정하지 마세요. 오빠나 준비 잘 해놓고 계세요."

집을 나서는 선희에게 처음 함께 떠나는 장삿길이어서 알아야 할 몇 가지 사항을 일러주고 아침 떠날 시간을 지킬 것을 당부했다. 선희의 집은 내가 살고 있는 집에서 2km 정도 떨어진 곳에 있었다. 멀어져 가는 그녀를 바라보며 태어나 처음으로 여성과 함께 장삿길을 떠나게 된다고 생각하니 마음이 별스러워진다. 저녁 늦게까지 내일 아침, 길 떠날 차비며 먹을 밥, 반찬들을 해놓았다. 벽에 걸린 시계를 보니 밤 11시가 되어온다. 잠자리에 들려고 누웠다.

헌데 웬일인지 도무지 잠이 오질 않는다. 눈을 감고 이리저리 몸을 뒤적이며 잠을 청해 봐도 시간이 갈수록 잠은커녕 엉뚱한 생각이 나를 괴롭혔다. 장본인은 다름 아닌 리선희였다. 무엇 때문일까. 선희를 한두 번 만난 것도 아닌데… 온갖 상상의 허공 속을 그녀와 노닐며 이불 밑에서 뒤적거리던 나는 벌떡 일어나 속옷 차림으로 집을 나와 버렸다.

설렁설렁 불어대는 시원한 바람도 뜨겁게 달아오른 내 가슴을 식히는 데는 별 도움이 안 됐다. 100m가량 떨어진 집 뒤켠 회령천가로 무작정 내달렸다. 물가에 다다라 신발을 벗고 흐르는 물에 첨벙첨벙 들어섰다. 그리고는 두 손바닥에 물을 담아 몇 번이나 머리 위로 퍼부었다. 구름 한 점 없는 하늘, 은모래를 쥐어 뿌려놓은 듯 반짝이며 숨바꼭질해대는 별무리를 한참 바라보고 있노라니 그 별들 하나하나가 선희의 얼굴로 바뀌어 손짓하며 나를 부르고 있는 것 같았다.

조금이라도 눈을 붙여야 아침 일찍 길을 떠날 텐데… 도무지 이놈의 머리통이 말을 들어주질 않는다. 문제는 불끈 솟아오른 거시기였다. 커질 수 있다면 하늘 끝까지라도 솟아오를 듯, 세상 공간을 다 차지해버릴 것 같은, 용을 써대며 한껏 부풀어 오른 거시기를 움켜쥐었다. '이놈의 물건을 잠재우는 방법은 없나?' 짜증스럽기도 한, 그러나 감히 마음대로 할 수도 없는 이 물건이 뻗쳐대는 기운을 당장에라도 끊어버릴 듯 힘껏 비틀었다.

별 볼 일 없는 놈이 한 사내를 희롱하며 장난쳐댄다. 고통을 줘 봐도 그녀를 향해 활활 타오르는 정욕은 요지부동이다. 아니 점점 더 기승을 부린다.

"야! 인마, 너 때문에 잘못하면 패가망신을 당할 수 있어…"

나는 한참이나 자신을 놀려대는 것 같은 물건이 달려 있는 사타구니 아래쪽을 내려다보며 들으라는 듯 중얼거렸다. 집으로 발길을 돌렸다. 출입문을 열고 들어서기 바쁘게 식장 문을 열어 제쳤다.

30도가 넘는 술병을 꺼내 국사발에 한 병을 다 쏟고는 벌컥벌컥 단숨에 마셔버렸다.

"카아~"

입에서 흘러내리는 술을 손바닥으로 문지르고 나서 김치 조각을 얼른 손가락으로 집어 입에 넣고 씹으며 투덜거렸다. '이거 괜히 같이 떠나자고 말해놓고… 여자가 뭔지…' 시간이 지남에 따라 점점 희미해지는 촛불을 넋 없이 바라보다 '후…' 길게 입바람을 불어 꺼버렸다.

"계세요. 오빠! 아직 일어나지 않았어요?"

문을 두드리며 부르는 소리에 눈을 뜬 나는 소스라치게 벌떡 깨어났다. 습관적으로 벽시계를 보니 6시를 가까이 하고 있었다. '아차, 이 정신 봐라.'

"선희, 조금만 있소, 내 얼른 옷을 입을게!"

불 만난 송아지마냥 와틀 놀라 자리를 차고 일어났다. 몸을 덮었던 담요를 접으며 얼결에 아랫도리를 내려다보던 나는 선희가 있는 밖을 내다보고는 운동 반사적으로 들고 있던 담요로 몸을 감쌌다. '이건 또 뭐야,' 방망이처럼 불뚝 솟은 거시기 주변이 온통 젖어 있는 것 아닌가. '씨발, 이거, 야단났구나.' 사타구니에 이상한 느낌이 들었다. 속바지 허리춤을 벌려 팬티 안으로 손을 넣었다. 순간, 물엿 같이 끈적끈적 거리는 것이 손바닥에 묻어났다. 손을 꺼내 보니 내 몸에서 나온 흰색의 투명하고 걸쭉한 액체였다. 나는 신경질이 날 정도로 창피하고 당황스러

웠다. '하필이면 이럴 때…'

"선희! 방이 어지러워 그러니 금방 치울게. 조금만 기다리오."

나는 잽싸게 출입문을 안으로 걸었다. 만약을 생각해서다. '그러다 선희가 이런 상황을 눈치채지 못하고 문을 열고 들어서는 날에는 무슨 개망신이란 말인가.' 다행히도 창문에 커튼이 가려져 있었다. 생각만 해도 얼굴이 화끈, 뜨거워졌다. 윗방으로 올라가 아래 속내의와 팬티를 벗어 벽과 장롱 사이 짬에 꾸겨 박았다. '이걸 어떻게 한다?' 급하다고 그 물건을 씻지 않고 다른 팬티나 속바지를 입으면 또 묻을 것이다. 야단이 아닐 수 없다. '에라. 모르겠다.' 나는 커튼 짬으로 선희가 무엇을 하는지 얼른 내다보았다. 그리고는 벌거벗은 채로 부엌에 내려가 세수 수건을 물에 적셔 그곳을 대충 문질러 버리고 윗방으로 뛰어 올라왔다. 장롱을 와락와락 뒤져 팬티며 속옷들을 꺼내 입고 옷걸이에 걸려 있던 겉옷까지도 모두 입어 버렸다. '이번 새별 장삿길을 갔다 와서 씻어 버리자.' 빌어먹을 물건이 토해낸 그것이 묻은 담요며 베개 등을 대충 뭉쿠려 이불장에 넣어버렸다.

선희를 마당에 너무 오래 세워두는 것 같아 일단 출입문을 열어제쳤다. 간밤에 나를 그토록 괴롭혔던 주인공이 문설주에 기대어 방 안을 물끄러미 들여다보고 있다. 남의 물건을 도둑질하다 들킨 사람처럼 몸 둘 바를 몰라 허둥대는 내 속사정을 알고나 있는지…

"어젯밤, 늦게까지 짐을 꾸리다 보니 늦잠을 잔 것 같소. 어지러워진 방을 치우느라… 미안하오. 어서 들어오오."

선희는 눈 한번 까닥 않고 거짓말을 해대는 내 말을 들었는지 말았는지 집 안으로 들어선다. 그녀는 등에 커다란 배낭을 메고 신발이며 옷차림이 완벽히 먼 길을 떠날 차림이다.

"아침식사 했소?"

선희는 밥을 먹었다며 동여맸던 신발 끈을 풀고는 방으로 올라섰다. 그리고는 커튼이며 창문, 출입문까지 활짝 열어 놓고는 부엌으로 내려간다.

"방걸레 어디 있어요?"

'아차, 이건 뭐야.' 나는 재빠르게 부엌으로 내려가 구석에 던져버렸던 그것, 끈적거리는 액체를 닦아냈던 수건을 낚아채 듯 손에 거머쥐었다.

"이건 세수수건이요. 어지러워서 빨려고 했었는데…"

"오빠, 주세요. 제가 빨게요."

"아니요. 선희, 방걸레가 따로 있소. 저게 방걸레요. 괜찮으니 가만 앉아 있소."

나는 물항아리 옆에 있는 걸레를 손으로 가리켰다. 그리고는 얼른 밖으로 나왔다.

"어딜 가세요."

"강가에 나가 세수를 하고 오겠소."

대문을 열고 몇 발자국 걸음을 옮기다 말고 급히 돌아섰다. '이크, 내 정신 좀 봐라. 선희가 청소를 한다며 장롱 옆을 뒤져 보는 날엔…' 얼음물을 뒤집어 쓴 것처럼 온몸에 닭살이 돋는다. 윗방으로 들어섰다. 아랫방에서 물걸레질하는 선희가 볼세라 벽 쪾에 꾸겨 박았던 팬티며 속바지를 얼른 꺼내 들고 강가로 향했다. 아침 6시에 떠난다며 선희에게 당부까지 했던 나는 이놈의 물건이 만들어 낸 코미디 같은 일로 평생을 두고 잊지 못할 촌극의 단역배우가 되어 버렸다.

그날 아침부터 부산을 피웠던 첫 장삿길은 오전 7시를 한참 넘겨서야 떠날 수 있었다. 새별군으로 가는 자동차를 타려면 집에서 4km 정도 마을과 옥수수 밭들이 있는 고개를 넘어 '7월8일'동이라는 마을로 가야만 했다. 수입에 의존하던 교통수단 연료마저 나라의 경제가 거덜

나다보니 수입을 하지 못했다. 버스나 다른 대중교통 이용은 전혀 생각 조차 할 수 없는 형편이다. 한 시간에 몇 대밖에 오가지 않는 화물차를 타려고 사람들이 바글거리는 길거리에서 먼지를 뒤집어쓰며 차를 기다리는 것 또한 여간 힘겨운 일이 아니다.

오전 9시가 한참 지났다. 새별군 쪽으로 가는 차가 '팔을천' 다리로 들어서는 모습이 보인다. 가까이 다가오는 차는 푸른색의 중국 '동풍호' 5t 트럭이다. 적재함에 옥수수 마대자루가 가득 실려 있고 그 위에 사람까지 만적재한 상태였다. 프로펠러 항공기 엔진 소리를 내며 질주해 오던 차는 우리와 멀지 않은 곳에 '삐익' 하고 급제동으로 멈추어 섰다. 내리고 오르는 사람들이 한데 뒤엉켜 차 한 대에 수십 명이 화물차를 에워싸고 고함을 지르며 난리를 피운다.

"선희 빨리 오르오."

내가 먼저 올라 선희의 손을 잡고 올리려는 순간 화물차 운전기사는 출발한다는 말도 없이 시동을 걸더니 떠나버리는 것이었다. 하도 사람들이 많으니 그렇게라도 하지 않으면 차가 떠날 수 없는 모양이다. 선희가 오르지 못했는데 차가 떠나버려 야단이 아닐 수 없었다.

"원명 오빠! 난 어떡해요."

선희의 다급한 목소리가 들렸다.

"그 자리에 가만있소. 내려서 갈게."

달리는 차 적재함 위에서 선희를 향해 손을 흔들며 소리쳤다. 세월이 흉하니 날씨도 때를 맞추는 것 같았다. 가을에 접어들며 벌써 한 달 넘게 비가 한 방울 내리지 않아 곡식들이 바삭바삭 말라간다. 옥수수와 소채 밭 사이로 울퉁불퉁 패인 차도로가 지나갔다. 그 위를 풀어헤친 머리를 흔들며 정신없이 달리는 미친 여자마냥 흙먼지를 뒤로 말아

올리며 질주하던 차는 예고 없이 급제동을 했다. '와아~!' 차 위에 탔던 사람들이 앞으로 쏠리자 압축되는 몸의 균형을 잃지 않으려고 소리를 친다. 폭이 4m가량의 도로를 가로질러 흐르는 작은 도랑이 나타났던 것이다. 차가 주춤하며 속도를 멈추는 찰나에 나는 뛰어내렸다.

선희에게 돌아와 길가에서 준비했던 도시락으로 점심식사를 했다. 오후 2시경이 되어서야 우리는 군인들의 트럭을 겨우 얻어 타고 떠날 수 있었다. 물론 차비는 한 사람이 50원씩 내야 했다. 내가 잎담배를 구입하기로 생각하고 있던 새별군 농촌 마을 목적지까지 해가 서산으로 한참 기울어진 저녁 7시가 넘어서야 들어섰다. 새별군 읍으로 가는 자동차 본 도로에서 6km가량 떨어져 있고 산으로 둘러막힌 30가구 정도의 농촌 작업반 마을이다. 나와 선희는 그 마을에 여장을 풀었다.

서북쪽으로 300m 높이의 빈 몸으로도 넘기 힘든 '할딱 고개'를 넘어 우불구불한 소달구지가 겨우 다닐 산길을 따라 걸으면 온성군 동포리가 보인다. 작업반 농산 마을에서 10km는 실히 되는 거리였다. 길 옆 아름드리 참나무, 소나무, 잡관목들이 빼곡히 들어선 숲 속으로 2m 높이의 전기 철조망이 보인다. 철조망 밑으로는 풀 한 포기 볼 수 없는 맨 흙으로 다져진 길이 나 있다. 가쁜 숨을 몰아쉬며 산 정점 위에 거의 올라설 때였다.

"원명 오빠, 산속에 웬 전기 철조망이 지나갔어요. 사람 사는 곳이 아닌 것 같은데…"

산속을 가로질러 뻗어나간 전기 철조망이 이상해 보였는지 뒤에서 따라 올라오던 선희가 묻는다.

"선희, 정치범수용소라는 말을 들어 봤소?"

"네, 들어봤어요."

"여기가 국가보위부에 잡혀간 사람들이 있는 22호 관리소요. 저 산

너머 어딘가 사람들이 사는 데가 있겠지."

"관리소가 무슨 소리예요?"

"음, 뭐라고 할까. 수용소란 말이 남들 듣기에도 안 좋으니까 아마 22호 관리소라는 이름을 달아놓은 것 같소. 관리라는 말은 짐승이나 물건들을 관리한다. 또는 취급한다는 의미로 생각하면 될 거요."

"여기에 갇혀 있는 사람들이 얼마나 되요?"

정치범수용소라는 말은 많이 들었어도 실지 눈으로 직접 보니 신기해 보이는 모양인지 물음을 거듭했다.

"선희, 좀 앉았다 가기요."

산마루에 올라서 잠시 다리쉼을 하고 싶었다. 주머니를 뒤적거려 담배쌈지를 꺼내 한 대 말아 불을 붙이고는 말을 이었다.

"22관리소는 정치범 당사자와 가족들 모두 들어가 있소. 여기서는 함께 살지 못하고 따로따로 갈라져 있다는 말을 들었는데 몇 명이나 있는지 나도 잘 모르겠소. 죽어도 나오지 못하는 곳이요."

나는 22호 관리소에서 생활하는 사람들이 어떤 일을 하며 면적은 얼마나 큰지 알고 있는 것들을 대충 말해주었다. 이따금 총창이 꽂힌 자동총을 어깨에 걸치고 순찰하는 경비병들이 철조망 옆을 지나는 모습이 보였다. 경비병들 보초소가 길에서 100m 떨어진 곳에 외롭게 서 있다. 산골 농촌이다 보니 민박이나 하숙집은 있을 수가 없었다. 우리는 며칠 동안 있을 집을 돈을 주고 숙박하기로 했다. 그곳에서 잠을 자고 먹고 잎담배를 포장하는 일을 하기로 집주인과 합의를 보았다. 나와 선희는 새별군과 온성군 경계 인접 지역 농촌 집들 문을 두드리며 잎담배 건초를 사는 작업을 시작했다.

"잎담배 사러 왔습니다. 담배 있으면 파세요."

한 집에서 많아야 5kg 정도의 마른 잎담배를 살 수 있었다. 농촌 사람들은 텃밭들에 담배를 심어 가을에 팔아야만 용돈이라도 조금 쥐어 볼 수 있다. 잎담배 생산이 유일한 돈벌이 수단인 셈이다. 개들이 짖어 대는 동네를 돌며 집 마당에 들어서면 선희가 문을 두드리거나 말을 건 넸다. 빈손으로 돌아서기가 일쑤다. 몇 집 건너 간혹 건초담배가 나지 면 내가 담배 맛이며 색깔, 독에 대한 검사를 맡았다. 수년간 잎담배 장 사 경험으로 얻은 노하우였다. 시장에 넘길 합격품 잎담배를 구하는 일 이 쉽지 않았다. 아침이면 선희가 부엌으로 나가 집 여주인과 불도 때고 식사 준비를 하곤 한다. 옥수수쌀이 섞인 잡곡밥에 메주장국, 김치 등 으로 아침식사를 대충하고 나면 농촌 집들을 일일이 돌며 잎담배를 사 느라 골목골목을 뒤지는 것이 하루 일과였다. 잎담배 수량이 많은 집을 바로 만나면 그날은 땡잡은 날이었다. 좋은 잎담배를 찾아 이 마을, 저 마을 돌다 보면 어떤 날은 수십 리 먼 곳까지 가야 했다. 한 짐 가득 등 에 지고 돌아올 때면 쉬엄쉬엄 발걸음이 가볍지 못했다.

"오빠! 좀 쉬다 가지요. 뭐."

우리는 길가의 우거진 풀숲에 짐을 내려놓고 잠시 쉬기도 했다. 때 로는 좔좔 흐르는 냇물 가에 발을 담구고 도란도란 세상살이 이야기 를 나누다가도 다시 일어나 목적지를 향해 걸음을 옮겼다. 누가 보기에 도 다정스런 부부 이상의 관계다.

낮 동안은 그렇게 보냈다. 밤이 문제였다. 며칠간 선희와 함께 보내 야 하는 잠자리 시간은 고통 그 자체였다. 부부가 아닌 젊은 남녀가 함 께 장사를 다니는 것이 알려지면 비난의 대상이 될 수 있는 일이었다. 그런 이유로 우리는 누가 물으면 부부라는 대답으로 얼버무려 넘어가 곤 했었다. 또한 집주인이 정해준 방에서 잠을 자야 했다. 선희와 나를 부부로 알고 있는 집주인은 덮을 이불이나 담요를 한 개씩밖에 주질 않았다. 그러니 낮에 입고 다니던 옷을 그냥 입은 채로 방바닥에서 따로따로 홑이불을 덮고 자야 했다. 이런 생각이 들었다. 혈기 왕성한 남성과 새파랗게 젊은 여성이 한 방에서 잠자리에 들면 어떤 생각을 할까. 하루 종일 잎담배 짐을 지고 돌아다니다 저녁이면 부서질 듯 마른 잎담배에 입으로 푸푸 물을 뿌려 발로 다진다.

용기에 넣어 자리가 잡히면 짐 포장을 하고 　　　주인집 장작도 패 주어야 했다. 나 혼자 생업에 전념할 때는 밤이 되면 몰려드는 피곤에 코를 골며 잠에 곯아떨어지곤 했었다. 지금 달라진 것이 있다면 한 여성이 바로 옆에서 누워 있다는 것뿐이다. 여성이라는 이성에 대한 마음의 준비가 없어서일까. 심장이 터질 듯한 방망이질에 도무지 잠을 잘 수가 없었다.

사전 준비 없이 이루어진 갑작스러운 동거였다. 나에게 이런 상황은 자신의 비참한 처지에 대한 생각에 앞서 보이지 않는 채찍질에 살이 뜯기는 고문이었다. 우리 사이엔 서로 감히 다쳐서는 안 될 고압 전류가 흐르는 투명한 장벽이 가로놓여 있었다. 방 한켠에 누워 있는 선희를 물끄러미 훔쳐봐야만 하는 나의 몸속에는 갈망의 굶주린 창자가 꿈틀거렸다. 그녀는 앞에 놓고도 집어 먹을 수 없는 그림의 떡일 수밖에 없었다. 아니 볼 수는 있어도 만질 수도, 가질 수 없는 하늘에 떠 있는 보름달이었다.

'떡 줄 놈은 생각조차 없는데 김치국물 마신다'는 격이 아닌가. 손을 건네면 잡힐 거리지만 그녀는 세상 저 끝에서 나를 괴롭혔다. 한 남자를 무선 조종해대며 길고 긴 밤을 설산 넘어 태산에 오르게 심장을 달구어 놓고서는 불산을 향해 미친 듯이 뛰게 만들고 있었다. 나는 손전등을 켜들어 담배를 말아 입에 물고는 밖으로 나와 버렸다. 회령을 떠나기 전 날과 꼭 같은 일이 벌어지고 있었다. 담배 연기를 한껏 빨아

하늘을 향해 뿜어 올렸다. 하루하루를 외롭고 지친 마음으로 고독하게 혼자 보낸 지도 수년째다. 아롱아롱 나타났다 사라지며 숨바꼭질해 대는 별들을 보며 눈길을 뗄 줄 몰랐다. '너희들은 얼마나 좋겠냐. 근심 걱정이라는 말조차 알 수 없으니 말이다.' 중얼거리던 나는 다시 문을 열고 방으로 들어섰다.

"오빠, 잠을 자지 않으세요."

잠든 줄 알았던 선희가 손전등 불빛에 비쳐진 얼굴을 손으로 가리고 올려다본다.

"잠이 오지 않아 일어났소, 선희는 왜 안 자고 있소?"

"불빛에 깨어났어요."

몇 마디 이야기하는 것 같더니 이내 잠잠해 버린다. 그녀를 내려다보던 나는 속으로 어처구니가 없었다. '사랑도 너무 한심한 짝사랑을 하고 있지 않는가.' 누구는 꿈도 꾸지 않는 짝사랑 늪에 빠져 허우적거리는 리원명이라고 하는 인간을 발견하고는 이러고 있는 자신이 한없이 추하게 느껴졌다. '저 여자의 심장은 얼음으로 되어 있어. 나 같은 얼뜨기는 다가서면 안 될 냉혈인간이야. 아서라. 오르지 못할 나무는 바라보지도 말아. 잘못 다쳤다가 큰 코 다칠라…'

나는 생각을 다시 한번 정리해 보며 머리를 흔들었다. 방에는 서로의 숨소리만 간간이 들린다. 눈을 지그시 감고 잠을 청해 보았다. 얼마나 눈을 붙였을까.

"꼬끼요~"

새벽을 알리는 수탉 울음소리가 고막을 울렸다. 아침식사를 준비하려는지 선희가 일어나 부스럭거린다. 담요를 뒤집어 쓴 나는 꼼짝 않고 누워 있었다.

1주일 만에 집으로 돌아온 나는 옹근 하루하고도 반나절 동안 자리에 누워 일어나지 않았다. 정신을 잃고 쓰러진 사람처럼… 이번 새별 장사 기간 어느 하루도 제대로 자지 못했다. 몽둥이에 머리를 맞고 얼친 짐승마냥 머리가 뗑 하고 어질어질거려 '집에 돌아가면 푹 자리라' 벼르고 별렀다. 사회생활을 시작해 처음인 것 같았다. 잠에서 깨어 보니 배가 텅 빈 것 같이 속이 쓰려났다. 일어나 기지개를 켜고는 쌀을 물에 씻고 화로에 불을 붙였다. 나는 이번 새별 장삿길을 꼼꼼히 총화해 보았다. '앞으로 장사를 하든 다른 무엇을 하든지 선희와 끝까지 해낼 수 있을까' 앞으로 그녀와 함께 해야 할 일들을 다시 생각해보지 않을 수 없었다. 어딜 가도 함께 다녀야 할 것이고 그렇게 되면 한 방에서 지내야 할 텐데… 심리적인 부담을 감당해 내지 못할 것 같았다. 물론 혼자 다닐 때보다 외로움이나 육체적인 수고는 말할 것 없이 한결 나았다. 단지 한 방에서 잠을 자야 하는 동거라는 이성 간의 문제로 내 머리는 복잡했다.

새별에서 돌아온 지 3일째 되는 날, 점심시간이 지난 얼마 후였다.

"원명 오빠! 오늘 못 만나고 가는 줄 알았어요. 어딜 다녀오세요?"

"언제 왔소? 부모님 계시는 동천갱에 갔다 오는 길이오."

회백색 일본 중고 자전거를 끌고 집골목 모퉁이를 돌아서는데 마당에 서 있던 선희가 반색을 한다. 보름 넘게 부모님들을 보지 못했던 나는 아버지, 어머님이 계시는 마을에 갔다 돌아오는 길이었다.

"집을 며칠 동안 비웠는데 다른 일 없었소?"

"네, 집 떠날 때 옆집에 봐달라고 부탁하고 떠났댔어요."

"선희, 서 있지 말고 방에 들어가기오."

나는 창고에 자전거를 넣고 집 출입문 자물쇠를 열었다. 우리는 잎담배 장사를 떠나기 위해 어떤 준비품이 필요한지 의논했다. 그날 오후부터 여행 떠날 준비를 시작했다. 집 윗방에 쌓아 놓았던 잎담배 짐을 각자 몸에 맞게 다시 포장하고 정돈했다. 새별에서 가져온 짐들을 회령역과 가까운 우리 집에 들여놓았었다. 말린 잎담배 70kg은 윗방을 가득 채웠다.

담배를 압축하지 않으면 짐 부피가 커 열차 안에서 사람이 가지고 움직인다는 것은 어림도 없는 일이다. 잎담배를 다루는 사람들은 담배 짐을 특이한 방법으로 압축했다. 물을 한 입에 물고는 잎담배 매 갈피마다 분무 형식으로 고루 뿌려 차곡차곡 개어 놓는다. 그 다음 물기가 축축한 천으로 잎을 덮어놓으면 습기가 배어 발로 밟아도 부스러지지 않을 때 포장을 시작한다. 식량 50kg 들어갈 만한 배낭에 담았다.

몇 번 잎을 돌려놓고 장정 남성이 올라가 발로 밟으면 다져져 크기에 따라 배낭 한 개에 30~40kg 정도의 잎담배를 담을 수 있었다. 내가 지고 갈 배낭에 40kg 정도 담고 선희의 배낭에는 30kg가량의 잎담배를 포장해 넣었다. 여행길에 먹을 음식 짐까지 세 개를 만들기로 했다. 작은 짐 하나는 우리가 회령에서 사리원까지 15일 정도 먹을 양식이 들어 있었다. 열차에서 먹을 양식은 '속도전 가루'였다. 빨리 먹을 수 있다는 뜻에서 이름이 붙은 옥수수로 만든 '속도전 가루'는 가루에 물만 부어 주물럭거리면 5분도 안 되어 금방 먹을 수 있다. 시간이 없거나 급하면 '속도전 가루'를 바로 입에 넣고 물을 한 모금 마시면 되었다. 한마디로 지금의 미숫가루다. 날씨가 더우면 밥 같은 음식은 하루도 못 가 변질되어 먹을 수 없었다. '속도전 가루'는 북한 사람들이 죽음의 문턱을 드나들어야 하는 세월에 운명을 함께했고 많은 도움을 준 잊지 못할 음식이라 해야 할 것이다.

나는 오랜만에 이름만 걸어놓은 회령 백살구 공장으로 나갔다. 노동 지도원을 만나 휴가 신청을 내고 경리에게는 여행증 신청을 해놓았다. 말이 직장이지 거의 출근하지 않고 있었다. 대신 1개월에 한 번씩 현금을 얼마씩 공장에 바치고 식량 구입을 핑계로 개인 용무를 보고 있었다. 나뿐만 아니라 100명이 넘는 종업원들이 대부분 그렇게 했다. 공장에 출근하는 사람이 있다면 경비원들뿐이다. 내가 소속된 공장만이 아닌 회령시에 있는 공장, 기업소 모두 그렇게 했다. 아니, 김정일의 건강, 장수에 종사하는 부문과 정권유지에 필수적인 몇 개 공장들, 군수품을 생산하는 기업소들 외에는 모두 가동을 멈추었다. 노동자들은 일거리가 없고 식량을 전혀 공급받지 못하자 출근을 거부하고 입벌이 장삿길에 나섰다. 선희와 나는 여행기간 먹을 양식과, 필요한 생활필수품을 구입하느라 시장에 들락거렸다. 동행 인원이 늘었으니 준비품도 이전보다 많아졌다.

이번 잎담배 장사 목적지는 사리원이었다. 이유는 한곳에 반복해서 가지 않는다는 나만의 장사 규정이었다. 앞서 갔던 원산 시장에는 내가 가져다 넘긴 잎담배들이 아직 다 소비되지 않았을 것이라는 타산에서였다. 한곳에만 자주 가면 시장 상인들이 잎담배 가격을 너무 깎아내려 남는 이윤이 얼마 되지 않았기 때문이다. 이런 관계로 나는 원산-문천 지방에 한 번, 다음은 평안남도 평성시, 그 다음은 황해북도 사리원 방향으로… 이렇게 순회식 장사를 돌아가며 했었다.

사리원으로 가려면 회령에서 온성-평양행 열차를 타야 한다. 도중에 함흥역에서 출발하는 함흥-사리원행 열차를 갈아타야 갈 수 있었다. 한번 열차에 오를때마다 난투극을 벌여야 하고 도중에 갈아타는 일을 생각하면 끔찍했다.

"원명 오빠! 원산보다 사리원까지 거리가 더 멀고 힘들지 않아요?"

선희가 근심이 되는지 물었다.

"그건 맞는 말이오. 그래도 고생한 것만큼 먼 곳에 가면 떨어지는 몫이 괜찮으니 가려는 거요."

선희에게 무엇 때문에 잎담배 장사를 순회식으로 하고 있는지 이유를 알기 쉽게 설명해 주었다. 황해북도 소재지인 사리원은 내가 자주 가곤 했던 원산보다 100km 정도 거리가 더 멀었다. 교통이 불편한 관계로 북쪽 지방에서 생산된 잎담배가 거의 보기 힘들었으나 나에게는 아주 유리했다. 사리원 쪽은 새별에서 구입한 담뱃값보다 거의 2배 이상 이윤이 생겼다. 장사할 종잣돈을 빼고 여행길, 집에서 먹고 쓰는 데 들어가는 비용을 계산하면 남는 돈이 별반 없었으나 입만 건사해도 내게는 고마운 일이었다. 회령에서 북쪽으로 65km 정도 떨어진 출발역인 온성역에서 사람들이 포화 상태로 떠나다 보니 열차 안의 자리를 넘본다는 것은 하늘의 별 따기 같은 일이었다. 열차 안에 자리를 못 잡으면 지붕 위로 올라가야만 한다. 그것도 며칠에 한 번씩 다니는 열차여서 그마저 타지 못하면 여행을 포기해야 했다.

9월 초, 우리는 온성-평양행 열차에 올라 회령을 떠났다. 이번 출발은 열차 지붕 위에 올라가지 않아도 되었다. 회령역에서 3시간 넘게 정차해 있어 열차에 오르는 시간이 넉넉했다. 창문을 지키고 앉은 사람들에게 고급 담배 한 갑, 술 한 병을 주고 쉽게 통과했다. 선희와 서로 짐을 들어주고, 받아주고 한결 쉬웠다. 비록 앉지 못했지만 싸움질 없이 서서라도 갈 수 있어 한없이 감사한 마음이었다. 청진역에서 많은 사람들이 내리고 오르는 틈을 이용해 자리를 잡았다. 담배 짐을 깔고 앉아 함흥까지 5일, 사리원에 도착하는 데 13일이 걸렸다. 우리는 사리원 시장 근처에 있는 민박집을 찾아 숙소를 정했다. 마실 물조차 얻기 힘들다 보니 13일간 세수며 칫솔질 한 번 못해 얼굴이며 몸이 알록달룩 말이 아니었다. 사리원에 도착한 날은 세수며 발을 씻고 나서 쌓인 피로를 풀려는 생각으로 반나절 꼼짝 않고 밖을 나가지 않았다. 그날은 옆에 누워 정신없이 자고 있는 선희를 까맣게 잊은 듯 나도 정신없이 곯아떨어져 일어나질 못했다.

다음 날, 오전 10시를 조금 넘은 시간에 민박집을 나섰다. 나와 선희는 잎담배 장사꾼들을 찾아보려고 사리원 시장을 향했다. 선희의 손에 들려져 있는 검은색 인조가죽 가방에는 우리가 가지고 간 잎담배 샘플이 들어 있었다. 물건을 파는 장사꾼들, 장보러 온 사람들이 한데 뒤엉켜 불개미떼마냥 끓어대는 시장 입구에 도착한 우리는 시장 구석구석을 한 바퀴 돌며 입담배 가격을 알아보았다.

"저희들한테 새별독초가 있는데 넘겨받으실래요?"

잎담배를 파는 장사꾼들 모두에게 하는 말이다. 누가 더 비싼 가격에 가지려는지 생각들을 타진해보기 위해서였다.

"삼촌, 이런 담배 얼마나 있소?"

잎담배를 잘게 썰어 파는 나이 50세는 넘었을 한 아주머니가 선희의 손에 들려 있는 잎담배 색깔이며 맛을 보더니 물어본다.

"네, 70kg 정도는 있어요."

"많이 가지면 얼마에 주겠소."

"글쎄요. 10kg 이상 가지면 1kg에 500원씩 드릴께요."

"삼촌! 담배 70kg 다 가질 테니까 1kg에 450원에 주오."

"아주머니. 저희 담배 그렇게는 안 팔아요. 지금 우리 담배를 보고 달라는 사람들이 많아요. 내 말이 거짓말인가 저쪽에 앉아 담배 파는 저 사람에게 물어보세요."

나는 지나온 쪽, 땅 위에 자리를 잡고 앉아 잎담배를 팔고 있는 중년의 남자를 손으로 가리켰다.

"저 사람뿐이 아니에요. 저쪽에 있는 사람도 저의 담배 색갈이랑 맛이 좋다고 지금 가져다 달래요. 아주머니 20kg 이상 가지면 480원에 드릴게요."

담배 장사꾼 아주머니는 무슨 생각을 잠시 하더니 짝꿍 같아 보이는 옆에 앉은 나이 지숙한 남자에게 저들만의 이야기를 해댄다.

"좋소. 그럼 삼촌이 가지고 있는 담배를 장마당에 있는 다른 담배 장사꾼에게 넘기지 마오. 우리가 다 가질 테니까."

'와! 이번 담배 장사는 정말 맞혔구나.' 나는 속으로 쾌재를 올렸다. 아주머니는 우리 담배를 모두 넘겨받아 다른 장사꾼들에게 넘겨 팔아 이윤을 남기려는 것 같았다.

"아주머니, 담배가 있는 집까지 갑시다."

"이 아저씨가 손 달구지를 가지고 따라갈 거요."

담배 장사꾼 아주머니는 옆에 앉아 있던 남자를 손으로 가리키며 말했다. 선희는 내가 하고 있는 언행들을 지켜볼 뿐 말 한마디 없었다.

사리원에 도착한 지 2일째 되는 날이다. 우리는 운 좋게도 가져온 담배를 사리원 시장 담배 장사꾼에게 모두 넘겨 버렸다. 힘들게 고생한 보람이 있는 것 같았다. 얼마나 이윤이 남는지 돈 계산을 해보았다. 회령을 떠나 새별에서 잎담배를 구입하고 사리원까지 그 기간 소비한 돈과 담배를 팔아 남긴 이윤을 보니 거의 2배 넘게 되었다.

"와! 오빠! 고생한 보람이 있네요. 이 재미에 오빤 그 고생을 하며 멀리까지 나와서 장사 했었군요."

생각 외로 잎담배를 높은 가격에 장사꾼들에게 넘겨 이윤을 남기는 것을 본 선희는 환성을 올린다. 그런 모습을 보며 나는 생각했다. '돈이 가지고 있는 힘은 놀라움 그 자체다. 그 종잇조각이 인간을 웃고 울게 만들고 절망과 분노로 가슴치게 하고 있는 것 아닌가'

인간은 참 이해할 수 없는 생명체다. 몇 푼 안 되는 돈을 손에 쥐면 우주를 얻은 기분으로 지나온 일들을 까마득히 잊어버리고 함박꽃 웃음을 짓곤 한다. 개도 물어가지 않는 그 종잇조각을 얻으려고 죽기 살기로 몸부림치고 있다. 아니 그 종잇조각에 운명을 걸고 목숨도 불사하는 것 같았다. 인간이 만들어 낸 그 요상한 물건에 노예가 되어 때로는 혈육, 동족 간 살육까지도 서슴지 않는다. 세상살이 순리를 생각해 보면 허탈하고 쓴웃음이 저도 모르게 나왔다.

"원명 오빠, 우리 가지고 온 잎담배를 넘기지 말고 여기 앉아서 팔면 이윤이 더 떨어지지 않을까요? 제가 팔아 볼게요."

선희는 아쉬운 듯 길게 늘어 앉아 잎담배를 팔고 있는 장사꾼들에게 다가가 얼마에 팔고 있는지 알아보고 있는 것 같았다. 우리에게 넘겨받은 잎담배를 장사꾼들이 배로 높은 가격에 파는 것을 보고 하는 말이다.

"물론 시장에 틀고 앉아 팔면 이윤이 더 낫겠지만 우리가 가지고 온 잎담배 량을 없애려면 며칠이 걸려야 할지 모르오."

나는 선희에게 장사 원리를 설명해 주었다.

"좀 더 이윤을 보겠다고 여기 있으면 먹어야 하고 숙박비를 내야 하니 돈이 더 들어가오. 그러니 잎담배를 없애고 들어가 다시 나오는 식으로 회전을 빨리하는 것이 훨씬 이윤이 남소."

내 말을 듣고 있던 선희는 이해가 가는지 머리를 끄덕거렸다.

지옥 문고리

나와 선희는 사리원에 도착한 지 3일 만에 다시 회령으로 들어가려고 서둘렀다. 열차표를 구하는 일은 쉽지 않았다. 회령에선 역에 근무하는 사람들 몇은 알고 있어 차표 구하는 데 큰 어려움이 없었다. 천리나 떨어져 있는 사리원역엔 아는 사람이 없으니 십분 그럴 일이라고 생각했다.

"차표는 이미 다 예약 판매되었습니다."

이 말은 자신들이 부르는 가격대로 돈을 주면 차표를 팔겠다는 소리였다. 명색이 국가 일을 하는 사람들이지 차표를 팔아주는 역 안내 처녀들은 수단과 방법을 가리지 않고 돈을 빼앗는 날치기꾼들이다. 매번 경험하는 일이었다. 타 지방에 가면 국가에서 정한 열차표 가격의 수배~수십 배를 주고야 살 수 있었다. 그것도 피 터지는 싸움질을 해야만 가능했다. 우리는 간신히 차표를 손에 넣고 떠날 차비를 했다. 회령으로 들어가는 길이 험하지 않을 것이라는 예감이 들었다.

"선희, 회령으로 들어갈 때 돈이 될 만한 물건을 사가지고 들어가면 여비라도 뽑을 수 있으니 시장에서 알아보기요."

나는 집으로 들어갈 때 빈손으로 가기보다는 돈이 될 만한 무엇인가를 찾아보기로 하고 떠나는 날 선희를 데리고 사리원 시장으로 나갔다. 돌아보니 시금치 종자가 눈에 들어왔다. 가격을 알아보니 회령보다 3배나 눅은 값에 팔리고 있었다. 회령 지방에는 시금치 씨종자가 귀했다. 북한은 농사를 짓는 땅, 모두 국가에서 운영하는 국영, 협동 농장들이다. 정부에서 함경도는 무엇을 심고 평안도에서는 '이것을 심어라'는 식으로 작물 품종을 정해 주었다. 그런 방식으로 농사를 짓다 보니 시금치 씨종자를 생산하는 채종농장은 모두 황해도나 강원도 지방에만 있었다. 장사꾼들은 돈의 가치를 아는 영악한 두뇌를 가진 인간들이었다. 팽이처럼 돌아가는 그들의 머리는 세월의 흐름을 읽고 내일을 준비하는 예언가들이었다. 시금치 씨종자를 싼값에 사놓았다가 다음 해 봄에 팔아 몇 배의 이윤을 남기곤 했다. 나는 선희에게 시금치 씨종자를 회령으로 왜 가지고 들어가야 하는지 이유를 알기 쉽게 이야기해 주었다.

"오빠가 알아서 다 하세요. 전 아직 장사를 전혀 모르지 않아요."

선희와 시금치 씨종자를 사기로 합의를 보았다. 내가 30kg, 선희에게 20kg씩 사리원으로 나올 때 잎담배를 넣고 왔던 배낭에 가득 짐을 꾸렸다. 사리원역도 북한 어느 역이나 마찬가지로 사람들로 초만원이다. 나는 선희에게 열차가 들어오면 어디로 어떻게 행동해야 하는지 매뉴얼을 알려주었다.

"선희, 만약 우리가 열차 안에 자리를 잡지 못하면 열차 지붕 위로 올라가야 하오."

내 말에 선희가 놀란 듯 물어본다.

"원명 오빠, 열차 지붕 위에 앉아 가는 것이 위험하지 않아요?"

그녀가 나에게 물어보는 말은 너무도 당연한 일이었다.

"그렇게라도 하지 않으면 열차를 타지 못하오. 선희, 열차 지붕 위에 오르면 달릴 때 절대 움직이면 안 되오."

열차 지붕 위에 올라가야 한다는 내 말을 듣고 있는 선희의 얼굴은 벌써 긴장한 모습이 역력했다.

"그리고 말이오. 열차 위에서 갈려면 될 수록 물과 음식들을 적게 먹어야 하오. 일단 떠나면 땅으로 내려오기가 쉽지 않소. 그러니 열차가 떠나기 전 변소도 다녀오고 볼 일을 다 보오."

위험하긴 해도 3300V 전기 고압선만 주의하면 열차 안에서 밟히고 싸움박질하기보다는 나았다. 지붕 위에 자리를 잡은 사람들은 열차가 달릴 때면 꼼짝 않고 앉아 있거나 누워 있어야 했다. 문제는 어떻게 열차 지붕 위로 오르느냐 하는 것이었다. 낮에 역을 출발하면 역 안 내원들과 철도 보위대원들이 열차 지붕 위로 못 오르게 단속하고 있었다. 심지어 지붕 위에까지 올라와 사람들을 밀어 떨어뜨리며 야단을 쳤다. 고압선에 감전되어 죽는 사람이 많았기 때문이었다. 그러니 단속하는 사람들의 입장에서는 사고를 미연에 방지하기 위한 차원이라 하겠다. 하지만 수백 명의 사람들이 일시에 달려들어 지붕 위로 올라가는데 몇 안 되는 역 안내원들과 보위대 사람들로 여행객들을 막는다는 것 어림도 없었다. 한번은 검열원이 지붕 위에 올라와 단속을 하다 고압선에 감전되어 죽는 일이 있었다. 그 다음부터 역원들이 열차 위에 올라와 사람들을 단속하는 일이 말끔히 사라졌다.

한 사람당 수십 kg의 짐을 가지고 오르는 수백 명의 여행객들을 비집고 자리를 잡아야 하는 일은 말이 쉽지 난투극을 벌여야 하는 피터지는 싸움이었다. 북한 여객 열차에 사람들이 오를 수 있는 것은 차량을 연결하는 승강기 옆에 지붕 위로 오르내리는 사다리 같은 손잡이가 있어 가능했다. 시도 때도 없이 정전이 되다 보니 전기가 오는 시간이 출발 시간이었다. 다행히도 우리가 떠날 때는 밤 9시경이어서 낮 시간보다 단속을 덜 받았다. 내가 먼저 열차 지붕 위에 올라 아래에서 선희가 올려보내는 짐들을 노끈으로 묶어 끌어올렸다. 열차 안 공기를 뽑아 올리는 기둥처럼 박힌 둥그런 관 형식의 환풍기 통 옆에 자리를 잡았다. 이유가 있었다. 밤에 열차가 달릴 때 혹시 저도 모르는 잠결에 몸을 움직여 열차 지붕 위에서 떨어질 것을 생각해서였다. 환풍기 통에 두터운 끈으로 나와 선희, 짐을 함께 연결해 묶어 놓았다. '설사 잠든다 해도 떨어져 죽을 일은 없을 것이다.' 우리는 떠날 때 어깨 위에서 발까지 닿는 사각형 모양의 비닐박막을 비옷처럼 온몸을 뒤집어쓰고 앉았다. 그래야만 달리는 열차 밤바람에 체온을 유지할 수 있기 때문이었다.

열차가 출발해 사리원역을 떠난 지 1시간이 지나자 짙은 안개 모양의 보슬비가 바람에 날려 열차 지붕이며 사람들을 적신다. 한동안 달려 황해북도 평산을 지나 철길 양옆이 산으로 둘러막힌 어느 산골 마을 조그마한 역을 지났을 때였다. 다른 때와 달리 열차 바퀴 굴러가는 소리가 요란하게 들렸다. '덜커덩~' 바퀴 소리를 들어보니 다리에 들어서는 것 같았다. 열차가 골짜기 사이를 가로 질러 놓은 다리를 건너는가 싶더니 '삑익~' 소리를 내며 멈춰 선다.

"제기랄 왜 또 서는 거야? 별나게 잘 달린다 했더니…"

열차가 2시간 지나도록 떠날 기미가 보이질 않는다. 정전이 된 것 같았다. 축축이 젖은 열차 철판 지붕 위 선희 곁에 누워 별 한 점 보이지 않는 하늘을 바라며 생각에 잠겼다. '회령까지 갈려면 며칠이나 걸릴까? 제발 사고만 나지 마라.' 깊은 잠에 든 선희가 부러웠다… 무엇인지 몸에 와 닿는 것 같아 느낌에 눈을 떠보니 선희가 몸을 뒤틀며 나를 다친 것 같았다.

사방 둘러싸인 산 계곡 한쪽이 어슴푸레 밝아 오는 것을 보니 새벽 시간인 것 같았다. 열차가 멈춰 서 있는 황해북도 곡산군 땅은 북한에서 남쪽 지방이라지만 해발고가 300m 이상 산악지대에 위치하고 있어 9월이라 해도 밤에는 추웠다. 몸이 으스스 떨려 웅크리고 주위를 둘러보니 밤에 열차가 멎은 다리 위에 그대로 멈춰 서 있는 것 같았다. 얼마쯤 더 있어 주위를 알아 볼 수 있을 만큼 밝아졌다. 열차 아래를 내려다보던 나는 전기에 감전된 것처럼 온몸이 부르르 떨리고 아래 다리에서 맥이 빠졌다. 우리가 타고 있는 열차가 아찔하게 깊은 산골짜기 사이에 가로 놓인 다리 위에 서 있다는 것을 그때서야 알게 되었다. 조심히 일어나 앉아 주위를 둘러보았다. 선희도 잠에서 깨었는지 부스럭대며 일어났다.

"엄마나!"

열차 아래를 내려다보던 선희가 소리치며 뒤로 물러앉는다.

"선희! 머리 위에 있는 고압선 주의하오. 일어나면 안 되오."

열차 위 고압선 밑으로 다가앉는 선희의 팔을 급히 잡으며 말했다. 선희가 앉은 바로 50cm 위에 3300V 고압선이 있었다. 몸에 뒤집어썼던 비닐박막에서 물방울이 주루룩 흐른다. 열차 지붕도 물기가 질벅했다. '뿡, 뿌르릉~' 얼마 안 있어 견인기 쪽에서 경적 소리가 연이어 울리며 열차가 조금씩 움직이다 멈춰 서곤 한다. 전기가 들어온 모양이다. 그러자 열차 지붕 위에 있던 사람들이 잠에서 하나, 둘 깨어나기 시작했다. '경적 소리가 나는 걸 보니 떠나려나 보다.' 열차 견인기 쪽을 바라보고 있을 때였다. 3~4살 되었을 남자애를 안은 남성이 엉거주춤 일어나는 것이 보였다.

"아!~아! 저기, 저!"

내가 그 남성을 보며 소리치려는 순간이었다. 용접 불빛과 같은 백색 하얀 섬광이 번쩍 하는 동시에 '뿌지직' 하는 소리가 들렸다. 남자 머리가 고압선에 닿는 순간 확 불어버린 것이다. 그들 곁에 함께 있던 애 엄마로 보이는 여인도 같은 순간 껑충 튀어 일어나더니 세 명 모두 까마득한 골짜기로 떨어져 버렸다. 잠에 취해 자신들이 누워 있던 바로 위에 3300V 고압선이 있는 줄을 까마득히 잊고 있었던 모양이다. 아침 이슬비에 흠뻑 젖은 것도 모르고 남성과 여인은 어린애를 껴안고 자고 있던 것 같았다. 아빠가 일어나며 고압선에 감전되자 물기에 젖은 어린애와 애 엄마까지 고압 전류가 흘러 추락사한 것이다.

"사람 떨어졌다."

고함 소리가 울리자 열차 지붕 위에 올랐던 사람들이 잠에서 깨어나 일어나기 시작했다. 웅성웅성하는 소리가 나더니 또다시 눈부신 백색 섬광이 주변을 하얗게 덮더니 이내 사라졌다. 뒤 따라 '뿌지직~' 하는 소리가 들리는 동시에 두 명의 남자들이 연이어 열차 지붕 위에서 떨어졌다. 후에 떨어진 남자들도 고함 소리에 집인 줄 착각하고 일어나 앉으려 했던 모양이었다. 철다리에는 난간도 없었다. 고압선에 감전되어 떨어진 사람들은 철길 침목에 맞고는 튕겨나가 바닥이 보이지도 않는 골짜기로 사라져 버렸다. 열차 고압선이 늘어져 어떤 곳은 지붕 위 사람들이 앉은키에서 한 뼘도 안 되었다. 조금만 잘못 움직이면 바로 고압선에 감전되어 튕겨나갈 수밖에 없었다. 몇 사람이 고압선에 튕겨 나가는 모습을 본 사람들은 지붕 위에 납작 누워 버렸다. 골짜기로 떨어진 사람들에겐 함께 동행한 가까운 사람들이 없는 모양이다. 가족이나 친지가 죽었으면 울음소리라도 나련만 너무나도 조용했다. 얼마 후, 기차는 조금씩 움직이더니 달리기 시작한다. 나는 벌써 수년째 이런 감전 사고를 여러 번 보아 왔다. 사람이 고압선에 감전되어 튕겨 나가는 모습을 처음 본 선희의 얼굴은 종잇장 같이 하얗게 질렸다.

"선희, 정신을 똑바로 차리고 주의해야지 저 사람들처럼 될 수 있소. 특히 고압선 밑에 자다가 일어서지 마오."

선희는 알았다는 듯 머리만 끄덕인다. 우불구불한 산골짜기를 따라 달리는 열차의 모양은 흡사 거대한 뱀이 꿈틀거리며 기어가는 것 같았다. 북 강원도 세포역에 들어선 열차는 이내 출발했다. 아침부터 사람이 죽어나가는 것을 본 나는 변기통 물을 떠먹은 것 같이 기분이 더럽게 찜찜했다. 비닐박막으로 감싼 몸을 옹크리고 앉아 지나가는 산을 바라보는 내 얼굴에 찬바람이 쉴 새 없이 들이닥쳤다.

열차 속도가 빨라지는 것이 웬일인가 싶어 살펴보니 강원도 고산지대 정점을 지나 내리막길에 들어선 것 같았다. 산악지대인 세포군에서 바닷가 지방 안변군으로 뻗은 철길은 보기에도 알릴 정도로 경사가 급했다. 열차는 제동을 풀어 놓은 듯 속도를 높이며 내달린다. '뿌르릉, 뿌르르릉~' 여러 번 길게 울리는 경적 소리에 머리를 돌려 앞쪽을 보니 멀리 열차가 가는 방향으로 다가오는 터널이 보였다. 터널을 지나간다는 것을 알리는 경적 소리를 울린 것 같았다. 북 강원도는 산세가 험하고 협곡이 많아 그 사이를 연결한 철다리와 터널이 셀 수 없을 만큼 많았다.

"선희, 기차가 굴(터널)을 통과하니 움직이지 말고 가만있소."

혹시나 하여 주의하라는 말을 하고 난 나는 목을 움츠리고 다가오는 터널 쪽을 보고 있었다. 터널이 가까이 오자 견인기에서 다시 한 번 경적 소리가 울린다. 열차의 1/3 정도가 이미 터널 속으로 들어가 내가 앉은 곳에서 시꺼먼 터널 입구까지 50m 정도밖에 남지 않았을 때였다. 우리가 있는 곳에서 견인기 방향으로 10m 정도 되는 거리에 앉아있던 한 남자가 어깨에 가방을 멘 채로 불쑥 일어났다. 그리고는 허리를 굽힌 자세로 열차 지붕 위에 앉은 사람들을 헤집으며 우리가 앉아있는 뒤쪽을 향해 움직이기 시작했다. 그 남자는 열차가 터널을 통과하는지 모르고 있는 것 같았다. 사람들이 그가 일어선 것을 발견하고 고함을 치는 소리가 열차 바퀴 소리와 뒤엉켜 겨우 알아들을 정도로 들렸다. 헌데 그 남자는 들었는지 말았는지 그냥 걸음을 옮긴다. 레일과 침목이 오래되다 보니 고르지 못한 철로 이음마디를 타고 넘을 때마다 열차의 바퀴 소리가 내는 진동음이 메아리되어 귀가 멍할 지경이다. 좌우 깎아지른 절벽과 산으로 둘러막힌 골짜기를 따라 달리는 요란한 열차 소리가 위험을 알리는 사람들의 고함 소리를 완전히 덮어버렸다. 열차 지붕 위에서 터널 높이까지 1.5m 가까이 되었다. 시속 100km 가까운 속도로 경사진 내리막길 철로를 달리고 있었다. 그 남자는 열차가 터널 속을 향해 돌진하는 속도 그대로 화강석을 다듬어 쌓아놓은 터널 입구 위 블록에 뒷머리를 부딪쳤다. 순간, 박살난 그의 머리가 몸에서 분리되어 피를 사방으로 뿌리며 공중으로 날아가 열차 아래로 떨어졌다.

몸은 몸대로 허공에 튕겨 열차 지붕 위에 앉아 있던 사람들을 덮쳤다. 아무런 의지함이 없이 앉아 있던 사람들 중 날아와 떨어지는 머리가 없는 몸통에 맞고 두 사람이 터널 속으로 들어가는 열차에서 사라졌다. 캄캄한 터널 속을 달리는 열차의 굉음에 모든 것이 묻혀 버렸다. '덜커덩~덜커덩~' 열차 바람에 몸을 감싼 비닐박막이 펄러덕거리는 소리, 바퀴 굴러가는 소리만 귀 아프게 들려온다. 터널을 벗어난 다음 선희를 보니 그녀한테까지 피가 튕겨 얼굴이며 옷에 묻었다.

"선희, 얼굴을 닦소. 몸에 피가 묻었소."

나는 짐에서 얼른 수건을 꺼내 선희에게 넘겨주었다. 그제야 내 옷에도 피가 묻었음을 알 수 있었다. 사람들이 고압선에 감전되어 튕겨 나가고 터널 화강석 불록에 맞아 즉사하는 모습을 본 선희의 모양이 말이 아니었다. 그녀의 얼굴은 백지 같이 하얗다 못해 퍼런 빛으로 변했다. 선희는 머리를 돌리고는 '욱~'하는 소리와 함께 토하기 시작했다. 내가 앉은 자리 주변에 열차 바람에 날린 선희의 토사물이 뿌려졌다.

'뿌르르릉~' 열차는 자신의 위에서 벌어지고 있는 소름끼치는 일들과 사람들의 아우성치는 소리를 모르는 듯 경적을 울리며 달리고 있다. 우리가 탄 열차는 안변역에 오후 2시경이 되어서야 들어섰다. 안변에는 감나무가 많다. 농촌 집들마다 보통 10그루 이상 감나무들이 있었다. 농장에서 관리하는 과수밭에도 사과나 배보다 감나무가 더 많았다. 북한 정권은 안변에 감이 많고 바다에서는 물고기가 많이 잡혀 사람 살기 좋은 고장이라고 소개하는 영화도 만들어 상영했다.

"사람이 열차에 치었다."

"치익, 삐!"

역 구내에 서 있던 열차가 출발한 지 1분도 안 되었을 때였다. 급정거를 하며 멈춰서는 것과 함께 어디선가 고함 소리가 들려왔다. '또 사고야. 젠장, 열차가 인차 떠나긴 틀렸구나.' 지겹도록 잦은 열차 정전과 사고에 인제는 그런가보다 하는 생각이다. 나는 무슨 일인지 알아보려고 지붕 위에서 땅으로 내려왔다. 얼마 멀지 않은 곳에 사람들 한 무리가 모여 있고 몇 사람이 분주하게 움직이는 것이 보였다. 웬일인가 싶어 사람들이 있는 곳으로 간 나는 머리를 돌리고 말았다.

아주머니와 어린애로 보이는 사체가 달리는 열차 바퀴에 들어갔었는지 여러 토막으로 흩어진 창자와 함께 여기저기 뿌려져 있는 것이 보였다. 사람들이 몰려 웅성웅성거리는데 '땅' 하는 야무진 총소리가 울렸다. 고개를 돌려 총소리 난 쪽을 보는 순간 또다시 '땅, 땅'하는 총소리가 연이어 고막을 두드린다. 내가 있는 얼마 멀지 않은 곳에서 하늘색 정복을 입은 열차 보안원이 피를 흘리며 쓰러지는 것이었다. 군관 한 명이 권총으로 쓰러진 열차 보안원을 향해 탄알이 다 떨어질 때까지 쏘아 대는 것이 보였다. '무슨 일이 터졌구나.' 나는 토막 난 시체를 보다 말 고 주위를 살폈다.

잠시 후, 열차 보안원에게 총질하던 군관이 다시 울리는 총소리와 함께 피를 흘리며 쓰러졌다. '야, 여기에 멍청하니 서 있다가 어느 총알 에 맞아 즉사할지 모르겠다.' 나는 얼른 열차 밑으로 벌벌 기어 반대쪽 으로 달음박질쳤다. 먼 곳에서 지켜보니 열차 보안원 두 명이 동료 보 안에게 총을 쏜 군인을 향해 권총을 쏘아대는 것 같았다. 내가 열차에 서 몸을 피해 5분도 안 되었을 때였다.

'땅, 땅, 땅'하는 연이은 총소리가 나는 동시에 총에 맞아 죽은 동 료 보안원 옆에서 서성거리던 보안원 한 명이 나가 넘어졌다. 어디선가 총을 든 군인들이 달려오며 열차 보안원들을 향해 자동총 연발 사격으 로 쏘기 시작했다. 다른 열차 보안원은 총에 맞으면서도 권총으로 맞 대응 사격을 하더니 이내 몸이 총알에 맞아 벌둥지처럼 되어 버렸다. 열 차에 타고 있던 보안원들이 열차에서 뛰어내리며 군인들을 향해 권총을 난사해 군인들 두 명이 연이어 쓰러졌다. 여행객 수천 명의 사람들 있는 데서 군인들과 열차 보안원들 사이 총격전이 벌어진 것이다.

"원명 오빠! 거기 서 있지 말고 빨리 피하세요."

얼결에 내 이름을 부르는 선희의 목소리가 들여와 고개를 돌려보니 열차 위에서 나에게 손짓하고 있었다.

"선희! 지붕 위에 앉아 있지 말고 엎드려 있소."

나는 선희에게 움직이지 말고 가만있으라고 소리쳤다. 군인들과 열 차 보안원들의 싸움에 아무 죄 없는 승객 여러 명이 도탄되는 총알에 맞아 죽거나 부상당했다.

"총 쏘지 말라. 야! 너희들, 명령이야."

총소리가 터지는 속에서 누군가 다급하게 고함치는 소리가 들려왔다. 대좌(한국군 대령)로 보이는 군관이 달려오며 총격전이 벌어지는 곳에 뛰어들었다. 다행히도 더는 총소리가 울리지 않는다. 그 군관이 총격전 마당에 뛰어들어 필사적으로 말렸으니 망정이지 큰 대형 참사로 이어질 뻔했다. 얼마 후, 역 직원들로 보이는 사람들이 나타나 총에 맞아 죽은 군인들과 열차 보안원, 여행객들의 시신들과 부상자들을 역 안으로 옮기는 작업이 한동안 벌어졌다.

　후에 알게 된 일이지만 그날 총격전의 시작은 이러했다. 먼저 열차 보안원을 향해 탄창의 총알이 다 떨어질 때까지 쏘아버린 군관은 휴가를 맞아 아내와 함께 친정으로 가던 군관 중위였다. 어린애를 업은 군관 아내가 잠시 열차가 역에 멈춰 서자 먹는 물을 담으려 열차에서 내렸다. 열차가 다시 출발하려고 조금씩 움직일 때 군관의 아내가 열차 승강기에 오르려고 매달렸다. 승객들이 오르내리는 승강기에 서 있던 열차 보안원이 달리는 열차에 매달리는 여인을 보고 매달리지 말라며 발로 걷어차 버렸다. 여인은 떨어지면서 열차 바퀴에 끌려 들어가 애와 함께 걸레처럼 몸이 너덜너덜 토막이 나고 말았다. 열차가 역 구내를 벗어나지 못하고 벌어진 일이였다. 역에서 열차를 받고 떠나보내는 역원이 이 광경을 보고 긴급 신호를 하여 열차가 멈춰 섰다.

　"사람이 열차에 치어 죽었다!"

　사람들의 고함 소리가 들려오자 열차가 떠나는 데도 나타나지 않는 아내를 걱정하던 군관이 창문으로 뛰어내렸다. 설마했던 젊은 군관은 열차 바퀴에 깔려 조각난 아내와 자식을 보는 순간 머리가 돌아버렸다.

　"이 보안원이 열차에 오르려는 애 엄마를 발로 차서 떨어뜨렸습니다."

　열차 보안원이 한 짓거리를 목격했던 승객들이 보안원을 손으로 가리켰다. 군관은 어찌할 바를 몰라 어물거리는 열차 보안원을 향해 옆구리에 차고 있던 권총으로 머리와 몸을 향해 한 탄창을 다 풀어버렸다. 연방 총소리, 고함 소리가 터져 나오고 혼비백산한 여행객들이 산지사방으로 뛰어 달아났다. 열차 안의 보안을 담당해야 하는 두 명의 보안원들이 무슨 일인가 싶어 사건 현장으로 달려왔다. 동료 보안원이 총에 맞고 쓰러지는 것을 보고는 자신들 호신용 권총을 군관에게 발사한 것이었다. 열차에서 군인들의 증명서를 검열하던 경무원(한국군 헌병)들이 보안원이 군관을 향해 총질하는 것을 보고 자동총으로 보안원들에게 연발 사격을 해댔다.

북한 군인들과 보안원들은 서로의 자존심으로 인한 이유인지 모르겠으나 개와 고양이 같은 앙숙관계인 것으로 서로 치고 받는 일들은 보통이다. 끊이질 않고 일어나는 싸움질, 총질로 북한 당국은 골머리를 앓고 있다. 내가 목격한 사건, 사고들이 이러할진대 북한 전역에서 벌어지고 있는 사고들이 과연 얼마나 많을까. 십수 명의 사망자를 낸 총격 사건 수습이 끝나지 않아서인지 열차가 떠날 줄 몰랐다. 안변역에 도착한 지 2일 만에 열차의 출발을 알리는 경적 소리를 길게 울린다. 열차는 목적지를 향해 안변역을 벗어나 달리기 시작했다. '죽고 사는 것은 하늘이 하는 일이니 운명에 맡겨라. 걱정하고 바란다고 해서 될 일이 아니다.' 함흥역을 향해 달리는 열차 지붕 위에 매달려 가야 하는 내가 할 수 있는 일은 하늘을 우러러 빌고 또 비는 것뿐이었다.

미안해

사리원역을 떠나 4일째 되는 날, 오후 5시경 열차가 함흥역에 들어섰다. 함흥역은 직사각형 건물로 북한 어느 역보다 크고 웅장했다. 북쪽과 남쪽, 반대 방향으로 가는 열차를 갈아타려고 손님들이 새까맣게 몰려들어 오는 열차를 기다리고 있다. 우리는 열차 지붕 위에서 짐들을 내려 사람들이 왁작 끓어대고 있는 역홈을 빠져나갔다. 함흥역에서 평양-온성행 열차를 갈아타기 위해서였다.

시금치 씨종자가 담긴 배낭을 지고 무거운 발걸음을 옮겨 역 안으로 들어섰다. 역 대합실은 먼지와 담배연기로 숨이 막히고 토할 것 같이 역스러운 냄새가 진동했다.

"열차가 평양역을 언제쯤 떠날지 모릅니까?"

열차시간을 안내하는 창구를 찾아 물어보니 온성행 열차가 출발지인 평양역을 아직 떠나지 않았다고 한다. 정확한 출발시간은 모르고 함흥까지 오려면 2일쯤은 걸릴 것 같다고 했다. 2~3일에 한 번씩 다니는 급행 열차를 내놓고 평양-온성과 같은 완행 열차는 규정된 시간이 따로 없었다. 역 가까운 곳에 숙소를 잡고 자주 나와 물어보는 것만이 열차를 탈 수 있는 유일한 방법인 것 같았다.

"선희, 내일 아침에 다시 나와 물어봐야 할 것 같소. 숙소를 잡아 보기오."

"네, 그렇게 하지요 뭐."

평양에서 함흥까지 10시간은 걸릴 테니까 오늘 밤은 민박집에 들어가는 것도 괜찮아 보였다. 나는 역전 짐 보관실에 짐을 맡기고 선희와 함께 함흥역 우측으로 뻗어 있는 길 양쪽, 메뚜기 장사꾼들이 길게 늘어 앉아 먹거리를 파는 곳으로 걸음을 옮겼다. 함흥역 광장 오른쪽 골목으로 들어섰다. 땅바닥에 작은 밥상이나 나무상자 같은 밑받침 물건들을 놓고 음식을 팔고 있는 여인들, 끝이 보이지 않을 만큼 길거리 장사꾼들과 각종 잡화들을 파는 사람들로 차고 넘쳤다. 며칠 동안 마른 음식만 먹었더니 고기 국밥이며 국수들, 갖가지 음식들 냄새에 배에서 쭈르륵 소리가 나고 군침이 돌아 참을 수가 없었다.

"선희, 무엇을 좀 먹기오. 우리 고기 국밥을 한 그릇씩 먹을까?"

선희를 보며 물었다.

"오빤 고기 국밥을 잡으세요. 난 송편을 먹을게요."

그녀는 옆자리에서 송편을 팔고 있는 50세가 더 돼 보이는 중년 부인에게 다가 앉는다. '여자들은 밥보다 떡을 더 좋아하는가 보다.' 오랜만에 보기에도 먹음직스런 음식을 본 나는 돼지고기가 몇 점 놓인 고기 국밥을 한 그릇 받아먹기 시작했다. 밥을 거의 다 먹었을 때였다.

"삼촌, 좀 주세요."

등 뒤에서 어린애 목소리가 들려와 얼결에 뒤를 돌아보았다. 어디서 묻혔는지 옷과 얼굴에 깜둥이 칠을 한, 눈알만 반짝이는 여자애와 더 어려 보이는 남자애가 나란히 손을 잡고 서 있었다. 5~7세로 보이는 애들은 아마 여자애가 누나인 것 같았다. 남자애는 신발을 신지 못해 발에 흙먼지가 두텁게 앉아 사람 발 형태조차 없었다.

"이것들이 또 왔어? 가라. 못가겠어? 야! 손님들이 더러워 밥을 먹겠냐?"

나에게 음식을 챙겨주던 아주머니가 애들에게 욕질을 해댄다. 그래도 애들은 갈 생각을 안 하고 그냥 서 있다.

"응, 그래. 여기 앉아 먹어라."

나는 얼른 일어나 애들에게 자리를 내주며 일어섰다.

"아주머니 한 그릇 더 주세요."

음식을 팔고 있는 아주머니에게 같은 음식을 받아 남자애 앞에 놔주었다.

"아저씨! 사주지 마시오. 야네(애들을 가리키는 함경도 사투리) 버릇됩니다. 한번 사주면 그냥 옵니다."

아주머니는 애들의 음식 구걸 단련에 어지간히 지친 모양이다.

"아주머니, 밥값은 제가 치를 테니 걱정 말고 주세요. 아주머니야 음식을 팔면 그만 아니겠소. 개도 먹을 때는 욕을 하지 않는대요."

"예! 알겠습니다. 사실 그게 아니고 너무도 손님들한테 매달리니까 손님들 보기 미안해서 그럽니다."

'세상에 욕먹고 구박 받으며 구걸질 좋아할 사람 어디 있을까. 애들이 빌어먹으며 사는 것이 좋아서 그러겠나.' 나는 어쩐지 음식을 팔고 있는 아주머니의 말이 귀에 거슬렸다. 나와 애들이 이러는 모습을 보던 선희가 떡을 먹다 말고 자리를 옮겨 왔다.

"오빠. 밥값은 내가 낼게요."

선희는 돈을 꺼내려고 주머니를 뒤지고 있는 거 같았다. '일남이 생각이 나서 그러는 모양이구나.' 내 머릿속에는 열차에서 잘못된 일남이 생각이 언뜻 스쳐 지나갔다. 선희를 보니 눈물이 나오는지 돌아서더니 손으로 얼굴을 닦는 것이 보였다.

"선희, 그러지 마오."

나는 애들 음식을 챙겨주는 아주머니에게 음식값을 줘버렸다.

"너희들한테 미안하다. 이 한 그릇 가지고 나누어 먹어라, 아저씨 갈 길이 멀어 많이 사주진 못하겠다."

애들에게 놓인 밥그릇을 보니 숟가락이 한 개밖에 안 보인다.

"아주머니 숟가락을 한 개 더 주세요."

생각 같아서는 몇 그릇 사서 먹이고 싶었으나 며칠을 더 가야 할지 알 수 없었다. 여비가 넉넉하지 못해 한 그릇만 사주는 것이 안쓰러웠다. 그러자 선희는 먹다 남은 떡 세 개를 애들 손에 쥐어준다.

"고맙습니다."

애들은 겨우 알아들을 수 있는 목소리로 머리가 무릎에 닿게 꾸벅 인사를 하고는 돌아 앉아 정신없이 먹기 시작했다.

"너희들, 집 어디냐?"

애들 옷차림을 보니 분명 집 없는 떠돌이 애들 같았다. 물어보는 말을 들었는지 말았는지 대답은 안 하고 정신없이 음식을 먹어댄다.

"아저씨, 저두 좀 주세요."

등 뒤에서 또 다른 애들 말소리가 들려왔다. 돌아보니 5~10세 정도의 애들 한 무리가 주런히 서 있다. 몇 명인가 보니 모두 여섯 명이다. 애들 모두 흙탕물에 뒹굴다 왔는지 새까만데다 옷까지 너덜너덜해져 보기에도 눈이 감겼다. '아이쿠, 이거 야단났구나. 오늘 잘못 걸려들었 구나.' 나는 가지도 못하고 어떻게 했으면 좋을지 몰라 한참 서성댔다.

"아저씨, 보시요. 내 그래서 애네들한테 먹을 거 사주지 말라는 겁니다. 한 번 주면 계속 오지… 이것 보시오. 또 오지 않습니까?"

짜증스레 말을 하던 아주머니 예측이 맞는 것 같았다.

"아저씨, 빨리 가야지 좀 있으면 여기 있는 애들 다 몰려옵니다."

오그그 모여 우리를 쳐다보는 애들을 바라보던 나는 기가 막혔다. 100m 조금 넘는 음식거리에 이렇게 많은 거지 애들이 있는데 북한 전역의 애들을 모아놓으면 몇 명이나 될까? 집도, 부모도 없이 떠돌아다니다 굶어죽고, 얼어 죽을 불쌍한 애들을 밥 한 끼 제대로 못 먹이는 김정일 정권에 대한 울분에 피가 거꾸로 솟는 것 같았다.

"엄마나, 오빠! 어쩌면 좋습니까? 이 많은 애들한테 밥을 다 사줄 수도 없구…"

선희도 기가 막힌 모양이다. 회령까지 들어가려면 아직도 며칠은 더 걸려야 할지 모르는데 어떻게 하면 좋단 말인가. 담배 판 돈으로 시금치 씨종자를 사다 보니 여비가 얼마 없었다. 이 애들 말고 또 다른 애들이 올 것 같아 겁이 났다. 그렇다고 먹지 못해 비틀거리는 애들을 보면서 그냥 돌아선다는 것도 마음에 걸리는 일이었다.

"선희, 애들 한 명당, 송편 한 개씩만 돌아가게 사서 주기오."

송편을 파는 옆자리로 옮겨 섰다.

"아주머니, 송편 여섯 개만 주세요."

얼마나 먹지 못했는지 뼈에 가죽만 씌워 공포영화에서나 나오는 것 같은 애들도 눈에 띄었다.

"옛다. 어서 먹어라. 너희들한테 이렇게밖에 사줄 수 없구나. 아저씨, 갈 길이 너무 멀어 그런다. 미안하다."

떡을 넘겨받은 선희는 애들에게 한 개씩 쥐어 주었다.

"너희들 다 먹이고 나면 아줌마, 집도 못 가고 굶어야 돼서 그러니 욕해도 할 수 없구나."

선희도 이렇게밖에 할 수 없는 자신이 원망스러웠는지 애들에게 양해를 구했다. 나는 얼른 자리를 떠나야 하겠다고 생각했다.

"아주머니, 역전 가까이 숙박하는 집 아는 데 있으면 좀 소개해 주세요."

나는 앞에서 음식을 팔고 있는 아주머니들에게 물어보았다.

"아저씨, 저의 집에서 숙박 합니다. 저기, 저 아파트 3층 102호입니다."

고기 국밥을 팔던 아주머니가 얼른 일어서서 손을 들어 숙박소가 있다는 곳을 향해 가리키며 찾아가는 길을 자세히 알려주었다.

"아니, 집주인이 여기 있는데 집에 가면 누가 있나요?"

내가 묻는 말에 집에 가면 남편이 있으니 걱정 말라고 한다. 아주머니의 말을 듣고 보니 민박집은 우리가 있는 곳에서 150m 남짓한 거리인 것 같았다. 선희와 나는 애들이 먹고 있는 모습을 한참 동안 보다 돌아서 걸음을 옮겼다. 뒤따라오는 선희를 돌아보니 걸음을 옮기면서도 연방 손으로 눈물을 닦고 있었다. 우리는 포장되지 않은 도로 좌우로 길게 늘어앉아 팔고 있는 음식이며 채소들과 잡화, 생활용품들을 구경하며 말없이 걸었다. '꽃제비' 애들을 보니, 사람들이 음식을 먹는 곳이면 어디라 할 것 없이 뒤에 서서 기다리고 있었다. 손님이 음식을 먹고 나면 남는 국물이나 음식 찌꺼기를 얻어먹을 수 있을까 하여 서 있는 것이다.

"원명 오빠, 역에 맡긴 짐들을 찾아오는 것이 좋지 않을까요? 보관비도 작지 않을 턴데…"

내 옆으로 선희가 다가오며 말했다. 그녀의 말에도 일리가 있었다.

"아니, 역 보관실에 맡기는 것이 안전하오. 민박집에 가지고 들어갔다 열차가 언제 들어올지 모르는데 짐을 지키고 앉아 있을 수 없지 않소. 혹시라도 잠시 밖에 일을 보려 나왔을 때 민박에 함께 들었던 사람들이 짐을 가지고 달아나 버리면 어디가 하소연할 데 없소."

나는 이미 여러 번 경험한 일이라 선희 말에 동의할 수 없었다. 북한 철도역 주변에는 민박집들이 특히 많다. 역에는 며칠씩 연착된 열차를 기다리는 사람들로. 발을 옮겨 디딜 틈조차 없었다. 그러다 보니 역주변의 집들에서는 여행객들을 숙박시켜 주고 받은 돈으로 입벌이를 하며 살아가고 있었다. 돈이 없어 민박집에 들지 못한 사람들은 밤이 되면 역전 앞마당에 비닐박막을 깔고 덮고 그렇게 밤을 보내곤 했다. 우리는 음식을 팔던 아주머니가 가리킨 아파트 민박집을 찾아 올라가 문을 두드렸다. 60세는 넘었을 머리가 하얀 남자가 문밖으로 나왔다.

"여기 숙박하는 집이 맞습니까? 혹시 아주머님이 저쪽 길거리에서 음식을 팔지 않나요?"

"예! 그런데 무슨 일로 오셨소?"

내 말에 주인집 남자가 물어본다.

"숙박을 좀 하려구요."

2일 동안 숙박 한다고 말하자 반기는 기색이다. 집안에 들어가 보니 부엌은 따로 있고 손님방은 두 칸으로 나뉘어져 있다. 이미 아랫방, 윗방에 손님들이 여러 명이 들어와 있었다. 방 안에 있는 손님들을 세어보니 모두 일곱 명이다. 군관 중위 한 명과 빨간 견장에 노란 줄 3개를 박은 분대장도 보인다. 사람이 들어오건 말건 방 안에 있던 손님들은 눈길 한 번 주지 않고 무슨 이야기들을 열심히 하는 것 같았다.

"저기요. 가지고 온 짐은 없소?"

집주인 남자가 우리 손에 아무것도 들려 있지 않는 것을 보고 물었다.

"네! 짐들은 역 대합실 짐 보관소에 맡겼습니다. 아저씨! 저희들은 어디에 자리 잡을까요?"

"저기 윗방에 올라가 계시면 됩니다."

윗방을 보니 5평 정도는 돼 보였다. 옷장과 이불장을 함께 들여 놓아 선희와 내가 들어가면 자리가 비좁을 것 같았다. 그래도 할 수 없다고 생각했다. 다른 집에 가봐야 더 나을 것 같지 않았다. 우선 집을 깨끗하게 치워 놓은 것이 마음에 들었다.

"저, 손님들 숙박비는 선불입니다."

"네. 돈을 드릴게요. 하루 숙박비가 얼마지요?"

"한 사람이 150원이요."

"아저씨, 1일분만 먼저 드리면 안 됩니까? 내일은 열차가 언제 들어올지 몰라 그럽니다."

내가 집주인에게 말했다.

"그렇게 하오."

숙박 주인은 다른 말없이 내가 주는 돈을 받아 주머니에 넣는다. 역에서 2일 후에 평양-온성행 열차가 들어온다고 했어도 때 없이 들어와 행방을 알 수 없는 것이 열차시간이었다. 2일분 숙박비를 다 주었다가 내일 열차가 예고 없이 들어오는 날이면 돈을 다시 돌려 달라고 말하기 싫어 하루 숙박비만 먼저 주기로 했다.

"아저씨, 세수 같은 건 좀 할 수 없나요?"

선희가 집주인에게 물어본다.

"예! 할 수 있소. 여기 와서 하오. 물은 이곳에서 퍼서 쓰오."

투박한 말씨의 집주인은 중년이 넘은 남자치고 친절해 보였다.

"오빠 먼저 세수하고 발도 씻으세요."

선희는 윗방에 겉옷을 벗어 방 한쪽에 놓고 세수하러 부엌으로 내려가다 말고 이야기한다.

"아니, 선희 먼저 씻소. 아이고, 힘들구나. 후~ "

드디어 발을 펴고 쉴 수 있다는 생각에 한숨을 길게 내쉬고 방 한쪽에 앉아 양말을 벗었다. 선희도 양말을 벗는다.

"원명 오빠, 양말 주세요. 냄새나는데 금방 빨게요."

그리고 보니 며칠 동안 양말을 빨아 신지 못해 코를 찌르는 역겨운 발 냄새에 손님들이 보는 것 같아 미안했다. 선희는 우리 두 사람의 양말을 쥐고 부엌으로 내려갔다. 얼마 안 있어 씻은 양말들을 방 한쪽 빈 공간에 널어 놓았다. 나도 세수며 칫솔질을 하고 발까지 씻고 나니 기분이 한결 거뿐해지는 것 같았다. 밤, 낮을 열차 지붕 위에 매달려 바늘 끝 같은 신경을 도사리다 보니 빨리 누워 허리를 펴고 싶었다. 먼저 들어온 손님들의 짐이 방구석마다 무지무지 쌓여 있었다.

"선희, 어디에 자리 잡겠소?"

그녀가 전혀 모르는 사람들이 있는 곳에 자리를 잡지 않을 것을 뻔히 알면서도 물어보았다

"글쎄요. 어디 있으면 좋겠어요. 아랫방에 내려가 있을게요."

나를 보는 선희의 얼굴엔 수줍은 미소가 가득했다.

"그러면 좋겠는데…"

나는 일부러 선희의 마음을 슬쩍 떠볼 생각에 삐딱한 말로 이야기해보았다. 누울 자리를 잡으려고 짐이 없어 보이는 곳으로 발을 옮기며 윗방에 먼저 들어온 손님들께 물었다.

"이쪽은 누가 자리 잡았습니까?"

"그쪽엔 사람이 없어요."

내 말을 듣고 있던 부부처럼 보이는 남, 녀 중에서 40대 초반 같아 보이는 여인이 짧게 대답을 한다.

"저기, 아저씨요. 베개 있으면 좀 주십시오."

누우려고 보니 베개가 한 개밖에 보이질 않는다.

"예, 담요는 한 개밖에 없어요."

윗방으로 올라온 집주인이 장롱을 열고 밤색 담요 한 개와 베개 둘을 내려 주었다. '사람은 두 명인데 담요 한 개만 주나?' 담요가 없다는 데 더 달라고 말을 해 봐야 소용없을 것 같았다. 방에 남은 자리를 보니 두 사람이 겨우 누울 수 있을 정도로 비좁았다. 잠시 서서 누울 자리를 내려다보던 나는 지금껏 열차에서 함께 부대끼며 온 선희라고 해도 잠자리를 같이 해야 한다는 생각에 지난 일들이 또 머리를 휘저어 놓는다. '어떡하지?'

"선희, 이거 야단인데? 담요는 한 개인데 함께 덮을 수도 없구…"

"오빠, 혼자 덮으세요. 난 괜찮아요."

이죽거리는 내 농담을 받아 넘긴다. 그러는 나와 선희가 하는 말과 행동을 지켜보던 윗방 손님들 중 남자 한 분이 웃으며 한마디 했다.

"누가 볼 사람이 없으니까 두 사람이 꼭 껴안고 같이 담요를 덮고 자면 되겠네. 나두 껴안고 잘 여자가 있으면 좋겠다."

아랫방 벽에 걸린 시계를 보니 저녁 8시가 넘었다. 열어놓은 창문 밖 역전 쪽에서 누굴 찾는지 고함 소리, 말소리, 열차 견인기 소리들이 소란스럽게 들려온다.

"선희, 피곤하겠는데 눕소."

나는 선희가 앉아 있는 옆자리에 누워 버렸다. 얼마 후, 몸에 뭔가 씌워지는 것 같아 눈을 떠보니 선희가 담요를 내 몸에 덮어 놓는다.

"왜 자지 않소."

"이제 잘게요. 오빠, 먼저 쉬세요."

그녀는 벽에 등을 비스듬히 기대어 앉아 눈을 감고 무슨 생각을 하고 있는 것 같았다. 내 머리엔 새별군 농촌 마을에 잎담배 사려고 갔을 때 일이 문득 떠올랐다. 그땐 그리 크지는 않은 방이었어도 따로 떨

어져 잘 수 있어 그나마 괜찮았는데 오늘은 함께 붙어 자야 하는 꼴이
되었다.

"선희, 둘이 함께 있는 것이 불편하면 내가 아랫방에 내려갈까?"

나는 선희가 나와 같이 있는 것이 부담스러워 잠들지 못하는 줄 알
았다.

"오빠! 나 혼자 모르는 사람들하고 어떻게 같이 있어요. 잠이 오지
않아 그러니 먼저 쉬세요. 잠깐 밖에 나갔다 올게요."

그녀는 벗었던 위 겉옷을 입고 밖에 나가려고 일어선다.

"선희, 날도 어두워졌는데 혼자 밖에 나가지 마오. 무슨 일이요?"

"별일 없겠지요 뭐. 잠깐 바람 쏘이고 오려구요."

부엌 쪽으로 나가며 대답을 하고는 출입문을 열고 밖으로 나가 버
린다. 선희가 말은 하지 않아도 나와 함께 잠자리에 들어야 하는 문제
로 고민하는 것 같았다. 잠잠했던 내 가슴에는 정을 주고받고 싶은 생
각의 잔파도가 다시 일기 시작했다. 한동안 기다려도 선희가 들어오질
않는다. 혹시 무슨 일이 생기지 않았나 하는 마음에 그녀를 찾아보려고
일어섰다. 밖으로 나가려는데 문이 열리더니 선희가 조용히 들어선다.

"무슨 일이 있었소. 나간 지가 퍽이나 된 것 같은데…"

"아니, 무슨 일은요. 바람 쏘이느라 아파트 주위를 한 바퀴 돌았
어요."

"내일이라도 언제 열차가 들어올지 모르니 피곤을 좀 풀어야 또 열
차 행군을 하지. 그러니 눈 좀 붙이오."

나는 선희의 까만 눈동자를 바로 응시하며 말을 이었다. 무엇을 말
하려는지 생각을 눈빛에 담아 보내고 있음을 선희도 알고 있으리라. 달
리 행동할 수 없는 그녀는 고개를 돌리고는 겉옷을 벗어 짐 위에 올려
놓는다. 한동안 선희와 나는 말이 없었다. 그렇게 한참 앉아 있던 선희

도 나와 함께 누울 수밖에 없음을 직감하고는 내 곁에 누웠다. 둘만의 공간도 아닌 곳에서 돌아누울 수조차 없는 비좁은 자리는 나에게 또 다른 스트레스를 주었다. 잠이 올 리 만무했다. 잠자리를 조금이라도 넓게 잡아야겠다고 생각한 나는 옆에 있는 짐들을 다시 정돈하려고 일어났다.

"여기 있는 짐, 어느 분 것인지 조금만 옮겨놔도 될까요? 자리가 너무 좁아서 그럽니다."

그러자 창문 쪽에 누워 있던, 나이가 나와 비슷해 보이는 젊은 사람이 얼른 일어나 앉으며 대답한다.

"제 짐입니다. 그렇게 하지요 뭐…"

짐 주인은 말을 끝내기 바쁘게 일어나더니 내 곁에 있던 큰 배낭 한 개와 사과 박스만한 가방 한 개를 자신이 누웠던 자리 옆으로 옮겨 놓는다.

"어이구, 고맙습니다."

전보다 자리가 넓어졌다. 다시 자리에 누우려다 말고 한켠에 밀려 있는 담요를 들어 선희에게 덮어주었다.

"전 일없으니 오빠, 덮으세요."

잠에 든 줄 알았던 선희 일어나 앉으며 말을 건넨다.

"왠지 선희 곁에 있으니까 잠이 오질 않소. 이거 야단났는데… 선희, 어떻게 하면 좋을까?"

다른 손님들이 들을까봐 말소리를 낮췄다. 선희는 나를 보며 입술을 꼭 다물고 웃음만 짓는다.

"선희, 우리 시장에 나가 술 한잔 하지 않겠소?"

"밤도 깊었는데 일없겠어요."

나는 대답은 하지 않고 겉옷을 입고는 선희를 향해 손짓하며 출입문 쪽으로 향했다. 벽시계를 보니 밤 10시가 가까워 온다. 집 아주머니가 보이지 않는 것을 보아서는 아직도 길거리에서 음식을 팔고 있는 것 같았다. 우리는 손님들이 깨어날세라 조용히 민박집을 나와 밥을 먹던 길거리로 향했다. 깊은 밤에도 사람들이 새까맣게 모여 음식들을 먹고, 팔고 있었다. 나는 이곳저곳을 두리번거리며 술을 파는 곳을 찾았다.

"누가 술 파는 사람 없나요?"

칸데라 불(카바이드 가스 불)을 켜놓고 음식을 팔고 있는 한 아주머니에게 다가가 물어 보았다.

"아저씨. 여기 오시요, 술 있습니다. 술맛 좋습니다. 한 잔 마셔보시오."

한 아주머니가 땅에 놓인 네모난 밥상 밑을 뒤적거린다.

"여기도 술 있습니다. 좋은 안주랑 있으니 잡수어 보시오."

다른 아주머니들도 우리를 오라며 손짓으로 부른다.

"술맛 좀 볼 수 있나요?"

먼저 술이 있다며 이야기를 하던 아주머니에게 다가갔다.

"네, 한 잔 잡수어 보시오."

두 숟가락만큼 들어갈 만한 잔에 술을 부어 나에게 내밀었다.

북한 공안당국에서는 식량낭비를 없앤다는 구실을 내세워 알곡으로 술을 만들어 판매하는 것을 엄격히 금지하고 술 판매를 허가하지 않았다. 시장들과 식당들에 술을 팔다 단속에 걸리면 무상 몰수였다. 그래도 개인 술 장사꾼들은 집에서 술을 만들어 팔아 팔고 찌꺼기는 돼지를 먹였다. 술 장사꾼들은 남는 장사를 하는 터라 당국에서 뭐라고 하든지 몰래 술을 숨기어 가지고 나와 음식과 함께 팔고 있었다. 보안원들은 밀주 행위를 단속한다며 살림집마다 가택 수색을 해서는 술을 뽑는 기계를 빼앗고 술이 담긴 통마저 가져가곤 했다. 농촌 리 보안소에 소속된 순찰대원들은 빼앗아간 술을 저들끼리 나누어 가지는 재미에 도둑고양이처럼 마을을 순찰하며 밀주 단속을 했다. 술을 뽑으려면 몇 시간씩 가마에 불을 지펴야 한다. 낮 시간이나 야밤에 굴뚝에서 연기가 나면 술을 뽑는 것을 알고 예고 없이 가택 수색을 벌이곤 했다.

아주머니가 주는 술을 한 모금 먹어 보니 개인 집에서 뽑은 것치고는 도수며 맛이 괜찮아 보였다.

"아주머니, 한 병 주시오."

우리는 밥상에 놓여있는 명태찜 안주와 함께 술을 받아 놓았다. 술 반병 정도 담을 사기컵 두 개에 한 병을 나누어 술을 따라 한 잔은 선희 앞에 놓아 주었다.

"자, 선희도 한잔 마시오."

내가 먼저 술잔을 들어 절반 정도 먼저 쭈욱 마셔 버렸다. 얼굴을 찡 그리고는 명태찜을 입에 넣어 씹으며 선희에게도 술잔을 들어 권했다.

"오빠. 저 술 못하는 거 알잖아요."

"선희, 오늘 술 한잔 하면 안 될까. 선희 술 마시지 않으면 나도 안 먹겠소."

억지를 부리는 내 요구를 거절할 수 없다는 것을 안 선희는 머리를 반쯤 돌려 술잔을 입에 대고는 한 모금 넘긴다. 술맛이 달콤할 리 없었다. 후~우~ 얼굴을 우스꽝스레 찡그린다. 얼른 명태를 집어 선희의 입에 넣어주었다.

그날 밤, 맑은 정신으로 잠들 수 없었던 우리는 술병을 비웠다. 두 병을 받아 한 병 반을 내가 마시고 반병은 선희가 책임졌다. 술값을 치른 그녀와 나는 천천히 걸음을 옮겨 함흥역으로 향했다.

"오빠, 조금 취한 것 같아요. 걸음새가 이상해요."

"오랜만에 한잔 했더니 뻥한데… 걱정 마오. 선희는 어떻소."

"저도 조금 취한 것 같아요."

내가 혹시 실수라도 할까 봐 걱정스런 모양이다. 역 광장에 와 보니 맨 콘크리트 바닥에 비닐박막을 뒤집어쓰고 누운 사람들이 발을 옮겨 놓을 자리가 없을 만큼 가득했다. 밤이어서 보이지 않지만 날씨가 흐린 것 같았다. 하늘엔 별 하나 보이지 않는다.

"선희, 저쪽에 좀 앉았다 들어 가기오."

나는 우리가 든 민박집에서 불과 50m 거리의 나무 몇 그루 서 있는 작은 공원, 시멘트로 만들어 놓은 의자에 자리를 잡고 앉았다. 함흥역 주변은 다행히 정전을 시키지 않아 그런지 붐비는 사람들로 밤과 낮이 따로 없는 것 같다.

"오빤 사는 것이 힘들지 않나요?"

역 대합실 쪽을 바라보던 선희가 한마디 하고는 잠시 후, 다시 말을 이었다.

"난 너무 힘든 것 같아요. 다른 나라 사람들도 우리처럼 이렇게 사람들이 굶어 죽고 매일 끼니 걱정을 하며 살까요?"

선희의 말을 듣고 있던 나는 언젠가 친구들에게서 들은 중국 애기를 해주었다.

"아닌 것 같소. 중국에 갔다 온 내 친구들이 말하는 걸 보면 사실인지 모르겠지만 그 나라에는 먹을 것이 얼마나 많은지 개도 묵은 밥을 먹지 않는다는 말이 있소."

"정말일까요. 그런 세상에서 한번 살아봤으면 죽어도 원이 없겠어요."

"언젠가는 좋아질 때 있겠지. 죽지 않고 열심히 살다 보면 잘살 날이 올 거요."

잠깐 말을 거두고 선희를 바라보던 나는 다시 입을 열었다.

"선희, 언제부터 묻고 싶었던 말이 있는데 물어봐도 괜찮겠소."

"오빠두 참, 무슨 이야기인데 그렇게 어려워하세요."

천진하게 되묻는 선희의 얼굴을 뜯어보며 다음 말을 찾던 나는 밑져야 본전이라는 생각이 불쑥 떠올랐다.

"선희는 나랑 함께 다니기 불편하지 않소?"

나는 오랫동안 차마 꺼낼 수 없었던, 마음속 깊은 곳에 묻어 두었던 생각을 멀리 에둘러 물어보았다. '선희에게서 어떤 대답이 나올까, 나에게 어떤 생각과 감정을 가지고 있을까.' 나를 받아줄 마음이 조금이라도 있는지 술기운을 빌어 입을 열었다.

"아니요. 전 오빠와 장사를 다니면서부터 사람 사는 것 같아요. 그전에는 너무 힘들고… 정말 살고 싶지 않았는데 오빠가 허물없이 대해 주어서 고맙기만 한데요. 뭐."

선희는 조용한 목소리로 내가 물어보는 의도와는 전혀 다른 방향으로 이야기를 했다.

"선희, 솔직히 물어봐도 되겠소?"

"네. 오빠, 저하고 무슨 못할 말 있어요."

'에라, 말 난 김에 에돌지 말고 본론으로 들어가자. 남자라는 놈이 무엇이 그리 두려워 여자 앞에서 쪼물거리고 있어?' 나는 때가 왔다고 생각했다.

"선희, 새별에 갔을 때도 그렇고, 지금도 한방에서 나랑 잠자리에 드는 일이 힘들지 않소? 앞으로도 함께 다니면 이런 일이 수없이 반복 될 텐데…"

머리를 들어 나를 바라보던 선희는 입술을 감빨며 겨우 알아들을 소리로 입을 열었다.

"그렇지 않아도 오빠가 저랑 함께 있을 때 힘들어 하는 것 알아요. 저두 그러는 오빠를 볼 때마다 죄송하구 미안한 생각이 들구요."

선희의 말을 듣고 있는 내 심장은 방망이질을 세차게 해대고 있었다.

"선희, 난 너무 힘들어, 선희도 그렇고 나도 이미 가정생활을 해본 사람들이니 남녀가 함께 잠자리에 들 때 얼마나 심리적으로 힘든지를 잘 알거요. 그렇다고 내가 선희의 생각을 모르면서 어떤 무리한 요구를 할 수도 없구. 실수라도 할까 봐 조심스럽기도 하고…"

나는 그 이상 더 말 못하고 멈춰 섰다. '말을 해야 되나 말아야 되나.' 선희를 보니 가만히 듣고만 있었다. 나는 '오늘이 마지막 날이다. 후회는 없다'고 생각했다.

"선희는 어떻소. 우리 가까이하면 안 될까?"

그녀를 대할 때마다 발버둥질해대며 꿈틀거리던 생각을 터트렸다. 그 충동을 마음속 깊은 곳에 칭칭 동여매 놓고 채찍으로 뭇매를 안기며 참기에는 너무 힘들었다. '언제까지 이렇게는 보낼 수 없지 않는가.' 침묵이 흘렀다. 고개를 돌려 눈썹 한 번 깜빡 않고 나를 바라보던 선희는 잠시 후, 말없이 한 손을 내 무릎에 올려놓는다. 심장이 터질 것만 같았다. 나는 그녀의 손을 우스러지게 마주 잡았다. 선희를 뚫어지게 바라보는 내 생각은 벌써 그녀가 사랑을 고백하는 내 마음을 받아주리라 굳게 믿고 있었다.

"오빠, 이렇게 말하면 제가 오빠가 싫어서 거절한다고 생각할 수 있는데 사실은 그거 아니에요."

말꼭지를 뗀 선희는 잠시 머리를 들더니 무슨 생각을 하는지 하늘을 잠시 쳐다보고 나서 다시 말을 이었다.

"오빠, 오빠가 저를 잘 알고 있잖아요. 전 지금도 그렇고 앞으로도 오빠 말고는 다른 남자를 생각 안 해요."

말소리가 또 끊겼다. '무슨 말을 하려는 것일까.' 선희는 겨우 알아들을 수 있는 낮은 목소리로 다시 말을 이었다.

"일남이도 그렇고 일남이 아빠랑, 시어머님이 돌아가신 지 얼마 되지 않았는데 제가 어떻게 벌써 그런 생각을 하겠어요. 오빠가 절 조금만 이해해주시면 안 될까요."

선희의 목소리는 조용하면서도 단호했다. '내가 너무 앞서 나갔구나. 선희가 무슨 생각을 하는지도 모르고…'

"오빠, 저도 혼자는 살지 못한다는 것을 알아요. 언젠가는 오빠의 마음을 받아들여야 할 때가 있겠지요. 오빠, 조금만 기다려 주세요…"

'아이구. 이것도 아니구나…' 설마하는 생각에 부풀어 동이만큼 커졌던 심장이 콩알만 하게 쪼그라드는 것 같았다. 나는 선희의 말을 애써 부정하고 싶었다. 얼마나 더 이 여자 때문에 잠을 못 자고 머리를 쥐어뜯어야 할지 도무지 감이 잡히지 않았다. '역시 내가 잘못 보지 않았다. 분명히 이 여자는 돌심장을 가진 냉혈인간이야.' 정신을 가다듬은 나는 잡고 있던 선희의 손을 슬며시 놓아주었다.

"선희, 그저 술 한잔 먹은 김에 농담소리를 했으니까 너무 깊이 생각하지 마오."

나는 그녀가 내가 한 말 때문에 마음의 상처를 받지 않을까 은근히 걱정스러웠다. 몇 분간 더 이야기를 나누다 먼저 일어섰다.

"선희, 밤도 깊었는데 들어가기오."

걸음을 옮겨 몇 발자국 걷던 나는 선희가 따라나서는 기척이 없어 돌아보았다. 그녀는 그냥 의자에 앉아 있는다. 나는 다가가 선희의 손을 잡고 일으켜 세웠다. 우리는 말없이 민박집을 향해 천천히 걸음을 옮겼다. 문을 열고 들어서니 음식을 팔고 금방 들어왔는지 아주머니가 부엌에서 음식 그릇들을 큰 버치에 물을 부어놓고 씻고 있었다.

"안녕하세요. 인제야 들어오신 모양입니다."

짧게 말을 건네고 윗방에 올라와 보니 손님들 모두 깊은 잠에 든 것 같았다.

"자, 먼저 자리를 잡소."

선희가 자리를 잡고 누운 것을 보면서 '한 번만…' 하는 눈길로 내려다보던 나는 그녀의 옆에 등을 돌려대고 누워 버렸다.

산 놈, 죽은 놈

열차 경적 소리에 눈을 떠보니 아침 6시가 조금 넘은 것 같았다. 일어나 아침 공기도 쏘일 겸 역전으로 나가 온성행 열차 도착시간이 나왔는지 알아보려고 민박집을 나섰다. 그때까지도 선희는 정신없이 자고 있는 것 같았다. 어제 저녁 우리가 밥을 먹던 길거리에는 벌써 장사꾼들이 길게 늘어앉아 음식이며 잡화들을 팔고 있다. 아직도 비닐박막을 깔고 새우잠을 자고 있는 여행객들 사이사이를 지나 역 안내창구로 다가섰다.

온성행 열차가 언제 들어올 것 같냐고 물으니 아직도 평양에서 떠나지도 않았다고 한다. '오늘 떠나긴 틀렸구나. 저녁 늦게라도 들어왔으면 좋겠는데…' 민박집으로 돌아오니 집주인 남자만 부엌에서 때 식을 준비하는지 떨거덕 소리가 날 뿐 손님들은 자리에서 일어나지 않은 것 같았다. 시계 바늘이 7시 30분을 넘어 가리켰다.

"어딜 갔댔어요?"

거울을 들여다보며 화장을 하던 선희가 묻는다.

"역전에 기차시간을 알아보려 나갔다 오는 길이오."

"오빠, 아침식사는 어떻게 할까요."

"글쎄 난, 별로 먹고 싶은 생각이 없는데 선희 나가 무엇을 좀 사서 드오."

"저도 그래요. 그럼 우리 점심 때 먹지요, 뭐."

나는 선희의 말에 그렇게 하기로 했다. 그날따라 아침부터 보슬비가 내렸다. 원래 계획은 오전 10시 전으로 함흥시장에 나가 잎담배를 얼마 가격에 거래되는지 알아보려고 했었다. 헌데 비가 내려 시간을 늦춰 11시경에 나가기로 했다. 점심시간 가까이 내리던 비가 멎고 언제 흐렸나시피 햇볕이 따갑게 맑은 날씨로 변했다.

"원명 오빠, 해가 뜨는 걸 보니 비가 더 올 것 같지 않아요. 시장에 나가요."

시장에 나간다고 했을 때부터 함흥시장이 어떻게 생겼는지 빨리 보고 싶다던 선희가 재촉을 해댄다.

"선희, 시장 나가기 전에 역에 나가 열차시간을 다시 알아보고 가기요."

"장 보러 가서 오래 있을 것도 아닌데 그 사이 열차가 들어오겠어요?"

"아니요. 그래도 다시 확인하고 가면 마음 편하지 않소."

우리는 역으로 향했다. 안내창구에 다가가 물어보니 오후 4시경이면 평양-온성행이 들어올 것 같다고 알려준다.

"보오, 열차시간을 2시간에 한 번씩은 물어봐야 되오. 전기만 오면 떠나기 때문에 자주 알아봐야지 그렇지 않다간 열차를 놓치기 쉽소."

"네, 정말 그러네요."

선희는 내 말이 맞는다며 고개를 끄덕였다.

"열차 도착시간까지 몇 시간 안 남았으니 어서 시장에 나가 도중 식사랑 준비해 가지고 오후 2시 전에 들어오기요."

나는 역 광장 앞에서 얼음보숭이(설탕물을 냉동시켜 만든 얼음)를 팔고 있는 아주머니에게 다가갔다.

"아주머니, 시장이 어느 쪽에 있는지 가르쳐 줄 수 있나요?"

내가 묻는 말에 손에 들고 있던 얼음보숭이 몇 개를 더 팔고서야 손으로 방향을 가리켜 이야기했다.

"큰 시장에 갈려면 한참 가야 해요. 저기 곧바로 가다 오른쪽으로 돌아서 300m 정도 가면 골목시장이 있어요. 그곳도 사람들이 많이 모이는 곳이니 가보세요."

"고맙습니다."

선희가 먼저 고개를 숙였다. 나도 뒤따라 머리를 끄덕이고는 아주머니가 가리킨 곳으로 걸음을 옮겼다. 비가 온 뒤끝이라 사람들이 다니는 길이 포장이 돼 있질 않아 온통 물이 질벅거리고 신발이 젖어버렸다. 그래도 가야 했다. 조심스레 물이 없는 곳을 골라 걸음을 옮겼다. 얼음보숭이 아주머니가 가르쳐준 곳에 이르니 정말 사람들이 개미떼 같이 모여 있는 장거리가 보였다.

말이 시장이지 빈 공터에 사람들이 모여 자생적으로 먹거리, 생활필수품들을 사고파는 곳이었다. 시장 바닥이 아직 물이 빠지지 않아 질척거렸다. 우리는 바지를 손으로 걷어 올리고 흙탕물이 튕길까 조심스레 걸음을 옮겼다. 알루미늄 쟁반이나 플라스틱 버치, 밥상 위에 먹거리를 놓은 아낙네들이 길게 늘어 앉아 있다. 그렇지 못한 여자들은 양동이를 엎질러 놓고 쪽다리 의자에 앉아 장을 보고 있다.

흙탕물에 젖어 꼴불견이 된 신발이며 바짓가랑이를 보니 눈이 감기고 짜증이 났다.

"오빠, 잎담배가 보이질 않아요. 여기선 담배를 팔지 않는가 봐요."

아무리 둘러보아도 잎담배 장사꾼들이 보이질 않자 선희가 하는 말이다.

"어디 있을 거요. 남자들이 있는데 담배가 없을 리 있겠소."

시장 어디를 둘러봐도 넝마를 걸친 것 같은 어린애들이 득실댄다. 사람들 음식 먹는 곳이면 어김없이 대여섯 명씩 서 있었다. 나는 문뜩 어제 저녁 밥을 사먹을 때 애들이 모여들어 난처했던 생각이 났다. 시장 입구에 들어서서 한동안 장사꾼들이 팔고 있는 물건들을 구경하며 걷고 있을 때었다. '꽃제비'로 보이는 10세 정도의 남자애가 내 앞으로 쏜살같이 뛰어간다. 얼마쯤 뛰어가던 그 애는 한 아주머니가 들었던 꽈배기가 담긴 버치를 손으로 쳐버린다. 그리고는 땅에 떨어진 꽈배기를 잽싸게 몇 개 쥐더니 사람들 속으로 사라졌다. 뒤따르던 다른 '꽃제비' 애들이 달려들어 흙탕물이 질벅한 땅에 떨어진 꽈배기를 저마끔 한두 개씩 쥐고는 달아나 버린다. 순식간에 팔려고 가지고 나왔던 꽈배기를 팔아 보기도 전에 흙탕물에 엎지르고 도둑 맞힌 아주머니는 악을 쓰며 애들을 따라간다.

"저 새끼 잡아라. 아저씨! 그 아새끼 좀 잡아주시오."

고래고래 목이 터져라 소리치며 달음박질로 뒤쫓고, 주위에 도움을 청해도 누구 하나 애들을 잡아주는 사람들이 보이질 않는다. 인파 속으로 재빠르게 뿔뿔이 숨어두는 '꽃제비' 애들을 붙잡는다는 것은 어림도 없는 일이다.

"야! 요 새끼야, 너 서지 못하겠니? 잡히면 죽을 줄 알라."

도둑 맞힌 꽈배기를 빼앗으려고 해봤자 행차 뒤 나발이다. 맨 뒤에서 뛰고 있던 4세 정도의 나이가 제일 어려보이는 남자애가 아주머니의 손에 붙잡혔다. 그 아줌마는 어린애의 뒷덜미를 쥐더니 마구 흔들어 대며 손으로 머리를 쥐어 때린다. 어린애는 매를 맞아 울면서도 두 손으로 움켜진 꽈배기를 입에 쑤셔 넣고 먹어댔다. 다른 애들도 도망치면서도 꽈배기를 입에 쑤셔 넣는다. 애들을 잡아 때려봤자 이미 다 없어진 꽈배기를 찾을 순 없는 일이다.

"나는 어쩌면 좋니, 이 새끼들아. 너희들이 다 훔쳐 가면 우리 새끼들은 굶으란 말이야."

그 아주머니는 애를 놓아주더니 흙탕물이 질벅한 땅에 주저앉아 울음을 터트렸다. 한참 동안 울던 아주머니는 벌떡 일어나 꽈배기 버치가 엎드려진 곳으로 걸어간다. 땅에 떨어져 흙탕물에 범벅이 된 나머지 꽈배기 몇 개를 다시 버치에 담아 들고는 시장 밖으로 사라져 버렸다. 그것들이라도 물에 씻어 집의 애들에게 먹이려는 모양이다.

여자들이 음식을 들고 나서면 어김없이 '꽃제비'들의 목표가 되었다. 늙은 할머니들과 젊은 아낙네들이 표적 대상이었다. 꽈배기를 모두 도둑 맞은 아주머니는 얼마나 속상할까. 그 아주머니에게는 안된 일이지만 그래도 굶어 죽지 않겠다고 대담하게 먹거리를 훔치는 애들을 보며 나는 저도 모르게 웃음이 나왔다. 구걸질해서는 배를 채울 수 없으니 머리가 조금 큰 '꽃제비' 애들은 무리를 지어 도둑질하는 방법을 생각해낸 것 이다.

선희와 시장 안쪽으로 계속 들어가며 잎담배 장사꾼들을 찾느라 두리번거리는데 뒤에서 차 소리가 났다. 돌아다보니 독일산 '아우디' 까만 승용차가 흙탕물을 튕기며 굴러오다 멈춰 선다. 시장 안쪽으로 사람들이 많아 더는 갈수 없다고 생각했는지 두 명의 남성 장년들이 내린다. 두 사람 모두 검은색 인민복 차림이었다. 키가 크고 머리가 유별나게 큰 사람은 얼굴에 기름이 번지르르 돌고 임산부 같이 배가 불룩했다. 그들 왼쪽 가슴엔 김정일의 초상 배지를 달려있고 옆구리에 서류가

방을 끼고 있었다. 느릿느릿 팔자걸음으로 걸어오는 꼬락서니를 보니 분명히 높은 자리에 있는 간부들 같았다. 무슨 조사를 나온 모양이다. 그 사람들은 각종 잡화와 물건들이며 음식들이 놓여 있는 매탁들을 들여다보며 걸음을 옮기고 있었다. 체소해 보이는 몸매의 남자가 풍풍보 옆에서 연방 허리를 갑삭대며 책에다 무엇을 적으면서 우리 곁을 지나간다. 영화에서 나오는 주인과 마름을 연상케 했다. 선회와 나는 그 사람들이 지나친 뒤를 따라 천천히 이것저것 살피며 가고 있었다.

"오빠, 저기 보세요. 애들이 죽은 것 같아요."

선희의 말에 정신이 번쩍 들어 앞쪽을 보니 시꺼먼 물체가 넘어져 있다. 걸음을 옮겨 그 물체에 다가간 나는 보지 말아야 할 것을 본 사람처럼 몸이 굳어져 버렸다. 장을 보느라 사람들이 오고 가는 길거리 가운데 비가 내려 질척거리는 땅 위에 어린애들이 가지런히 누워 있는 것이 보였다. 가까이 다가가 보니 언제 죽었는지 흙탕물이 튕겨 알아볼 수 없는 얼굴이며 몸에 파리들이 다닥다닥 달라붙어 있다.

4~6세로 보이는 큰 애는 남자고 작은 애가 여자였다. 누가 쥐어 주었는지 삶은 옥수수 한 자루씩 손에 들려 있다. 오래되었으면 누가 치웠을 텐데 길거리에 방치되어 있는 것을 보니 숨이 넘어간 지 얼마 되지 않은 것 같았다. 그런데 나를 더 화가 나게 한 것은 좀 전에 승용차에서 내렸던 사람들의 행동이었다. 애들 사체가 길거리에 방치되어 있는 것을 손가락으로 가리키며 뭐라고 몇 마디 지껄이고는 한 번 힐끔 내려다보면서 그냥 지나친다. 그들을 보는 순간 이가 갈리고 머리가 돌덩이에 맞은 것 같이 핑 돌아가는 느낌이 들었다. '이것이 김정일이 정치하는 조선식 사회주의 모습이구나. 인민을 위해 사랑의 정치, 믿음의 정치, 광폭 정치를 한다며 입만 벌리면 지껄여대던 노동당 간부란 자들의 참 모습이 바로 이것이었구나.' 북한 정권에 대한 증오와 환멸을 이렇게 몸이

떨리게 느껴보기는 처음이었다. 사람들과 세상이 너무도 야속하고 모두 싫어졌다. 애들의 시체를 내려다보던 나는 그 옆에서 음식을 팔고 있는 늙은 할머니에게 물었다.

"할머니, 이 애들 언제부터 이렇게 있었는지 모릅니까?"

"아침에 나오니 애들이 넘어져 있었소. 어제는 없었는데 아마 밤 아니면 새벽에 죽은 것 같소."

아침부터 애들 곁으로 수천 명의 사람들이 지나갔을 것이다. 그들 중 누구 하나 애들 시체를 치울 생각조차 하지 않는 이 모질고 더러운 나라에서 태어나 살아야 한다고 생각하니 억이 막혔다. 가는 곳마다 굶어 죽은 시체가 널려 있는 때라지만 죽은 어린애들을 두고 차마 그냥 지날 수 없었다. 시체라도 땅에 묻어 주어야 하는 것 아닌가? 가자니 마음에 걸리고 그렇다고 별다른 생각이 있어서도 아니었다. '어떻게 하면 좋을까?' 사방을 두리번거리는데 손달구지를 끌고 가는 사람이 먼발치 보였다.

"선희, 잠깐 여기 서 있소."

나는 뛰어가 멀어져 가는 손달구지 주인을 소리쳐 불러 세웠다.

"아저씨! 거기 좀 서세요. 잠깐 드릴 말씀이 있어 그러니 저 좀 봅시다."

손달구지 주인은 낯도 모르는 젊은 사람이 소리치며 갑자기 나타나자 '무슨 일이야?' 하는 낯빛이었다. 60세가 훨씬 넘었을 어르신이다. 아마도 시장에 물건을 날라다 주고 돈을 받는 짐꾼 같아 보였다.

"아저씨, 저기 실을 짐이 있는데 돈을 드릴 테니 손달구지 쓰면 안될까요."

"그렇게 하오. 무슨 짐이요."

"아저씨, 여기 가까운 곳에 동사무소나 보안서 같은 데 없어요?"

내 말에 멀지 않은 곳에 동사무소가 있다고 했다.

"그러면 동사무소까지 짐을 나르는 데 얼마나 비용이 듭니까?"

"짐 한 개에 50kg씩 잡아 20원이요."

"아저씨. 사실은 어린애들 죽은 시체를 실으려고 하는데 얼마 드리면 될까요?"

내 이야기를 말없이 듣고만 있던 주인은 20원만 내면 실어주겠다고 했다. 손달구지꾼을 데리고 애들의 시체가 있는 곳으로 향했다. 진흙탕 물이 주르르 흐르는 큰 남자 애의 팔을 잡아들어 올렸다. 그 다음 작은 여자 애를 들어 마저 올려놓았다. 애들 시체를 손달구지에 싣는 것을 바라보던 한 아주머니가 물어본다.

"삼촌, 그 애들을 어디로 가지고 갈려고 그래요."

아주머니의 말을 듣고 있던 나는 화를 참지 못하고 목소리를 높였다.

"아주머니, 그건 왜 물어봐요."

"애들하고 무슨 관계도 없는 것 같은데 무엇 때문에 마음대로 가지고 가는 거요."

이쯤 되자 시장을 가고 오던 사람들이 하나둘 모여들기 시작했다.

"아주머니는 이 애들하고 어떻게 됩니까?"

내 말투가 점점 거칠어졌다.

"애들하고 아무 상관없어요. 그래도 그렇지 애들 주인이 있겠는데 그렇게 막 가져가면 되겠소."

나를 도둑놈으로 취급하는 아주머니를 보니 무슨 오해가 있는 것 같았다.

"그렇게 관심이 많은 아주머니가 걸레짝도 아닌 애들이 죽어 흙탕물에 넘어져 있는 것을 보면서도 그냥 내버려 둬요?"

그 아주머니 앞으로 다가가 더 험하게 고함 소리 가까운 말을 했다.

"아주머니, 누굴 훈시하느라 하지 말고 제 코나 닦으세요. 내가 죽은 애들 가져다 팔아먹겠소? 동사무소에 가져다 놓으려고 그럽니다."

내 입에서 동사무소 소리가 나오자 주변에 모여서 있던 사람들이 수군수군대며 뿔뿔이 흩어져 버린다. 아주머니도 더는 말문이 막혔는지 아무 말 안하고 혼자 뭐라고 중얼거린다.

"아! 이 더러운 세상, 정말 못살겠구나."

내 입에서 저도 모르게 이런 말이 튀어 나왔다.

"오빠. 큰일나겠어요. 누가 들으면 어쩌려구요."

선희 황급히 내 말을 막았다.

"더러운 걸 더럽다는데 뭐 잘못 말했소. 이게 깨끗한 거요?"

나는 분풀이를 못해 괜히 선희에게 큰소리치고는 씩씩거렸다. 애들의 시체를 손달구지에 실은 아저씨는 아무 말 없이 먼저 떠났다.

"선희, 오늘 그만 들어가기요. 도중 식사는 역 앞에서 파는 음식들을 사면 될 것 같소."

내 말에 선희는 아무 말 없이 따라섰다. 동사무소까지 애들 시체를 싣고 오는 동안 많은 사람들이 지나쳐도 누구 하나 거들어 보지도 않는다. 짐꾼을 따라 동사무소에 도착해 먼저 애들을 동사무소 현관문에 들여놓고 값을 물어주었다. '명색이 주민생활에서 제기되는 문제를 처리하는 곳인데 누가 보게 되면 끔찍하고 싫어서라도 땅에 묻어 주겠지.' 다행히도 우리가 떠나올 때까지 동사무소에 오가는 사람이 없어 조용히 빠져나와 역전으로 향했다.

"선희, 큰소리쳐 미안하오."

걸음을 옮기던 나는 선희에게 말 한마디 던지고는 계속 역전을 향해 걸었다.

"들어가 열차시간을 물어보고 나올 테니 여기서 잠깐 기다리오."

역 앞에 다다라 사람들을 헤집고 안으로 들어갔다. 알림판을 보니 오후 4시에 도착한다고 했던 온성행 열차시간이 4시 30분경이라고 적혀 있다. 손목시계를 들여다보니 3시가 가까워 온다. 밖으로 나온 나는 선희에게 다가가 말했다.

"열차가 들어올 시간이 한 시간 반 정도밖에 안 남았소. 도중 식사 준비하고 짐이랑 찾아야 되니 빨리 움직여야 되겠소."

우리는 함흥에 도착한 날, 저녁식사를 하느라 찾았던 곳에 다시 찾아가 하루 분량만 밥을 준비했다. 나머지 1주일분 정도의 식사는 기름에 튀긴 꽈배기를 사서 넣었다.

"선희, 술 한 병만 사서 넣소."

나는 도중 식사가방에 술병을 사서 넣는 것을 잊지 않았다. 힘들고 피곤할 때마다 한 모금씩 마시곤 하는 버릇이 몇 년 동안 습관이 되었다. 배가 허기증이 올 만큼 고팠다. 우리는 음식 파는 곳에 앉아 뜨거운 장국에 만 옥수수 국수 한 그릇씩 먹고 일어섰다. 이렇게 더럽고 구더기 같은 벌레들만이 있어야 할 땅에서 맑은 정신으로는 도저히 살 수 없을 것 같다. 그러니 술에 취해 날과 달을 보내는 사람들이 가는 곳마다 차고 넘쳤다. 사실 북한의 북쪽 지방 민간에서 내려오는 풍습에 의하면 꽈배기는 여행 음식으로 가지고 떠나지 않는다고 했다. 그 이유는 뒤틀어진 꽈배기처럼 일이 잘 풀리지 않고 꼬이기 때문이라고 한다. 나는 미신 같은 말이라도 꽈배기를 사 가는 일이 마음에 내키지 않았다. 그렇다고 꽈배기 말고는 오래 두고 먹을 음식을 아무리 찾아도 보이질 않는다. 말이 그렇지 설마 무슨 일이 있으랴 싶었다.

"선희, 주머니에 넣은 돈이 얼마나 되오?"

"100원 정도는 있어요. 어디 쓰려구요?"

선희는 내가 묻는 말에 의아한 눈으로 다시 묻는다.

"아니, 다른 게 아니고 열차 갈아탈 때 반복도장을 찍어야 하는데 나한테도 200원도 안 되어 계산해보느라 그러오."

내 머리는 이런저런 생각으로 복잡했다.

"자, 역전에서 반복도장을 찍어야 되니 빨리 가기오."

"오빠, 반복도장 찍는다는 거 무슨 말이에요."

선희는 반복도장이라는 말을 처음 들어보는지 물어본다. 나는 열차를 도중에서 갈아타려면 다른 열차에 오른다는 것을 증명하는 도장을 찍어주는 것을 반복도장이라고 말해주었다. 차표에 반복도장을 찍지 않으면 개찰구로 통과시켜 주지 않았다. 규정대로 하면 안내창구에서 돈을 받지 않고 차표에 도장만 찍어주게 되어 있었다. 그런데 반복도장을 찍어주는 처녀 안내원들이 별의별 구실을 붙여 잘 찍어주지 않았다. 열차를 타고 가야 하는 여행객들로서는 반복도장을 찍을 때는 '울며 겨자 먹기'로 할 수 없이 돈을 주고 찍어야 했다. 역전 안은 언제 청소를 했는지 비닐, 종잇조각들이 지저분하게 널려 있었다. 대합실 구석마다 한낮인데도 신문지, 비닐박막 같은 것을 깔고 누워 있는 사람들, 앉아서 먹거리들을 내놓고 열심히 입질하는 사람들로 붐빈다. 안내창구 앞에 사람들이 길게 늘어서 있다. 도장을 찍어주기 시작 하자 늘어섰던 여행객들이 먹잇감을 앞에 놓고 물어 뜯으며 싸움질하는 들짐승으로 돌변했다. 격렬한 몸싸움 끝에 창구에 다가서 50원과 함께 선희와 내 차표를 들이밀자 보지도 않고 소리친다.

"다음 손님 차표 주세요."

내가 얼른 주머니를 뒤적거려 지갑을 열고 50원짜리를 합쳐 100원을 들이밀자 도장을 '뻑' 소리가 나게 찍어주었다. 돌아서 나오면서 아무리 생각해 봐도 괘씸하기 짝이 없었다. 거저 찍어 주어야 할 반복도장을

100원씩이나 받아먹다니 억이 막혔다. 그러니 100배 값을 받고 도장을 찍어준 셈이다.

"야! 이 더러운 년아! 꽉 처먹고 배때기 터져라. 에잇! 더러워서 못살겠다."

안내창구에서 도장을 찍어주던 처녀 안내원을 향해 상욕을 퍼부으며 역 밖으로 나왔다.

"오빠, 무슨 일이 있어요?"

혼자 중얼거리는 나를 보더니 선희가 묻는다.

"아니, 반복도장을 찍는 데 100원씩 주고 나니 너무 기분 더러워 그러는 거요. 가는 곳마다 도둑놈이고 강도들이니 우리 같은 사람들은 어떻게 살겠소."

금방 있었던 일을 이야기하던 나는 어처구니가 없었다.

"하긴 저 애들도 그렇게 하지 않으면 먹고 살지 못하니 누구 욕할 형편 못되지. 대가리들이 강도들이고 나라 전체가 도둑놈 판인데 저 애들이라고 다르겠소."

그리고 보니 170원밖에 남지 않았다. '170원을 가지고 집까지 들어가 낼 수 있을까? 야단났구나. 별다른 일이 없어야 하겠는데…' 왠지 무슨 일이 있을 것 같은 생각에 머리를 흔들었다.

"선희, 짐들을 찾아 정리도 하고 빨리 떠날 준비해야겠소."

우리는 대합실을 빠져 나와 역 개찰구 옆에 있는 손짐 보관소로 향했다. 손짐 보관소 10m 떨어진 곳에 웬 군인들인지 20여 명이 가지런히 누워 있다. 다른 군인들 몇 명은 한쪽에 따로 모여 앉아 땅 위에 펴놓은 신문지에서 무엇인가 열심히 주워먹는 것이 보였다. 짐 보관소 출입문 쪽에 가까이 다가서던 나는 입이 딱 벌어졌다. 풀색의 빛바랜 누더기 같은 군복을 입은 20세 좌우의 젊은 군인들이 뼈에 가죽만 씌어 놓은 박제품 같은 몰골을 해가지고 군용 담가에 누워 있었다. 보아하니 어디론가 후송되는 모양이다. 음식을 먹고 있는 군인들은 환자 호송을 맞은 군인들 같아 보였다. 얼마나 살이 빠지고 말랐는지 입을 벌리고 누워 있는 모습을 보니 얼굴에 핏기라곤 하나 없이 솜털이 하얗게 뽀시시한 얼굴들이었다. 대낮인데도 얼마나 기력이 없으면 벌어져 있는 입 주위에 파리가 달라붙었는데도 눈을 모두 감고 죽은 듯 움직이지 않는다.

심한 영양실조에 걸린 모양이다. '이 애들 다 죽은 거 아니야?' 좀 더 가까이 가서 보니 숨은 쉬고 있었다. 인기척 소리에 누워 있던 한 군인이 나를 보더니 배 위에 올려놓은 손을 까닥거리며 무슨 말을 하려는지 응얼거린다. 가만 보니 먹을 것을 달라고 하는 것 같았다. '그래도 난 정말 행복한 사람이다. 군인들이 저 모양이니 이 나라도 다 됐구나.'

"여! 아저씨, 그쪽에서 물러 나요. 뭘 볼 거 있다고 와서 끼쑥거려요."

음식을 먹던 군인들 중 누군가 소리를 친다. 나는 얼른 그 자리에서 물러나 돌아서 버렸다. 군인들하고 마주서야 좋은 일이 없다는 것을 알기 때문이다. 짐을 찾는 데 또 30원을 주고 나니 정말 용돈이 얼마 없었다. 은근히 속으로 걱정이 되었다. 도중에 일이 생겨 열차가 늦어지면 여비가 얼마 없는 우리로서는 큰 일이 아닐 수 없었다. 혼자 몸도 아닌 두 명이 150원도 안 되는 돈을 가지고 길을 떠난다는 것이 무엇을 의미하는지 나는 너무도 잘 알고 있었다. 선희도 말은 안 하지만 걱정스러운 표정이다.

"너무 걱정할 것 없소. 하늘이 무너져도 솟아날 구멍이 보인다질 않소. 무슨 수가 있겠지."

내 딴에는 선희를 안심 시키느라 뜬구름 잡는 소리를 해보았다. '지금껏 수년 동안 그렇게 버티며 살아왔는데 에라, 죽기까지 하겠냐…'

나는 속으로 중얼거렸다. 얼마 안 있어 평양-온성행 열차가 들어온다는 방송 안내원의 말이 확성기에서 들려왔다.

"선희, 짐들이 제대로 돼 있나 다시 한 번 살펴보오."

사리원에 나갈 때와 마찬가지로 내 짐과 선희, 제가끔 짐을 지고 도중 식사는 가지고 나왔던 가방에 넣었다. 우리가 짐을 지고 역전 출입문을 나오려고 할 때였다.

"내가 그렇게 하지 않았습니다. 정말입니다."

애처로운 남자 목소리가 나는 쪽을 돌아다보니 역안 구석에서 웬 군관이 스물댓 나는 청년의 손목을 잡고 그의 옷을 뒤지고 있었다. 가까이 다가서 보니 청년의 손목을 잡은 군관 윗 군복 주머니가 한 뽐이나 째져 있었다. 군관 옷 주머니에 돈이라도 있는 줄 알고 누군가가 면도칼로 긋고 지갑을 훔치려 한 것 같았다.

"야! 이 새끼야. 네가 내 옆에 있지 않아서, 네놈 밖에 이렇게 할 사람 없어. 너 솔직히 말 못 하가서?"

군관을 보니 무슨 일을 칠 것이 분명했다. 주위에 사람들이 새까맣게 모여들어 구경만 할 뿐 누구 하나 말리는 사람이 없다. 잘못 나섰다가 군인의 주먹에 맞아 너부러질 수 있었기 때문이었다. 북한 군인 일반 병종은 군사 복무기간이 10여 년, 특전사들은 13년이다. 주먹과 발길질로 사람을 때리고 패는 훈련만 해온 살인 병기로 길들여져 맨손으로 기와장이나 벽돌 몇 장 깨버리는 것은 우습게 알고 있었다. 한참이나 청년의 옷을 샅샅이 뒤지던 군관이 청년의 다리 양말 안에서 일회용 면도칼 날을 찾아냈다.

"너, 이 새끼 이래도 안 그랬어?"

말이 떨어지게 바쁘게 군관의 주먹이 청년의 얼굴을 향해 날아갔다. 청년은 억, 하는 소리와 함께 콘크리트 바닥에 통나무처럼 넘어졌다. 펀

편한 군복이 면도날에 째졌으니, 군관이 뚜껑이 열릴 만도 한 것 같았다. 군관은 공중 위로 뛰어올랐다 군화발로 청년의 다리를 사정없이 밟아댄다.

"다시는 안 그러겠습니다. 잘못했습니다. 한 번만 살려주십시오."

청년은 입에서 줄줄 흐르는 피도 닦을 생각 못 하고 살려 달라고 빌고 또 빌어보았으나 허사였다.

"이 새끼야! 뼈다귀 놀려 살 생각 안 하고 도둑질해서 살아? 이 개 같은 새끼야. 너 같은 새낀 평생 병신으로 살아야 돼."

군관은 넘어져 있는 청년을 잡아 일으켜 세웠다. 그리고는 청년의 팔을 잡아채는 순간, 자신의 무릎에 대고 그 청년의 팔꿈치를 힘껏 내리쳐 버린다.

"악!"

소리와 함께 청년의 팔이 완전히 반대로 꺾여 'ㄴ' 자 모양으로 되어 버렸다.

"아! 아~!"

청년은 한 손으로 꺾인 팔을 잡고 콘크리트 바닥을 대굴대굴 굴렀다. 그래도 누구 하나 말리는 사람은커녕 말 한마디 못 하고 구경만 하고 있다.

"저런 도둑놈의 새낀 죽어두 싸. 저렇게 돼야 돼."

어디선가 오히려 잘했다는 말소리가 들려온다. 군관은 아무 일 없었다는 듯 가방과 배낭을 메고 역 밖으로 사라져 버렸다. '그래도 그렇지, 매나 몇 대 때리고 말지 펀펀한 팔을 꺾어 놨으니 얼마나 아플까? 평생 고생하면서 살아야겠구나.' 내가 청년을 보며 이런 생각을 하고 있는데 선희의 말소리가 들려왔다.

"엄마나, 오빠! 저 군관 너무하는 거 아니에요. 아무리 도둑질해도 그렇지 팔을 꺾어서 얼마나 아프겠어요?"

"아! 아~!"

팔이 꺾인 청년의 고함 소리가 멎을 줄 몰랐다. 칼질을 해 군관의 옷을 못 쓰게 만든 청년이 매를 맞을 짓을 했다고 생각했지만 그래도 너무한 것 같다는 생각에 우리 둘은 발길이 떨어지질 않았다.

"야, 이 정신 봐라. 선희, 이러다 차를 놓치겠소."

선희와 나는 짐들을 가지고 급히 역 밖으로 나갔다. 벌써 초만원을 이룬 개찰구 마당으로 사람들 틈바구니에 끼여 한 걸음 한 걸음 다가갔다. 홈으로 나가는 여행객들을 한 줄로 세우느라 불어대는 호루라기 소리, 고함 소리에 귀가 멍해질 것 같았다. 온성행 열차가 들어올 시간이 가까이 된 것 같아 보였다. 선희를 앞세우고 안간힘을 쓰며 개찰구에서 차표 검열을 마치고 역홈으로 나가려고 하는데, 역 보안서 보안원이 손짓을 하며 부른다.

"손님, 짐 좀 봅시다."

우리가 멘 짐에 무엇이 들어 있는지 뒤져 보려고 하는 것 같았다. 보안원들은 사람들이 조금이라도 짐이 크거나 이상하다고 생각되면 무조건 짐을 뒤져 보곤했다. '이것들 또 피곤하게 놀아대고 있네.' 나는 속으로 투덜대며 보안원 앞에 짐을 내려놓았다.

"배낭 안에 있는 거 뭐요?"

"예, 시금치 씨종자입니다."

"배낭 두 개 다 시금치 씨요?"

"네."

"배낭 열어 보라요."

'이 빌어먹을 개새끼야, 보겠으면 네 새끼가 열어 보아라.' 나는 속으로 상욕을 퍼부으며 피가 머리끝까지 솟아오르는 것을 가까스로 참고 말없이 배낭끈을 늦추어 풀어 보였다.

"시금치 씨 안에 다른 물건 없어요?"

"없습니다."

"한번 찔러 보아도 되겠소?"

"예, 보세요."

역 보안원은 1m 정도 되는 쇠꼬챙이로 나와 선희의 배낭 위 아구리를 열어 쑥쑥 질러본다. 아무것도 발견되는 것이 없자 이번에는 가방을 보자고 했다.

"가방에 뭐 있어요?"

"열차 도중 식사입니다."

"가방도 열라요."

나는 가방을 열어 보였다. 손을 넣어 음식꾸러미를 뒤져보고 나서 가방문을 닫으라며 손가락질을 한다.

"됐어요. 가 보라요."

짐이 작거나 없는 사람들은 제외 대상이다. 우리 뒤를 따라 나오는 사람들에게도 눈에 의심되면 그 짓거리를 해댄다. 말이 골동품, 독극물이나, 폭발물, 마약을 비롯한 통제품 발견을 위해 짐을 뒤진다고 하지만 사실은 저들의 주머니를 채우기 위한 수작이었다. 한 사람이 공산품 물건들을 30kg 이상 가지고 다니면 무조건 뒤지거나 벌금을 물려 잇속을 채우곤 했다. 공안당국에서는 사람들이 굶어 죽고 있는데도 장사는 자본주의 온상이고 사람을 돈밖에 모르는 자본주의 인간으로 만드는 행위임으로 하지 말라는 요구였다. 단지 식량이나 종자 같은 알곡 작물이 담긴 짐들은 제외였다.

언제 보안원들에게 신경 쓸 여유가 없었다. 얼마 안 있어 평양-온성행 열차가 들어오고 있는 것이 멀리서 보였다. 생각 했던 그대로다. 열차 지붕 위도 사람들이 가득 앉아 있다. 유리 한 장 없는 창문마다 여행객들이 까막딱사리 같이 매달려 있었다. 무척이나 지쳐 보이는 열차는 연이어 김빠진 경적 소리를 울리며 서서히 홈으로 들어서고 있었다. 얼룩덜룩 페인트가 벗겨진, 징그러운 뱀 모양의 열차가 급정거 소리를 내며 함흥역에 와 멈췄다. 그리고 보니 철덩어리로 만든 열차도 태어난 고장, 세월을 잘못 만나 눈물겨운 고통의 신음소리를 힘겹게 토해내고 있는 것 같았다. 내리고, 오를 곳을 찾느라 이리저리 뛰어다니는 사람들, 음식 장사꾼들까지 뒤엉켜 역홈은 끓는 죽 가마를 연상케 했다.

열차를 보니 도저히 오를 것 같지 못했다 '선희를 먼저 올려 보내자.' 선희라도 먼저 태우려고 창문에 앉은 사람들에게 물어보니 모두 안 된다고 한다. '어떻게 해야 올라갈까?' 열차 좌우를 훑어봐도 오를 틈이 보이지 않는다. '뿌르릉~' 견인기 쪽에서 출발을 알리는 경적 소리가 울렸다. '야, 이거 이러다가 못 타겠는데 큰일났구나.' 나는 당황스러웠다.

"오빠! 이러다가 못 타지 않겠어요?"

"글쎄 말이오. 더구나 짐이 커서 힘든 것 같소."

승강기 옆에 열차를 타러 나왔는지 10~13세 돼 보이는 남자 어린애들 여러 명이 모여서 있는 것이 보였다. '어린애들이 어른들도 오르기 힘든 열차를 어떻게 타려고 그러지?' 이런 생각을 하며 내가 승강기에 선희를 먼저 올라가게 하려고 싱갱이질을 한참 하고 있을 때였다.

"야! 야! 좀 비키라."

고함치는 소리에 뒤를 돌아보니 군관 한 명과 사병 두 명이 우리가 오르려고 몸싸움을 벌리고 있는 곳으로 뛰어든다.

'와! 됐구나. 이 군인들 뒤를 따라 들어가면 되겠다.' 나는 속으로 쾌재를 올렸다.

우리는 승강기에 오르려다 말고 군인들이 먼저 들어가게 자리를 비켜섰다. '뿌르릉, 뿌르르릉~' 열차가 떠나려는지 연이은 경적 소리가 길게 울린다. 군인들이 열차 승강기 입구를 막고 있는 여행객들에게 돼지 멱따는 소리로 고함을 질러댄다.

"야! 못 비키가서. 야! 이 새끼야. 너 맞지 안캤으믄 비키라."

여행객들은 군인들의 사람됨을 알고 있는 터라 찍소리 한마디 못하고 서로 밀면서 군인들이 열차 안쪽으로 들어가게 조금씩 길을 내주었다. 그렇게 군인들이 승강기문을 통과해 안쪽으로 들어가는 뒤를 따라 선희를 손으로 밀어 들여보냈다. 다시 한번 견인기 쪽에서 길게 경적 소리가 나는 동시에 열차가 천천히 움직이기 시작했다.

내가 얼른 승강기 손잡이를 잡고 발끝을 겨우 발판 위에 올려놓았을 때였다. 갑자기 쏴, 소리가 나면서 어깨를 짓누르던 배낭이 홀가분한 것을 느꼈다. 뒤를 돌아보니 40kg 시금치 씨가 달리기 시작한 열차를 따라 역홈 콘크리트 바닥에 길게 몽땅 쏟아지고 있었다. 누군가 면도칼로 시금치 씨 배낭 밑을 그어 버렸던 것이다.

"야! 요놈의 새끼들아~!"

나와 함께 열차에 매달려 가던 사람들이 내 배낭에서 시금치 씨가 쏟아지는 것을 먼저 보고 소리쳤다.

"야! 이거 미치겠구나. 아저씨 누가 칼질했는지 보지 못했습니까?"

오르기 전 승강기에 함께 매달렸던 나이 지숙한 어른에게 물어보았다.

"열차 떠나기 전에 역홈에 서 있던 꼬맹이들이 그랬소."

이미 열차는 달리는데 쏟아져 버린 시금치 씨 때문에 열차에서 뛰어내린다는 것은 자기 발로 무덤 속을 찾아 들어가는 행위였다. '사람을 세워놓고 눈을 빼간다'는 말이 나 같은 경우를 비유해 지어낸 것 같았다. '어린 애들한테 당하다니...' 분통에 앞서 앞일이 절망스럽고 깜깜했다.

어른, 애들 할 것 없이 식량난이 최절정에 달하자 살아남기 위해 할 수 있는 무슨 짓이든 가리지 않았다. 도둑들은 면도칼을 가지고 다니며 표적이 된 사람들의 옷이며 짐들을 사정없이 그어 버렸다. 잠시라도 딴 곳에 눈을 팔면 안주머니가 있는 옷이 면도날에 어김없이 그어졌다. 역전에서 열차가 출발하면 도둑들이 달려들었다. 열차가 떠날 때 면도칼로 열차에 채 오르지 못한 사람들의 배낭 멜끈이나 밑을 긋는다. 그 속에 있던 물건들이 쏟아지면 무리로 달려들어 가지고 도망치곤 했다. 열차가 달리는데 목숨을 버리면서까지 물건을 찾겠다고 뛰어내릴 사람은 없다는 것을 도둑들이 생각한 생존 아이디어였던 것이다.

'야! 이놈의 새끼들아, 꽉 먹고 잘 살아라.' 아득히 멀어져 가는 함흥역을 보며 투덜거렸다. 나는 달리는 열차에서 몸을 돌려 역홈을 보았다. 이미 대기해 있었는지 어린애들이 새까맣게 몰려들어 쏟아진 시금치 씨를 담느라 싱갱이질하는 것이 보였다. 열차를 타기 전 역 안에서 군관이 자신의 옷을 면도칼로 그어 버린 도둑 청년을 잡고 팔을 꺾은 그 심정을 너무도 잘 알 것 같았다.

목숨이 달린 밑천을 잃어버린 나는 쭉 째진 배낭만 메고 열차에 매달려가자니 눈앞이 아뜩했다. 내 등에서는 열차 바람에 배낭만 펄러덕 펄러덕 휘날린다. '이번 사리원 장사는 물거품이 되었구나. 밑천을 다 잃어 버렸으니 이젠 어떻게 하면 좋단 말인가?' 선희는 내가 시금치 씨 배낭이 털렸는지도 모르고 군인들을 따라 안으로 들어가느라고 씨름질을 하고 있었다.

"선희! 선희!"

열차 바퀴가 덜커덩거리고 사람들이 떠들어 대는 소리에 선희는 내가 찾는 소리를 들었는지 말았는지 아무 대꾸도 없다.

"여! 선희~"

나는 손을 들어 선희가 멘 배낭을 힘껏 잡아 흔들었다. 그때야 무슨 감촉을 느꼈는지 배낭을 메고 사람들의 짬에 끼워 머리를 돌리지 못하고 대답을 했다.

"오빠! 왜요?"

"선희, 내 배낭 털렸어!"

"그건 무슨 소리예요."

"선희 짐을 벗어놓고 돌아서오."

내 말에 일이 생겼다는 것을 알았는지 선희는 군인들을 따라 들어가다 말고 배낭을 벗어 내려놓고 뒤로 돌아선다.

"무슨 일이 있었어요?"

"배낭이 털렸소?"

나는 배낭을 벗어 선희에게 보여주었다.

"엄마나, 오빠! 언제 그렇게 됐어요? 아니, 우리 금방 오를 때까지도 별일 없지 않았어요."

눈이 휘 둥글해진 선희는 내밀어 보이는 배낭 밑이 쭉 째져 있는 것을 보고는 억이 막히는지 말을 못한다.

"세상에… 오빠 어쩌면 좋아요?"

"허, 허~ 할 수 없지 어떻게 하겠소. 고수레했다고 봐야지. 그 시금치 씨가 우리 죽을 일을 대신해 없어졌다고 보면 마음 편하오."

나는 무슨 일이라도 칠 기분이었다. 선희를 안심 시키느라 말은 그렇게 해놓고도 부아통이 터져 이를 부드득 갈았다. '에잇, 재수 없다.' 선희에게 배낭을 보여 주고는 달리는 열차 밖으로 배낭을 휙 집어던져 버렸다. 그래도 도중 식사 음식이 든 가방은 내가 앞으로 메고 있어 무사

했다. '아, 내 인생은 왜 이렇게 꼬이고 말라 비틀어만 질까? 어느 하루
도 번한 날이 없구나.' 시금치 씨종자 도둑맞은 일을 생각하지 말아야지
생각할수록 머리가 터지는 것 같고 기분이 잡쳤다.

"아! 아!"

분을 삭이지 못한 나는 옆에 사람들이 있든 말든 목이 터져라 힘껏
소리 질렀다. 목숨을 걸고 푼돈을 벌어 보려고 떠났던 우리의 이번 잎담
배 장사는 '개, 바윗돌에 갔던 온 일'이 되고 말았다. 그렇다고 잡친 기
분을 생각하며 오랫동안 우락푸락하고 있을 형편이 못 되었다. 다음 일
을 걱정해야 했다.

"선희 배낭을 내게 주고 이 가방을 받소."

나는 음식 가방을 선희에게 주고 그녀가 메었던 배낭을 머리 위에
올려놓았다. 배낭을 지고 걸음을 옮긴다는 것은 생각도 못할 일이다.

"안으로 좀 들어갑시다."

사람과 사람이 마주 붙고 압착되어 발 옮길 틈마저 없는 승강장 복
도를 벗어나 열차 안으로 손님들을 헤집으며 들어갔다.

"선희, 떨어지지 말고 바싹 따라 붙소. 손님, 안으로 좀 들어갈 수
없을까요."

"여보시오. 사람들 서 있는 거 보구 말해두 하라요. 어디 들어간다
고 그래요."

여행 손님들은 이젠 사람 단련에 너무 지치다 보니 몇 사람에게 물
어봐도 하나같이 짜증스러운 대답이다.

"아니 저희는. 북쪽 끝까지 가야 돼서 그럽니다."

그래도 안으로 들어가 자리를 잡아야만 하는 우리는 조금씩 눈치
를 봐가며 열차가 흔들거려 틈이 생길 때면 재빠르게 한 발자국씩 옮겨
놓았다.

"잠깐만요. 자리 좀 비켜 주십시오. 예, 고맙습니다."

나는 연방 머리를 굽석이며 자리를 비켜 주는 사람들에게 인사를 해 댔다. 사람들이 꽉 들어차 승강기에서 열차 안 10m 거리를 들어가는 데 20분 넘게 걸려야 했다. 30kg짜리 배낭을 어깨 위에 올려놓고 20분 넘게 사람들에게 밀리고 부딪쳐 허우적거리다 보니 어깻죽지가 떨어져 나가는 것 같았다. '에라, 더 들어가 봐야 자리를 잡을 것 같지 못하구나.'

"어디까지 갑니까?"

내가 서 있는 곳에서 대답을 할 만한 사람들에게 목적지를 물어보았다. 혹시나 함흥에서 멀지 않은 곳에 가는 손님이 있으면 기다려 그 자리를 차지해보려는 생각에서였다. 물어본 사람들 거의 다 함경남도 단천 이북 지방으로 간다고 했다. '제기랄, 앉아가긴 애당초 틀렸구나.' 나는 선희에게 돌아서 배낭을 벗겨 내려놓았다.

"후~ 살 것 같구나. 선희, 배낭 위에 앉소."

시금치 씨는 깔고 앉아도 될 것 같아 선희를 앉으라고 했다.

"전 일없어요. 오빠, 앉으세요."

"선희 먼저 앉소. 내가 정 다리 아프면 그때 좀 바꾸어 앉기요."

선희를 앉히고 나니 한시름 놓였다. '이젠 집까지 들어가면 되겠다.' 한참 후, 사람들이 다니는 통로에 발을 옮겨 놓을 자리가 생겼다. 나는 선희 곁에 자리를 잡고 쪼그리고 앉았다. 우리가 함흥역에서 열차에 오른 지 3시간이 넘어온다. 손님들은 저녁이 되자 음식들을 꺼내 식사를 하기 시작했다.

열차가 덜커덩덜커덩 요란한 소리를 내며 비틀거리긴 해도 괜찮게 달리는 것 같았다. 하지만 웬걸 이내 내 생각이 빗나갔다는 것을 알았다. 신포역에 들어서 시간이 퍽 지났는데도 떠날 잡도리가 아니다. 밖에서는 음식 장사꾼들이 술병이며 빵, 말린 건어물들을 들고 열차 손님들에게 사라며 소리를 치고 난리를 피운다.

"선희, 배고프지 않소. 우리도 아무거나 좀 먹기요. 배가 출출한데….."

선희는 가방을 열어 함흥에서 가지고 떠난 밥을 꺼냈다. 그녀는 잊지 않고 술병을 꺼내 나에게 건네준다.

"한 모금 하겠소?"

"아니요. 오빠나 잡수세요."

나는 비닐종이에 싼 도시락을 무릎 위에 놓고 술병을 입에 기울였다.

"선희, 열차에 올랐으니 이젠 집으로 가게 되겠지. 배곯지 말고 먹을 만큼 드오."

가방을 뒤적거리는 선희에게 한마디 하고는 젓가락으로 밥을 떠 입에 넣었다.

"선희 그 꽈배기 하나 주오."

꽈배기를 받아 한 입 떼어 물었다. 꽈배기가 쓴 맛이 날 정도로 달았다. 설탕이 없으니 빵이며 건 음식을 만드는 데 사카린을 너무 많이 넣은 것 같았다. 술 반병에 도시락과 꽈배기를 먹고 나서 종이에 꽈배기 기름이 묻은 손을 씻었다. 식사를 마치고 시간이 퍽이나 흐른 것 같아 손목시계를 보니 밤 10시가 넘었다. 정전으로 떠나지 못하는 것 같았다. 철도 정전을 6만 정전(고압 전류 6만Kw라는 뜻)이라고 했다. 6만 정전이면 전기가 빨리 온다고 해야 5시간 이상 걸린다. 늦으면 하루를 넘기는 것이 보통이었다. '아이구, 네가 잘 달리면 정상이 아니지? 몇 시간이나 있어야 가겠냐.'

열차 안은 전등불이 없는 캄캄 나라다. 사방에서 코고는 소리가 들리고 이따금 창문으로 사람들이 들락날락할 뿐 여행객들 모두 잠이 들어 조용했다.

"술 사시오! 말린 오징어 사시오!"

밤이 깊었는데도 밖에서는 메뚜기 장사꾼들이 저마다 자기들의 먹거리를 사라며 소리친다.

"선희, 자오?"

대답이 없는 걸 보니 의자 모서리에 머리를 대고 잠에 든 것 같았다. 우리 짐이 도둑 맞을 것이 걱정되었다. 선희의 배낭은 깔고 앉았으니 도둑이 들고 가지는 못할 것 같아 보였다. 나는 도중 식사가 든 가방을 어떻게 건사해야 하나 골몰하다 다리에 가방 끈을 감고 잠을 자야 하겠다고 생각했다. 가방 끈을 오른 다리에 칭칭 감고 잠을 청했다. 회령 집을 떠난 지 20일 가까이 객지에서 쪽잠으로 보내야 했던 나는 무릎 위에 머리를 올려놓고 새우잠을 자기 시작했다. 그래도 안심이 안 되어 자다가 도중에 거불대는 눈을 떠 몇 번 보았을 때도 가방끈이 발에 묶여 있는 것을 확인했다.

사람들이 떠들어 대는 소리에 눈을 떠보니 날이 밝은 것 같았다. '아직도 떠나지 못했나?' 창밖을 내다보니 어젯밤 서 있던 역에서 출발하지 못하고 그대로 서 있었다. '으아~!' 손을 들어 한껏 기지개를 켠 다음 열차 안을 둘러보았다. 우리가 앉아 있는 불과 몇 미터 되는 쪽에서 누굴 욕하는지 죽일 놈, 살릴 놈 하는 욕지거리 소리가 들려왔다. '저쪽에선 또 무슨 일이 있었나?' 가만 들어보니 밤사이 잠을 잘 때 짐을 잃어버렸다는 소리를 하는 것 같았다. 짐이 없어졌다는 소리에 정신이 번쩍 들어 얼결에 선희를 보니 시금치 씨 배낭을 깔고 앉아 몸을 옹크리고 자고 있다. 그런데 다리에 가방 끈으로 감아 놓았던, 도중 식사를 넣은 가방이 보이지 않는다. '야, 이게 뭐야. 도둑 맞혔구나.' 발을 들어 보니 가방 끈 양쪽을 잘라 버리고 가방만 들고 갔다. 시금치 씨를 털린 지 하루도 안 돼 밤사이 또 도중 식사까지 털렸으니 기가 막힐 노릇이다. '아~! 이거 어떻게 하면 좋지…' 회령까지 들어가려면 아직도 며칠을 걸려야 하겠는데 먹거리 가방을 잃어버렸으니 굶어야 할 판이다. '아니, 가방 훔쳐가는 것도 모르고 내가 이렇게 정신없이 잤는가?' 입 다물고 혼자 알고 있을 일이 아닐 듯싶어 선희를 깨웠다.

"선희! 정신 차리오."

얼마나 깊이 잠들었는지 손으로 어깨를 두드려도 '예!' 하고 말을 얼 버무리며 정신을 차리지 못한다.

"선희! 가방 없어졌소."

가방이 없어졌다는 내 말에 그때에야 '예?' 하고는 눈이 휘둥그레지 며 제정신으로 돌아온 듯했다.

"오빠, 가방 어디에 놓았는데 없어요?"

나는 아무 대꾸 안 하고 가방 끈을 선희에게 주었다. 가쯘하게 잘 려진 가방 끈을 보더니 선희도 억이 막힌 듯 코웃음을 쳤다.

"세상에 어떻게 하면 좋아요? 아직도 며칠 갈지 모르는데?"

"아니 뭘 잃어 버렸어요?"

선희와 내가 주고받는 말을 들었는지 옆에 앉아 있던 남자 손님이 물어본다.

"다른 건 아니구요. 가방이 없어져서요."

"무슨 가방인데 없어졌소?"

"도중 식사를 넣었던 가방입니다."

가방 끈을 그 사람에게 보여주었다. 그도 가방 끈이 매끈하게 잘려 진 것을 보고는 '죽일 놈들…' 하며 혀를 찬다. 여기저기서 욕지거리와 오가는 말을 들어보니 짐을 도둑맞은 사람이 몇 명은 되는 것 같았다. 한 아주머니는 당반 위에 짐을 올려놓고 끈으로 묶어 놨는데도 잃어 버렸다며 소리를 질러댄다. 친정어머니 환갑잔치에 상감이며 옷가지를 가지고 가던 배낭 끈을 면도칼로 잘라 버리고 도둑질해 갔다는 것이다.

"미친놈의 개새끼들 벼락 맞아 꽉 뒈져라."

아주머니 온갖 욕설을 하며 야단을 쳤다. 때 마침 열차 보안원들이 증명서 검열을 하며 지나가고 있었다.

"아주머니 무슨 일인데 열차 간에서 소란 피워요? 조용하지 못하겠소?"

"보안원 동지! 도둑놈들이 제 짐을 가지고 달아났습니다."

짐 잃어버린 아주머니의 하소연을 듣고 있던 보안원이 한마디 던진다.

"짐을 잘 건사해야지 잠만 자니까 도둑질해 가는 거요."

보안원이란 사람은 짐을 잊어버려 가득이나 열받은 아주머니를 거들떠보지도 않고 증명서 검열을 하면서 다음 칸으로 넘어간다. 보안원이 사라지자 아주머니가 이번엔 보안원을 욕질해 댄다.

"저런 머저리 같은 것들이 다 보안원이야. 나라에서 눈깔이 썩어 저런 것들한테 정복을 입히구. 에구 야! 야! 더럽다."

입심 꽤나 센 아주머니다. '열차에서 일어나는 사건, 사고들을 책임지고 여행객들의 안전을 담당해야 할 보안원들이 저 꼴이니.' 나도 그 아주머니 말을 들으니 속이 다 후련했다. 여러 명의 짐들을 가지고 간 것을 봐서는 도둑 무리가 올라와 여행객들이 잠든 사이 짐들을 해치운 것 같았다. 무게가 많은 큰 짐들은 건드리지 않고, 가지고 뛸 수 있는 작거나 가벼운 짐들만 골라 삭뚝삭뚝 잘라 간 것 같았다. 도둑들이 열차에서 내려 멀리 달아났을 것은 뻔한 일이다.

"선희, 이번 장사 완전히 꺼꾸로 섰어."

내가 하도 어이없어 웃으며 이야기를 하자 선희가 머뭇거리며 말을 꺼낸다.

"오빠, 이번에 내가 따라와서 그런 것 같지 않아요?"

"무슨 소릴하는 거요. 배낭하고 가방 모두 내가 잃어버리지 않았소. 아니야. 그 꽈배기를 사서 먹어 그런 것 같애."

나는 선희의 마음을 풀어주느라고 아무 죄 없는 꽈배기 핑계를 댔다. 이런저런 소리를 하면서도 잃어버린 가방은 그렇다 치고 당장 아침 먹거리가 없으니 걱정이 아닐 수 없었다. 두 사람의 돈을 다 털어봐야 140원밖에 없었다. 밀가루 빵 한 개에 10원씩 하고 있었다.

"우선 아침을 먹고 보기요."

나는 선희에게 빵 네 개만 사라고 말했다.

열차 밖에서는 새벽부터 장사꾼들이 음식들을 사라며 들볶아 대고 있었다. 그들을 보고 있노라니 평안남도 양덕에서 살고 있는 큰누이네 집에 갔을 때 들은 이야기 생각이 났다.

북한 평안남도 성천군의 산골 마을 역에서 1997년도 여름에 있은 사건이다. 주민 가옥이 몇 십 동밖에 안 되는 작은 산골 마을이어서 열차가 역에 잠시 섰다 떠나곤 했다. 그 농촌 마을도 식량 사정은 다른 곳과 다를 바 없었다. 역장과 역원 두 명이 전부인 역전에서 그들은 열차를 받고 보내는 일을 하고 있었다. 여행 손님들에게 음식을 팔아 돈 벌이하는 것을 다른 큰 역에서 보아온 그들은 돈을 벌 기발한 생각을 해냈다. 마을 음식 장사꾼들에게 열차를 세워 놓으면 돈을 한 사람당 얼마씩 받기로 약속하고 열차들을 정차시키기로 계획했다. 그들은 역에 여객열차가 들어오면 몇 십 분씩 정차시키기 시작했다(북한 역들에서는 역에서 열차가 들어오거나 떠날 때는 역장이나 기타 역 관계자의 지시가 있어야 열차를 받고 보낼 수 있게 되어 있다). 그 덕에 음식 장사꾼들은 집에서 해온 빵이며 술 같은 음식들을 여행객들에게 팔아 돈을 벌었다.

'세상에 이런 돈벌이가 어디 있나?' 장사꾼들에게서 돈을 받아 재미를 보게 된 역장과 역원은 세상이 녹두알만 해졌다. 담이 커진 그들은 매일 여객 열차만 들어오면 제 시간에 보내지 않고 열차를 몇 십 분씩 세워놓고 돈벌이를 했다. '범도 꼬리가 길면 잡힌다'는 말처럼 북한 철도 검찰(북한 정권은 철도성에 검찰, 재판소, 보안부를 따로 설치해 놓았다)에서는 이유 없이 그 산골 역에서 몇 십 분씩 여객 열차가 정차되는 것을 이상하게 여겼다. 조사 성원들을 파견하여 검열한 결과 돈벌이에 눈이 어두워 고의적으로 열차를 정차시킨 역장과 역원의 행적이 드러나게 되었다. 가뜩이나 여객 열차들이 제 시간에 다니지 못해 사람들의 불만이 하늘을 찌르고 있는 때여서 철도 당국에서 가만있을 리가 없었다. 평안남도 내 역장들을 불러놓은 북한 당국은 그 산골 마을 역장을 공개 총살해버렸다. 역원은 7년형을 받았다고 했다.

아침식사를 빵으로 때웠다. 가지고 있는 돈으로 버텨야 2일 이상 안 될 것은 불 보듯 뻔한 일이다. 나는 우리가 굶어 죽는다 해도 누구 하나 거들떠보지 않는다는 것을 너무도 잘 알고 있었다. 그날 저녁 7시가 지나서야 열차 견인기 쪽에서 '뿌르르릉~' 하는 경적 소리가 몇 번 울렸다. 열차가 멈춰선 지 꼬박 하루 만이다. '삐익~치익~' 제동띠 풀리는 소리가 나더니 움직이기 시작했다. '후~ 인제야 가는가 보다.' 말이 전기 열차이지 당나귀나 노새만도 못한 철 덩어리였다.

열차가 신포역을 떠나 단천시까지 오는 데 하루 반 가까이 걸렸다. 때 없이 정전이 되다 보니 역전이 따로 없다. 가다 서면 반나절, 그것도 빠른 편이었다. '걸어서도 하루면 갔을 거리를 열차를 탔다는 것도 이 꼴이니…' 단천역에서 견인기를 교체할 것은 물어보지 않아도 뻔했다. 열차 견인기 대수가 턱없이 모자라 화물열차를 우선 견인하고 나머지 견인기가 있으면 여객열차를 견인하고 있었다. 평양-온성행은 북쪽으로 올라오면서 고원역에서 견인기를 교체하고 단천역에서 다시 견인기를 바꾸어 열차를 견인했다. 선희와 나는 한 끼에 손바닥만큼 납작하고 크기도 그만한 50g도 안 될 밀가루 빵 한 개로 끼니를 에웠다. 먹거리 가방을 잃어버리고 이틀 반이 지나 돈이 떨어졌다. 저녁은 굶어야 했다. 주변 여행객들이 끼니를 건너지 않고 음식을 먹을 때면 눈을 감고 있었다.

창자에서 쪼르륵 소리가 끊이질 않는다. 때가 되어 오는 것 같았다. 모든 것이 다 귀찮고 말하기조차 싫어졌다. 가만 앉아 있는 것이 편했다. 굶어 죽은 사람들을 수없이 보아온 나는 그들과 같은 운명이 멀지 않은 곳에서 손을 흔들며 부르고 있는 것만 같았다. '이렇게 죽어야 하나.' 내 머리 속에는 지금까지 살아온 세월의 잊지 못할 날들이 되살아났다. 세상은 너무도 메마르고 무정했다. 눈물과 땀으로 얼룩진 인생을 살아남으려고 얼마나 아등바등 몸부림쳤던가. 내가 전생에 무슨 죄를 졌기에 세상은 손톱만큼의 자비와 용서도 없이 이렇게도 모질게 서서히 마지막 길을 가게 만드는 것인가. '농사꾼은 굶어 죽어도 종자를 베고 죽는다.' 문득 옛 조상님들의 말이 생각났다. 나는 밑돈을 마련해 보려고 살던 집을 팔아 쓰러져 가는 낡은 창고 같은 집을 싼 값에 구했다. 그렇게 마련한 종잣돈으로 장사를 시작해 지금껏 몇 년간을 살아 왔다. 돈이 없으면 굶어 죽어야 하는 이 나라에서 어떻게 하나 종잣돈이라도 남겨 목숨을 유지해 보려고 무진 애를 써왔다. 선희도 맥이 없는지 눈을 감고 몇 시간이 지나도록 말 한마디 없다. 의지할 데 없어 나에게 자신의 모든 것을 맡기고 험한 길을 따라나섰던 선희다. 먹지 못해 축 처져 있는 모습을 보니 밑돈을 건져 보려고 생각했던 내 자신이 부끄럽고 죄스러웠다. 그녀의 모습을 보면서 더는 종잣돈이요, 밑천이요, 하는 따위 생각을 버려야겠다고 마음먹었다. 나는 벌떡 일어나 창문을 통해 열차 밖으로 뛰어내렸다. 먹거리를 팔려고 역홈을 이리저리 헤매는 장사꾼들에게 시금치 씨를 팔아보려 마음먹었다.

"아주머니, 시금치 씨 아세요?"

"시금치 씨요?"

"예, 남새(채소) 시금치 있잖아요."

"예, 그런데요?"

"아주머니 장마당에서 시금치 씨종자 비싸게 파는 거 아시지요. 저한테 시금치 씨 종자 있습니다. 사지 않겠어요?"

"예, 우린 그런 거 사지 않아요."

또 다른 음식 장사꾼들에게 물어보니 매번 같은 대답이 돌아왔다. 물어보다 지친 나는 시금치 씨를 싼 값으로 주겠다고 사정해 보았다.

"열차를 타고 가던 도중에 먹을 것이 다 떨어져 그러는데 좀 사지 않겠어요?"

지나가고 오는 음식 장사꾼들에게 사정하다시피 말을 해보았다. 모두들 약속을 했는지 같은 대답이 돌아온다. 가뜩이나 몇 끼 굶어 말할 힘이 없던 나는 30분 넘게 아낙네들하고 입씨름질하다 보니 지치다 못해 주저앉고 싶은 생각뿐이다. '야, 이 놀음도 못 해먹겠구나. 무슨 방법이 없을까?' 역홈에서 음식을 팔고 있는 사람들을 멍청한 눈길로 보고 있자니 문뜩 함흥시장에서 꽈배기를 도둑질하던 '꽃제비' 애들이 떠올랐다. '죽지 않으려면 도둑질하는 것 외는 다른 방법이 없다. 굶어 죽으나 도둑질하다 잡혀 맞아 죽으나 죽기는 매한가지 아니냐.' 죽음이라는 막다른 골목에 몰린 나는 무엇이든 도둑질을 해서라도 먹거리를 마련해야 하겠다고 생각이 들었다. 그렇지 않으면 굶어 죽을 수 있다는 생각에 눈에 달이 떴다. 이렇게는 살지 말자고 지금껏 아글타글 죽을 고생을 하며 살아 왔건만 세월은 그것도 허용하지 않았다. '굶어 죽으면 죽었지 남의 물건에는 절대 손대지 말거라. 바늘 도둑이 소 도둑이 된다. 죄는 지은대로 가고 덕은 닦은 대로 간다.' 지금껏 이런 가르침을 받으며 또 그렇게 살려고 애써 왔다. 그러나 지금 같은 상황에서는 부모님의 말씀을 거역하는 짓을 할 수밖에 없다고 생각했다. 수천 길 지하 막장에서 곡괭이, 삽질로 석탄을 캐야만 하는 아버지였다. 수십 년을 노예로 살면서도 자식들 때문에 죽을 수조차 없으셨던 아버님께 용서를 빌고 또 빌었다. 왠지 아버지, 어머님을 더는 보지 못할 것 같은 생각에 억울하고 슬픈 눈물이 볼을 타고 흘러 내렸다. 내 머리에는 살아보려고 몸부림쳤던 지난날들이 되살아났다.

잡초의 추억

1965년 6월 중순 한낮이었다. 평양시 ㄷ구역 A동 외딴집에서 애된 아기의 울음소리가 울려 나왔다. 분명 갓 태어난 아기의 울음소리다. 아이는 예고 없는 산모의 갑작스런 배앓이로 집에서 태어났다. 고추가 달린 남자 녀석이다. 아버지가 아이를 엄마의 몸에서 끄집어내어 탯줄을 자르고 동여매어 방 한쪽에 밀어 놓았다. 아기 아빠는 산모를 시중하느라 정신이 없었다. 미역국을 꾸린다, 음식을 준비하고 산모 몸을 씻어주느라 바삐 돌아쳤다.

한 시간이 훨씬 지났다. 그런데도 철판을 긁는 것처럼 자지러진 아기의 울음소리가 멈추지 않는다. 하도 이상한 생각이 든 아빠가 애를 덮었던 포단을 벗겨 보니 피를 쏟아부어 놓은 것 같이 모포가 질벅하게 젖어 있었다. 동여 맸던 탯줄이 풀려 배꼽에서 피가 흘러내렸던 것이다. 애는 이미 눈이 뒤집혀져 울음소리마저 모기가 앵앵대는 것 같았다. '아이를 죽였구나.' 아빠는 절망에 빠졌다. '아내에게 무슨 죄를 졌단 말인가.' 아빠는 산모에게 이 사실을 말하지 않았다. 탯줄을 다시 고무줄로 단단히 동여매 놓고 아이를 보자기에 둘둘 말아 보이지 않는 곳에 밀어 놓았다. 숨이 끊어지면 내다 땅에 묻으려는 생각에서였다. 갓난아기 몸에서 피가 그렇게 많이 빠졌으니 살지 못할 것이라는 생각은 당연했다. 몇 시간 후, 아빠는 아이가 이젠 숨이 넘어 갔겠거니 생각하고 아기를 쌌던 보자기를 풀어 보았다. 그런데 상심의 그늘이 가득 담겼던 아빠의 눈이 금시 밝아진다. 감겨져 있을 줄로 알았던 아기의 머루알 같은 까만 눈이 초롱해 손가락을 빨고 있는 것이 아닌가.

아빠는 환성을 올리며 엄마에게 아이를 안아다 젖을 물려주었다고 한다. 이렇게 세상에 태어난 나는 어린 시절 아빠, 엄마, 형제들은 물론 마을에서 골칫덩이로 애를 먹었다. 어릴 때부터 장난이 심했다. 동네에서 위험한 아이, 사고뭉치로 낙인이 찍혔었다. 우리 집은 한 동 4세대 하모니카 주택이었다. 방 넓이가 6평도 안 되는 단칸방에서 친할머니까지 아홉 명이 살아야 했다. 집에서 4남 2녀의 6남매 중 다섯째였던 나는 다른 형제들과는 달리 특별관리대상이었다. 항상 부모님들의 엄격한 통제를 받았다. 유치원 시절 또래 마을 애들을 산으로 개울로 끌고 다니며 흙, 물, 불장난으로 낮과 밤을 보냈다. 신소가 끊이질 않았다. 남의 집 창고에 들어가 불장난을 하다 창고를 태워먹었다. 온동네 사람들이 동원되어 불을 끄지 않았다면 그 집은 잿가루밖에 남지 않았을 것이다. 일곱 살 되던 그해 봄, 아버님이 일하시는 탄광에서 석탄을 캐는 발파작업에 쓰이는 화약 뇌관을 망치로 두드리며 장난하다 폭발해 몇 달간 지옥을 다녀왔다.

나이를 한 살, 두 살 더 먹을수록 도를 넘는 장난으로 동네를 소란케 했다. 한여름 동네에서 살고 있던 일본 귀국자 집에서는 TV를 어른들에게만 보이고 애들은 구경도 못하게 했다. TV를 보려다가 욕까지 얻어먹은 나는 그 집과 어른들에게 골탕을 먹일 기발한 생각을 해냈다. 동네 공동변소 똥물을 퍼다 밖에 벗어놓은 어른 신발들에 부어놓았다. 그래도 애들에게는 TV를 구경시켜 주지 않았다. 두 달이 지난 일요일 밤, 나는 애들을 데리고 TV가 있는 그 집으로 갔다. 안에서는 TV 보느라고 출입문을 꽁꽁 닫아매 놓고 있었다.

밖에 벗어놓은 어른 신발들을 자루에 담아 애들과 함께 공동변소로 향했다. 변소 문을 열고 똥물에 신발들을 쏟아버렸다. 그래도 마이 동풍이다. 열받은 나는 야밤에 그 집 지붕 위에 설치해 놓은 안테나를 뽑아 보이지 않는 곳에 던져 버렸다. 몇 번씩이나 혼쭐이 난 그 집에서는 드디어 항복했다. 우리 동네 애들에게 TV를 보라고 개방을 했다.

말썽은 계속되었다. 탄광 마을 영화관에서는 아이들에게 영화를 보여주지 않았다. 영화관도 나의 공격 목표였다. 동네 애들을 데리고 영화관 창문에다 돌을 던져 유리를 박살내고 영화 상영을 못하게 망쳐 놓았다. 나는 밖으로 뛰어나온 갱 3중대 노동당 비서였던 제대군인 삼촌에게 붙잡혔다. 그 삼촌은 얼마나 열받았는지 나를 번쩍 들어 땅에다 절구질을 해댔다. 나는 완전히 까무라쳐 며칠 동안 정신을 잃은 적이 있었다. 그때가 10살이었다.

인민학교 4학년, 졸업을 앞둔 7월 어느 날이었다. 오전 수업이 끝났다. 점심을 먹은 나는 교실 옆에 세워진 학교 울타리 뒷문을 나섰다. 돌배나무며, 백살구, 배나무들이 심어져 있는 학교 옆 산, 골짜기를 따라 100m가량 올라갔다. 산골 물이 졸졸 흐르는 풀숲을 뒤지며 나는 무엇인가 열심히 찾고 있었다. 등껍질은 두꺼비 같고 배는 빨강색, 검은색 얼룩무늬의 고추개구리를 잡으려는 생각에서였다. 고추개구리는 흉물스러운 생김으로 남자애들도 싫어 했다. 얼마 뒤, 고추개구리 세 마리, 손바닥만한 참개구리 두 마리를 잡아 비닐봉다리에 넣어 골짜기를 내려오고 있었다. 풀숲에서 개구리 울음소리가 다급하게 울렸다. 달음박질로 그곳에 가보니 커다란 뱀 한 마리가 참개구리를 입에 물고 있는 것이 눈에 띄었다. 녹색바탕에 붉은 색, 검은색 무늬가 알룩달룩한 늘메기였다. 그 뱀은 어른 엄지손가락보다 두 배나 더 굵고 양손 길이만큼 했다. 얼른 뛰어가 손으로 꼬리를 덥석 쥐었다. 이미 늘메기에게 독이 없다는 것을 알았기 때문이다. 입에서는 휘 휘 호 호, 휘파람 소리가 나오고 있었다.

내가 개구리며 뱀을 잡고 흥얼거리며 기분 좋아하는 까닭이 있었다. 나의 학급 담임 선생님 이름은 김선숙, 25세의 여자 선생님이었다. 장난이 심했던 나는 담임 선생님의 미움을 많이 받았었다. 한번은 수업을 끝내고 교실 청소시간이 되었을 때이다. 하루 학업이 끝나면 의무적으로 학습반별로 학교에 남았다. 42명의 애들이 공부하는 학급은 7개 학습반으로 나누어져 있었다. 책상, 의자를 마른 걸레로 닦고 콘크리트 바닥에 손으로 물을 뿌렸다. 그 다음, 톱밥을 펴고 방 빗자루로 쓸어 담아내야 했다.

내가 속한 학습반이 청소 당번이던 날이었다. 나는 청소를 하지 않고 애들을 데리고 운동장에서 축구시합을 벌려 놓았다가, 청소 확인을 하러 교실에 들어왔던 담임 선생님에게 들키고 말았다. 청소도 하지 않고 사라진 우리 학습반 애들의 행동에 선생님은 그만 이성을 잃고 말았다. 운동장에서 공을 차고 있는 나를 비롯한 학습반 애들을 교무실로 불러들였다. 주모자인 내가 마지막까지 남아 교편대로 머리에 혹이 여러 개 나도록 맞았다. 귀를 잡아 흔들고 뾰족한 구두를 신은 발길질에 걷어차여 다리가 퍼렇게 피멍이 들었다.

'어디 두고 보자. 가만있지 않을 테다.' 며칠 뒤, 나는 개구리, 뱀을 손에 넣는 데 성공했다. 점심시간 애들이 모두 밖에 나간 틈을 타서 행동을 개시했다. 오후 수업시간이 얼마 남지 않은 것 같았다. 교실에는 신OO, 이OO, 둘이 남아 있었다. 나의 이상스러운 행동에도 저희들 놀음에 정신이 팔려 있었다. 칠판에 글을 쓰는 분필을 담는 분필통에 개구리며 뱀을 쑤셔 넣고 뚜껑을 닫았다. 그리고는 담임 선생님이 책과 교수안을 건사하는 교탁 밑에 넣어 버렸다. 오후 1시 수업을 알리는 종소리가 울리고 잠시 후, 선생님이 교실로 들어섰다. 수업이 시작되었다.

칠판에 글을 쓰려고 분필통을 여는 순간 좁은 공간에 꽉 차있던 뱀이며 개구리들이 튀어 나왔다. 순간 선생님은 '악!' 하는 소리를 지르며 뒤로 벌렁 나가 자빠졌다. 이 광경을 목격한 학급 애들은 폭소를 터뜨렸다. 선생님은 발밑에서 펄쩍, 펄쩍 뛰어 치마 밑으로 기어드는 개구리며 뱀을 보고는 기겁을 해 엉엉 울며 밖으로 뛰어나갔다. 학교에서는 일대 소동이 벌어졌다. 온 학교 선생님들이 범인을 잡는다며 애들을 들볶았다. 허나 나만이 아는 행동은 끝까지 밝혀지지 않았다.

훗날 알게 된 일이었다. 뱀 사건이 있기 몇 달 전, 김선숙 선생님은 군대 지휘관과 결혼을 하여 임신을 한 상태였다, 선생님은 그 일로 받은 충격과 스트레스로 유산을 했었다고 한다. 나는 그때 일을 두고두고 지금까지 후회하고 있다.

애들하고도 *싸움질, 다툼이 끊이질 않았다. 터지고 깨지고… 아버지는 나를 세상에 태어나지 말았어야 할 망나니 새끼라고 했다. '네 놈의 새끼가 태어나 죽어갈 때 내다 버려야 했었는데… 지금이라도 어딜 가서 없어졌으면 발편잠을 자겠다'며 노골적으로 말씀하셨다. 어머님은 나 때문에 눈물, 한숨이 멈출 날이 없으셨다.

고등중학교 3학년이 되던 5월 말이었다. 학교에서 받은 국어 숙제 공부를 하던 나는 고향에 대한 글을 쓰고 있었다. 문득 '아버지 내 고향은 어디에요?' 라고 물었다.

"네가 태어난 고향은 평양시 ㄷ구역 A동이다."

아버님은 짧게 말씀하셨다.

"평양? 아버지 내 고향이 정말 평양이 맞아요?"

나는 환성을 올렸다. 한편 사회주의 조선의 심장, 혁명의 수도라며 북한 당국이 선전하던 평양에서 내가 태어났다는 것이 믿어지지 않았다. '평양에서 태어난 내가 왜 산골에서 살아야 하지?' 아버님의 말씀을 들은 그때부터 '고향인 평양에 가보고 싶다'는 생각이 항상 머리에서 떠나질 않았다. 그 당시 평양에는 세 명의 고모, 한 명의 작은 아버지가 살고 있었다. '고모, 삼촌네 집에 놀러 갈 겸 고향에 한번 꼭 가보고야 말테다.' 이런 생각이 나를 모험의 구덩이에 빠지게 만들었다. 내가 살던 산골, 동천탄광 마을에서 평양은 600km가 넘는 구름 너머 아득히 머나 먼 곳에 있었다.

그 사실을 알 수 없는 너무도 철없이 순진했던 나는 고향에 가보기로 결심했다. 어머님이 숨겨 놓았던 장롱 속의 돈을 한줌 훔쳐냈다. 몰래 집을 나와 20km 넘는 거리를 타박타박 걸어 회령역에 들어섰다. 회령역에서는 보호자도 여행증명서도 없는 아이에게 차표를 팔아주지 않았다. 보호자가 있어야 준다고 했다. 평양까지 가는 데 열차를 탄 사람이라면 누구나 가지고 올라야 할 차표가 나에겐 없었다.

차안에서 차표를 검열하는 사람들에게 잡히면 고향에도 가보지 못하고 열차에서 쫓겨난다는 것, 평양에 있는 고모네 집 주소 따위 초보적인 정보는 알고 있었다. 달리는 열차에 뛰어올라 시작된 고향으로의 여행은 때로는 열차 의자 밑에 숨어들고, 때로는 열차 지붕 위에 매달려 가야 했다. 집을 떠난 지 하루 반 만에 평양역에 도착하는 데 성공했다. 촌티가 물씬 풍기는 산골내기 조꼬만 학생 아이가 커다란 평양역에 내려 사방을 두리번거리는 것이 정상으로 보일 리가 만무했다.

평양역 보안원에게 바로 잡혔다. 집에서 훔쳐 주머니에 깊숙히 건사했던 용돈이며 잡동사니들도 모두 빼앗겼다. 조사 결과 집이 OO탄광 동천갱 마을에 있다는 것이 들통나 회령으로 들어가는 열차에 강제로 태워져 추방되었다. 그쯤한 일에 물러설 내가 아니었다. 나는 회령으로 들어가는 열차 승무실에 갇혀 있었다. 화장실에 다녀오겠다며 밖을 나와 달리는 열차 지붕 위에 올라가 숨었다. 순천역에서 내려 죽기 살기로 도망을 쳐 평양까지 도보 행군을 하기로 마음먹고 걷기 시작했다.

순천에서 평성을 걸쳐 평양까지 50km가 넘었다. 길가를 지나며 밭에서 일하는 사람들, 살림집에 찾아 들어가 평양으로 가려면 어느 길로 가면 되는가를 물었다. 밤이고 낮이고 걸었다. 주머니에 동전 한푼 없었던 나는 빵조각 한 개 먹을 수 없었다. 산을 넘고 강을 건너며 길옆이나 산기슭에 있는 과수밭 사과나무, 자두나무에 달린 어른 손톱 크기만한 어린 과일들을 따 먹으며 걸었다.

빈속에 익지 않은 과일들을 먹었으니 무사할 리 없었다. 배가 끓어 번지고 때 없이 바지를 벗어야 했다. 열물이 나올 때까지 토하고 온몸이며 눈이 팅팅 부어올라 앞이 보이질 않았다. 얼굴이 동이만 해졌다. 야밤 중 평양으로 가는 길에서 만난 이름 모를 큰 강에 들어섰다 빠져 죽을 뻔한 일도 있었다. 순천역을 떠난 지 4일 만에 큰고모가 살고 있는 평양시 중구역 대동강 다리 옆 아파트로 찾아 들어가는 데 성공했다.

꽃제비도 상꽃제비 같은 작은 아이가 문을 열고 들어서는 것을 본 고모는 깜짝 놀라 소리를 질렀다. 며칠을 산과 길가에서 자고 떠돌이를 했으니 보기에도 당연히 거지 아이였다. 10여 년 전, 지방으로 강제추방을 당한 남동생의 자식들을 한 번도 본적이 없는 고모와 고모부였다. 내가 누구 아들이라는 것과 그 사실을 증명할 만한 가족, 친척 관계를 한참이나 설명해 주었다.

그 다음 주머니 속에서 가족사진을 꺼내 고모에게 보여주었다. 그리고 나서야 자신의 친 조카라는 것을 인정받았다. 평양에는 부모님의 허락을 받고 왔다고 거짓말을 해댔다. 그때는 전화통화 수단이 없는 때여서 확인할 방법이 없었다. '네 아빠, 엄마가 정신이 나가도 단단히 나갔구나. 이 어린아이를 그 먼 데서 혼자 보낸단 말이냐…' 내가 태어난 고향집이 있던 곳도 사촌형과 함께 다녀왔다.

그렇게 한 달간을 평양에서 보냈다. 집에서는 어머님이 울고불고 난리가 났었다고 한다. 지독스러운 말썽꾸러기인 셋째 아들놈이 간다온다 말없이 사라진 뒤 1개월 만에 다시 나타났다. 그 대가는 혹독했다. 아버님한테 몽둥이로 엉덩이에 주먹만한 시퍼런 피멍자국이 수두룩할 만큼 두들겨 맞았다. 나는 울면서 항변했다.

"아버지, 제가 태어난 고향에 가본 것이 무슨 죄가 되나요."

내 말이 아버지, 어머니를 울게 만들었다. 학교에서 영어, 수학, 역사, 국어 과목 등 몇 개 학업은 남들에게 뒤지지 않을 만큼 손가락 안에 꼽혔다.

"원명아, 너무 밤을 패가며 공부를 하지 말어라. 너희들은 아빠가 지은 죄로 상급 학교에도 못 갈 거다."

내가 대학엘 가겠다며 코피를 쏟으며 공부하는 것을 본 아버님은 그때 자신의 과거사를 나에게 이야기해주셨다.

"아빠가 당과 국가에 큰 죄를 져 나쁜 놈으로 낙인찍히고 평양에서 강제 추방 된 집 자식들이기 때문에 너희들은 공부를 해봤자 대학엘 못 간다."

무엇 때문에 평양에서 쫓겨나게 되었는지 나는 알고 싶었다. 처음 몇 번 물어보는 나의 말에 아버님은 대답을 안 해 주셨다. 그러다 너무 지긋게 졸라대며 달라붙는 내 성화에 못 견뎌 이런 말씀을 해주시는 것이었다.

"원명아, 아버지는 군수동원총국(방위산업청)에서 무기설계, 생산을 책임지고 일을 하고 있었다. 한번은 아버지가 생산을 책임진 무기공장에 전차를 몇 달에 얼마 만들라는 과제가 떨어졌었다. 그런데 식량이 공급되지 않아 노동자들이 먹지 못해 출근을 제대로 하지 못했다. 일을 해야 할 당사자들이 없으니 전차생산을 제 날짜에 못했지."

아버지는 김일성이 참가한 회의에서 전차생산을 계획대로 하지 못하게 된 원인을 말했다. 아버지가 김일성에게 '소도 먹이고 일을 시키는데 노동자들에게 식량공급을 하지 못하니 어떻게 생산물이 나올 수 있는가'며 배급제가 잘못된 정책이라는 의견을 이야기했다고 한다. 그리고 식량배급제는 '짐승들을 길들이기 위한 사육관리방식'이라고 비판을 하며 배급제 실시에 대한 반대 의견을 말했다. 아버지의 손에 쇠고랑이 채워졌고 감옥으로 끌려갔다. 훗날 감옥에서 풀려나왔지만 김일성의 식량 정책과 노선을 반대했다는 이유로 아버지는 반당, 반혁명분자로 낙인 되어 해임, 철직되었다. 그런 이유로 우리 가족은 평양에서 멀리 떨어진 산골오지 탄광으로 강제 추방되었다.

그때까지 아버지 말씀의 뜻을 이해할 수 없었다. 나는 후에야 아버지, 어머니로부터 우리 집안 친가, 외가 모두 조상 때부터 불의를 보면 참지 못하는 나쁜 DNA를 가진 가문이라는 사실을 알게 되었다. 친할아버지 리응선, 외할아버지 림대식 모두 강력 살인범들이었다. 사람을 죽인 동기가 그럴듯했다.

일제 강점시기 평안남도 남포에서 살고 있던 친할아버지는 외아들로 태어나 10세 전에 아버지(증조할아버지)를 잃고 집안 가장 노릇을 해야만 했다. 할아버지가 15세 되던 그해 겨울이었다. 땔나무를 하러 산에 갔다 일본인 산림감독에게 들통이 나고 말았다. 자신의 소유지 산에서 나무가 없어지는 것을 알고 범인을 잡으려고 혈안이 되었던 일본인 산림감독은 말을 타고 산을 순찰하던 중이었다. 멀리 눈 덮인 산에서 커다란 나뭇단이 뭉구적 뭉구적 움직이는 것을 발견한 일본인은 채찍을 휘둘러 말을 달렸다. 키가 작은 아이는 지게에 올려놓은 나뭇가지 단에 가려 보이질 않았다(아버님이 기억하는 친할아버지는 체격이 작았다고 한다). 일본인은 도둑놈을 잡았다며 말에서 뛰어내려 다짜고짜로 말채찍을 휘두르고 주먹질, 발길질을 하기 시작했다. 산이 일본인 소유인지를 어린 할아버지는 알 수 없었다. 일본인이 휘두르는 채찍과 주먹에 맞아 얼굴이 터지고 머리에서는 피가 흘렀다. 15세 소년은 일본 사람에게 눈에 차지 않는 한줌도 안 되는 먹잇감이었다.

조선 사람은 때리면 맞아야 하고 강요하면 순종해야 하는 미련한 민족으로 알았던 일본인이었다. 할아버지는 미친 듯이 날뛰는 일본인 감독에게 가만있다가는 맞아 죽을 것만 같은 생각이 들었다. 꽁무니에 차고 있던 손도끼를 꺼내 들어 일본인을 사정없이 찍어버렸다. 그날 희뿌옇게 흐린 하늘에서는 하얀 눈이 펑펑 쏟아지고 있었다. 쓰러진 일본인의 주변에 내린 흰 함박눈은 검붉은 색으로 물들었다. 억울하고 열 받은 김에 도끼를 휘둘렀던 할아버지는 피를 토하며 넘어진 일본인이 까닥하지 않는 것을 보고서야 제정신으로 돌아왔다. '내가 사람을 죽이다니...' 할아버지는 정신없이 집으로 달렸다. 허둥지둥 집에 뛰어든 할아버지는 자신이 저지른 일을 어머님(증조할머님)께 사실 그대로 말씀드렸다. 하나밖에 없는 자식이 일본 사람을 죽였다는 말에 기절초풍한 증조할머님은 겁에 질렸다. 이 사실을 알면 일본 사람들이 외아들을 죽일 것만 같았다.

증조할머님은 할아버지의 손에 로비를 쥐여 주며 어서 집을 떠나라고 등을 밀어주었다고 한다. 전국 곳곳을 방랑하던 할아버지는 오래

못가 일본 경찰에 잡히고 말았다. 할아버지의 도끼에 찍힌 일본인은 다행히 목숨은 살렸다. 하지만 심하게 다친 몸을 치료하려고 일본으로 건너갔으나 얼마 후, 끝내 숨을 거두었다고 한다. 감옥에 끌려간 할아버지는 미성년자로 일본인 감독이 먼저 때린 것이 재판에 참작되어 다행히 사형을 면했다. 이렇게 할아버지는 소년 살인범으로 15년간 감옥 생활을 하셨다. 할아버지는 노총각이 되어 만기 출소를 했으나 사람을 죽이고 감옥살이를 한 할아버지에게 시집오겠다는 처녀가 없었다고 한다. 할아버지는 하는 수 없이 자식이 둘 딸린 과부였던 할머니에게 장가를 들게 되었다. 그리하여 아버지가 세상에 태어났다고 했다.

나의 외가는 친가보다 더한 집안이었다. 외할아버지 림대식은 원래 타고난 싸움꾼 이였다고 한다. 술 잘 마시고 흥타령 장단에 맞춰 춤을 추고 곡소리 좋아했던 난봉꾼이었다. 그런 이유로 외할머님이 마음고생 많이 하셨다고 했다. 단란했던 어머니의 가정을 풍비박산 낸 사건이 벌어졌다. 황해도 제철소에서 쇳물 녹이는 일을 하고 계셨던 외할아버지는 일본인 십장이 일을 제대로 못 한다며 함께 일하는 노동자들을 때리는 것에 격분해 항의를 했다. 일본인에게 맞선다는 것은 자살행위나 다름이 없었다. 식민지 조센징 놈이 감히 일본인에게 달려드는 것에 눈이 뒤집힌 십장은 쇳물을 녹일 때 쓰는 쇠갈구리로 할아버지를 사정없이 때리기 시작했다. 일본인은 싸움꾼으로 이름난 림대식을 몰랐던 것이다. 쇠갈구리에 몇 대 얻어맞은 할아버지는 뚜껑이 열려 버렸다. 가뜩이나 나라를 빼앗고 못된 짓만 골라하는 일본 사람들을 곱지 않게 보아오던 외할아버지였다. 천성이 더러운 성질머리 참지 못하고 그 자리에서 주먹으로 일본인을 때려 죽였다고 한다.

도망을 쳐야 했다. 조선 땅에서 행적을 찾을 수 없는 외할아버지에게 수배령이 내려졌다. 중국 땅을 전전하던 외할아버지는 만주국 하르 빈 식당에서 조폭들과 시비가 붙었다. 싸움에서 얼큰하게 주어 맞은 조폭들은 외할아버지의 행적을 뒤쫓았다. 얼마 후, 외할아버지는 누군가의 밀고로 일본 순경에게 붙잡혔다. 뜻밖에 일본인을 죽인 살인범 림대식을 체포한 일본 순경은 전리품에 흡족했다. 허나 그 일본 순경도 외할아버지의 주먹에 들뜬 마음을 영원히 땅속에 묻어야 했다. 잡히면 총살되어야 하는 몸이었던 외할아버지는 그 순경의 입을 조용하게 만들어야만 했다. 어딜 가도 성깔 사나운 주먹질로 인해 목숨도 건사할 수 없는 신세가 된 외할아버지는 중국을 떠나야 했다. 독립운동을 한다며 수년간 몽골, 러시아로 해외 떠돌이 생활을 해오던 외할아버지는 사랑하는 처자가 있는 고국에서 죽으리라는 생각 끝에 몰래 압록강을 건너 조선으로 잠적했다. 외할아버지는 오늘의 북한 량강도 갑산군에 있는 동(구리) 광산에서 8·15 광복을 맞이했다고 한다.

친할아버지, 외할아버지 두 분 모두 나라를 강제 찬탈하고 우리 민족 수난사, 불행의 화근이었던 일본인과 순경을 죽인 사람들이다. 그 아비에 그 자식이었다. 나라가 한심하게 되어가는 꼴을 보다 못한 아버지는 끝내 일을 저지르고야 말았다. 독재자를 향해 면전에서 주먹질을 했던 것이다. 아버지가 말한다고 해결될 일이 아니었다. 김일성은 백성들이 굶는 것 따위는 안중에도 없었다. 그는 이미 독재 정권야욕에 환장이 되어 있었다. 자신을 내세워주고 잘못을 일러주는 동지들과 충신들을 골라가며 제거해 버리는 패륜아였다. 아부와 굴종으로 잔명 유지에 매달리는 간신들을 정권 실세로 등용한 부정, 부패한 살인마였다. 대가는 비참했다. 아버지는 감옥으로 끌려가 뼈에 가죽을 뒤집어 쓴 산송장이 되어 소달구지에 실려 출소했다. 감옥에서의 출소는 반당종파 분자에 대한 잔인한 형벌을 주려는 교활한 술책이었다. 아버지에게는 죽음보다 더 가혹한 노예생활이 기다리고 있었다.

출소 뒤 산간오지로 강제 추방되어 25년을 천길 지하 막장에서 삽과 곡괭이로 석탄을 캐야 하는 인간 두더지로 살아야 했다. 아버지를 처형하지 않고 해임, 철직, 강제 이주로 사건이 마무리된 것은 조상들의 공적을 고려했기 때문이라고 한다. 친가, 외가 할아버지들의 애국적 소행과 나라의 방위사업 발전을 위해 헌신한 아버지를 보증한 많은 사람들의 의견이 아버지를 죽음에서 구원했다고 했다. 나는 성인이 돼서야 고모부(1970년대 당시 북한 내무국 (현재 국가안전보위부 전신) 고위 간부)로부터 아버지의 이력에 대한 자세한 이야기를 들을 수 있었다. 나는 살인범 조부모님들과 역적으로 낙인찍힌 '수안 리씨' 아버지, '나주 림씨' 어머니의 자식으로 성질 더러운 DNA 피가 흐르는 가문의 슬픈 죄를 안고 태어난 기구한 운명의 불운아였다.

공부를 포기해 버린 사건이 있었다. 한 학급 애와 말싸움 끝에 나를 보고 평양에서 추방당한 종파 새끼라는 말에 그 애를 두들겨 패주었다. 그 애 아버지는 탄광 간부였다. 그런데 담임 선생님으로부터 정말 아버님이 말씀했던 이야기와 똑같은 말을 들었다.

"너, 리원명! 이놈의 새끼, 평양에서 추방되어 온 주제에 누굴 때려. 너 같이 추방된 망나니 새끼는 대학도 군대도 못 간다는 거 알고 있어? 다시 한번 누굴 때렸다가는 소년 교화소에 보낼 줄 알라. 요놈의 새끼야."

그날부터 학교에 나가지 않았다. '대학도 가지 못할 것을 공부하면 뭘 해. 안 한다.' 나는 완전히 학업을 포기했다. 그 후 학교에 출석을 해도 소설책에 빠져 과목 학습과는 영원히 이별을 선언했다. 아버님이 석탄을 담아 나르던 배낭을 가지고 야밤삼경에 학교 도서관을 털었다. 학급 애들을 부추겨 손달구지 가득 넘을 만큼의 소설책을 배낭에 담아 산으로 옮겼다. 다리가 후들후들 떨리도록 밤새 책을 날라 땅을 파고 묻었다. 공부를 해야 할 학생의 가방엔 교과서나 노트가 아니라 소설책 달랑 한 권뿐이었다. 그렇게 나는 17세 되던 해에 고등중학교 과정을 마쳤다.

사회 첫 노동생활은 탄광 천길 지하막장에서 시작되었다. 김일성의 식량정책을 비판한 것이 죄가 되어 해임, 철직을 당했던 아버님이 유배된 곳인 회령시 OO탄광에서였다. 내가 유년시절을 보낸 동천갱 마을은 회령읍에서 25km가량 떨어진 아찔한 산 계곡으로 둘러막힌 산간오지다. 그 당시 아버님은 석탄을 캐는 지하막장에서 일하라는 북한 정권의 노동 강제 명령을 받은 몸이었다. 나는 종파 자식이니 감시 속에서 통제를 받으며 살아야 하는 것을 숙명으로 받아들여야 할 뿐, 전혀 다른 방법이 있을 수 없었다. 북한에서 태어난 남자라면 의무적으로 가야 하는 군사복무도 제외 대상이었다. 허락된 부분이 있다면 그 아버지에 그 아들로 연좌제 노동 강제 명령을 따라야 한다는 것뿐이다.

탄광에서는 하루가 멀게 가스 폭발사고, 붕락사고 감전사고 등 오만가지 사건, 사고가 끊이질 않고 일어났다. 내가 탄광에서 일을 시작한 지 3개월 만이다. 가스 폭발사고로 19명의 탄부들이 무리죽음을 당한 일이 있었다. 북한 당국에서는 남편, 자식들을 열악한 노동조건을 고려하지 않고 일에 내몬 정권에 대한 탄부들과 그 가족들의 항의를 무마시키려는 아이디어를 생각해 냈다. 가스 폭발사고로 죽은 사람들 가정마다 김일성이 보낸 선물이라며 '대동강'이라는 이름을 붙인 1세대 흑백 TV를 1대씩 배정해 주었다. 북한에서 TV가 하도 귀한 때여서 일반 집들은 TV 구경을 상상도 못할 때였다. TV가 없는 집의 철없는 어린 애들이 TV를 보려고 TV가 있는 집 창문에서 몰래 훔쳐보다 발각되어 집주인 애들과 싸움이 붙었다.

"야! 니들 왜 우리 텔레비죤을 훔쳐보냐? 이건 우리 아버지가 하늘

나라에서 보내준 텔레비죤이야, 보지마."

어깨가 으쓱해진 TV 있는 집 애들은 창문 커텐을 가리고 애들을 쫓아 보냈다. TV를 못 보게 된 어린애들은 울면서 집으로 돌아갔다. 어떤 애는 엄마에게 한바탕 졸라댔다.

"엄마, 우리 집엔 왜 텔레비죤이 없어요. 민수네는 아버지가 하늘나라에 가서 텔레비죤을 보내주셨대요. 우리 아버지도 하늘나라에 가서 텔레비죤을 보내 달라고 하세요. 네?! 엄마"

또 다른 애들은 TV 있는 집이 얼마나 부러웠든지 동네 애들 있는 자리에서 철없는 소리를 해댔다.

"우리 아빠도 가스 폭발사고로 죽었으면 좋겠다. 그러면 나도 텔레비죤을 볼 수 있겠는데…"

웃지 못할 코미디 같은 철모르는 애들의 말이라 해도 가스 폭발로 남편을 잃은 아낙네들을 또 한 번 울렸다. 내가 일을 해야 하는 작업장은 굴 입구에서 4.5km 들어가야 하는 땅속이다. 온몸에 탄가루를 뒤집어쓰고 눈알만 반짝거리는 인간 두더지가 되어 하루 10시간씩 곡괭이, 삽질을 해야 했다. 다른 집 자식들 같으면 대학에서 공부를 하며 미래를 설계하고 희망의 꿈을 키울 때였다. 17세에 삽으로 석탄을 광차에 퍼 담는 어린 노예로, 맨손으로 시멘트 몰탈(모르타르)을 이겨 공공건물을 세워야 하는 건설 노동자로 4년간을 보냈었다.

'나한테 무슨 죄가 있어 남들처럼 대학도, 군대에도 못 가고 굴속에서 깜둥이가 되어 탄을 캐며 이렇게 살아야 하나. 무슨 수를 써서라도 노예의 굴레를 벗어야 한다.'

나는 종파 자식이라는 더러운 오명을 쓰고 구더기 취급을 받으며 살 수 없다고 생각했다. 반항이 시작되었다. 부모님들과 우리 형제들을 죄인 취급하는 정권과 사회에 대한 분노를 주먹질로 분풀이했다. 내 자존심을 건드리거나 조금이라도 모욕적으로 대하면 주먹질, 발길질로 상대방이 실신할 때까지 패주었다. 거기에 만족하지 않았다. 동천갱과 OO탄광 마을의 한두 살 위, 아래의 200명이 넘는 애들로 패를 무었다. 내가 아는 친구나 한 패의 성원이 누구에게 매를 맞거나 행패질을 당하면 나를 업신여기는 것이고, 나에 대한 모욕이라고 생각했다.

인정사정이 없이 무자비하게 주먹을 휘둘렀다. 혼자로 안 되면 패거리 애들을 데리고 나섰다. 주먹질로 안 되면 돌맹이, 각목, 삽을 휘둘렀다. 정면으로 맞서 힘으로 안 되면 매복, 습격, 유인, 회유 등 할 수 있는 모든 방법을 다 동원해 상대방의 항복을 받아냈다. 우리 패에 당한 애들도 맞고 가만있을 리 만무했다. 내 몸이 성할 날이 없었다. 머리며 얼굴은 돌멩이, 몽둥이에 맞아 깨지고 터지고… 아닌 밤중에 집 창문으로 돌이 날아든 적이 한두 번이 아니었다.

부모님들은 이 못난 자식 때문에 공포에 떨어야 했다. 하루도 근심 걱정을 하지 않는 날이 없었다. 그 덕에 공안기관 구류장에 갇혀 죽도록 매도 맞았다. 제일 가까운 친구였던 김철만이 상대편 패거리 애들의 칼에 찔려 목숨을 잃기도 했다. 친구를 칼로 찔러 죽인 상대편 범인은 교수형을 선고 받았다. OO탄광 주민 지역을 흐르는 강가, 수백 명이 모인 사형장에서 밧줄에 목매달려 늘어져 있는 패거리 대장이었던 김덕식을 보며 패싸움을 그만둘 것을 결심했다. 그는 나보다 세 살 위였다.

어린 마음에도 노예살이에서 벗어나 보려고 필사적인 발악으로 버둥거렸다. 어떻게 하면 북한 정권의 눈 밖에 나지 않게 탄광에서 벗어날 수 있을까. 사활을 건 탈출 작전은 액션 배우의 뺨을 칠 곡예사의 거짓 놀음으로만이 가능했다. OO탄광은 탄을 캐는 갱만 해도 3개, 종업원 수는 5천 명이 넘는 대기업 탄광이다. 아버님, 형님, 누님이 노예살이를 하던 동천갱은 그중 한 개에 속하는 갱이었다. 이런 대기업의 노동인력을 맡아 관리하는 노동과장의 권한은 막강하고 파워 역시 대단했다. 탄광에서 타 기업소로 이전하려면 탄광 행정부 지배인의 최종 승인을 받아야 가능한 어려운 일이었다. 행정부 지배인은 탄광에서 2인자였다.

나는 멀쩡한 발을 곡괭이 날로 내리찍어 상처를 내어 절뚝거리며 병원에서 입원 치료를 받는 것으로 탈출 작전을 시작했다. 다음 번 상처를 낼 대상은 손이었다. 오른손을 벽돌 위에 올려 놓았다. 입에는 타월 수건이 물려 있었다. 준비를 끝내고 왼손으로 벽돌을 들어 몇 번 힘껏 내리쳤다. 손가락 잔뼈가 우개졌다. 언젠가는 달리는 열차에서 뛰어내려 일부러 상처를 내고는 치료 핑계로 갱 막장에 들어가길 거부했다. 솜털이 뽀시시 애티를 벗지 못했던 10대의 어린 청년은 피를 뿌리고 뼈를 바수는 따위의 모험을 택했다.

짐승들도 보고 웃을 어리석은 방법으로 탄광에서 벗어나 보려고 몸부림쳐 보았으나 미련한 탈출 계획은 늘 실패로 끝났다. 어떤 방법으로 하면 성공할 수 있을까. 나는 도끼로 발목이나 손목을 잘라 병신이 되면 탄광에서 쓸모가 없다고 내놓지 않을까 생각도 해보았다. 그런데 가만 보니 탄광에서 사고로 다리를 잘리거나 손이 떨어져 나간 사람들도 짝다리를 짚고 갱 밖에서 일을 하고 있다는 사실을 알게 되었다.

'이것도 안 되겠구나.' 나는 머리를 굴리던 끝에 탄광에 소속되어 탄부들만 취급하는 병원 의사에게 뇌물을 고였다. 그렇게 질병진단서를 떼어 노동과에 제출하고 일을 하지 않는 수법도 써보았다. 이미 전에 탄광에서 빠져나간 사람들이 어떤 방법으로 나갔는가를 알기 위해 꽁무니에 술병을 차고 당사자들을 찾아다녔다. 여러 사람들의 말을 들어보던 나의 머리에는 그럴 듯한 생각이 떠올랐다. 내가 몇 차례 만나 본 그들은 가정환경이 괜찮은 집안의 자식들이었다. 권력을 잡고 있던 김일성은 탄광, 광산에서 일하겠다는 사람들이 없자 우리 집안과 같은 청산 대상들을 강제적인 방법으로 잡아넣어 일을 시켰다. 다른 부류가 있다면 열성, 충성분자들이었다. 나와 같은 부류의 대상이 탄광에서 나간다는 것은 상상도 할 수 없는 불가능한 일이다.

그러거나 말거나 나의 탄광 탈출 작전은 집요하게 계속되었다. 최종적인 방안이 세워졌다. 탄광 노동과 간부를 뇌물로 삶아 그의 도움을 받아야겠다는 결론을 내렸다. 노동과는 인력을 받고 내보내거나 관리하는 업무를 맡은 부서였다. 노동 과장과 인연이 있는 사람들을 이용하기로 했다. 그런 방법으로 3개월 만에 탄광 노동과장의 시야에 들 정도로 가까이 접근하는 데 성공했다.

나는 집 재산을 팔아 뇌물을 장만하기로 부모님들과 합의를 보았다. 집 재산이란 부모님들이 집에서 키우던 100kg이 넘는 돼지였다. 아버님은 북한 정권으로부터 자신에게 들씌워진 죗값으로 인해 자식까지 억울하게 탄광에서 노예살이 인생을 살게 하고 싶지 않다고 말씀하셨다. 그렇게 가족의 명줄이 걸린 돼지를 팔아 돈을 마련해 탄광 노동과장의 집을 찾아갔다. 이미 알고 있던 노동과장 아내에게 뇌물을 찔러주었다.

'먹은 쇠 똥 싼다'는 북한 속담 틀린 데 없었다. 노동과장은 나를 임시로 OO탄광 건설 직장 돌격대에 배치시켜 주었다. 돌격대는 젊은 남녀 청년들로 OO탄광 내에서 탄광에 필요한 공장 건물이나 살림집, 노반공사 같은 것을 전문으로 맡아 하는 별동대 역할을 했다. 그 후 1년 5개월 지난 뒤 탄광에서 외화벌이 사업으로 바닷가 마을 수산기지를 꾸리는 곳에 동원시키는 방법으로 탄광을 나가게 도와주었다. 나는 그렇게 탄광에서 빠져나가는 데 성공했다.

북한에서 1985년도 100kg이 넘는 돼지 가격은 지금의 고급 승용차와 맞먹는 금액이었다. 그렇게 나는 1985년 10월부터 부모님 곁을 떠나

방랑생활을 시작했다. 수산기지가 자리 잡은 함경북도 어랑군 바닷가 마을에서 배를 타며 고기잡이 어부로 3년을 보냈다. 어랑 앞바다는 북한에서도 센 풍랑과 높은 파도로 유명한 곳이다. 내가 타는 배는 말이 배지, 돛을 달아 바람을 이용하고 노를 저어야 하는 길이가 5m, 폭이 1.5m밖에 안 되는 나무배였다.

낚시를 사용해 고기를 잡아 올리는 작은 전마선이다. 날씨예보 시스템이 전혀 갖추어지지 않은 북한에서 바다는 어부들을 집어삼키기를 밥 먹듯 하는 싱크홀이었다. 나는 바다에 나갔다 갑자기 불어대는 태풍을 만나 몇 번이나 죽을 고비를 넘겼다. 1986년 11월 말경이었다. 하루는 내가 탄 배와 함께 다른 배를 타고 바다에 나갔던 친구 세 명이 바닷물고기 밥이 되어 돌아오지 못했다. '배꾼은 사자 밥을 등에 지고 다닌다'는 말 그대로였다. 북한 바닷가 마을에 가면 배를 타고 고기잡이 나갔다 돌아오지 못한 남편을 애타게 찾는 아낙네들의 통곡 소리를 부둣가에서 심심찮게 들을 수 있다. 물고기 밥이 되는 것은 시간문제라고 생각한 나는 3년간 생활했던 잊지 못할 바다를 떠나기로 마음먹었다. 타 고장에 거주지를 옮기는 것 또한 쉽지 않았다. 수단과 방법을 가리지 않은 끈질긴 노력 끝에 내가 살던 회령 땅을 떠나는 데 성공했다. 하늘에 떠가는 기분이었다.

어릴 적에 뒷집에서 살던 여인의 소개로 북 강원도 원산시에 여장을 풀었다. 기계공장에서 쇠를 깎는 선반공으로 5년간 열심히 일해 공장에서 한 개 단위를 책임지는 초급 간부로 승진도 해보았다. 그랬던 내가 원산을 떠나 부모님이 계시는 회령으로 다시 들어오게 된 데는 기막힌 사연이 있었다. 한 여성을 잘못 만나 가정 파괴와 자식과 생이별이라는 아픔을 가슴에 묻어야만 했던 것이다.

1990년 중반기 공장에서 우연히 알게 된 여성이었다. 그 여인과 가까이하게 된 데에는 우리 집의 슬픈 가정사가 배경이 되었다. 나는 북한 정권하에서 남들처럼 조선노동당원이 되고 대학에도 가보려는 꿈을 버릴 수가 없었다. 좋은 직업을 가지고 간부로 등용되려면 우선 노동당원이 되어야 하고 대학을 졸업해야 했다. 그러나 아버지가 역적으로 낙인 찍힌 나로서는 아무리 자신의 처지를 개선해보려고 무진 애를 써도 허사였다. 어떻게 하면 내 앞길을 개척하고 사회적으로 인정받으며 떳떳하게 살 수 있을까. 생각에 생각을 거듭하던 끝에 가능하다면 가정환경, 즉 성분이 좋은 여성을 아내로 맞이해 처갓집의 덕을 보려는 계획을 세웠다. 운명의 장난은 얄궂었다. 내가 원산 기계공장에서 기숙사 생활을 하던 때, 나를 무척이나 아끼고 돌봐주던 기숙사 식당 아주머니의 조카딸과 사귀게 되었다. 여성으로 군사복무 경력도 있고 원산 옷 공장에서 한 개 직장 당비서로 일하는 여성이었다. 처음에는 나와 살 수 없는 환경의 여성이라고 생각했다. 나는 화려한 가정 배경을 가진 그 여인이 왜 나 같은 남자를 가까이하려 하는지 깊이 알아보려는 생각도 하지 않고, 그저 내게 너무도 과분한 대상이라고만 여겼다. 허나 깊은 파악 없이 선택한 이성간의 만남은 앞길 개척과 꿈의 실현은 고사하고, 운명에 난타를 당하는 수난을 가져왔다. 가슴이 벌 둥지 같이 구멍이 숭숭 뚫린 넝마가 될 줄은 꿈에도 생각지 못했다. 훗날, 결혼식을 올리기로 하고 살림을 꾸렸던 나는 그 여성이 시집을 갔던 경력을 속인 사실을 늦게야 알게 되었다. 그때는 딸애가 태어난 지 3개월 후였다. 사실 나와 가정을 이루었던 그 여성의 부모님들과 친척들은 김씨왕조에게 충성을 다한 사람들이었다. 그 여인의 부모는 물론 가까운 친척 모두 북한 군부, 당 기관, 국가안전보위부 등 권력과 정보기관에서 간부로 있었다. 우리 집안과는 섞일 수 없는 계급적으로 상반되는 집안이었다. 1991년에 접어들어, 북한 권력을 잡고 있던 김정일은 농사가 안 된다는 이유로 주민들에게 닭 먹이처럼 공급했던 식량배급마저 제대로 주지 않았다. 사람들이 굶주림에 지쳐 공장 출근을 하지 못하는 현상이 자주 일어났다. 나는 그 여인이 있는 앞에서 사회적인 병폐 현상의 책임은 정치를 잘못하는 김정일에게 있다는 이야기를 한 적이 있었다.

그러다가 한번은 내가 살고 있던 집에 청진에서 광산금속대학을 다니던 '홍대군'이라는 사촌 남동생이 지나가는 길에 들렸던 적이 있었다. 그 일로 함께 살던 여인과 크게 말다툼이 벌어졌다. 발단은 먹거리 때문이었다. 쌀 배급도 주지 않는 어려운 때에 사촌동생이 빈손으로 찾아왔다며, 그 여성의 입에서 뱀이며 구렁이가 막 쏟아져 나왔다. 시간이 갈수록 입에 담지 못할 상욕과 막말을 해대며 난리를 쳤다. 무안을 당한 사촌동생은 그날로 떠나갔다. 처음 찾아온 동생을 쓰레기 취급해대는 그 여인을 보다 못한 나는 그만 이성을 잃고 말았다.

일이 우습게 번져 갔다. 다툼이 있은 며칠 후였다. 내가 살고 있는 집에서 멀지 않은 곳에 사무실을 가지고 있던 그녀의 외삼촌이라는 사람이 나를 자신의 사무실로 불렀다. 그는 나에게 손가락질을 해가며 비수 같은 욕설을 마구 퍼부었다. 별치 않은 일로 악감정을 가지게 된 그녀가 김정일을 비판했던 내 말을 잊지 않고 있던 그녀는 국가안전보위부 원산시 보위부 간부로 있던 삼촌에게 내가 했던 말을 일러 바쳤던 것이다. 이념 이데올로기에 근원을 둔 계급 성분이란 물과 기름 같이 결합될 수 없는, 인간의 DNA가 만들어 낸 사악스러운 작품인 것 같았다.

"이놈의 새끼, 겁대가리 없이 당의 식량정책을 비난해. 그 애비에 그 새끼라더니 네 애비놈한테서 그렇게 배웠느냐? 야! 인마, 네놈의 새끼를 어떻게 만들어 놓는가 두고 보라."

그 사람은 나에게 자기 조카와는 살 수 없는, 성분이 나쁜 놈이라고 했다. 그 일이 있은 지 한 달도 안 되어 원산시 재판소에서 소환장이 날아들었다. 이혼 재판에 참가하라는 소환장이었다. 나는 어리둥절했다. 그녀와 삼촌은 재판기관과 공모해 나를 법적으로 강제 이혼시켰던 것이다. 마른하늘에 떨어진 날벼락이었다. 하루아침에 강제 이혼당한 나는 어딜 가 하소연조차 할 수 없었다. 식량 공급마저 끊겨 생존 자체가 어려운 때였다. 강제 이혼을 당한 며칠 후부터 그 여인의 외삼촌이라는 사람의 위협, 공갈이 시작되었다. 시도 때도 없이 그 여인의 삼촌으로부터 집과 딸애를 주지 않으면 감옥살이를 시키겠다는 협박을 받으며 살아야 했다. 나는 자식을 지켜보려고 필사적인 발악을 해보았다. 그런 여인에게 자식을 맡기고 싶지 않았기 때문이었다.

하지만 가까운 친척 한 명 없는 타 지방에서 남자 혼자 몸으로 3년간 젖먹이 딸애를 키우는 것은 힘겨운 일이었다. 내 눈에서는 눈물이 마를 날이 없었다. 북한은 이념적인 편견과 계급성분으로 사회 전체를 구분해 놓은 나라였다. 성분이 나쁜 부모의 자식으로 낙인이 찍힌 나는 그 어떤 법적 보호도 받을 수 없었다. 결국 나는 떨어지지 않겠다며 발버둥치는 네 살 난 딸애와 집을 그 여인에게 넘겨주고 억울한 생이별의 눈물을 흘리며 그 땅을 떠날 수밖에 없었다. 딸애가 살아 있다면 얼마나 컸을까. 지금 딸애는 헤어지던 날, 자신를 부둥켜안고 꺼이꺼이 흐느껴 울던 죄 많은 이 아빠의 이름초차 기억이나 할까… 나에게 있어 그 여성과의 인연은 영원히 사라지지 않을 슬프고 슬픈 악연의 그림자로 긴 여운만을 남긴 씁쓸한 만남이었다.

'원명아! 너무 슬퍼 말아, 슬퍼 말아, 슬퍼 말아…'

조용히 나를 굽어보며, 끝없이 조잘대는 별무리들을 바라보며, 나는 흐르는 눈물을 닦을 생각도 않고 한동안 망부석이 되어 있었다. 독신 생활을 해온 지 벌써 5년이란 세월이 흘렀다. 나에게 있어 리선희와의 만남은 얼음장 같이 차가웠던 심장을 따뜻이 녹여주는 봄날의 훈풍이었다. 그러나 치유될 수 없는 상처를 가슴에 안고 사는 우리들에게는 작은 말 실수라도 또 다른 상처의 아픔을 줄 수 있었다. 종잇장 같은 살얼음 위를 걸어야만 하는 조심 또 조심스러운 일이 아닐 수 없었다.

달과 별은 나에게 아픔을 덜어주고 슬픔을 나누고 지쳐 쓰러질 때마다 의지해온 마음의 지주였다. 아득히 먼 훗날, 있을지 모를 미래의 꿈을 함께 나눈 다정한 벗이기도 했다. 술을 푹 취하게 마시고는 달이 뜬 밤이면 달에게, 별빛이 쏟아져 내리는 밤이면 별들을 향해 삿대질을 해댔다. 때로는 하소연 가득 찬 넋두리로 지껄여대며 욕설을 퍼붓고 정신 나간 놈처럼 주절주절 푸념도 늘어놓았다.

허나 그네들은 아득히 먼 어디선가 티 한 점 없는 밝은 빛을 뿜어내 가랑잎처럼 밟히고 떠돌아다니며 살아온 가엾은 나에게 하루도 빠짐없이 비쳐주고 있다. 분노와 슬픔으로 가득 찬 이 가슴을 오늘도 한마디 나무람 없이 어루만져 주고, 넓고 넓은 우주의 품에 안아 주고 있지 않는가. 나는 그렇게 수년간 달과 별을 친구 삼아 자신을 달래며 지금 이 순간에도 살아 숨쉬고 있다. 밟히고 뜯기고, 잘려나가도 돋아나 생명의 존재를 알리는 잡초가 되어 나는 그렇게 악착같이 살아왔다. '잡초의 운명으로 태어나 잡초로 살아온 인생, 운명이 다하는 날까지 잡초로 살리라.'

의로운 도둑

　나는 마치 결전장으로 떠나는 군인이 된 느낌이었다. 두 인간의 목
숨이 내 손에 달렸다는 생각에 부끄럽지 않은 도둑질을 하기로 마음먹
었다. '양심 따위를 지키다 굶어죽을 것이냐, 도둑질을 해서라도 목숨을
살릴 것이냐.' 생사를 판가름해야 하는 갈림길에 선 나는 양심이라는
윤리의 거울을 잠시 감추어 놓고 도둑의 길을 택했다. 일반 평민들의 짐
은 손대지 말기로 했다.

　죽지 못해 장삿길에 나서 목숨을 연명해 가는 일반인들의 짐에 손
을 댄다는 것은 부끄러운 일 같았다. 이왕 도둑질할 바엔 군인이나 간
부들, 돈 많은 인간들이 타고 다니는 상급 차간에 가서 물건들을 해치
우기로 했다. 창문을 넘어 열차 안으로 들어온 나는 힘없이 머리를 떨
구고 앉아있는 선희 곁에 다가 앉았다.

　"어디 갔댔어요?"

　"열차가 언제쯤 가나 알아보려고 나갔댔소."

나는 더 말을 하지 않고 눈을 지그시 감았다. 밤이 되길 기다렸다. 밤이 퍽이나 깊어진 것 같아 손목시계를 보니 밤10시가 넘었다.

"선희, 내 잠시 차 앞쪽에 가 있다 올 테니 내가 올 때까지 절대 자리를 뜨면 안 되오. 짐을 잘 보고 있소."

"오빠, 무슨 일 있어 앞에 가요?"

"일이 좀 있어서 그러니 있다 보면 알게 될 거요."

내가 목표로 정한 곳은 간부들이라든가 돈이 좀 있다고 하는 사람들이 타고 다니는 열차 상급 차칸(찻간)이었다. 군인 차칸에 들어간다는 것은 목숨을 걸어야 했다. 수백 명의 군인들이 타고 있는 군인칸에서 도둑질하다 잡히는 날에는 뼈다귀도 건지지 못할 것 같았다. 웬만큼 심장이 크지 않거나 머리가 잘못되지 않고서는 도둑들도 감히 군인들의 물건에 손을 댈 엄두를 내지 못했다.

사람들을 헤집고 몇 열차칸을 건너 상급칸으로 들어서니 그 곳도 사람들로 꽉 차 있다. 열차 안은 창문마다 흘러드는 역전 불빛에 노출되어 사람들의 윤곽이 보였다. 꼼꼼히 생각해 보았다. 북한 군인이 하는 짓거리를 곱지 않게 보아 오던 나는 그들의 짐을 도둑질해 먹거리를 해결해야겠다고 생각했다. 군인들이 짐을 보면 식량을 가지고 다니는 사람들이 거의 70% 이상이고 나머지는 군복이나 신발 같은 군수 물자를 가지고 다녔다. 북한 정권은 어떻게 해서나 군부 식량을 떨구지 않으려고 무진 애를 쓰고 있었다. 농민들이 애써 농사를 지어놓으면 군량미로 싹쓸이해 가는 바람에 농사를 짓는 농민들도 굶어 죽는 일이 나타나고 있었다. 그러니 쌀값이 금값이었다. 군관들은 여행을 할 때면 사병들이 먹어야 할 식량을 퍼담아 전사들에게 지워 가지고 다니면서 여비를 마련하고 돈벌이를 하고 있었다.

'군인들 것은 가져도 괜찮아. 도둑놈들 것이니까.'

도둑이 도둑의 물건을 훔친다는 말은 이런 경우를 두고 하는 말 같았다. 나는 먹잇감을 찾느라 한참을 살폈다. 군인들이 있는 곳을 찾아 두리번거리던 내 눈에 고급 군관 한 명과 사병 한 명이 의자에 비스듬히 앉아있는 것이 흘러들어온 불빛에 비쳐 보였다.

'분명히 저들한테 짐이 있을 것이다.'

나는 손전등을 비추어 그들이 앉은 주위에서 군복 색깔(누런 풀색)의 배낭을 찾기 시작했다. 북한 군인들의 배낭은 멀리서 봐도 알아볼 수 있었다. 사이즈가 똑같은 데다 디자인이 하나같아 얼른 알아볼 수 있다. 아니나 다를까 고급 군관이 앉아 있는 당반 위에 군대 배낭 두 개와 밤색 가죽 가방 한 개가 시민들의 것으로 보이는 짐들 속에 묻혀 가지런히 놓여 있는 것이 보였다. 나는 그 군인들이 앉은 곳, 바로 뒤 좌석으로 다가가 자리를 잡고 바닥에 앉았다.

그리고 자는 척 흉내를 해가며 기다린 지 한 시간이다. 실눈을 해가지고 군인들의 움직임을 놓칠세라 예리하게 살피고 있었다. 상좌와 연락병으로 보이는 하전사가 나란히 앉아 머리를 끄덕이며 잠을 자고 있다. 마음을 조이며 기다리고 있을 때였다. 아래에 있던 전사가 몸을 움직이더니 손전등으로 번뜩, 당반 위 짐들이 있는지를 확인하고는 안심이 되는지 다시 잠에 들어 움직임이 없다. 그들이 깊은 잠에 들 때까지 좀 더 기다리기로 했다. 주위를 보니 며칠 동안 열차 행군에 지쳐 피곤한 듯 사람들이 깊은 잠에 들어 움직임이 없어 보인다.

창문 밖에서 오가는 사람들의 소리와 코고는 소리 외에는 조용했다. 군인들을 다시 살펴보니 완전히 잠에 빠진 것 같았다.

"드르렁, 드르렁, 흐윽, 푸…"

상좌는 술을 마시고 취했는지 코를 고는 소리가 요란하다. 손목시계를 들여다보니 새벽 2시에 가까워 온다. 나는 일부러 열차 통로로 걸음을 옮겨보며 사람들의 반응을 지켜보았다. 여행객들은 잠에 취해 전혀 인기척을 느끼지 못하는 것 같았다. '행동할 시간이 되었구나.' 막상 도둑질이라는 나쁜 짓을 하려고 보니 심장이 방망이질 해댄다.

나는 움직이기 시작했다. 좌석 팔걸이에 소리 나지 않게 올라서 군인 배낭을 잡아 당겼다. 꿈적도 하지 않는다. 거리가 멀고 팔에 힘을 줄 수가 없음을 깨닫고 다시 좌석 등받이에 올라섰다. 고급군관이 머리를 열차 창문 쪽에 기울이고 있는 바로 위에 발을 짚고 허리를 한껏 낮추어 당반 쪽으로 다가섰다. 등받이 위에 살며시 앉아 사람들의 동태를 살폈다. 누구도 내 움직임을 보는 것 같지 않았다. '후흡' 깊게 심호흡을 하고 나서 짐들 속에 끼워 있는 군대 배낭 한 개를 오른손으로 지그시 당기기 시작했다. 배낭이 조금씩 움직이며 딸려 나온다. 절반 정도 나온 다음 다시 심호흡을 했다. 그리고 나서 왼손으로 당반 봉대를 잡고 오른손은 아구리 쥐고 배낭을 들어 등받이 위에 놓고는 살며시 발을 옮겨 좌석 팔걸이에 내려놓았다. 중심을 바로잡지 못해 배낭이 군인들 머리라도 건드리는 날이면… 생각만 해도 다리가 후들후들 떨리고 심장이 터질 것만 같았다. 군인들이 자고 있는 좌석 뒤쪽으로 살며시 내려선 나는 오른발을 의자 팔걸이에 올려 놓았다. 다시 오른팔을 뻗쳐 멜끈을 그러쥐고 등받이 위에 놓여 있는 배낭을 낚아챘다. 그 순간 왼손으로 배낭 밑을 바쳐 잡고 몸을 돌려 통로에 앉아 자고 있는 손님 옆에 살며시 내려놓았다. 군대 배낭을 들어보니 20kg은 실히 넘을 것 같았다. 쌀을 넣은 것이 분명했다. 3분도 안 되는 시간에 벌어진 피 말리는 먹거리 구입 작전은 이렇게 끝났다. 조금 전까지도 몸을 움직이기조차 싫었던 나에게 어디서 그런 힘이 생겨 가볍게 일을 해치웠는지 모를 일이다. 배낭을 메고 조심조심 정신없이 자고 있는 사람들을 타고 넘으며 선희 있는 곳으로 돌아왔다. 짐을 가지고 빨리 열차에서 자리를 떠야 했다.

"선희, 일어나오. 정신 차리오."

혼이 나간 사람처럼 자고 있는 선희를 숨소리 죽여 가며 조용히 흔들어 깨웠다.

"네? 무슨 일이 있어요?"

"쉿! 조용하오."

웬일인가 싶어 큰 소리로 말을 하는 선희를 보며 오른손 집게손가락을 입에 가져다 대 보였다.

"빨리 배낭을 쥐고 밖으로 나가기오."

"왜요?"

그때까지도 잠에서 깨지 못하고 축 늘어져 있던 선희가 내 말을 알아듣지 못하고 어리둥절해 물어본다.

"내려가서 말하겠으니까 빨리 배낭을 쥐고 날 따르오."

앞장 서 쌀 배낭을 메고 손님들을 타고 넘으며 승강기 쪽으로 나오자 그때에야 선희도 짐을 지고 따라 나온다. 선희가 열차에서 내리는 것을 확인한 나는 앞서 걸었다. 걸음을 옮기다 멈춰서 어디로 가야 할지를 살폈다. 역홈 구석까지 숨 가쁘게 먼저 온 나는 따라오는 선희를 기다리며 다음 일을 생각했다. 야밤삼경인데도 역전 주변은 철도 근무자들과 사람들로 붐비고 있다. 힘겹게 배낭을 지고 뒤따라와 걸음을 멈춘 선희 눈이 휘둥글 해진다.

"오빠, 그게 뭐예요?"

"쌀 배낭이요."

나는 정말 쌀인지 보지도 않고 아는 것처럼 이야기해댔다.

"오빠, 없던 쌀 배낭이 갑자기 어디서 생겼어요?"

"아까 좀 아는 사람에게 먹을 것이 없다고 이야기했더니 쌀 한 배낭을 주어 가지고 왔소."

"엄마나, 거짓말이지요?"

"거짓말이긴 정말이요. 선희는 내가 언제 거짓말하는 걸 보았소?"

"오빠, 모르겠다."

나는 '기차 바퀴가 고무바퀴'라는 식으로 모르쇠를 하며 우겨댔다.

"선희, 오늘 저 차로 들어가지 말고 단천 시장에 나가 쌀을 팔고 먹거리를 좀 마련해 가지고 내일 들어가기요."

나는 우선 무엇을 좀 먹어야 하겠다고 생각했다. 선희가 졌던 배낭에서 시금치 씨를 담은 자루 위에 덮었던 수건을 꺼냈다. 군대 배낭을 열어보니 흰 입쌀이다.

'야! 이젠 살았구나.'

1kg 남짓하게 쌀을 꺼내 수건에 담았다.

"선희, 잠깐 있소. 내 저기 인차 갔다 오겠소."

나는 쌀을 담은 보자기를 손에 들고 음식 장사꾼들이 있는 곳으로 뛰어갔다. 제일 가까운 곳에서 먹거리를 팔고 있는 열댓 살 먹어 보이는 여자애를 불렀다.

"애야! 먹을 것 있으면 좀 사자."

음식이 든 배낭을 멘 여자애는 내 말이 떨어지게 바쁘게 달음박질해 왔다.

"애야, 먹는 것 뭐 있니?"

"빵도 있구 꽈배기도 있구, 사탕이랑 있어요."

"먹는 물이 있니?"

목이 말라 물을 먹고 싶었던 나는 여자애에게 물었다.

"예, 먹는 물도 있어요."

"애야, 아저씨한테 돈이 없어서 백미(입쌀)하고 빵이랑 바꾸면 안 되겠니?”

여자애는 잠시 생각을 하더니 입을 열었다.

“그건 어떻게 바꾸게요?”

“음, 이것 봐라. 입쌀 1kg 훨씬 넘는데 빵 열두 개하고 바꾸지 않을래?”

내 말을 들으며 가만히 보고만 있던 여자애가 대답했다.

“아저씨 열두 개는 안 돼요. 여덟 개하고 바꿔주세요.”

오히려 여자애가 흥정을 했다.

“그래? 그렇게 하자, 그럼 물 두 병만 줄래?”

언제 여자애와 많다 작다 싱캥이질할 시간이 없었다.

“예, 그렇게 하겠습니다.”

‘와! 그 계집애 당돌한데?’ 나이는 어려도 오돌차고 어른들하고도 장사 이속(잇속)을 챙기는 것을 보니 똑똑하고 대견해 보였다.

“수고했다. 잘 가라.”

“아저씨, 고맙습니다.”

사실 입쌀 1kg이면 크기와 두께가 어른 손보다 작고 얇은 밀가루 빵 20개는 바꾸어야 했다. 나는 얼른 빵과 물을 받아 쥐고 선희 있는 곳으로 뛰어갔다.

“선희, 우선 빵 한 개씩 먹기요, 그리고 빨리 역 밖으로 나가기요.”

“역 밖에 어떻게 나가겠어요?”

이런 일을 처음 당해보는 선희가 걱정스러운 표정으로 묻는다.

“날 따라오면 되오. 자, 받아 쥐오.”

나는 물병 한 개와 빵 네 개를 선희에게 주고는 물을 마셨다. 순식간에 빵 한 개를 게눈 감추듯 먹어버렸다. 뒤따라오는 선희도 먹느라고 여념이 없다. 화물열차들이 서 있는 철길 옆을 따라 한참 걸어 역전을 벗어났다. 손전등을 비추어 손목시계를 보니 새벽 4시가 가까워 온다. 야밤에 주민들이 사는 주택가에 짐을 지고 다니다 순찰대에 걸릴 수 있다고 생각한 나는 다시 역 대기실 안으로 들어가기로 했다.

한참 동안 주택가를 에돌아 수백 명의 여행 손님들이 떠들어 대는 역 대기실 안으로 들어선 우리는 구석 의자에 자리를 잡았다. 우리가 들어와 얼마 안 있어 안내방송에서 평양-온성행 열차가 출발한다는 방송원의 목소리가 울렸다. 역 창문으로 내다보니 새까맣던 하늘에 노을빛의 아침 햇살이 퍼져 동쪽 하늘이 푸름푸름 밝아오고 있다.

"뿌르릉, 뿌르르릉~"

경적 소리가 길게 울린다.

얼마 안 있어 우리가 탔던 평양-온성행 열차가 몇 번 더 경적 소리를 울리더니 단천역을 떠나가 버렸다. 멀어져 가는 열차를 바라보며 짐을 잃어버리고 기분 없어 할 군인들에게 미안한 생각을 하며 용서를 빌었다.

'군인들, 너희들한테야 쌀 한 배낭 같은 것이 무슨 대수이겠냐? 살려줘서 고맙다…' 뻔뻔스럽게 내 마음을 위안하면서 말이다. 그날 아침, 역에서 멀지 않은 식당으로 들어가 밥을 먹었다. 식당 주인에게 입쌀 가격을 물어보고 쌀을 시장 가격보다 좀 싸게 모두 넘겨 버렸다.

여비를 마련한 우리는 다음에 들어오는 평양-온성행 열차를 타기로 계획을 세우고 역 가까운 곳에 민박집을 정했다. 역에 나가 물어보니 3일 후에나 평양-온성행 열차가 들어온다고 했다. 나는 단천시장에 나갔다. 가격이 적당하면 선희가 졌던 배낭의 시금치 씨를 팔아버리고 빈 몸으로 들어갈 생각이었다. 시장에서 팔리는 시금치 씨종자의 값을 알아보니 회령시장에서 보다 한참 낮은 가격에 팔리고 있었다. 고생스러워도 시금치 씨종자를 회령으로 가지고 들어가 팔기로 하고 배낭 두 개

에 나누어서 짐을 꾸렸다. 3일 후, 죽거니 살거니 싸움박질 하며 평양-
온성행 열차에 몸을 실은 우리는 목적지 회령을 향해 단천역을 떠났다.
선희와 나는 그렇게 지옥행 열차가 아닌 집으로 가는 열차를 다시 탈
수 있었다.

몽상의 늪

우리가 회령에 돌아온 것은 장사를 떠난 지 1개월 가까이 돼서였다.

"선희, 집에서 밥을 해먹고 가오. 지금 가도 아무도 없겠는데…"

"오빠, 한 달 가까이 집을 비웠는데 어떻게 됐는지 모르겠어요. 오늘은 집에 먼저 가봐야겠어요. 잘 있어요. 그럼 모레 올게요."

선희는 집이 걱정되는지 짐을 내 집 마당에 내려놓고 바로 떠났다. 하루 쉬고 그 다음 날 오전에 만나 사리원 장사를 총화하기로 약속했다. 시금치 씨종자는 훗날 시장에 나가 팔기로 합의를 보았다. 나는 사리원으로 떠날 때 옆집 아저씨에게 집을 봐 달라고 부탁하고 떠났었다. 방문을 열어제치는 순간 습기가 찬 곰팡이 냄새가 코를 찔렀다. 한 달 동안 불을 때지 않아서인 것 같았다.

집에 발을 들여 놓기 바쁘게 출입문, 창문들을 모두 열어놓았다. 솥에 물을 붓고 아궁에 불을 지피고 방을 건조 시키고 쓸고, 먼지를 털어내고… 한동안 분주탕을 피웠다. 온몸이 근질거렸다. 한 달간 넝마더미로 변해 버린 인파에 쓸리고 부대끼다 보니 목욕은 상상조차 할 수 없는 꿈같은 일이었다. 집일을 끝내고 수건이며 비누를 들고 집 뒤쪽에 흐르는 강변으로 향했다. 몸을 씻고 그동안 입었던 옷들을 빨고 나니 해가 기울어가는 두만강 너머 중국 하늘가에 저녁노을 빛이 붉게 물들고 있었다.

다음 날, 나는 집에서 시간을 보내며 이번 사리원 장삿길을 총화해 보았다. 아무리 생각해도 선희와 함께 다니는 것이 정신적으로 감당하지 못할 만큼 힘겨웠다. 그녀가 처음 찾아왔을 때 너무 가볍게 결론을 내린 것 같았다. 나는 선희가 혼자 살기 힘들어 하는 모습을 보고 둘이 함께 도우며 입벌이라도 할 수 있다면 나도 외로운 마음을 덜 수 있으리라 생각했다.

잠자리를 내놓고 다른 것은 전혀 부담스러운 것이 없었다. 오히려 내가 많은 도움을 받은 것 같았다. 문제는 역시 잠자리였다. 그래서 그녀의 생각을 물어본 것이고 선희는 자신의 입장을 분명히 밝혔다. 선희가 내 마음을 이해하고 나를 받아줄 날이 언제일지 모르는 일이다. '1년, 아니면 몇 년이 걸릴지, 아니면 영원히 나와 그녀가 유리벽을 사이에 두고 남남으로 살아야 할지 알 수 없는 일이 아닌가.'

나는 모든 것이 선희에게 달렸다고 생각했다. '어떻게 하면 좋을까. 장사며 무엇이든 함께하기로 약속해 놓고 그녀가 몸을 주지 않는다는 것 때문에 이별을 선언하면 선희가 나를 무엇이라 하겠는가.' 머리가 터질 것 같았다. 그러나 아무리 생각해도 내 의지를 가지고는 견디어 낼 것 같지 못했다. 나는 선희가 동의하든 안 하든 내 생각을 말해 주어야 하겠다고 생각했다. '어떤 반응이 나올까…'

늘어지게 푹 쉬고 난 이틀 후, 오전에 선희가 대문을 열고 들어선다. 우리는 우선 시장에 나가 사리원에서 가지고 온 시금치 씨종자를 가격이 맞으면 장사꾼에게 도매가격으로 넘기기로 했다. 내 집에서 회령시장까지는 1천 미터 거리에 있었다. 자전거에 시금치 씨를 싣고 선희와 함께 시장으로 향했다. 알곡, 소채 씨종자를 전문으로 팔고 있는 장사꾼 아주머니에게 생각 외로 괜찮은 가격을 받고 시금치 씨를 넘겼다. 함흥역에서 잃어버린 시금치 씨 가격을 빼고도 장사 원가는 조금 넘게 살렸다.

"선희, 이번에 함흥에서 짐을 잃어버린 것 치고는 그리 크게 손해 본 것 같지 않소. 먹을 걸 좀 사가지고 들어 가기오."

선희와 나는 시장을 한 바퀴 돌며 돼지고기며 수산물, 입쌀, 소채, 술을 비롯해 우리 두 집에서 며칠간 먹을 음식거리들을 사서 자전거 바구니에 담고 집으로 돌아섰다.

"오늘 점심은 집에서 선희가 만든 음식을 먹어보기오. 한번 음식 솜씨 보여주오."

"네, 요리를 잘하진 못해도 성의를 다해 볼게요."

선희는 흔쾌히 승낙했다. 바라만 봐도 먹지 않고 며칠간 버틸 것 같은 매력의 모습을 가진 여성이 만들어주는 음식이라… 마냥 좋았다. 이게 얼마만인가. 여자의 손에서 만들어진 음식을 먹어보게 된 것이 5년 만이다. 나는 부엌에서 선희의 잔심부름을 해주었다. 끓이고 지지고 굽고… 갖가지 음식들과 무침들이 상에 차려졌다. 보기만 해도 먹음직스러웠다. 오랜만에 침침했던 집 안에 사람 냄새가 가득 넘쳐 났다. 우리는 밥상에 마주 앉았다.

"선희, 수고했소. 이런 날이 매일 있으면 좋겠는데… 잘 먹겠소."

"오빠. 나도 이렇게 음식을 해본지가 까마득해요. 모르겠어요. 오빠, 입맛에 맞겠는지…"

술이 서너 잔씩 돌아갔다. 선희가 한 잔 마실 때 나는 세 잔을 마셨다. 다만 선희는 주량이 나보다 작으니 적게 마셨을 뿐이다. 선희가 음식상을 치우는 동안 나는 밖에 나가 담배를 꼬나물었다.

"선희, 그릇들은 버치에 담아 놓소. 이따 내가 씻을게."

"오빠, 남자들은 음식 그릇 씻기가 싫지요. 내가 금방 씻어 놓을게요."

손이 날렵했다. 그녀는 몇 분 안 걸려 그릇이며 밥상을 말끔히 치워 놓고 와 앉았다. 우선 돈 총화를 하기로 하고 계산할 수첩을 꺼내 놓았다. 그동안 먹고 자고… 장사기간 쓴 돈을 원가며 남은 돈, 하나하나 빠짐없이 계산해 나갔다. 선희가 가지고 온 돈에서 남은 이윤과 내 돈에서 남은 이윤을 똑같이 계산해 몫을 나누었다.

"선희, 받소. 이번 사리원 장사에서 원가를 계산하고 남은 돈이요."

나는 선희가 자신의 돈을 들인 원가와 남은 이윤을 모두 계산하여 그녀에게 주었다.

"오빠, 제가 이렇게 가지면 어떻게 해요. 전 그저 오빠만 따라다녔잖아요. 이번에 도둑도 맞혔구. 그렇지 않아도 지금껏 오빠에게 신세만 졌는데… "

선희는 남은 돈에서 절반을 덜어내어 내놓았다.

"선희, 이러지 말고 넣어 두오. 나는 그냥 지금껏 해온 일이요. 선희는 여자의 몸으로 처음인데 얼마나 힘들었겠소."

나는 선희와 마지막이 될지 모를 이 자리에서 웃으며 헤어지고 싶었다. 내 속마음을 알 수 없는 선희는 고맙다며 고개를 끄덕인다. 시간이 퍽 흘렀다. 그동안에 있었던 이런저런 얘기들을 하다 내가 먼저 말문을 열었다.

"선희, 함흥역에서 내가 했던 말을 기억할 거요. 내가 선희의 마음을 모르고 말을 한 것이니 이해하면 고맙겠소. 나도 그렇게 말하게 될 때까지 너무 힘들었소."

다리를 한쪽으로 모으고 앉아 내 말을 듣고 있던 선희는 자세를 다시 고쳐 앉았다. 나도 술을 마신 뒤라 말에 실수라도 있을까 봐 조심스러웠다.

"선희도 힘들었을 거요. 선희, 우리 앞으로 어떻게 하면 좋겠소. 함께 장사하는 것도 그렇고 다른 일들도 잘 해낼 수 있을까."

눈 깜박 한 번 안 하고 내 말을 듣고 있는 선희는 덤덤히 반응이 없었다.

"선희, 여긴 누가 들을 사람도 없소. 우리 둘만 있으니 선희의 생각을 솔직히 말해 줄 수 없겠소?"

내가 재차 묻자 그때서야 입을 열었다.

"오빠, 생각엔 어떻게 했으면 좋겠어요."

내가 대답을 하지 않자 그녀의 말소리가 이어졌다.

"전 사실 오빠가 밝은 모습으로 저를 대해 주길래 이런 일이 있으리라고는 전혀 생각하지 못했어요. 그런데 오빠가 저 때문에 마음고생한다고 하니 정말 미안해요. 제가 함흥에서도 말 했지만 시어머니도 그렇고 일남아빠 3년제를 치르고 나서 오빠와 같이 생활하면 안 되나 하는 생각을 해봤어요. 오빠, 그때까지 기다려 줄 수 없나요?…"

선희의 말은 백 번 옳고 맞는 말이다. 여성으로서 인성, 윤리적인 의무를 다하겠다는 그녀의 마음을 받아들이지 못하는 내가 문제였다. 그러나 우리 둘의 관계는 기다려서 해결될 일이 아니었다. 선희의 말대로라면 2년을 넘게 기다려야 했다. '내가 자기와 잠자리를 하지 못해 그러는 줄 아는가 보다. 그건 아닌데…' 나는 선희와 잠자리를 하고 안 하는 문제에 앞서 남녀가 가까이할 때 생성되는 성적 욕구를 억지로 자제

해 왔다. 그 억제가 한 남자를 정신적으로 얼마나 참기 어려운 고통을 주는지 선희는 알려고 하는 것 같지 않았다. 아니 그는 여성이다. 여자가 남자의 마음을 어떻게 알 수 있겠는가. '무의미한 논쟁을 더 하기보다 서로 당분간 교제를 하지 않는 방향에서 정리를 하는 것이 좋지 않을까.' 나는 이 자리에서 선희와의 관계 정리에 대한 견해를 명백히 밝히기로 마음먹었다.

"선희, 알겠소. 우리 이렇게 하였으면 하는 생각을 해봤소. 선희 말대로 일남 아빠 3년상을 치르고 나서 그때 다시 만나 차후 일들을 토론하는 것이 어떻겠소."

내 말을 듣고 있던 선희는 머리를 숙이고 아무 말이 없었다. 그녀의 얼굴을 보니 밝았던 모습이 가뭇 사라지고 긴장한 표정이 서서히 나타나고 있었다.

"오빠, 그때 다시 만난다는 말은 무슨 말이에요?"

잠시 고개를 들어 나를 바라보던 선희가 말했다. 내 말이 무엇을 의미하는지 이해를 하지 못한 것 같았다.

"선희, 말 난 김에 솔직하게 이야기할게. 오래지는 않지만 선희와 함께 다니면서부터 밤이면 잠을 자지 못하오. 머리가 터질 것만 같고 심리적으로도 너무 힘들고 부담이 되어 병이 날 것만 같소."

'후~' 나도 모르게 긴 한숨이 나왔다. 잠시 숨 돌리고 다시 말을 이었다.

"그렇다고 내가 억지로 선희에게 잠자리를 같이 하자는 무리한 요구를 할 수도 없지 않소. 또 선희가 나를 받아줄 마음의 준비가 되어 있지 않은 것도 사실일 거요. 선희가 이해할 수 있는 문제라면 무슨 일이 있겠소. 하지만 초상을 치른 지 얼마 안 된 선희에게 내가 그런 생각을 가진다는 것 자체가, 나를 짐승만도 못한 인간으로 볼 것 같아 두렵기만 하오. 선희, 나도 사람이고 감정을 가진 남자요.”

선희에게 묻고 싶었다. '한 여인 앞에서 내 사적인 감정까지 구구절 절하게 설명해야 만하는 이유가 뭐지? 여기까지 온 책임이 누구에게 있 는데…' 1개월 가까이 한방에서 잠자리를 같이 했었다. 그런 상황에서 도 여자의 손 한 번 잡아보지 못하고 헤어져야만 하는 것이 남자만의 책임일까. 아니면 무엇이 이런 결과를 가져왔는가. 곁을 주려는 마음조 차 없는 냉담한 여자의 말과 행동 때문이었는가. 벙어리 냉가슴을 앓아 야만 했다. 굶주린 창자를 움켜쥐고 앞에 놓인 김이 문문 나는 고기 요 리를 보면서도 집어 먹을 생각조차 못하는 나를 남자 취급하지 않으 려 한 것일까. 머리를 잡아 뜯고 뺨을 때리면서까지 참아왔다. 그렇다면 가냘픈 여성에게 헤어지자고 모진 말을 해야만 하는 것이 옳은 처사일 까. 내가 이런 말을 감히 꺼낼 수 있는 자격조차 있는지 모르겠다. 여자 의 마음 하나 휘어잡지 못해 서로의 가슴을 갈갈이 찢어놓는 일을 벌려 놓는 것이 어쩌면 훗날 더 큰 불행과 고통을 불러올 수 있다는 것을 모 르지 않는다. '너는 지금 모든 것을 혼자 쓰고 부르고 결론을 내리지 않 느냐. 아~! 여기까지 오면서 너무 힘들었어. 아서라, 지저분하게 잡생각 거두어라.'

나는 구걸로 잠자리를 만들고 강요로 사랑을 얻고 싶지 않았다. 우 리들 사이에는 아슬한 절벽이 막혀 있었다. 눈길이 모자라도록 끝을 알 수 없는 험준한 계곡이 가로 놓여 있음을 알게 되었다.

“선희, 한두 번도 아니고 매일 같이 한방에서 잠을 자야 하는데 선 희에 대한 생각을 안 한다는 것은 거짓말이요. 나는 우리의 만남이 누 구든지 일방적인 구걸이나 강요로 이루어져서는 안 된다고 생각하오. 그러니 우리 서로 마음의 상처나 부담을 갖지 말고 마음 편히 지내기 오. 선희는 내 말을 어떻게 생각하겠는지 모르겠지만 이렇게 했으면 좋겠소. 오늘부터 함께 다니지 말고 각자 따로 생활하기요."

방에는 벌레 기어가는 소리도 들릴 만큼 조용했다. 이성 간의 헤어짐은 마음의 쓰라린 상처와 고통만을 안겨주는 요괴의 마술 같았다. 선희가 찾아왔던 그날, 나는 세상을 얻은 것처럼 기뻤었다. 외로움도 떨쳐버리고 가벼운 마음으로 주거니 받거니 생업에 충실할 수 있으리라 생각했다. 헌데 두 달을 넘기지 못하고 다시 헤어져야만 하는 순간이 온 것이다.

'내가 너무 잔인하고 매정스러운 말을 하지 않았는가. 다른 방법도 있지 않을까.' 이렇게도 생각해 보았으나 서로를 보지 않고 만나지 않는 것이 마음에 짐을 덜고 깨끗할 것 같았다.

"오빠, 이렇게 하지 않으면 안 되나요."

선희는 머리를 다소곳이 숙이고 나에게 반문했다.

"선희, 내가 너무 야비하다고 생각지 말고 한번 잘 생각해보오. 선희가 싫어져서 그런 것은 절대 아니라는 것만 알아주면 고맙겠소. 두문이 한 번씩 만나야 보고 싶고 반가울 것 같아 그러니 다른 생각 말아 주면 하오. 내 도움이 필요하면 허물지 말고 아무 때건 찾아오오."

말없이 앉아 있는 선희를 보기 민망스러워 밖으로 나와 담배를 붙여 물었다. 담배를 다 피울 때까지 인기척 소리 들리지 않는다. 다시 방문을 열고 들어서는 순간 선희가 불쑥 일어서 신발장으로 다가선다. 나를 바라보는 그녀의 눈가엔 눈물이 흘러내리고 있었다.

"알겠어요. 오빠 생각이 정 그렇다면 할 수 없지요, 뭐. 그럼 가볼게요."

"왜 더 있다 가지 그러오."

말은 그렇게 해도 선희를 잡을 용기가 나질 않았다. 밖을 나서는 선희를 바래다주어야 하겠기에 그녀를 따라 나섰다. 내가 출입문을 닫는 소리를 들었는지 대문을 나가다 말고 선희가 돌아섰다. 눈물을 보이지 않으려고 손으로 얼굴을 가리고 있었다. 그녀는 머리 숙여 소리 없는 인사를 하고 나서 종종걸음으로 대문 밖을 빠져 나갔다. '내가 괜히 하지 말아야 할 소리를 해 상처를 준 것이라면 돌아오지 않을 수도 있다.'

그녀의 자취가 사라지는 순간 아뿔사, 하는 생각이 들었다. 첫 여자를 잘못 만나 이런 꼴불견으로 살아 온 나였다. 그런데도 정신이 아직 덜 들어 배때기 부른 흥정을 하고 있는 것 아닌가. 제 발로 들어온 복덩어리를 말 같지 않은 구실을 붙여 밀어냈다는 생각이 들었다. 선희가 떠나가자 또 다른 생각, 선희를 다시 만나지 못할 것 같은 불안감이 나를 덮쳤다. 나는 그녀가 사라진 동네 인민반 초소막이 있는 언덕 위로 걸음을 옮겼다.

한 번 더 선희의 뒤 모습이라도 보고 싶었다. 언덕 위에 올라 멀어져 가는 선희를 바라보고 있는데 그녀가 가던 걸음을 멈추었다. 돌아서 우리 집 쪽을 바라보다 나를 발견했는지 황급히 발길을 돌린다. 나는 그녀가 보이지 않을 때까지 한 자리에 못 박힌 듯 움직일 수 없었다.

저녁이 되어 오만철의 집에서 돌아오고 있었다. 회령역 기관구 철로반 반장인 오만철은 회령에서 몇 안 되는 친구였다. 멀어도 일주일에 한 번은 오만철의 집에서 술잔을 기울이곤 했었다. 며칠 전 시장에서 수산물 장사를 하고 있는 그의 아내를 만났었다.

"어이구, 용남 어머니, 오랜만이요. 사리원에 다녀오느라 찾아보지 못했소. 남편은 요즘 기업소에 출근하고 있소?"

"원명 아저씨, 용남 아빠가 며칠 전부터 집에 있습니다. 위가 자꾸 아프답니다. 그 나그네 술을 입에 달구 있는데 속탈이 나지 않고 견디겠습니까? 집에 한번 놀러 오세요."

만철이도 극성이지만 그의 아내는 내가 혼자 밥을 끓여먹고 생활하는 것이 안쓰럽다며 집에 가면 술이며 맛갈나는 음식을 내놓고 친절하게 대해 주었다. 친구가 몸이 아파 집에 있다는데, 한 달 넘게 보지 못했고 병문안도 할 겸 찾아보고 돌아오는 길이었다. 김정일의 생모 김정숙의 동상 앞 광장 도로를 지나며 회령역 방향을 무심코 보던 나는 눈을 의심했다. 알룩달룩한 옷을 입은 여자, 남자들이 두 줄로 행렬을 지어 걸어오고 있었다.

머리가 노랑색 여자들도 보였다. '무슨 사람들인데 머리가 노랗지? 차림새도 우리나라 사람들이 입는 옷이 아닌 것 같은데.' 가까이 다가온 그들을 보니 여자는 여자끼리, 남자는 남자끼리 두 명을 한 조로 손에 족쇄가 채워져 있었다. 나는 문뜩 중국에 들어갔던 북조선 사람들이 세관으로 잡혀 나오는 것 아닌가 하는 생각이 들었다. 30명도 더 될 것 같은 그들 뒤에는 권총을 허리에 찬 젊은 보안원 두 명이 따라 걷고 있었다.

내 눈에 유별나게 보이는 것이 있었다. 그들은 하나 같이 머리를 푹 숙이고 땅을 내려다보며 걷는 모습이었다. 회령시 보안서로 이송 중인 것 같았다. '저희들이 먹이지 못하면 살겠다고 간 애들까지 왜 붙잡아 내오는지? 정말 할 지랄들이 없는 모양이다.' 그들은 꼭 도살장에 끌려가는 짐승들 같았다. 잠시 강제 북송자들을 바라보며 내 알바가 아닌 것 같아 걸음을 다그쳤다.

집으로 들어가는 골목길에 접어들면서 자전거에서 내려 걸었다. 집 근처에 있는 회령 오지공장 담벽 모퉁이를 돌아서고 있었다. 개 짖는 소리가 시끄럽게 들린다. 분명 옆집 개가 짖는 소리였다. '옆집에 사람이 없나.' 나는 골목길을 빠져나와 개가 짖어대고 있는 옆집 울바자를 넘겨보았다. 굴뚝에 연기가 물물 피어오르는 것을 보면 집주인이 있는 것 같았다.

　나는 개를 몹시 좋아했다. 어릴 때부터 집에서 부모님들이 개를 키웠었다. 그런 관계로 아직 개에 대한 애정이 있어 그런 것 같았다. 집에 개를 키우지 않는 것은 내가 며칠, 때로는 한 달 넘게 집을 비우고 돌아다니다 보니 먹이를 줄 사람이 없는 사정 때문이었다. 집에서 먹고 남은 음식들은 옆집 검은 털의 발바리 개의 몫이 되었다. 옆집 발바리는 나를 보면 꼬리를 세차게 흔들며 달려 나와 매달리고 반가워할 놈이었다.

　그런데 오늘은 개집에서 나오지 않고 우리 집 쪽을 보며 짖어대고 있다.

　"워리~워리"

　내가 손을 흔들며 개를 불렀는데도 멈추지 않고 시끄럽게 짖어댄다. '저놈의 개새끼가 오늘 뭘 잘못 먹었나.' 중얼거리며 대문을 열고 들어섰다. 이미 습관이 되어버린 우편함을 열어 보는 것을 잊지 않았다. 헌데 웬 두툼한 편지봉투 같은 것이 보였다. 받는 사람, 보낸 사람 주소도 없는 편지였다.

　봉투에는 '리선희 올립니다'라는 볼펜으로 쓴 글자만 큼직하게 적혀 있었다. '선희가 왔다 갔구나.' 봉합된 봉투를 주머니에 넣고 나는 우선 자전거를 넣으려고 창고 문을 열었다. 순간 '으~악'하는 고함을 지르며 와뜰 놀라 뒤로 물러섰다. 어두컴컴한 창고 천장 들보에 드리운 밧줄에 사람이 매달려 있었다. 온몸이 부르르 떨렸다. 세상에 무서울 것 없다고 자부했던 나였다.

　"아저씨! 계세요. 좀 나와 주세요."

　목이 터져라 고함을 지르자 옆집 아주머니가 문을 열고 내다본다.

　"아주머니, 아저씨 없어요. 있으면 빨리 좀 나와 달라고 하세요. 사람이 죽었어요. 빨리요."

다시 고함 소리를 치자 옆집 아저씨가 집 문을 열고 나왔다.

"원명이 삼촌, 뭐라고? 사람이 죽었다고?"

"아저씨, 집에 낫이 있으면 좀 가지고 오세요."

"낫은 해서 뭘 하려구."

"사람이 창고 천장에 매달려 있어서요. 밧줄을 끊으려고 그래요."

"알았소."

아저씨는 불과 몇 초 만에 낫을 가지고 달려왔다

"아저씨, 이 사람 다리를 잡고 계세요. 내가 밧줄을 끊을 테니 아저씨는 좀 받아주세요."

창고 안에 넘어져 있는 낡고 작은 드럼통을 세우고 올라섰다. 목을 맨 밧줄을 잡고 위 부문에 낫을 대고 베어 버리자 자살의 주인공은 쿵 소리와 함께 창고 바닥에 떨어졌다. 우선 목을 맨 밧줄을 풀려고 그 사람의 얼굴을 보는 순간, 내 입에서 '앗!' 하는 비명이 터져 나왔다. 목을 맨' 사람은 다름 아닌 선희가 아닌가. 올가미 진 밧줄을 풀어놓고 얼른 뛰어나가 집 열쇠를 열었다.

"아저씨, 다리를 잡아주세요."

다시 창고에 들어선 나는 아저씨와 선희를 안아 들고 방에 눕혔다. 불과 2~3분도 안 되는 시간에 벌어진 일이었다. 나는 급히 귀를 선희의 코에 대고 숨소리를 들어 보았다. 아무런 소리도 들리지 않는다.

"아저씨, 이럴 땐 어떻게 하면 되요."

나는 다급하게 아저씨를 쳐다봤다. 내 말이 떨어지기도 전에 그가 주먹으로 선희의 심장을 내리친다. 연이어 몇 대 때리고는 손목을 쥐고 맥박을 보는 것 같았다. 그리고는 손으로 선희의 입을 벌리더니 오른손 가락을 넣어 그녀의 혀를 끄집어냈다.

"원명 삼촌, 이 여자 혀를 이렇게 손으로 꽉 잡소. 혀가 말려 들어가면 안 되오."

그는 다시 주먹으로 선희의 가슴을 여러 번 치고, 누르고… 같은 동작을 한참이나 반복했다. 나는 그때에야 의학상식 책을 봤던 기억이 떠올랐다. 심장마비 온 사람에게 어떤 구급조치를 해야 하는가를 설명했던 글이다. 아직 선희의 몸에 온기가 있는 것을 봐서는 목을 맨 지 몇 분 안 된 것 같았다.

"아저씨, 잠깐만요. 이럴 때는 숨을 쉬게 해야 한다고 하던데 내가 한번 해볼게요."

나는 선희의 콧구멍에 입을 대고 공기를 힘껏 불어넣고, 빼고를 반복했다. 몇 번 하다 오른손으로 쥔 혀가 안으로 빠져 들어가는 것을 막아야겠다고 생각했다. 얼른 방구석에 있던 양말 한 짝을 들고 다시 입을 벌려 혀를 말아 쥐었다. 입을 한껏 부풀려 선희의 입에 공기를 불어넣고 빨며 씨름질을 해댔다.

"아저씨, 살 수 있을까요?"

옆집 아저씨는 내 말을 들었는지 말았는지 손을 잡고 맥박을 본다. 한참 있더니 아저씨가 환성을 올렸다.

"살았어. 자! 만져 보오. 맥박이 뛰는 것 같은데…"

아저씨가 시키는 대로 선희의 손목에 내 오른손 끝을 가져다 댔다. 핏줄이 미세하게 움직이는 것 같았다. 나는 다시 입을 맞추고 세차게 불고 빨고를 반복했다. 아저씨는 주먹으로 선희의 심장에 충격을 주고… 10분은 넘은 것 같았다.

"삼촌, 내 보기엔 이 여자 죽지는 않겠소. 숨은 쉬고 있으니 지켜 보기오."

다시 선희의 맥박을 짚어보니 아까보다 핏줄 박동이 뛰는 것이 확실히 느껴졌다.

"이 여자 누군데 삼촌네 집에 와 목매달았소. 아는 사이요? 그리고 보니 집에 몇 번 온 것을 본 것 같소."

아저씨의 말을 듣고 보니 그런 것 같았다. 새별에 함께 다녀오고 시장에 들락거리느라 동네에서 내가 선희와 가까이 지내는 것을 몇 사람은 알고 있었다.

"네, 좀 아는 사입니다. 아저씨, 이 여자가 저의 집에서 목을 매어 자살하려 했다는 말은 동네 사람들에게 하지 말아주세요."

혹시나 하여 그에게 선희와 있은 사실은 간단히 말해 주었다.

"그런 일이 있었소? 알겠소. 나는 이 동네 사람들 하고 말도 안 하는 사람이라는 걸 잘 알지 않소. 그러니 마음 놓소."

그는 회령 시내에 집을 두고 협동농장에 다니는 몇 안 되는 농사꾼이었다. 그런 관계로 마을 사람들과 크게 휩쓸리지 않았다. 그리고 내가 집에 있는 날이면 가끔 나가 술도 한잔씩 나누는 사이었다. 더욱이 내가 한 해 치고 8개월 이상 마음 놓고 집을 비우고 다니는 것도 옆집 아저씨 내외가 집을 잘 봐주기 때문이기도 했다. 그런 관계로 나는 명절이라든가, 이름 있는 날이면 술이나 음식을 해놓고 아저씨나 아주머니를 불러 대접하곤 했었다.

얼마 후, 아저씨는 선희가 숨을 쉰다는 것을 확인하고 자기 집으로 돌아갔다. 한참 정신없이 돌아쳤더니 몸이 땀에 젖은 것 같았다. 속이 쓰리도록 배가 고팠다. 선희의 이마를 만져보니 미지근한 온기가 돌고 있었다. 얼굴이 말이 아니었다. 찬물에 수건을 빨아 그녀의 얼굴이며 손을 닦아주고 이불을 내려 덮어 준 다음 부엌에 내려가 불을 지폈다.

쌀을 씻어 가마에 안치고는 몸을 씻어야겠다는 생각에 속옷 차림으로 강가로 향했다. 집에 돌아와 보니 그때까지도 선희는 정신을 차리지 못하고 있었다. '선희가 언제 집에 왔지. 분명히 선희가 집에 들어섰을 때부터 옆집 개가 짖었을 거야.' 나는 식장 문을 열어 술 한 병을 꺼내들고 옆집으로 향했다.

"아저씨 계세요. 원명입니다."

깜둥이 발바리가 나를 보더니 올리 솟고 매달리며 난리를 피운다.

"들어옵소."

아저씨의 대답 소리가 났다. 문을 열고 방에 들어서니 저녁을 하는지 솥이 끓고 있었다.

"아주머니, 술잔 두 개 좀 주세요."

술잔을 받아 든 나는 가지고 들어간 술병을 잔에 따라 아저씨에게 권하고 묻고 싶었던 생각을 이야기했다.

"아저씨, 수고했어요. 그런데 제 집에 있는 여자가 언제 왔는지 모르세요?"

"글쎄, 난 모르겠소."

"내가 집으로 들어오면서 보니까 개가 짖더라구요. 아마 그때가 아닐까요. 개가 언제부터 짖기 시작했어요?"

손에 들었던 술잔을 비우고 다시 물었다.

"아! 그렇겠소. 삼촌이 우리 집사람을 부르기 전 몇 분 안 되었을 거요."

"한 5분 됐어요?"

"아니야. 그때 개가 짖기 시작해서 내 생각엔 10분 정도는 된 것 같소."

나는 가만 생각해 보았다. '집에 낯선 사람이 들어서자 옆집 개가 바로 짖기 시작했을 것이다. 창고에 들어가 드럼통에 올라서 밧줄을 창고 들보에 묶어 목을 매는 시간까지 5분은 더 걸렸을 것이고… 그렇다면 밧줄을 묶어 드럼통을 발로 차버린 시간부터 내가 창고에 들어간 시간까지 5분이 되었을까. 선희는 왜 죽으려 했지. 무슨 일이 있었기에 나한테 말 한마디 없이 집에 와서 목을 맸을까.'

나는 선희가 자살을 결심하고 내 집으로 올 때 준비를 해가지고 왔을 것이라고 생각했다. 이 시간이면 내가 없다는 것을 선희는 잘 알고 있다. 그렇다면 밧줄을 손에 들고 오지 않았을 것이고… 창고에 드럼통이 있다는 것은 선희가 알고 있었다. 나는 아저씨네 집을 나와 다시 창고에 들어갔다. 혹시 선희가 놔둔 물건이 없나 해서였다. 아니나 다를까 가방이 보였다.

잘 보이지 않는 창고 구석, 장작더미 위에 놓여 있었다. 가방을 들고 나와 보니 밤색 천가방이다. 이 천가방에 밧줄을 넣고 집으로 온 모양이었다. 방으로 들어선 나는 선희에게 다가앉아 숨소리를 가늠해 보았다. 의식은 차리지 못했지만 아까보다는 숨소리가 크게 들렸다. '내일 아침이면 깨어날까. 내가 괜히 헤어지자는 말을 해 상처를 주었구나.' 나는 문득 우편함에서 꺼내 주머니에 넣었던 선희의 이름이 적힌 편지봉투가 생각났다. 주머니를 뒤져 봉투를 꺼내 들었다.

네 귀를 맞춰 접혀 있는 종잇장과 함께 한 줌 될 것 같은 돈이 들어 있었다. 종이를 펼쳐 적혀 있는 글을 읽어보는 순간, 나는 눈에서 눈물이 울컥 솟아올라 앞이 보이질 않았다. '내가 무슨 일을 저질렀단 말인가. 선희야! 너무 미안하고 죄송하구나. 단순하고 짧은 생각, 그 말이 너를 죽게 할 뻔했구나.' 선희가 쓴 종잇장의 글은 그녀가 목숨을 끊으려는 결심 끝에 나에게 남긴 유서였다.

'오빠, 그동안 고마웠어요. 저 먼저 떠납니다. 오빠의 마음 받아주지 못하고 살아생전 마음만 아프게 해 너무 미안합니다. 신세 한 번 갚지 못한 이 여자를 가엽게 여겨 주세요. 저 혼자 이 험한 세상 살아갈 용기가 나질 않아 이 길을 갑니다. 가까운 사람들 먼저 보낸 죄 많은 여자입니다. 한 오리 실낱 같은 희망으로 생각했던 오빠에게까지 버림을 받아야만 하는 저의 기구한 운명, 이제 더 살아 무슨 낙이 있겠어요. 오빠, 저를 불쌍히 여겨 시신을 거두어 주신다면, 어미를 잘못 만나 세상 빛을 보지 못하고 먼저 떠난 일남이 곁에 묻어주세요. 죽어서도 그 은혜 잊지 않겠습니다. 일남이가 묻혀 있는 곳은 저희 옆집 아주머니가 알고 있어요. 저에게 남은 몇 푼 안 되는 돈입니다. 오빠에게 드릴 수 있는 제 마지막 성의라고 생각해 주시면 고맙겠어요. 오빠! 세월이 흘러 언젠가는 우리 다시 만나게 될 날이 오리라 봅니다. 그때 오빠가 절 용서하고 받아주시면 인간 세상에서 못 이룬 인연의 꿈, 만들어 가고 싶어요. 부디 건강하고 행복하세요.
선희 올립니다.'

"아, 아!"

나는 선희가 피눈물을 흘리며 적었을 글을 보며 짐승이 울부짖는 단말마적인 괴상한 소리를 내질렀다. 고함을 치다 주먹을 불끈 쥐고 내 얼굴을 미친놈처럼 마구 가격했다. 바로 코피가 줄줄 쏟아져 방바닥이 낭자했다. 그래도 주먹질을 계속 해댔다. '내 말에 얼마나 상처를 받고 절망에 빠졌으면 자살이라는 극단의 선택을 했을까.' 당장이라도 죽고 싶은 심정이었다.

만약 선희가 깨어나지 못한다면… 나는 이빨을 부드득 소리나게 갈았다. '나를 위해 자신을 바치려고 했던 여자 하나 못 알아보는 인간이 살겠다고, 이렇게 살아선 뭘 해?!' 구질구질 버러지 같은 인생, 버둥거리면서까지… 더는 미련을 두고 싶지 않았다. 나는 깊은 잠에 빠진 듯 숨소리만 간간이 들리는 선희의 얼굴을 들여다보며 흘러내리는 눈물을 걷잡지 못하고 그녀를 안고 엉엉 소리 내어 울었다.

'선희야, 오빠가 정말 잘못했어. 내가 죽일 놈이다… 네가 죽지 않고 깨어난다면 이 세상이 조각나도 너를 놔주지 않을 거야. 다시는 헤어지지 말자.' 얼마나 울었는지… 눈물이 말라버린 것 같았다. 나는 술병을 꼬나들고 병나발을 불었다. 선희를 보고 또 보면서… 그녀가 정신을 잃고 누워 있어도 지금껏 해주지 못했던 사랑과 정을 퍼붓고 싶었다. 머리가 휘휘 돌아간다.

몸이 칠흑 같은 어둠의 천길 나락으로 떨어지는 환각이 일었다. 나는 일어나 비칠거리며 윗방으로 올라가 베개를 가져다 선희의 머리를 받쳐주었다. 그리고 부엌에서 가지고 올라온 걸레로 흘린 피를 닦았다. 까닥 움직임이 없는 선희의 볼에 내 볼을 살며시 대고 한참 움직이질 않았다. 그리고는 그녀의 옆에 나란히 누워 선희의 머리를 내 오른팔에 올려놓았다. 거불거불 희미해가는 불빛을 바라보며 기적이 일어나길 빌며 포근한 선희의 가슴을 꼭 그러안고 눈을 감았다.

몽둥이에 얻어맞은 것 같았다. 머리가 뗑 하고 속이 메슥거려 엉거주춤 일어나 앉았다. 잠깐 눈을 감고 정신을 가다듬고는 일어나 비칠거리며 부엌에 내려가 수도 물을 틀어놓고 토해버렸다. 어제 저녁에 밥을 먹지 않았으니 입 밖으로 흘러나오는 것은 침이 섞인 물뿐이다. 나는 오지항아리에서 김칫물을 한 사발 꺼내 벌컥벌컥 단숨에 마셔버렸다. 그리고는 플라스틱 바가지로 물을 퍼담아 알루미늄 버치에 머리를 대고 쏟아부었다.

수건으로 머리의 물기를 닦고 선희가 누워 있는 방바닥을 보니 어젯밤, 코에서 흘린 핏자국이 사방에 보였다. '이러다가 정신을 차리지 못하고 죽는 것 아닌가.' 걸레를 빨아 다시 물걸레질을 했다. 선희를 들여다보던 나는 더럭 겁이 났다. 다시 선희의 얼굴이며 코에 귀를 대고 숨소리를 들어보고는 맥박을 짚어 보았다. 어제보다는 확실히 심장박동이 세게 뛰는 것이 육감으로 느껴졌다.

선희의 목을 보니 뻘겋게 밧줄 자리가 나 있었다. '언제면 깨어날까. 무슨 방법이 없을까…' 선희의 손이며 얼굴을 닦아주려고 수건을 찬물에 홍건하게 적셨다. 그녀의 양말을 벗기고 얼굴에 수건을 가져다 대는 순간, '음, 으흠…' 하는 신음소리가 선희의 입에서 울려 나왔다. 나는 흠칫 놀라 손을 들었다. 다시 수건을 그녀의 얼굴에 가져다 대고 닦기 시작했다. 잠시 후, 선희가 조용히 눈을 뜨고 나를 올려다본다.

"선희! 정신 차려. 내가 보여?"

초점이 없는 눈길로 나를 바라보던 선희가 내 손을 잡더니 다시 눈을 감았다. 그녀의 눈에서 눈물이 흘러 베개를 적시고 있었다. 나는 선희를 덮었던 이불을 한쪽으로 밀어놓았다.

"오빠, 날 내버려 두지 왜 살렸어요. 이렇게는 살기 싫어요."

들릴 듯 말 듯한 목소리로 말 하는 선희를 와락 그러안아 일으켜 앉혔다. 선희와 나는 서로 부둥켜안고 엉엉 소리 내어 울음을 터트렸다.

"선희야, 내가 정말 너한테 죽을죄를 지었구나. 제발 용서해라. 네가 그렇게 모진 마음을 먹을 줄 몰랐다. 내 생각만 하다 보니 이렇게 됐구나. 선희야, 다시는 헤어지지 말고 함께 살자."

나는 선희의 얼굴을 들여다보고는 다시 켜 안고… 울며 용서를 빌고 또 빌었다.

"오빠, 내가 나쁜 여자예요. 소가지가 못돼 먹어서 오빠에게 상처만 주고 미안해요. 제가 잘못 했어요."

한참 동안 선희를 부둥켜안고 있던 나는 다시 선희를 자리에 눕혔다.

"선희, 일어나지 말고 누워 있어. 마음을 끓일 테니까 움직이지 말고…."

저승에서 다시 인간 세상으로 돌아온 선희는 2일간 자리에 누워 일어나지 못했다. 그렇게 선희와 나의 동거생활이 시작 되었다.

선희의 돌발행동에 혼이 빠졌던 날로부터 5일이 지나갔다. 그 기간 나는 스스로 그녀의 몸종이 되어 버렸다. 선희의 머리를 내 무릎에 올려놓고 흰쌀 미음을 한 술 두 술 숟가락에 담아 입에 넣어주었다. 상사병에 걸린 딸을 병간호하는 아비의 모습이다. 기름을 발라놓은 것 같은 칠칠 감기는 소담한 머리채를 오리오리 빗겨주고 얼굴이며 손, 발을 씻겨 주고… 쥐면 깨질세라, 놓으면 떨어질세라. 갓난아기를 다루는 아빠가 되어 버렸다.

그렇게 선희를 돌보는 신세가 되고 보니 문득 이 못난 자식 때문에 마음고생 많으시던 부모님의 모습이 떠올랐다. 나를 낳아 옥이야, 금이야, 키우시느라 온갖 마음의 고통과 무거운 시름을 걸머지고 세상 오가는 바람을 다 맞아야 했던 부모님이었다. 나는 그분들의 머리 한 번 빗겨드리지 못했다. 열병으로 누워 계셔도 미음 한술 대접할 생각조차 못했던 나였다. 자식을 애지중지 키워준들 무슨 소용이 있겠는가. 나는 은혜를 불효로 되갚았다. 부모님의 피를 빨고 살을 파먹는 거미새끼로 그렇게 지금까지 살아 왔다. 하늘에 검은 구름 몇 송이 떠가도 비가 오려나, 눈이 내릴 것만 같아 집 떠난 자식을 걱정하시던 부모님… 진눈깨비, 눈바람 몰아치는 날이면 멀리 동구 밖 길까지 마중 나와 흠뻑 젖은 몸으로 떨고 계셨다. 자신은 그 찬바람을 한 몸에 맞아 감기에 걸려 줄기침을 하고 몸살을 앓으면서도 험한 날이면 하루도 빠짐없이 이 못난 아들을 애타게 기다려 나지막한 언덕 위에 서 계시던 어머님… 자식을 위해 바친 그 정성, 어찌 말로 표현하고 글로 적을 수 있겠는가. 그런 분들에게 애 말림 그늘의 면사포를 씌우고 상심의 돌덩이마저 등에 지워

북망산으로 가는 수레에 태워서는 빨리 가길 채찍질하며 떠밀었던 나였다. 부모님께 지은 대를 두고 씻지 못할 만고의 죗값을 나는 이 세상을 떠나도 갚지 못할 것이다. 그런 내가 따뜻한 말 한마디 건네주지 않은 한 여성을 무릎에 앉혀 놓고 미친 듯이 애정을 쏟아붓고 있었다.

나는 며칠간 부지런히 시장을 들락거렸다. 선희의 입맛을 돋구어 보려고 육해공 고기류와 소채들을 사들이고 약을 얻는다며 돌아쳤다. 선희의 몸은 빠르게 원기를 회복해 가고 있었다. 피부색은 흰 복숭아 빛으로 변해 이전 모습으로 돌아와 살아 있음을 말해주었다. 선희는 집안 청소며 빨래, 요리 같은 자질구레한 집안의 일을 손수 하기 시작했다.

해가 서산으로 기운 지도 퍽이나 된 것 같았다. 집집을 밝혔던 불빛들이 하나, 둘 사라져 어둠을 더욱 물들였다. 우리 집은 아직 카바이드 불빛이 방 안을 밝게 비추고 있었다.

"찌륵, 찌르륵"

귀뚜라미 소리만 간간이 울려 청아한 공기를 깨뜨리며 고요한 정적을 더해준다. 저녁식사를 끝낸 나는 소설책을 집어 들고 윗방으로 올라와 카바이트 등 가까이에 앉아 글을 읽기 시작했다. 잠자리도 아예 윗방으로 옮겼다.

"오빠, 오늘도 윗방에서 쉬겠어요?"

선희는 내가 선뜻 다가서지 않자 오늘 저녁은 태도를 바꾸어 적극적인 공세로 나를 자극했다. 그녀는 내가 있는 방으로 올라와 이불장 문을 열고는 나도 몇 번 사용하지 않았던 새 이부자리며 베개를 안아 내렸다. 그리고는 이불이며 요를 아랫방 가운데 반듯하게 펴놓고 베개까지 두 개를 가지런히 놓는다.

"오빠, 절 또 보내려구요? 난 오빠가 남자인 줄 알았는데… 언제까지 입을 다시면서 바라만 볼 거예요."

선희의 말을 듣던 나는 무슨 농담이랴 싶어 빙그레 웃어보였다.

"난 남자가 되려다 만 것 같아. 선희는 내가 보낸다고 갈 여자가 아니잖아. 또 밤중에 몰래 숨어들어 천둥소리를 내고 날벼락을 치면 난 꼼짝 못 하고 손이야 발이야 빌어야 하겠는데."

"그럴게요. 오빠가 절 보낼 때마다 밤이면 찾아와 꽹과리를 울리고 북을 치면서 소란을 피울 거예요. 그러면 사람들이 잠을 못 잘 거구… 호호호."

짙은 시름의 구름 속에 가려 볼 수 없었던 보름달이 밝은 모습을 드러내는 순간이었다.

"아이고, 가련한 내 팔자야. 어쩌다 이런 천하절색 미인께서 별 볼 꼴 없는 떠돌이 녀석의 초라한 집에 들게 되었소이까. 기가 딱 찰 노릇이라 하겠소이다. 내가 전생에 무슨 죄를 지어 마님을 태운 당나귀 신세가 되었는지요. 참, 하늘이 정해준 찰떡 궁합 같은 운명이로다. 내 비록 비천한 몸으로 태어나 천덕꾸러기로 살았다만 이 시간만은 볼상스런 작은 집의 왕이 되어 보련다. 여봐라! 바람이며 땅이며, 하늘은 듣거라. 오늘은 과인이 천상에서 내려 보낸 배필 리선희와 사랑을 듬뿍 나누기로 마음을 정하였노라. 그대들은 과인이 후궁에게 베푸는 은혜를 보고, 듣고, 바위에 글로 새겨 후세에 길이 전할지어다. 하하하."

몇 년 만인가. 수난과 어둠의 장막이 짙게 드리운 이 땅에서는 차마 들어볼 수 없는 말소리였다. 침침했던 대지의 공기를 맑게 정화시키며 울리고 있었다.

그대와 나, 마주보는 눈빛 속에 담겨진

태산이 울고 설산도 머리 숙인

쌓이고 맺힌 하많은 사연

방울방울 흐르는 사랑의 눈물로 씻고

새록새록 사무친 그리운 정으로 풀어 봄이 어떠하오.

별무리 지켜보는 기나긴 밤

건너야 할 사랑의 강 깊이는 얼마일 것이며

넘어야 할 정분의 봉우리는 어찌 올라야 할 것임을

이 몸이 다하도록 천년의 사랑을 노래하고

이 밤이 지새도록 내일의 언약을 읊어보리다.

웃음소리 방자하게 이야기를 나누어 본지도 아득한 세월이 흘렀다. 느낌도 좋고 분위기 또한 강강술래였다.

"오빠, 저 이젠 몸도 괜찮아졌어요. 오빠가 절 보내기 전 선희가 아니에요. 마음을 바꾸었으니 너무 부담 갖지 마세요. 저도 오빠한테 손을 들었어요."

이야기를 끝낸 선희가 슬며시 일어나더니 겉옷을 벗기 시작했다. 드레스 달린 엷은 자주색 속옷 바람의 굴곡진 몸이 내 눈에 들어왔다. 며칠 동안 몸을 추슬러서인지 얼굴도 밝아지고 살결은 더욱 부드러워진 것 같았다.

"오빠, 언제까지 앉아 있겠어요. 밤도 깊었는데 자지요 뭐."

나는 흥에 취한 김에 말은 그렇게 했어도 선희의 갑작스런 행동에 어리둥절해졌다. 그녀를 곁에 두고도 지켜볼 수밖에 없었던 나였다. 아니 머리를 잡아 뜯고 뺨을 때리면서까지 참아야 했던 그 순간이 눈앞에서 벌어지고 있는 것 아닌가. 몸이 갑자기 마약에 취한 것처럼 공중에 붕 뜬 느낌이 들었다. 아래 다리에서부터 예사롭지 않은 기운이 온몸에 뻗쳐오르고 있었다.

고원역 홈에서 선희를 처음 만났을 때 생각이 문득 떠올랐다. '그때도 선희는 평안도 억양의 야무진 모습으로 말했었지. 1년이 가까워 오는구나. 무안할 정도로 얼음장 같았던 여인이 갑자기 돌변하게 된 이유가 뭘까.' 다시는 헤어지고 싶지 않은 마음의 표현임을 십분 짐작할 수 있었다. 더 주저하고 싶지 않았다. 나는 일어나 옷을 벗어 방 한쪽에 포개 놓고 선희 앞으로 다가앉았다. 그녀의 손을 쥐고 세차게 뛰고 있는 심장이 자리 잡은 나의 왼쪽 가슴에 가져다 댔다.

"엄마나! 오빠, 심장이 왜 이렇게 빨리 뛰어요."

"선희가 내 심장에 기름을 부어넣고 불을 달아놓으니까 뜨거워서 고속 운동을 하는 것 같아."

나는 다시 그녀의 손등을 내 코밑에 가져다 댔다. 마그마처럼 끓어 번져 뜨겁게 뿜어내는 거친 숨소리는 폭발 직전의 화산 활동이 이미 시작되었음을 말해주고 있었다. 선희의 볼이 내 입술에 닿는 순간 솔향기가 폐부를 자극했다. 나는 자신을 더는 지킬 수 없음을 깨달았다. 드디어 내 손이 천천히 움직여 그녀의 속옷을 하나, 둘 벗기기 시작했다. 선희의 검은 진주알 같은 눈동자는 나를 향해 그윽한 시선을 보내고 있었다. 매력이 흠뻑 담긴 날선 코, 연분홍 립스틱 붉은 입술, 생각만 해도 마음을 끝없이 설레게 하는 흰 봉분 같이 솟아오른 앞가슴, 몸 구석구석을 나는 유심히 뜯어보았다. 영원히 기억 속에 오래오래 간직하려는 듯… 생김 하나하나가 유혹의 방망이로 변해 내 가슴을 세차게 두드리고 있다. 뽀얀 우유가루를 뿌려놓은 듯한 아름다운 그녀의 몸과 뛰어난 예술가의 정교한 조각품 같은 다리가 이어지는 정글 속으로 눈길이 옮겨졌다. 그곳에는 나를 그토록 잠 못 들게 만들었던 황홀한 카틀레야 한 송이가 강렬한 유혹의 에너지를 뿜어내고 있었다. 그 꽃송이에서 흘러나오는 예리한 향기는 한 치 앞도 가려 볼 수 없는 희뿌연 안개로 변해 나의 이성을 흐리게 만들고 아드레날린을 끓게 했다. 내 심장과 두뇌, 전신을 이루는 하나하나의 세포들에서 흥분으로 오는 경련 같은 미세한 떨림이 시작되고 있음을 직감했다. 몸을 지탱할 힘마저 녹아내려 선희의 마음속 깊은 곳으로 찾아 들어가고 있었다. 살아 움직이는 빛의 조형물 같은 그녀는 부드러운 곡선이 만감의 교차를 이룬 포근함마저 풍기며 대양처럼 넓은 품으로 나를 받아주었다.

자책의 사슬에 묶이고 천근만근 모대 김에 짓눌려 싸늘하게 굳어버렸던 흥분의 도가니에 격동의 발화가 시작됐다. 사랑의 총구가 애정을 빨아들이는 그녀의 블랙홀에 닿는 순간,

"아! 오빠, 나 어떡해요."

선희의 입에서는 애끓는 신음소리가 터져 오른다. 연발하는 비명은 이미 끝없이 출렁이는 물결이 되어 파도치고 있었다. 풍만한 엄마의 젖가슴에 얼굴을 묻은 아기를 다루듯 나를 그러안은 선희의 팔은 내 몸에서 떨어질 줄 몰랐다. 그녀는 거대한 백색 소용돌이로 변해 나를 끝이 보이지 않는 터널 속으로 끌어당긴다.

욕정의 불길로 내 몸을 달구어 이글거리는 불덩이로 만들어 놓고 있었다. 하늘땅을 뒤흔들어 놓을 듯 터져 나오는 함성, 야성의 격렬한 몸짓에도 깍지로 변한 그녀의 두 팔은 내 몸을 더욱 깊이 옥죄며 파고들었다. 선희는 시작이 어딘지 모를 웅심에서 애처롭게 솟구쳐 오르는 여인 특유의 가냘픈 고통의 앓음 소리를 빚어 내며 몸을 떨고 있다.

나와 그녀는 무아지경의 황홀한 율동을 반복하며 초자연적인 조화를 이룬 경이로운 장단의 합성음을 만들어내고 있었다. 그녀의 다리는 역동적이다. 뽀송뽀송한 흰 구름으로 빚어놓은 것 같이 미끈하게 솟아 양 방향으로 하늘을 가리키고 있다. 그 다리는 신비의 장단에 리듬을

맞춰 춤을 추며 분위기를 한껏 고조시키고 있었다. 선희의 눈가에 가랑가랑 맺힌 눈물은 잔잔히 흘러내려 베개를 적신다. 고요한 방 안의 정적을 부수며 하나의 물체로 비추어진 그림자는 시간이 갈수록 굉음을 내며 더욱 요동친다. 밤이 깊어간다.

두 이성이 만들어 내는 지칠 줄 모르는 진동음은 밝아오는 새벽 하늘가에 높이 치솟고 땅속 깊은 곳까지 뻗어가고 있었다. 선희와 나는 서로 떨어져선 안 될 하나의 유기체로 변해 버렸다. 바늘이 되고 실이 되어 터지고 갈라져 만신창이 돼 버린 나와 그녀의 찢겨진 삶을 싣고 의지할 인생의 쪽배를 한 뜸 두 뜸 꿰매 무어가고 있다. 돛대도, 노도 없는 쪽배였다. 광란의 파도 몰아치는 망망대해에 떨어진 낙엽의 운명이었다. 한 줄기 등대 불빛마저 보이지 않는 대양 저편으로 바람 따라 물결따라 그 쪽배는 가야만 했다.

동거를 시작한 지 한 달 가까이 되었다. 선희와 나는 가끔 앞으로 해야 할 일들에 대한 의논을 하곤 했다.

"오빠, 제 집을 건물 관리소에 반납하고 우리 두 살림을 합치는 것이 어때요."

"선희, 그 집은 아직 다른 사람에게 넘겨주거나 건물 관리소에 반납하지 마오. 집을 없애는 일이 급한 건 아니지 않소."

북한의 모든 집은 국가 소유물로 시 인민위원회 도시 경영과 건물 관리소에서 관할했다. 한 번 집을 내면 다시 얻기가 하늘의 별을 따는 것만큼이나 힘들다. 선희가 살고 있는 집은 평수도 그렇고 내가 살고 있는 집보다 크고 넓었다. 다만 한 채에 네 가정이 붙어 사는 하모니카식 주택이었다. 회령읍 시내로 나오려면 30분 이상 걸어야 하는 거리상 교통이 불편했다. 대중교통이나 이동수단이 전혀 없는 북한에서 도시

중심부에 사는 것은 생활상 편리에 있어 많은 장점을 가지고 있었다.

나와 선희는 앞으로 시내 중심부 큰 집으로 옮길 준비를 마칠 때까지 서로 집을 없애지 말기로 했다. 우리가 먹고사는 문제는 손발이 닳도록 뛰어다니면 해결될 일이다. 그럴 쯤 되어 한 가지 나를 고민스럽게 하는 문제가 있었다. 그것은 선희와 잠자리를 같이 하면서부터 생긴 일이었다. 남녀가 관계를 하면 여자가 임신을 하게 되는 것은 하늘이 준 생리학적인 현상일 것이다.

애를 낳고 말고는 나나 선희가 선택할 수도, 조절할 수도 없는 일이었다. 임신하면 무조건 낳아야 했다. 자고 나면 거리 골목골목 시체가 널려 있어도 김씨왕조는 아무런 대책조차 세우지 못하는 상황이었다. 병원 의사들이 환자를 치료하는 것은 거의 불가능했다. 말이 병원이지 구급 환자는 물론 일반 환자 치료도 진단만 내릴 뿐, 약이 없어 치료를 못 하고 있었다. 병동마다 먼지가 수북이 쌓이고 파리만 윙윙 날렸다. 그러니 임신에 관한 그 어떤 일도 의료적인 도움을 받을 수 없다는 것은 당연시되었다. 콘돔은 물론이고 피임약 같은 것은 더욱 구하기 힘들었다. 나와 선희는 20대 한창 젊은 나이어서 그런지 관계가 잦았다.

"선희, 이러다 애를 덜컥 임신하면 어떻게 하겠어. 제 입 건사하기도 어려운데… 정말 걱정이야."

선희와 그 행위를 하는 순간에도 때 없이 들곤 하는 생각이었다.

"오빠. 그렇다고 저한테 오지 않고 참고 있을 만해요? 전 괜찮아요. 몸이랑 돌보세요. 난 오빠가 걱정이에요."

그녀는 언제나 얼굴색 한 번 변함없이 나를 받아주었다. 아니 오히려 적극적이었다.

"오빠, 걱정한다고 될 일이 아니잖아요. 너무 신경 쓰지 마세요. 어차

피 자식은 낳아야 할 건데요 뭐."

집안에 실금 같은 작은 불화의 씨라도 생길세라 늘 마음 쓰는 선희의 모습이 고마웠다. 나에게 한 번 크게 실연을 당하고 나서 마음의 상처가 깊었던 모양이다. 내가 미안할 정도로 살림이며 식사, 집안을 거두는 일을 빈틈없이 깨끗이 꾸렸다. 나는 선희를 ○○탄광 동천갱 마을에 살고 계시는 부모님께 소개하고 싶었다. 부모님들은 내가 혼자 사는 것을 몹시 걱정하고 계셨다.

"원명아, 어디 봐둔 여자가 없냐. 아빠나, 엄마가 더 늙기 전에 네가 가정을 꾸리고 자식들을 낳고 사는 것을 보면 죽어도 원이 없겠다."

부모님을 찾아뵐 때마다 하시는 말씀이었다. 아버지, 어머님은 항상 병신자식에게 더 마음 쓰시는 천륜의 사랑을 나에게 부어주시고 계셨다. 내가 어릴 때부터 부모님의 뜻을 무시하고 마음 내키는 대로 생활한 것이 너무 마음에 걸리고, 서른 살이 다 돼 가도록 온전한 가정 하나 이루지 못하고 사는 것이 죄스럽기만 했다. 내 또래의 동창들 중 빠른 친구들은 벌써 초등학교에 입학한 자식들이 있었다. 부모님은 내가 하는 일을 '하라, 말라' 결론을 내리거나 훈수를 두는 일이 없으셨다. 그렇지만 부모님께 승낙을 받는 것이 도리가 아닌가 싶어 그렇게 하기로 했다.

날을 잡아 부모님께 선희를 데리고 찾아가 인사를 올렸다. 나는 지금껏 했던 잎담배 장사를 다른 종목으로 바꾸어 볼 생각으로 고민을 거듭하다 선희에게 의향을 비쳤다.

"선희, 이젠 장사 밑천을 조금 쥐었으니 힘들게 담배 장사를 다니지 말고 다른 장사를 해보는 것이 어때?"

"오빠두 참, 오빠가 하는 일인데 제가 무슨 하라, 말라. 참견을 하겠어요. 오빠가 알아서 하세요. 저도 오빠랑 잎담배 장사를 같이 해보니 너무 힘든 것 같아요."

마침 송이버섯이 나는 계절이었다. 회령 지방은 전국적으로 송이버섯이 많이 나기로 유명했고 품질 또한 일품이다. 마침내 송이 장사를 해보기로 나는 선희와 합의를 보았다. 회령읍에서 송이버섯이 나는 산지까지 거리는 30~40km 이상 되었다. 산지에서 송이 10kg을 사서 회령 중국 밀수업자들에게 되팔면 미화 100달러는 남겼다. 송이 장사도 마음대로 할 수 있는 일이 아니었다.

북한 당국은 거덜난 외화 마련을 위해 송이를 외국 시장에 팔아 외화를 충당하고 있었다. 송이버섯은 북한 땅에 하늘이 내린 천연 영양 식품이라 해도 과언이 아니다. 미 달러나 중국 위안화를 벌어들이는 데 한몫 단단히 하고 있었다. 그런 이유로 김씨왕조는 '송이를 먹는 자는 반역자'라는 중앙당 강연 자료를 내돌리며 인민들에게 송이를 먹지 말고 국가에 바치라는 추태를 부리고 있었다.

정신착란증, 말초 병에 걸린 독재자만이 할 수 있는 공포정치의 증거라 하겠다. 매년 송이버섯 채취 시기가 되면 송이가 나는 지역의 모든 주민들에게 일인당 몇 kg의 송이를 따서 바치라는 강제 동원령을 내린다. 그렇게 북한에서는 사람들을 산으로 몰아대는 '삶은 소대가리 웃다 꾸러미 터질' 해괴망측한 놀음을 벌리고 있다. 송이는 개인이 사고팔 수 없게 법적으로 금지령을 내렸다.

송이버섯을 산에서 채취하면 북한 외화벌이 전문 기관인 5호 관리소라는 무역회사에 바치도록 규정해 놓았다. 5호 관리소는 김씨왕조 개인 비자금을 만드는 회사였다. 송이는 선도에 따라 1등, 2등, 3등으로 등급을 규정해 놓는다. 1등 송이 1kg이면 수입 흰 입쌀 16kg과 맞교환해준다. 식량이 없는 일반 사람들은 죽기 살기로 송이 채취에 나선다.

매일 산지에 다니지 못하는 사람들은 송이가 나는 곳에 막을 치고 자면서 송이를 뽑아 식량을 마련해 보려고 낮과 밤을 새가며 산을 참

빗 훑듯 오르내렸다. 개인이 송이를 팔고 사다 적발되면 무상몰수였다. 송이 채취 기간은 8월 중순에서 9월 중순 한 달 정도다. 북한 도, 시군 지역에 거주하고 있는 군부, 검찰, 보안서들은 송이 장사꾼들이 나르는 송이를 빼앗아 자신들의 주머니를 채우는 절호의 기회로 혈안이 되어 돌아치고 있었다.

일반인들은 그들대로 사생결단을 벌였다. 송이를 따는 사람들은 새벽에 산으로 올라가 오후 1~3시경이면 송이 채취를 끝내고 산에서 내려온다. 그 송이를 돈으로 사서 배낭에 걸머진 되거리 장사꾼들은 30~40km 거리를 산지에서 국경지역 회령까지 밤새 산을 타고 걸었다. 산을 타고 걸을 수밖에 없는 이유는 송이를 빼앗기지 않으려는 생존전략이 만들어 낸 아이디어였다.

북한 공안당국은 중국으로 유출되는 송이를 빼앗으려고 자동차 도로나 사람이 다닐 수 있는 길목마다 감시 또는 잠복초소까지 만들어 놓았다. 검찰, 보안서, 무력부, 당기관에서 조직한 검열대를 송이 단속에 내몰고 있었다. 길목마다 겹겹이 지키는 공안당국의 단속을 피하고 송이를 빼앗기지 않기 위해 밤새 100리가 넘는 산길을 달음박질한다. 국경도시인 회령 시내에로 날이 밝기 전에 숨어들어야 했다.

송이버섯은 산에서 채취해 24시간 안에 냉동박스에 보관해야 하는 취급이 까다로운 물건이다. 그렇지 않으면 검게 퇴색되거나 수분이 말라서 등급이 떨어지거나 못쓰게 되었다. 송이버섯 채취 기간은 뼈를 깎고 살을 도려내는 눈물 없인 볼 수도, 들을 수 없는 처절한 몸부림의, 총소리 없는 전쟁을 치르는 계절이다. 북한에서 송이버섯 철은 권력자들과 서민들 간에 쫓고 쫓기는 양육강식의 먹이사슬 관계를 보여주는 코미디 같은 한 편의 드라마 장면을 연상케 한다. 이 시기는 살인사고가 제일 많은 때이기도 했다. 떼강도들이 칼을 품고 산속을 다니며 사람을 죽이는 사건들이 송이버섯이 나는 지역에서 비일비재 일어나곤 했다. 강도들은 송이를 사려고 돈을 가지고 다니는 송이 장사꾼들을 죽이고 송이나 돈을 빼앗는다. 송이 장사꾼들은 10~30kg의 송이 살 돈을 몸에 항상 차고 다녔다.

그 돈을 노리고 강도들은 송이 장사꾼들이 지나다니는 산속 길목을 지키고 있다 달려들어 죽이고는 돈을 가지고 자취를 감추어 버렸다. 이런 이유로 송이 장사꾼들은 절대 혼자서 다니지 않았다. 산에 들어갈 때는 몇 명씩 조를 지어 꼭 칼을 품거나 낫을 허리에 차고 들어간다. 남의 것을 빼앗으려는 강도들과 목숨과 같은 송이를 지키려는 사람들 간의 사투였다. 산속에서 벌어지는 피 터지는 칼부림은 때로 무리 주검을 낳아 사람들을 공포에 몰아넣기도 한다. 그렇게 수많은 북한 사람들의 피와 땀이 얼룩져 있는 한 맺힌 송이는 결국 외국인들과 한국인들의 밥상에 오르고 있다.

나는 몇 번 도보로 송이를 산지에서 날라 회령시에서 밀수업을 전문으로 하는 사람들에게 넘겼다. 그렇게 하다 재미를 보자 군부대 지휘관들에게 돈을 주고 군용트럭을 이용해 송이 장사를 시작했다. 꼬리가 길면 밟힌다는 말이 있듯이 올빼미 같은 북한 공안당국의 감시망에 걸려들고 말았다. 9월 중순 북한 중앙당에서 파견되어 송이버섯 검열을 나온 중앙당 구루빠에 밀고되었다.

북한에서 평시 군대는 당기관, 국가안전보위부도 감히 건드릴 수 없는 권한을 가지고 있는 관계로 군부대 차는 보위사령부(군대 검열, 수사기관) 외에는 누구도 검열이나 수사 같은 일을 할 수 없었다. 나는 그 점을 이용해 군부대 지휘관 차를 이용했다. 그러나 송이 채취 기간만은 김정일의 특별지시에 따라 중앙당, 군대, 검찰, 보위사령부 합동 검열 구루빠가 조직되어 송이 단속, 몰수 작업을 하고 있었다. 그들은 김씨왕조 일가를 제외한 북한의 모든 사람들이나 기관들을 검열, 수색, 체포, 수사할 수 있는 무소불위의 권력을 휘두르며 북한 전역, 특히 국경지역에서 인민들의 피와 땀을 쥐어짜내고 있었다. 한국, 미국이나 유럽을 비롯한 국가들이 경제를 발전시켜 돈을 버는 것과는 너무도 상반되는 모습이다. 정신지체아, IQ발달 미숙아들이 아니고서야 퍼런 대낮에 저능아들만이 고안해 낼 수 있는 짓거리를 할 수 있겠는가. 김씨왕조의 돈벌이, 정권유지 방식은 치졸과 유치함을 넘어 강탈과 몰수도 서슴지 않는 강도무리들의 사고와 생존방식 그대로였다.

나는 도로를 지키고 있던 그들에게 송이를 실은 자동차 채로 압수되었다. 함정수사에 걸려들었던 것이다. 한국 돈으로 치면 수천만 원에 달했다. 북한에서는 웬만한 사람들은 감히 구경조차 할 수 없는 액수의 금액이다. 나는 처음 송이 장사에서 꽤 좋은 실적을 올렸다. 그러자 중국 밀수를 전문하는 송이 장사꾼들이 찾아와 돈을 선불로 주면서까지 송이를 자신들에게 가져다 달라고 부탁을 했다.

많은 금액의 송이를 차로 나르다 보니 송이상무라는 중앙 검열구루빠가 쳐놓은 올무에 걸려 그렇게 된 것이었다. 북한 정권에서는 송이가 밀수업자들의 손에 의해 중국으로 빠져나가자 스파이들에게 돈과 송이를 쥐어주었다. 그들을 송이 장사꾼으로 가장시켜 팔고 사는 현장이나 중국으로 넘기는 현장을 급습하여 모조리 빼앗아 갔다.

미화 수만 달러와 100kg이 넘는 송이를 빼앗긴 나는 어딜 가서 하소연할 데도 없었다. 결국 빚꾼으로 전락하고 말았다. 다행인 것은 나에게 송이를 가져다 달라며 선불을 준 중국 밀수업자들도 북한 당국이 불법행위로 낙인찍은 송이 장사를 하고 있었다는 것이다. 그들이 공개적으로 빚 독촉을 하지 않아 나는 조금이나마 숨을 쉴 수 있었다.

송이 장사는 한 달 동안만 할 수 있는 돈벌이였다. 송이버섯 기간

진 빚을 갚느라고 안타깝게 뛰어다니는 것을 본 선희는 자신이 도울 수 있는 것이 없자 한스러워 걱정을 많이 했다.

"오빠, 그러지 말고 담배 장사라도 다시 하면 어떨까요."

"선희, 담배 장사를 해서 언제 그 돈을 다 물어주겠어. 다른 방법을 찾아봐야지."

"우리가 그 돈을 가진 것은 아니잖아요. 중앙당 검열구루빠 사람들이 빼앗아 갔는데 빚꾼들 보고 검찰소에 가서 찾으라고 하세요."

"그래도 그 사람들은 나보고 빚 독촉을 하지 그렇게 하겠어?"

선희 말대로 '송이상무'라고 하는 그들은 회령시 검찰소에 거처지를 정했다. 국내 일반 송이 장사꾼, 중국 송이 밀수꾼들에 대한 대대적인 검거 작전을 총지휘하고 있었다. 내가 북한 공안당국에 돈이며 송이를 모두 빼앗기고 고민에 빠지자 선희는 나를 안심시키느라 한 말이라고 생각했다. 하지만 가만 생각해 보니 선희의 말은 일리가 있었다.

그 후 나는 송이 돈을 내라고 화풀이하는 사람들에게 선희의 말대로 액션을 취했다. 너무 심한 사람과는 검찰소에 같이 가서 말하자고 하는 방법으로 겨우 위기를 모면하거나 넘겼다.

1년이 지난 초가을 어느 날 저녁이다. 밖에 일을 보러 나갔다 집으로 들어서는데 식사를 준비하던 선희가 아닌 밤중에 홍두깨비 같은 소리를 느닷없이 꺼냈다.

"오빠, 우리 중국에 돈 벌러 갈까요?"

"선희, 갑자기 그게 무슨 소리요? 머리가 돌지 않았어?"

"오빠가 돈 문제 때문에 너무 안타깝게 뛰어다니는 것을 보니 저두 속상해서 어디 좀 편하게 돈 벌 데가 없나 좀 알아봤어요."

"아무리 돈이 바빠도 그렇지 어떻게 남의 나라에 가서 돈을 벌겠소.

더구나 중국에 갔다 많은 사람들이 잡혀 나온다고 하던데 말이오."

"다 잡혀 나오겠어요. 몇 사람뿐일 거예요. 중국에 갔다 온 사람들이 말하는데 중국이 그렇게 잘 산다고 하잖아요."

그녀는 제법 중국에 자신이 다녀온 것처럼 신이 나서 이야기를 하는 것이었다.

"제가 아는 언니가 중국 용정시 지신이라는데 가서 봄에는 벼 모내길 해주고 가을에는 잎담배랑 따 주었대요. 한 달에 20만 원(한화 5만 원) 벌어가지고 나왔어요."

나는 선희에게 아는 사람도 없는데 어떻게 가겠는가고 물었다.

"우리 아버지 사촌누나가 장춘 쪽에 있는데 들어가면 그 친척한테 일자리를 얻어 달라고 부탁하면 되지 않겠어요."

그녀의 생각은 벌써 중국에 가있는 것 같았다.

"선희, 남의 나라에 간다는 게 그리 말처럼 쉽지 않을 거요. 생각 좀 해보기요."

나는 선희의 말에 쉽게 응할 수가 없었다.

"오빠, 그렇다고 언제까지 이렇게 살 수 없지 않아요. 앞으로 애를 낳아도 그렇고 큰 집을 사야겠는데… 여기서 암만 버둥거려야 이 모양, 이 신세 못 벗어나요."

"선희, 갑자기 무슨 생각이 들어 그러는 거요. 생각을 깊이 해보고 하는 말이요?"

나는 선희 말에 버럭 화를 냈다. '이 여자가 무슨 바람이 나서 중국 소리를 하는 거야.' 그렇지 않아도 요즘 내 머리는 복잡했다. 언젠가는 선희가 임신하게 되면 뒷바라지라든가, 집을 장만해야 했다. 먹고사는 문제 등 이런저런 생각들 때문에 마음이 불안했는데 집 떠나 잘 알지도 못하는 남의 나라에 어떻게 간다고 그러는지 이해가 안 되었다. 나는 선희가 쓸데없는 생각을 아예 하지 못하게 해야겠다고 마음먹었다.

"선희, 중국에 갔다 돈을 벌어가지고 나올 수 있다는 그 어떤 담보가 없지 않소. 지금 중국에 갔다 잡혀 나와 안전부 구류장이나 노동단련대에서 짐승 취급당하고 죽는 사람들이 얼마 많은지 아오?"

선희에게 중국에서 북한 사람들이 강제 북송되어 어떻게 짐승 취급을 받고 처형되고 있는지 말해주어야 겠다고 생각했다.

북한 김씨왕조가 정권유지와 독재강화를 위해 얼마나 광분하고 있는가는 모두가 알고 있는 사실이다. 나와 형님, 동생하며 가깝게 지냈던 최용길(1962년생)도 김씨왕조의 희생양이 된 수많은 사람들 중 한 사람이었다. 그의 집은 회령시 역전동 오산덕에 있는 김일성의 본처 김정숙의 동상 앞 광장 옆 3층 아파트 3층이었다. 최용길은 키가 165cm 정도의 다부진 체구에 머리를 짧게 깎고 다닌 구두공장 노동자였다. 회령읍의 젊은 청년들 속에서 최용길이라고 하면 모르는 사람이 거의 없을 정도로 인기가 있었다. 그가 디스코 춤 같은 동작을 해가며 기타를 치고 노래를 부를 때면 많은 사람들이 가던 길을 멈추고 구경을 했었다. '놀새'라는 별명을 가진 최용길은 의리가 있고 친구들의 일이라면 밤잠을 자지 않고 뛰어다니는 스타일이었다.

그는 맏아들로 태어나 일찍 아버지를 여의고 어머님 손에서 자랐다. 부친이 사망하게 된 동기는 해방 전에 기독교 신자였고 1970년도 중반기 하나님에 대한 소리를 주변의 사람들에게 했다는 것 때문이었다. 최용길의 아버지는 북한 보위부에서 하나님을 믿었다는 이유로 정치범 수용소에 끌려가 일을 하다 죽었다고 했다.

북한 정권은 자국민들에 대한 공개처형으로 국제사회의 비난과 항의가 빗발치자 처형 방법을 바꾸었다. 그중 하나가 비밀처형이었다. 북한 국가안전보위부에서 자행하는 비밀처형은 고무판을 씌운 쇠망치로 머리를 때려 죽이는 방식이었다. 김씨왕조를 지키는 데 있어 일등 공신이 '국가안전보위부'라는 것은 세상에 널리 알려진 사실이다. 이미 사상범으로 지목되어 처형당했거나 정치범수용소에 갇혀 있는 가족들 속에서 탈북하다 잡혀 나온 사람은 예외 없이 비밀처형 대상이었다.

비밀처형은 중앙, 도, 시군 보위부 구류장에서 피고인의 범행에 대한 진술서를 받아내고 난 뒤 감행했다. 보위부 조사원이 피고인을 취조실에 앉혀 놓고 조사를 하는 흉내를 내며 일문일답 형식으로 심문을 한다. 피고인이 죽이는 것을 눈치채지 못하게 진술서를 쓰게 하고는 그 뒤에서 고무판을 씌운 쇠망치를 든 사람(처형수)을 대기시켜 놓는다. 심문하는 보위원과 피고인이 이야기를 주고받는 어느 순간, 뒤에서 고무판을 씌운 쇠망치로 죽을 때까지 머리를 가격한다. 고무판을 씌웠으니 머리가 터지지 않고 피가 속으로 흘러 죽게 만든 방법이다. 김씨왕조의 지시로 감행되는 비밀처형의 이유는 크게 두 가지로 볼 수 있다. 첫 번째는 외부에 노출이 안 되어 비난을 받지 않는다는 것이다. 그 다음은 처형 방법을 최소화하여 비용을 절감한다는 목적 아래 자행되곤 했다. 최용길은 중국 월경을 자주하면서 연변 조선족 자치주 소재지인 연길시로 몰래 다니곤 하였다. 그때 연길에서 한국 기독교 목사를 알게 되었다.

그는 어렸을 때 어머님으로부터 아버지가 없는 이유를 알게 되었다고 한다. 하나님과 기독교가 무엇인지 알고 싶어 했던 최용길에게 한국 목사와 만남은 그가 전혀 알지 못했던 세상을 알게 되는 계기가 되었다. 최용길이 중국에 몰래 다니는 것을 안 회령시 보위부에서는 그에게 미행을 붙였다. 최용길이 비밀 처형을 당하게 된 것도 그가 중국에서 한국 목사가 준 손바닥 크기의 성경책 때문이었다.

그는 성경 수첩, 수십 권을 몸에 품고 북한으로 돌아왔다. 최용길은 자신과 제일 가까운 친구에게 성경책을 주었다. 그 친구가 자신의 아내에게 최용길이 준 성경책을 보인 것이 문제의 화근이 되었다. 최용길의 친구 아내가 성경책 사실을 동네 아주머니들에게 말한 것이 시 보위부 요원에게 알려져 보위부 수사가 시작된 것이다. 보위부에서 자신의 행적에 대한 미행과 수사를 비밀리에 하고 있다는 것을 최용길이 알 리 없었다.

그는 다시 중국에 들어갔다가 공안에 붙잡혀 세관으로 끌려 나오게 되었다. 보위부 구류장에서 1개월간 예심을 받고 석방되어 나온 최용길이 며칠 후 나에게 찾아 왔었다.

"원명아, 아무래도 낌새가 좋지 않다. 어떻게 하면 좋을까?"

최용길은 보위부에서는 자신에게 사회에 나가 생활을 잘하라는 말만 했다는 것이었다.

"용길 형님, 기독교에 관련된 사람들을 보위부가 용서 안 한다는 말을 들었는데 형님 괜찮겠소? 그러지 말고 차라리 중국에 아예 들어가 있는 것이 어떻소?"

그의 신상이 걱정되어 오늘 밤이라도 빨리 중국으로 들어가라고 말해주었다.

"며칠 동안이야 괜찮겠지 뭐. 집 일을 해놓고 중국으로 들어가든지 하겠어."

그는 자신이 집을 떠나면 어머님과 두 여동생을 볼 수 없으니 나에게 잘 돌봐 달라고 부탁했다. 그가 내 말대로 그날 밤, 중국으로 들어갔으면 지금 살아 있을지도 모른다. 그는 집에 계시는 어머님이 고생할까 봐 집 손질을 해주고 땔감을 장만하고, 그동안 밀렸던 집안일을 한다며 떠나기를 미루었다. 나는 며칠 동안 최용길이 나타나지 않자 그의 집에 찾아가 보았다.

최용길의 어머니는 그가 나를 만난 다음 날 밤 2시, 집에 들이닥친 보위부 요원들에 의해 체포되어 어디론가 끌려 나갔다고 했다. 그로부터 3개월 후 최용길이 함경북도 청진시에 있는 도 보위부 지하 구류장에서 예심 도중 고무판을 씌운 쇠망치에 머리를 맞아 죽었다는 말을 들었다. 최용길의 죽음에 대한 소식은 훗날 내가 잘 아는 북한 국가안전보위부 회령시 담당 요원의 말을 듣고 구체적으로 알게 되었다.

북한 보위부에서 비밀처형 대상은 주로 한국행 탈북민 아니면 기독교와 관련되어 있는 사람들이라고 했다. 매서웠던 겨울도 어디론가 서서히 물러가는 초봄 어느 날이었다. 회령시 보을천 강 옆에 있는 시장 근처에서 공개 총살을 한다고 하는 소문이 나돌았다. 아니나 다를까 며칠 후 인민반 반장들이 집집마다 돌며 시장 옆에서 국가 반역자들에 대한 공개 총살을 한다며 나가 보라고 하는 것이었다. 회령시에서 공개 총살 장소는 회령시장 옆 보을천 기슭이다. 시장에는 물건을 팔고 사는 사람들이 하루에도 수천 명이 나들었다.

공개 총살을 하는 날이면 시장 문을 닫아 사람들이 장을 보지 못하게 하고 끝나면 문을 열어준다. 될수록 많은 사람들이 보게 한다는 것이 북한 공안당국이 생각해 낸 '아이디어'인 것 같았다. 오전 10시경 사형장에 끌려 나온 사형수들에 대한 신상 공개 자료를 들어보니 26세 처녀와 22세, 24세 남자 형제 간이다. 여자는 북한 주민 20여 명을 돈을 받고 중국으로 보낸 탈북 브로커였다.

남자 형제는 중국에 있는 한국 선교사로부터 성경책을 받아 북한으로 들여왔다는 것이다. 확성기가 터질 듯 시보안서 부부장은 범죄 사실을 군중들에게 공개했다. 아버지는 수용소에 끌려간 정치범이고 그들은 국가 반역자의 자식이라는 것이다. 그것이 어린 그들이 처형되어야 하는 이유였다.

북한 공안당국은 공개 총살 때마다 똑같은 방식의 저들만이 알 수 있는 미스터리한 짓을 하곤 했다. 그들은 사형수를 땅에 박아놓은 나무말뚝에 묶고는 크기 2m x 2m 정도의 흰 천으로 가리곤 했다. 나는 흰 천을 가리고 그 뒤에서 무슨 짓거리를 하는지 알고 싶었다. 구경인 파가 몰려 있는 곳을 슬며시 빠져나와 흰 천으로 가린 뒤쪽이 보이는 곳에 자리를 잡았다. 사형 집행수들이 사형수를 질질 끌고 와 한 사람이 사형수의 박박 깎은 머리를 뒤에서 두 손으로 잡았다. 다른 한 사람은 어른 주먹만한 돌멩이를 주워서는 사형수 입에 대고 발로 차서 처넣었다. 그리고는 흰 천 조각으로 입에 들어간 돌멩이가 보이지 않게 비끄러매는 것이었다. 사형수가 처형되기 직전 군중을 향해 무슨 말이라도 할까봐 심장이 굳어버릴 잔인한 방법으로 입을 막는다는 것을 나는 그때에야 알게 되었다. 그 장면을 목격하는 순간 소름이 돋고 전율이 흘렀다. '세상에 인간이 야만 동물이라고 하더니 살아 있는 사람의 입에 돌멩이를 발로 차서 넣다니…'

탐욕은 악을 낳고 집착은 이성을 잃게 만든다. 정상적인 사고와 윤리관이 무엇인지조차 알려고 하지 않는, 자신감마저 없는 자들만이 중세기적인 방법으로 독재 권력에 매달리고 있다. 저들의 눈에 조금이라도 거슬리는 사람에게 사냥개를 풀어 물어뜯어 죽이고, 전쟁 마당에서나 사용하는 대구경 고사총을 난사해 죽임으로 공포로 잔명을 유지해 보려고 광분하는 정권이 김씨왕조이다. '잔악함의 극치를 이루는 김씨왕조의 고문, 처형 정치가 언제까지 계속될 것인가.' 야만, 잔악과 같은 글들은 인간의 입 담지 말아야 할 부조리한 언어라 하겠다.

그렇게 나는 북한이 어떤 나라인지, 세상이 어떻게 돌아가는지도 모르고 있는 순진하다고밖에 볼 수 없는 선희에게 내 자신이 살아오면서

직접 겪은 일들을 알려 주어야만 했다.

"......"

그녀는 잠자코 내 얘기를 듣고만 있었다.

배신자

선희는 중국에 갔던 사람들이 잘못되고 잡히면 강제 북송되어 죽을 고생을 한다는 말을 해주었음에도 좀처럼 물러설 생각을 하지 않는다. 짬만 있으면 중국 소리를 했다. 누구는 중국 어느 곳에 가서 무슨 일을 했는데 얼마 벌고, 누구는 중국 어느 도시 식당 일을 해 얼마 벌어가지고 나왔다는 식의 소리였다.

"오빠, 우리 두 명이 같이 가서 1년만 꾹 눈감고 고생하면 400만 원(북한 돈)은 벌 수 있어요. 여기서 되지도 않는 장사하구 있겠어요?"

선희의 이야기를 들어보니 내 말은 안중에도 없는 것 같아 보였다.

"잡히는 것도 사람 나름이겠지요 뭐. 우리가 들어가면 중국 친척들이 아예 모른다고 하진 않을 거예요."

선희는 이미 결심한 것 같았다. 입쌀 1kg에 150원 정도였으니 20만 원이면 1200kg 이상의 입쌀을 살 수가 있었다. 북한 사람들에게는 대단한 돈이다.

"원명 오빠, 같이 들어가요. 난 들어가서 열심히 돈 벌게 오빠는 옆에 있어만 줘두 전 힘이 될 것 같아요."

그래도 나는 선뜻 선희의 말을 따를 수 없었다. 남의 나라에 간다는 것이 나라 앞에 죽을 죄를 짓고 부모님들과 형제들에게 피해를 주는 일 같아 쉽게 결정할 수 없는 문제였기 때문이었다. 후에 자신의 행적을 생각해 보면 김씨왕조의 세뇌 교육이 얼마나 무서운가를 알게 된 동기이기도 했다. 김씨왕조가 세뇌교육과 공포정치, 두 방법을 양대 축으로 여기고 그 실행에 광분하고 있었기에 독재 정권유지가 가능했던 것이다.

며칠이 지난 어느 날, 저녁 밥상을 물리고 텃밭에 심었던 봄 소채들을 뽑고 가을 소채를 심고 있는데 선희가 나를 부른다.

"오빠, 우리 좀 이야기해요."

"소채 씨를 다 뿌리고 이야기하면 안 될까. 뭔데 밖에 나와 이야기하면 되잖아."

"밖에서 할 얘기가 아니에요. 좀 들어오세요."

선희를 보니 사뭇 심중한 표현이다.

"그래? 알았어. 심던 것 마저 심고 인차 들어갈게."

나는 손에 쥐었던 무씨를 텃밭에 마저 심고 집안으로 들어갔다.

"오빠, 아무리 생각해도 조선에선 올리뛰고 내리뛰어도 돈 벌기가 쉽지 않다는 거야 오빠도 잘 알잖아요. 우리 그러지 말고 중국에 1년만 들어가 일해요."

그녀가 나를 보자고 한 것은 또 중국소리를 하고 싶어서였다.

"선희, 꼭 중국에 들어가야겠어?"

"그렇지 않으면 여기서야 뾰족한 수가 없잖아요."

"선희, 그러다 중국 공안에 잡히기라도 하면 어떻게 하려고 그래."

"오빠, 돈을 벌어가지고 무사히 나온 사람들도 많아요. 설사 중국 공안에 잡힌다고 해도 죽기까지 하겠어요. 전 암만 생각해도 그 길밖에 없는 것 같아요."

그녀는 좀처럼 자신의 고집을 물리려 하지 않았다.

"선희, 그러지 말고 조선에서 어떻게 벌어먹을 생각해보면 안 될까."

나는 선희에게 조르다시피 말했다.

"오빠, 그러면 내가 먼저 들어가 일자리 잡아놓고 다시 나오겠어요. 그때 오빠랑 같이 들어가요."

나는 벌써 선희의 마음은 이미 중국에 가 있다는 것을 알았다. 선희의 생각도 이해가 갔다. 나는 또다시 선희의 돌출행동에 갈피를 잡기 힘들었다. 그렇다고 선희의 말을 무작정 막을 수도 없는 형편이다.

"선희, 그럼 중국에 들어가는 연고가 있는 사람이 있소?"

"네, 제가 아는 언니가 중국으로 조선 사람들을 들여보내고 돈을 받는 소개자가 있다고 했어요."

"그게 누군데 내가 좀 알면 안 되겠어?"

"오빠, 확실한 것은 아직 몰라요. 난 오빠가 나와 같이 들어간다고 그 언니와 말했는데 오빠가 가지 못한다면 어떻게 되겠는지 모르겠어요."

선희의 중국행 구애는 열흘 넘게 계속 되었다.

"오빠, 내가 먼저 들어가 자리를 잡아놓고 다시 나오면 그때 오빠랑 함께 들어가요. 그렇게 할 수 있어요?"

나는 중국 소리로 날을 보내는 선희에게 짜증이 섞인 목소리로 큰 소리를 쳤다.

"선희, 중국에 완전히 정신이 가 있는가 본데 들어가려면 혼자 들어가오. 후회할 때는 이미 늦었다는 것을 명심하오."

며칠이 지나 밖에 일을 보러 나갔다 저녁 늦게 들어왔다. 먹음직스런 밥상이 알뜰히 차려져 있었다. '오늘은 웬일이지. 어딜 가서 아직도 들어오지 않고 있어.' 선희가 들어오면 같이 저녁을 먹으려고 기다렸다. 밤 10시가 되어도 선희가 집에 들어오지 않았다. 전에 없던 일이다. 섬뜩한 생각이 뇌리를 치고 지나갔다. '혹시 이 여자가 중국으로 간 것 아니야. 이거 정말 미쳤나. 중국, 중국 하더니…' 배고픔을 참다 못해 밥을 먹으려고 보니 접혀 있는 종이가 반찬 그릇 밑에 보였다. 나는 급히 종이를 펴들었다. 또박또박 적혀 있는 선희의 글씨였다.

'오빠. 저 오늘 중국으로 들어가요. 오빠에게 들어간다고 말하면 화를 낼 것 같아 알리지 않고 들어갑니다. 정말 죄송해요. 사실 이 길을 가는 것도 다 오빠를 위해서예요. 오빠가 돈 때문에 너무 고생하는 것을 보고 어떻게 돈을 좀 마련해보고 싶은 생각에서 선택한 일이니 널리 양해하여 주세요. 밑천 조금 있는 것마저 송이 장사 때 다 빼앗기고 빈손으로 어떻게 살아가겠어요. 오빠 얼굴만 바라보고 살아야 할 제가 소 갈 데, 말 갈 데 뛰어다니는 오빠를 보면서 너무 안타까웠어요. 앞으로 살림을 꾸리자고 해도 그렇고 돈이 있어야 살아갈 수 있겠는데 조선에서는 아무리 애를 써도 돈을 벌 수 없는 현실, 오빠도 잘 아시지 않아요. 제가 먼저 들어가 자리를 잡으면 오빠에게 연락드릴게요. 꼭 들어와 주세요. 1년만 참고 고생하면 살림 밑천을 마련할 수 있다고 하니 손꼽아 기다릴게요. 용정 쪽에 일자리를 마련해 준다고 했어요. 며칠 안으로 연락드릴게요. 오빠, 제가 없는 동안 건강 잘 돌보시고 만나는 날까지 몸 성히 계시길 부탁해요.
선희 올립니다.'

이 고집쟁이 여자가 내 말을 들으려 하지 않고 끝내 일을 벌려 놓은 것 같았다. 아무리 돈이 중해도 그렇다. 나 몰래 생사를 확인할 수 없는 다른 나라로 말 한마디 없이 간다는 것 자체가 배신감이 들었다. 몸 안의 에너지가 한 그람도 남아 있지 않고 빠져나간 것 같았다. 차 몸체에 짓눌려 산골길 돌멩이에 부딪치고 흙탕물에 만신창이 된 펑크 난 타이어가 된 기분이었다. 이유 따위는 문제가 될 수 없다. 선희가 내 곁을 떠났다고 느껴지는 그 순간부터였다. 범람하는 강물 한가운데 홀로 선 나무 가지를 붙잡은 신세의 몰골로 다시 돌아왔다. 배가 고팠다. 그래도 밥을 먹고 싶은 생각이 나질 않는다.

1주일이 지나고 한 달이 다 되어도 선희 쪽에서는 아무런 소식도 없다. 악몽 같은 하루하루를 뜬 눈으로 보내고 있었다. 언제부터인지 선희는 나에게 있어 버팀목이었다. 인간이라면 맑은 정신으로는 도저히 살 수 없는 북한이라는 오물구덩이에서 육신과 마음을 의지했던 내 몸의 한 부분이기도 했다. 그 버팀목이 바람처럼 사라졌다. 오랜 친구가 빠르게 찾아왔다. 잠시 내 몸을 떠났던 끓어 번지는 분노의 도가니와 갈등의 비틀거림이었다.

그 친구는 내 마음속 방황의 공간을 메우려 예고 없이 스며들고 있었다. 선희의 모습을 떠올리며 멍하니 천정을 올려다보고 있노라니 그동안 있었던 지나간 일들이 하나, 둘 길가의 잡초로 변해 다시 살아나기 시작했다. 선희를 만나 얽히고 맺힌 그 잊지 못할 추억들이 나의 아픈 마음에 초를 치고 고춧가루, 소금을 뿌려댔다. 죽음의 그림자 같은 무거운 침묵, 정막감이 내 주위를 돌고 있다.

나는 음식을 완전히 전폐하다시피 했다. 집에 틀어박혀 술로 낮과 밤을 보내다 보니 몇 발자국 옮길 기운마저 없었다. '꼭 이렇게까지 했

어야 하나' 선희에 대한 사무친 그리움이 배신과 좌절로 바뀌어 입술이
말라 터지고 모습은 버쩍 마른 나뭇가지 모양으로 되어 갔다. 슬프고
외로워 지쳐 있을 때마다 내 곁을 한시도 떠나 본 적이 없는 삶의 동행
자였던 쓸쓸한 눈물이 두 볼을 적시며 흘러내리고 있었다.

꿈이었나. 모란꽃 같은 그대 정주고 마음 주어
하늘이 보낸 내 사랑인줄 믿었건만
눈송이 되어 바람 타고 멀리 날아가 버린 당신
절망의 흐느낌 소리 듣고 싶어 그토록 유혹했나요.
기다림의 쓰라린 이 마음, 야위어 가는 내 모습
무정한 당신께 보여 줄 수 있다면
눈물로 얼룩진 운명의 장난인 줄 알면서도
당신이 떠나간 그곳, 북두칠성에게 물어봅니다.
그대와 나누었던 꿈같은 희로애락
유수처럼 흐른 날과 달을 차마 못 잊어
은하수 별빛 등불 삼아 애달픈 마음 달래고
따뜻한 햇볕 친구 삼아 사모의 당신 기다려
세월을 다독이며 무수한 낮과 밤을 지새어봅니다.
얼마나 더 목 놓아 슬피 울어야 오시려는지요.
얼마나 더 통곡의 몸부림쳐야 들어서려는지요.
죄 많은 사랑, 슬픔의 파도에 씻기고 떨어져
천만근 지치고 갈갈이 조각난 이 몸은
가벼이 스치는 바람결에도 고목처럼 쓰러질 듯
잔잔히 내리는 가랑비에도 낙엽 같이 떠나갈 듯
당신과 나, 연분 아니고 인연 아닐지라도 지나는 꿈결

언약의 사립문 살며시 열고 다가와 이 가슴속
어디라도 잠시 머물러 줄 수 있다면
못 다한 내 사랑, 못 나눈 그대 정 고이 담아
미련의 수레에 가득 실어 당신께 보내드리렵니다.

낮이면 중국 쪽 하늘을 때 없이 바라보고 밤이면 선희와 함께 누웠
던 자리를 지켜보며 소식이 오길 기다렸다. 그래도 소식이 없자 완전히
절망에 빠져 미칠 것만 같았다. 그녀의 소식을 기다리는 하루하루의 정
신적 고통은 이미 한계의 정점에 달하고 있었다. 선희가 집을 떠난 지도
3개월이 되어 오고 있었다. 감감무소식이다. '이 여자가 중국에 들어가
잘못되지 않았다면 왜 소식이 없을까.' 나는 중국에 다녀온 친구들과
또 중국과 연고가 있는 회령시에서 조금이라도 안다고 하는 집들은 이
잡듯 뒤지다시피 찾아다녔다.

'잊어버려라.' 친구들과 아는 분들의 하나같은 말이었다. 몇 달이 되
도록 소식이 없으면 잘못되었거나 이미 마음이 돌아서 중국 남자에게
시집을 갔다는 것이다. 그 말의 진위 여부를 까밝힐 방법은 어디에도 없
다. 그녀가 돌아오지 않을 거라는 생각이 나를 괴롭히고 가는 곳마다
머리에서 떠나질 않고 어른거렸다. 그렇지 않아도 내가 선희 때문에 해
골바가지가 되어 비틀거리며 다니는 것을 본 친구들은 저마다 집을 찾
아와 나를 걱정했다.

"원명아! 그 여자 말이다. 소식을 내보낼 것 같으면 열 번도 더 보냈
어. 네가 기다린다고 해결될 문제가 아니야. 너 그러다 죽을 것 같다."

이젠 그만 포기하라는 농담 섞인 충고가 바늘 끝 같이 예민해진 나
의 신경을 자극시키며 귀 아프게 들려왔다. 그리움과 배신감이 뒤엉켜
번지는 불길에 기름을 쏟아붓고 있었다. 그렇다면 두 가지 이유다. 잘

못되었거나 마음이 변했다는 것… 둘 중 이상하게도 나를 배신한 것 같다는 생각에 더 무게가 실렸다. 생각이 그리로 돌아가자, 설마가 사실로 탈바꿈되어 나를 더욱 괴롭혔다. '선희가 나를 버리고 중국 남자에게 시집갔다고? 그럴 수도 있다. 먹고 살 걱정이 없이 눈에 삐까삐까한 모습만 보니까 마음이 변해 거기서 중국 남자의 품에 안겨 사는 것이 틀림없다.'

나는 그녀가 소식을 보내지 않거나 거절할 이유가 없을 것이라고 생각했다. 선희가 중국 남자와 한 잠자리에 들어 껴안고 놀아대는 모습이 떠오르자 눈에 아무것도 보이질 않았다. '내가 너를 어떻게 대해 줬는데… 네가 감히 나를 버리고 중국 남자와 살아?!' 사랑이 분노로, 기다림이 복수로 변했다. 더는 선희에 대한 미련도 애정도 손톱만큼 남아있지 않았다. 이성을 잃어버린 나는 혼자 쓰고 부르고 결정을 해버렸다.

리선희에 대한 증오가 극에 달했다. 그녀에게 퍼부었던 믿음과 사랑이 큰 것만큼 절망과 분노가 배가 되어 돌아오고 있었다. '내 말을 듣지 않고 고집을 쓰며 중국으로 넘어간 이유가 있었구나. 바로 그것이었어. 네가 없다고 못 살 것 같아? 두고 봐라. 보란 듯이 살 거야.' 나는 앙갚음으로 다른 여성을 선택해 가정을 이루기로 마음을 굳혔다. 그렇지 않아도 회령시 수북동에 가깝게 지내던 허가 성의 여성분이 좋은 대상이 있으니 만나 볼 생각이 없는가 문의를 해오던 때였다.

"마음에 들면 하고 싫으면 그만두면 되지 않겠소."

한 번 맞선을 보지 않겠는가. 대상의 장점을 강조하며 소개를 하는 바람에 만나보리라 생각했다. 한 달 후, 나는 회령시 창태리에 있다는 여성을 찾아가 보기로 결심했다. 만나 보니 유럽형의 생김새에 오목오목, 꼭꼭 배긴 암팡스러운 모습이었다. 그녀를 보는 순간 내 마음은 평온하고 부드러워졌다. 내 나이보다 5세 아래였다. 키가 작은 것이 조금

아쉬웠다. 그러나 이내 머리를 설레설레 흔들어 생각을 날려버렸다. 키 큰 리선희에게 열나게 상처를 받고나서 그랬는지도 모른다.

'여자는 키가 작아야 야무지게 살림을 잘하고 남편을 잘 섬긴다고 했어. 여자는 키가 너무 크면 싱겁고 살림을 건성건성 한다. 작은 고추가 더 매운 법이다. 참새 봐라. 알만 잘 낳지 않느냐'는 너덜너덜해진 상처투성이 마음을 나만의 논리로 위로했다. 나는 속전속결로 창태리에 있는 여성과 가정을 이루고 살림을 시작했다. 될수록 선희를 머릿속에서 빨리 지워버리고 싶었다.

나를 그토록 괴롭혔던 리선희라는 여성을 까맣게 잊어 가고 있었다. 장사 종목도 바꾸었다. 중국에서 나온 보따리 장사꾼들은 고가의 한약재를 많이 찾고 있었다. 산삼, 곰 열, 곰 발통, 사향, 물개 심, 사슴 뿔 같은 고가 한약재를 사서 중국 장사꾼들에게 비싼 값에 되팔아먹는 약재 장사를 시작했다. 수입이 괜찮았다. 내가 취급하는 약재들은 부피도 작고 간편했다. 반면 비싼 값에 거래되는 물건들이어서 수량이 적다는 것이다. 잘 걸려야 한 달에 한두 번이었다. 괜찮을 때는 한 번에 몇 만 원씩 남겨 먹는 수입이 짭짤한 돈벌이였다. 5만 원이면 살림집 방 한 칸은 구입할 수 있었다.

1년이 지난 9월 중순 어느 날이었다.

"저기요, 누가 찾아왔어요."

밖에서 나를 찾는 아내의 목소리였다. 문을 열고 나가보니 낯모를 30대 중반의 여인이 집 문 앞에서 내가 나오기를 기다리고 있는 것 같았다.

"저, 아저씨 이름이 리원명 맞습니까?"

"예, 맞습니다."

그 여인은 내 대답을 듣더니 몹시 반가워하는 기색이다.

"아저씨네 집이 역전동에 있는 것도 모르고 회령 시내를 뒤지다시피 해서 겨우 찾았습니다."

나를 찾으려고 애썼다는 여인의 거동을 보니 급한 일로 찾아온 듯했다.

"밖에 나가 이야기합시다."

낯모를 여인이 집에 찾아온 것도 그렇지만 아내에게 눈치가 보여 대문을 열고 나가려는데 아내의 말소리가 들려온다.

"이보시요! 무슨 일이 있어요?"

"별일 아니요, 무엇 때문에 찾아 왔는지 잠깐 이야기를 나누려고 그러오."

아내를 안심시켜 놓고 나서 그녀를 집에서 조금 떨어진 곳에 데리고 갔다. 무엇 때문에 찾아왔는지 용건을 물었다.

"아저씨, 리선희라는 여자 압니까?"

나는 리선희라는 말에 속으로 깜짝 놀라지 않을 수 없었다.

"리선희? 잘 모르겠는데요."

처음 보는 여성이 불쑥 나타나 1년 전에 중국으로 들어가 행방불명 된 리선희의 이름을 부르며 아는가를 묻는 것에 의문부터 앞섰다. 나는 얼른 집 쪽에 눈길이 갔다. 아내를 의식해서였다.

'혹시 이 여자가 누굴 떠보려고 온 것은 아닌가?'

나는 리선희의 이름이 내 귀에 들이는 순간 가슴이 활랑거리고 머리가 천만 갈래 엉킨 실타래처럼 복잡한 생각이 들었다. 리선희가 중국으로 간다며 사라져 1년이 넘었다. '이 여자가 말하는 리선희가 나와 살던 선희가 맞긴 맞는가?' 내 기억에 아슬하게 사라져 버린 여자였다. 왠지 기분이 묘했다.

"선희는 아저씨를 잘 안다고 하던데요."

여인은 몹시 실망해 하는 기색이 확연했다.

"리선희? 글쎄 잘 생각이 나지 않아서 그러는데 한번 말해 보시오, 들어보면 생각이 떠오를지 알겠습니까?"

"작년에 아저씨랑 잎담배를 가지고 황해도 쪽에 장사하러 같이 다녔다고 하던데요?"

"아! 그 선희 말이요?"

'리선희, 이게 어떻게 된 거야. 이 세상 사람이 아닌 줄 알았는데… 이 여자는 분명 나에게 운명의 희롱질을 해대고 있구나.' 여인은 선희를 안다는 말이 내 입에서 떨어지자 그때야 마음이 놓이는지 말을 이었다.

"선희 있지 않습니까? 지금 중국에서 잡혀 나와 회령 노동단련대에 있습니다. 저두 '단련대'에서 선희랑 같이 있다가 친척들의 도움으로 1주일 전에 나왔습니다. 제가 거기를 나올 때 선희가 아저씨를 꼭 찾아 한번 면회 와 달라고 얼마나 당부했는지 모릅니다."

아주머니는 나를 찾느라 몹시 고생한 것 같았다.

"그래서 아저씨가 원래 살던 성천동 집에 가니까 역전동으로 이사갔다고 해서 며칠 동안 찾았습니다. 마침 아저씨를 아는 사람을 만나 여기 있다고 알려줘서 왔습니다."

그 아주머니 이야기를 들어 보니 나를 그렇게 속 태우고 머리를 돌게 만들었던 리선희가 맞는 것 같았다.

"선희 부탁대로 아저씨한테 전달했으니까 이젠 가보겠습니다. 내 무슨 안타까운 일이 있어 아저씨를 찾아다니겠습니까? 온성 보위부에서 선희랑 함께 죽을 고생 다했습니다. 그래 몸이 아픈 것두 누워 있지 못하구 아저씨를 찾아다녔습니다."

그 아주머니의 말을 듣고 보니 정말 고마운 분이었다.

"아주머니, 정말 수고하셨습니다. 선희에게 찾아가 보겠습니다."

내 말이 끝나기 바쁘게 그 여인은 발길을 돌려 집을 떠났다. 분명 리선희가 맞았다. 몸이 갑자기 바람에 펄럭이는 빨래 같이 이리저리 휘청거렸다. 하늘, 땅이 맞붙어 돌아가는 것 같은 공황상태가 나의 머리를 강타했다. '나는 지금 다른 여자와 살림을 꾸렸다. 그런데 너는 어딜 갔다 인제야 나타나서 나를 또 미친놈으로 만들어 놓느냐. 리선희, 너는 마지막까지 나를 피 말려 죽이려고 잡도리를 단단히 했구나. 어이구. 으으으' 심장이 비틀리고 장조림당하는 것 같은 느낌이 들었다.

'이거 분명 하늘이 날 가지고 장난치고 있구나. 그렇지 않다면 중국 남자에게 시집을 갔다고 생각했던 선희가 어떻게 돌아올 수가 있나. 중국에서 공안에 잡혀 그렇게 고생한 줄도 모르고… 그럼 나는 뭐란 말이냐? 아! 나는 선희를 저버린 배신자다.' 앞으로 선희와 나, 아내 사이에 벌어질 일들을 생각하니 눈앞이 캄캄했다. 벌써부터 얽히고 맺힐 근심 걱정거리들이 겹겹이 늘어선 절벽 같은 파도가 되어 밀려오고 있었다. 머리가 가을날, 동네 아낙네들이 콩 마당질에서 휘둘러 대는 도리깨에 맞아 산산이 부서진 콩단이 된 것 같았다.

"밖에서 뭘 하고 있습니까. 근데 아까 찾아왔던 여자는 누굽니까."

밖에서 이러지도 저러지도 못 하고 한참 동안 멍하니 서 있는데 아내가 대문을 열고 나를 찾는다.

"음, 어… 중국에 가는 브로커선을 알지 못하는 가고 물어 보길래 모른다고 했소."

나는 아내의 갑작스런 물음에 너무 급한 나머지 무슨 말을 하는지도 생각 없이 입을 아무렇게나 놀려댔다. 여성들은 다 그럴 것이다. 남편이 다른 여성들에 대해 관심을 갖는다거나 신경을 쓴다면 좋지 않아 할 것 같아 사실을 말해줄 수가 없었다. 그 순간부터 나는 두 얼굴을 가지고 이중적인 생활을 하기 시작했다. 몸은 아내에게 생각은 선희에게... 벙어리가 되어버렸다. 때 없이 먼 산을 바라본다든가, 한곳을 멍하니 주시하고 중얼거리는 정신지체 장애인처럼 이상한 증세를 보였다. 선희의 모습이 내 머릿속에 빙빙 돌아가고 있었다. '어떻게 해야 하나. 선희는 내가 다른 여자와 사는 것을 알면 까무러칠 텐데…' 나는 걸어도 매에 쫓기는 까투리처럼 머리를 땅에 구겨 박다시피 숙이고 발끝만 바라보며 걷는 비정상의 행동을 하고 있었다. 1년이 지난 오늘, 하늘에서 떨어진 것처럼 나타난 선희를 두고 어떻게 했으면 좋을지 갈피를 잡을 수가 없었다.

"여보, 당신 무슨 꿈을 꾸었길래 땀을 그렇게 흘리며 헛소리를 치고 있어요. 리선희가 누구에요?"

선희의 행처를 알려주려 왔던 여인이 다녀간 그날 밤, 나를 흔들어 깨우는 인기척에 놀라 후다닥 일어나 보니 아내가 하는 소리다.

"선희? 몰라. 근데 내가 무슨 헛소리를 쳤소."

"당신, 무슨 선희가 어떻고 하면서 중얼거리고 누굴 욕하는지 소리까지 치더라구요."

"그래? 원래 꿈이라는 건 세상에 없는 일들을 뇌가 만들어서 잘 때 나타나는 거야. 내가 어떤 산길을 가는데 말이요. 암사슴 한 마리가 숲 속에서 바로 내 앞에 불쑥 튀어 나오질 않겠어. 그래 그놈을 잡아야 하겠다는 생각에 뿔을 잡고 한참 땅에 딩굴며 씨름질을 하고 있는 중인데 당신이 나를 흔들어 깨웠잖아… 아! 고놈의 암사슴 놓친 것 참 아쉽다. 당신이 깨우지만 않았어도 내가 잡는 건데…"

의아한 눈길로 나를 쳐다보는 아내를 힐끔 보고는 헛손질까지 하며 거리낌 없이 뻔뻔스럽게 거짓말을 해댔다.

"빨리 자요. 지금 밤 2시가 넘었어요."

몇 마디 말을 하던 아내가 이내 이불을 뒤집어쓰고는 돌아누웠다. '에잇, 한창 좋아지는데 깨울 건 또 뭐람…' 그 황홀한 무아지경의 달콤한 순간을 아내 때문에 날려 버렸다고 생각하니 나도 모르게 입에서 투덜거리는 소리가 튀어나왔다.

한 소나기 뿌려댈 것 같은 희뿌연 바람이 몰아치는 언덕 위 갈대밭을 나는 정신없이 헤매고 있다. 그 속을 헤엄치듯 떠다니며 누군가를 찾고 있었다. 허리까지 와 닿는 긴 머리를 풀어헤치고 달음박질하듯 구름 속을 걸어가는 선희의 손을 잡고 앞을 막아선다. 우리 두 사람은 부둥켜안고 울기 시작했다. 나는 선희에게 가지 말라며 애원을 한다. 선희는 중국에 있는 남편이며 애들이 기다린다고 했다. 그녀는 내가 잡고 있는 손을 뿌리치며 서럽게 울고 있다. 얼마 후, 우리는 땅 위에 내려와 어떤 행위를 하기 시작했다. 곁을 지나가는 사람들이 손가락질하고 욕설을 퍼붓는 것도 아랑곳하지 않는다. 나무들이 두문이 서 있고 파란 풀들이 자란 들판에서 몸에 실오리 하나 걸치지 않고 성관계를 하고 있었다.

아마 선희에 대한 생각에 너무 몰입하다 보니 이상한 꿈을 꾸었던 것 같았다. 때마침 아내가 깨우는 바람에 일어나 앉았다. 얼굴에 손을 대보니 땀이 묻어난다. 나는 잠을 자는지 까딱 않는 아내를 힐끔 내려다보고는 담배를 찾아 들었다. 자동차 배터리에 연결된 전등을 꺼버리고 밖에 나와 발길이 내키는 대로 걸음을 옮겼다. 담배에 라이터를 켜불을 붙여 물고는 습관처럼 하늘을 올려다보았다. 오늘도 구름 한 점 없는 밤하늘엔 별무리들이 깜빡깜빡 조잘대며 무수한 빛으로 반짝이고 있다.

'그때도 그랬었지. 저 별들을 보며 하소연했었는데 오늘 또 너희들에게 물어봐야 할 것 같다. 별들아! 이럴 땐 어쩌면 좋으냐. 나는 지금 한 여자를 아내로 맞아 살고 있어. 그런데 영원히 사라진 줄로만 알았던 잊지 못할 그 여자가 나타났구나. 두 명의 여성과는 한 집에서 함께 살 수 없는 일이고 그렇다고 한 여자를 버릴 수도 없고… 이럴 땐 어쩌면 좋은지 너희들이 한번 말해보렴.'

아무런 반응도 없는 별들에게 넋두리로 주절대는 나의 머릿속에는 이런 생각이 문득 뇌리를 스치고 지나갔다. '세상에 두 여자를 데리고 사는 법은 없나. 아이고, 머리야! 터질 것 같구나. 난 사람들에게 악한 짓거리를 한 적이 없는데 무엇이 이렇게 가는 곳마다 덫을 놓고 도랑을 파놓아 옮기는 걸음걸음을 비틀거리게 하고 뼈마디마디 진물이 흘러나오게 하느냐.'

아무리 생각해 보아도 내 잘못이 아닌 것 같았다. '이 개 같은 세상에서 사는 사람치고 나만큼 마음고생 안 한 사람이 어디 있다고. 나는 그래도 괜찮은 편이야. 굶어 죽고, 맞아 죽고. 병들어 죽은 사람들에 비하면 아무것도 아니지… 애달픈 삶을 살아야 사는 멋도 있는 것 아닌가. 아마 하늘에서 선희라는 여자를 나에게 보내 목숨을 연장시키는지도 몰라. 내가 바라고 지껄인다고 해결될 문제가 아니다. 이게 이승에서 나에게 차례진 팔자인 줄 알어라. 그러니 잡생각하지 말고 운명에 맡겨라.'

걷다 보니 오산덕 중턱 김정일의 생모 김정숙이 태어났다고 하는 생가 아래쪽 길에 와 있었다.

집에서 200m가량은 걸은 것 같았다. 게딱지 같이 다닥다닥 붙어 있는 주민들이 사는 마을 주택가에는 전등불 한 점 없이 깜깜 세상이다. 헌데 야산 하나를 다 차지한 죽은 김정숙의 생가만은 대낮처럼 환히 불을 밝히고 있었다. 김정숙의 생가를 보는 순간 그 죽은 여자에게 상욕이 입에서 튀어나왔다. '너의 종자들은 더러운 DNA 피를 가진 정말 나쁜 인간들이야. 네가 김일성과 한 잠자리에서 만들어 싸버린 새끼 김정일이라는 세상에 들도 없는 흡혈귀, 살인귀가 사람들을 어떻게 죽이고 있는지 알고나 있냐. 이 나라를 걸레조각 같이 피죽도 없어 못 먹는 거지 국가로 만들어 놓았는지 알고나 있는가 말이다. 네가 그런 악귀 같은 새끼를 낳지만 않았어도 이 나라 사람들은 이렇게까지 원통하게 굶어 죽거나 마음의 고통을 받으며 살지는 않았을 거다.' 인제는 썩어 뼛가루조차 남지 않았을 김정숙이 무슨 잘못이 있겠는가. 자식들에게 가정과 곁 사람들을 괴롭히고 나쁜 짓을 하라고 시킨 어머니는 이 세상, 그 어디에도 없을 것이다. 헌데 그 어미의 몸에서 태어난 새끼 하나가 악의 화신이 되었다. 한 나라 국민을 도탄에 빠뜨리고 극악한 총칼 정치로 온 나라를 무덤으로 만들어 놓고 있지 않는가. 애비, 어미의 나쁜 영향을 보고 받으며 자란 새끼는 커서도 부모를 닮는다고 한다. 부모의 영향이 없고 가정교육의 대물림을 받지 않고서야 자식이 사람 가죽을 뒤집어 쓴 살인마로 변신할 수 있었겠는가. 그러니 그런 자식을 낳은 부모는 살아서도, 죽어서도 사람들의 저주와 손가락질을 받아 마땅한 것이라고 생각했다.

나는 김정숙의 생가 쪽을 향해 퉤, 소리 요란하게 침을 뱉어버렸다. 생가 근처에 사람이 움직이는 것이 보였다. '밤 경비를 서는 사람인가 보다.' 산 사람이 굶어 죽어가도 눈썹 까닥조차 하지 않는 정권. 흙이 되어 보이지도 않는 저승의 혼을 위해 수많은 인력과 경비를 써대는 나라. 생각할수록 기가 막혔다. 나는 어름어름 발길을 돌려 집으로 향했다.

'날이 빨리 밝아야겠는데…' 선희를 찾아갈 생각을 이미 머릿속에 그려놓고 있었다. 아내는 나와 선희의 관계를 전혀 몰랐다. 회령 노동단련대는 회령시 망양동 병유리 공장 정문에서 100m 정도 떨어진 곳에 자리 잡고 있었다. 내가 살고 있는 집과 거리가 퍽이나 멀었다. 도시 건설사업소의 한 건물을 따로 내어 '단련대' 사무실과 숙소로 쓰고 있었다. 단층 'ㄱ'자형으로 지어진 건물이다. 노동단련대는 북한식대로 말한다면 교화 기관이었다. 한마디로 '사회적으로 물의를 일으키고 법적으로 문제가 있는 사람들을 노동을 통하여 사상적으로 단련시키는 울타리 없는 감옥'이었다.

　다음 날, 오전 10시경 회령 노동단련대에 찾아가 정문 경비원에게 물었다.

　"면회하려고 왔습니다. 누구를 만나야 면회가 승인됩니까?"

　"네, 단련대 담당 보안원을 만나 승인을 받아야 합니다."

　경비원이 담당 보안원 있는 사무실을 손으로 가리키더니 앞장서 걸어 나를 그곳으로 안내해 주었다. 담당 보안원 사무실이 가까이 다가오자 별스레 마음이 두근두근해진다.

　"계십니까."

　나는 노크를 하고 문을 열었다.

　"누구요. 무슨 일로 왔어요?"

　테이블 위에 놓인 서류 같은 종이들을 들여다보고 있던 담당 보안원이라고 하는 사람은 사무실에 들어서는 나를 보더니 찾아온 용건이 무언지부터 물었다. 듣던 소문 그대로 사람을 대하는 태도와 말투가 건방져 보였다.

　"리선희라는 여자가 노동단련대에 있다는 말을 듣고 왔습니다."

　"누구요? 리선희?"

담당 보안원은 잘 생각이 안 나는지 대답은 안 하고 말을 이었다.

"리선희와, 어떻게 되는 사이요."

"예, 좀 압니다."

내 아래위를 자세히 훑어보던 담당 보안원은 일어나 창문을 열더니 단련대 건물에서 나오는 한 여성을 소리쳐 부른다.

"야!"

보안원이 반말로 부르는 것을 보니 그도 노동단련대에 잡혀 온 여성인 것 같았다.

"예."

여성이 대답하는 목소리가 들려 왔다.

"반장 찾으라!"

"네, 알겠습니다."

얼마 후, 머리가 더부룩하고 광대뼈가 유별나게 튀어 나온 30대 중반의 젊은 사람이 문을 열고 들어선다.

"지도원 동지, 찾았습니까?"

"반장, 우리 단련대에 리선희라고 있나? 들어온 지 10일 정도 된다고 그래."

"예, 리선희라고 있습니다."

반장이라는 사람이 잠시 머뭇거리더니 대답했다.

"있대요, 그래 무슨 일로 면회하자는 거요."

반장의 말이 끝나기도 전에 담당 보안원이 나를 돌아보며 묻는다.

"뭐 다른 것 아니고 면식 좀 주려고 그럽니다."

"오늘은 사람들이 다 일 나가고 없어요, 내일 저녁 6시경에 오라요."

"네, 알겠습니다. 고맙습니다."

돌아서 나오는 나의 머릿속에는 건방진 말투로 건성건성 대답하던

담당 보안원의 모습이 눈에 얼른거려 기분이 잡쳤다. '선희가 정말 있긴 있구나.'

다음 날, 오후 4시가 되어 간다. 나는 아내에게 면회 간다는 말 한 마디 하지 않고 시장으로 향했다. 음식들과 당과류들을 준비해 가지고 시간을 맞춰 단련대에 찾아갔다. 단련대 정문에 6시 5분 전에 도착해 경비원에게 이야기를 하니 전화로 담당 보안원에게 리선희를 찾아왔다고 알리는 것 같았다. 5분가량 기다려 경비원이 들어가라고 알려준다. 나는 경비원을 따라 노동단련대 마당 안으로 들어갔다.

"면회시간 15분 이상 초과 못 하니 그리 알고 만나시오. 저쪽에 있는 방에 가 있으라요."

담당 보안원이 귀찮다는 말투로 면회할 장소를 알려주고는 나가버린다. 면회실에 들어가 10분도 못 있어 문이 조용히 열리며 한 여인이 들어선다. 그를 보는 순간 나는 놀라지 않을 수 없었다. 장발의 부푼 머리칼을 엉성하게 뒤로 감아올린 버쩍 마른 키 큰 여인이 허리를 구부정하게 하고 다가왔다.

햇볕에 까맣게 타서인지 얼굴을 알아볼 수 없다. 쥐색의 윗옷, 검은색 바지는 주워 입었는지 바짓가랑이가 껑충하게 올라와 종다리 살이 드러나 보인다. 옷은 언제 빨았는지 까맣다 못해 반질반질했다. 양쪽 엄지발가락이 삐져나온 지하족을 신고 있었다. 자세히 보니 리선희의 옛 모습을 알리는 듯했다.

"원명 오빠!"

잦아든 목소리로 내 이름을 부르는 두 손으로 가린 선희의 눈가에서 눈물이 흐르고 있었다. 손등은 터 갈라져 벌겋게 된 살결이 보였다. 거지도 이런 상거지 차림새가 어디 있겠는가 싶다. 영화 속 여자 거지도

왔다 울고 갈 모습이다. 아니, 유치원 어린애들이 장난삼아 도화지에 알룩달룩 크레파스로 그려놓은 여자 귀신 그림을 보는 것 같았다. 보름달 같이 환하고 매력적이던 그 얼굴은 어디에 버리고 까마잡잡한 모습으로 내 앞에 나타나 울고 있는 건지 화가 울컥 치밀었다. 이 세상의 분장사들과 화가들이 모여 거지 모델로 분장시키고 그림을 그린다 한들 내 앞에 서 있는 이 여자의 모습처럼 생동하게 만들어 내지 못할 것이다.

너무도 억이 막혀 이가 갈리고 말이 나오지 않는다. '이 여자가 나를 품에 안고 온몸을 바쳐가며 정을 주고 사랑을 고백했던 그 여성인가. 설마 내가 귀신에게 홀리거나 꿈을 꾸는 것은 아니겠지.' 그 시각, 선희와 함께 보냈던 잊을 수 없는 밤들, 그 밤들에 미친 듯이 뜨겁게 나누고 빠졌던 사랑의 순간들이 언뜻언뜻 떠올랐다가는 자취를 감추었다. '그 아름다웠던 모습은 어딜 갔나.' 우윳빛 같이 희던 선희의 살결이 수백 년 묵어 터 갈라진 소나무 껍질처럼 보였다. 환각을 지워버리려고 나는 정신 나간 놈처럼 머리를 좌우로 막 흔들어 댔다.

"오빠, 왜 그러세요. 어디 몸이 편치 않으세요?"

내가 이상한 행동을 보이자 오히려 선희가 걱정스런 표정으로 묻는다. 선희를 바라보는 내 눈에도 눈물이 흘러내리는 것 같았다. 얼른 손을 눈가에 가져가 눈물을 닦으며 일어나 선희를 와락 그러안았다. 그리고는 두 손으로 그녀의 뒷머리를 감싸쥐고 내 볼에 선희의 볼을 당겨가져다 대었다. 그러다 다시 얼굴을 들여다보고…

"선희야. 넌 어쩌면 사람의 속을 이렇게 태우고 피를 말리 우냐. 차라리 오빠를 죽여라. 이건 너무하다고 생각하지 않니? 네가 이 꼴이 되고 싶어 중국에 들어가겠다고 나를 그렇게 괴롭혔어? 말 좀 해봐라. 오빠 네가 죽은 줄 알았다. 네 지금 모양새를 보느니 차라리 찾아오지 말

걸 그랬어. 물론 너도 고생했겠지만… 소식이라도 좀 알려주면 큰일 난다더냐."

"오빠, 너무 미안해요. 나라고 왜 오빠 잊고 있었겠어요. 소식을 전하지 못할 일이 생겨서 그렇게 됐어요. 후에 말씀 드릴게요. 정말 죽고 싶은 것도 오빠를 생각하면서 하루하루 버티어 왔어요."

나는 문뜩 면회시간이 15분이라는 담당 보안원의 말이 생각나 얼른 가지고 간 먹거리들을 책상에 놓아주었다.

"알았어. 이렇게 하자. 시간이 얼마 없으니까 이야기는 훗날하고 우선 빨리 음식을 먹어라. 사람들 많은 데서는 얻어먹지 못하겠는데."

선희는 내 말에 아랑곳없이 내 손을 덥석 잡는다.

"오빠, 저 단련대에서 나가게 도와주세요, 네?"

나는 아직도 화가 풀리지 않아 선희가 들으라고 농담 섞인 삐뚤어진 소리로 한마디했다.

"아니, 선희! 넌 좀 혼나 봐야 돼. 여자가 그렇게 고집이 세고 남의 말을 귓등으로도 안 듣고서야 어디에 쓰겠어. 같이 살던 사람의 말도 죽어라고 듣지 않아 이 모양이 된 것 아니냐."

"오빠, 정말 죽을죄를 졌어요. 다시는 안 그럴게요."

살아서 이렇게 만나리라고는 꿈에도 생각 못 했다. 나는 선희에게 남편이라도 되는 듯 제법 큰소리를 쳤지만 다른 여자를 아내로 맞아 가정을 이룬 사실을 차마 말할 수 없었다. 몇 분 안 되는 짧은 순간에도 복잡한 생각들이 무수히 머리에 떠올랐다 사라졌다. 우선 선희를 노동단련대에서 꺼내는 것이 급선무 같았다. '내가 다른 여자와 가정을 이룬 사실을 알면 얼마나 상심할까.' 머리가 수천, 수만 개로 조각, 조각나 먼지처럼 공중분해되어 흩어지는 것만 같았다.

"선희, 장담은 못하겠지만 노력은 해볼게, 그러니 너무 힘들어 하지 말고 며칠만 더 고생하고 있어."

"오빠, 고마워요. 난 오빠에게 전혀 도움이 안 되는 여자인가 봐요. 오빠, 내가 나가면 정말 잘해드릴게요."

"그만해. 선희 말은 이젠 콩으로 메주를 쓴다고 해도 듣지 않을 거야."

나는 웃음 섞인 소리로 대꾸했다. 선희와 이야기를 몇 마디 나누지 않은 것 같은데 문이 열리는 소리가 났다.

"면회 그만!"

담당 보안원이다. 나는 더 다른 말을 하지 않고 밖으로 먼저 나와 버렸다. 걸음을 옮기다 말고 돌아보니 뒤따라 나온 선희가 아직도 울며 나를 지켜보고 있다. 들어가라고 손을 흔들어 보이고 떨어지지 않는 발길을 돌려 걸음을 옮겼다. 단련대 정문을 벗어난 나의 눈에서는 눈물이 하염없이 흘러내려 앞을 가렸다. '난 어쩌면 좋단 말이냐. 저 여자는 어떻게 하고⋯' 살려 달라고 애원하던 선희의 모습이 머리에서 떠날 줄 몰랐다.

다음 날, 친구들을 찾아다니며 선희 문제를 부탁해 보았다. 나는 5일 만에 노동단련대에서 리선희를 빼내오는 데 성공했다. 마침 친구의 부인이 회령 시병원 내과 의사로 근무하고 있어 그의 도움을 받았다. 결핵 진단서를 발급해 병보석 치료를 하는 것처럼 위장하여 단련대를 나오게 했다. 현금 10만 원을 노동단련대 대장인 보안원 상위에게 직접 찔러주었다. 선희가 출소하는 날, 나는 단련대 정문에서 그녀를 기다리고 있었다. 악어에게 물려 너덜너덜 찢겨진 몸으로 빠져나온 그녀와의 상봉은 감격의 환희와 가시덤불을 헤쳐야 하는 근심의 걱정이 쌍으로 찾아와 나를 웃고 울게 만든 희비극의 연출이었다.

난도질당한 거지꼴로 내 품에 안겨 서럽게 우는 선희를 보고 또 보는 내 심정은 천만갈래 갈림길 어귀에서 방황하고 있었다. '앞으로 어떻게 살아가야 하나. 아내는 어떻게 하고 이 불쌍한 여자와의 관계는 어떻게 해야 될까.' 터져버릴 것 같은 두뇌의 고충과 안타까운 마음을 누구에게 하소연하며 잠시라도 안정을 찾고 싶은 생각이 들었다. 인간 세상이 아닌 나만의 공간, 나 혼자 조용히 살 수 있는 세상이 어디에 없을까. 있다면 이승에서의 생활을 모두 털어버리고 미련 없이 떠나버리고 싶었다. 생각에 생각을 거듭하던 나는 선희와 며칠 밤을 함께 보내기로 마음먹었다. 그동안 무슨 일이 있은 걸까. 그녀가 어떻게 되어 비참한 모습으로 내 앞에 나타나게 되었는지 나는 알고 싶었다.

> **"**
>
> 오지 말아야 할 곳에 온 것 아닌가?
> 나는 때가 늦었다는 것을 비로소 깨닫게 되었다.
>
> **"**

반딧불

우연일까. 나는 가끔 열차에서 갈가리 찢김의 슬픈 사연이 오빠와 나를 만나게 해준 것 아닌가 생각하곤 한다. 이미 정해진 필연의 징검다리를 먼 길을 에돌아 건너야 했던 것 같다. 나 같은 여자가 다른 남자를 몸 가까이한다는 것은 상상 못할 일이라고 생각했다. 자식 먼저 앞세우고 시어머니, 남편마저 보낸 여자가 남자 생각을 한다는 것 자체가 뭇 사람들이 퍼붓는 비난의 화살을 온몸에 받을 수 있기 때문이었다. 아니, 주위를 의식해서보다 군화발로 갓난아기를 짓밟아 죽인 군인들의 모습을 보면서 남자라면 치가 떨리고 증오스러웠기 때문이다. 한편 원명 오빠와 지내보면서 세상 남자들이 다 같지 않구나 하는 생각을 하기도 했었다. 오빠는 내 아들이 죽었을 때 자신의 친 자식 일처럼 그렇게 슬퍼했던 남자, 일면의 거래도 없던 나를 친동생처럼 돌봐준 사람이었다. 고독과 외로움으로 몸부림치는 한 여자를 위로해주고 돌봐준 남자였다. 그러나 오빠를 가까이 하고 싶어도 차마 내 처지에 멀리 대할 수밖에 없었다. 원명 오빠는 여자의 마음, 몸까지도 손아귀에 넣고 장난쳐 댈 줄 아는 남자인 것 같다. 한 여자를 목매달게 만들고 죽음에서 살려내어 기필코 자신의 품에 안기게 만든 남자다. 고단수의 능청스러운 남자 같다는 생각이 들었다. 아무런 인연도 없는 나를 친동생처럼 대해주는 오빠를 볼 때마다 '처음부터 우리가 만났으면 얼마나 좋았을까' 하는 생각이 들곤 했다.

나는 남편 복이 없는 여자다. 무슨 팔자가 그리도 셀까. 시집 온 지 얼마 안 되어 애를 잃고 남편과 시어머니마저 떠나보낸 기가 센 여자였다. 아니 먼저 떠나간 사람들이 야속하고 나를 버리고 간 그들이 원망스러웠다. '죽을 수밖에 없었던 이들은 자신들의 입장에서 생각하면 얼마나 슬프고 원통했을 것인가' 하면서도 모든 것이 살아 있는 내 잘못 같아 세상이 두려웠고 사람들조차 싫어졌다. 여자들이 남편을 앞세우거나 자식들이 잘못되어도 여자가 기가 세서 그렇다는 말을 어릴 때부터 들으며 살았다. 나는 내 자신이 기가 너무 세서 집안이 이렇게 되었다고 생각했다. 주위 사람들도 나를 그렇게 볼까봐 세상이 무서워졌다. 그런데 원명 오빠는 나를 아무런 거리도 두지 않고 허물없이 대해 주었다. 그런 모습을 대할 때마다 너무 고마웠고 한편 두렵기도 했다. 나는 처음부터 오빠의 생각과 마음을 알 수 있었다. 단지 내가 새별 잎담배 장사를 할 때부터 곁을 주지 않은 것은 두려움과 도덕적인 문제 때문이었다.

남자들은 여자를 모른다. 같이 한 이불을 덮고 산다고는 하지만 여자의 속마음이 무엇인지 알고 있는 남자는 이 세상에 몇 명이나 될까. 이성적인 몸 구조가 다르니 생각도 마음도 다를 수 있겠지만 남자들은 너무도 단순한 것 같다. 내가 오빠의 곁에 선뜻 다가서지 못한 것도 그런 이유에서였다. 오빠를 가까이 하려다 오빠마저 잃을 것 같은 생각

때문이었다.

'중국 아니면 조선에서는 돈을 벌 수 없을까.' 내가 중국으로 들어가려고 생각한 데는 그럴 만한 이유가 있었다. 솔직히 나는 원명 오빠와 함께 있기가 날이 갈수록 민망스러웠다. 왜서인지 오빠 눈치를 자꾸 보게 되었다. 같이 산다는 이유로 하는 일 없이 집에서 오빠가 벌어오는 식량만 축내고 있었기 때문이다. 결혼식이나 결혼 등록은 하지 않았어도 우리는 부부 이상의 관계였다. 여성으로서 가정살림을 유지해 나가야 하는 책임에서 자유롭지 못했다.

내가 할 수 있는 일은 오빠가 돈을 벌어오면 그 돈으로 시장에 드나들며 음식을 만들고 빨래, 집 청소 따위에 머물렀다. 내가 원명 오빠나 집 살림을 위해 할 수 있는 일이 있다면 돈을 벌 수 있는 장사를 시작하는 것이었다. 여성들이 너도나도 하고 있는 시장에서 남새나, 식료품, 피복을 비롯한 각종 장사 중 어느 하나를 택해 나도 하고 싶었다. 생각에 머물 수밖에 없었던 것은 돈이 없었기 때문이다. 원명 오빠가 송이 장사를 하다 빼앗긴 돈만 있어도 우리는 얼마든지 먹고 살 수 있었다. 하지만 돈이며 송이를 빼앗긴 오빠를 탓할 수는 없는 일이다. 나는 장사 밑천을 다시 마련해 보려고 소 갈 데, 말 갈 데를 안타까이 뛰어다니는 오빠를 보면서 바늘방석에 앉아 있는 것 같았다. 아무리 한 잠자리에서 네 몸, 내 몸을 주고받는 사이라도 눈치를 보게 되었다. 공짜 밥을 먹으면서 있고 싶지 않았다. 자존심이 강한 나로서는 허락되지 않는 일이었다.

더욱이 애를 낳게 되면 오빠 혼자서 가정을 유지해야 하는 상황을 보고만 있을 수 없었다. '애가 달리면 몇 년간 아무것도 할 수 없다.' 이런 생각을 할 때면 스스로가 불안해졌다. 원명 오빠는 나를 걱정해서 중국에 가지 말라고 하지만 나는 오빠만 같이 있어 준다면 이 세상 어딘들 두렵지 않을 것 같았다. 오빠가 중국에 함께 가주면 될 일이었다. 헌데 왜 그런지 오빠는 중국에 가는 걸 한사코 반대했다. 원명 오빠의 심정도 이해는 갔으나 내 손으로 돈을 벌어 떳떳하게 살고 싶었다.

내가 중국행을 결심하게 된 것은 아는 언니의 말을 듣고서부터였다. 그 언니는 아는 사람의 소개로 여름 동안 중국 용정시 지신이라는 데서 돈을 벌었다고 했다. 한여름 모내기며 김매기, 담뱃잎을 따주고… 그렇게 번 돈으로 장사 밑천을 마련해 인제는 시장에서 중고 가전제품 장사를 하고 있었다. 오빠에게 중국에 들어가 돈을 버는 문제를 설명했는데도 말을 들으려고 하지 않는다. 마이동풍이다. 한번은 중국에 들어가는 문제로 오빠를 설득하다 못해 나도 할 소리를 했다.

"오빠, 조선에서 살아보려고 얼마나 뛰어다녔어요. 그래도 보세요. 하루 자고 나면 다음 날, 먹을 걱정을 해야 하지 않나요. 지금 배급을 줘요? 아니면 직장에 나가 일해 돈을 벌 수 있어요? 그렇다고 장사 밑천이 있어 장사를 할 형편도 못되지 않아요."

오빠는 말없이 듣고만 있었다. 내가 그렇게 열심히 말했었는데도 돌아오는 답변은 '돈을 벌어 온다는 담보가 있어?' 소리뿐이다. 중국 공안에 붙잡혀 나오지 않겠는가며 반대했다. 더 이상 오빠와 중국 문제로 얼굴을 붉히고 싶지 않았다. 나는 먼저 들어가 자리를 잡아놓은 다음 오빠에게 소식을 보내 들어오게 하려고 마음먹었다. 그때면 오빠도 날 이해하리라고 생각했다. 조용히 오빠 몰래 중국행을 추진하면서도 한편으로 마음이 불안하기도 했다.

중국에 여러 번 들어가 본 적이 있는 회령시 망양동 시장 옆에 살고 있는 언니에게서 중국 알선 브로커 장영철을 소개받았다. '중국에 들어갔다 예견치 않은 일이 발생하면 어떻게 하지?' 만약의 상황을 예견해 오빠에게 장영철의 신상정보를 말할까, 하는 생각에 입이 간지러운 것도 참았다. 오빠는 내가 중국에 들어가는 것을 못마땅하게 여기는 터라 괜히 이상한 일이 벌어질 것 같아서였다.

칼날 같은 성격의 오빠가 나를 중국으로 데리고 가는 장영철을 잘못 오해하여 손을 대는 날이면 모든 것이 물거품이 될 것 같았다. 나는 당분간 오빠가 나 없이도 먹고살 수 있는 식량이며 반찬감들을 만들어 놓았다. 극도로 예민해진 오빠의 비위를 맞추고 될수록 눈치채지 못하게 말 한마디 조심스럽게 대했다.

며칠 후, 오빠는 부모님이 계시는 동천갱 마을로 가자고 했다. 우리는 한 달 넘게 부모님을 찾아뵙지 못했었다. 준비해 갔던 음식들을 부모님께 대접하며 하룻밤을 자고 나왔다. 다음 날, 오전 10시경에 동천갱 마을을 떠나 50리 넘는 길을 오빠의 자전거 짐 틀에 앉아 집 대문 앞까지 왔다. 내가 먼저 대문을 열고 집에 들어서는 순간 출입문에 채웠던 자물쇠가 보이질 않는다. 열쇠고리는 무엇으로 비틀었는지 엿가락처럼 꼬여 뜯겨져 있었다. 나는 가슴이 철렁했다.

"오빠, 도둑이 든 것 같아요."

"뭐야?"

격앙된 오빠 목소리가 들렸다. 비틀어진 열쇠고리를 잡고 들여다보던 오빠는 한숨을 길게 내 쉰다.

"빠루(못뽑이)를 열쇠고리에 넣고 비틀어 뜯은 것 같아."

잠시 후, 옆집에서 뻰찌를 가져다 열쇠고리를 뽑느라 한참이나 씨름질을 해서야 집에 들어갈 수 있었다. 집안꼴에 눈이 감겼다. 도둑은 신발을 신고 들어왔던 모양이다. 여기저기 신발자국이 지저분하게 찍혀 있다. 얼마나 이것저것 널어놓았는지 말 그대로 오물장에 들어선 것 같았다. 장롱을 뒤져 옷가지들과 돈이 될 만한 물건은 빗자루로 쓸어가

듯 모두 가져간 것 같았다. 식장 안을 열어보니 쓰지 않았던 사발이며 살림도구 등 깨끗한 그릇들도 모두 가져갔다. 쌀독도 반반했다. 혹시나 하여 콩으로 담근 메주 된장 단지를 열어보니 역시 비어 있다. 식장의 반찬들까지 말끔히 청소해 버린 걸 보니 도둑은 배가 몹시 고팠던 모양이다.

"오빠. 누가 이렇게 말끔히 가져갔을까요. 우리가 집을 비운 것을 아는 사람인 것 같아요."

내가 집 안을 쓸고 닦는데도 부엌 널마루에 서서 말없이 무엇인가를 생각하던 오빠는 밖으로 나가버린다. 옆집 마당에서 오빠의 말소리가 들렸다. 혹시나 집에 누가 왔다 간 사람을 아는지 물어보는 것 같았다. 그 집에서 내다보면 오빠 집 마당이며 동정을 훤히 볼 수 있었다. 농장 집과 오빠 집은 'ㄴ'자 모양이었다. 대문 열리는 소리가 나더니 오빠가 들어왔다.

"무슨 소리 들었어요?"

"옆집 아주머니 하는 소리가 자기들도 어제 하루 종일 농장에 나가 있었대."

짧게 답변을 해버리고는 입을 닫아 버린다. 얼굴 모습을 보니 도둑을 잡으면 무슨 일을 낼 것 같았다.

"오빠, 배고프지요. 빨리 방을 치워 놓고 시장에 나갔다 올게요."

"일없어. 선희, 집을 천천히 치워도 돼. 내가 시장에 갔다 올게. 우선 열쇠고리부터 달아야겠어. 이왕 시장에 나가는 길에 쌀, 부식물들을 좀 사가지고 올려고 그래."

그는 말을 끝내기 바쁘게 자전거를 끌고 나갔다. 그날은 나도 오빠도 둘 다 기분이 좋지 않았다. 집안 살림을 잘 해놓고 살진 못했어도 옷가지며 애용품들, 식량, 된장까지 말짱 털리다 보니 무엇이라 말하고 싶은 생각이 나질 않았다. 멀쩡했던 출입문 열쇠고리를 뜯어내고 다른 열쇠 잠금 장치를 못질하느라 시간 깨나 걸렸다. 이번에는 아예 보기에도 투박한 열쇠며 고리를 문틀에 박아 넣었다. 오빠는 내가 도둑을 욕하려 하자

"… 도둑질할 때야 오죽 했겠니. 생각하지 말어."

하고는 말을 못하게 했다. 며칠이 지나 밖에 나갔던 오빠가 얼마 있지 않아 집으로 돌아왔다.

"오늘은 웬일이에요? 빨리 들어오고."

"선희, 집을 털어간 도둑이 나를 아는 자식 같아. 집이 털린 날, 인민 반 세대주 반장이 우리 집에서 자전거를 끌고 나오는 사람을 봤다는 거야. 두 명이었대. 한 명은 어른이고 다른 한 명은 열댓 살로 보이는 애라고 했어. 인상착의나 옷차림, 어떤 자전거였는가를 물어보니 어른은 내가 알 만한 놈인 것 같아. 한번 알아봐야겠어."

창문을 열어 제치고 윗옷을 벗어 옷걸이에 걸며 말을 잇는다.

"우리가 동천에 올라갈 때 말이야. 팔을천 다리를 건너 농기계 사업소를 지나가는데 나를 보며 어디 가는가 말을 한 애 있지."

오빠가 말하는 그 사람을 나도 조금은 알고 있었다. 오빠에게 송이를 사지 않는가를 알아보려 몇 번 집에 찾아왔던 사람이었다. 나이가 세 살 정도 오빠보다 더 많았다. 집이 회령곡산공장 근처에서 산다는 말을 들었던 기억이 났다.

"오빠, 그 사람 일부러 잡아 혼내주려고 그래요? 그만두세요. 인제 없어진 물건들을 다시 찾을 수 없잖아요."

"나는 물건을 찾으려고 그러는 것이 아니야. 사람을 알길 우습게 알잖아. 나쁜 놈, 굶고 다닌다거나 나를 모르는 사람이 그랬다면 그럴 수 있겠다 생각하겠어. 우선 그 애가 맞는지 아닌지를 알아봐야겠어."

오빠의 말을 들으며 분명 일을 칠 것 같아 걱정스러웠다. 집을 도둑맞혔던 날, 나쁜 놈이라며 내가 욕을 하자 그만하라고 말리던 오빠였다. 그런데 돌변해 가만있을 것 같지 않아 보였다.

몇 끼는 시장에서 사온 쌀과 부식물로 때웠다. 당장 가마에 들어갈 쌀이며 반찬거리들을 얻지 않으면 굶게 생겼다.

"선희, 요즘 도토리가 산에 열린다는데 산에 다닐 준비를 좀 해야겠어. 이렇게 맥을 놓고 앉아 있으면 누가 우릴 먹여 주질 않아."

텅텅 빈 방에 오빠도 나도 마주 붙어 있는 것이 서로 눈치가 보였다. 내일이면 산에 가리라 준비를 하고 있던 날이었다. 저녁이 지나고 밤 12시가 넘도록 오빠가 집에 들어오지 않는다. 기다리다 못해 이불을 펴놓고 잠에 들었다가 얼결에 일어나 보니 오빠가 보이지 않는다. 벽시계가 새벽 3시를 가리키고 있었다. 가슴이 철렁했다. '어딜 가서 들어오지 않는 거야. 지금까지 이런 일이 없었는데…' 오빠는 그 다음 날도 집에 나타나지 않는다. '무슨 사고라도 나지 않았을까.'

나는 알고 있는 오빠의 친구들이며 아는 집들을 찾아 나섰다. 다들 모른다고 했다. 해서는 안 될 생각이 머리를 덮쳐들었다. '가뜩이나 요즘 먹고 사는 문제 때문에 신경이 예민해져 있던 오빠가 살기 귀찮아져 집에 들어오지 않는 걸까.' 별의별 생각이 다 났다. '내가 그랬던 것처럼 혹시 마음을 모질게 먹지 않았을까. 만약 이 집 문턱을 영영 넘어서지 않는다면…' 3일째 되는 날도 오빠는 나타나질 않는다. 빈집에 홀로 앉아 문밖을 바라보며 온다간다 한마디 말없이 나가 들어오지 않는 인정머리 없는 야속한 오빠를 기다려야만 했다.

나도 모르게 울음이 터졌다. 입으로는 울음소리. 눈에는 눈물이 흐르고 머리는 만 가지 복잡한 생각이 뒤섞여 돈다. 속은 까맣게 타들어가 재가 쌓이고 있었다. '오빠, 내가 중국에 들어가겠다고 한 일 때문에 노여워 들어오지 않나요. 무슨 일이에요. 제발 이러지 마세요. 이제 또 오빠까지 제 곁을 떠나면 난, 난 어떡해요. 오빠. 제발, 제발 이러지 마세요…' 지금껏 살아오면서 이렇게 마음이 텅 비어 허무해보기는 처음인 것 같았다.

사람을 기다려 애를 태우고 낮과 밤을 뜬눈으로 보낸다는 말, 사람의 피가 마른다는 소리를 소설이나 영화에서 들어 봤었다. 그런데 내가 그 당사자가 되어 집 나간 당신을 기다리며 눈물을 흘리는 주인공이 될 줄은 몰랐다. 분명히 나와 중국 문제로 말이 있은 다음부터 오빠는 나에게 속을 주지 않는다는 생각이 들었다. 아무리 둘러봐도 이 땅은 숨이 컥컥 막히고 악취가 진동하는 절망의 구덩이였다. 나에게 있어 오빠는 허우적거릴수록 더 깊이 빠져드는 늪에 던져진 구원의 밧줄이었고 칠흑 같은 어둠이 짙게 드리운 좌절의 마음을 비추어 주는 한 점의 반딧불 같은 존재였다. 나는 만약 오빠가 집에 들어온다면 겨죽을 먹든, 풀을 뜯어 먹더라도 다시는 중국 소리를 하지 않으리라 마음먹었다.

"계십니까. 인민반장입니다."

대문 밖에서 누군가를 찾는 여인의 목소리가 들렸다. 얼른 문을 열어보니 웬만해서는 모습을 보이지 않았던 제대군관 출신의 인민반장의 얼굴만 나무판자 울타리 위에 걸려있다. 무슨 일이냐 싶어 신발을 꺾어 신고 급히 나가 대문을 열어주었다. 마당 안으로 들어선 반장 아주머니는 주위를 의식하며 귀 간지럽게 소곤거리는 목소리로 말을 했다.

"저기요. 읍 분주소(파출소)에 가봐요. 이 집 세대주가 지금 읍 분주소 구류장에 있어요."

"예? 아니 분주소 구류장에는 무슨 일로 들어가 있습니까."

인민반장의 말을 듣던 나는 깜짝 놀랐다. 오빠의 소식을 몰라 속을 태우던 나에게는 희소식이 아닐 수 없었다.

"인민반장 아주머니, 이 집 세대주가 보안서에 있는 걸 어떻게 알았어요?"

나는 다시 물었다.

"얼마 전에 집을 도둑맞은 일이 있잖아요. 보안서에서 찾는다고 연락이 와 갔더니 원명 아저씨가 도둑질한 사람을 때려 그 사람이 심하게 다쳤나 봐요."

평안도 말씨의 반장 아주머니는 자세한 것은 모르겠다고 했다. 분주소에서 오빠가 인민반 사람이 맞는지 확인차로 자신을 불러 갔었다며 몇 마디 더 하고는 돌아갔다. 반장 아주머니는 원명 오빠 집에서 50m가량 되는 거리에 있는 집에서 살고 있었다. 나와도 얼굴을 아는 사이였고 길가에 만나서도 인사를 나누곤 했었다. 다른 때 같으면 결혼 등록도 하지 않고 여자가 들어와 살면 난리를 쳤을 것이다.

세월이 하도 흉흉하다 보니 인제는 큰 문제만 제기되지 않으면 누가 살든 별 관심을 두지 않고 있었다. 나는 길게 생각할 것 없이 읍 분주소를 찾아 갔다. 분주소 접수 대기실에 들어가 찾아온 용건을 말했다. 접수에 앉아 있던 보안원은 전화로 잠시 누군가를 찾는다. 이어 전화기를 놓고는 접수창구 너머로 나를 자세히 내다본다.

"성천동 당당 지도원 사무실로 가보라."

"당당 지도원실이 어딥니까."

"2층에 있어."

대번에 반말질로 대꾸해버리고는 접수 창구문을 닫아 버린다. 워낙 보안원들은 일반 사회 사람들을 사람취급하지 않으니 나 같은 여자에게 반말질은 이상할 것 없는 말투였다. 분주소 안으로 들어가 오빠네 마을 동 담당 보안원을 찾아 사무실 문을 두드렸다.

"들어오시오."

내가 문을 열고 들어가자 누런색 보안원 군복을 입고 내가 들어서
는 것을 바라보는 보안원의 눈길이 싸늘했다.

"무슨 일로 왔소."

"네, 저 다름이 아니고 리원명이라고 분주소에 있다고 해서 왔습
니다."

"리원명이와는 어떤 사이요."

"잘 아는 사입니다."

"그래, 리원명이 재간이 좋은데. 배우 같은 멋진 여자를 사귄 걸 보
니. 근데 말이요. 원래 리원명이 사람을 잘 때리나. 난 착한 사람으로 알
고 있었는데 성질이 몹시 고약스런 모양이야. 이 사람 좀 보라. 어떻게
때렸으면 저렇게 됐어? 아무리 도둑질을 해도 그렇지 말이야. 이빨이 다
섯 대나 빠지고 손을 돌로 쳐서 뼈가 다 부스러졌어. 여! 얼굴 돌리고
한번 보여주라."

출입문 쪽에 등을 돌려대고 조사를 받는 것 같이 보이던 남자를 턱
으로 가리키며 하는 말이었다. 그 남자가 몸을 돌려 나를 향해 보는 순
간 나는 흠칫 놀랐다. 그 사람의 얼굴이 말이 아니었다. 얼굴은 두 눈
주위와 입이며 온통 퍼렇게 피멍이 들어 있었다. 벌린 입을 보니 아래위
앞니가 몇 대 없는 것 같았다. 황토색의 옥도정기만을 바른 양손이 곰
발통 같이 팅팅 부어올라 있었다. 나는 이내 머리를 돌렸다.

"리원명이와 잘 아는 사이라는데 지금 같이 있어?"

"같이 있는 게 아니고 가끔씩 들려 집안일을 도와주고 있습니다."

"동무, 이름이 뭐야? 집은 어디 있어?"

보안원은 내 신상에 대해 꼬치꼬치 캐묻기 시작했다.

"결혼등록을 하지 않고 살면 비법이야. 알겠어? 살려면 결혼등록을
하고 살라."

담당 보안원의 말이 어쩐지 불쾌하게 들렸다.

"네, 알겠습니다."

나는 보안원이 지껄이는 소리를 들으며 속으로 코웃음이 나오는 것을 참을 수밖에 없었다.

북조선에서 잠자리 문화에 대한 이야기는 가까운 친구들끼리 술자리에서나 농담식으로 몇 마디 오갈 뿐 아무런 상식이나 정보가 없었다. 더욱이 배고픔에 시달리는 사람들이 이성 간 감정 따위를 논한다는 것 자체가 격에 맞지 않는 일이기도 했다. 이 나라에서 성에 대한 말을 함부로 했다가는 감옥으로 가야 했다. 김씨왕조는 여자를 옷 갈아입어 대듯 하면서도 일반 주민들에게는 입 뻥긋 못하게 하고 있으니 가마 속 닭대가리도 웃을 일이 아닌가.

조선식 사회주의요. 주체를 떠벌이면서도 저들은 외제차를 타고 음식을 비행기로 날라다 처먹고 있다. 예술단이요. 음악단에 있는 빤빤한 계집들을 밤낮으로 끼고 파티를 벌리며 권력 행세를 하는 꼴을 볼 때마다 이런 생각이 들곤 한다. '김씨왕조 너희들이나 그 사타구니에 붙어 상전에게는 아부, 굴종하고 인민들에게는 광견병에 걸린 미친개처럼 놀아대는 보안원, 너 같은 놈들도 잠자리에서는 벌거벗고 개나 돼지처럼 헐떡대는 모양은 한 가지일 것이다.' 김씨왕조의 거들먹거리는 꼬락서니를 볼 때마다 그 생각을 하면 웃음이 절로 나오곤 했다.

"며칠 전에 리원명의 집에 도둑이 들었던 일 맞아?"

"네, 맞습니다."

"뭘, 도둑 맞혔나."

나는 없어진 물건들을 하나하나 기억을 더듬어 말해 주었다.

"그게 다야, 다른 건 없어?"

"네, 없습니다."

"리선희! 동무도 리원명이한테 몇 번 맞았어?"

"전 한 번도 맞은 적이 없습니다."

"리원명의 말로는 집을 털어간 저 사람이 자기를 잘 알고 집에도 몇 번 왔었다고 하는데 맞아?"

나는 보안원의 말들 듣고 오빠에게 매를 맞았다는 사람의 얼굴을 다시 한 번 들여다보았다. 오빠와 내가 부모님이 계시는 동천으로 가던 날, 길가에서 어딜 가느냐고 물어보았던 사람의 얼굴과 어딘가 비슷하다는 생각이 들었다. 매를 맞아 부어오른 얼굴이라도 알아볼 수 있었다.

"물론 도둑질이 나빠, 그런데 말이야. 아무렴 사람을 저 지경으로 만들어."

"보안원 동지. 리원명이는 어디 있습니까?"

"구류장에 있어."

나는 오빠가 어떻게 저 사람을 찾아내어 손을 댔는지 몹시 궁금했다. 오빠를 만나 봐야 알 수 있는 일이지만 면회를 시켜 줄지 근심스러웠다.

"보안원 동지, 면회를 할 수 있습니까?"

"면회는 못해, 리원명이 어제 점심부터 굶었어. 밥을 날라다 먹여야 해. 가져오지 않으면 누가 밥을 먹여주지 않아. 매일 세끼 밥을 해올 수 있어?"

"네, 해오겠습니다."

담당 보안원은 나에게 몇 가지 질문을 더 하고는 돌아가라고 했다.

"보안원 동지, 언제쯤이면 리원명이 나올 수 있습니까."

"나가긴 어딜 나간다고 그래. 노동단련대에 들어가야 돼. 사람을 저 지경으로 만들어 놓았으면 대가를 치러야 한다는 거 몰라?"

나는 말해 봐야 소용없다는 것을 알고 읍 분주소를 나왔다. 어제까지만도 오빠를 영영 보지 못할 것만 같아 눈물을 쥐어짜며 뜬눈으로 밤을 새웠었다. 비록 구류장에 갇힌 몸이라도 살아있다고 생각하니 조금이나마 마음이 놓이는 듯했다. 지금 내 앞에 오빠가 있다면 실컷 뜯어주고 싶었다. '사람의 속을 태워도 분수 있지 아무 말 없이 나가서는 일을 치고 다니고… 무슨 일이 있어 도둑을 저렇게까지 험상하게 만들었을까.' 필경 무슨 사연이 있다고 나는 생각했다.

'어제부터 식사를 못 했으니 얼마나 배가 고플까. 그럼 어제 분주소에 잡혀 들어갔으면 그동안 어디에 있었지?' 나는 오빠의 그간 행적을 알고 싶었으나 방법이 없었다. '오빠가 나오면 알게 될 것이고 지금은 무엇을 어떻게 해야 하나. 식량도 없고 돈도 없는데.' 나는 오빠의 식사를 보장할 일이 걱정스러웠다. 언제 읍 분주소에서 풀려 나올까. 집으로 오면서 가만 생각해 보니 언젠가 성천동 담당 보안원과 오빠와 잘 아는 사이라는 말을 들은 생각이 났다.

나에게 이죽거리던 담당 보안원의 모습이나 말투도 그렇고 늑대와 같이 사나운 보안원이 어딘가 모르게 상냥해 보였었다. '오빠와 안면이 있으니 그런 것 아닐까' 나는 생각 끝에 원명 오빠의 부모님께 손을 내밀어 보기로 마음먹었다.

다음 날, 아침 일찍 부모님이 계시는 동천갱 마을로 부지런히 자전거 페달을 밟았다.

"아니, 왔다 간지 며칠밖에 안 됐는데 무슨 일이 있었니?"

어머님은 내가 땀을 뻘뻘 흘리며 들어서자 웬일인가 싶어 물어보신다.

"어머니, 저 부모님께 신세를 지려고 찾아왔어요."

나는 부모님께 왔다 간 그날, 집이 털려 당장 먹을 것이 없어 왔다고 말씀드렸다. 그런데 오빠가 사람을 때려 구류장에 들어가 있다는 말을 부모님께 차마 할 수 없었다. 새파랗게 젊은 년이 70세의 나이 많으신 부모님을 도와드리지 못할망정 오히려 손을 내밀어야 하는 부끄럽고 부도덕한 짓거리를 하고 있었다. 며칠을 올리뛰고 내리뛰어도 하루 먹고살기 바쁘던 때에 집까지 말짱 털리고 나니 친척 한 명 없던 나로서는 오빠의 부모님께 손을 내밀 수밖에 없었다.

"영감, 며느리될 애가 여기까지 올 때야 얼마나 바쁘면 왔겠소. 눈 꾹 감고 돼질 한 마리 팔아 애들 장사 밑천도 할 겸 주면 안 되겠소."

어머니의 말을 듣고 있던 아버님은 빙그레 웃으신다.

"노친의 생각이 그렇다면야 할 수 없지. 내가 싫다고 하면 나만 나쁜 놈이 될 것 같아 동의하는 수밖에 없군."

나는 부모님들의 이야기를 듣다 기겁을 해 두 손을 내 흔들었다.

"아닙니다. 아버지, 어머니. 제가 부모님 집에서 키우던 돼지를 팔아 가지고 왔다고 하면 원명 오빠에게 쫓겨납니다. 그러니 돼지만은 안 됩니다. 그저 먹을 쌀이나 조금 주시면 고맙겠습니다."

내가 완강히 반대하자 어머님은 옥수수 50kg을 주저 없이 내주셨다. 열 번 더 머리가 땅에 닿도록 머리 숙여 고맙다는 인사를 올린 그날이, 내가 오빠 부모님을 본 마지막 모습이었다. 나는 자전거 뒤꽁무니 양옆에 25kg씩 차고 부모님의 집을 떠났다. 어머니는 마을 입구까지 따라 나오셔서 아버님 몰래 내 손에 1만 원을 쥐어 주시고는 어서 가라며 돌아서신다. 그러시는 어머니를 보니 친정어머님이 생각나 자전거를 타고 오면서 내내 흘러내리는 눈물을 닦아야 했다.

원명 오빠 부모님들은 연로한 몸이심에도 잠시도 가만 계시지 않으셨다. 집짐승만 해도 개 세 마리, 모돈 돼지가 있었다. 집에서 술을 만들어 팔고 그 술 찌꺼기를 먹여 100kg이 넘는 모돈 돼지를 두 마리나 키우고 계셨다. 1년에 두 번씩 낳은 새끼 돼지와 술을 팔면서 살다 보니 남들은 굶어 죽는다고 아우성칠 때 옥수수밥은 떨구지 않고 계셨다. 나는 오빠 부모님들의 모습을 보면서 이런 생각을 하곤 했다. '70세의 연로하신 분들도 저렇게 억척스레 사시는데 젊은 년, 놈들이 굶어 죽는다는 것은 말도 안 된다'고 말이다.

나는 회령 오빠의 집에 도착해 옥수수 30kg을 시장에 내다 팔아 2만 원을 손에 쥐었다. 그날 저녁으로 남문동 담당 보안원의 집을 찾아갔다. 내 키보다 더 높은 대문을 몇 번 두드려서야 여성의 말소리가 들린다.

"누구예요?"

"보안원 동지를 만나러 왔습니다."

"아직 퇴근하지 않았어요. 올려면 아직 멀었어요. 8시가 지나야 올 거에요."

마당에 들어선 나는 보안원 아주머니에게 오빠 일로 찾아온 용건을 말하고 무작정 보안원 아주머니에게 2만 원을 손에 쥐어 주었다.

"보안원 동지에게 잘 말해 주십시오. 리원명 오빠는 그런 사람이 아닙니다. 안다고 했던 사람이 집을 털어갔으니 아마 더 분통이 터져 손을 댔는가 봅니다. 그러니 단련대에 보내지 말고 한 번만 도와주십시오."

보안원 아주머니는 알았노라며 집에 가서 기다려 보라고 했다. 그렇지 않아도 언젠가 원명 아저씨를 이미 전에 남편이 알고 있는 사이라며 말하더라는 것이다. '오빠가 노동단련대는 가지 않겠구나.' 나는 아주머니의 말을 들으며 환성을 올렸다. 그날부터 오빠는 일주일을 회령시 읍 분주소 구류장에 갇혀 있다 풀려 나왔다. 해가 떨어질 무렵, 수염이 더부룩한 수척해진 모습으로 집에 들어서는 오빠에게 고생했다는 말에 먼저 어떻게 된 일인가 따져 물었다.

"오빠, 어떻게 된 일이에요. 나한테 무슨 노여운 일이 있어 간다 온다 말 한마디 없이 집을 나가 사람을 이렇게 속을 태워요. 예! 오빠, 말 좀 해보세요. 무슨 일이 있었어요?"

"일이 그렇게까지 번질 줄 몰랐는데 좀 우습게 됐어."

나는 한숨을 쉬고는 밥상부터 차렸다.

"고생했어요. 오빠, 그런데 그 사람은 어떻게 잡았어요?"

보름 가까이 술 한 잔 입에 대지 못했으니 술 생각이 간절했는지 연이어 몇 잔을 비우고는 입을 열었다.

"그 자식을 잡느라고 며칠 동안 회령 시내를 뒤지며 그놈을 안다고 하는 사람들을 찾아다녔어… 그 애네 집근처에 잠복해 있다 붙잡았을 때는 사실 손까지 댈 생각이 없었는데 말이야. 다 알고 있는데도 아니라고 곧장 우격을 쓰며 거짓말을 하더라고."

밥 몇 술을 넘기고는 다시 말을 이었다.

"그래 하도 열받아 나도 모르게 주먹질을 한 것이 그렇게 된 거야."

"아니. 오빠, 그래도 그렇지 그 사람 앞 이빨이 그렇게 다 부러졌으니 어떡해요. 근데, 담당 보안원의 말이 손가락뼈가 부서졌다는데 그게 무슨 말이에요."

"그런 새끼는 다시 도둑질을 못 하게 손모가지를 부러뜨려야 해. 오류이 성성해 남의 집이나 털어 처먹고… 내가 이번에 그 자식을 알아보니 그놈은 도둑질을 전문 해먹고 살았더라고. 개만도 못한 놈. 우리 집을 털 때 데리고 왔던 열댓 살 나는 아이는 말이야. 그 자식은 자기는 집주인이 오지 않나 밖에서 망을 보고 어린아이에게 물건들을 훔쳐 오게 하는 식으로 도둑질을 했어. 손까지 댈 생각은 없었는데 곧장 아니라며 뻣뻣하게 맞서 길래 열받아 주먹질 조금 했어."

오빠의 말을 들으니 먹을 것이 없어 남의 물건을 훔치는 것이 아닌 전문털이범이었다. 정말 도둑도 나쁜 도둑놈 같았다.

"그 자식은 될수록 모르는 집은 털지 않고 집 내막을 잘 아는 집만 골라 털었다는 거야. 물건을 산다든가. 무엇을 물어보는 척 들어갔다가

주인이 없으면 못뽑이 빠루로 우리 집에서 한 것처럼 열쇠나 문을 부수고 들어가는 방법을 썼어. 그 자식은 돈이 될 만한 물건들은 닥치는 대로 훔쳐서는 술 처먹고 계집질로 날을 보내며 살았더라. 남을 아프게 하고 망가뜨리기를 밥 먹듯 하는 놈은 한번 혼나 봐야 정신을 차려.”

오빠는 밥을 먹다 말고 담배를 붙여 물었다.

“담배 생각이 나 견딜 수가 있어야지.”

“아니, 오빠는 내가 집에서 속이 까매 기다릴 생각보다 담배가 더 중했던가 봐요.”

내 말에 물끄러미 나를 쳐다보던 오빠는 히죽이 황소 웃음을 지우며 담배를 끝머리까지 뻑뻑 빨아댄다. 재떨이에 담배꽁초를 비벼 끄고는 다시 밥상에 다가 앉았다.

“선희야! 무슨 말을 그렇게 하니. 아무렴 리선희보다 담배가 더 중할까. 그렇지 않아도 선희 생각을 했다. 다시는 그런 일이 없을 거야.”

나는 오빠가 집에 들어오면 가슴을 꼬집어 뜯어주려던 생각을 까맣게 잊고 정신없이 오빠를 바라보며 안도의 숨을 내쉬었다. 그간 부모님에게 옥수수를 가져오던 일이며 담당 보안원을 찾아 갔던 일을 말해주었다.

“무슨 방도가 나야겠는데. 옥수수마저 떨어지면 큰일났구나.”

나와 오빠는 얼마 남지 않은 옥수수 자루에 명줄을 걸어야 했다. 막막하기만 한 먹고살 일을 어떻게 하면 해결할 수 있을 것인지 밤늦게까지 이야기를 나누다 잠자리에 들었다. ‘눈물은 내리고 밥술은 오른다’는 말이 있듯이… 우리에게는 한 치 앞도 보이지 않는 내일의 걱정보다 더 급히 할 일이 있었다. 보름 넘게 나를 안아보지 못했던 오빠는 당장 마음의 충동을 나에게 풀어놓기에 바빴다. 어쩌면 인간들은… 그 일을 빼 놓을 수 없는 것이 이성 간의 생활인 것 같았다.

유혹은 어디까지

오빠가 돌아오자 중국에 대한 생각이 다시금 모락모락 살아나 나를 거들기 시작했다. 아무리 둘러봐도 조선에서는 돈을 벌 수 있는 길이 보이지 않는다. 그렇다고 오빠에게 중국 소리를 하면 또 무슨 일이 벌어질지 알 수 없었다. '어떻게 할까. 중국으로 가야 할까 아니면…' 서나 앉으나 내 머리에는 중국이라는 이름과 함께 그곳에 가야만 돈을 벌고 살 수 있다는 생각의 수채 바퀴가 쉼 없이 돌아가고 있었다.

오빠를 보면 '가지 말까' 했다가도 집 살림을 생각하면 '아니야. 마음을 모질게 먹고 1년만 참자.' 나는 수렁의 늪에 빠져 허우적거리며 지푸라기라도 잡고픈 마음으로 갈팡질팡 방황을 거듭했다. 가난이 원수라는 말처럼 없는 데서 싸움이 나고 가지 말아야 할 구류장에 갇혀 죄인 취급을 받은 오빠를 보니 눈물이 났다. '저렇게 살겠다고 안타까이 몸부림치고 있는 사람조차도 살아갈 수 없는 이 나라에서 우리 같은 인간들이 무엇을 어떻게 하면 살 수 있을까.' 나는 아무리 생각해 봐도 앞이 캄캄하기만 했다.

　오빠만 허락하면 중국으로 갈 수 있었다. '남들은 돈을 벌어온다면 좋아라. 어서 보낸다는데 오빠는 왜 한사코 반대를 할까. 나는 욕을 먹을 셈치고 다시 한번 오빠에게 중국 애기를 해보리라' 마음먹었다. 나는 어떻게 하면 오빠를 노엽히지 않고 내 생각을 실천할 수 있을지 고민에 고민을 거듭했다. '잠자리에서 어떨까, 아니면 맛있는 음식에 술대접?' 나는 두 방법을 함께 써보기로 했다. 날을 골라 오빠에게 이야기할 기회를 만들어 볼 생각을 하며 준비를 했다.

　"오빠, 구류장에서 죄인 취급을 받다 보니 몸이 많이 축간 것 같아요. 오늘 저녁은 내가 한턱낼게요."

　오빠는 유별나게 순두부를 좋아했다. 나는 어머님이 주신 돈을 덜어내어 술이며 순두부를 사오고 시장에 나가 한 가지 음식이 한 접시될 만큼 돼지고기며 반찬거리들을 조금씩 세라봉지에 담았다. 오빠에 대한 내 마음과 정성이 담겨져 있는 음식을 보여주고 싶었다. 더 중요하게는 무슨 수를 쓰든지 오빠의 환심을 끌어 중국행을 실현시키고야 말겠다는 생각에 몰두했다. 마치 요리사 자격증을 따야 하는 지망생 같다고 할까. 내 머리 두뇌의 한계에 성적을 매기는 시험장에 서 있는 것 같았다.

　'오빠가 이번까지 승낙 안 하면 어떡하지? 그래도 최선을 다해 보자.' 나는 오빠가 들어오길 기다리며 열심히 밥상을 준비했다. 옆집 개가 짖어댄다. '오빠가 오는가 보다.' 시험성적표를 받기 전 마음 같이 심장이 두근두근댄다. '왜 마음이 이렇게 불안할까.' 멀리서부터 스적스적하는 오빠 특유의 발걸음 소리가 들린다. 집으로 들어서는 오빠의 얼굴을 살펴보니 웃음 어린 밝은 모습이다.

　"입에서 근침이 맛있는 음식이 기다린다며 빨리 집에 가자고 재촉을 해 부지런히 왔는데 정말이구나."

"오빠, 배고프지요. 조금만 기다려 주세요. 다 됐어요. 윗방에 갈아 입을 속옷들을 꺼내 놓았어요. 식사하기 전에 먼저 갈아입어요."

나는 밥상에 준비했던 음식 그릇들을 올려놓았다.

"선희, 속옷을 갈아 입은 지 며칠 되지 않았는데 벌써 갈아입어?"

"오빠두 참, 요즘 날씨가 더워 땀이 나고 먼지가 많이 나잖아요."

"자주 갈아입고 깨끗하면 나야 좋지. 선희가 빨래하기 힘들어 할까 봐 걱정되어서 그러는 거야. 어, 이거 새 속옷을 사왔어?"

"네. 오빠, 그런 걱정 안 해도 되요. 보세요. 나두 오빠에게 곱게 보일여고 오늘은 제일 좋은 옷을 입었어요."

"오늘 웬일이야. 어젯밤 내 꿈에 특별한 것이 보이지 않았는데. 화장도 다 하고. 모르겠다. 선희가 말로 안 되는 일이 있으니까 나를 녹이려고 드는 건지…"

오빠 말이 맞았다. 나는 웬만해서는 밖에 나갈 일이 없으면 집에서는 얼굴을 거울에 대고 연지곤지 바르는 일을 하지 않았다. 그런데 오늘은 사정이 달랐다. 오빠 눈에 여자의 모습으로 보이려고 조금 신경을 썼다. 어머님이 주신 돈으로 며칠 전 시장에서 속옷가지들과 일반 화장품을 사 장롱에 넣어 두었다. 크림을 살짝 바르고 머리단장은 물론 속옷도 보기 괜찮은 것으로 갈아입었다.

"웃겨 보느라고 한 소리예요. 오빠, 어서 밥상에 앉으세요."

나는 분위기를 한껏 뛰어보려고 덩치 큰 몸에 애교를 부려 보았다. 오빠 앞에 놓은 술잔에 술을 먼저 따라놓았다.

"와! 무슨 일인지 모르겠는데 어찌 됐건 잘 먹겠어. 선희도 한잔 마셔야지."

오빠는 내 앞에 술잔에 술을 따라준다. 쨍소리 나게 마주 찧은 오빠는 단숨에 술잔을 비웠다.

"카아, 이거 어느 집 술이요. 도수가 그전 술보다 높은데."

"그래요. 난 모르겠는데요."

나는 오빠 말에 모르쇠를 했다. 우정 동네 술 파는 집 아주머니에게 특별히 부탁해 도수 높은 술을 두 병 준비했었다. 조금 특별한 반찬들을 오빠 앞에 놓아주고 술을 따라주면서도 머릿속에는 언제 중국에 가는 말을 꺼낼까. 입이 간질간질거렸다. 할 거야? 말 거야? 내 머리는 입을 향해 채찍질을 계속 해댄다. 그런데 왠지 입에서 말이 나가질 않고 혀끝에서 맴돌고 있다. '맛나게 식사하는데 분위기를 깨지 말고 잠자리에서 보자.' 나는 다음 일을 계획했다.

밥상에서 중국 소리를 꺼내는 것을 그만두기로 하고 다른 말을 하며 식사 시간을 보냈다.   그 시간이 다가오고 있었다. 다른 날 같으면 너무도 일상적인 잠자리이건만 나에게는 집안의 중대사를 결정짓고 만들어 내는 아주 특별한 만남의 자리라는 생각이 들었다. 오빠는 그간 구류장에 갇혀 심한 정신적 충격을 받아서인지 아니면 육체적으로 힘들어서인지 집에 온 첫날 밤, 한 번 내 곁에 오고는 그 일을 까맣게 잊은 것 같았다.

"오빠, 요즘은 전혀 제 생각을 하지 않는 것 같아요. 오빠도 힘들었겠지만 저도 오빠 일 때문에 얼마나 힘들었는지 알아요?"

"그래? 내 몸이 허락지 않아 그런지 미처 선희가 곁에 와 주었으면 하는 생각을 못했어. 미안해."

"오늘은 내가 오빠를 위해 특별히 준비한 선물이 있어요. 안마를 해줄게요. 그리고 또 다른 봉사를 해드릴 테니 제 요구도 들어주세요. 알았지요?"

"좋아. 선희가 요구하는 것이라면 천길 벼랑도 뛰어내릴 준비가 되어 있다는 것을 이미 알고 있을 텐데."

'드디어 내 생각이 실천되는가 보다.' 오빠 말에 속으로 만세를 불렀다.

나는 오빠에게 오늘만은 쉽게 내 몸을 내어주고 싶지 않았다. 애간장을 좀 말리고 싶었다. 여자가 자신의 목적이나 뜻을 이뤄보려고 할 때 쓸 수 있는 최후의 수단이라는 것을 완벽하진 못해도 희미하게나마 알고 있었다. 가정생활, 사회경험, 영화나 소설에서 느끼고 보아왔던 것을 오늘 오빠를 통해 시험해 보고 싶었다. 물론 내 사람을 시험 대상에 올리는 것은 못할 짓이라 생각하면서도 완고한 오빠의 마음을 돌리는 이 일이 내가 던질 수 있는 처음이자 마지막 카드였다.

"오빠, 우리 오늘 다른 날보다 좀 더 재미있게 즐겨 봐요."

"어떻게 말이야."

"오빠는 매번 하던 방식 그대로 하는 것이 지겹지도 않아요? 오늘은 내가 하자는 대로 하면 오빠 입에서도 탄성이 터져 나올 거니까 그리 알고 나에게 몸을 맡겨요."

"그래? 어떻게 하길래. 그럼 선희 마음대로 해봐."

며칠 동안 머릿속 상상으로 그려보고 오려내어 만들어 낸 나만의 특선 작품이랄까. 어쨌든 오빠의 마음을 사로잡아야만 했다. 나의 중국행 계획을 승인 받아야 한다는 강박관념에 집착한 나머지 만들어 낸 작품을 선보이려는 자리다. 오빠의 얼굴을 보니 무슨 마술사에 홀린 사람처럼 멍하니 내가 무슨 짓거리를 하려는지 몹시 기대되는 표정이다.

나의 특별한 잠자리 계획이 실천으로 돌입하기 시작했다. 도둑이 벗겨간 이불 거죽을 갈아 놓아 새것처럼 보이는 산뜻한 이불과 깔개를 두 겹 놓고 오빠의 배가 아래로 향하게 했다. 오빠의 몸, 마디마디를 가볍게 주무르며 안마를 시작했다.

"어, 시원하다. 이런 건 어디서 배웠어. 끝나면 나도 선희에게 해줄게."

오빠는 겨드랑이며 발바닥을 만질 때마다 간지럽다며 몸을 비튼다. 나는 30분 넘게 몸 전체 부위를 두드리고 주물러 주었다.

"선희, 이젠 그만하고 내가 해 줄 테니 엎드려."

"오빠, 오늘은 내가 오빠를 위해 하는 봉사니까 제가 하자는 대로 해요."

나는 오빠의 예민한 부분을 애무하며 한껏 자극시켜 흥분을 유도했다. 얼마간 내가 그 일을 하고 있을 때 오빠는 더 참지 못하겠는지 나를 번쩍 안아 들어올리고는 이부자리에 던져 버린다. 오빠가 속옷마저 벗어 던지고 나를 향해 다가오는 순간, 나는 몸을 일으켜 앉았다. '이때다. 이 기회를 놓치면 다시는 돌아오지 않는다.'

"오빠, 우리 일을 하기 전에 제가 오빠에게 한 가지 허락을 받을 일이 있어요. 제 요구를 들어주시면 저도 몸을 오빠에게 맡기고 오빠가 승낙 안 하면 내 몸을 오빠에게 줄 수 없으니 어떻게 하겠어요. 허락하시죠."

"선희야. 뭔데 잠자리에서까지 그렇게 신중하게 이야기하고 있어. 우리 사이에 뭘 승인하고 말고가 있니. 그래 알았다. 무슨 일이야. 허락할게."

"오빠, 정말이지요? 오빠는 남자니까 한 입으로 두말 하면 안 돼요. 자, 우리 서로 똑바로 보면서 손을 걸어요."

이러는 내가 이상해 보였는지 소리 없는 웃음을 지우며 오른손을 들어 내 손을 잡는다. 우리는 그야말로 코미디 연극 대본의 한 장면을 연출하고 있었다. 벌거벗은 알몸 상태로 약속을 받아내야만 하는 내가 민망스러웠다. 그러나 이 방법 외에는 다른 길이 없음을 나는 너무도 잘 알고 있었다.

"자, 우선 손을 걸어요. 그 다음 말할게요."

나는 오빠의 약지 손가락에 내 손가락을 걸고 엄지손가락 도장을 찍었다.

"오빠, 우리 약속했어요. 오빠는 분명히 내 소원을 들어준다고 했어요."

"그래 소원을 분명히 들어준다고 리원명이 입으로 말하고 손도장을 찍었다."

"오빠. 그럼 내가 말하려고 했던 소원을 말해도 돼요?"

"말해라. 무슨 소원이길래 나를 발가벗겨 놓고 이런 망측한 짓을 하는지 어디 말해 봐라."

오빠는 웃으며 나를 꼭 껴안아 눕히고는 자기의 넓적 다리 위에 내 머리를 들어 올려놓으며 재촉했다. 순간 내 눈앞에는 장엄한 숲 한가운데서 하늘을 우러러 우뚝 포신을 치켜세운 오빠의 그 사랑의 화신이 나를 지켜보고 있었다. 그 사랑의 화신은 따뜻한 옹달샘 물이 솔솔 흐르는 튤립꽃 모양의 아늑하고 은밀한 나의 안방에 육신의 혼과 정을 담은 물줄기로 융단 포격을 쏟아부으려고 발사 명령을 기다리고 있음이 분명했다. 그 친구에게 나는 한쪽 눈을 윙크하며 속삭였다.

'조금만 기다려. 너의 주인이 허락하기 전까지는 꿈도 꾸지마. 알았지.' 주먹을 으스러지게 움켜쥔 개선장군의 무쇠 팔뚝마냥 서슬 퍼렇게 위세등등한 그 포신의 머리님을 손가락으로 몇 번 톡톡 튕겨보며 나는 오빠의 반응을 주시했다. 오빠의 입이 함박꽃 모양으로 변해가고 있었다. '때는 이때로다.'

"오빠, 다른 일이 아니구요. 내가 그전에 말했다 오빠에게 욕먹은 그 일이에요. 중국에 돈 벌러 가는 일을 허락 받고 싶어서요."

내 말을 듣고 있던 오빠는 어처구니가 없는 모양인지 코웃음에 가까운 소리로 한참이나 너털웃음을 짓더니 나를 내려본다. 잠시 후, 내 머리를 들어 다리에서 내려놓았다.

"선희야, 그 일 때문에 도깨비도 웃고 갈 이런 일을 꾸며냈니. 너도 어지간하구나. 그래. 알았다. 반승낙을 하마. 그런데 내가 왜 그토록 선희가 중국으로 가는 걸 반대하는지 한번 생각해 봤어?"

"오빠, 난 복잡하게 생각하고 싶지 않아요. 우리가 살아야 하는데 무슨 공식이 따로 있겠어요. 다 오빠와 나, 우리 아이들을 위한 길이 아니겠어요."

"말을 알아들었으니 그 일은 내일 다시 진지하게 토론하면 안 될까."

오빠의 얼굴에 웃음이 사라지고 있었다. 삶의 애정이 넘치던 분위기는 어디론가 서서히 자취를 감추고 오빠가 신중한 표정으로 나를 보는 것이 두려웠다. 나만의 역설적인 고집으로 모처럼 마련한 자리가 흰 서리 하얗게 낀 냉기 흐르는 차디찬 얼음판으로 변할 것 같아 오늘은 이만 하기로 마음먹었다. '오빠가 반승낙을 한다고 했으니까. 그만하면 오늘은 내가 성과를 거둔 거나 마찬가지야.' 나는 내일 마저 반승낙을 받아내기로 하고 몸을 오빠에게 맡겨 버렸다.

다음 날, 아침 밥상을 거두고 오빠와 마주 앉아 되든 안 되든 중국 문제를 끝내고 싶었다. '좋은 말도 여러 번 하면 듣기 싫다'는 말처럼 너무 오래 끌면 오빠도 나도 서로가 감정만 나빠지게 될 것 같았다. 오빠는 아무 말 없이 조용한 눈길로 내가 하고 있는 부엌일을 지켜보고만 있다.

"선희, 올라와 앉소. 어제 하던 말을 오늘은 매듭지어야 할 것 같아."

"네, 금방 올라갈게요."

우리는 서로를 조심히 경계하며 마주 앉았다.

"선희, 꼭 들어가야 하겠어? 나는 선희가 중국에 들어가는 문제를 무조건 안 된다는 것이 아니야. 다만 신중하게 생각하고 일처리하길 바랄뿐이지."

"오빠의 마음을 잘 알고 있어요. 저를 생각해서 그런다는 걸. 오빠, 제가 왜 그토록 제 주장을 고집하는지도 오빠는 잘 알지 않아요. 전번에도 말했지만 이 나라에서는 희망이 없어요. 아무리 애를 써봐야 죽벌이 하기도 힘든데 어떻게 살겠어요. 얼마 있지 않아 애들이 생기면 그때는 정말 답이 없어요. 홀몸일 때 장사 밑천이라도 만들어 놓아야 한다고 전 생각해요."

방 안에 서로의 주장만을 고집하는 말소리가 오갔다. 어젯밤 분위기와는 정반대 현상이 일어나고 있었다.

"선희, 길게 말하고 싶지 않아. 또 선희와 이 문제로 다투고 싶지도 않고. 그러나 이것만은 명심하면 좋겠어."

오빠는 속이 답답한지 창문을 열어 제치고 담배를 말아 불을 붙였다.

"물론 중국에 들어갔다 다 잡히거나 잘못되는 건 아니요. 돈을 벌어가지고 나온다는 사람들의 말을 들어보면 그 사람들은 사돈의 팔촌이라도 친척들의 도움을 받거나 그들의 소개로 일을 해가지고 나온 사람들이요. 그런데 선희는 아무도 아는 사람이 없지 않소, 아버지 친척이 한 분 계신다는 것도 생사를 전혀 모르지. 중국에서 조선 여자들은 신세가 어떤지 알고나 있어? 벼락 맞은 소고기 신세야. 불법으로 체류하고 있는 약점을 이용해 중국 남자들은 조선 여자들을 완전히 창녀 취급을 하고 있단 말이요. 저들의 요구에 복종 안 하면 공안에 고자질해 버리고… 나는 선희가 그렇게 될까봐 걱정스러워서 그러는 거요."

"오빠, 그렇다고 앉아서 굶어 죽고 있겠어요. 중국 사람들이 다 그렇게 다 나쁜 사람들이 아닐 거예요. 내가 아는 사람들은 일 해가지고 돈을 벌어가지고 나왔어요. 그래서 저와 함께 들어가자는데 오빠는 이러지도 저러지도 않으면서 반대만 하고 있잖아요."

내 마음을 너무도 몰라주는 오빠가 지금처럼 미워보기는 처음이다. 왜 저리도 몰라줄까. 나는 그만 눈물을 쏟아내고야 말았다. 엉엉 소리 내어 울면서 무엇이 잘못이냐고 대들었다.

"오빠. 어쩌면 오빠는 그리도 제 마음을 몰라주세요. 물론 지금껏 오빠가 아글타글 뛰어다닌 덕분에 이렇게 먹고 산 일을 저는 너무 잘 알고 있어요. 그런데 전 뭐예요. 오빠 제 심정을 조금이라도 알려고 생각해 봤어요? 매일 매 순간 오빠 눈치를 보며 한숨만 쉬고 있는 오빠를 볼 때마다 제 마음이 얼마나 아픈지 알기나 해요. 오빠, 우리가 왜 이렇게밖에 살 수 없는데요. 일해서 돈을 번다는데 오빠는 무엇이 그리 두려우세요. 다른 집 애들이 굶어 죽어 길가에 널려 있는 것을 오빠도 수없이 봤잖아요. 또 오빠 손으로 거두기도 했구요. 우리 아이들이 그렇게 되지 않을 거란 담보가 어디 있어요. 그때 애들 보고 애비, 에미가 구실 못해 미안하다고 말할 거예요? 그래 오빠와 나, 지금까지 어떤 이별의 아픔을 당하면서 살아왔어요. 오빠는 자식과 생이별을 당했지요. 오빠도 나를 너무나 잘 알지 않나요. 핏덩이 같은 갓난아이를 군화발에 밟혀 죽이고 애 아빠가 총에 맞아 죽고. 이게 다 누구 탓이고 무엇 때문에 그렇게 됐어요. 못살고 가난해서 그렇게 된 것 아니에요. 오빠. 말 좀 해보세요."

나도 더는 물러서고 싶지 않았다. 내가 울며 달려들자 오빠는 아무 말 없이 눈물이 글썽해 창문만 바라보고 있었다. 잠시 후, 머리를 돌려 흐르는 눈물을 닦을 생각 않고 나를 하염없이 바라보는 오빠를 보니 내 마음도 갈갈이 찢기는 것만 같았다.

"오빠는 언젠가 함흥시장에서 애들이 죽어 넘어진 것을 보고 동사무소에 싣고 가면서 저에게 뭐라고 말했어요. 이 더러운 세상에서 살고 싶지 않다고 말했지요. 우리가 굶어 죽으면 누가 기념비를 세워 오빠나 내 이름을 새겨 주고 영웅대접해 줄 것 같아요. 시체가 길가에 널려 있어도 거들떠보지 않는 짐승만도 못한 인간들이 나라를 통치하는데 우리를 먹여 살려 주길 오빠는 바라세요. 우리가 아무리 아글타글 뛰어다녀도 살 수 없는 것을 어떡해요. 언제까지 이렇게 살 순 없잖아요. 오빠, 우리가 왜 이렇게 살아야 하는데요. 비록 남의 나라 땅이라도 일하면 돈을 벌수 있다고 하잖아요. 오빠. 전 이렇게는 살기 싫어요…"

나는 지금까지 우리가 이렇게 된 것이 마치 오빠가 저질러 놓은 일인 것처럼 서러움이 북받쳐 울며 하소연했다. 오늘날, 우리뿐 아니라 온 나라가 겪고 있는 재앙 같은 어둠이 마치 오빠가 만들어 낸 것처럼 그 책임을 물으려는 듯이 그랬다. 너무도 순진하고 고지식한 애긋은 오빠에게 매달려 분풀이를 해대며 위안을 찾고 싶었다. 그러는 나를 보고만 있던 오빠는 아무 말 없이 일어서더니 밖으로 나가버린다. 나는 오빠가 나와 떨어지기 싫어 저런다는 것을 알고 있었다. 그렇다고 손가락을 빨며 살 수 없지 않는가. 손이야 발이야. 애원도 해보고 간절히 달래도 보았다. 물론 오빠도 나와 함께 떠나줄 수 없는 마음 얼마나 속상하리라는 것을 십분 이해가 간다. 하지만 그토록 안타까운 나의 절규에도 선뜻 동의를 해주지 않는 오빠가 야속하기만 했다. 나는 하루 종일 울며 오빠와 함께했던 일들을 돌이켜 보았다. 우리에게 상처만 남긴 중국으로의 밀입국을 하지 않으면 안 되는 내 신세가 처량하고 조선이라는 나라에서 태어난 것이 한스럽다는 생각을 넘어 증오와 분노가 끓어 번진다. 오빠의 곁을 떠날 수밖에 없는 나는 쏟아지는 눈물을 닦을 생각을 않고 오빠가 사라진 대문 밖을 바라보며 결심을 굳혔다.

'아니야. 떠나야 해. 우리가 남들보다 무엇이 못해 쪽박을 차고 구걸질을 하면서 살아야 하는가. 이렇게 더는 못 산다. 자꾸만 오빠 곁에서 앙탈을 부려 힘들게 하지 말고 훌쩍 떠나자. 중국에 가서 자리를 잡은 다음 소식을 알리면 될 것 아닌가. 그러면 오빠도 따라들어올 거야. 인제 내가 할 수 있는 것은 말이 아닌 행동이다.'

며칠 후, 나를 중국으로 데려가 줄 브로커를 소개해 주겠다고 했던 언니를 찾아가 내 생각을 이야기했다.

"알았어. 며칠 기다려 봐. 지금 그 사람이 회령에 없어. 다음 작업 날이 잡히면 연락해 줄게. 그러니 집에 가서 기다려."

언니가 말하는 것을 보니 브로커가 중국에 들어가 있는 것 같았다. 나는 알았다고 대답을 하고 돌아와 브로커 소식을 기다리기로 했다.

목숨의 한계

비 구경을 한 지도 퍽이나 되었다. 구름 한 점 보이지 않는 파란 하늘에서는 산과 들에 불이라도 달아 놓으려고 작정을 한 모양이다. 지글지글한 뙤약볕을 쏟아붓고 있었다. 열기를 한껏 머금은 대지는 뜨거운 아지랑이를 뱉어낸다. 밖에 나가면 대개 점심시간은 집에 들어오지 않던 오빠가 윗옷은 손에 들고 러닝셔츠 바람으로 들어선다. 나는 옷가지들을 빨려고 플라스틱 버치에 담아 강가에 빨래를 가려던 참이었다. 부엌에 들어선 오빠는 수돗물을 틀어 한참 흘려보내고 나서 플라스틱 바가지에 수돗물을 받아 벌컥벌컥 마시는 것이었다.

"아니, 오빠! 수돗물 마시지 마세요. 그 옆에 끓여놓은 물이 있는데 녹물이 나오는 걸 마시면 어떻게 해요."

"더워서 그래. 수돗물은 차니까. 시원하잖아."

"그러다 배탈나겠어요. 요즘, 장티브스, 파라티브스 전염병이 돈다고 하던데."

"끓인 물은 뜨뜨미지근해서 그래."

수돗물을 먹지 말라는 내 말을 듣지 않고 한 사발 더 받아서는 곱빼기까지 했다. 쇠 녹물이 나온 것은 어제, 오늘 일이 아니지만 요즘은 특별했다. 수도꼭지만 틀면 벌건 녹물이 커다란 버치에 넘칠 정도가 될 때까지 나오곤 했다.

수도관을 땅에 묻은 지 수십 년이 되다 보니 쇠관이 삭아버려 구멍이 뚫렸을 건 너무도 당연한 일이었다. 그러니 흙과 쇠녹이 물과 함께 한데 흘러나왔다. 그것도 전기가 모자라 시간을 정해 놓고 하루에 한두 번씩 배급제를 실시하고 있었다. 나라의 경제가 거덜 날대로 난 뒤여서 먹는 물을 소독할 소독제마저 생산 못해 강물을 정제하지 않고 그대로 내보내고 있었다. 회령시 주민들이 먹는 수돗물은 회령천 강에서 십 수 미터 옆에 직경이 5미터가 넘는 커다란 콘크리트 탱크 여러 개를 만들어 그 안에 고인 물을 여과시켜 공급하고 있었다. '업친 데 덮친다'는 말처럼 가뜩이나 식량난에 먹지 못하고 영양실조에 걸린 사람들에게 장티푸스, 파라티푸스 전염병이 퍼져 사람들을 무리로 쓸어갔다. 회령시는 물론이고 전국적으로 장염이 기하급수적으로 퍼지기 시작했다. 어디서는 얼마나 죽었다는 말이 돌 만큼 사람들을 무리로 거꾸러뜨렸다.

점심을 먹고 나서 한 시간 지났을까.

"선희, 배가 아파 죽겠어. 변에 누런 곱이 섞여 나와. 집에 설사약 가지고 있는 것 없어?"

밖에 있는 변소에 갔다 온 오빠가 방에 들어서기 바쁘게 물어본다.

"설사약이 없어요. 오빠가 그전에 얻어온 아편 진이 조금 있을 거예요. 그걸 태워 잡숴 보세요. 혹시 도둑이 가져가지 않은지 모르겠다."

나는 식장 서랍을 뒤져 아편 진(민간요법으로 뇌출혈(중풍)로 쓰러진 환자에게 입쌀 알 크기의 아편진을 먹이면 환자가 잃었던 의식을 회복한다고 알려져 있다. 대장염이나 설사 때 아편진을 태워 먹으면 웬만해서는 잘 낫는다는 것이 임상경험으로도 입증이 되었다. 그런 까닭에 텃밭을 가지고 있는 집들에서는 아편을 조금씩 심어 진을 받아 건사했다가 급할 때 쓰곤 했다. 약 살돈도 없거니와 약 자체가 턱없이 모자라는 북조선에서 일반인들이 궁여지책으로 만들어낸 민간요법이기도 했다)을 찾기 시작했다. 은지에 몇 겹 꽁꽁 싸두었던 두부콩알 두세 개 합친 것만 한 아편 진을 찾아냈다. 집에 들어왔던 도둑의 눈에 띄지 않은 모양이다. 성냥 대가리만큼 아편 진을 떼어 라이터 불을 붙였다. 석유등잔 심지에 불을 붙인 것처럼 불길이 일며 타들어 간다. 아편 진을 먹은 지 얼마되지 않아 또 변소를 다녀와서는 얼굴을 찡그리며 배를 그러쥐고 말없이 앉아만 있는다. 배가 몹시 아픈 모양이다. 웬만해서는 아프다는 이야기를 하지 않던 오빠였다. 덥다며 마신 그 수돗물이 탈을 부른 것 같았다. 잠시 후, 다시 변소로 향한다. 한번 가면 20분 넘게 있다 들어오곤 했다. 한 시간에 벌써 네 번 넘게 변소에 들락거린다. 하루가 지나도 나을 기미가 보이지 않는 것 같았다.

"선희, 아편을 먹어도 소용이 없어. 그냥 일 같지 않아. 변에 피 같은 고름이 섞여 나오고 있어."

오빠 말을 듣던 나는 겁이 덜컥 났다. 오빠가 전염병에 걸린 것 아닐까 하는 걱정이 앞섰다. 그 병에는 약도 없었다. 몇 안 되는 동 진료소라든가 하나밖에 없는 회령시 병원에 근무하던 의사들이 출근을 하지 않았다. 먹거리 구입을 하느라 장사를 떠나지 않으면 산에 매달려 산열매며 나물 따위 채취를 하다 보니 병원에 의사는 물론 약이 있을 리 만무했다. 하루 동안 오빠가 변소 출입을 한 횟수가 무려 십수 번이 넘었다.

몸에서 나온 변을 그대로 볼 수 있는 뜰 안 변소에 가보니 정말 변이 아닌 피가 섞인 곱 천지였다. 오빠는 속이 아프다고 하기 시작해 하루 반 만에 완전히 탈진 상태에 빠졌다. 자리를 펴고 누워 있는 오빠는 말할 기력조차 없는지 눈도 뜨지 못하고 죽은 듯 누워 있었다. 그 모습을 보니 사람이 목숨이 끊기면 저렇게 되겠구나 하는 생각이 불쑥 들었다. 혹시나 하는 마음으로 의술을 좀 안다고 하는 사람들의 집들을 찾아다니며 오빠가 앓고 있는 병에 대한 자문을 구했다.

고양이 뿔 내놓고는 없는 것이 없다는 시장에 나가 약 장사꾼들에 오빠의 병에 맞을 수 있다고 생각되는 약들을 사다 먹여 봐도 소용이 없었다. 분명 오빠의 증상을 보니 틀림없이 장티푸스나 파라티푸스에 걸린 것 같았다. 다행히도 나는 오빠처럼 그런 증상은 없었다. 민간요법이며 양약을 닥치는 대로 써보았다. 그래도 말을 듣지 않는다. 변에 나오는 곱이 조금 멈추는 것 같더니 순간뿐이고 계속 그 모양이다. 물 한 모금조차 먹지 못한 지가 3일이 지나갔다. 먹으면 바로 뒤까지 직행했다. 이부자리에 비닐박막을 깔고 오빠에게 헌 모포를 몇 겹으로 엉덩이 밑에 깔아주었다.

"야. 내가 이렇게 죽나."

오빠는 자신이 앞날이 보이는 듯 이상한 말을 하고 있다.

"오빠, 무슨 소릴 하시는 거예요. 약을 계속 쓰면 낫겠지요."

이렇게 말하는 나도 겁이 났다. '내 손에서 또 사람이 죽어가는구나' 하는 생각에 소름이 끼쳤다.

"선희, 독초 잎담배를 잘게 썰어 한 줌을 물 한 사발 되게끔 타서 30분쯤 놔두오."

"오빠, 무슨 말인지 잘 안 들려요."

여러 번 말을 반복해서야 겨우 말뜻을 알아듣고 오빠가 하라는 대로 했다. 독초담배에서 우러난 물은 역스러운 냄새가 나는 누런색의 물로 변했다. 오빠는 그걸 마시려고 입으로 가져다 댄다.

"오빠, 그걸 마셔서 일없겠어요?"

"내가 강원도 원산에 있을 때 설사를 만나 심하게 앓아누웠던 적이 있어. 그때 노인 한 분이 독초 담배를 우린 물을 마시면 낳는다고 해 그렇게 했더니 설사가 멈추더라고. 그래서 지금 그렇게 해보려는 거야."

오빠는 더 다른 말은 하지 않고 손에 들고 있던 담배 독이 우러난 물을 벌컥벌컥 그대로 들여 마셔버린다. 그리고는 눈을 감아버렸다. 3일 간 미음 한 술 먹지 못한 오빠에게 다시 쌀로 미음을 쑤어 입에 넣어주었다. 웬걸, 오빠가 비칠거리며 일어나더니 변소로 향했다. 담배 독을 우려낸 물도 소용이 없었다.

"아! 내가 이렇게 죽는단 말이야."

방에 들어와 신발을 벗던 오빠가 갑자기 집이 터져 나갈 듯 고함을 질러댄다. 말할 기력조차 없던 오빠 입에서 터져 나오는 고함 소리에 나는 와뜰 놀랐다. '사람이 죽기 직전에 마지막으로 용을 쓴다더니 혹시 오빠가 그러는 건 아닌지?' 하는 생각이 뇌리를 쳤다.

"선희, 집에 빙초산 있지?"

"예, 있어요. 그런데 빙초산은 무엇에 쓰려구요?"

"내 생각인데 빙초산에 살아남는 병균이 없다고 했어. 이래도 죽고 저래도 죽을 바에는 마지막 짓을 해보려고 그래."

고개를 푹 숙인 오빠의 얼굴에는 비장한 각오가 보이는 듯했다.

"오빠, 빙초산이 손에 묻으면 허옇게 데는 거 알잖아요. 그게 위에 들어가면 위가 어떻게 되겠어요."

"그렇다고 멍하니 앉아 죽길 기다리겠어?"

나는 오빠 말에 무엇이라 말할 대답을 찾지 못했다.

"빙초산을 가져다주오."

퍼런 병에는 빙초산이 반병 조금 넘게 차 있었다. 오빠는 사발을 가져오라고 했다. 사발에 빙초산을 쏟으려고 병을 들던 오빠는 병을 떨어뜨렸다. 며칠을 꼬박 굶었으니 병을 쥘 힘조차 없는 모양이다. 나는 얼른 병을 세웠다. 코를 찌르는 빙초산 냄새가 방에 퍼졌다.

"물 한 사발 가져다 빙초산을 모두 섞어 날 주오."

오빠는 이를 악물더니 빙초산을 탄 반 바가지나 되는 빙초산 물을 모두 마셔버린다. '세상에 빙초산을 저렇게 마셔 일없을까. 그러다 죽기라도 하면 어쩌나' 하는 생각에 심장을 비틀어 짜는 듯한 느낌이 들었다. 아니다 다를까 오빠는 배를 그러안고 몸부림치기 시작했다. 쇠붙이도 녹아버리는 강초를 그렇게 마셨으니 위가 편할 리 만무했다 반나절 누워 있던 오빠가 변소를 가리킨다. 변소에 가자는 소리다. 나의 부축을 받으며 겨우 발걸음을 옮겨 변소에 앉혔다.

"오빠, 어때요. 좀 나아진 것 같아요?"

오빠는 머리를 설레설레 흔들다 만다. '빙초산도 아니구나.' 나는 눈앞이 아뜩했다. '이걸 어떡해 하면 될까.' 나는 다시 시장으로 나갔다. 장티푸스, 파라티푸스 치료에 대한 정보를 알 수 없을까 하는 막연한 생각에서였다. 중국 약을 가져다 팔고 있는 약장사 아주머니들에게 물어보니 중국에는 장티푸스, 파라티푸스 약이 있다고 했다.

"아주머니, 그걸 가져올 수 없나요?"

"두문이 중국 밀무역을 하거나 도강해 갔다 오는 사람들에게 부탁을 하는데 두만강에서 경비대 군인들이 그 약만은 모조리 회수해 간다지 않아요."

"군대에서는 그 약을 어디에 쓰려고 그러지요?"

"요즘 군대에서도 장티푸스, 파라티푸스 때문에 말이 아니래요."

"그럼 그 약을 손에 쥐어보긴 힘들겠군요."

"그래요. 간혹 가다 나오긴 하는데 나오기 바쁘게 비싼 값에 팔려

나가요."

"아주머니, 그 약이 들어오면 다른 데 팔지 말고 저에게 주세요. 하루에 한 번씩 제가 아주머니에게 올게요. 약값은 부르는 대로 드리겠어요."

약 장사꾼 여인은 그렇게 하겠다고 했다. 내가 그 약을 비싼 가격에 사겠다고 한 것은 돈이 있어서가 아니라 그렇게 말을 해서라도 약을 무조건 손에 쥐고 보자는 생각에서였다. '어떻게 하면 오빠 병을 낫게 할 약을 얻을 수 있을까?' 눈을 펀이 뜨고 오빠가 죽는 것을 지켜봐야 한다고 생각하니 억이 막히고 눈물이 시도 때도 없이 흘러내렸다. 오빠가 앓고 있는 병이 장티푸스, 파라티푸스라는 것은 우리의 추측일 뿐이었다. 무슨 병으로 앓고 있는지 정확한 진단조차 받아보지 못하고 오빠가 자리에 누은 지 1주일이 넘었다. 나는 오빠 몸에서 변이 그냥 나가도 속이 비어 있으면 안 된다고 생각했다. 입을 닫고 있는 오빠를 설득했다. 미음을 쑤어 약간의 간장을 놓아 어린아이에게 미음을 떠먹이듯 달래기도 하고 욕을 해가며 억지로 오빠에게 먹였다. 내가 안타까워하는 모습이 안쓰러운지 손으로 나를 불러 옆에 앉힌 오빠는 내 손에 자신의 손을 얹고는 입을 우물거리며 입을 열었다.

"선희야, 이렇게 허무하게 죽는다고 생각하니 기분이 더럽구나. 널 만나서 사람 사는 것 같았는데…"

"오빠, 그런 소리 하지 마세요. 그러다 낫겠지요. 맥을 놓지 말고 힘내세요. 나도 할 수 있는 건 뭐든 노력해 볼게요."

"선희야. 마지막으로 소금을 한 번 먹어 볼려고 그래."

"소금이요? 소금을 어떻게 먹게요."

"물 한 사발에 소금 한 사발을 쏟아붓소. 그리고 소금이 다 풀릴 때까지 저어 가지고 와주오."

나는 오빠 말에 많은 의문이 따랐지만 순종할 수밖에 없었다. 앞날이 멀지 않은 것 같은 지금 가타부타 다른 생각은 전혀 도움이 될 것 같지 않았다. 오빠는 분명 마지막이라고 했다. '그래 마지막이 될 수도 있어. 중국에서 나오는 약을 구하지 못하면 오빠는 살지 못할 거야.' 오빠가 보는 앞에서 소금을 한 사발 꺼내 물에 풀었다. 뿌연 부유물이 떠오르는 것을 입으로 흐흐 불어 걷어내고 오빠 앞에 놓아주었다. 맥없이 머리를 떨구고 소금물을 바라보는 오빠의 눈에서는 눈물이 주르르 흐르고 있었다.

"선희야, 혹시 이것이 너와 내가 마지막으로 나눌 수 있는 말일지도 몰라. 그간 너무 마음고생을 많이 시켜 미안해. 만약 내가 일어나지 못하면 우선 부모님께 알려주오. 부모님을 남겨 두고 먼저 떠나 죄송하다고 말씀드리고, 3일장이니 하는 것을 하지 말고 부모님 곁에 있고 싶으니 부모님과 함께 묻힐 자리를 골라 묻어주면 고맙겠어. 아는 사람들에게 알리지 말고 내 동생을 찾아가 나를 어떻게 처리할 것인지 의논해 주면 하오. 그리고 한 가지 더 부탁할 것은 원산에 놔두고 온 딸애를 한번 꼭 찾아가 아빠가 그 애를 몹시 보고 싶어 했다고 전해주면 죽어서도 잊지 않을게…"

어쩌면 저런 모진 말을 할까. 나는 손으로 오빠의 입을 막아버렸다. 내 볼에도 눈물이 줄줄 흐르고 있었다.

"오빠, 무슨 그런 험한 말을 하세요. 난 오빠가 세상을 떠나면 함께 갈 거예요. 오빠가 없는 세상, 저 혼자 어떻게 살라고 그러세요."

오빠는 기력이 없는지 한참 쉬었다가 다시 느릿느릿 말을 했다.

"그 소금물 좀 쥐어 줘."

내가 받쳐주고 오빠는 마시고… 한 모금 마시던 오빠가 울컥하더니 모두 소금물을 토해 버린다. 말이 소금물이지 소금덩이와 같은 소금물이 목구멍에 그냥 넘어갈 리 없었다. 그러기를 몇 번째였다. 실패가 반복되자 오빠의 얼굴에 독이 오른 듯했다.

"선희, 노끈을 가져다주오."

"노끈은 해서 뭘 하게요."

묻는 말에 답변은 하지 않고 손으로 가져오라는 시늉만 한다. 내가 가는 밧줄을 가져다주자 1m 되게 잘라가지고 목에다 두 번 감는 것이었다.

"오빠, 지금 뭐 하려는 거예요."

"소금물을 넘겼다가 다시 나오지 못하게 하려고 그래."

그리고는 말도 못하던 오빠는 이빨에서 우지직 소리가 나게 입을 악물더니 소금물을 마시기 시작했다. 맹물도 한 사발 넘기기 바쁜데 한 사발이 넘는 그것도 순 소금만 희석시킨 소금물 바가지를 들어 벌컥벌컥 마시고 있다. '정말 독한 사람이구나.' 나는 그 모습에 눈이 뒤집혀졌다. '사람이 살겠다고 저렇게까지 할 수 있을까.' 오빠의 손에서 소금물 바가지가 바닥에 떨어졌다. 오빠의 눈은 벌써 감겨져 있었다.

'위가 얼마나 쓰릴까.' 나는 오빠가 겪고 있을 고통을 생각조차 하기 싫었다. 잠시 후, 오빠는 목에 감겨져 있던 밧줄을 당겨 목을 조이고 있었다. 소금물이 다시 입 밖으로 나올 것 같은 모양이다. 얼굴이 벌겋다 못해 퍼렇게 죽어가고 있었다. 나는 지켜볼 수밖에 없었다. 얼마간 그렇게 했던 오빠는 밧줄에서 손을 놓고 누워 버렸다. 베개를 가져다 오빠 머리 밑에 넣어주었다. '오빠, 걱정하지 마세요. 오빠는 결코 외롭게 혼자 가지 않을 거예요. 만약 오빠가 일어나지 못하면 저도 오빠와 함께 갈 거니까 마음 편히 쉬세요.'

내가 할 수 있는 일은 오빠가 무사히 깨어나기만을 바라는 것뿐이었다. 윗방에 물만 한 사발 뎅그러니 밥상에 놓고 낮과 밤을 이어 하늘을 우러러 빌고 또 빌었다. 쏟아지는 눈물을 닦을 생각조차 못했다. 오빠가 깨어나는가에 따라 내 운명의 생과 사를 결정해야 했다.

3일간 오빠는 쓰러져 일어나지 못했다. 작은 움직임 하나 놓칠세라 오빠 곁에 앉아 지켜보던 나는 조금씩 안도감을 찾았다. 오빠의 숨소리가 들리고 맥박이 뛰고 있었기 때문이었다. 눈물의 하소연이 담긴 절절한 나의 기도가 하늘에 닿기를 간절히 바랐다. 4일 만에 오빠가 눈을 조금 뜨고 머리를 돌리다 다시 감는 모습이 내 눈에 포착되었다. '살았구나.' 나는 미칠 것 같이 기뻤다.

"선희, 물 좀…"

물을 정신없이 들이마시고 있는 오빠를 나는 오래도록 바라보았다. 생명의 끈을 놓지 않으려는 인간의 의지가 얼마나 무서운가를 나는 알게 되었다. 오빠가 살아날 수 있은 것은 병균들이 소금물에 절어서 소멸되어 가능한 일이었을 것이다. 그렇게 다시 일어선 오빠는 건강을 점차 회복해 갔다.

우리의 일상은 정상으로 돌아왔다. 나는 돈이 없이는 생명 보존은 물론 그 무엇도 할 수 없음을 오빠의 병간호를 통해 뼈저리게 느끼게 되었다. '가야 한다. 1년간 고생하면 생활 밑천을 마련할 수 있다고 하니 열심히 일해 돈을 벌어가지고 나올 거야.' 나는 이미 계획했던 중국행을 차질 없이 진행하기로 다시 한번 생각을 굳혔다. 브로커를 만나 중국으로 넘어가는 날을 정했다.

사랑의 증거

내일은 집을 떠나는 날이다. 잠시 동안이라도 오빠와 떨어져 있어야 한다고 생각하니 마음이 아팠다. 요즘 오빠는 무표정이었다. 중국에 가는 일로 나와 언쟁이 있은 후로는 웃지도 않고 말수도 적었다. 앓고 나서는 더 그랬다. '어수선한 집안 분위기를 달리할 방법이 없을까. 언젠가는 오빠가 중국에 들어가는 일을 내가 왜 그토록 고집했는지 이해할 날이 있을 거야.' 그길만이 오빠와 내가 살 수 있는 길이라는 결심을 굳힌 뒤였다.

'오늘 밤에 어떻게 해야 오빠의 기분을 전환시킬까.' 떠나기 전 마지막으로 맛있는 음식을 만들어 대접하고 싶었다. 나는 깊숙이 건사했던 비상 돈주머니를 털어 시장으로 향했다. 돼지고기며 물고기류, 달걀, 채소들과 담배 몇 갑을 사들고 부리나케 집으로 돌아왔다. 북한에서는 몇 안 되는 고급술인 36% 개성 인삼 술을 챙기는 것도 잊지 않았다.

"선희, 오늘 웬일이요. 무슨 일이 있어?"

오빠는 내가 시장에서 사들고 온 음식, 반찬거리들을 보며 의아한 눈길로 물었다.

"아니에요. 고기 먹어 본 지가 오래되어 먹고 싶어 사왔어요. 오빠! 저녁에 일찍 들어오세요."

"그래? 그럼 맛있게 요리해 보오."

오빠는 점심식사를 끝내고 누굴 만나야 된다며 급히 집을 나갔다. '오빠에게 한번 솜씨를 보여야지. 들어오기 전에 끝내야 해.' 나는 며칠 전부터 생각해 오던 음식들을 정성껏 만들기 시작했다. 땀을 흘리며 굽고 지지고… 특별한 이별을 앞두고 마주 앉는 밥상이라는 생각에 나는 각별히 주의를 기울였다. 어른 다섯 명이 앉아 식사할 수 있는 연밤색의 둥근 밥상에 상다리 부러지게 차려 놓았다.

발소리가 들린다. 오빠가 대문을 열고 들어서고 있었다.

"냄새가 좋은데. 와! 웬만한 대사 상차림이 왔다 울고 가겠는걸."

집 안으로 들어서며 차려 놓은 밥상을 내려다보고는 웃음을 짓는다. 나도 오빠가 오랜만에 이러는 모습을 보니 눈물이 나올 것만 같았다. '오빠는 내가 내일 떠난다는 걸 알고나 있을까.'

"어서 들어오세요. 오빠의 웃는 얼굴을 보고 싶어 차려봤어요. 옷이랑 벗고 시원히 세수를 하세요."

나는 세숫물을 대야에 담아 놓아주었다. 잠시 후, 우리는 밥상에 마주 앉았다.

"선희, 잘 먹겠어. 인삼 술까지 사오고. 이거 단단히 인사해야겠는데… 자, 선희도 한잔 받소."

인삼 향이 코를 찌르는 술잔을 쫓으며 기뻐하는 모습을 보니 더욱 미안한 생각이 들고 눈에 밟혔다. 이별의 밤은 빨리도 찾아오고 있었다. 그는 이러는 내 생각을 전혀 눈치를 채지 못하는 것 같았다.

오빠는 여느 날처럼 밥상을 물리고는 카바이트 등불 밑에 다가 앉아 소설책을 들여다보고 있다. 나는 부엌에서 그릇들을 씻어 놓으며 등불에 비친 오빠의 모습을 눈부리 아프도록 바라보았다. '저 사람은 저리도 고지식할까. 불의를 보면 참지 못하고 인정이 바다 같은 저런 오빠를 속이면서까지 중국에 가야 하나.' 막상 날이 밝으면 떠나야 한다고 생각하니 눈물이 자꾸 앞을 가렸다. 나는 오빠가 볼까봐 돌아앉아 눈물을 훔쳤다. 오빠는 책을 조금 보는 것 같더니 이내 누워 버린다.

"선희! 아직 멀었어? 독한 술을 마셨더니 취했나봐. 졸려 참을 수가 없어."

"그래요. 오빠, 먼저 쉬세요. 난 그릇들을 마저 씻어 놓고 누울게요."

오빠는 보던 책을 베고는 이내 잠에 곯아떨어졌다. 남은 그릇들을 씻어 식장에 엎어 놓고 방으로 올라왔다. 나는 이부자리를 펴놓고 오빠를 끌어다 옷을 벗기고 눕혔다. 묽게 반죽한 떡이 되어 정신없이 자고 있는 오빠는 업어 가도 모를 것 같았다. 오빠의 눈썹이며 코, 볼을 만지고 쓸어보며 얼굴을 한참 들여다보고 있노라니 우리가 만나 함께했던 일들이 하나, 둘 떠오르고 있었다. '그날도 저 카바이트 등잔불 밑에서 오빠와 불같은 사랑을 나누었지.' 나는 오빠와 첫날밤, 관계를 가지던 생각이 문득 떠올랐다.

'오빠, 날이 밝으면 난 오빠 곁을 떠나요. 오늘 밤, 절 안아주면 안 되나요. 인제 떠나면 얼마나 있어야 오빠의 품에 안기게 되겠는지 알 수 없는데 오빤 잠만 자고 있어요? 아니야. 사랑은 받는 것이 아니라 주는 것이라고 했어. 그래 오늘은 오빠에게 밤이 새도록 내 사랑을 쏟아부을 거야…' 나는 사랑의 공격수로 돌변했다. 옷을 벗기고 엎치락뒤치락 주무르는데도 오빠는 아예 저 세상에서 헤매는 것 같았다. 내가 오빠의 얼굴을 내려다보며 얼마간 그 일을 하고 있을 때였다. 오빠가 갑자기 몸을 뒤틀며 돌아누워 버린다.

그 순간 온몸의 격렬했던 운동신경이 멈춰 버렸다. 환락의 정점이 가까워짐을 느끼며 몸부림치던 나는 당나귀 뒷발에 채인 것 같은 기분이 들었다. 나는 무작정 오빠를 꼬집어 뜯었다. 그래도 오빠는 무반응이다. 이별의 밤을 즐기려고 온갖 정성을 다해 만들어 대접시켰던 맛나는 음식이며 고급 술이 오히려 오빠를 인정머리 없는 사람으로 만들어 놓은 것 같았다. '오늘 밤, 이렇게 끝낼 수 없어. 내가 오빠에게 주려던 사랑의 목적을 이루고야 말거야.' 터질 것만 같은 심장의 박동은 이미 멈출 수 없는 가속운동을 하고 있었다.

덜구덕거리는 소리에 눈을 떠보니 오빠가 술이 깨는지 벌컥벌컥 물을 맛나게 들이마시고 있다. 창문 밖으로 동이 터오는 것 같았다. 나는 와뜰 놀라 얼른 옷을 찾아 입었다.

"아니 왜 옷을 모두 벗었어?"

"아니 그게요. 아마 더워서 벗는다는 것이 잠결에 속옷까지 벗었나 봐요."

"그래? 그러다 감기에 걸리겠어."

나를 내려다보던 오빠는 다시 이불을 쓰고 누워버린다. 내가 밤사이 오빠에게 한 일을 전혀 모르는 것 같았다. 나는 몸을 움직일 힘이 없을 때까지 그 일을 했었다. 그래도 오빠는 술에 취해 정신없이 자고 있었다. 일을 끝낸 뒤 오빠 몸을 깨끗이 닦아놓고 옷을 입혔었다. 온밤 오빠에게 일방적 공격을 퍼부어 늘어진 몸이 된 나는 옷을 입을 생각조차 못 하고 쓰러졌던 것 같았다. 이별의 밤에 만들어진 오빠에게 줄 수 있는 나만의 사랑의 증거였다.

집을 떠나는 순간까지 나는 입을 다물어야 했다. 오빠가 들어오기 전 빨리 떠나야 한다는 생각에 급히 저녁 밥상을 차려놓았다. 곡절과 아픔의 긴 여운을 쌓고 마음의 상처를 만들면서까지 오빠를 남겨두고 중국으로 가야만 한다고 생각하니 차마 발길이 떨어지지 않았다. 집에 들어와 없어진 나를 기다릴 오빠는 나를 얼마나 원망할까. 집 대문을 나서며 몇 번이고 돌아보면서도 떠난다는 편지를 써놓은 것이 오빠에게 남긴 인사 전부였다.

'오빠, 저 오빠를 남겨두고 혼자 떠나요. 미안해요. 저 혼자 살려고 그런 것 아니에요. 며칠만 기다리세요. 제가 자리 잡으면 인츰 소식을 보낼게요. 부디 몸 잘 돌보시고 건강하세요.'

정말 그랬었다. 중국 연변 룡정시는 회령에서 100리 되나마나한 거리에 있는 크지 않은 지방도시였다. 집에서 멀지 않은 곳이라 생각하니 다소 마음이 안정되는 것 같았다. 장영철과 만나기로 한 약속 지점을 향해 가면서도 그의 말대로 며칠만 오빠와 떨어져 있을 것이라고 생각했다.

브로커 장영철은 1967년생으로 평안남도 남포시에서 태어나 1980년도 중반기에 회령으로 들어왔다고 했다. 그는 중고 자전거 데꼬(되거리꾼)였다. 그의 평안도 말씨는 억양이 유별했다. 장영철은 청진항에 들어오는 무역선이 싣고 온 일본산 중고 자전거를 몇 대씩 넘겨받아 회령시장에서 파는 일을 하고 있었다. 그는 북-중 국경 경비대 군인들을 돈으로 매수하여 중국에도 자주 드나들었다. 망양동의 언니는 장영철이 중국을 제집 다니듯이 잘 안다고 했다. 또 중국에 다녀온 여자가 장영철을 소개해주며 중국에 가서 돈을 벌어온다는 말을 들은 나는, 그를 굳게 믿었다.

나는 장영철을 따라 저녁 6시경에 회령시 인계리로 갔다. '두만강 사업소'가 자리 잡은 마을의 한 동 4세대 주택 어느 집에 장영철과 함께 들어갔다. 이 기업소는 함경북도 두만강 기슭의 나무며 물관리를 맞아 하는 업체였다. 내가 들어간 집은 두만강에서부터 불과 300m 거리에 있었다. 국경 경비대 초소가 지척에 있어 군인들의 수시로 드나드는 구역이다. 우리가 그 집으로 문을 열고 들어서자 20세 안팎의 처녀애와 40세 중반으로 보이는 여성 두 명이 있었다.

그녀들은 우리를 보자 화들짝 놀라며 당황스러워 하는 기색으로 일어나 몸둘 바를 몰라 서성거린다. 나도 그 순간 심장이 정지되어 피가 꺼꾸러 솟는 것 같았다. 온몸이 전류에 감전된 것 같이 아래 다리가 후들후들 떨렸다. 붙잡히면 죽는다는 생각에 마음이 너무도 긴장되어서인지 감각이 없는 듯했다. 나는 두 손을 움켜쥐고 힘껏 비틀어 보았다. '제발, 다른 일이 없었으면… 이러지 말아야 하겠는데…' 내 입에서는 자신도 모르는 한숨이 길게 흘러 나왔다..

"이번에 우리랑 같이 가는 여자니까 마음 놓소."

장영철이 방에 있던 여자들을 향해 말했다. 장영철과 집주인으로 보이는 아주머니와 부엌에서 저희들만이 들을 수 있는 목소리로 한참 이야기를 나누었다. 나는 여자들이 옹크리고 앉아 있는 6평 정도 되는 작은 윗방으로 올라갔다.

"이제부터 내 말 잘 듣소, 경비대 군대들이 밤 1시경에 우릴 데리러 올 거요. 그러니까 말하지 말고 조용히 있소, 옆집이랑 말소리 크면 들을 수 있소. 진짜 조용히 있어야 되오."

그는 밖에 나갔다 오려는지 방문을 열고 나가려다 돌아서며 우리를 향해 입을 열었다.

"혹시 누가 들어와 어디서 온 사람들인가 물어보면 회령에서 장사하러 왔다가 밤이 되서 하룻밤 자구 가려고 있다고 말하오, 알겠소?"

장영철은 대못 같은 오금을 박고는 나가 버렸다. 7시간 넘게 내가 그 집에 있는 시간은 일생에서 몇 년을 살아온 날들보다 더 지루하고 피를 말리는 길고 긴 날 같았다. 주인집 아주머니가 저녁을 먹으라고 건네주는 옥수수밥 그릇을 보며 만류했다.

"회령에서 떠날 때 저녁 먹고 왔습니다."

내 심장은 남의 집에 물건을 도둑질하려 몰래 숨어 들어간 사람처럼 쿵쿵 세차게 뛰다 못해 터질 것만 같았다. '도둑질을 해먹고 사는 사람들은 어떻게 살까?' 다행히도 경비대 군인들이 도착할 때까지 별다른 일이 벌어지지 않았다. 나는 군인들을 기다리다 깜빡 졸고 있었다. 밖에서 터벅터벅 사람의 발소리에 눈을 번쩍 뜨고 정신을 차렸다. 문이 열리며 총을 멘 20세 갓 넘어 보이는 군인과 브로커가 함께 들어선다.

"자, 빨리 나가기요."

장영철의 낮은 목소리가 방 안의 공기를 확 바꾸어 놓았다. 집 안의 전등 불빛에 보이는 군인의 계급장을 보니 부소대장인 듯했다. 시계 바늘은 밤 2시 넘어를 가리키고 있었다. 우리 일행이 밖에 나오니 보슬비가 내리고 한 치 앞도 분간하지 못할 만큼 주변이 캄캄했다.

'후, 이제야 가는구나.'

자신도 모르게 안도의 숨이 나왔다. 군인이 앞에서 걸었다. 그 뒤로 브로커와 나이가 제일 어린 처녀애 순서로 따라섰다. 도둑고양이도 무색할 만큼 살금살금 머리가 땅에 닿을 정도로 숙이고 걸음을 다그쳤다.

모두 숨소리마저 들리지 않는다. 일행들과 두만강으로 나오면서 보니 키가 넘게 자란 갈대들과 덤불이 뒤엉킨 나무들 사이로 사람들의 말소리가 들리는 것 같았다.

"아저씨 저기 사람이 있는 것 같습니다."

"마음 놓소, 잠복근무 나온 군인들이요."

군인들끼리는 다 내통하고 있는 듯했다. 우리 일행은 두만강 기슭까지 무사히 도착을 했다.

"자, 빨리! 바지는 벗구 건너오. 물이 허리를 넘을 수 있는데 혹시 넘어져두 절대로 소리치면 안 되오."

장영철이 급하게 재촉을 해서인지 마음이 더 불안했다. 나는 남자 앞에 팬티 바람으로 나서기가 부끄러워 망설이며 머뭇거렸다.

"이 아줌마, 무슨 거 꾸물거리오."

장영철이 빨리 건너라고 야단을 친다. '에라, 모르겠다.' 나는 얼른 바지를 벗어 들었다. 태어나 처음 알지도 못하는 남자 앞에서 바지를 벗어 보았다. 돈이 못하는 짓이 없었다. 창피스러운 것도 모르고 팬티 바람으로 두만강을 허둥지둥 건너가기 시작했다. 두만강 넘어 중국 강 기슭까지 200m는 실히 되어 보였다. 9월 말인데도 생각보다 물이 깊지 않아 쉽게 건널 수 있었다. 어느새 장영철은 우리보다 먼저 건너가 옷을 입고 기다리고 있다. 일행이 다 강을 건너는 것을 확인한 장영철은 윗주머니에서 휴대폰을 꺼내 누군가와 대화를 나누고 있다.

"옷 다 입었소? 가기요. 내 뒤를 바싹 따라 붙소."

나는 장영철을 따라 30분 정도 걸으며 강 건너쪽을 바라보았다. 조선에서처럼 심장이 조여들거나 뛰지 않고 편안해지는 것이 이상했다.

설움

    '이곳이 정말 중국 땅인가?' 어쩐지 마음이 별스럽게 허전해 진다. 중국 쪽을 보는 순간, 나는 별 세상에 온 것 같았다. 두 나라는 너무 대조적이다. 강 하나를 사이에 두고 한쪽은 칠흑 같은 암흑 세상, 한쪽은 눈이 부실정도로 백열등이 하얀 빛을 뿜어내고 있었다. 중국 마을 집집마다 마당까지 어린애 머리통만 한 전등을 켜놓아 대낮같이 밝았다. 누군가의 구구절절한 설명이 없어도 북조선은 거지 나라, 중국은 잘 사는 나라임을 금방 알 수 있었다. 내가 태어났고 살고 있는 나라가 거지국가라고 생각하니 쓴 오이 꼭지를 한입 물었을 때와 같은 기분이다. 장영철은 캄캄한 밤인데도 전혀 망설임 없이 길안내를 하고 있었다. '얼마나 자주 다녔으면 남의 나라 땅을 손금 보듯 꿰뚫고 있을까?' 나는 그의 뒤를 바짝 붙어 따라가는 것도 힘겨웠다. 잘 보이지 않아 비칠거리고 몇 번씩 넘어지기도 했다.

    "멍, 멍, 멍!"

멀리 보이는 독립가옥 쪽에서 개들이 짖어대는 소리가 들려온다.

"저 개새끼들 짖지 말아야 하겠는데…"

나도 여인들, 모두 한마디씩 해댄다.

우리 일행이 밤 3시경에 찾아 들어간 곳은 북흥이라는 지명을 가진 두만강 국경 농촌 마을이었다. 두만강 기슭에서 400m 정도 떨어져 있는 남자가 혼자 사는 집이었다. 사람들이 모여 사는 주민 부락과는 퍽이나 떨어져 있었다. 대낮 같이 밝은 마당 대문 밖에 집주인인 듯한 사람이 나와 기다리고 있다. 이미 우리가 오는 것을 알고 있는 듯 했다. 집주인 옆에는 송아지만큼이나 큰 개들 세 마리가 꼬리를 저으며 이따금 으르렁거린다.

"오시느라 수고했습니다. 자, 방으로 들어가시오."

"두만강 중국 쪽은 변방대 군인들이 지킨다고 하던데 안전합니까?"

우리 일행 중 한 여자가 중국 사람에게 물었다.

"두만강을 넘다 현행범으로 걸리거나 누가 고자질을 하지 않으면 가택 수색 같은 것은 하지 않아요. 마음 놓고 있으시오."

방에 들어서 자리를 잡고 앉자 집주인은 일행에게 조선에서는 보지 못했던 음식들과 과일들을 내놓는다. '이게 뭐지? 별난 과일도 다 있네.' 과일들 이름을 물어보고 싶었으나 말하기 창피스러웠다. 거지 취급 당할까봐 자존심이 상했다. 바나나와 파인애플, 거봉 등이었다. 집주인의 나이를 보아 아주머니와 애들이 있겠는데 보이지 않는다. 나는 장영철에게 슬며시 물었다.

"이 집 아주머니 어디 갔습니까?"

"한국에 돈 벌려고 갔는데 3년이 넘었소."

"예? 한국이요. 한국이라는 게 무슨 말입니까."

"아, 그렇지. 중국 사람들은 남조선 보고 한국이라고 하오."

나는 장영철의 말이 이해가 안 갔다. '왜 남조선을 한국이라고 하지?' 우리가 중국집에 도착하여 1시간 30분 정도 지났을 때 밖에서 개짖는 소리가 요란스레 들린다. 얼마 안 있어 부릉부릉 차 소리가 나더니 끼익하며 승용차가 마당으로 들어서는 것이었다.

"형님, 있소. 내 왔소."

검은 가죽잠바를 입은 멀쑥하고 키가 180cm 이상 돼 보이는 몸이 우람한 남자가 들어선다. A4 용지보다 조금 큰 누런 가죽가방을 손에 들고 있었다. 그 뒤로 청년으로 보이는 사람들이 따라 들어왔다. 그들의 말을 들어 보니 조선족 교포인 것 같았다. 우리는 약속이나 한 듯 화들짝 놀라 엉거주춤 일어섰다.

"일없소! 우리 사람들이니까 마음 놓고 있소."

중국 집주인이 우리를 안심시키고는 저희들은 윗방으로 올라갔다. 그리고는 알아듣지 못할 중국말로 뭐라고 한참 동안 이야기를 나누고 전화를 하더니 다시 아랫방으로 쓸어 나온다.

"자, 날 밝기 전에 들어가기요."

제일 먼저 들어왔던 덩치 큰 남자가 차에 타라며 말을 했다.

"여기는 위험하니 빨리 이곳을 벗어나야 되오."

우리들이 문밖으로 나오는데 길안내를 맞았던 장영철이 손을 내밀었다.

"자, 아주머니네 돈 많이 벌고 잘 사오! 나는 이제 조선으로 다시 넘어 가야 되오."

"아저씨! 아저씨 가면 우린 어떻게 합니까?"

일행 중 누군가 말을 했다.

"걱정하지 마오. 이제부터는 저 사람들 하란 대로 하면 되오."

장영철은 자기 임무는 여기서 끝났다고 했다. 그와 작별인사를 나누고 밖으로 나와 보니 승용차가 두 대씩이나 마당에 있었다. 가죽잠바를 입은 한 사람이 손으로 차를 가리키며 말한다.

"아주머니네는 저 차에 타오."

그는 같이 온 사람과 함께 다른 차를 타고 먼저 떠났다.

"네 명이 다 타자면 배좁겠는데 좀 참소."

중국 사람 중 젊은 청년이 말을 했다. 우리는 승용차에 올라 뒤 좌석에 비비고 앉았다. 태어나 처음으로 승용차라는 것을 타본다. 차가 출발해 엉덩이가 가볍게 들썩이자 나는 저도 모르게 입이 벌어졌다. '세상에, 승용차를 다 타보고 중국이 좋긴 좋구나.' 차창 밖으로 보이는 중국 농촌 마을과 산이며 모든 것이 새롭고 신기해 보였다. 내 머리에는 문뜩 외롭게 혼자 있을 오빠의 생각이 났다. '원명 오빠 지금 어떻게 하고 있을까. 같이 왔으면 좋았을걸. 오빠, 조금만 기다려요. 내 인차 자리 잡으면 소식을 보낼게요.'

승용차를 탄 기분이 하늘에 올라 구름을 타고 떠가는 것 같았다. 내 생각엔 지금 같아선 모든 일이 잘될 것만 같았다. 돈 배낭을 메고 조선으로 건너가 오빠와 함께 알콩달콩 살림을 꾸리고 애도 낳아 기르면서… 달걀 낟가리를 하늘 높이 쌓았다가 허물기를 반복했다.

후에 안 일이지만 그 승용차들은 손님을 실어 나르는 택시들이었다. 먼저 간 사람들은 혹시 중국 공안에서 차 단속을 하지 않는지 우리가 탄 뒤차에 상황을 알려주려고 서둘러 떠난 것이었다. 차가 산속으로 뻗은 시멘트 포장도로를 30분 넘게 달렸다. 불빛이 대낮처럼 밝은 도시가 어렴풋이 윤곽이 보인다. 그곳이 중국 연변 조선족 자치주 용정시라는 것을 훗날에야 나는 알게 되었다.

"엄마나! 멋있다."

조선에서는 전등불도 제대로 보지 못했던 우리는 연달아 환성을 질렀다. 네온사인과 광고판 글들이 번쩍번쩍 현란한 빛을 발했다. 그것들이 온갖 형형색색으로 뒤바뀌고 있는 것을 보며 나는 현실이 믿어지지 않았다. '정말 내가 살아 있긴 있는 건가?' 무엇에 홀린 것 같은 생각이 들었다. 내 눈을 의심하며 옆에 앉은 일행을 몇 번이나 다시 보았다. 차가 시내로 들어서 한참 달리다 불 밝은 곳과는 다른 침침한 벽돌 단층집들이 늘어선 골목길로 들어섰다. 사람들이 여기저기 나다니는 모습이 눈에 보인다. 차가 양 좌우 단층주택이 빼곡히 들어찬 골목의 어느 한 집에 멈춰 섰다. 차에 함께 타고 온 청년이 나를 보며 말했다.

"다 왔으니까, 아지미는 여기서 내리오. 형님! 조금만 기다리오."

나를 내리라고 말하는 그 청년은 택시 기사와 이미 잘 아는 사이인 것 같았다. 높은 철 대문을 열더니 나를 데리고 들어갔다.

"저랑 같이 온 여자들은 같이 안 있습니까?"

나는 청년에게 물었다.

"내가 시키는 대로 하면 되오. 같이 다 있으면 위험하오."

그의 말을 듣는 순간 무엇인지 예감할 수 없는 섬뜩한 느낌이 들었다. 먼저 떠난 가죽잠바 일행은 보이지 않는다. 청년 혼자서 나를 거들어 주는 일이 의문스러웠으나 물어볼 수 없었다. 철판으로 된 출입문 열쇠를 열더니 방으로 먼저 들어가 전등을 켠다. '집이 멋있구나. 야, 방 잘 꾸렸다.' 청년을 따라 방 안으로 들어선 내 입에서 감탄의 소리가 절로 나왔다. 눈에 보이는 것 모두 신기하게 느껴져 구석구석을 놓칠세라 살펴보았다.

방은 부엌 달린 단칸방이다. 조선의 집들처럼 널마루 아래서 아궁에 불을 지피게 되어 있다. 두꺼운 쇠가마 두 개가 걸려 있는 흔한 농촌 집 구조를 가진 방이다. 벽은 흰 꽃무늬 종이로 도배를 한 것이 깨끗해 보였다. 방에는 옷장과 침대, 냉장고, 천연색 TV, 녹화기, 녹음기, 전기 밥

가마 등 여러 가지 가전제품들이 놓여있다. 조선에선 이런 가전제품들을 지금껏 보지 못했던 내 눈에는 방이 대단히 고급스러워 보였다. 돈을 주고 임대하여 손님들을 들게 하는 민박인 줄 나는 알 수 없었다.

"이보, 내 잠깐 시장에 나갔다 오겠으니까 혹시 누가 찾으면 문을 열어주지 마오. 다른 프로 보겠으면 이걸로 조절하면 되오."

청년은 리모컨 사용법을 간단히 설명하여 주고는 TV를 켜놓고는 나갔다. 청년이 사라지는 것을 지켜보던 나는 밖으로 나왔다. 대문 밖 길거리에서는 사람들이 중국말로 뭐라고 쏠라쏠라 알아듣지 못할 소리를 하며 지나간다. 중국말을 처음 들어보는 나에게 모든 것이 신기하기만 했다. 밖에 오래 있으면 안 되겠다는 생각에 얼른 방으로 들어온 나는 TV를 마주하고 앉았다. 하루 밤을 꼬박 자지 못했는데도 정신이 더욱 맑아지는 것 같았다. TV를 구경조차 못하던 조선 생각에 한숨이 저절로 나왔다. 나는 생각을 지워보려고 머리를 설레설레 흔들었다.

천연색 TV에서 100개도 넘는 채널을 보는 것이 꿈만 같았다. 내가 살고 있는 조선에서는 명절날에도 흑색 TV에서 김정일과 정권을 찬양하는 프로그램들만 보아 왔었다. 나는 완전히 넋을 잃고 혼이 빠진 사람처럼 TV를 봤다. 얼마나 시간이 흘렀는지, 문소리가 나고 조선족 청년이 들어섰다. 나는 얼른 일어났다. 커다란 비닐주머니 두 개에다 무엇을 담았는지 무겁게 들고 황소숨을 몰아쉬며 말을 한다.

"이게 다 거기서 먹을 거니까 자, 받소!"

청년은 나에게 꾸러미를 안겨주었다. 꾸러미를 받아보니 여러 가지 육류와 물고기들, 식료품, 소채류들이 가득 담겨져 있다. '엄마나' 나는 입 밖으로 튀어 나오는 소리를 참았다.

"아지미, 요리 잘하는지 한번 보기요. 지금 요리할 것들은 내놓고 나머지는 랭장고에 넣소.”

“저는, 중국 음식 어떻게 하는지 모릅니다.”

내가 중국 요리를 잘 못한다고 하자 청년은 요리는 자기가 하겠으니 목욕도 하고 옷을 갈아입으라며 옷장에서 옷들을 내놓는다. 그러고는 나에게 화장실 문을 열고 샤워기와 샴푸, 린스 등 화장용품 쓰는 법을 이야기하고는 밖에 나가 버렸다. 나는 그제야 내가 입고 있는 옷이 조선에서 입고 온 허름한 옷이라는 생각이 얼른 들었다. 청년이 준 옷을 가지고 화장실로 들어가 문을 안으로 걸었다. ‘집 안에서 목욕도 할 수 있고 좋긴 좋구나.’ 나는 몸을 씻기 시작했다. 샤워기로 더운 물을 한참이나 몸에 뿌리고 문지르니 때가 손에 움켜질 정도로 일어났다. ‘중국 사람들이 보았으면 얼마나 더럽다고 욕했을까.’

생각하면 창피스럽고 누가 볼 새라 연방 몸에다 물을 뿌려댔다. 손에 든 비누를 코에 가져다 대고는 숨을 한껏 들이쉬며 냄새를 맡아보았다. 향긋한 냄새가 풍기는 샴푸, 린스로 머리를 감고 나니 몸이 땅에 잦아드는 것 같았다. 꺼내 놓은 옷들을 손에 들고 이리저리 몸에 옷들을 대어보고는 다시 거울을 들여다보느라 넋이 나갔다. 거울도 얼마나 큰지 내 모습이 다 보이고도 남았다. ‘내 몸이 이렇게 생겼구나.’ 나는 태어나 처음으로 신기한 듯 내 몸 생김새를 보고 또 들여다보았다.

지금껏 조선에서는 한번 구경도 못했던 여러 가지 화장품들이다. 그 것들을 손에 묻혀 얼굴에 발라 보면서 거울에 비친 자신의 모습이 정말 맞는지 믿겨지질 않았다. 내 얼굴에 함박꽃 같은 웃음이 떠날 줄 몰랐다. ‘내가 왜 이러지?’ 한동안 옷이며 화장품과 씨름하던 나는 문득 방을 거두어야겠다는 생각이 들었다. 급하게 옷을 입고 걸레를 찾아 방을 문지르고 있는데 밖에 나갔던 청년이 들어선다.

“와! 전혀 딴 사람 됐소.”

청년은 농담인지 알 수 없는 말을 나에게 던진다. 나는 저도 모르게 부끄러운 것을 참아가며 나가지 않는 목소리로 한마디했다.

"옷, 잘 입겠습니다."

"그게 무슨 큰 거라고. 아, 이거 배고프오. 빨리 밥이랑 해서 먹기요."

청년은 고기를 씻는다, 반찬을 볶는다며 분주히 돌아쳤다. 나도 가만있을 수가 없어 쌀을 씻어 놓았다.

"저, 밥은 어떻게 합니까?"

나는 전기 밥 가마를 어떻게 사용하는지 물었다.

"밥은 밥 가마에다 하면 되오."

한 번도 전기 밥 가마를 써본 적이 없어 머뭇거렸다.

"놔두오. 내 하겠소."

청년을 보니 음식을 많이 해본 것 같았다. 한 시간 거의 지나서야 밥상에 음식들이 올랐다. 조선에서 결혼식이나 환갑상을 차릴 때도 보기 힘든 소고기, 닭고기며 여러 가지 수산물, 갖가지 반찬들이 상다리가 부러지게 차려졌다. 밥상 위 음식들을 보며 나는 또 한번 원명 오빠의 생각이 났다. '오빠 지금 무엇을 하고 있을까. 원명 오빠랑 함께 왔으면 이렇게 맛있는 음식들을 같이 먹고 좋았을 텐데…' 청년은 냉장고 문을 열더니 술과 맥주를 내놓는다.

"자, 나와 앉소. 한잔 마이기요."

청년은 반병이 들 큰 컵에 맥주를 따라 내 앞에 놓는다. 이어 자신 앞에 놓인 컵에도 넘쳐나게 맥주를 가득 붓더니 잔을 들었다.

"아재, 일이 잘될 게요."

청년은 말을 마치기 바쁘게 벌컥벌컥 단번에 마셔 버린다.

"어째 마시지 않소, 마셔 보오."

컵까지 들어주는 것을 마다할 수가 없어 나도 한 모금 마셨다. 목이

찡하고 뱃속까지 시원했다.

"들었던 잔을 마저 비우오."

연속 맥주 컵을 비우던 청년의 얼굴이 벌겋게 달아오른 것 같았다. 권하는 맥주 한 컵을 다 비우고 나니 차츰 머리가 띵 하고 몸이 나른해진다. 함께 온 여자들의 생각이 불쑥 떠올랐다.

"아저씨, 저랑 같이 온 여자들은 어디 있습니까?"

"그 아지미들은 연길 쪽으로 들어갔소. 밥이나 먹기요."

웬일인지 대답을 피하는 것 같았다.

'언제까지 혼자 있어야 하나?' 음식을 먹으면서도 두려운 생각이 머리에서 떠나질 않는다. 청년은 맥주를 한 병 다 마시더니 이번에는 작은 잔을 두 개 가져다가 내 앞에 놓았다. 그리고는 녹화기에 무언가를 넣고 버튼을 만지고 있다. 조금 있더니 TV에서는 지금껏 들어보지 못하던 음악 선율이 흘러나온다. 시간이 조금 지나자 남녀 간의 섹스 장면이 나오기 시작했다. 나는 얼굴이 뜨거워 머리를 돌려 버렸다.

"북한에서는 저런 거 못 보게 하지 않소?"

청년은 말하며 일어나서는 화장실로 들어간다. 잠깐 있어 다시 나온 그는 TV 다이 서랍에서 빨강색, 노란색으로 된 영어 글자의 알약을 꺼냈다. 그리고는 나에게 먹으라고 주면서 자기는 파란 알약을 먹는 것이었다.

"이거, 무슨 약입니까?"

"여자들이 술 마실 때 먹는 약이요. 이 약 먹으면 술 많이 먹어도 취하지 않고 머리도 아프지 않소. 중국 여자들도 다 먹는 보약 같은 거니까 먹소."

청년은 손수 물까지 떠다 준다. 나는 거절할 수 없어 먹어버렸다. '내가 왜 낯도 모르는 남자가 시키는 대로 고분고분 말을 들어야 되지?'

"북한에서 빼주라는 술 먹어봤소? 이 술이 빼주라는 건데 맛이 어떤가 한번 보오."

청년은 숟가락 두 술 담길 만한 잔에 빼주를 붓는다. 중국 빼주가 독한 술이라는 말은 들어본 적은 있어도 먹어보지 못한 나였다.

"맥주 먹었더니 머리가 뗑 합니다. 더 먹지 못하겠습니다."

술을 더 먹으면 안 되겠다고 생각한 나는 사양했다. 청년은 한 잔만 마셔보라고 술잔을 들어서는 나에게 안기다시피 넘겨준다. 짓궂은 권고에 못이겨 한 잔 받아 아무런 생각 없이 빼주를 입에 넣고 삼켰다. 순간 식도가 타들어가고 숨이 꺽 막히는 것 같아 목을 움켜쥐며 몸부림을 쳤다. 그러자 중국 청년은 너털웃음을 고래고래 지르며 내 잔등을 두드린다, 젓가락으로 고기 반찬을 집어 입에다 넣어준다며 부산을 떨어댔다.

"이런 술을 먹어야 술 먹은 거 갓트르 하지. 어떻소. 한 잔 더 마이겠소?"

"아저씨, 저는 못 마십니다."

나는 손을 흔들었다.

"아지미, 여기까지 무사히 모셔왔는데 한 잔 붓는 게 도리 아니요?"

청년은 자기 술잔을 내 앞에 놓았다. 술잔에 빼주를 부어주었더니 한 입에 쭈욱 들이 키고는 '카~아' 소리를 지르며 반찬이고 빼주를 입에 붓고 쑤셔 넣어 댔다. 그즈음 내 몸은 땅에 잦아들고 하늘이 빙빙 돌아가는 것 같았다. TV에서 나오는 섹스 영상에 왠지 절로 눈길이 가는 것을 애써 보지 않으려고 머리를 돌렸다. 심장이 쿵쿵 뛰고 기분이 흥분되어 오는 것이 이상했다. 무엇이라도 손에 잡히면 당장 그러안고 싶었다. 나는 충동을 억제해 보려고 눈을 감았으나 시간이 갈수록 더해만 간다. '왜 이럴까? 이러지 말아야 하겠는데…' 내 몸은 이미 통제할 수 없는 상태에 이르렀다. 혀가 말을 잘 듣지 않고 꼬부라진 소리가 저도 모르게 나간다. 밤잠을 전혀 자지 못해 몰려드는 피로에 술까지 마셨으니 몸이 정상일 수가 없었다. 내 눈에는 집 안의 모든 것이 한데 뒤엉켜 돌아가고 몸은 물 위로 둥둥 떠가는 것 같았다.

"아저씨 잠깐만 눕겠습니다."

몸을 지탱하기 어려운 지경에 이른 나는 침대 끝머리에 머리와 손을 가져다 얹고 눈을 감았다. 잠은 오지 않고 몸과 다리가 무엇에 옥죄어 드는 것 같았다. 청년이 뭐라고 말을 하는데도 무슨 소리인지 알아들을 수 없었다. 덜커덕덜커덕 음식상을 치우고 난 청년은 출입문을 잠그고 걷혀 있던 창문 커튼을 가린다. 청년은 침대 모서리에 기대어 앉은 나를 번쩍 안아 던지듯 침대에 눕혔다. 누구의 승인을 받았는지 말 한마디 없이 무작정 옷을 벗기기 시작했다. 청년은 이미 이성을 잃은 듯했다.

"어마나! 아저씨! 엄마, 엄마나! 아!"

나는 너무도 당황하고 바쁜 나머지 몸을 비틀며 다리를 쪼그리고 앉아 청년의 두 손을 쥐고 애원했다.

"아저씨, 그렇게 하지 마십시오. 예! 아저씨, 어쩌면 좋니. 아저씨 저 지금 안 됩니다. 위생 기간입니다. 아저씨, 제발 빕니다. 저는 유부녀입니다. 조선에 남편이 있는 여자입니다."

애처롭게 울음 섞인 목소리로 간절히 호소하는 나에게 그 남자는 당장이라도 주먹을 들어 때릴 것처럼 눈을 부라렸다.

"이거, 씨배, 진짜요? 말 안 듣겠소? 어째 족쇄에 묶여 북한으로 끌려 나가고 싶소? 좋게 말할 때 가만있소."

그는 내 옷을 마구 잡아 뜯다시피 필사적으로 달려들었다. 그는 사람 아닌 짐승으로 돌변했다. 힘이 얼마나 센지 나로서는 도저히 당해낼 방법이 없었다.

성욕에 굶주렸던 청년은 꼬리에 불을 달아놓은 하이에나 같았다. 그에게 북조선 여성은 덫에 걸려 옴짝달싹 못 하는 맛있는 먹잇감이었고 성욕을 마음껏 채울 수 있는 절호의 기회였던 것이다.

버티어 보려고 발버둥을 쳤으나 이미 내 몸은 걸친 것 하나 없는 알몸으로 되어 버렸다. 그는 자기 옷도 벗어 마구 내동댕이쳤다. 그는 얼굴을 감싸진 내 몸을 덮쳤다.

"아! 아! 아~!"

남자가 미칠 듯이 몸을 흔들어 댄다. 그의 입에서 연이어 튀어나오는 늑대의 울부짖음 같은 소리는 가냘픈 내 신음소리를 무참히 짓뭉개버렸다.

흥분이 절정에 달한 청년의 욕구를 채우는 일은 나에게 두 다리가 찢겨 나가는 아픔이었다. 그 고통은 굶주린 야수의 송곳니에 물린 여인이 체험할 수 있는 숙명적인 운명이기도 했다. '나라 없는 백성은 상갓집 개만도 못 하다'고 한다. 정권이 있고 나라가 있는 북조선 여성들은 중국 남자들에게 개가 아닌 벌레보다 못한 쓰레기 취급을 받아도 말 한마디 할 수 없는 노예로 순종해야 하는 현실이 기가 막혔다. 북조선에서 태어난 죄로 당해야 하는 치욕의 서러움이 눈물로 변해 하염없이 흘러내렸다.

시간이 얼마나 흘렀을까? 그 남자는 일을 끝냈는지 내 몸에서 떨어져 알몸으로 화장실에 들어간다. 심한 통증을 느낀 나는 얼른 일어나 앉아 밑을 내려다보았다. 다리 사이로 피가 낭자하게 흘러 침대보를 붉게 물들이고 있었다. 일어나 밑을 가리고 부엌으로 걸어가 수건으로 보이는 천으로 흐르는 피를 닦고 있는데 청년이 화장실에서 나온다.

"이보, 거기다 피를 닦으면 그 걸레 무엇이 되오? 화장실에 들어가

씻소. 화장실에 휴지랑 있으니까 들어가오."

청년은 걸레가 더러워진다며 화를 낸다. '개새끼처럼 달려들어 덮칠 때는 언제인데…' 피가 거꾸로 쏟아지는 것 같은 심한 모욕감을 느낀 나는 그 청년을 뚫어지게 쏘아보았다. 화장실에 들어가 너무도 억이 막히고 분통이 터져 입술을 피가 나도록 깨물었다. 몸을 씻고 있는 데 벌커덕 소리와 함께 화장실 문이 열리더니 그 남자가 알몸으로 들어섰다. 나는 얼굴을 돌리고 나가려고 했다. 문을 가로막은 청년은 한 손을 내 다리 사이에 밀어넣고는 허리를 감아쥐고 건듯 안아 들었다. 그리고는 문을 발로 차서 열고는 나간다.

나를 침대 위에 던져 버리고는 또 올라타 마구 흔들어 대기 시작했다. 처음 청년이 몸을 다칠 때는 거세게 반항했던 나였다. 그런데 웬일인지 이번엔 눈을 감고 아무 반응을 할 생각이 나지 않아 청년에게 몸을 맡겨 버렸다. 청년은 나를 레스링하듯 뒤집고 굴리고… 흡사 지랄만 난 정신병자를 연상케 했다. 그러기를 몇 번, 청년은 나한테서 떨어져 옆에 눕더니 한참이나 꼼짝도 안 했다. 나도 죽은 사람처럼 아예 움직일 힘조차 없었다. 잠시 후, 청년은 용수철마냥 튀어 일어나더니 이불장을 열고 담요를 꺼내 나에게 던져줬다.

"그 침대보 좀 씻어 놓소! 내 나갔다 오겠소."

그는 옷을 주워 입고는 어디론가 나가버렸다. 밖으로 사라지는 청년을 보며 내 입에서는 저주를 퍼붓는 외침이 터져 나왔다.

"이 개 같은 새끼야! 가다가 콱 뒈져라, 이 개 같은 새끼야! 아, 원명 오빠! 난 어떡하면 좋아요. 오빠…"

나는 몸을 씻을 생각은 못 하고 엉엉 소리 내어 울기 시작했다. 중국에 들어가는 것을 심사숙고하라며 그리도 절절하게 만류하던 원명 오빠의 모습이 떠올라 나는 더 서럽게 울었다. '더럽혀진 몸으로 어떻게 오빠를 만날 것이며 무슨 낯으로 소식을 보낸단 말인가.' 후회하기에 너무 멀리 와버린 나는 더욱 가슴 치며 흐느껴 울었다.

북조선 여성에게 있어 중국은 시퍼런 대낮에 눈을 뜨고 치욕을 당해도 어느 누구에게 말 한마디 할 수 없는 땅이었다. 나의 타향살이, 노예살이 시작을 알리는 서곡은 이렇게 막을 올렸다.

몸을 씻고, 옷을 입고 나니 머리가 빙글빙글 돌아간다. 빈혈이 온 것 같았다. 나는 저도 모르게 방바닥에 주저앉아 버렸다. 얼마나 울었는지 부어오른 얼굴을 감싸쥔 나는 꼼짝 않고 멍하니 천장을 바라보며 생각에 잠겼다. '난 이제 어떻게 하면 좋을까.' 생각 같아서는 당장에라도 뛰쳐나가고 싶지만 이곳 지형도 모르고 말도 길도 몰랐다. 중국에서 헤매며 돌아다니다 공안에 잡히는 날이면 모든 것이 끝장이다. '북한으로 잡혀 나가게 되면 몸서리치는 고역을 어떻게 당한단 말이야. 더럽혀진 몸으로 원명 오빠를 찾아 간다는 것은 더욱 못 할 짓이다.'

온갖 잡생각을 굴리던 나는 중국 사람들에게 장춘에 있는 아버지 친척을 찾아 달라고 부탁해 보기로 마음을 먹었다. 언젠가 아버지에게서 들은 장춘 친척의 주소를 기억하고 있었다. 그 주소는 1980년도 중반기에 중국에서 나왔던 편지 주소였다.

'아버지 친척을 찾을 수 있을까? 없으면 어떡하지…' 불안하고 걱정스런 생각이 머리에 떠나질 않는다. 온몸이 쑤시고 땅에 잦아드는 것 같아 그 자리에 눕고 싶었다. 순간 더럽혀진 침대보를 보자 좀 전에 청년에게 당한 일이 떠올랐다. 아무리 생각해도 똥바가지로 변기통 물을 떠먹은 기분이다. 누가 보는 것만 같아 얼른 빨기로 마음먹었다. 나는 침대보를 걷어안고 화장실로 들어갔다. 세탁기를 한 번도 써보지 못한 나는 손으로 침대보에 물을 붓고 비누를 묻혀 한참이나 진땀을 빼가며 빨아야 했다. 빨래를 마친 나는 바깥마당에 있는 빨래줄에 침대보를 널고 들어와 방바닥에 쓰러졌다.

인기척 소리에 놀라 눈을 떠보니 방 안으로 두 명의 남자들이 들어오고 있었다. 먼저 들어오는 사람은 두만강 북흥 마을에서 택시를 타고 먼저 떠났던 큰 키의 살집이 많은 우람한 남자다. 나는 얼른 눈을 비비며 엉거주춤 일어섰다.

"앉소! 식사는 했소?"

덩치 큰 남자가 묻는다.

"예."

나는 입속말로 들릴 듯, 말 듯 대답했다.

"형님, 앉소."

나를 겁탈했던 청년이 주머니에서 담배를 꺼내 입에 물고는 먼저 방바닥에 앉는다.

"철화야, 침대보 어째 없니? 아하! 니, 좋은 일 했구나."

남자가 비아냥거리며 말한다.

"형님, 무슨 소릴 하오. 아니요, 침대보 어지러워 북한 아지미한테 좀 씻어 달랬소."

철화라고 하는 청년이 능청스레 말을 돌렸다. 나는 모닥불을 뒤집어 쓴 것 같아 아무 말 없이 머리를 숙이고 방구석에 있던 잡지책만 보고 있었다.

"철화야, 저 아지미한테 식사랑 대접시켰니? 저녁시간 다 됐는데 밥 먹으러 가자."

"그렇게 하기요. 이보, 옷 입소! 밥 먹으러 가기요."

철화라고 불리던 청년이 나에게 말을 건네고는 신발장에서 신발을 꺼내 신는다.

"북한 아재, 노래방이라는데 가봤소? 북한에 노래방 있소?"

나에게 형님이라고 하는 남자가 물어본다.

"없습니다."

나는 대답을 했다.

"노래방에 가서 노래를 실컷 부르오. 아! 그렇지 북한 노래도 있소. 철화야! 빨리 가자! 무슨 거 그리 꾸물거리나?"

그 남자는 웃음 섞인 목소리로 재촉을 한다.

"아저씨, 저는 집에 있겠습니다."

몸이 편치 않아 철화에게 말을 했다.

"어째 그러오, 혼자 집에서 뭐하겠소? 자, 복잡하게 놀지 말고 나가기요."

철화는 내 말에 신경질적으로 대답하며 먼저 밖으로 나선다. 말을 해봐도 소용없다는 것을 안 나는 그들을 따라 나섰다. 골목으로 빠져나와 큰 도로에 나서니 환한 불빛이 작렬하고 승용차들과 트럭들이 쉴 새 없이 오간다. 애간장을 녹이고 몸을 비틀어 꼬는 것 같은 알아듣지 못할 중국 노래가 어디에선지 울려 나오고 있다. 택시를 타고 한참 달려 우리들이 내린 곳은 식당들과 가게 매점들이 늘어서 있고 네온사인이 번쩍이는 번화가였다. 일행은 도로 맞은 켠으로 건너가려는 것 같았다.

그 뒤를 따르던 나는 차와 사람들이 뒤엉키고 사방에서 빵빵거리는 경적 소리에 귀 고막이 터질 것 같아 얼른 손바닥으로 귀를 막았다. '지 껄이겠으면 지껄여 대라.' 그런 느낌, 느릿느릿한 걸음으로 도로를 가로 질러 가고 오는 사람들을 보니 감정이 없는 사람들 같았다. 유리로 된 커다란 출입문 앞에는 애된 젊은 청년들이 서 있었다. 그들은 가고 오는 사람들에게 깍듯이 인사를 하며 무엇이라 열심히 말을 하는 것 같았다. 식당 안에서 흘러나오는 음식 냄새가 코를 찌른다.

"어디를 정신없이 보오. 들어가기요."

철화가 열린 식당 문을 쥐고 어리둥절해 사방을 들러보는 나에게 말을 한다. 식당에 들어서니 이곳에서도 사람들이 음식을 먹으며 손을 내흔들고 귀청이 터질 듯한 목소리로 저마다 떠들어 대는 소리에 머리가 펭 할 지경이다. 나는 이해가 안 갔다. '저 사람들은 밖에서 싸우지 왜 식당에 들어와서까지 싸우고 있어.' 그 사람들이 무슨 이유로 식당에 들어와서까지 싸우는지 영문을 알 수 없었다. 철화가 식당 메뉴판을 한참 들여다보더니 말을 했다.

"형님, 무슨 거 먹겠소?"

저희들끼리 중국말로 이야기하더니 손가락을 딱딱 마주치며 누군가를 부른다.

"여! 어이~ 접대!"

솜털이 보시시한 총각이 달음박질로 다가왔다. 음식을 주문한 지 한참 만에 빙글빙글 돌아가는 테이블 위에 나이 어린 남자들이 요리를 번갈아 가며 갖다 놓는다. '세상에 남자들이 음식을 나르고 있다니.' 조선에서는 식당이라고 하면 의례히 여성들이 주방에서 요리도 하고 홀에서 음식을 나르는 일을 하는 것으로 보아온 나였다. 자꾸 보아도 신기하고 이해가 가지 않는다.

"아지미, 한 모금만 마셔 보오. 자~!"

그들은 술과 맥주병을 연방 갈아대며 마시고 먹어댔다. 취기가 올랐는지 저마다 목청을 돋구어 댄다. '아, 이 나라 사람들은 이렇게 소란을 떨고 야단을 피우면서 음식을 먹는구나.' 나는 그제야 싸움을 하는 것이 아니라 일종의 생활 풍습 같은 것이라고 생각했다. 함께 온 남자들은 내게는 조선말로 이야기하고 저들끼리는 중국말을 했다. 무슨 소리인지 전혀 알아들을 수가 없었다. '무슨 비밀 이야기가 많아 저들끼리

만 쏼라쏼라 하고 있지?' 음식을 먹으면서도 왠지 식당에 있는 사람들
이 조선에서 온 자기를 알아보지 않나 하는 신경이 쓰였다. 밖에서 차
소리가 나고 식당 문 열리는 소리가 들리면 나도 모르게 심장이 두근
거렸다.

"아지미, 일없소. 걱정하지 말고 많이 잡수오."

어느새 눈치를 챘는지 형님이라고 하는 남자가 한마디한다. 퍽이나
시간이 흘러 접시에 담겼던 음식들이 바닥이 나자 그가 혀 꼬부라진 소
리를 했다.

"자, 노래방이나 가자. 아지미 일어서오. 가기요!"

"형님, 너무 취한 것 같소, 일없겠소?"

철화가 말했다.

"야! 야! 북한 아지미 노래방 구경시켜 주어야지."

"형님, 누가 듣겠소?"

철화가 주변을 살피며 짜증스러운 표정으로 말을 했다. 나도 당황
하여 사방을 둘러보니 옆 식탁에 앉아있던 여자가 나를 보는 것 같아
가슴이 두근거렸다. 빨리 나갔으면 하는 생각에 마음이 바질바질 끓는
다. '또 무슨 짓거리를 하지 않을까. 그러면 어쩌지?' 식당으로 밥 먹으
러 가자고 할 때부터 조마조마했었다. 나는 노래방으로 가는 일행을
따라나섰다. 형님이라던 남자가 내 손을 덥석 잡는다.

"아지미, 중국이 어떻소, 북한보다 나아도 한참 낫지 않소? 말 들어
보니까 북한에서 사람들이 먹지 못해 굶어 죽는다는 게 사실이오?"

"예, 맞습니다."

"김정일이 그 아새끼는 백성들이 굶어 죽는데 무슨 거 하고 있다오.
그래 조선 사람들 가만있소? 중국에서는 그 정도면 폭동이 열두 번도
일어나오."

"형님, 북한이라는 소리 하지 마오. 야! 정말 누가 듣겠소."

사람들 내왕이 잦은 길거리에서 내놓고 북한 소리를 하는 형님을 향해 철화가 기겁을 해 소리를 친다.

"일없다. 여기는 다 한족 애들만 있어 조선말을 모른다."

그의 걸음은 갈지자로 비틀거렸다.

"야! 철화야, 내 말 잘못했니? 니, 한번 생각해 봐라, 나라 권좌에 올라앉았으면 최소한 백성들이야 먹여 살려야 할 게 아니야."

그는 열기가 올라 김정일을 죽일 놈, 살릴 놈하며 험상하게 욕을 해 댄다.

"북조선 사람이 도대체 몇 명이나 되오, 중국 보오, 나라가 크고 조선에 비하면 수십 배의 사람들인데도 옥수수밥 먹는 사람들이 없소."

그는 자기가 보건대도 북조선의 정치가 무엇인가 잘못돼도 단단히 잘못된 것 같아 보이는 모양이다.

"내 앙까이(아내)두 한국에 가있지만 한국 좀 봐라, 이 밥에 고기 국 먹구 사는 중국 사람들도 한국에 돈 벌러 가지 않소, 북조선과 한국이 비하문 하늘과 땅 차이오."

그는 자기 아내도 한국에 돈 벌러 갔다고 했다.

"아저씨, '한국'이라는 게 무슨 말입니까?"

"아재! 아직 한국도 모르오. 아재네 북조선 하고 남조선 갈라져 있지 않소. 남조선 보구 한국이라고 하오."

"아저씨, 남조선이 잘 삽니까?"

나는 한국에 대해 알고 싶어졌다.

"우리 중국이 사는 건 아무것두 아니오. 한국이 얼마나 잘 사는지 아오? 한국 사람들 매 집마다 자가용 승용차 한두 대는 다 가지고 있소. 한국보다 더 잘 사는 나라가 미국이나 유럽이오."

그는 남조선과 미국에 대해 한참 이야기했다.

"김정일이 땅딸망치 같은 그 아새끼, 콱 벼락이나 맞고 뒈져야 되오.
난장이 같은 아새끼…"

북조선하고 무슨 원수라도 졌는지 입에 걸쭉한 쌍욕으로 김정일을
욕 해댄다.

"그 새끼 빨리 썩어져야 조선이 통일되오."

형님은 말하던 도중 '카악, 퉤' 하고는 가래 춤을 뱉어 버리고 다시
말을 이었다.

"조선이 통일돼야 중국에 사는 우리 조선족 사람들도 마음대로 조
선에 나가 장사도 하며 살겠는데 말이오."

"아! 형님, 됐소. 김정일이 귀 아프겠소. 그 새끼 죽겠으면 죽구, 말겠
으면 말고 우리하고 무슨 상관이오. 빨리 가기오."

철화가 길거리에서 떠들어 대는 그에게 갈 길을 재촉한다.

"북조선 아재, 오늘 마음껏 노래 부르고 놀기요."

그가 내 어깨를 덥석 쥐더니 흔들어 댄다. 길을 가다 어느 한 3층짜
리 건물 1층에 들어서니 쿵짝쿵짝 반주 음악과 노래 소리가 복도를 사
이에 두고 방마다 울리고 있었다. 나는 북조선 영화에서나 보아온 노래
방이라는 곳에 들어서는 순간 머리가 휭 해졌다. 철화가 몸이 다부지고
노란색 머리를 위로 틀어 올린 노래방 주인 같은 여자와 뭐라고 중국
말로 이야기한다. 그리고는 복도 끝 쪽에 있는 방으로 안내를 해 방문
을 열어 보였다. 남자들을 따라 방에 들어서니 얼굴이 잘 보이지 않을
정도로 컴컴했다. 나는 불안한 마음에 방 모서리 한구석에 서 있었다.

"아재, 어째 서 있소? 여기 앉소."

철화가 내 손을 잡더니 벽 둘레에 놓여 있는 긴 의자 가운데로 끌
어 당겨 앉힌다. 형님이 커다란 TV 아래쪽 무엇인가를 만지자 귀가 멍

할 정도로 노래 반주곡이 나오기 시작했다. 우리가 노래방에 들어온 지 얼마 안 있어 20세 정도 돼 보이는 애젊은 아가씨가 쟁반에다 무엇인가 가득 담아 들고 들어왔다. 뒤따라 두 명의 여성들이 들어왔다. 맥주와 껍질 벗긴 귤, 잘게 찢은 마른 명태, 수박, 땅콩 등이었다. 아가씨는 먹 거리들을 테이블 위에 놓더니 자신도 의자에 앉았다. 철화와 형님이라 는 자가 마이크를 쥐고 엿가락 같이 배배 꼬인 노래를 부르며 몸을 흔 들어 댔다.

"자, 여자들도 노래 부르든가 춤을 추오."

그들은 나와 노래방 아가씨에게 다가와서는 손을 잡아 일으켜 세 운다. 그리고는 한 손으로 허리를 감아쥐었다. 다른 한 손으로 마이크 를 쥐고 선율에 맞춰 몸을 흔들며 노래를 부르기 시작했다. 잠시 후, 중 국 남자들은 노래방 도우미들과 서로 입을 맞추고 상의 옷을 벗기고는 브래지어를 올리고 내가 보는 앞에서 앞가슴을 빨아댄다. 그들이 노래 방 아가씨들과 함께 춤추며 하는 행동들을 보니 이미 전에 잘 알고 있 는 것 같았다. 나는 너무 보기가 민망스러워 얼굴을 돌렸다. 한참 붙안 고 노래를 부르던 형님이라는 사람이 나를 불렀다.

"아지미, 자! 한곡 부르오. 무슨 노래 부르겠소?"

마이크를 나에게 넘겨준다. 큼직한 책을 펼쳐주면서 나보고 노래 제 목을 골라 보라고 했다. 나는 무엇을 어떻게 하는지 몰라 머뭇거렸다.

"중국 노래 아는 곡 있소?"

"저는 중국 노래 모릅니다."

"조선 노래 있소. 무슨 노래 부르겠는지 찾소."

형님은 억지로라도 나에게 노래를 시킬 잡도리인지 책갈피를 뒤적거 린다.

"자, 여기 보오. 이게 다 조선 노래요. 무슨 곡 부르겠는지 찾아보오."

책을 보니 정말 북한 노래 제목이 빼곡히 적혀 있었다. 내가 알고 있는 곡들이 여러 개 보였다. 나는 '나의 어머니', '고향 하늘'과 같은 노래를 몇 곡 찾아 불렀다. 내가 울음 섞인 목소리로 노래를 부르자 형님이 다가왔다.

"이 아재, 어째 우오. 조선 생각이 나서 울지 않소? 먹을 것도 없다면서 무슨 생각할 게 있소? 철화야, 분위기 좀 바꾸자. 한국 노래 틀어라."

그 남자는 댄스곡이 울리자 나를 안고 빙빙 돌며 몸을 흔들어 댄다. 마주선 남자의 입에서 풍기는 술, 담배 냄새가 역겨워 구역질이 올라왔다. 입 냄새를 피해 내가 얼굴를 돌리자 자기 입을 내 볼에 비벼댄다. 철화도 노래방 아가씨와 서로 그러안고 돌아가고 있다. '아, 더럽다. 이러지 말았으면.' 나는 그 남자가 하는 대로 몸을 그대로 맡겨 버렸다. 남자의 손이 몸 아래 부위까지 내려와서는 문대고 만지며 흉한 짓을 해도 말을 할 수 없었다. 시간이 얼마나 흘렀는지…

"형님, 그만하기요."

철화가 마이크를 놓으며 말한다.

"뭐라고?"

형님은 말소리가 들리지 않는지 다시 물어본다. 노래방 기기를 끄며 철화가 큰 목소리로 말을 했다.

"그만 놀구 집에 가기요."

철화의 말소리에 형님은 그제야 알았는지 고개를 끄덕거린다.

"음, 그래. 가잔 말이지. 아재, 어떻소. 더 놀다 가지 않겠소?"

"형님, 내 먼저 나가오!"

철화가 노래방 아가씨와 먼저 나가 버린다.

"철화야, 내 계산하겠으니까 너는 하지 말라. 아지미, 가기요."

나는 손목을 잡고 나가는 형님이라는 사람을 따라 밖으로 나왔다.

시원한 바람이 얼굴에 와 닿는다. 철화가 먼저 나와 택시를 세워놓고 기다리고 있었다.

"그렇게 하오. 아침에 전화할게. 내일 또 보기요. 잘 가오."

철화가 먼저 다른 택시를 불러 세우더니 타고 사라져 버렸다.

"아재, 가기요. 타오."

차 뒷문을 열어주고 자기는 앞좌석에 오른다.

"저, 아저씨 어디 갑니까?"

나는 겁에 질려 물어보았다.

"집에 가지 어디 가겠소."

형님은 운전기사에게 무엇이라 말을 했다.

'어디로 나를 데리고 가나…'

내 머릿속에는 이상한 예감이 들었다. 허나 코 꿴 송아지 신세인 내가 할 수 있는 일은 아무것도 없었다. 차가 한참 달리더니 높은 고층 건물들이 즐비하게 서 있는 아파트 사이로 들어가고 있었다. 운동장 같은 콘크리트 포장을 한 넓은 공터가 나타나자 그곳에 차를 세운다. 승용차와 오토바이들 몇 대가 서 있다.

"내리오. 다 왔소."

그가 택시에서 먼저 내려 나를 향해 손을 까닥거린다. '야! 멋있구나.' 높다란 아파트를 올려다보며 속으로 감탄을 터트렸다. 북조선 큰 도시라고 가보아도 이런 아파트는 보지 못했었다. 나는 앞뒤로 높이 솟아있는 아파트를 바라보느라 여념이 없었다.

"어디에 그리 정신을 파오. 올라가기요."

그때야 정신을 차리고 급히 뒤따라 엘리베이터에 올랐다.

'야, 아파트도 이렇게 올라가는구나.'

나는 눈에 보는 것 모두가 다 신기했다. 올라오기 전에 밖에서 아파트 층수를 세어보니 10층이 더 될 거라고 생각했었다. 엘리베이터가 멈춰서는 것을 보니 13이라고 빨간 글자가 보인다. 문이 열리고 전기불이 환히 켜진 복도를 나서자 엘리베이터 바로 옆문을 만지니 출입문이 열린다. '야! 하!' 대낮처럼 환한 방에 들어서는 순간 나는 감탄의 소리가 입 밖으로 나오는 것을 가까스로 참으며 휘둥글해진 눈으로 집안의 이곳저곳을 살펴보기 시작했다. 갖가지 장식장들과 벽 한쪽을 다 차지한 거울, 벽에 걸려있는 그림들 커다란 TV를 비롯한 가전제품들이 놓여있었다. 나에게는 만화책에서 보던 바다 속에 있다는 용 궁궐에 들어온 것 같았다.

'세상에 이런 집도 있나?'

"자, 이게 내 집이요, 옷이랑 벗고 마음 편히 앉소. 이 집에서는 통제하는 사람도 없고 눈치 볼 사람이 없으니까 며칠 동안 푹 쉬오."

"집에 식구들은 없습니까?"

남자 혼자 있는 것이 이상하여 내가 물었다.

"우리 집 사람은 한국에 간 지 2년 넘었소. 딸애 하나 있는데 외할머니네 집에 가 있소."

이야기 도중 휴대폰에서 벨소리가 울렸다. 전화기에 무슨 말인지 모를 말을 쏠라쏠라 한참 해댄다.

"뭘 하나 물어봐도 되겠소?"

"예, 말씀 하십시오."

"북한에서 시집 갔댔소? 나이 어떻게 됐소?"

"남편과 애가 있습니다. 나이는 24살입니다."

내 대답을 듣고는 다시 중국말로 무엇이라고 한참 동안 이야기하더니 휴대폰을 놓는다. 집 안 구석구석 살피던 나는 벽에 걸린 시계를 보니 저녁 11시가 넘었다.

"아재가 있을 방이 저 방이요."

그는 일어나 방문을 열어 주며 와 보라고 했다.

"여기는 샤워랑 하는 곳이요. 그 안에 세면도구랑 있으니까 세면도 하고 몸이랑 씻소."

그 남자는 텔레비전을 켜놓더니 다른 방으로 들어간다. 방만 세 칸이 넘는 것 같았다. 그가 가르쳐준 방으로 들어가 보았다. 어른 두 명이 누워도 자리가 남을 고급스런 침대를 보던 나는 낮에 철화에게 겁탈당하던 일이 떠올라 머리를 돌리고 말았다. 그 옆에 황토색의 옷장과 이불장이 함께 달린 가구가 가지런히 놓여 있다. 침대에 잠시 앉아 있던 나는 몸을 씻으라고 말하던 남자의 말이 생각나 얼른 일어나긴 했으나 불안했다. '낮에 몸을 씻었는데 또 씻으라는 것은 무엇을 의미하지? 저 사람이 또 달려들면 어떻게 하나?' 아직도 아래 그 부위가 아프고 저린 것 같았다. 화장실로 들어가려는데 주인 남자가 비닐 포장지에 넣은 여러 개의 옷 같은 것을 가지고 나온다.

"이 옷들을 갈아입소. 입었던 옷은 비닐봉지에 다 넣소."

주인 남자는 옷 꾸러미를 나에게 안기며 비닐봉지를 따로 주었다. '이 옷이랑 새것인데… 아깝다.' 일단 받아 쥐고 방에 들어와 보니 속옷들이다. '네가 또 그 짓거리를 하려고 미끼를 던져주는구나.' 아무도 없는 집에 전혀 모르는 남자와 함께 있어야 한다는 것이 무엇을 말해주는지 쉽게 짐작할 수 있었다. 이런 생활을 해보지 못했던 나는 앞으로 일어날 일을 어떻게 감당할지 도무지 생각이 떠오르지 않았다.

'몸을 씻어라. 이래라 저래라.' 중국 남자들한테 이런 말을 들을 때마다 자존심이 상하고 피가 꺼꾸로 솟아오르는 것 같은 기분이었으나 다른 방법이 없었다. 조선에서는 상상도 못할 몸종이나 하녀들도 하지 않을 짓을 내가 하고 있다. 어떻게 돼서 이런 꼴이 됐는지 생각만 해도 기막히고 분하기 짝이 없었다. '이것들이 하라는 대로 하지 않으면 죽일 수도 있다.' 나는 낮에 철화가 미친 듯이 날뛰던 일이 눈에 떠올라 머리를 흔들었다. 화장실로 들어가 거울을 들여다보며 잠시 생각에 잠겨 서 있는데 남자가 문을 열고 들어왔다. 거울에 나타난 모습을 보고 당황스러워 화들짝 놀라서 뒤를 돌아보았다. 런닝구와 반바지 속옷 차림이다.

"샤워기는 이렇게 쓰면 되고 변기에 물을 틀어 놓을 때는 이 손잡이를 왼쪽으로 돌리면 되오."

그는 세심한 나머지 친절하기까지 했다. 화장용품들의 사용 방법을 손수 하나하나 가르쳐 줬다. 설명을 끝내더니 고개를 돌려 나를 힐끗 보고는 돌아서 나갔다. 나는 그가 오전에 나를 겁탈했던 철화와 다르게 자상하고 인정이 많은 것 같아 마음이 조금은 놓였다. 간단히 샤워를 하고 물이 질퍽한 화장실을 걸레로 닦고 나왔다. 자는 줄로 알았던 남자가 소파에 앉아있다. 텔레비전을 보다 나를 보고는 환성에 가까운 말로 이야기를 했다.

"아이구, 아재 정말 미인이구마. 북한 여자들이 다 아재처럼 잘 생겼소?"

농담인지 진담인지 알 수 없는 말투로 나를 한껏 취준다.

"이름이 뭐요, 이름이나 알고 지내기요."

"제 이름은 리선희입니다."

"나이 24살이라고 했던가? 한창 나이구마. 내 이름은 영화라고 부르오."

영화는 잠시 말을 끊더니 다시 말을 이었다.

"우리 자기 전에 간단히 요기나 하기요."

그는 싱크대가 있는 부엌으로 들어갔다. 속옷 차림의 영화가 나에게는 별스러워 보였다.

"무슨 거 하오. 빨리 오오."

내가 텔레비전을 보느라 그냥 앉아 있는데 큰 소리로 부른다. 일어
서서 부엌으로 들어간 나는 눈이 뒤집혀지는 것 같았다. 대형 냉장고이
며 전기 밥 가마, 대리석으로 위판을 장식한 식탁을 비롯한 부엌 가전
제품들, 요리 도구들을 보는 내 눈은 휘둥글해졌다. 식탁 위에는 언제
차려놓았는지 맥주와 여러 가지 안주, 음식들이 놓여 있다. 영화는 의자
에 앉아 검푸른 색 병을 들더니 뚜껑을 열고는 내 앞에 놓인 맑은 유리
잔에 진분홍빛 물을 따라준다.

"북한에서 포도주라는 술을 마셔 봤소? 이게 포도주라는 게요. 여
자들이 마시기 좋은 술인데 한번 마셔보오."

영화는 내 앞에 놓인 술잔에 진분홍빛 액체를 따라준다. '색갈이 곱
기도 해라. 세상에 별난 술이 다 있네.' 술잔에 채워지는 포도주를 보며
내 입에서는 감탄의 목소리가 절로 튀어나왔다.

"나는 맥주를 마시겠소. 여기가 제집이라고 생각하고 있소. 자 마이
기요."

영화는 자기 앞에 놓인 큰 유리컵에 맥주를 붓는다. 그리고는 내 술
잔에다 쨍 소리 나게 찢더니 쭉 먼저 마셔 버렸다. 나도 부어주는 술을
거절할 수가 없어 머리를 반쯤 돌리고 한잔 마셨더니 달콤한 것이 먹을
만했다.

"어허, 잘 마시는 구마. 자 한잔 더 받소."

내 술잔에다 포도주를 붓고 자신도 연이어 맥주를 들이마셨다. 술
잔을 받기만 하는 것이 미안스러웠다.

"제가 한 잔 붓겠습니다."

영화 앞에 놓여 있는 컵에 맥주를 붓는다는 것이 그만 확 넘어나 버

렸다.

"어이구, 고맙소. 하하. 자, 이거 맛이 어떤가 보오, 중국 사람들은
이걸 영 좋아하오."

술안주를 씹으며 도시락 절반만한 크기의 비닐포장 박스를 뜯어 내
앞에 놓아준다. 먹어보니 역한 냄새가 났다. 도저히 먹지 못할 것 같아
휴지에 뱉어 버렸다.

"어째, 먹지 못하겠소?"

영화는 웃으며 손으로 집어 잘 먹어댄다. 포도주를 마실 때는 달콤
한 맛에 도수가 별로인 것 같더니 몇 잔 마시자 머리가 해롱해롱해졌
다. 한 시간은 실히 넘게 흐른 것 같았다.

"방에 들어가 쉬오. 상은 내가 거두겠소."

영화는 잠깐 사이에 식탁 위의 것들을 말끔히 치워놓았다. 방에 들
어와 시계를 보니 밤 1시가 넘었다. 자리에 눕고 싶으나 먼저 방에 들어
가 누울 수 없어 방바닥에 다리를 쪼그리고 앉아 있는데 영화가 올라
왔다.

"선희, 중국에 와보니 북한하고 다른 게 뭐요?"

영화의 행동은 아주 천천히 조용하고 노련했다. 내 손을 잡더니 다
른 방으로 끌고 들어간다. '시작되는구나.' 이곳으로 오면서 생각했던
바 그대로였다. 영화는 나를 침대에 끌어다 앉게 하고는 환하게 켜져
있던 형광등을 끄고 탁상 등을 켜놓는다.

"아재, 오늘 나랑 같이 자는 게 좋지 않소?"

나는 영화의 묻는 말에 한마디 대꾸 없이 가만있었다. 침대에는 이
불과 베개 두 개가 가지런히 놓여 있다. 이미 전에 준비를 해놓았던 것
같아 보였다. 영화가 하는 행동을 지켜보며 말없이 앉아 있는데 다가와
이불을 제쳐 놓고 팔을 벌려 나를 그러안는다.

"오전에 철화랑 자보니까 어떻소?"

영화는 철화 소리를 하며 내 옷을 하나, 둘 벗기기 시작했다. 팬티만 남겨 놓고는 자기 옷도 벗어 던진다. 이 남자는 나를 그러안고 목이며 앞가슴을 마구 빨아대기 시작한다. 아픔이 사라지기도 전에 또 고통을 당해야 하는 나는 피가 나도록 입술을 깨물고 눈을 감아버렸다. 말해 봐야 소용없다는 것을 너무나 잘 알고 있기 때문이었다. 나는 영화가 하는 대로 몸을 맡겨 버렸다. 몸집이 황소 같아, 그 무게에 짓눌려 숨이 넘어갈 것 같았다.

"아저씨, 그만하십시오. 예!"

나는 너무 고통스러워 영화에게 애원해 보았다. 열기가 오른 영화는 들으려 하지 않는다. 수년을 홀아비로 살고 있던 그였다. 여자에 대한 굶주림에 오장육부가 뒤틀려 있던 이 남자가 공짜로 굴러온 고기 덩어리를 쉽게 놓아줄 리 없었다. 맥이 빠지면 쉬었다가는 다시 올라타고 몇 시간을 헐떡거리며 그 짓거리를 해댄다. 일을 끝내고 화장실로 가는 영화의 꼴이 몸도 가늠하지 못하고 비칠거렸다. 일을 보고 나온 영화는 내 옆에 네 활개를 벌리고 자빠져 버렸다.

연이어 낮과 밤, 겁탈당하며 이틀을 보내고 3일째 되는 점심식사 시간에 나는 영화에게 부탁했다.

"아저씨, 장춘에 우리 아버지 사촌누나가 있는데 좀 찾아줄 수 없습니까?"

"장춘에 친척이 있었소? 한번 찾아 보기요."

영화의 대답은 그리 반가운 기색이 아니었다.

"중국 주소는 알고 있소?"

나는 머릿속에 기억했던 주소를 더듬어 알려주었다.

"아버지 사촌누나를 알아보았는데 그 주소에 그런 사람이 없다오."

저녁쯤 돼서 영화는 나에게 짧게 한마디하고는 더 다른 말은 하지 않는다. 설사 친척을 알고 있다고 해도 돈에 미쳐 나를 팔아먹으려고 하는 자가 친척들을 찾아줄 리 없다는 것을 그때 나는 알 수 없었다.

"선희, 여기서는 오래 있지 못하오. 잘 아는 곳에 소개해 주겠으니까 가서 일을 하지 않겠소?"

"어딥니까? 가겠습니다. 보내주시오."

나는 당장이라도 가고 싶었다.

"내일, 아침에 선희 데리러 사람들이 올 거요."

그날 저녁, 시장에 나갔다 왔는지 고기며 식품류들을 가지고 들어왔다. 영화는 주방으로 들어가서 한참 동안 음식을 만드느라 분주해 보였다.

"뭘 하오? 내려와 밥 먹기요."

나를 찾는 소리가 들려왔다. 마지막 밤이라고 생각하니 시간이 더 더디게 흘러가는 것 같았다. 영화와 밥상에 마주 앉은 나는 그의 입에서 무슨 말이 나오는가 싶어 물어보았다.

"사장님, 중국 역사에 공자와 맹자라는 분이 사람들에게 선한 일을 많이 하고 훌륭한 명언을 남겼다고 하던데 사실입니까?"

내 말에 영화는 그렇다고 대답했다.

"중국 사람들은 중국을 공자의 나라라고 하는데 제가 보기에는 그렇지 못한 것 같습니다."

나의 말을 듣던 영화는 코웃음을 치며 상스런 말을 내뱉는다.

"뭐, 말라빠진 공자, 맹자요. 그것들이 죽어 없어진 지가 언젠데 아직도 공자, 맹자 나발을 불구 있어."

그는 내가 말한 공자 소리에 단단히 화가 난 모양이다.

"공자 타령은 중국 공산당 간부 새끼들이 정치를 해먹느라고 지껄이는 소리요. 더러운 놈들. 공자를 무슨 개탕 집 간판으로 생각하는 모양이야. 그 자식들은 공자 이름을 팔아먹다 못해 우려먹고, 데워 먹고 분쇄기에 갈아 먹고 있어. 말하지 말아야지, 내 입이 더러워지오. 그 놈들부터가 도둑놈들이고 사기꾼들이야."

영화의 얼굴을 보니 벌겋게 상기되어 열을 올리고 있었다. '하긴 네 말이 맞다. 내가 보기에도 네놈이 사는 중국이라는 나라는 거대한 오물장에서 번식하는 구더기들만 사는 나라 같아 보인다.' 그가 지껄여 대는 소리를 들으며 나는 입속으로 중얼거렸다. '앞으로 어떤 쓰레기들이 나를 또 괴롭힐까?' 지금까지 중국에 넘어와 있은 일을 생각만 해도 몸서리쳐진다. 식사를 끝낸 영화는 초저녁부터 발가벗고 달려들었다. '언제 다시 이런 꿀맛 같은 떡을 먹어 보겠는가' 하는 모양이다. '하루만 참아라. 하루만.' 나는 생각만 해도 소름이 돋는 이 짓을 더는 하지 않게 되었다는 생각에 아픔을 참고 놈이 지랄치는 대로 몸을 맡겨 버렸다.

"일어나오."

흔들어 깨우는 인기척에 놀라 눈을 떠보니 한낮이 되었다.

"빨리 식사하오. 30분 후에 선희 데리러 사람들이 오니까 준비하고 있다가 인차 떠나야 되오."

시계를 보니 오전 10시가 넘었다. '드디어 늑대의 굴에서 벗어나게 되었구나. 해방이다. 만세!' 나는 속으로 만세 삼창을 더 불렀다. 세수며 밥을 먹고 나서 옷을 입고 있는데 영화가 들어왔다.

"갈 준비 다 했지? 내려 가기오."

영화는 나의 아래위를 훑어보고는 옷을 입고 먼저 집을 나섰다.

결혼

아파트 현관 밖으로 나오니 9인승 승합차에서 남자 세 명이 내린다. 그들은 나와 영화가 있는 쪽으로 다가왔다. 영화와 악수를 나눈 그 남자들은 이야기를 하면서도 나를 유심히 뜯어보고 있었다. 섬뜩한 느낌이 들었다. 남자들 생김새라든가 옷차림이 도시 사람 같아 보이지 않았다. 40살 안팎으로 보이는 남자들 중에 콧수염이 더부룩하고 머리를 여자들처럼 기른 사람이 유별나게 보였다. 세수도 하지 않았는지 까맣고 초췌한 얼굴에 말을 제일 많이 하는 것 같았다. 조선말로 하면 책임자인 듯했다. 한참 만에야 이야기를 끝내고 영화가 나에게 다가왔다.

"이분들이 선희와 같이 목적지에 갈 사람들이요. 인사하오."

영화는 남자들을 소개해 주었다. 나는 남자들 쪽으로 돌아서며 머리를 숙여 인사를 했다. 그 남자들이 웃으며 하는 이야기를 나는 알아들을 수 없었다. 콧수염이 승합차에 올랐다 내리더니 자그마한 가죽 가방을 영화에게 넘겨준다. 그들이 영화와 악수를 하고 먼저 승합차에 올라타자 영화가 내게 그들을 따라 차에 올라타라고 손짓을 했다.

"안녕히 계십시오."

"잘 가오."

영화와 짧게 인사를 나누었다. 남자들은 앞자리에 앉았다. 차 안을 보니 앉을 자리가 없을 만큼 물건이 가득했다. 나는 물건들을 한쪽으로 치우고 뒤쪽에 자리를 잡고 앉았다. 승합차가 떠나자 나는 벙어리가 되어 버렸다. 중국인들은 무엇이 그리도 기분 좋은 일이 있는지 저들끼리 웃고 떠들어 댄다. 차창 밖으로 언뜻언뜻 지나쳐 버리는 산야를 바라보니 떠나 온 고향 생각이 더 나는 것 같았다. '원명 오빠는 어떻게 하고 있을까. 내가 이렇게 된 꼴을 오빠가 알면 받아들이려고 하지 않을 거야. 소식이라도 보냈으면 좋겠는데…'

별의 별 생각을 하며 '후' 하고 나도 모르게 길게 한숨을 내쉬었다. 남자 세 명 중 한 명이 유별나게 자주 나에게 말을 건넨다. 콧수염 기른 남자였다. 중국말을 모르는 나는 그들에게 머리를 좌우로 흔들어 보였다. 세 명이 피워대는 담배 연기에 숨이 막히고 눈을 뜰 수가 없었다. 차가 한 시간가량 달렸을까? 고층 건물과 살림집들이 보이는 도시에 들어섰다. 어딘지 모를 곳으로 차를 몰아 한참 달리더니 사람들과 차들의 이동이 많은 한 건물 앞에 멈춰 섰다. 일행은 손짓으로 나를 내리라고 했다. 가만 보니 점심을 먹으려고 식당에 들린 것 같았다.

넓은 식당 홀에 테이블을 놓고 벽에 횟가루 칠을 하였을 뿐인 것 같았다. 청소를 하지 않아 벽이며 바닥이 얼룩덜룩해 보였다. 음식을 먹는 식당이라고 생각하기엔 너무도 어지러웠다. 얼마나 담배를 피워댔는지 눈이 아렸다. 음식을 먹으며 고아대는 말소리, 웃음소리로 귀가 멍할 지경이다. 한참 기다리자 면발이 굵은 국수사리 위에 걸쭉한 간장 같은 것을 함께 놓은 자장면이며 반찬들이 나왔다. 콧수염은 내가 앉아 있는 곳에 나온 음식을 놔 주고 자기들은 다른 곳에 앉는다.

'까만 음식도 있네. 이걸 어떻게 먹지?' 자장면을 처음 본 나는 한동 안 망설였다. 콧수염네가 앉은 음식상을 보며 그들이 어딘가 모르게 생 김새가 비슷한 것 같았다. 후에 안 일이지만 그들은 3형제였다. 맏형의 아내가 될 나를 돈을 주고 데려가는 일을 도와주러 함께 온 남동생들 이었던 것이다. 음식을 다 먹고 난 우리는 일어나 밖으로 나왔다. 나는 화장실을 찾느라 두리번거렸다. '이곳 어디 변소가 있겠는데…' 말을 몰 라 누구에게 물어볼 수 없어 사방을 살피고 있었다.

승합차에서 나를 바라보던 일행 중 한 남자가 나에게 다가와 뭐라 고 말을 한다. '에라 모르겠다.' 나는 바지 옆구리를 벗기는 시늉을 해 보였다. 그러자 중국 남자는 머리를 끄덕이며 식당 안으로 들어갔다 나 오더니 나를 오라며 손짓으로 한곳을 가리켰다. 식당 구석에 있는 출입 문으로 나와 밖에 있는 작은 건물 안으로 들어가려고 하자 50세쯤 돼 보이는 남성이 '웨이웨이' 하며 다가와 내게 손을 내민다.

영문을 몰라 함께 온 중국 사람을 쳐다보니 웃으며 주머니에서 지 갑을 꺼내 중국 돈 1원짜리를 주었다. 뒷일을 보는데 돈을 받고 있었 다. 나는 도무지 이해가 가지 않았다. 변소 안에 들어간 나는 몸을 부르 르 떨었다. 화장실은 문도 없고 여자, 남자 칸이 따로 없는 것 같았다. 남녀가 대소변을 함께 보고 있었다. 똥과 오줌이 섞인 걸쭉한 똥물이 변기에서 흘러나와 질버덕질버덕 신발에 묻어났다. 암모니아 악취에 금 방 먹은 음식이 울컥 올라왔다.

뒤로 돌아선 나는 배 속의 음식물을 토해버렸다. 오줌이 당장에라 도 뿜어 나올 것만 같았다. 그곳에서 일을 볼 수밖에 없었던 나는 돌아 나오면서 욕지거리를 내뱉었다. '세상에 변소가 아무리 더럽다고 해도 이게 사람들이 사는 데야? 으. 으, 퉤 퉤.' 침을 몇 번이나 뱉어버리며 누가 보지 않나 주위를 살폈다. '청소도 안 해놓고 돈을 받는단 말이야?' 문화와 풍습이 전혀 다른 중국 땅의 모든 것이 나에게는 너무도 생소했다. 조선의 크고 작은 도시와 지방을 수많이 다녀 보았지만 생활이 아무리 어려워도 변소 주인이 돈을 받는 것은 보지 못했다. '먹을 것이 많아 개가 돼지고기를 먹지 않는다는 중국 사람들이 변소를 청소하지 않아 똥물이 질적거리는 변소를 지키고 서서 돈을 받나?' 나는 지금껏 생각해 본 적이 없던 이 나라 사람들의 문명 수준과 도덕성을 알게 되는 것 같았다. 중국이라는 땅을 밟아 지금까지 내가 겪었던 일들을 다시 한번 생각해 보았다.

'신발에 묻은 똥물을 어떻게 씻어야 하나?' 사방을 두리번거려 무엇이라도 있는지 찾아보았다. 마당 한구석에 누가 버렸는지 헌 옷 같은 것이 보였다. 그 걸레에 한참 신발을 문대고 있는데 '웨이웨이' 찾는 것 같은 소리가 들려왔다. 돌아보니 차 안에서 남자들이 나를 향해 손을 흔들고 있다. 차에 올라보니 주스를 비롯한 음료수와 당과류들이 가득 담긴 비닐 봉다리가 실려 있었다. '부르릉' 검은 연기를 토해내며 차는 떠났다. 달리다가는 차 수리소 같은 곳에 들려 기름을 넣고 어떤 때는 잠시 멈춰 서서 담배를 꼬나물고 쉬었다가 가기도 했다.

차는 집들이 듬성듬성 보이고 옥수수 같아 보이는 무연히 펼쳐진 야산 같은 곳을 가로 지른 도로를 따라 달린다. 나는 차를 타고 오면서 '중국 공안의 검열에 단속이나 걸리지 않을까?' 하는 생각에 줄곧 마음을 놓지 못하고 있었다. '얼마나 더 가야 하나? 어디로 데리고 갈까?' 나는 형언할 수 없는 생각의 피라미드를 쌓았다가는 허물었다. 언뜻언뜻 지나가는 산과 들을 하염없이 바라보며 초조한 마음을 달래며 말 한마디 물어볼 데 없는 나는 벙어리 냉가슴을 앓고 있었다. 해가 기울어 저녁 6시가 넘은 것 같았다.

콧수염네는 달리던 차를 세우고는 비닐봉지에 있던 음식 꾸러미를 들고 땅에 내렸다. 약을 먹어야 하겠다고 생각한 나는 물을 먹는 손시늉을 했다. 콧수염 아닌 남자가 생수병을 던져준다. 주머니를 뒤져 두통에 먹는 '정통편(해열, 진통 효능을 가진 중국 약)'을 꺼냈다. 네 알을 입에 넣고 버석버석 깨물어 물과 함께 넘겼다. 남자들은 나에게 음식들을 내놓았다. 차를 오래 타 그런지 속이 훌렁거리고 토할 것 같아 싫다고 손을 흔들었다. 잠시 후 나는 차에 올라 누워 버렸다.

심한 흔들림에 나는 눈을 뜨고 밖을 보니 두문이 불빛들이 보였다. '여기가 어디야? 다 오지 않았나?' 강물이 흐르는 기슭을 따라 차가 달리고 있었다. '농촌 마을 같은데?' 멀지 않은 곳에 불빛에 비쳐진 집들이 어렴풋이 보였다. 내가 깨어나서도 30분간은 달린 것 같았다. 전조등 불빛에 기와집이 비쳐지고 차가 그쪽을 향해 움찔거리며 가고 있었다. 개 짖는 소리가 들리는 것을 보니 집 가까이 온 것 같았다. 집에서 멀지 않은 곳에 차를 세웠다. 주위에 다른 집들이 없는 것을 보아서는 독립가옥인 것 같았다.

한 남자가 나를 보고 내리라는 손시늉을 한다. 나에게 눈길을 자주 보내던 콧수염은 휴대폰을 꺼내 누구와 말을 했다. 잠시 후, 집 대문이 열렸다. 대낮 같이 밝은 집을 둘러싼 담장이 얼마나 높은지 밖에서 보면 집 지붕이 보이지 않았다. 대문 안에 들어서니 마당은 트랙터 몇 대 세울 만큼 넓었다. 송아지만한 개들이 주인을 알아보고 킹킹대며 꼬리를 설레설레 흔들어 댄다. 나를 보더니 다가와서는 송곳니를 드러내며 으르렁거렸다.

"엄마나! 이 개들 치워 주세요."

겁에 질려 소리치는 나를 보던 콧수염이 개들을 향해 소리를 지른다.

벽돌로 지은 집 대문에 검붉은 천으로 황금색 중국 글을 써 붙여놓은 곳 위에는 빨강색 둥근 모양의 초롱들이 여러 개 달려 있었다. 마당에 가지가지 영농쟁기들이 널려져 있는 것을 보면 농촌 집이 분명한 듯했다. '이 집이 내가 일을 해서 돈을 벌 수 있는 곳인가? 후, 드디어 도착했구나.' 내 입에서는 안도의 긴 한숨이 나왔다. 집의 생김새를 보니 'T'자 모양이다. 복도를 가운데로 양옆에 침실과 부엌 딸린 전실과 같은 구조로 되어 있는 것 같았다.

함께 온 남자들의 아버지인 듯한 분이 다가왔다. 나를 향해 손질을 하며 데리고 부엌과 마주하고 있는 방으로 안내해 준다. 방에 들어갈 때 조선집들처럼 신발을 벗는 것이 아니라 신을 신은 채로 들어가는 것이 별스러웠다. 마루처럼 된 곳 위에서 잠을 자는지 이불이 놓여 있었다. 벽에 걸린 시계를 보니 밤 3시가 넘었다. 15시간 넘게 차를 타고 온 것 같았다. 콧수염이 방에 들어와 밥먹는 흉내를 내며 부엌을 향해 손질을 한다. 밥을 먹자는 것 같았다. 점심에 먹은 것을 다 토해 버리고 저녁마저 굶어서인지 배가 고팠다. 나는 콧수염의 뒤를 따랐다.

부엌 살림에 쓰는 것 같아 보이는 도구들이 벽에 걸려 있다. 방 가운데 있는 식탁에 상다리가 부러질 정도로 음식들이 차려져 있다. 차에 함께 타고 온 남성들과 노인 내외가 앉아 음식들을 먹으며 나에게 연방 손을 흔들고 있다. 나를 처음 만날 때부터 유별나게 관심을 보이던 콧수염이 옆에 앉으라며 손을 잡고 이끌었다. 중국에 와서 보니 중국 남자들은 아침, 점심, 저녁, 음식을 먹을 때는 꼭 술을 마시는 것 같았다.

중국인들이 음식을 먹는 자리에서 떠들어 대는 것은 풍습인 것 같아 보였다. 옆에 앉은 콧수염이 내 앞에 놓인 커다란 유리잔에 맥주를 부어준다. 집 식구들이 소리를 지르고 박수를 치며 야단이다. 너무도 야단을 치는 바람에 큰 잔에 부었던 맥주를 한 모금 마셨다. 술 취기가 오르자 남자들은 저마다 맥주를 부어주며 고래고래 소리치고, 내 손을 잡고 어깨에다 팔을 올려놓으며 이상한 행동을 해댄다. 더 함께 있고 싶지 않아 얼른 일어나 밖으로 나왔다.

개들이 으르렁거리며 다가오는 것을 본 나는 돌아서 처음 들어갔던 방으로 들어가 문을 닫고 마루처럼 된 곳에 앉았다. 무엇이 그리 좋은지 부엌에서 떠들어 대는 소리가 끊이질 않는다. 한 시간 정도 되었을까? 문이 벌컥 열리더니 콧수염 남자가 들어왔다. 무엇 때문인지 나를 향해 손으로 삿대질을 하면서 눈을 부라리고 큰 소리를 친다. 무슨 영문인지 몰라 나는 그를 쳐다보기만 했다. 가만 보니 먼저 들어왔다고 하는 것 같았다. 나는 입을 꾹 다물고 가만있을 수밖에 없었다. 나갔던 콧수염이 다시 들어와 나를 향해 이불 펴놓은 곳을 가르치며 무작정 손을 잡아 이끈다. 잠자리에 들자는 소리 같았다.

'아! 또 겁탈당해야 하나.' 생각만 해도 몸서리쳐지는 일을 또 해야 한다고 생각하니 기가 막혔다. '오지 말아야 할 곳에 온 것 아닌가?' 나는 때가 늦었다는 것을 비로소 깨닫게 되었다. '싫다고 하면 필경 무슨 일이 벌어질 것이다.' 중국에 넘어선 첫날부터 며칠 동안 몸이 만신창이 되도록 성폭행을 당하면서도 말 한마디 할 수 없는 신세를 생각하니 이가 갈렸다. 북조선 여자라는 단 한 가지 이유로 벗어라. 누워라. 명령에 오직 순종만이 내가 살 수 있는 길이었다.

몸이 지긋지긋하고 쑤셔난다. 다리가 저리고 그 부위가 소금물에 젖은 듯이 아리고 쿡쿡 쏘아도 싫다는 말 한마디 할 수 없었다. 콧수염은 얼마나 급했는지 윗옷은 놔두고 아랫도리만 와락와락 잡아당겨 벗겨 버린다. 자신도 아래 옷만 벗어버리고는 나무 몽치 같이 딱딱하게 굳어버린 그 물건을 내 몸에 무작정 밀어 넣느라고 모지람을 쓰며 아무 데고 찔러댔다. 여자의 겉모습만 보아 왔는지 몸 구조 자체를 알지 못했던 모양이다. 아래 부위가 너무 아프고 당황스러웠다. 콧수염은 제물건이 들어갈 곳을 찾고 나서는 불 맞은 망아지 같이 몸을 떨며 마룻바닥이 쿵쿵 울리게 방아를 찧어 댄다. 내가 몸을 뒤틀며 콧수염을 밀어내려 하자 다리와 팔을 그러쥐고 괴상한 소리를 질러댄다. 미친 듯이 날치는 콧수염을 보니 제정신이 아닌 듯했다. 나는 그 난잡한 움직임이 벌어지는 순간에도 집 안의 다른 사람들이 들으면 어쩌나 하는 생각에 빨리 끝냈으면 하는 조바심이 났다. 수염 달린 입으로 내 코며 얼굴 부위를 마구 물어 흔들어 놓으며 지랄을 해댄다.

'아! 아!' 나는 그 부위가 찢어지는 것 같아 힘껏 콧수염을 밀쳐버리고 일어나 앉았다. 그러자 콧수염은 삿대질을 하며 짐승 같은 소리를 질르고는 달려들어 내 목을 두 손으로 움켜쥐더니 다시 자빠뜨려 놓고 그 짓거리를 해댔다. 세상에 태어나 처음으로 여자와 관계를 가지는 콧수염은 미칠 것만 같은 모양이다. 한 시간도 넘게 시달림을 받던 나는 더는 참을 수 없어 콧수염을 있는 힘껏 다시 밀쳐 버렸다. 콧수염은 허리 높이의 마루에서 뒤로 굴러 떨어졌다. 벌떡 일어난 콧수염은 마루로 뛰어 올라 나를 발로 짓밟고 주먹으로 머리며 얼굴을 사정없이 때렸다. 코에서 피가 물 흐르듯이 흐른다. 입술이 터지고 옷이며 이불들이 피범벅이 되었다.

"사람, 살려라!"

나는 고함을 치면서 콧수염에게 달려들어 팔목을 있는 힘껏 물어뜯었다. '악' 소리를 지르며 물러난 콧수염은 내 코며 입에서 피가 낭자하게 흐르는 것을 보고 당황했는지 한발 물러섰다. 바지를 주워입고 한참이나 방 안을 뒤적거리더니 걸레 같은 것을 내게 뿌려준다. 이상한 것은 방 안에서 집이 떠나갈 듯이 고함을 지르며 사투를 벌이는데도 누구 하나 방문을 열어보는 사람이 없다는 것이다. 코에서 피가 떨어지는

302

것을 아랑곳 않고 나는 옷들을 입고 나서 콧수염을 뚫어지게 쏘아보았다. 가만 서 있던 콧수염은 이불을 걷어서 방구석에 밀어놓더니 문을 열고 나갔다. 콧수염이 사라지는 것을 쏘아보던 나는 흐르는 피를 닦을 생각도 안 하고 무작정 문을 열고 밖으로 향했다. 마당으로 나선 내가 대문으로 향하자 문 앞에 앉아 있던 바깥노인이 무엇이라고 고래고래 소리를 친다. 개들이 나를 물려고 길길이 날뛰며 달려들었다. 현관문이 '탕' 하고 열리는 소리가 났다. 나를 데리러 왔던 남자 세 명이 약속이나 한 듯 뛰어나와 나를 붙잡아 방으로 끌어다 놓았다.

문을 닫고 좀 있더니 열쇠를 채우는지 덜거덩덜거덩하는 소리가 나고 이내 조용해졌다. 내가 달아나지 못하게 밖에서 지키고 있었다. 다른 방 쪽에서 고함 소리가 나고 '와장창, 뎅가당' 무엇을 부수는 소리가 났다. 방에서 들어보니 저들끼리 싸우는 소리 같았다. 밖에서 인기척 소리가 나고 문이 열렸다. 물을 한가득 담은 커다란 플라스틱 그릇을 들고 콧수염이 들어왔다. 수건과 함께 물그릇을 놓고 나가 버린다. 멍하니 천정을 바라보던 나는 그제야 정신이 들었다.

방 안에 걸려 있는 거울을 보니 얼굴이 말이 아니었다. 얼굴이며 눈이 퍼렇게 피멍이 들고 부어올라 형체를 알아 볼 수가 없다. 웃옷은 앞이 다 찢겨져 너덜거리고 머리카락이 뒤엉켜져 있었다. 아직도 코에서 피가 조금씩 흐르고 있었다. 물그릇에 다가간 나는 물을 떠서 얼굴을 씻기 시작했다. 한참이나 물에 얼굴을 씻고 나서 거울을 보았다. 겉옷을 벗어 방구석에 던져버리고 속옷 바람에 몸에 묻은 피 자국을 물걸레로 씻어냈다.

이곳저곳 피 묻은 자국들을 닦느라 손을 움직이던 나는 눈물을 쏟으며 오열을 터뜨리고 말았다. 울음에 지쳐 쓰러져 잠들었던 나는 누군가가 흔드는 바람에 깨어났다. 눈을 떠보니 콧수염이 옷가지들과 비닐

봉다리에 먹을 것을 가지고 들어와 옆에 놓고 앉아 있다. 콧수염이 달걀을 쥐더니 내 얼굴에 굴리려고 손을 가져다 댄다.

"손대지 말라!"

얼결에 본능적으로 소리를 쳤다. 무슨 소리인지 모르는 콧수염은 내가 얼굴을 돌리자 앉아 있기가 뭣한지 방문을 열고 나가버린다. 콧수염이 나간 다음 시계를 쳐다보니 3시가 되어 오고 있다. 밖이 환한 걸 보아 오후 3시가 아닌가 싶었다. 마루 아래로 내리 서려다 콧수염이 어떻게 때렸는지 허리가 시큰거리고 쿡쿡 쏘아 움직일 수 없었다. 화장실에 가려고 한 발자국, 두 발자국 걸음을 옮겨 보았다. 벽과 무릎을 번갈아 짚으며 방문을 열고 나가보니 집 사람들은 밖에 있는지 집 안이 조용하다. 현관 출입문까지 걸어간 나는 출입문 유리창으로 마당을 내다보며 변소를 찾아보았다. 왼쪽 마당 구석에 변소로 보이는 작은 건물이 눈에 보였다. 문을 열고 마당으로 나서자 개들 세 마리가 멍멍거리며 달려와서는 물지는 않고 짖어만 댄다. 겨우 걸음을 옮겨 변소 건물 가까이 갔는데 대문 열리는 소리가 들린다. 돌아보니 안노인이 등에다 농약 뿌리는 기기를 메고 들어온다.

반백이 된 머리에 채양모 같은 모자를 쓰고 걸음을 옮기는 모습을 보는데, 살이 얼마나 많은지 드럼통이 움직이는 것 같았다. 나를 보며 현관문 쪽을 다가서던 노인은 휴대폰을 들고 누구와 전화를 한다. 잔등에 졌던 농약 뿌리는 기기를 땅에 내려놓고는 마당 의자에 앉는다. '네가 나를 감시하고 있구나.' 뒷일을 본 나는 이런 생각을 하며 변소문을 열고 나왔다. '개종자 새끼 같은 것들.' 나는 안노인의 옆을 지나며 입속으로 중얼거렸다. 현관문을 열고 방 안으로 들어섰다. '너희들도 내 말을 못 알아듣겠구나.' 얼결에 이런 생각이 들었다.

"이 개종자 같은 새끼들아! 벼락이나 맞아 꽉 뒈져라!"

갑자기 목이 터져라 소리 지른 나는 온갖 상스러운 소리를 다 퍼부어댔다. 정신 나간 여자처럼 고함치며 욕을 하고 나니 속이 후련했다. '앞으로 어떻게 하면 좋단 말인가?' 조선에서 나를 중국에 넘겨준 장영철의 일을 생각할수록 분통이 터졌다. 북조선 여성들이 중국에서 돈에 팔려 다니고 죽는다는 이야기를 들었을 때는 믿기질 않았다. '그런 일이 설마 사실이겠는가?' 했었다. 그런데 바로 그 일이 나에게 닥칠 줄은 상상도 못했다. '내가 살아서 나가면 네놈을 가만 두지 않겠다.' 나는 장영철에게 복수하리라고 벼르고 별렀다. 비로소 나는 중국에 가는 것을 심사숙고하라던 원명 오빠의 말을 귀담아듣지 않고 중국행을 고집한 것을 죽도록 후회했다. 행차 뒤 나발꼴이 된 나는 울며 후회한들 무슨 소용이 있으랴마는 원명 오빠의 말을 듣지 않은 자신이 원망스러웠다.

나는 콧수염이 놓고 간 달걀을 얼굴에 굴리기 시작했다. 한참 달걀을 굴리다 옷가지들을 밀어놓고 다시 누워 버렸다. 저녁이 되어 날이 어두워 오자 콧수염과 동생이 방에 함께 들어왔다. 그들은 나를 보며 무슨 말을 하는지 쑤군덕거리더니 나갔다. 한참 만에 콧수염만 들어왔다. 음식을 하나도 먹지 않은 것을 본 콧수염은 무엇이라고 눈을 부라리고 손가락질을 해대며 욕질을 하더니 쟁반을 들고는 방문을 열고 나가 버렸다. 콧수염은 얼마 있지 않아 다시 들어왔다.

양손에 과일물과 통졸임, 쌀죽을 담은 그릇을 손에 들고 있다. 나더러 먹으라고 하는 말인 것 같다. 손으로 입에 넣는 시늉을 해대며 캔을 따서 건넨다. 내가 받지 않자 벌떡 일어서더니 손가락을 얼굴에 갖다 대며 고함을 질러댄다. 받아 마시지 않으면 무슨 일이 벌어질 것 같았다. 나는 콧수염의 얼굴을 한참 뚫어지게 보다가 캔을 받아 한 모금 마셨다. 먹지 않고 손에 들고 있자 다시 먹으라는 시늉을 하며 소리를 질러

댄다. 그 바람에 나는 터진 입술에 대고 조금씩 마시기 시작했다. 절반가량 마신 캔을 머리 쪽에 놓아버리고 앉아 있을 기력이 없어 다시 누워버렸다. 콧수염은 담배를 피워 물고 정신병자 마냥 방 안을 왔다 갔다 해댄다. 얼마 안 있어 속옷 바람으로 누워 있는 나에게 다가온 콧수염은 또 옷을 벗기기 시작했다. 놈이 가만 있을 리가 없었다.

40년 넘게 여자의 손목 한번 잡아보지 못한 콧수염이었다. 첫날밤, 성욕을 한껏 채우려 했던 일이 중도하차로 목적을 이룰 수 없게 되자 더는 참고 있을 수가 없었던 모양이다. 콧수염을 뿌리치면 이번에는 맞아 죽을 것 같은 생각이 들었다. 반항할 기운조차 없던 나는 콧수염이 하는 대로 몸을 맡겨 버렸다. 놈은 내 입술이 터지고 얼굴이 시퍼렇게 멍이 들어 부어올라 눈이 붙었는데도 달려들어 일을 끝내고는 내렸다 올라타기를 몇 번인지… 그는 얼마나 맥을 뺐는지 더러워진 거시기를 닦을 생각도 못 하고 나자빠져 버리더니 방이 떠나갈 듯 코를 골며 잠들어 버렸다. 한참 죽은 듯 움직이지 않던 나는 몸을 간신히 일으켜 세웠다. 입고 있던 속옷을 벗어 아래 부위를 씻고 나서 콧수염이 가져다 놓은 속옷으로 갈아입었다. 옷들을 정리하여 한쪽에 놓은 나는 더는 몸을 지탱하지 못하고 쓰러져 버렸다.

문밖에서 고함치는 소리가 난다. 눈을 뜬 나는 옆을 보니 콧수염이 아직도 코를 골며 자고 있었다. 콧수염은 벌거벗은 몸도 가리지 않고 네 활개를 뻗고 아예 저 세상으로 간 것 같았다. 그 꼴을 본 나는 누가 들어오면 부끄러운 모습을 보이기 싫어 몸을 움직여 콧수염의 몸에 이불을 덮어 버렸다. 그리고는 그냥 돌아누워 눈을 감았다. 잠시 뒤, 문을 열고 안노인이 들어와서 무엇이라 고함친다. 아들에게 일어나라고 하는 것 같았다. 콧수염은 그때에야 몸을 일으키더니 손짓으로 안노인을 나가라고 흔들어 댄다. 안노인이 나가자 옷을 주워 입고는 나에게 눈길 한 번 안 주고 나가 버린다. 매일 같이 콧수염이 낮과 밤을 가리지 않고 달려들어 그 짓을 해대고부터 한 달이 되는 것 같았다. 첫날밤, 나를 구타하여 쓰러뜨려 놓고 지금껏 매일 낮과 밤 달려들어 그 짓을 해대도 나는 말 한마디 하지 않았다. 그러는 나를 보며 그가 마음의 경계를 조금 풀어 놓은 것 같아 보였다. 내가 도망갈까봐 노인 내외를 문 앞에 보초를 세우다시피 했던 콧수염이었다. 어느 날 정오쯤 되었을 때다. 마당으로 나온 나는 의자에 앉아 놀고 있는 닭이며 개들을 보는 척하다 밖으로 나가려고 대문으로 향했다. 어떻게 알고 왔는지 콧수염이 나를 향해 소리를 쳐 댔다. 집 안에 있던 노인들이 내가 밖에 나가는 것을 보고 휴대폰으로 아들에게 전화하여 달려 온 모양이었다. 나는 콧수염이 있든, 말든 걸음을 옮겨 대문 밖을 나섰다.

앞을 보니 50m 정도 거리에 시내물이 흐르는 것이 보였다. 사방을 둘러보니 가옥들이 드문히 널려 있고 야산처럼 보이는 넓은 옥수수밭이 끝없이 펼쳐져 있다. 저 멀리 언덕의 과일나무밭 같아 보이는 곳에도 살림집들이 여러 채가 보인다. 한참이나 사방을 바라보던 나는 개울가로 가다 말고 발걸음을 돌려 다시 집안으로 향했다. 비누며 수건, 빗과 입었던 옷가지 같은 빨랫감들을 플라스틱 그릇에 담아 가지고 다시 나왔다.

내 행동을 지켜보던 콧수염은 그제야 마음이 놓이는지 담배를 꼬나물고 나를 따라 개울가 옆에 앉는다. 흘러내리는 개울가의 아래 위를 살펴보던 나는 넙적한 돌들이 놓여 있는 곳으로 옮겨 자리를 잡고 앉았다. 입었던 옷들을 하나하나 꺼내 물에 담구어 놓고 빨기 시작했다. 한참 동안 옷을 다 빨고 난 나는 겉옷을 벗어 버리고 개울물에 머리를 적시고는 비누를 묻혀 감기 시작했다. 머리며 발까지 깨끗이 씻고 나서 빨랫감들을 그릇에 담아놓고 흐르는 물에 발을 담그고서 하늘을 쳐다보았다.

산 너머로 사라져 버리곤 하는 구름들을 바라보고 있으려니 눈물이 하염없이 흘러내린다. 부모님들과 동생들의 이름을 불러보던 나는 원명 오빠 생각에 흐르는 눈물을 닦을 생각 않고 앉아있었다. 오빠의 말을 기어이 듣지 않고 이 길을 택한 나였다. 몸이 망가질 대로 망가지고 더럽혀 질대로 더럽혀진 지금 와서 백번 후회한들 무슨 소용이 있으랴. 너무도 오빠가 보고 싶었다. '내가 이렇게 당하고 사는 줄 알면 오빠가 얼마나 분통해 할까. 어떻게 소식이라도 알렸으면 좋으련만.' 새장 안에 갇힌 몸이 되었으니 마음뿐인 내 생각을 원명 오빠에게 전할 길 없는 것이 죽도록 안타까웠다.

나는 콧수염이 부르는 소리에 정신이 들어 돌아다보았다. 집으로 들어가자고 말하는 것 같았다. 빨래감을 담은 그릇을 들고 일어서 집으로 향하자 콧수염도 나를 따라 대문 안으로 들어섰다.

집안 모든 일은 내가 해야 했다. 새벽 일찍 일어나 음식을 하고 닭이며 개들과 소 먹이를 주어야 한다. 소 외양간을 비롯해 변소, 마당을 청소하고 밥과 빨래를 하고… 내가 오기 전에 이 집 사람들은 무엇을 하며 어떻게 살았는지 전혀 손을 대려고 하지 않는 것 같았다.

노인 내외는 나의 일거일동을 지켜보고 있다가 조금이라도 이상이 생기면 즉시 아들들에게 휴대폰으로 알려주곤 했다. 하루도 빠짐없이 콧수염이 방에 들어오면 물을 떠다 발을 씻어주고 팔과 다리, 몸을 두드리고 주물러 주는 등 안마를 한 시간 넘게 해주어야 했다. 밤이면 밤대로 콧수염에게 시달렸다. 하루하루 나의 중국생활은 중세기 노예생활 그대로였다. 새벽에 일어나서는 저녁 늦게까지 집일을 마치고 나면 허리가 쏘고 다리가 부어올라 걸음을 옮기기조차 힘들다. 대문 밖에 나가는 일은 상상도 못할 어림도 없는 짓이다. 콧수염과 집안의 년, 놈들과 함께 생활하다 보니 처음에는 전혀 모르던 중국말을 하나, 둘 입에 올리고 알아들을 수 있을 것 같았다. 하루는 저녁에 일을 끝내고 들어온 콧수염에게 살고 있는 곳이 어디인가 하고 물어보니 중국 흑룡강성 내몽골 가까운 데라고 한다. 내가 살고 있는 곳은 한족들만 모여 사는 동네라고 했다. 콧수염에게 몇 번인가 말을 하여 얻어온 지도를 보니 나 혼자서 북조선 쪽으로 간다는 것은 말도 되지 않는 소리 같았다. 돈벌이는 고사하고 울안에 갇혀 바깥출입도 하지 못하는 신세가 돼버리고 만 것이다. 서나 앉으나 어떻게 하면 집으로 갈 것인가? 죽어도 조선으로 나가야 한다는 생각에 머리가 돌 지경이다. 한 푼의 돈도 없이 한족 굴에서 뛰쳐나간다는 것은 자살행위나 같은 것이라는 것을 모르지 않았다.

여름으로 접어들면서 콧수염은 이따금씩 저녁에 집을 나갔다가 밤에 들어오지 않고 다음 날, 아침에 들어오는 일이 빈번해졌다. 7월이 시작되어 김매기와 비료주기 같은 기본적인 농사일은 거의 끝난 것 같았다. 그때부터 내가 있는 한족 농촌 마을 사람들은 모여 앉아 마장놀이와 도박으로 낮과 밤을 보내고 있었다.

공동 변기

하루는 콧수염이 들어와 며칠간 어디 갔다 온다면서 짐을 챙겼다. 나는 소지품을 준비하여 콧수염을 보냈다. 그러고 나서 저녁을 먹고 밤이 되어 TV를 보다 잠이 들었다. 인기척 소리에 눈을 떠보니 콧수염 동생이 내 곁에 앉아 있었다. 옷을 모두 벗은 알몸으로 내 옷을 벗기려다 내가 눈을 뜨자 손으로 내 입을 막고는 손가락을 자기 입으로 가져가 댔다. 말하지 말고 조용하라는 짓거리였다. 나는 너무 놀라 일어나 앉으려고 했다. 놈은 식칼을 꺼내 들더니 내 목에 갖다 댔다.

그리고는 나를 보고 옷을 벗으라고 손짓을 했다. 내가 심장이 오그라들고 온몸이 떨리어 움직이지 못하자 놈은 한 손에는 칼을 들고 한 손으로 내 옷을 벗기느라 씩씩거렸다. 옷을 다 벗기고 나서는 말을 하면 죽인다며 지껄이더니 겁탈이 시작되었다. 손에 들고 있던 칼을 바닥에 던져버린다. 놈은 '불에 덴 황소'처럼 소리를 지르고 몸을 미친 듯이 흔들어 댔다. 한 번 끝내고는 재차 달려들어서는 또 하고, 그렇게 하기를 몇 번인지… 더는 달려들 맥이 없는지 옷을 주워 입었다.

그리고는 칼을 주워 들고 도둑고양이처럼 방에서 나가버린다. 내가 옷을 입으려고 일어나 앉는 순간이었다. 창문에서 시커먼 그림자가 언뜻 스치더니 사라졌다. 화들짝 놀란 나는 심장이 터질듯 뛰다 못해 멎는 것 같았다. 옷을 입으려는데 방문이 살며시 열렸다. 이번에는 콧수염의 막냇동생놈이었다. 이놈은 지금까지 창문에 붙어서 형놈이 하는 짓을 들여다보며 때가 오기를 기다린 것 같았다. '오늘 꼼짝 못 하고 죽었구나.' 나는 몽둥이에 머리를 맞은 것 같이 아찔했다. 콧수염이 집을 떠나기를 기다렸다 나에게 달려들었던 것이다. 먼저 둘째 놈에게서 몇 차례 당하고 나니 움직일 힘도 없는 나는 놈에게 반항할 힘이 없었다. 놈이 헉헉거리며 지랄을 치고 있는 동안 창문 쪽으로 눈을 돌려 보니 날이 밝아오고 있다. 한 번 끝내고 두 번, 세 번… 나는 아래 부위가 찢어지는 것 같았다.

"아! 아~!"

아픔을 참을 수 없어 소리를 지르자 내 입을 손으로 틀어막고는 그 짓을 계속 해댄다. 미친 듯이 지랄치던 놈이 일을 끝냈는지 나에게서 떨어지고 나서 지껄여 댔다.

"입을 다물고 말하지 말라."

입에다 손가락을 가져다 대 보이고는 옷을 입고 나가버린다. 일어나 앉아 몸 아래를 내려다보니 그곳에서 피가 흐르고 있었다. 몇 시간 동안 쑤셔대는 발광에 쇠로 빚어 놓은들 무사할 리 없었다. 아래가 파열된 것이다. 인제는 아무런 감정도 생각도 없이 한참이나 꼼짝 않고 누워 있었다. 얼마 후, 간신히 일어나 앉은 나는 상처를 치료할 약을 찾았다.

그동안 집안 놈들 몰래 감추어 두었던 약들이 있는 통을 열고 상처를 치료하고는 '정통편'을 몇 알 먹었다. 천천히 옷을 주워 입고 정신이 나간 사람처럼 멍하니 창문 쪽을 바라보고 있다. '어떻게 하면 좋단 말인가?' 이럴 바에는 죽는 것이 낫다고 생각했다. 나는 미친 듯이 머리를 잡아 뜯었다. 이젠 눈물도 말라버렸다.

어릴 때부터 일요일, 명절이면 TV에서 볼 수 있는 세계 동물들 방영 시간이 문득 생각났다. 먹이사슬의 정점에 있는 사자나 호랑이, 악어 같은 야수들도 발정이 나면 목적을 이뤄보려고 암컷에게 온갖 애교를 부리며 구애를 한다. 하물며 만물의 영장이라고 하는 인간이 윤리 의식적인 행동은 고사하고 짐승무리만도 못하지 않는가. 인간의 탈을 쓴 놈들에게 그 짓거리의 희생물이 되어 능욕을 당하면서도 현실을 운명으로 받아들여야만 하는 나로서는 앞이 캄캄하기만 했다.

날이 밝으면 콧수염에게라도 전화를 걸어서 오게 하려고 생각했다. 저녁이면 또 달려들 것을 생각하니 소름이 끼친다. 점심이 가까워 온다. 나는 집 노인들을 찾았다. 집 안 안팎을 돌아보니 어디에 있는지 보이지 않는다. 마당으로 나와 그들을 찾아 여기저기 살피는데 창고에서 덜거덕덜거덕 소리가 났다. 바깥노인이 무엇인가 하고 있는 것이 보였다. '웨이, 웨이' 노인을 불러 아들에게 말할 급한 일이 있으니 전화를 하게 해달라고 서투른 중국말로 손시늉을 해가며 말했다. 무슨 일인가고 따지고 든다. 하도 조르니까 노인은 휴대폰을 주머니에서 꺼내더니 콧수염과 연결해 주었다.

"오늘 돌아오지 않으면 다시는 보지 못할 것 같다. 오겠는가?"

내가 하도 다급하게 말하자 콧수염은 알았다고 했다.

"언제쯤이면 도착할 수 있는가?"

나는 콧수염의 말이 끝나기 바쁘게 물었다.

"저녁이면 집에 들어간다."

콧수염의 대답을 들으니 조금이나마 안도의 숨이 나왔다. 저녁이 되자 불안한 마음에 방으로 들어가고 싶은 생각이 없었다. 저녁 준비를 하느라 부엌으로 돌아치는데 두 동생놈들이 몇 분 사이를 두고 들어와 식탁에 앉는다. 놈들은 나에게 말을 걸며 이죽거린다. 둘이서 술을 퍼 마시는 꼴을 보니 콧수염이 돌아오지 않으면 일이 날 것은 불 보듯 뻔했다. 식사가 다 끝나 날이 어두워 오는데도 콧수염이 나타나질 않는다. 속이 까맣게 타 들어갔다. 큰 동생놈은 방으로 들어가지 않고 내 옆에 서성거리며 치근덕대고 있다. 한참 만에 멀리서 차 소리가 나더니 콧수염이 대문을 열고 들어선다. 그날 저녁 나는 고비를 무사히 넘겼다고 생각했다. 잠자리에 들자 어젯밤의 일을 알 수 없는 콧수염이 나를 괴롭힌다. '몸이 너무 아파 그러니 제발 며칠만 참아 달라' 나는 서투른 중국말로 애원했다. '어떻게 해서나 살아 나가야 한다.' 그날 나는 콧수염의 팔과 다리를 주물러 주고 하지 않던 거짓 애교를 부려 겨우 위기를 모면했다.

한 번은 늙은 내외가 어딜 간다는 말도 없이 집을 나가더니 저녁이 되고 아침이 되어도 돌아오지 않는다. 나에게 어딜 갔다 온다고 말할 리 없었다. 그날 오전, 콧수염이 밖에 나간 다음 부엌에서 일을 보고 있는데 막내놈이 들어섰다. 나를 건듯 들더니 허리를 감아 안고 자기들의 방으로 들어가서는 문을 잠궈 버렸다. 무작정 내 옷을 벗겨 버리고는 그 짓을 해댄다. 그 후에도 콧수염의 동생놈들은 콧수염이나 노인네가 집에 없으면 대낮에도 나에게 달려들어 그 짓을 해댔다. 그러나 나는 누구에게도 이러한 사연을 하소연할 길이 없었다.

콧수염과 그 동생놈들은 동네의 젊은 놈들과 낮과 밤을 도박으로 시간을 보내고 있었다. 해마다 하는 짓거리지만 가을 전이라 곡식이나 과일, 채소들, 집짐승들을 팔아가면서까지 도박할 돈을 마련하느라 동서분주했다. 시장에 가려면 200리가 넘게 차를 타고 나가야 했다. 오지 산골이다 보니 할 일이 없으면 모여 앉아 도박과 술 놀이로 세월을 보내는 것이 그들의 일이었다. 도박에서 지는 사람은 집들에서 사육하는 닭이나 오리, 거위, 개 같은 집짐승들을 잡아 놓고 모여 앉아 술추렴을 매일 하다시피 했다. 콧수염과 그 동생놈들이 하는 짓거리를 보니 벌써 닭을 열 마리 넘게 잡아가지고 어디론가 가져간다. 하루는 동네 청년 몇을 데리고 왔다. 여러 마리 개 중에서 작아 보이는 개의 목에 올가미를 걸고는 끌려가지 않겠다고 컥컥 대며 발버둥치는 개머리를 콧수염이 몽둥이로 서너 번 내리친다. 그리고는 개를 창고 처마 밑 서까래에 매달아 놓고 아직 숨이 끊어지지 않고 버둥거리는 개의 목에 식칼을 박고는 비틀었다. 피가 식칼이 박힌 구멍으로 콸콸 뿜어져 나오자 이미 준비했던 알루미늄 버치에 피를 받는다. 콧수염은 매달아 놓은 개다리 발목을 마저 칼로 잘라버렸다. 피를 말끔히 빼버린 콧수염 네들은 개를 들고 어디론가 나가버렸다.

마을의 집들을 순서대로 바꾸어 가며 내기를 하는 것 같았다. 며칠 후, 저녁 늦게 콧수염이 술에 잔뜩 취해가지고 몸을 비칠거리며 들어와서는 너스레를 떨며 나에게 다가와 말을 꺼낸다. 돈을 벌 수 있는 좋은 방법이 있다고 한다. 콧수염은 하지 않던 아양을 떨며 한번 돈을 벌어 보지 않겠는가 하면서 말을 계속 해댔다.

"여보, 당신만 잘하면 우리 목돈을 벌수 있는 길이 있소."

나도 이제는 간단한 중국말을 할 수 있다.

"어떻게 돈을 벌 수 있는가?"

콧수염에게 물으니 모든 것이 나에게 달렸단다. 이죽거리며 하는 말이 내가 살고 있는 동네는 산골 농촌이라서 시집오겠다는 여자가 없다고 했다. 장가를 가지 못하고 나이 40~50살 먹은 노총각들이 많다는

것이다. 그런 남자들과 하룻밤만 같이 자면 한 사람당 중국 돈 100원
은 받을 수 있다고 했다. 그리고는 그 짓거리를 나를 보고 하라는 것이
다. 나는 처음에 콧수염이 농담으로 이야기하는 줄 알았다.

"그것도 말이라고 하는가?"

내 말에 콧수염이 버럭 소리를 지른다.

"야, 네년이 먹고 사는 것이 공짜인 줄 아느냐? 지금껏 먹고 입은 것
을 계산하면 얼마인지 아는가?"

자기 집에서 살면서 먹고 입고 쓴 것을 당장 내놓으라고 잡아먹을
듯이 고래고래 소리친다. 나는 정신이 아뜩했다. '이놈이 돈을 목적으로
나를 동네 남자들의 성 노리개로 만들려고 하는구나.' 콧수염이 다시
나를 얼리기 시작했다.

"하루에 100원씩 한 달이면 3000원을 벌 수 있으니까 절반을 당신
이 가지면 얼마나 좋은가?"

달래도 보고 눈을 부라리며 당장 죽일 것처럼 위협도 해댔다. 콧수
염은 이미 제정신이 아니었다.

"내일부터 사람들을 데리고 오겠으니 몸도 깨끗이 씻고 화장도 잘
하고 있으라."

지껄여대는 말을 들어보니 나는 억이 막히고 황당했다.

"이 집에서 나가겠으니 내보내 달라."

그러자 콧수염은 게거품을 물고 소리를 질러 댄다.

"네가 어떻게 여기에 와서 공짜 밥을 먹으며 있는 줄 알아. 너를 데
리고 올 때 만 원을 주고 사왔다. 가겠으면 그 돈 만 원에다 지금까지
네가 먹고, 입고 한 돈을 당장 내놓고 나가라."

나는 그 때에야 연길에서 영화가 나를 돈을 받고 팔았다는 것을 알
게 되었다. 콧수염의 목소리는 잦아들 줄 몰랐다.

"내일부터 남자들을 데려오겠다. 내 요구에 말을 듣지 않으면 죽여버리겠다."

돼지 멱따는 것 같은 소리로 목이 터져라 고함을 질러대는 콧수염에게 처음부터 나는 인간이 아니었다.

후에 안 일이지만 콧수염은 도박을 하다가 돈을 다 잃어버리자 한 번, 두 번 남의 돈을 빌려가지고 놀음을 했었다. 나중에 돈을 물어 줄 길이 없자 생각해 낸 것이 나를 남자들과 잠자리를 하게 하고, 그 대가로 돈을 받는 것이었다. 그것으로 도박을 하며 빚진 돈을 물어주고 돈 벌 생각을 했던 것이다.

나는 잠자리에 누웠으나 잠이 올 리 없었다. 도망을 치려고 해도 그림자처럼 따라 다니며 감시하는 노인들도 문제지만 담장이 내가 넘기에는 엄두도 내지 못할 만큼 높았다. 대문은 내가 못 나가게 열쇠를 잠가놓고 자기들만 들락거리고 있었다. 만약 도망간다고 해도 돈 한 푼 없이 어디 갈 데가 없었다. 설사 간다 해도 공안에 잡히면 북한으로 끌려나갈 것은 불 보듯 뻔한 일이다. 도망치다 집 아들놈들에게 잡히는 날이면 누구 모르게 죽여도 나를 찾을 사람이 없었다.

'죽으면 한 번 죽겠지. 아무래도 한 번은 죽어야 할 몸이다. 이 짐승같은 놈들과 있다가는 앞으로 언제 어떻게 될지 모른다. 어떻게 하면 도망을 칠 수 있을까?' 나는 별의별 생각을 다 해보았다. '죽더라도 도망을 치자.' 결심을 하고 나니 한결 마음이 편해지는 것 같았다. 콧수염과 동생들이 밖에 다 나간 틈을 타서 도망을 치려고 마음먹었다. 다음날이다. 나는 집 안에서 나오지 않고 바깥 동정을 살폈다.

오후 3시경 콧수염과 그 동생놈들이 보이지 않는다. 노인들은 자기들 방에서 무엇을 하는지 마당에는 인기척 없이 조용하고 개들과 닭들만 가끔 오가고 있다. 나는 작은 손가방에 쓰던 용품들을 넣었다. 살며시 방문을 열고 기회를 보다 마당으로 나와 집 뒤로 돌아갔다. 창고와 집 지붕 위로 올라다닐 때 쓰던 사다리를 담장 벽에 놓고 넘어가려고 생각했다. 집 뒤 벽에 기대어 놓은 사다리를 담장으로 옮겨 놓으려고 들어보니 내 힘으로는 도저히 움직일 것 같지 못했다. 사다리를 옮겨 놓을 수 없게 된 나의 심장이 방망이질하기 시작했다. '이러지 말아야 하겠는데, 사다리를 가져다 놓아야 한다. 이 기회를 놓치면 나는 이곳에서 죽고 말 것이다.' 사다리를 힘껏 들어 담장을 향해 몇 발자국 옮기던 나는 무게를 이기지 못하고 그만 놓쳐 버렸다. 중심을 잡지 못하고 3m 넘는 긴 사다리가 넘어졌다.

쿵 소리가 나자 개들이 일제히 짖어대기 시작한다. 넘어진 사다리를 세워보려 애를 써 보았다. 아무리 안간힘을 써 보아도 도저히 들 수가 없다. 나는 사다리를 그대로 내버리고 얼른 자리를 떴다. 내가 가방을 몸에 감추고 황급히 모퉁이를 돌아 방으로 향했다. 바깥노인이 현관문을 열고 나오면서 나를 자세히 쳐다본다. 그리고는 집 뒤로 가는 것이었다. 방으로 들어온 나는 노인들이 눈치를 채면 큰일날 것 같은 생각에 심장이 방망이질하기 시작했다. 이 사실을 콧수염에게 말하는 날이면 온갖 행패를 부릴 것이라고 생각하니 눈앞이 아찔하다. 가슴을 조이며 시간을 보내고 있었다. 그날 저녁이었다. 아니나 다를까 콧수염이 나에게 낮에 무엇 때문에 뒤뜰로 갔었고 사다리가 넘어졌는지 따져 묻는다. 내가 한 일이 아니라고 딱 잡아뗐다. 아무리 물어봐도 아니라는 말만 반복되자 콧수염은 이성을 잃어버렸다.

"솔직히 말하지 않으면 죽여 버리겠다."

콧수염은 달려들어 내 목을 그러쥐고 고함을 지른다. '맞아 죽어도 말을 하지 말아야 한다.' 모른다는 내 말에 악에 바친 콧수염은 길길이 날뛴다.

"북조선 거지 같은 개쌍년, 네년이 도망치려고 사다리를 옮기다 넘어뜨린 것 아니냐?"

당장 주먹으로 칠 것처럼 덤벼들었다.

"그렇지 않으면 뒤뜰엔 무엇 때문에 갔댔어. 말해라, 말하지 않으면 죽여 버리겠다."

콧수염은 내 머리채를 움켜쥐더니 자빠뜨려 놓고 발로 마구 밟고 차 댄다.

"네 년이 다시는 도망을 가지 못하게 만들어 주마. 어디 한번 다시 내가 보는 앞에서 도망을 쳐 봐라."

한참이나 미친놈처럼 게거품을 물고 나를 들이차고 내차던 놈은 손이나 발로 때리는 것이 성차지 않는지 문을 차고 나가버렸다. 밖에 나갔던 콧수염이 몽둥이를 가지고 들어와 머리며 다리, 몸을 사정없이 내려친다. 그리고는 쓰러진 내 머리채를 감아쥐고 질질 끌고 나와 집 안 창고에 나를 처넣은 다음 밖으로 열쇠를 채워 놓고는 나가 버렸다.

잃었던 정신을 차려보니 캄캄했다. 아무리 봐도 어디가 어디인지 분간을 할 수 없었다. 한참이나 살펴보니 창문에 쇠살창을 댄 창고라는 것을 알 수 있었다. 내가 있는 방에서 바로 옆, 하루에도 몇 번씩 들어오던 곳이다. 일어나 앉으려고 몸을 움직여 보니 움직여지지 않는다. 콧수염이 몽둥이로 내려치던 기억 외에는 어떻게 되어 창고에 들어오게 됐는지 생각이 나지 않았다. 시간이 얼마나 흘렀는지. 창고 문이 열리더니 콧수염이 들어와 누워 있는 내 목덜미를 쥐더니 일으켜 앉힌다.

"도망가겠나? 아니면 여기서 죽겠어? 말하라."

콧수염의 물음에 내가 대답을 않고 있자 놈은 몸속을 들추더니 시퍼런 칼을 꺼내들고 내 목에 댔다.

"한마디만 묻겠다, 살겠어? 죽겠어?"

놈을 보니 대답을 하지 않으면 칼을 휘둘러 댈 것 같았다.

"도망치지 않겠다. 헌데 한 가지만은 못하겠다."

나는 놈에게 자신이 강경하게 나오면 동네 남자들을 집에 끌어들이려는 생각을 버릴 줄 알고 말을 해 봤다.

"뭐야? 말해."

"나는 몸이 아파 동네 남자들을 상대 못한다."

내 말을 듣고 있던 콧수염은 고함을 치며 말한다.

"개소리 말고 있어, 남자들을 대상 못 하겠으면 네년을 사온 돈과 먹고 입는 데 쓴 돈을 모두 내 놓으면 당장 집에서 나가도 좋다."

놈은 내 말은 안중에도 없었다.

"그 돈을 못 내놓겠으면 개소리 말고 가만있어."

콧수염이 길길이 날치는 꼴이 이미 사람이길 포기한 것 같았다.

"사람들을 데리고 왔을 때 조금이라도 잘못 대해 일을 망치는 날이면 네년은 내 손에서 쥐도 새도 모르게 죽을 줄 알라. 일어나 방으로 가라."

한참 소리질러 대더니 손가락질 해댄다. 내가 움직이지 못하자 콧수염은 두 손으로 내 허리를 잡아 방 마루에 물건 던지듯이 놓아 버린다. 그리고는 커다란 비닐봉지를 내 앞에 던져주고는 방을 나가버렸다.

그 다음 날부터 남자들을 데리고 왔으면 나는 살지 못했을 것이다. 다행히 콧수염이 내가 매를 맞은 어혈로 움직이지 못하자 날짜를 며칠 미뤘다. 콧수염은 돈을 벌려는 생각에 미친 나머지 나에게 닭을 잡아 먹였다, 개를 잡아 먹인다며 몸보신을 시키느라 돌아쳤다.

나도 이를 악물었다. '이러고 있다가는 죽을 수 있다. 어떻게 해서나 살아서 이 한족 굴에서 도망쳐야 한다.' 나는 건강 회복에 좋다는 음식은 다 먹었다. 그래서인지 몸은 하루가 다르게 완쾌되어 갔다. 내 몸이 조금 나아 움직이는 것을 본 콧수염은 남자들을 끌어들이기 시작했다. 애비놈, 에미년, 콧수염을 비롯한 아들놈들은 나를 그날부터 일절 집안일을 시키지 않았다. 방에서 못 나가게 문을 지키고 서서 낮과 밤을 이어가며 남자들과 상대하게 했다.

'세상에 이런 일도 있구나. 으하핫…' 내 몸을 혹사시켜 돈을 손에 쥐게 된 콧수염네는 너무 기쁜 나머지 미칠 것만 같은 모양이다. 돈맛을 본 놈들은 처음에는 낮에 한 명, 밤에 한 명씩 대상케 하더니 나중에는 하루에도 여러 명씩 끌어들였다. 이 한족 동네의 장가를 가지 못한 남자들은 물론 가정이 있다고 하는 자들까지 나한테 재미를 보느라고 줄을 서서 기다렸다. 돈이 없어 꿰진 신발에 해진 옷을 몸에 걸친 녀석들도 여자 맛을 보려고 없는 가장집물과 알곡, 집짐승들을 내다 팔아 돈을 마련했다. 돈이 없는 자들은 닭이나 개를 비롯한 집짐승들을 가져 왔다.

그것들을 콧수염에게 주고는 더러운 몸을 씻지도 않고 나에게 달려들어 그 짓을 해댔다. 콧수염은 자기는 자기대로 달려들고 동생놈들이 달려들어 나를 겁탈하는 것을 보고도 가만있었다. 옷을 해 입는다. 새 휴대폰을 산다… 놈은 나에게 마을 남자들을 상대하게 만들어 놓고 며칠 되지 않아 멋을 부리며 돌아쳤다. 한족 마을 남자들은 거의 노총각들이라 한번 달려들면 몇 차례씩 맥이 빠져 비칠거릴 때까지 떨어지지 않았다.

나는 석 달 가까이 되자 하반신의 신경 감각이 완전히 마비되어 실신 상태에 빠졌다. 내가 이상한 행동을 하고 헛소리를 치는 등 정상이 아님을 직감한 콧수염은 당분간 남자들의 출입을 금지시켰다. 한 것은 놈들이 나를 걱정해서 그런 것이 아니라 내가 죽거나 잘못되면 돈벌이 기계가 없어지니 큰일이 아닐 수 없었다. 콧수염네 가족에게 있어 나는 황금알을 낳는 거위였다.

콧수염들에게 성 노리개 몸종으로밖에 보이지 않던 나는 그들에게 없어서는 안 될 하늘 같은 존재가 되었다. 놈들은 나를 희생양으로 벌어들인 돈을 나누어 가지는 문제를 가지고 싸움이 붙었다. 집안의 돈을 모아 맏자식인 콧수염을 장가보낸다며 데려왔던 북조선 여성 '리선희'는 한족 동네의 네 것, 내 것 따로 없는 공동 변기가 되어 버렸다.

내 몸에서는 이전에 볼 수 없었던 병적 증상들이 나타났다. 아래 몸, 그곳에서 음식물 썩은 냄새가 나는 걸쭉한 누런 액체가 이따금씩 흘러내렸다. 몸은 불덩이처럼 달아오르고 땅에 잦아들어 말도 할 수 없이 힘들었다. '이렇게 죽는구나.' 나는 죽더라도 이 집안 놈들을 모두 죽이고 싶었다. '집에다 불을 질러야겠다.' 가만 보니 창고에 있는 휘발유통이 생각났다. '내 몸이 움직일 수 있는 날이 너희들이 죽는 날이 될 줄 알아라…'

일은 내 생각대로 따라주지 않았다. 콧수염이며 늙은 내외는 내 옆에서 한 발자국도 떠날 생각을 안 하고 지켜 서 있었다. 귀하신 몸이 된 것이다.

"몸이 아프니 약을 사 달라."

나는 마음을 다잡고 콧수염에게 말했다. 이전 같으면 '뭔, 개소리야.' 눈을 부라렸을 콧수염이 황후마마의 명을 대하듯 허리를 굽신거리며 공손히 대했다.

"알았다."

어디서 구해왔는지 약을 가지고 와 물까지 떠 바치며 아양을 떨어댄다. 보름 넘게 주사를 맞고 약을 먹으니 몸에 차도가 있는 것 같았다. 나는 몇 달간 년, 놈들과 같이 있으면서 집 안 어디에 무엇이 있고 돈을 어떻게 건사한다는 것을 알게 되었다. 하루는 콧수염이 내 몸이 어지간히 움직이는 것을 보고는 새옷과 화장품을 가져다주면서 쓰라고 말하는 것이었다. 조금씩 움직일 수 있게 된 나는 생각을 바꾸었다. '여기서 개죽음당하지 말고 죽어도 조선에 나가 죽으리라.' 그러자면 돈이 있어야 한다는 생각이 머리를 쳤다.

복수

콧수염은 내 몸이 나아지면 또 남자들을 끌어들이려 할 것은 뻔했다. 나는 앉으나 서나 도망칠 생각으로 날을 보냈다. 내가 옷과 화장품을 받은 지 2일 째 되는 날이다. 오전 10시가 되어 온다. 노인들과 콧수염 동생들 모두 밭으로 나갔는지 보이지 않는다. 콧수염이 내 곁을 떠나지 않고 집 안에서 맴돈다.

"오늘은 집 생각이 나서 그러니 한잔하지 않겠는가?"

나는 콧수염에게 다가가 애교를 부렸다. 콧수염은 입이 한 뽐이나 째져 쾌히 승낙을 한다. 갖가지 음식과 요리를 준비하여 상을 마주한 나는 콧수염에게는 40도가 넘는 빼주를 부어주고 나도 맥주를 조금씩 마셨다. 지금껏 하지 않던 애교를 부리자 얼빠진 콧수염은 내 계교에 넘어가 주량을 자랑이라도 하듯 술을 먹어댔다. 취기가 오르자 내게 떠벌인다.

"이제 돈을 잘 벌게 되면 집도 따로 장만하고 무엇도 해놓고…"

나는 콧수염이 몸을 가늠하지 못할 정도 될 때까지 술을 따라주었다. 콧수염의 옆에 붙어 몸 상태를 보아 오던 나는 이때라고 생각했다.

"그동안 몸이 아파 당신 곁에 못 갔더니 잠자리 생각이 나서 못 견디겠다. 방에 들어가 같이 자지 않겠느냐?"

콧수염은 나의 잠자리 소리에 떡이 되어 늘어져서도 소 웃음을 헤벌쭉 지었다. 처음으로 받는 사람다운 대접이었던 모양이다. 콧수염은 지옥 문턱에 들어서는 순간에도 게슴츠레한 눈에 입이 한 발 째져 있었다. 나는 콧수염의 겨드랑이를 껴안고 일어섰다. 질질 끌다시피 콧수염을 방에 눕히고 재빨리 바깥 창고로 향했다.

"어디 가는가?"

몸을 가늠할 수 없는 상태에서도 온 신경이 나에게 가 있는 콧수염은 내가 나가는 것을 보고 묻는다.

"맥주를 마셨더니 소변이 나와 참지 못하겠다. 변소에 잠깐 갔다 오겠다."

방문을 나서 창고로 가면서 창문으로 안을 들여다보니 콧수염이 내가 어디 가는지 내다보고 있다. 일부러 변소에 앉아 있으면서 문짬으로 내다보니 나를 지켜보던 콧수염이 그제야 마음이 놓이는지 주저앉는 것 같았다. 나는 살며시 변소 문을 열고 나와 창고로 향했다. 조용히 창고로 들어간 나는 미리 마련해 놓았던 몽둥이와 가는 밧줄을 쥐고 나와 현관으로 들어왔다. 방 출입문 뒤에 몽둥이와 밧줄을 숨겨 놓고 방으로 들어가 자빠져 있는 콧수염의 옆에 누웠다.

콧수염의 예민한 부위를 만지며 옷을 벗기자 콧수염은 흥분이 됐는지 내 옷을 벗겨 버리고 타고 앉아 몸을 흔들어 대기 시작했다. 완전히 녹초가 되었던 콧수염은 어디서 힘이 생겼는지 마다하지 않았다. 맥까지 한껏 뽑은 콧수염은 비틀거리며 옷을 주워 입을 생각도 않고 자빠져 곯아 떨어졌다. 시계를 보니 오전 11시가 넘었다. 서둘러 옷을 입은 나는 콧수염의 상태를 확인하고 재빨리 움직이기 시작했다. 다시 한 번 콧수염을 흔들어 보아도 완전히 저 세상으로 간 사람이다. 나는 밧줄을 가지고 들어와 누워 있는 콧수염을 힘껏 끌어당겼다.

그리고는 얼굴과 배가 마룻바닥으로 향하게 엎어 놓았다. 놈이 얼마나 취했는지 몸을 마구 굴리는 데도 코를 골고 있었다. 나는 만약 경우를 생각해 몽둥이를 옆에 놓았다. 놈의 팔을 뒤로 하고는 밧줄로 몇 번이고 손목을 꽁꽁 동이기 시작했다. 다 묶어놓고 그 끈으로 발목까지 묶어 버렸다. 밧줄을 풀 수 없게 단단히 묶었다고 생각한 나는 창고로 달려가 도끼를 가지고 나왔다. 다시 방으로 들어온 나는 가져온 도끼를 바닥에 놓았다.

드디어 나는 몽둥이를 들고 세상모르고 자빠져 자는 콧수염에게 다가가 놈의 머리 뒤통수를 힘껏 내리쳤다. 한 번, 두 번, 세 번… 콧수염의 머리와 몸뚱이를 내려쳐 완전히 뻐드러졌다는 것을 확인했다. 나는 도끼를 가지고 노인 내외의 방으로 달려가 잠가 놓은 자물쇠를 까부셔버렸다. 방으로 들어간 나는 장롱 자물쇠를 까고 옷가지며 물건들을 한참 뒤지기 시작했다. 자개박이 옻칠을 한 자구마한 나무함 같은 것이 보였다. 그 나무함도 작은 자물쇠가 잠겨 있다.

나는 도끼로 나무함을 한 번에 부셔버렸다. 장부 책 몇 권이 보인다. 좀 더 뒤져보니 기름종이에 싼 100원 짜리 중국 돈 한 묶음하고 여러 가지 패물들이 나타났다. 나는 돈만 몸속에 넣고 부엌으로 갔다. 채소를 다듬던 자구마한 칼을 가지고 콧수염이 뻐드러진 방으로 들어왔다. 마룻바닥은 콧수염의 터진 머리와 입, 귀에서 나오는 피가 낭자하게 흐르고 있다. 콧수염을 들여다보니 죽지는 않은 것 같았다. 죽었는지 살았는지 확인하느라 코에 귀를 기울이고 들어 보니 숨을 쉬고 있다. 나는 몽둥이를 다시 들었다.

콧수염의 다리 무릎뼈를 대여섯 번 있는 힘을 다해 내리쳤다. '이 짐 승만도 못한 놈아, 죽이지는 않겠다. 그러나 영영 병신의 몸으로 두고, 두고 후회하며 살아봐라.' 나는 이미 준비했던 가방에 칼과 음식들, 옷 가지와 애용품들을 넣고 한 손에는 도끼를 쥐고 밖에 나왔다. 이미 죽 음을 각오한 뒤여서인지 무서울 것이 없었다. 달음박질하여 대문에 다 달은 나는 어른 두 주먹만큼 큰 자물쇠를 향해 도끼를 휘둘렀다. 몇 번 내려치니 덜러덩 자물쇠가 떨어진다. 내가 이렇게 소란을 피우는데도 개 들은 한번 짖지 않고 보기만 한다.

몇 달 동안 내가 주는 먹이를 먹고 살았으니 그럴 수밖에… 손에 도 끼를 든 나는 대문을 열고 사방을 살폈다. 죽음 따위는 이미 생각 뒤편 에 세워 놓았다. 만약 콧수염네 가족 누구라도 나타나 가는 길을 방해 하면 도끼를 휘두를 생각이었다. 사람이 없다는 것을 확인한 나는 있는 힘을 다해 달리기 시작했다. 개울가 건너에 보이는 옥수수밭으로 뛰어 들었다. 얼마나 달렸을까. 목구멍이 타는 것 같고 다리가 후들후들 떨 려 더는 움직일 수 없다.

시계를 보니 12시가 다 돼 간다. 잠깐 앉아 숨을 돌린 나는 무작정 걸음을 옮겼다. '죽더라도 가야 한다. 살려면 뛰어라.' 옥수수 잎에 얼굴 이 쓸리고 땀에 젖어 아려 났다. 나는 보자기를 뒤집어쓰고 그냥 발걸 음을 재촉했다. '놈들이 분명 나를 잡으려고 차를 타고 길로 찾아다닐 것이다. 중국 공안에는 알리지 못했을 것이고… 그렇다면 산으로 걸어 야 한다.' 공안당국은 북한 사람들을 집에 숨겨 두거나 도와주면 몇 천 원의 벌금을 가차 없이 물리곤 했다.

콧수염네들이 그것을 아는 이상 공안에 고발하지 못할 것이라고 생 각했다. 한참 만에야 옥수수밭이 끝나고 과일나무들이 있는 것을 보니 펴이나 멀리 온 것 같아 보였다. 나는 몸서리치는 지긋지긋한 종살이를 하지 않게 되었다고 생각하니 날아갈 것만 같았다. '장춘에 있다는 아버지의 친척들을 찾아가자.' 만약 친척들이 없으면 조선으로 나가야 한다고 결심을 했다. 3시간 넘게 뛰다시피 걷다 보니 숨이 넘어 갈 것 같았다. 나는 잠깐 자동차 도로가 내려다보이는 야산에서 앉아 쉬면서 가만히 생각해 보았다.

'이렇게 막무가내로 가지 말고 어디로 가야 할지 생각해 보자. 도로나 물 흐름을 따라 가면 언제인가는 사람 사는 마을이 나올 것이다.' 얼마간 쉬고 나니 몸이 한결 가벼워졌다. 빨리 먼 곳으로 벗어나야 한다는 생각에 발걸음을 부지런히 옮겼다. '인제는 콧수염네가 나를 찾지 못할 것이다.' 지금껏 손에 들고 있던 도끼를 한참 내려다보다 풀숲에 던져버렸다. 나는 가방에 돈이 있다는 생각이 들어 꺼내 세어 보았다. 100원짜리가 200장이나 된다. 중국돈 2만 원이다. '세상에 나한테 중국돈 2만 원이 생기다니…'

몇 백 원도 아니고 2만 원이라는 목돈이 있다고 생각하니 세상을 얻은 것 같은 기분이다. 한편으로 사람에게 하지 못할 짓을 하고 돈을 도둑질한 것 같아 어쩐지 마음이 편하지 않았다. '너희들이 사람을 쓰레기 취급하지 않았으면 이렇게까지 하지 않는다.' 지금껏 있었던 그 더러운 일들을 다시 생각하고 싶지 않았다. 죄를 지은 것 같은 마음을 위로하며 인제 더는 콧수염네를 머릿속에서 영영 지워버리기로 결심하니 한결 마음이 가벼웠다. '이 돈이면 조선으로 나가 장사를 하며 남들 부럽지 않게 얼마든지 잘 살 수 있다. 조선으로 무사히 갈 수만 있다면 얼마나 좋을까.' 돈 묶음에서 몇 장을 솎아내어 주머니에 따로 넣어 건사했다. 만약 돈 쓸 일이 있을지 모른다는 생각에서였다. 집과 사람들을 피하여 가방에 넣고 떠난 빵과 사탕, 과자 같은 마른 음식을 먹으며 꼬박 3일을 걸었다. 가을이어서 밭들에 옥수수 짚들이 여기저기 쌓여 있었다. 날이 어두워 걸을 수 없게 되면 옥수수 짚을 헤집고 들어가 잠을 청했다. 홑옷을 입고 뛰어나오다 보니 밤이면 추위에 떨어야 했다.

새우처럼 허리를 꼬부리고 앉아 아물거리는 별들을 바라보고 있자니 그간 있었던 일들이 생각나 나를 또 괴롭힌다. 어쩌다 내가 이 꼴이 되었을까? 태어나 어릴 때부터 한 번도 남에게 나쁜 짓을 한 일이 없었다. '왜 이리도 내 인생은 꼬이고 뒤틀려 아픔과 고통만이 강요되는 것일까?' 모든 것이 내 탓 같았다. '남의 말을 들으려 하지 않고 자기 생각만 옳다고 하는 이 빌어먹을 고집 때문이야. 이 꼬락서니를 원명 오빠가 보면 얼마나 웃을까?'

뜬눈으로 날이 밝을 때까지 기다리는 시간 또한 나에겐 고통이었다. 낮이면 도로와 물길을 따라 걷고 또 걸었다. 콧수염네 집을 탈출한 지 4일째 되는 오후부터는 먹을 것이 다 떨어졌다. 밭들에 세워진 옥수수 짚을 뒤져 간혹 남아 있는 이삭들을 주워 먹을 수 있어 다행이다. 삶지 않은 옥수수 이삭이 이렇게 맛있어 보기는 난생 처음이었다. 산길을 걷다 보니 신발이 다 해지고 발이 아파 걸을 수가 없었다. '어떻게 하면 신발을 구할 수 있을까?'

나는 다른 신발을 갈아 신지 않으면 더 이상 갈 것 같지 못했다. 저녁이 되어 오는 무렵 산모퉁이를 돌아서 사방을 둘러보니 저 멀리 초가집 한 채가 눈에 띄었다. '외딴 곳에 홀로 있는 저 집엔 누가 있을까?' 절뚝거리며 집 가까운 곳으로 다가간 나는 얼마 떨어지지 않은 곳에서 지켜보기로 했다. '혹시 사람이 나오지 않을까.' 쪼그리고 앉아 기다려 몇 시간 만에야 문이 열린다. 나오는 사람은 여자였다.

그때서야 조금 마음이 놓였다. 한참을 망설이며 생각에 생각을 거듭해 보다 '이판사판 아니냐. 에라, 무엇이 그리 두려우냐.' 나는 들어가

보기로 결심했다. 가방 안의 작은 칼을 바지 허리춤에 질러 넣었다. 나에게 손을 대는 누구든지 서슴지 않고 칼을 몸에 박을 생각이었다. 집 가까이 가보니 50세가 넘었을 여인이 곡식을 손질하고 있었다. 내가 다가가자 발자국 소리를 들었는지 머리를 돌려 바라본다. 나는 아주머니에게 머리를 숙여 인사했다.

"장춘 쪽으로 가려면 어느 방향으로 가야 되나요?"

서투른 중국말인 줄 알면서도 서슴없이 물어보았다. 내 아래 위를 한참이나 자세히 보던 여인은 손으로 방향을 가리킨다.

"여기서 300리 정도 가면 도시가 나오는데 그곳에 가면 장춘 쪽으로 가는 차들이 많소."

나는 주머니에서 100원짜리 돈을 꺼내들었다. 차마 나가지 않는 말을 용기를 내어 입을 열었다.

"신발이 있으면 한 켤레 살 수 없습니까?"

내 말에 하던 일을 멈춘 아주머니는 아무 말 없이 일어서 집 안으로 들어간다. 잠시 있더니 새 운동화와 입던 솜 동복을 가지고 나왔다.

"이걸 입어 보오."

주인 아주머니가 주는 동복을 받아 든 나는 생각지 않았던 일에 어리둥절해졌다. 솜 동복을 입어보니 크기가 좀 작았다. 그래도 얼마나 고마운지 눈물이 날 지경이다. 홑옷을 입고 떨던 나는 살 것만 같았다. 신발을 신어 보니 그런 대로 신을 만했다. 내가 돈을 주자 아주머니는 받지 않고 신고 가란다.

그냥 갈 수 없어 다시 돈을 주려고 하자 아주머니는 문을 열고는 집 안으로 들어가 버린다. 자취를 감춘 아주머니의 뒤를 바라보는 내 눈에는 저도 모르게 눈물이 핑 돌았다. 중국 땅에도 고마운 분들이 있다는 것이 믿어지지 않았다. 나는 발길을 돌려 옮기며 열 번도 더 사람이 보이지 않는 집을 향해 머리 숙여 인사를 했다.

지리적으로 볼 때 흙룡강성은 북쪽 땅이어서 10월 말경이 되면 사람들은 거의 솜 동복을 입고 다녔다.

콧수염의 집에서 도망쳐 나온 뒤 4일 동안 쉼 없이 걷고 또 걸었다. 년, 놈들이 이제는 나의 행적을 찾지 못할 것이라고 생각했다. 솜 동복을 입고 수건으로 꽁꽁 동여맨 내 모습은 콧수염이라 해도 알아볼 수 없을 것이다. '아니야, 설마가 사람을 죽인다고 했어. 정신을 바짝 차려라. 콧수염네 년, 놈들에게 잡히면 죽더라도 피값을 하고야 말 테다.' 나는 만약을 생각해 가방 안에 있던 칼을 꺼내 동복 주머니에 넣었다.

'자동차를 타고 갈 수 없을까?' 큰 길에 나선 나는 차들을 볼 때마다 세워 달라고 손을 흔들며 소리쳐 봐도 먼지만 들씌우고 지나가 버린다. 다리가 뻣뻣해 오고 발에 물통이가 져 더는 갈 것 같지 못했다. 사방을 둘러보아도 집이라고는 보이지 않는다. 절룩거리며 몇 시간 도로를 따라 걸어가고 있는데 지나가던 화물차 하나가 내가 있는 곳에서 20m 정도 앞에 멈춰 서는 것이었다. 잠시 후 차문이 열리더니 나이 지숙한 어르신 한 분이 내렸다.

"어디를 가는가?"

"예, 장춘 쪽으로 갑니다."

"어이구, 먼 데 가는구만. 장춘으로 가는 차들이 있는 데까지 태워다 주겠으니 올라타오."

나는 혹시 이상한 행동을 하려고 타라는 것이 아닌가 하는 생각에 잠시 머뭇거렸다.

"고맙습니다."

다 늙은 노인이 그러랴 싶어 인사를 하고는 차에 올라탔다. 운전하는 옆 좌석에 올라타니 노인 혼자서 차를 몰고 가고 있었다.

"어디서 살고 있는가? 어디를 가는데 무슨 일로 무인지경에 혼자 걸어가는가?"

노인은 궁금한지 이것저것 물어본다. 중국말을 잘 모르는 나는 정말 당황스러운 일이 아닐 수 없었다. 나는 어설픈 중국말로 손시늉으로 해가며 대답을 해주었다.

"남편에게 매를 맞아 머리가 잘못되어 말도 잘 못하고 기억력도 없다. 장춘에 계시는 부모님들을 찾아가는 길이다."

나는 거짓말을 할 수밖에 없었다.

"부모님들의 전화번호가 있는가? 내가 전화를 하여 주겠다."

노인은 운전을 하면서 휴대폰을 꺼내며 말을 한다.

"전화번호를 기억하지 못하고 있다."

나는 얼른 말을 얼버무렸다. 노인의 말을 듣는 순간 내 두 볼에 눈물이 방울방울 떨어졌다. 불쑥 돌아가신 고향의 아버지 생각이 났다.

"밥은 먹고 다니는가?"

내가 대답을 안 하고 머뭇거리자 차를 세웠다. 그리고는 운전 좌석 뒤에서 음식 봉다리를 꺼내 빵과 귤, 과일 음료수를 꺼내 놓는다.

"보아하니 굶고 다니는 것 같은데 어서 먹으라."

노인의 모습은 친아버지를 보는 것 같았다. 음식들을 받아든 내 눈가에는 눈물이 쉼 없이 흘러내린다. 생각만 해도 몸서리쳐지는 중국 땅에서 짐승처럼 취급 받던 자신을 사람처럼 대해주는 것이 너무 고마웠다.

"여기서 200리 정도 가면 자구마한 도시가 있는데 그곳에는 여러 도시로 가는 차를 탈 수 있다."

노인은 자기에게도 시집 간 딸이 있고 배운 것이 운전밖에 없으니 늙어서도 차에서 내리지 못하고 있다고 했다. 노인은 내가 울고 있는 모습을 본 다음부터는 목적지까지 가는 동안 크게 말을 하지 않고 그냥 차를 몰아가기만 했다. 날이 밝아올 때 떠났었는데 도시에 들어서니 점심시간이 다 된 것 같았다.

"이곳에서 장춘으로 가는 버스를 탈 수 있다. 버스표를 살 돈이 있는가?"

어느 한곳에 이르자 노인은 나에게 물어본다.

"네, 있습니다."

"몸조심하고 잘 가라."

노인은 나에게 손을 흔들어 보이며 차를 몰아 떠나갔다. 멀어져 가는 노인에게 인사를 하며 오래도록 바라보았다. '노인님, 정말 고맙습니다. 건강한 몸으로 오래오래 사세요.' 버스 터미널을 찾아가던 나는 대형 유리 벽 앞을 지나가다 깜짝 놀라지 않을 수 없었다. 거울에 비친 내 모습을 보니 옷이며 차림새가 차마 눈 뜨고 볼 수 없을 정도로 말이 아니다. '영화에 나오는 거지 행상이 이보다는 더하랴.' 얼른 유리벽에서 물러났다. 사람들이 나를 보는 것만 같아 머리를 숙이고 걸었다. 며칠간을 산속에서 헤맸으니 그 모양새가 흉물스러웠다. 터미널 건물을 자세히 보며 기억한 나는 우선 몸부터 씻어야 하겠다고 생각했다.

"목욕탕이 어디 있는지 가르쳐주십시오."

근처에 돌아다니며 물어보니 다들 무슨 말인지 모르겠다는 것이다. 한참 기억을 되살려보니 용정에 있을 때 영화가 하던 말이 생각났다.

"야, 내 정신 봐라. 사우나라고 했지."

혼자 입속으로 중얼거리면서도 웃음이 나왔다. 한참 이곳저곳 다니던 나는 식료품 매점에 들어갔다.

"여기 사우나가 어디에 있어요?"

매점 주인에게 물어보니 1분도 안 되는 거리에 있다고 했다. 중국에서 몇 달 동안 있으면서 배운 중국말이 나에게 큰 도움이 되었다. 사우나에 들어가 목욕을 하고 나서 옷을 파는 곳을 찾아 들어가 계절과 몸에 맞는 옷들을 골라 샀다. 매점 안에서 속옷까지 갈아입은 나는 그 때에야 배고픔을 느꼈다. 식당을 찾아 들어가 음식을 사서 먹고 나니 한결 기운이 났다. 거리에 나온 내 모습은 누가 봐도 중국 여자였다. 시간을 맞춰 버스터미널에 다시 온 나는 장춘으로 가는 표를 사가지고 버스에 올랐다.

오후 3시경에 떠난 버스가 장춘에 도착한 것은 12시간 넘은 다음 날 새벽이었다. 날이 밝기를 기다려 터미널에 있던 나는 버스 정류소 가까운 곳에 있는 모텔에 찾아 들어갔다. 그날 하루는 며칠 동안 밖에서 방랑하면서 얻은 피로를 푸느라 문밖 출입을 하지 않았다. 모텔 여자 주인에게 알고 있던 아버지 사촌누나의 집주소를 찾아줄 수 없는가고 물어보니 쾌히 승낙해 주었다. 반나절 있다가 모텔 주인이 나에게 아버지 사촌누나의 소식을 알려주었다.

"그 사람은 3년 전에 병으로 사망하고 집은 어디론가 이사했대요."

그는 주소지가 적힌 종이를 주며 택시를 타고 가면 찾을 수 있다고 했다. '친척이 죽고 없다는데 찾아가 본들 어떻게 하겠는가?' 모텔 주인이 주소지를 적은 메모지까지 주는 것을 봐서는 거짓말할 이유가 없다고 생각했다. 나는 훗날 한번 찾아가기로 하고 모텔 주인에게 물었다.

"흑룡강성에서 돈을 벌어 보려고 장춘에 왔는데 일자리를 좀 소개해 주세요."

그녀는 소개비만 주면 알려 주겠다고 했다. 일자리 소개비가 얼마냐고 묻자 100원을 달란다. 식당에서 일할 수 있는 곳을 알아봐 달라고 부탁했다. 하루 만에 모텔 주인이 일자리가 있다고 했다. 우리는 택시를 잡아타고 내가 일을 할 수 있다는 곳으로 떠났다.

노리개

모텔 주인을 따라 내가 간 곳은 크지 않은 식당이었다. 고기구이며 탕, 찜을 전문으로 영업을 하고 있었다. 식당 주인은 50세 돼 보이는 조선족 남자였다. 음식점을 운영하는 사람치고 몸이 왜소해 보인다. 사장은 나를 보고 일한 돈은 월급으로 지급되고 한 달에 한 번씩 재계약을 한다고 이야기를 했다. 월급은 중국돈 500원이란다.

"어디서 왔소?"

사장이 나에게 물어본다.

"흙룡강성 츠청에서 왔습니다."

잠시 머뭇거리던 나는 답변했다.

'왜 살던 곳을 꼬치꼬치 캐묻지? 내가 북조선에서 온 것을 눈치채지 않았을까?' 대답을 해놓고 난 나의 머릿속에 문득 불안한 감이 들었다. 사장은 머리를 가볍게 끄덕이며 묻는다.

"내일부터 일을 할 수 있소?"

나는 할 수 있다고 대답했다. 일하면서 먹고 잘 수 있는 하숙집을 얻기 전까지 모텔에서 있기로 하고 다음 날부터 식당 일을 시작했다. 나는 중국말을 잘 모르거니와 사장이라든가 함께 일하는 중국 사람들이 조선에서 온 것을 눈치챌까봐 될수록이면 말을 하지 않았다. 오전 10시에 일을 시작하여 밤 12시까지 하루 종일 술심부름과 음식들을 접대하고 나면 다리가 팅팅 부어올라 저려서 걸음걸이도 힘들었다. 그러나 돈을 벌 수 있다는 생각에 마냥 좋기만 했다. '1년이면 5천 원은 손에 쥘 수 있을 것이다.' 나는 머릿속 계산을 해봤다.

'나한테 있는 돈까지 하면 2만 5천 원이다. 그 돈이면 조선의 돈 많은 사람 부럽지 않게 살 수 있을 거야.' 달걀로 피라미드를 쌓아 보는 내 생각은 벌써 조선에 가있었다. 사실 내가 가지고 있는 중국 돈 2만 원을 가지고 당장이라도 조선으로 건너가고 싶었다. 헌데 국경을 넘을 수 있게 도와 줄 브로커를 찾는 일이 쉽지 않을 것 같았다. 더욱이 브로커를 찾는다며 잘못 설쳐대다가 내가 조선에서 넘어온 것이 알려지면 공안에 잡혀 갈 수 있었다.

나는 식당일을 하면서 조심스럽게 두만강을 넘을 수 있는 브로커선을 알아보기로 마음먹었다. 자나 깨나 돈을 모아 조선으로 돌아갈 날만 손꼽으며 하루하루를 열심히 일을 했다. 내가 식당에서 일을 시작한지 얼마되지 않은 어느 날이었다. 무슨 일인지 사장이 나에게 주민등록증을 가지고 오라고 했다. '왜 갑자기 신분증을 보자고 할까?' 나는 가슴이 철렁 내려앉는 것 같았다. '어떻게 할 것인가. 도망을 칠까. 아니면 솔직히 말할까.' 당장 중국 공안에 잡혀가는 것 같은 생각에 심장이 방망이질해댔다. '아니다. 검열을 하면 경찰들이 오지 사장이 무슨 권한으로 신분증을 가져오라, 말라 하는 걸까. 혹시 나를 알아보려고 하는 수작은 아닐까.' 오만가지 생각으로 골몰하던 나는 사장에게 잃어버렸다고 말했다.

"알만 하오. 내가 공안에 말을 잘해 별일 없게 하겠소."

나는 식당 사장이 신분증 소리를 한 다음부터 그가 하는 모든 말이 나와 연관되어 있는 것 같아 극도로 조심스럽게 행동했다. 내가 일하는 식당 종업원들은 조선족 여성이 한 명, 한족 여성이 세 명 모두 다섯 명이었다. 종업원들은 식당 사장을 김 사장이라고 불렀다. 성이 김가 인 것 같았다. 고시원 같은 곳에서 생활하며 1개월이 지나 월급 주는 날이 되었다. 김 사장은 함께 일했던 사람들에게는 월급을 주고 나를 따로 보자고 했다.

"식당에 돈이 돌아가지 않아서 그러니 200원은 저금하였다가 내 달에 함께 주겠소. 그리 알고 300원만 가져가오."

나는 말없이 한참 서 있었다. '돈을 왜 다 주지 않는가? 물어보면 사장이 어떻게 나올까.' 내게만 월급을 제대로 주지 않는 것은 분명 사장이 음흉한 생각이 있어 그런다는 것을 생각하면서도 어쩔 수 없는 일이다.

"김 사장님, 그러면 저금 영수증이라도 써 주십시오."

내 말에 사장은 선뜻 그렇게 하겠다고 대답했다. 사인과 도장까지 찍은 영수증을 받아 쥐긴 했으나 어쩐지 기분이 더러웠다. 식당에서는 한 달에 교대를 바꾸어 두 번 정도 휴식을 하곤 했다. 내가 일을 시작한 지 2개월이 가까워 오는 휴식일 오후 5시경이었다. 휴대폰 벨이 울려 전화번호를 보니 사장 번호다. '평시에 전화 한 번 하지 않던 사람이 웬일이지?' 나는 이상한 생각이 들었다.

"혼자 있자니 외롭지 않소? 한번 찾아보지 못해 미안하오. 식사나 같이 하자고 전화하였는데 시간을 낼 수 있소?"

여느 때는 찾아볼 일이 없을 것 같던 사장이 관심을 두는 것이 내키지 않는다. 그러나 그가 운영하는 식당에서 일하고 월급을 받아야 하는 나로서는 거절할 수 없었다. 사장이 만나자는 곳으로 택시를 타고 가보니 호텔 식당이었다. 마중까지 나와 친절히 대하는 사장에게 내가 인사를 하자 들어가자며 안내한다. 우리가 들어간 곳은 대단히 고급한 식당 같았다.

"무슨 음식을 좋아하오?"

사장이 손수 메뉴판을 들어 보며 물어본다.

"별로 가리는 음식이 없습니다."

"그렇소? 그래도 좋아하는 음식들이 있을 텐데 그러오. 오늘은 내가 음식을 살 테니 한번 잡수어 보오."

그는 홀서빙 아가씨에게 메뉴판을 가리키며 음식 이름들을 부르기 시작했다. 식탁 위에 차려 놓은 갖가지 요리들을 보니 내가 보기에도 중국 돈 300원은 훨씬 넘을 것 같아 보였다.

"집 떠나 외지에서 고생이 많소. 같이 일하면서도 한번 찾아보지 못해 미안하오. 자, 사양 말고 많이 잡수오."

이전과는 너무도 다른 얼굴 모습을 보며 그의 말에 알량한 선심이 깔려 있는 것 같았다. 사장의 낯간지러운 모양새를 보는 내 온몸에 닭살이 돋았다. 중국에서 지금까지 만난 남자들은 생각만 해도 소름끼치는 대상들이었다. 사장이 권해 서양 사람들이 먹는다는 양주를 처음으로 먹어 보았다.

"시집은 갔소? 부모님은 계시오?"

사장은 나의 사생활을 캐묻기 시작했다.

"고향이 흙룡강성 츠청 쪽이 맞소?"

"네, 맞습니다."

"그런데 중국말을 잘하지 못하오?"

사장의 묻는 말에 갑자기 언짢은 생각이 든 나는 화를 참지 못하고 말했다.

"김 사장님, 제가 중국말을 잘 못하는 것이 부담되신다면 식당 일을 그만두면 될 것 아닙니까?"

그러자 사장은 언제 그랬나 싶게 말머리를 돌린다.

"아니, 아니요. 오해하지 마오. 그냥 말을 하다 그렇게 된 것이니 이해하오. 자 한잔 드오."

얼른 술잔을 들어 단숨에 비우고 난 사장이 말을 계속했다.

"사실 내가 이런 말을 하는 것은 1년 전에 조선에서 온 여자가 우리 식당에서 일을 했었는데 중국말을 몰라 애를 먹었소."

나는 사장이 말하는 조선에서 왔다는 여자에 대해 알고 싶었다.

"식당에서 일을 했던 조선 여자는 지금 식당에 있습니까?"

"몇 달간 일을 하다가 말없이 사라졌는데 어디로 갔는지 모르겠소. 일이랑은 괜찮게 했는데 말이오."

사장이 부어주는 술을 받고만 있을 수가 없어 나도 그에게 한 잔 따라 앞에 놓아 주었다. 남자들의 잦은 술심부름에 내 주량도 꽤 늘어난 것 같았다. 처음에 들어와서는 예의를 지켜가며 나에게 존댓말을 쓰던 사장은 취기가 오르자 '야, 자' 반말로 넘어가 막말을 해댄다.

"보아하니 내 아들 같은 나이인데 야, 자, 해도 되지?"

나에게 존댓말 쓰기가 불편스러운 모양이다.

"예."

나는 선뜻 대답했다.

"이름이 뭐랬더라. 리선희? 이름 좋다."

아들과 같은 또래의 여성과 마주 앉아 술을 마시니 기분이 좋은 모양이다.

"오늘 별나게 술맛이 좋다. 자, 마시자."

술잔을 들어 나에게 건배를 권한다.

"자, 빨리 들라. 선희, 나하고 오늘 술내기를 하자. 내가 지면 선희 한 달 월급 이 자리에서 주고 나한테 선희가 지면 내가 하자는 대로 해야 되는 거야. 어때, 해볼 만하지?"

'네가 오늘 나를 만나자고 한 목적이 있구나.' 사장의 말을 들으며 나는 속으로 무엇을 노리는지 짐작이 갔다.

"사장님, 전 술 내기 못합니다."

"아~ 사장이 말씀하시는데 못한다는 건 무슨 말이야. 못한다는 게 없어."

사장의 말은 들어 보지 않아도 뻔히 보였다. 자신의 목적을 달성해 보려는 속셈이었다.

"내가 양주 두 병 마시고 선희가 한 병만 마시면 되는 거야. 할 수 있지?"

벌겋게 취기가 오른 사장은 손을 내 흔들며 소리친다.

"어이~! 복무원, 양주 세 병 가져오고 안주도 더 가져오라."

그는 이어 화장실로 간다며 일어섰다. 사장에게 밥줄이 달린 나에게는 '울며 겨자 먹기'가 아닐 수 없었다. 식당 종업원들의 말을 들어보면 사장은 술꾼으로 소문났다고 했다. 돈에 대해서는 한 푼도 양보가 없는 자가 양주를 사 먹인다, 어쩐다 하는 것은 불 보듯 뻔했다. 나를 보고만 있을 사장이 아니었다. 사장이 부어준 양주를 반병 정도 마시고 나니 나는 몸을 가늠 못할 지경이 되었다. 머리가 빙빙 돌아가고 말도 제대로 나가지 않는다.

"김 사장님, 더는 마시지 못하겠습니다."

"아니, 반병밖에 못 마신단 말이야? 그럼 나한테 졌다는 거지. 좋아,

약속대로 해야 돼."

김가는 양주를 큰 잔에다 연이어 부어서는 물을 마시듯 했다. 두 병을 다 비우고 나서 내 앞에 놓았던 술마저 먹어버린 사장은 먼저 일어섰다.

"그럼, 노래방에 가자."

나는 일어나려다 몸이 말을 듣지 않아 비칠거렸다. 그러자 김가는 얼른 내 허리를 감아쥐더니 밖으로 나와 오가는 택시를 향해 손을 흔들어 댄다. 얼마 후, 택시에 올라 노래방 있는 곳에 도착했다. 노래방에 들어간 김가는 쿵짝쿵짝 음악 리듬에 맞춰 나를 그러안고 비칠거리면서도 몸을 흔들며 돌아간다. 손으로 내 가슴과 엉덩이 아래 부위를 만지며 돌아치던 김가는 얼마 못 있어 노래방에서 나가자며 내 손을 잡더니 밖으로 이끌었다. 갈지자로 흔들어 대는 몸으로 택시를 세운 김가는 나를 태우고 어디론가 가고 있었다.

'이자가 날 어디로 데려갈까.' 김가는 어딘지 모를 호텔 같은 곳에 차를 세우고는 내 팔을 껴안고 들어갔다.

"여기 잠깐 앉아 있으라."

1층에 있는 안내창구로 다가가 무엇이라 이야기하던 김가는 열쇠를 받아 쥐고 나에게 다가와 손목을 덥석 잡고는 이끌었다. 말을 듣지 않으면 공안에 고발될 것은 불 보듯 뻔한 일이다.

가난하고 못 사는 나라 사람이라는 이유로 중국 땅에서 가는 곳마다 노리개, 하녀 취급을 받아야 하는 신세가 슬프기만 했다.

내 생각으로는 엘리베이터를 타고 5층 이상 올라온 것 같았다. 술에 취할 대로 취한 김가는 여성에게 털끝만한 예의와 상식도 없는 자였다. 방문을 열고 들어선 그는 문을 닫기 바쁘게 나를 세워 놓고 옷을 와락와락 벗기고는 침대에 밀어 자빠뜨렸다. 얼마나 여자에 환장했으면 내 앞가슴을 물어뜯고 온몸을 핥고, 빨아대고 있었다. 놈은 변태 교범을 만들어 낼 모양이다. 내 주위를 돌며 이상한 짓거리를 했다. 아무리 여자에 미치고 굶주린 섹스광이라도 이보다 더할까?

발정 난 들짐승이 미친 듯이 매달리는 것 같았다. 아니 동물 세계에서도 볼 수 없는 구역질나는 광경이었다. 매달려 헐떡거리다가는 떨어지고 다시 매달리고… 눈을 떠보니 밖이 훤하게 밝은 것 같았다. 일어나 옷을 입으며 몸에 차고 다니는 돈이 있는지 허둥지둥 찾아보았다. 제대로 있는 것을 확인하고는 안도의 한숨을 내쉬었다. 술에 취한 사장은 내가 차고 있던 돈 주머니를 보지 못한 것 같았다. 놈은 밤새껏 얼마나 발광해댔는지 해가 중천에 떴을 때까지도 정신없이 뻐드러져 일어날 생각도 못 하고 있다.

나는 호텔에서 나와 택시를 타고 하숙집으로 향했다. 차를 타고 오면서 몸에 차고 다니는 돈이 안전하지 못하다는 생각이 들었다. 창춘시 교외에 나가 나만 아는 장소에 돈을 보관하기로 마음먹었다. 며칠이 지난 어느 날이다. 사장에게 몸이 아파 휴식을 하겠다고 말을 하고 장춘 시내에서 30리 정도 떨어진 교외에 있는 산으로 올랐다. 장춘은 중국에서도 겨울이면 몹시 추운 지방으로 손꼽히는 지역이다. 11월 말이여서 그런지 날씨가 몹시 매서웠다. 산에 올라 주위를 한참 살펴보니 아무도 보이지 않는다.

나는 준비해 가지고 간 공구들로 땅을 파고 기름종이에 2만 원을 싸고 또 싸서 묻었다. 훗날에도 알아볼 수 있게 표적을 세워 놓고 내려오면서 돈을 파묻어 놓은 장소와 지형을 영원히 기억하려는 듯 보고 또보았다. 김가는 나와 관계를 가진 날 다음부터는 노골적으로 나를 오라 가라며 몸종 대하듯 한다. 두 달이 되어 월급 타는 날, 내 마음은 복잡하고 착착했다. '이번에는 또 무슨 구실을 붙여 돈을 주지 않으려고 할까?' 아니나 다를까. 나의 예상이 빗나가지 않았다.

김가는 이번엔 나에게 200원만 준다. '저금하였으니 마음 놓고 있으라.' 김가는 저금하였다는 영수증 한 장을 떼서 내밀었다. 한참이나 김가를 쏘아보던 나는 아무 말 없이 받아 들었다. 받지 못한 돈이 전달 것까지 하면 500원이었다. 식당에서 200~300원 같은 돈은 종잇장처럼 써버리는 김가였다. 그 몇 푼 때문에 모양새를 떨고 있는 김가가 내 눈에는 가련하다 못해 비참해 보였다. 생각 같아서는 사장놈의 목에 칼을 박고 식당에 불을 질러 놓고 싶은 생각이 하루에 열두 번도 더 났다.

김가는 나에게 줄 돈을 주지 않고 이런 식으로 나를 잡아 두려고 잔머리를 굴리는 것 같았다. '달아날까. 아니다. 잘못했다가는 또 콧수염네 같은 인간들에게 팔려가거나 누구도 모르게 죽을 수 있다.' 김가에게 치욕을 당하면서도 선뜻 식당을 뛰어나갈 수 없었던 이유였다. 중국 땅, 중국 사람들이 두려웠다. 자칫 잘못하면 어딘가 모를 곳에 팔려가거나 죽을 수도 있다는 것, 공안에 붙잡혀 갈 것 같은 공포감 때문에 어느 하루, 한 순간도 마음 편할 날이 없었다.

콧수염들에게 진절머리 나게 몸이 난도질당한 뒤여서 세상이 무섭기만 했다. '지금껏 이 고집 때문에 이런 고생을 사서 하는 것 아닌가. 조금만 참아라. 국경을 넘겨 줄 브로커를 찾아 조선으로 나가면 이 고생을 안 해도 된다.' 나는 자신에게 채찍질하며 하루하루 버티어 갔다. 조선으로 나갈 수 있으면 당장이라도 식당을 그만두려고 했으나 브로커를 찾는 일이 쉽지 않았다. 김가는 나에게 식당에 가서 밥을 먹자는 말을 때 없이 달고 다녔다. 놈은 선심이나 쓰듯이 만날 때마다 10~20원씩 닭에게 모이 뿌려주는 식으로 푼돈을 주었다. 석 달 월급도 놈은 이런 식으로 200원만 주고는 300원을 저금했다는 영수증만 준다. 한번은 김가에게 작심하고 말을 했다.

"김 사장님, 고향에 계시는 아버님이 병으로 앓는다고 소식이 와서 돈을 보내려 하니 저금한 돈을 주십시오."

그러자 김가는 대번에 얼굴색이 달라지며 본색을 드러내기 시작했다.

"선희, 그래? 나한테 솔직하지 못하다. 왜 나한테 거짓말을 하지?"

김가는 살쾡이 웃음을 지우며 비꼬는 말투로 입질을 해댄다.

"너, 중국에 고향이 어디 있어? 돈을 달라면 그저 달라고 할 것이지. 그러면 듣기라도 좋지 않아."

놈은 오히려 짜증을 낸다. 김가의 말을 듣고 있던 나는 가슴이 철렁 내려앉는 것 같았다. '이놈이 나에 대해 어떻게 알고 있을까?' 문득 호적 검열을 한다며 신분증을 가지고 오라고 하던 김가의 말이 떠올랐다. 놈은 교활하게 나를 얼리며 지껄여 댄다.

"물론 살면서 돈 쓸 일이 왜 없겠나. 헌데 선희도 알다시피 영업이 잘 안 되고 있다는 걸 알지 않아. 그러니 좀 참아 달라."

뻔뻔스럽고 철면피의 모델 같은 인간이었다. '내가 너를 언제 보았던가' 하는 것 같았다. 나를 하루가 멀다 하게 겁탈할 때는 팔, 다리를 잘라 줄 것처럼 온갖 아양을 떨던 자였다. 김가는 낯색 한 번 변하지 않고 눈을 부라렸다. 고분고분하던 내가 당돌하게 나오자 더는 돈을 뜯어먹을 수 없다는 생각에서였다.

요즘에 와서 내 몸이 이상하다는 것을 느꼈다. 생리를 하지 않은 지가 2개월이다. '혹시 임신되지 않았을까?' 일을 그렇게 힘들게 하는 데도 밥맛이 없고 조금만 먹어도 메스꺼움이 올라왔다. 분명 몸에 무슨 변화가 일어나는 것 같았다. 병원에 가고 싶어도 잘못하면 조선에서 왔다는 것이 들통날 것만 같아 하루, 이틀 미룬 것이 2달이나 되어 온다. 내 근심은 날이 갈수록 깊어졌다. 김가는 넉 달 월급도 지금껏 했던 것처럼 저금했다 주겠다며 100원밖에 주지 않았다. 내가 식당 일을 시작해 5개월째 월급을 타던 날이었다. 사장은 직원들을 모아놓고 돈이 아직 안 돼서 그러니 며칠 후에 주겠다고 했다. 나는 김가가 돈 소리를 할 때마다 피가 거꾸로 흐르는 것 같아 별로 신경을 쓰지 않고 있었다.

잇힐 리야

다음 날, 오후 3시경이다. 손님들에게 음식을 날라주고 있는데 식당 안으로 중국 공안경찰 세 명이 들어섰다.

'리선희가 누구야?'

공안원이 내 이름을 부르는 순간 눈앞이 캄캄했다. 정신이 아뜩해지며 귀에서 윙윙~ 소리가 나고 심장이 뚝 멎는 것 같았다. 식당에서 함께 일하던 사람들의 눈길이 일제히 내게 쏠렸다. 한 공안원이 다가오더니 신분증을 보자고 한다. 나는 아무런 대답도 할 수 없었다.

'걸으라.'

공안원은 나를 앞세우고 차에 타라며 떠밀었다. 조선으로 끌려 나갈 것이라는 생각이 머리를 쳤다.

"너, 소지품을 다 가지고 나오라."

공안원들의 말에 나는 얼른 하숙하고 있는 민박집 위치를 말했다. 공안차로 민박집까지 온 나는 불필요한 것은 다 내놓고 갈아입을 옷들과 속내의류, 화장품, 세면도구와 약품 몇 가지를 챙겨 넣었다. 다행히 그동안 모아 놓았던 돈은 내 몸에 간수하고 있었다. 차 안에서 멀어져 가는 민박집을 돌아다보는 나는 오래오래 눈길을 뗄 수가 없었다.

내 몸을 노리개처럼 취급했던 김가가 차마 나를 공안에 고발할 것이라 상상도 못했다. 그가 당연히 주어야 할 월급을 가지고 장난을 칠 때 깨달았어야 했다. 이제 와서 뼈저림의 눈물을 쏟은들 무슨 소용이 있을까. '조금만 참자, 조금만…' 더럽고 치욕스러운 것도 몸을 허락해 주면 나를 동정해 줄 것이라 믿었다. 그 생각이 얼마나 미련하고 어리석 었는가를 후회할 때는 이미 손에 쇠고랑이 채워져 있었다. 설마가 부른 아픔이었다.

중국에서 당한 모든 고통과 슬픔은 먼 훗날 내 몸이 죽어 바람에 흩날릴지라도 길이 남을 지울 수 없는 흔적이었다. 내가 알게 되었던 중국인들은 어떤 사람들이었는가? 13억에 달하는 중국인들이 모두가 내 몸을 갈갈이 찢어놓은 연변 룡정시 철화나, 영화, 한족 마을 콧수염, 장춘시 식당 사장 김가와 같은 인간들일까. 중국 공산당과 정부는 공자 사상을 내세워 중국인을 국제사회에 선전하고 세상을 바꾸어 보려고 하고 있다. '이 순간에도 성폭행과 인신매매로 인권 유린을 당하면서도 말 한마디 할 수 없는 수만 명의 탈북 여성들이 기억하고 있는 중국이 라는 나라는 어떤 나라일까? 오늘날, 극기복례(克己復禮), 공자(孔子)의 후손들이라고 자처하는 중국인들의 모습은 내가 보고, 듣고, 겪은 현실 그대로가 아닌가' 나는 생각했다.

공안원들은 장춘시의 어느 거리에 있는 경찰서 구류장에 나를 가두 어 버렸다. 구류장에는 이미 다섯 명이나 되는 여성들이 들어와 있었다. 60세 넘어 보이는 할머니와 20세 미만의 어린 여자애를 비롯해서 여자 들만 보였다. 여성들만 감금하는 구류장인 것 같았다. 2일이 지나도록 나를 찾지 않는다. 그동안 나는 구류장 안의 여성들과 말을 하다가 나처럼 북조선에서 건너와 살던 여성을 알게 되었다. 조선족 남자와 자식까지 낳고 살다가 밤에 갑자기 들이닥친 공안의 가택 수색으로 남편과 함께 붙잡혀 왔었다고 한다. 북조선 여성과 살았다는 이유로 남편은 벌금을 내고 풀려나고 자신은 지금껏 구류장에 갇혀 있다고 했다.

"언제 들어 왔어요?"

"1주일 되었어요."

"여기 있다가 조선에 나갈 때는 어디로 나가는지 모르겠어요?"

"연변 지대에서 잡힌 조선 사람들은 도문 변방대에 있다가 인원이 차면 세관으로 북송해서 조선 온성군 보위부에 잡아넣는대요."

나는 몸에 간수하고 있는 돈 500원이 걱정스러웠다. 그 돈을 공안에서 뺏지 않는지 그 여성에게 물어 보았다.

"조사가 시작되면 돈이며 몸에 있는 모든 물품을 회수한대요."

그의 말을 듣는 내 머리는 복잡했다.

'돈을 어디에 건사할까.'

생각에 생각을 거듭하던 나는 음식을 포장했던 비닐 봉다리를 찢어 돈을 작게 말아 묶어가지고 자궁에 넣기로 마음먹었다.

'설마 공안원들이 여자 자궁까지 들여다보진 않겠지.'

3일째 되는 날이다. 공안 사람들은 나를 불러내 조사를 했다. 북조선 말을 하는 것을 보니 조선족 공안원인 것 같았다.

"몸에 있는 물건들을 다 내놓으라."

내가 주머니를 공안원이 보는 앞에서 다 뒤져보이자 여자 공안원을 불러 몸을 이리저리 만지며 수색한다. 별다른 것이 없다는 것을 확인한 공안원은 조사를 시작했다.

"이제부터 물어보는 말에 솔직하게 대답하라. 거짓말이라는 것이 확인되면 그만큼 법적인 처벌을 받게 돼, 알았어."

귀먹은 사람에게 말하는지 돼지 멱따는 소리로 고함치듯 말한다.

"너 어디서 왔어?"

묻는 말에 대답 안하고 가만 있자 다시 고함친다.

"야. 말이 들리지 않아? 대답 못하겠어?"

나는 공안 기관이 나에 대한 신상확인 작업에 들어가면 신원이 밝혀지는 것은 시간문제라고 생각했다.

"조선에서 왔습니다."

"언제, 어느 날, 몇 시에 넘어 왔는지 말하라."

"1월 5일, 새벽 2시경에 두만강을 넘었습니다."

나는 흙룡강성에 있었다는 말을 하면 콧수염 사건이 알려질 것 같아 북한에서 온 지가 몇 달밖에 안 되었다고 말을 하였다. 공안원들은 중국으로 넘어온 지점이 어디인가? 누구의 도움으로 넘어왔는가? 등 있었던 일들을 따져 물었다. 지형도 모르거니와 중국 사람들이 두만강으로 밤에 마중 나와 곧바로 차를 타고 용정시라는 곳으로 갔기 때문에 전혀 생각이 나지 않는다고 하였다.

"조선에서는 누구의 알선으로 들어왔어?"

"혼자 들어왔습니다."

"조선 쪽 두만강은 군인들이 무장 경비를 서는 거 우리가 다 아는데 군인들과 사업하지 않고 어떻게 넘어온단 말이야?"

"낮에 두만강 가까운 산에 숨어 있다가 군대들이 순찰을 하고 지나간 시간에 넘었습니다."

"살던 데가 어디야?"

"회령에서 살았습니다."

미주알고주알 별의별 것을 다 물어보던 공안원은 문건에다 기록하는지 무엇인가 종잇장에 열심히 적는다.

"데려가시오."

조사를 하던 공안원이 한참 만에 다른 공안원들에게 명령어조로 말하고는 나가버린다. '이제는 조선으로 끌려 나가겠구나.' 구류장으로 다시 끌려온 나는 북송되면 북한 보위부와 보안서에서 취급당해야 할 일을 생각하니 눈앞이 아찔했다. '생각한다고 달라질 건 없지 않나. 생각하지 말자. 사회에 다시 나오게 되면 중국으로 건너와 감추어 놓은 돈을 찾아가지고 가서 장사나 하면서 살면 된다.' 머리를 흔들어 마음을 가라앉히고 자신을 위안했다. 내가 경찰서에 잡혀 들어온 지 7일째 되던 날이다. 오전 9시경이 된 것 같았다. 공안원 두 명이 구류장 문을 열더니 소리친다.

"리선희, 차명화 나오라."

우리가 밖으로 나오자 공안원 한 명이 다가왔다.

"손, 들라."

그들은 내 오른손, 명화의 왼손에다 족쇄 하나로 철거덕 채워 버린다.

"저쪽으로 걸으라."

두 공안원이 뒤를 따랐다. 경찰서 문을 나서는데 어떻게 알고 왔는지 명화의 남편이 다섯 살 정도 되는 남자애를 데리고 문 앞에 와 있다.

"혁이야!"

명화가 아들의 이름을 부른다.

"엄마!"

애는 달려와서는 명화의 손에 찬 수갑을 신기한 듯 만져본다.

"엄마, 어디 갔댔나. 엄마, 손에 찬 건 뭐야."

애를 그러안은 명화의 눈에서는 눈물이 비가 오듯 흘러내리고 있었다.

"혁이야, 너는 엄마 없이 어떻게 살겠니?"

애의 얼굴에 머리를 맞댄 명화의 울음소리가 점점 더 커지고 있다.

"혁이 아버지, 내 어떻게 해서나 다시 소식을 보내겠습니다."

애와 엄마가 붙들고 우는 것을 보니 남의 일만은 아닌 것 같았다. 나도 손으로 눈가를 훔치며 그들을 바라보았다.

"혁이 엄마, 혁이랑 걱정 마오. 당신 데리러 꼭 조선에 나가겠소."

남편 되는 사람도 눈물이 글썽하여 말을 잇지 못한다.

"야! 야! 여기가 너의 집인 줄 알아 조용하지 못하겠어? 빨리 차에 타라."

공안원들이 차 문을 열더니 우리를 떠밀어 넣는다.

"여! 당신 말이야. 애를 붙잡으라."

공안원이 애 아빠 보고 하는 말이다.

"이보시요! 음식하고 돈을 조금만 주면 안 됩니까?"

"뭐야! 여, 당신 나라 법을 어기고 저런 거지 같은 간나 새끼들을 집에 끌어들인 것만 해도 법 처벌을 받아야 돼. 돈을 주겠어? 애를 데리고 물러나라!"

남편에게 손가락질을 하던 공안원이 소리를 지른다.

"혁이 아빠, 혁이를 데리고 집에 들어가시오."

명화는 애를 내려놓고 돌아서서 차에 올랐다.

"엄마, 나두 같이 갈래."

애가 뛰어와서 엄마를 붙잡는다. 공안원들이 애의 팔을 잡더니 빨리 떠나라며 소리를 지르자 우리를 태운차는 출발했다.

머리를 숙인 채 명화는 울음을 그칠 줄 몰랐다.

"야! 조용하라. 시끄럽다."

공안원들은 피도 눈물도 없는 인간들인 것 같았다.

'이렇게 조선으로 잡혀 나가는구나. 운이 좋으면 살 것이고 죽는다 해도 고향에 나가 죽으니 후회는 없다.' 공안차를 타고 달린 지가 20분 되었을까? 높다란 건물 앞에 차가 멈춰 서더니 우리를 내리라고 했다. 족쇄를 벗기고는 건물 안으로 끌고 들어간다. 4층, 5층짜리 고층 건물이 여러 동 가운데 한 건물 2층으로 데리고 올라간다. 철문으로 된 출입문을 열더니 안으로 들어가란다. 시멘트로 바닥을 미장한 방에는 여섯 명의 여자들이 들어와 있었다. 할머니로부터 20살 안팎의 처녀와 그보다 더 어린 여자애들도 보인다.

'조선에서 건너와 살다가 붙잡혀 온 여자들인가 보다.' 이상했다. 감옥에 잡혀 들어왔는데도 같은 조선 사람들과 함께 있어 그런지 무서움은커녕 오히려 마음이 편했다. 장춘 감옥에서도 우리를 불러내 조사를 다시 했다. 나는 파출소에서 말한 그대로 증언을 했다. 이미 나의 조사 서류를 보아 그런지 별다른 말없이 심문을 끝내고 감방으로 돌려보낸다. 감옥에 들어온 지 3일 째 되는 날이다. 오전 9시경, 공안원들이 나와 함께 있던 사람들을 모두 불러낸다.

마당에 나와 보니 조선 사람들 남녀 모두 20명 가까이 되어 보였다. 파출소에서 올 때와 마찬가지로 두 명의 팔에 족쇄를 하나씩 채워 버스에 타라고 소리친다. 옆구리에 권총을 찬 공안 호송원 두 명이 차에 오르자 출발했다. 장춘을 떠나 북조선 국경과 맞닿아 있는 도문시(투먼)에 도착한 것은 오후 4시경이었다.

중국 국경도시 도문은 북한 쪽의 함경북도 온성군 남양구와 두만강을 사이에 두고 시멘트 다리로 연결되어 있었다. 일제 강점 시기에 중국 침략을 목적으로 건설한 다리가 아직도 중국과 북한을 연결하는 중요한 교두보 역할을 하고 있다. 북-중 두 나라를 연결하는 시멘트 다리에서 얼마 떨어지지 않은 곳에 중국과 북한을 잇는 철교가 보인다.

중국 연변 지대와 북한 북부 지역의 양측, 무역 물자들을 실어 나르는 열차들이 이 철교로 드나든다. 도문시라고 하나 두만강을 따라 길게 늘어선 수만 명 정도의 인구가 살고 있는 작은 산골 도시이다. 중국 쪽은 아파트들과 공공 시설물들이 즐비하게 늘어선 반면 북한 쪽은 게딱지 같은 땅 집들이 들어서 있는 모습이 비교되었다.

강제 북송자들을 실은 차가 도문 변방 감옥의 넓은 마당에 도착했다.

"모두 내리라!"

공안원이 짧게 소리친다. 우리가 차에서 내리자 손에 채운 족쇄를 벗기고 한 줄로 길게 세웠다. 도문 변방 감옥은 원형으로 되어 있는 3층 건물이다. 천장은 유리로 모두 덮혀 있어 죄수들의 탈출 시도는 불가능해 보였다. 넓은 마당에 테이블을 한 줄로 길게 놓고 변방대 군인(중국에서 북-중 국경을 지키는 군인)들이 의자에 앉아 우리를 테이블 앞에 한 줄로 세웠다. '조선에서 언제 들어왔으며 중국 어느 곳에서 있다 무슨 일로 잡혀 왔는가?'

내가 처음 잡혔을 때처럼 같은 물음을 했다. 다른 한쪽에서는 서류에다 기록을 하고 있었다. 어떤 여자들은 연길에서 식당 일을 하다 잡혔고 또 다른 여자들은 남편과 살림하는 집에서 붙잡혀 나왔다고 했다. 아무튼 중국 각지에서 잡혀 온 이유가 가지각색이다. 남자들도 마찬가지였다. 조사가 다 끝나자 군인 두 명이 서류들을 넘겨받아 한 사람씩 이름을 부른다. 인원수를 확인한 다음 우리를 창고로 데리고 가서 담요와 죄수복 한 벌, 수건 한 장씩 나누어 주고는 구류장으로 끌고 들어갔다.

남자, 여자들을 갈라 세워 서로 다른 방으로 데리고 갔다. 변방대 군인들은 우리를 앞세워 2층으로 올라갔다.

"들어가라!"

방문을 열어 제치고는 한마디 소리 질러버린다. 이미 방에는 여자들이 열 명도 넘게 잡혀 와 있다. 제일 먼저 눈에 띄는 것은 머리카락을 노란색으로 물감 들인 20세 돼 보이는 처녀였다. 두 명의 여성은 만삭이 된 몸이었다. 우리들이 들어서자 눈길을 돌리고 쳐다보며 자기들 곁으로 앉으라고 자리를 권한다. 나는 눈물이 울컥 솟구치는 것을 참으며 고맙다는 인사를 했다.

아침 6시 기상을 하면 밤 10시까지 올방자를 틀어 앉게 했다. 밥 먹는 시간과 취조 시간 외에는 움직이지 못한다. 감옥 구류장은 화장실이 함께 달린 사각형 방이었다. 며칠 있어 보니 변방부대 '정찰조'라고 하는 군인들이 우리를 심문한다는 것을 알았다. 변방대 군인들은 조선 사람 한 명씩 불러 내 학습노트 크기의 명찰을 손에 들게 하고 사진을 찍었다. 앞으로 옆으로 돌려가며 사진을 찍고는 다시 심문을 하곤 한다. 나는 카메라에 찍히면서 영화에서나 보던 죄수나 사형수들에게 하는 똑같은 행동을 내가 한다고 생각하니 어처구니가 없었다.

도문 변방에 도착하여 10일간 우리를 심문하고 나서 변방대 군인들의 발걸음이 뜸해졌다. 식사시간이 되면 한 손에 움켜쥘 수 있는 플라스틱 그릇에 밥을 수평으로 담고 국물은 같은 모양의 그릇에 절반도 안 되게 담겨져 들어왔다. 고기 국물 맛은 분명했다. 고기 살점 한 조각 없이 배추 시래기가 몇 오리 둥둥 떠 있다. 아마도 변방대 군인들이 채소와 고기를 끓여 먹은 가마에다 물을 붓고 소금을 넣어 국이라고 만든 모양이다. 반찬은 그림자도 보이지 않는다.

한 숟가락 되나 마나한 공깃밥을 먹다 보니 밥그릇이 들어올 때면 어느 것이 많은지 서로가 신경을 쓰는 모습이 내 눈에도 확연했다. 한 달 넘게 있는 기간 나는 구류장에 갇혀 있는 여자들의 고향과 나이며 간단한 경력과 신상 자료 같은 것을 알게 되었다. 황해도에서 온 여성들도 있고 함경남도, 평안남도 등 북조선 각 지방에서 온 별의별 여성들이 다 있었다. 임신이 된 한 여성은 자신의 고향은 함경북도 김책시라고 했다. 중국에 있는 친척에게 도움을 받으려 중국에 들어왔단다. 친척의 소개로 조선족 남자와 결혼하여 살다 옆집 남자의 고자질로 잡혀왔다고 했다.

이유를 들어보니 황당하고 어처구니가 없었다. 남편의 친구라고 하는 중국인은 평시에 자신의 집에 잘 놀러 다녔다고 한다. 남편이 며칠 동안 외박을 나간 사이 그녀의 몸을 달라고 치근덕거리며 달라붙는 것을 욕질해 쫓아버렸다고 한다. 그러자 그 앙갚음으로 조선에서 왔다고 공안에 일러바쳤다는 것이다. '더럽고 치사스러운 인간 추물들이 한 둘이 아니구나.' 나는 그녀의 말을 들으며 쓴웃음이 절로 나왔다. 구류장 바닥은 인조 대리석으로 되어 있었다.

여름 날씨라고 해도 구류장 바닥은 오랜 시간을 앉아 있으면 엉덩이가 시렸다. 그렇다 보니 무릎을 꿇고 앉아 있는 여성들이 대부분이었다. 어떤 여성은 정신이 돌아 혼자 울고 웃기도 했다. 그러다가는 고래고래 소리를 질렀다. 시도 때도 없이 혼자 중얼중얼거리고 춤을 추며 돌아가다 변방대 군인들의 구둣발에 채워 주저앉는다. 그녀의 모습을 보는 내 마음은 찢어지는 것만 같았다. 내가 잡혀 들어온 지 1개월이 조금 넘은 어느 날이었다. 점심시간이 되자 밥이 들어왔다. 밥과 멀건 물을 국이라고 가져왔는데 먹어보니 소금을 전혀 넣지 않았는지 맛이라고는 전혀 없었다.

"이게 뭐하는 짓거리야. 이것도 사람 먹으라고 줘? 이 더러운 새끼들, 조선 사람을 알길 우습게 아는구나. 우리 이거 먹지 말기요."

한 여성이 자신의 밥과 국그릇을 배식구 위에 올려 놓았다. 그러자 너도나도 자기들 앞에 놓았던 점심 그릇을 들고 일어나 배식구 쪽으로 가져다 놓는다. 퇴식그릇을 가지러 왔던 중국인이 밥과 국물이 그대로 있는 것을 보고는 무엇이라 중얼거리며 다시 날아갔다. 그날 밤 10시 정도 되었을 때었다.

"야! 몽땅 일어나라!"

깐죠(간수)가 변방대 군인들 다섯 명을 데리고 들어와서 소리를 지르며 야단친다. 나이 많은 늙은이들은 한쪽으로 갈라 세웠다. 그리고는 젊은 여성들을 모두 벽을 향해 세워 놓고 이마를 벽에 대란다.

"너, 돌아서라!"

한 여성씩 돌아서면 아무런 예고도 없이 뺨을 때렸다. 나는 무슨 영문인지도 모르고 매를 맞았다. 볼 따귀에서 짝 하는 소리와 함께 얼마나 세게 때리는지 귀에서 윙 소리가 나고 눈에서 불꽃이 튀었다. 볼 따귀가 금시 시뻘겋게 되어 버렸다. 오른쪽 뺨을 치고는 다시 왼쪽 뺨을 때린다. 늙은이들을 내놓고는 방에 있던 여성들 모두 매를 맞았다. 감방에 있던 여성들은 얼마나 지독한지 뺨이 시뻘겋게 되어도 누구도 비명 소리 한마디 내질 않는다. 모두 깐죠와 중국 변방대 군인들을 뚫어져라 쏘아본다.

"이 거지, 쓰레기 같은 조선 간나 새끼들, 남의 나라에 와 도둑질해 먹고 산 주제에 뭐 밥을 안 먹겠다구. 이 간나 새끼들, 어디 한번 맛 좀 봐라."

깐죠가 구류장이 떠나갈 듯 얼굴이 시뻘개 가지고 고래고래 소리친다.

"조선 보위부에서 중국 사람을 죽게 만들었다. 너희들에게는 이밥 (입쌀밥)에 고깃국을 주는데도 투정질이냐?"

그 분풀이를 하겠다는 것이다. 악이 날 대로 난 깐죠는 함께 들어온 군인들의 가죽 벨트를 벗기어 두 겹으로 감아쥐고 한 명씩 얼굴을 때렸다. 가죽 벨트로 얼굴을 후려치자 대번에 시퍼렇게 피멍이 들고 어떤 여자애들은 얼굴을 감싸 쥐고 방바닥에 쓰러졌다.

"이 개새끼야. 차라리 죽여라!, 죽여라!"

이때 누군가 소리쳤다. 그러자 북조선 여성들 모두 깐죠와 중국 군인들을 에워쌌다.

"죽여라, 야! 이 개새끼들아! 죽여라, 죽여라!"

약속이나 한 듯 여성들 모두가 저마다 고함을 질러댄다. 가뜩이나 정신적 고통으로 다치면 터질 것 같은 여성들에게 매질을 해대자 그들은 이성을 잃어 버렸다. 감방에서 떠나갈듯이 고함 소리를 지르기 시작해 10분 정도 되었을 때었다. 변방대 감옥 책임자인 것 같은 한 사람과 세 명의 군인들이 방으로 들어왔다. 한참 동안 우리를 뚫어지게 쏘아본다. 중국말로 뭐라고 소리치자 깐죠가 데리고 들어왔던 변방대 군인들을 데리고 나가버린다. 나는 사라져버린 변방대 군인들을 보면서 생각했다. '그래 우리는 북조선 정권이 만들어낸 거지고 쓰레기다. 그런 거지, 쓰레기들을 팔아먹고, 강간도 서슴지 않는 너희들, 일을 죽도록 시키고도 보잘 것 없는 돈마저 빼앗는 너희 나라 인간들은 도대체 뭐냐 말이다. 물에 빠진 사람 건져 주지 못할망정 발로 차서 다시 물에 처넣는 너희들. 살려달라고 몸부림치는 거지, 쓰레기들마저 잡아들여 처형하는 김씨왕조에게 그 거지, 쓰레기들을 잡아다 바치는 니들은 쓰레기 중에 상 쓰레기들이다.'

훗날 우연히 우리가 매 맞은 이유를 알게 되었다. 중국인이 밀수를 하려고 두만강을 넘어 북조선 회령시에 몰래 들어갔다 북한 군인들에게 잡혔다고 한다. 북한 군인들에게 매를 죽도록 맞고 회령시 보위부에 이송된 중국 사람은 두 달 동안 구류장에서 취조를 받았다고 했다. 그 중국인은 북한으로 넘어갈 때 몸무게가 80kg 넘었다고 했다. 북한에서 얼마나 매를 맞고 취조를 받았는지 뼈에 가죽을 씌워 놓은 해골바가지가 되어 중국으로 이송되었다고 했다. 담가에 실려 세관으로 이관된 중국인의 몸무게를 달아보니 40kg도 안 됐다고 한다. 반병신이 되어 대소변을 받아내는 지경까지 됐다.

그 분풀이를 도문 변방대 구류장에 있는 북한 여성들에게 했던 것이다. 중국에는 매일 이밥에 고깃국만 먹던 사람이 회령 보위부 구류장에서 북한 죄수들이 먹는 음식을 먹었으니 당연한 일이었다. 옥수수 겨가루 섞인 한 숟가락의 밥과 멀건 소금물을 먹으며 밤낮으로 조사를 받고 매를 맞았으니 중국인의 건강이 악화될 만도 했다.

나는 변방대 감옥에서 임신되었다는 것을 알게 되었다. 몇 달 동안 당했으니 임신되지 않을 리 없었다. 밥을 2~3일 동안 먹지 않았는데도 배고픔을 전혀 모르겠고 힘이 없어 조금도 움직이기 싫었다. 몸이 천근만근 무거워지는 것을 느끼면서도 어떻게 할 방법이 없었다. 배가 나오는 것을 나 자신도 확연히 알았다. 내 짐작으로도 4개월 정도는 될 것 같아 보였다. '조선에 끌려 나가면 보위부에서 무엇이라고 할까?' 생각만 해도 소름 끼치고 캄캄했다. 나에게 희망이 있다면 장춘 교외에 숨겨 놓은 중국돈 2만 원이었다.

'보위부에서 살아나오게 되면 돈을 찾아 가지고 조선에서 장사를 하면서 살 것이다. 원명 오빠는 어떻게 하고 있을까? 내가 이 꼬락서니를 해가지고 나가면 보려고 하지 않을 거야.' 나는 오빠를 어떻게 만나야 하나 상상 속의 생각을 해보았다. '같이 살지는 못해도 원명 오빠가 살고 있는 가까이에 집을 잡고 살거야.' 나는 몸에 더러운 중국놈의 종자를 가지고 있다는 것이 창피스러웠다. 오빠가 나를 받아줄 것 같지 않았다. 나는 중국에서 고통과 아픔으로 날을 보내면서도 오직 오빠만을 생각하며 버티고 살아왔다. 그런데 정작 북조선에 송환되어 다시 만나면 어쩌나 하는 두려운 생각이 앞섰다.

돈을 벌어가지고 나가 오빠와 함께 알콩달콩 살림을 꾸려 재미있게 살아보려 했던 나였다. 허나 모든 일이 이렇게 허무맹랑하게 될 줄 꿈에도 생각 못했었다. '아마 원명 오빠는 다른 여자에게 장가갔을지 몰라.' 나는 그가 다른 여자에게 장가를 갔으면 어쩌나 생각에 밤을 새우곤 했다. 오빠를 알게 되어 함께한 날들을 되새겨 보며 밤마다 뜬 눈으로 보내는 내 눈가에는 조용히 눈물이 흘러내린다. 절망과 한숨으로 날을 보내야 하는 나에게 있어 리원명은 희망이었고 꿈이었다.

'원명 오빠, 난 어쩌면 좋아요…'

악마의 굴

우리가 도문 변방대 감옥에 들어온 지 두 달이 거의 될 무렵이었다. 1999년 7월 초 아침 9시경이다. 변방대 군인들 몇 명이 구류장으로 들어섰다.

"야! 이제부터 이름을 부르는 사람들은 일어서라."

군인 한 명이 고함을 치더니 이름을 부르기 시작했다. 나도 명단에 들어 있었다. '혹시 조선으로 보내려고 하는 건 아닐까.' 내 심장이 쿵쿵 뛰기 시작했다. 10여 명의 이름을 부른다.

"한 줄로 서서 따라 오라!"

우리를 변방대 구류장 마당으로 끌어냈다. 마당에는 벌써 20명의 북조선 사람들이 줄을 맞추어 서 있다. 감옥 구류장에 들어온 지 오래된 사람들로 몇 명씩 뽑아 나온 것 같았다. 잠시 후, 군인들 몇이 우리들의 짐들을 가지고 나와 마당 가운데 놓고 가버린다. '조선으로 후송되는 모양이구나.' 나는 짐을 보며 얼른 직감적으로 생각했다.

"한 사람씩 나와 자기 짐들을 가지고 다시 모이라!"

변방대 지휘관인 듯한 군인이 소리친다. 우리는 짐들을 챙겨 쥐고 다시 모여섰다.

"남자는 남자, 여자는 여자끼리 조를 맞춰 서라."

변방대 군인이 다시 소리친다. 남자는 남자, 여자는 여자끼리 두 명씩 서자 오른팔, 왼팔에 각각 족쇄를 딸깍딸깍 채운다. 우리가 도문으로 올 때는 몇 명 안 되는 것 같아 보였다. 누군가 하는 말이 도문 변방대 감옥에 100여 명의 가까운 북한 사람들이 잡혀 있다고 했다. 12인승 3대의 승합차가 구류소 마당으로 들어와 멈추어 선다.

"모두 올라타라!"

나와 족쇄를 찬 30명의 북조선 사람들을 태운 승합차들이 중국 도문과 북조선 남양 사이에 가로놓인 '조-중 친선의 다리'로 향했다. 오전 11시경, 북한 땅까지 도착하는 데 20분도 걸리지 않았다. 북-중다리가 끝나는 바로 옆에 있는 북한 남양 세관 마당으로 차를 세우더니 우리를 모두 하차시켰다. 그리고는 북한 세관 건물 안으로 모두 끌고 들어간다. 세관건물 마당에 나와 북송된 우리를 쏘아보는 북한 보위부 군인들의 눈빛은 먹잇감을 노려보는 굶주린 늑대의 서슬 푸른 눈빛이었다. 그들을 보는 순간 벌써 우리에게 차례질 가혹한 처벌과 수난을 짐작할 수 있었다. 북한 군인들은 강제 북송자들의 팔목에 채웠던 족쇄를 풀어 중국 변방 군인들에게 넘겨주었다.

세관건물 안에 놓여 있는 테이블 앞에 우리 일행을 두 줄로 세우더니 한 사람씩 조사하기 시작했다. 이름/생년월일/난 곳/현재 거주지/중국으로 건너간 날짜 등 간단히 한 줄로 서류 작성을 끝내 버렸다. 오후 1시경이 되자 중국산 화물차 '동풍호' 5t 트럭에 우리 30여 명을 모두 싣고 온성 보위부로 향했다.

"야! 이 간나 새끼들, 대가리 다 숙이고 다른 데 보지 말라!"

적재함 네 모서리에 자동 보총을 메고 보초를 서 있는 군인들 중 한 명이 소리친다. 트럭은 굉음을 내며 달렸다. 온성 보위부까지 도착하는 데 시간이 얼마 걸리지 않았다. 콘크리트 포장을 한 마당에 북송된 우리 일행을 모두 세웠다.

"자기 짐에 있는 물건들을 다 꺼내 놓으라!"

보위부 지도원이라는 자가 앞으로 나서더니 소리친다. 우리는 짐 속에 있는 물건들을 꺼내 콘크리트 바닥에 모두 내놓았다. 몇 명의 인원들이 코앞까지 다가와서는 일일이 소지품들을 뒤지며 검열하고는 뒤로 물러섰다. 그들 중 한 사람이 약품만 모두 내놓으라고 하더니 어디에 쓰려는지 가지고 어디론가 가버린다.

"너희들 물품들은 각자가 창고 보관실에 넣으라."

짐들을 가지고 보위원을 따라 창고에 들어가니 다락처럼 널판자를 층층이 칸막이하여 놓은 곳에 번호가 새겨 있었다. 보위원이 따라와 짐을 올려놓는 자리의 본인 이름과 번호를 책에 적어 놓는다. 다시 남녀를 구분하여 따로 세우고는 이름을 불러 "예!" 하면 번호를 알려주었다.

"이제부터 자기가 불렀던 번호를 기억하라. 이름을 부르지 않고 번호를 부른다."

그리고는 우리를 구류장 안으로 데리고 들어갔다. 여자, 남자 따로 갈라 방 하나에 다섯 명씩 넣고 문을 닫았다. 우리가 들어간 방에는 스물다섯 살 안 돼 보이는 군복을 입은 젊은 여자 보위원 의자에 까치다리를 하고 앉아 있었다.

"야! 한 줄로 똑바로 서라! 옷을 다 벗어!"

우리가 들어서자 다가와 손가락 삿대질을 해댄다. 그 여자의 고함소리에 나를 비롯해 모두 무슨 영문인지 몰라 서로 마주 쳐다보며 서성댔다.

"네 간나들 입고 있는 옷 다 벗으란 말이야!"

다시 소리쳐서야 끌려온 여자들은 하나, 둘씩 옷을 벗기 시작했다. 자기 엄마보다 더 나이 많을 늙은 할머니에게도 반말질을 해댄다.

"야! 이 늙다리 간나 새끼야. 꾸물대지 말고 빨리 벗으라."

"빤쯔도 다 벗으라!"

모두 팬티는 벗으려 하지 않자 다시 소리친다. 몇 번 소리쳐 팬티까지 다 벗자 옷가지들을 하나하나 뒤지며 자세히 살펴보고는 돈이 있을 만한 곳을 이 잡듯이 뒤진다. 두 명은 양말과 팬티 안에 돈을 건사했다가 모두 빼앗겼다.

"넌 돈 어디다 건사했어."

나를 보고 하는 말이다.

"전 갑자기 붙잡혀서 나올 때 돈을 못 가지고 나왔습니다."

"정말이야?"

나를 보는 눈길이 심상치 않다.

"네, 정말입니다."

"그래 없단 말이지. 솔직하게 말하는 것이 좋을 거야."

여자 보위원은 나를 보며 엄포를 놓는다.

"돈 가지고 있는 사람들은 좋게 말할 때 내놓으라. 후에 발각되는 날에는 죽을 줄 알라."

악을 쓰는 꼴이 금방 눈알이 튀어 나올 것 같아 보인다.

"야! 한 사람이 200개씩 펌프질 하라! 조금이라도 쉴 때는 맞을 줄 알라. 시작!"

우리는 펌프질이 무엇인지 몰라 서로 얼굴을 마주 보았다.

"야! 이 간나 새끼들아, 펌프질도 몰라! 앉았다, 일어섰다 하는 거 말이야. 다시 하라. 시작!".

그래서야 펌프질이라는 말이 무슨 뜻인 줄 알고 허겁지겁 앉았다 일어섰다 하기를 몇 번이나 했을까. 홀딱 벗은 알몸으로 앉았다 일어났다 한다는 것이 억이 막히고 창피하기 그지없었다. 할머니들은 50개를 넘기지 못하고 쓰러졌다. 숨이 턱에 차 헐떡이는 할머니들에게 다가와서 구둣발로 종아리뼈를 걷어찬다.

"야! 이 늙다리 같은 간나 새끼들, 중국으로 도망갈 때는 힘이 나고 펌프질 하라니까 넘어져…"

년은 늙은 할머니들이 일어나 설 때까지 발길질을 멈추지 않는다.

"없단 말이지. 그래 보자."

우리가 비틀거리며 겨우 200개씩 하고 나자 돌아서서 걸상에 가서 앉는다.

"옷 다 입으라."

올빼미 눈을 하고 매사람마다 차례차례 훑어보고는 소리를 친다.

"다 너희들 배치된 곳에 가라."

내가 감방에 들어서니 음식물 썩은 것 같은 냄새가 코를 찔렀다. 우리가 들어온 다음 날은 비가 억수로 쏟아졌다.

오전 10시경이 됐을까? 보위지도원이 서류가방 같은 것을 들고 왔다. 중국에서 변방대 심문을 받을 때 한국으로 가려고 했다고 이야기한 사람들 다섯 명의 이름을 한 사람씩 부른다.

"오태섭, 김연화… 짐 가지고 나오라!"

그들을 끌고 나가더니 어디론가 데리고 가버린다. '어디로 데려갈까?'

훗날 1개월 정도 있다 다섯 명 중 두 명만 돌아왔다. 그들이 조용히 하는 이야기 들으니 돌아오지 못한 세 명은 한국에 갈려고 했다는 이유로 회령 22호 관리소로 끌려갔다고 했다. 돌아온 두 명은 정치범수용소에 들어가지 않은 걸 봐서는 아마 집안에 큰 간부 있든가 아니면 많은 돈을 뇌물로 바치고 풀려나온 모양이었다. 우리와 함께 나온 신숙이라는 여자를 보고 보위부 스파이라며 모두 경계하고 말조차 하지 않는 것 같았다. 온성 보위부에 들어온 날로 신숙이라는 여자를 몇 번 불러내더니 전혀 나타나질 않는다. 잡혀 들어온 지 3일째 되는 날 오전 9시경이었다.

"17번, 누구야! 나오라."

내 번호를 부른다.

'그래, 드디어 시작되는구나.' 심장이 뛰기 시작했다. 내가 간곳은 넓이 3m×4m 정도 되는 작은 방에 테이블과 의자가 놓여 있었다. 둘러보니 천장에 감시 카메라가 설치되어 있다. 15분쯤 지났을까. 출입문이 열리더니 남자 보위원이 옆구리에 서류 같은 것을 끼고 들어서며 나의 아래위를 매섭게 훑어본다. 나는 얼른 일어섰다. 상위 견장(한 줄에 별 세 개)을 단 군복 차림의 30대 중반 보위원은 생김새가 벌써 표독스러워 보기에도 무서웠다. 들고 온 서류를 뒤적거리며 무엇인가 찾더니 손에 펜을 찾아 쥐고는 물어보기 시작한다.

"너, 이름 리선희 맞아?"

"네."

"중국에는 무슨 목적으로 갔어?"

"아버지 친척집에 도움 받으려고 갔었습니다."

"야! 너 한국에 갈려고 중국 들어가지 않았어?"

"아닙니다."

"너, 살던 곳이 어디야?"

"회령시 새마을 동에서 살았습니다."

보위원은 나의 가정사를 일일이 물어 서류에 자세하게 써 넣었다.

고향/부모님/친척관계/회령으로 시집오게 된 동기를 물어보며 나를 한 번 휠끗 쳐다본다. 남편에 대해 물어보던 보위원은 글 쓰던 손을 멈추고 나를 바라본다.

"남편이 어떻게 됐다구?"

나는 부끄러워도 남편이 총살당한 사실에 대해 솔직히 말하지 않을 수 없었다. 분명 회령시 보위부에 자신의 신원조회를 할 것은 불 보듯 뻔한 일이었기 때문이다.

"이거 보라, 야! 리선희, 너 남편이란 놈두 도둑질해 처먹다 뒈지구, 너 간나 새끼두 중국으로 도망가구, 더러운 놈의 간나 새끼 종자들이 구나."

그 말을 듣는 순간 나는 분노를 억제할 수 없어 속으로 중얼거렸다. '이 짐승만도 못한 놈들아, 너희들이 나라 정치를 잘못해 많은 사람들이 굶어죽고 도망간 거지, 누구 때문이야.' 나는 목소리가 목구멍까지 나오는 것을 억누르며 머리를 숙인 채 말없이 덤덤하게 앉아 있었다.

"너, 몸에 가지고 있는 거 다 꺼내 놓으라."

보위원의 말이다.

"보위부에 들어올 때 다 바쳤습니다."

그러자 보위원은 나에게 경고를 주듯 말한다.

"너, 돈 어디에다 건사했나? 솔직히 말하라."

나를 쏘아보는 보위원의 눈빛은 먹잇감을 놓고 우르렁거리는 하이에나의 눈빛이었다.

"저한테는 돈이 없습니다."

"정말 없어?"

몸속에 숨긴 중국 돈을 빼앗길 것 같아 가슴이 조마조마해졌다.

"야! 이 간나 새끼야, 1년 동안 중국에 들어가 식당에서 일했다는 간나 새끼가 돈 한 푼 없다는 거 말이라고 해?"

보위원은 내가 순순히 응할 줄 알았는데 없다고 딱 잡아떼자 어처구니가 없는 모양이다.

"너 처음에 모든 것을 솔직하게 말하겠다고 했지? 내놓지 않고 거짓말하면 다리뼈 분질러져."

보위원은 폭언을 마구 늘어놓는다. '설마, 이것들이 몸까지 뒤질까?' 나는 불안감에 온몸이 떨렸다.

"야, 너의 간나 새끼들 돈을 어디에 건사하는지 내가 모를 줄 알아. 좋게 말할 때 내놓으라."

보위원이 목소리를 낮추고는 얼리며 하는 말에도 이렇다 할 반응이 없자 전화기를 든다.

"나야, 봉옥 지도원을 OOO호실로 보내라."

잠시 있더니 문이 열리고 중위(한 줄에 별 두 개) 견장의 군복 차림의 30대 여성이 손에 작은 가방을 쥐고 들어섰다.

"지도원! 이 간나 몸 좀 봐라. 중국 식당에서 1년 동안 일했다는 간나가 돈 한 푼 없다는 거 말이 돼?"

저들끼리 몇 마디 말하더니 남자 보위원이 방을 나가버린다. 마주선 여자 보위원을 보니 머리끝이 내 콧마루까지 왔다.

"야! 이 간나야. 사람처럼 대해 주니까 무엇이 마깝지(좋지) 않아? 너, 몸에 건사한 돈 있으면 좋게 말할 때 내놓으라."

"없습니다."

"정말이야?"

나를 보고 바지를 벗으라고 했다.

"네? 바지는 왜 벗습니까?"

"이 간나 봐라, 왜 벗으라는가? 하! 대답질하는 거 봐라."

나는 남자도 아닌 여자에게 이런 모욕을 당할 줄 꿈에도 생각 못했다. 차렷 자세로 서 있는 나에게 다가오더니 손가락으로 이마를 톡톡 치며 말한다.

"내가 벗기는 게 좋겠나 아니면 네 절루 벗겠나? 듣기 좋게 말할 때 벗으라."

내가 순순히 바지를 벗으려 하지 않자 나의 옷을 당겨 와락 잡아챈다.

"야, 이 간나 봐라, 너 벗지 않고 어디 견디나 보자."

여자 보위원은 신고 있는 단화 구두로 나의 아래 다리 정강이를 힘껏 걷어찬다.

"악! 아~"

다리뼈를 채운 나는 자신도 모르게 비명소리를 질렀다. 얼마나 아픈지 주저앉아 맞은 부위를 손으로 문대고 있는데 갑자기 눈에서 불이 번쩍 나면서 귀가 멍해진다. 내 얼굴을 구타하기 시작했다. 매를 맞던 나는 더는 참지 못하고 여자 보위원을 힘껏 밀쳐버렸다.

"말로 하지 왜 사람 때립니까?"

"아야, 이 간나 봐라. 네가 사람이야, 나라를 버리고 도망쳐 중국 새끼들한테 더러운 몸뚱아리 팔아 돈벌이하는 간나 새끼가 뭐 사람대접해 달라구."

종종 걸음으로 테이블에 다가가 수화기를 손에 쥔다.

"나, 봉옥이야. 예심과 김 지도원 동지 찾으라."

수화기를 들고 조금 있던 봉옥은 게거품을 물고 지껄여댔다.

"김 지도원 동지, 이 간나 안 되겠습니다. 나를 밀쳐버리는 정도예요. 네, 알겠습니다."

조금 있더니 나를 심문하던 상위가 들어왔다. 손에 족쇄가 들려 있다. 나에게 다가오더니 손으로 내 얼굴을 후려친다.

"야! 이간나 새끼야, 내가 처음에 뭐라고 말했어. 뭐 보위 지도원을 손으로 밀쳐?"

연방 내 얼굴을 치고 구둣발로 아래 다리를 마구 찬다.

"아, 아! 왜 때립니까. 말루 하지 왜 때립니까?"

나는 있는 힘껏 방 안이 떠나가라 소리 질렀다.

"야, 이 간나 봐라."

말로 안 되겠다고 생각했는지 나의 손을 잡아 창문 쇠살창에 한 팔씩 족쇄를 채웠다. 양다리는 벽에 붙어 있는 보일러 파이프 관에 족쇄를 채워 버렸다. 양손과 두 다리를 족쇄에 묶인 나는 더는 몸부림칠 수 없는 상태가 되어 버렸다.

"김 지도원 동지, 이제는 제가 하겠습니다."

여자 보위원이 씩씩거리며 남자 보위원에게 하는 말이다. 남자 보위원이 문을 열고 나가자 봉옥이 나에게 다가와 바지를 아래로 벗긴다. 나는 별 반항을 못 하고 팬티까지 다리 아래로 내려졌다. 봉옥은 나의 임신한 배가 불룩하게 나온 것을 보더니 코웃음을 친다.

"이 간나, 배때기에 중국놈, 새끼 찼구나. 이 더러운 간나 새끼, 퉤."

봉옥은 내 얼굴에 침을 뱉는다. 그리고는 자신이 가지고 들어온 손가방에서 고무장갑을 꺼내 손에 낀다. 고무장갑을 낀 손을 내 자궁에 밀어 넣는다. 나는 너무도 억이 막히고 분하여 봉옥의 얼굴에 침을 뱉어 버렸다.

"야! 더럽다. 내가 더러운 게 아니라 네가 더 더럽구나. 에이, 더럽다. 퉤, 퉤."

내가 연달아 침을 뱉자, 봉옥은 내 자궁에 손을 들이밀다 말고 고무장갑을 낀 채로 나에게 달려들더니 주먹과 발길로 얼굴이며 아랫배를 마구 때리고 찬다. 길길이 날뛰며 사정없이 주먹과 구둣발로 나를 걷어차고 주먹질하는 년은 분명히 사람 가죽을 뒤집어쓴 미친 짐승을 연상케 했다. 내 얼굴에는 코피가 흘러내리고 입술이 터졌다. 콧등을 얼마나 세게 쳤는지 코피가 물 흐르듯이 주룩주룩 흐르고 있다. 봉옥은 그러거나 말거나 다시 내 자궁에 손을 밀어 넣어 비닐종이에 꼬깃꼬깃 싼 중국돈을 꺼내 들었다.

"이 간나야, 처음에 말할 때 순순히 내놓을 것이지 매를 맞고 강짜로 해야 돼. 뭐, 없다구, 개 간나 새끼."

봉옥은 비닐을 풀어 중국 돈을 세어본다.

"이 간나 새끼야, 돈도 얼마 없어 가지고 매까지 맞고. 머저리 같은 간나."

나는 아랫배가 끊어지는 듯 아파나기 시작했다. 팔, 다리를 묶이어 움직일 수 없으니 고통이 더한 것 같았다.

"옷을 처입어라. 더러운 간나 새끼. 너, 이 간나 나가서 쓸데없는 주둥아리 놀렸다간 죽을 줄 알라."

봉옥은 나에게 분풀이를 하고는 더 다른 짓을 하지 않고 족쇄를 풀어주고 돈만 가지고 나가버렸다. 코피를 얼마나 쏟았는지 방바닥에 온통 피범벅이다. 어떻게 하면 이 원수를 갚을 수 있을지 이가 갈렸다. 속옷이며 바지를 겨우 입은 나는 창자가 끊기고 뒤틀리는 것 같은 아픔에 배를 그러안고 신음소리를 내며 바닥에 쪼그리고 앉았다.

여자 보위원 발에 배를 여러 번 차여 분명 몸속의 애가 잘못된 것 같은 예감이 들었다. 얼굴에는 식은땀이 흘러내리고 몸이 불덩이 같이 뜨거워 나기 시작했다. 나는 흘러내리는 피도 닦을 생각도 못했다. 의식이 몽롱해지고 방이며 모든 것이 빙글빙글 돌아간다. 무엇인가 땅속으로 빨려들어가는 듯한 느낌을 받으며 방바닥에 누워 버렸다. 흰 구름 같은 것이 하늘에 둥둥 떠다니며 바람에 하느작거린다.

내가 눈을 떠보니 아무도 없는 독방이다. 분명 누군가 나를 끌어다 이곳에 옮긴 것 같았다. 그리고 보니 돈을 빼앗기던 일이며 매 맞던 일들이 조금씩 떠오른다. 배가 그냥 뒤틀리는 것처럼 아프고 온몸이 쑤셔나 움직일 수 없다 '누가 여기에 가져다 놓았을까?' 아마도 내가 정신을 잃고 쓰러지자 보위원들이 끌어다 놓은 것 같았다. 겨우 안간힘을 써 일어나 앉아 창문 밖을 내다보니 저녁인지 밖이 컴컴해 보였다.

이러다가 죽을 것만 같았다. 온몸의 뼈마디가 쿡쿡 쏘고 저려 도무지 움직일 수 없다. 아랫배가 점점 더 아픈 것을 보면 분명히 몸 안의 애가 잘못된 것이 틀림없어 보였다. 중국에서 조선에 나가겠다고 생각했던 내가 민망스럽기만 했다. 한족 굴에 갇혀 산 몇 달간 중국인들이 세상에서 제일 더러운 인간인 줄 알았다. 그러나 조선의 보위원들이라고 하는 인간들은 중국인들보다 더 잔인하고 더러운 인간 쓰레기인줄 나는 이번 일을 당하고서야 알게 되었다.

문득 내가 중국으로 들어가겠다며 원명 오빠에게 졸라댔던 생각이 떠올랐다. 이미 엎지른 물이었다. 내가 정신을 차려 30분가량 있었을까? 밖에서 발소리가 뚜벅뚜벅 울린다. 덜커덩, 쇠문이 열리더니 보위부 군복을 입은 젊은 사람이 들어와 아무 말 없이 나를 내려다본다. 방을 한 바퀴 둘러보고는 이내 문을 닫고 가버렸다. 내가 어떻게 됐는지 알아보러 들어온 것 같았다.

'돈 한 푼 없이 사회에 나가 어떻게 살지?' 아무리 생각해도 밖에 나가 빈손으로 살아갈 자신이 나질 않는다. 중국에 묻어 놓고 온 돈을 가지고 오는 일이 강변의 돌을 주워 오는 일처럼 쉽지는 않을 것임을 너무 잘 알고 있었다. 나는 앉아 있던 그 자리에 다시 누워 버렸다. 배의 통증을 참을 길 없어 누웠다 앉았다 하길 몇 번이다. 한참 후 다시 문이 열렸다. 누군가 보니 밥을 날라주던 사람이다. 방에서 나오라고 말을 한다. 그가 나를 구류장으로 데려다 주려는 모양이다.

배를 붙안고 벌벌 기어가다시피 구류장으로 돌아오니 감방 안의 모든 여성들이 한 사람 같이 머리를 숙인 채 무릎을 꿇고 앉아 있다. 그러고 있는 모양새가 이상했다. 보위부 누군가가 그렇게 앉아 있으라고 시킨 것 같았다. 그날 나는 밥을 주지 않아 점심, 저녁을 굶고 밤을 보냈다. 밤이 퍽이나 깊은 것 같았다. '몇 시나 되었을까?' 쏟아지는 졸음에 잠시 눈을 붙였던 나는 갑자기 아랫배가 뒤틀리는 것처럼 아프기 시작했다. 무엇인가 아래로 나오는 것 같았다. 유산이 시작된 것이다.

여자 보위원이 구둣발로 내 배를 여러 번 차 태아가 죽은 모양이다. 나는 얼른 허리에 차고 있던 수건으로 바지를 들추어 밑을 가리고 앉았다. 손을 밑으로 넣어 만져보니 끈적끈적한 물이 손에 묻어난다. 구류장 불을 꺼놓아 문틈으로 스며들어오는 복도 불빛에 손을 비추어 보니 검붉은 피였다. 함께 있는 여자들은 방이 얼마나 좁은지 등을 꼬부리고 옆으로 돌아누워 있는 모양새가 거대한 새우를 보는 것 같았다. 하루 종일 무릎을 끌고 앉아 있어 그런지 모두 곯아떨어져 세상모르고 자고 있었다.

'진통제라도 먹으면 좀 낫지 않을까?' 비틀고 끊어지는 것 같은 아픔을 참으며 날이 밝을 때까지 기다려야 한다고 생각하니 큰일이 아닐 수 없다. '나오겠으면 빨리 확 나와 버려라.' 나는 입술을 깨물고 너무 고통스러워 길게 느껴지는 아픔이 원망스럽고 죽든 살든 모든 것이 끝나버렸으면 하는 생각이 들었다. 배를 양 손바닥으로 누르고 무릎을 꿇고 엎드렸다.

머리를 콘크리트 바닥에 문대어 보기도 하고 쿵쿵 짓쫓아 보기도 했으나 아픔은 더하기만 했다. 팬티 안에 밀어 넣은 수건이 벌써 축축해진 걸 느끼며 나는 많은 양의 피가 흘렀음을 알 수 있었다. 창자가 끊어지는 뜻한 아픔을 참으며 보낸 시간이 얼마인지⋯ 창문을 내다보니 날이 밝아오는 것 같았다. '몇 시나 됐을까. 제발 빨리 구류장 문이 열렸으면⋯' 아침 6시가 된 모양이다. 발자국 소리가 울리더니 구류장 안에 불이 켜졌다.

"야! 다 일어나."

구류장 철문으로 다가선 보위부 야간 근무성원이 소리를 쳤다.

"선생님, 저 좀 봐주십시오."

내가 돌아서 나가는 근무성원에게 큰 소리로 소리쳤다.

"뭐야!"

그는 돌아서 손가락 굵기의 철근을 댄 감시창을 열어 감방 안을 들여다 본다.

"왜 그래!"

근무성원은 나를 보며 물었다.

"선생님, 저 너무 아파서 그럽니다. 혹시 진통제라도 있으면 좀 주십시오."

"야, 임마! 아침에 약이 어디에 있어? 너 담당 지도원 나오면 달라고 하라."

보위부 근무성원은 감시창을 닫아버리고 가버렸다. 구류장 안의 여자들이 하나, 둘 부스스 자리에서 일어나 앉는다. '아침부터 웬 약 타령이야?' 하는 언짢은 기색들이다.

"제, 어디 아프오?"

그래도 철숙이 나에게 다가와 앉았다. 그는 중국 도문 감옥에서부터 함께 나와 서로 간에 의지하는 사이였다.

"언니, 어제 구둣발에 배를 차였는데 유산된 것 같습니다. 너무 아파 그러는데 누가 정통편 가지고 있는 사람 없을까요?”

내가 앉았던 바닥을 보니 피가 얼마나 흘렀는지 콘크리트 바닥까지 시뻘겋게 흘러내렸다.

“엄마나, 이게 피 아니오? 큰일나겠네.’

철숙은 자리에 금방 일어나 앉아 무슨 영문인지 모르고 두리번거리는 여자들을 향해 선뜻 물어본다.

“누구 정통편 가지고 있는 사람 없소?”

그제야 무슨 일인가 하고 여럿이 나에게로 다가와 본다.

“엄마, 엄마나. 무슨 일이요? 어째 그렇소?”

여인들은 나를 보고는 무슨 일인지 몰라 자기들끼리 수군댄다.

“어제 나가 맞은 것 같아 보여. 개 같은 새끼들.”

겨우 들을 수 있는 목소리로 저마다 한마디씩 한다. 나보다 몇 살 많아 보이는 여자가 다가오더니 손에다 흰 알약을 쥐어주었다.

“정통편, 나한테서 가졌다는 말 하지 마오.”

나는 누가 볼세라 얼른 약을 입에 넣고 삼켜버렸다.

“정말 고맙습니다.”

그에게 인사를 건넸다.

“언니, 지금 애가 밖으로 나올 것 같은데 좀 도와주시오.”

무엇인가 자궁 밖으로 나오는 것 같아 나는 철숙에게 말했다.

“그렇소? 화장실에 빨리 들어가오.”

내 손을 잡아 일으켜 세운다.

철숙의 부축을 받으며 함께 방 모서리에 있는 화장실에 들어갔다. 나는 너무 급해 바지도 제대로 벗지 못하고 앉아 버렸다. 자궁에서 양수가 줄줄 나오고 배에 힘이 오는 것이 느껴졌다. 밖으로 무엇인가 나오고 있었다. 진통이 심해 함께 들어온 철숙의 두 다리를 꽉 그러안고 있는 힘껏 배에 힘을 주었다.

"우, 으응~"

안간힘을 쓰며 몸부림치던 나는 몸에서 무엇인가 '물쿠덩' 빠져나가는 것을 느꼈다. 변기 아래를 내려다보니 어른 손 크기의 인형만한 핏덩어리가 떨어졌다. 나는 얼른 휴지 종이로 감싸 변기 아래로 떨어뜨려 버렸다. 그리고 변기 옆에 놓여 있는 물통에서 물을 퍼 담았다. 차고 있던 수건을 빨아 다리며 아래 부위를 여러 번 씻어냈다. 내가 일을 거의 끝낼 무렵 감방 담당 보위원이 인원 점검을 시작했다. 17번을 부른다. 대답이 없자 '17번 어디 갔어?'라고 고함을 질러댄다.

"네, 여기 있습니다."

나는 화장실 안에서 대답했다.

"야, 이 간나 새끼, 너 화장실에서 대답해?"

그자는 구류장 문을 열고 당장 잡아먹을 듯이 들어온다. 나를 거두어 주던 철숙이 얼른 한마디 했다.

"선생님, 그게 아니라 이 여자 금방 여기서 유산했습니다. 그래 화장실에 있습니다"

그녀는 나에게 있었던 일을 자종지종 이야기해주었다.

"뭐야! 유산을 했다구?"

주먹을 휘둘러 댈 것처럼 우락부락하던 보위원은 자신의 행동이 머쓱한지 발길을 돌렸다.

"빨리 나오라!"

한마디 하고는 다시 복도로 나가 번호를 불러댄다. 나는 그러거나 말거나 마지막까지 아랫몸을 물로 씻어 버리고 화장실을 나와 방바닥에 누워 버렸다. 어제 점심부터 아무것도 먹지 못했었다. 너무 힘을 빼버려 그런지 앞이 뿌옇게 보이고 일어설 맥조차 없다.

"야! 17번 일어나 앉지 못하겠어?"

담당 보위원이 고함치는 소리가 모기 앵앵거리는 소리처럼 들려온다.

정신을 잃고 쓰러졌던 나를 누군가가 흔들어 깨운다. 눈을 떠 보니 철숙이 옆에 앉아있다.

"선희, 밥 좀 먹소."

알루미늄 그릇에 담긴 곰팡이 냄새가 나는 옥수수 겨가루 밥을 내 쪽으로 가져다 놓는다.

"못 먹겠습니다. 언니나 잡수시오."

나는 도무지 먹을 기운조차 없어 손을 내저었다.

"선희, 제 그러다 여기서 죽소, 정신 차리오. 죽는 사람들이 얼마나 많은지 아오."

철숙은 나에게 숟가락을 손에 쥐어 주면서 말한다.

"선희랑 여기 들어오기 3일 전에 저쪽 호실에서 남자 하나 죽었다오."

"언니, 무슨 일로 죽었답니까?"

내가 의아해 하는 눈으로 보자 철숙이 쉿, 하고 손가락을 잎에 대고 말하지 말란다. 그러는 언니가 고마웠다. 철숙의 도움을 받아 겨우 일 어나 앉아 숟가락을 들었다. 중국에서 짐승 취급을 받으며 따뜻한 말 한마디 들어보지 못했던 나의 눈가에 저도 모르게 눈물이 흘러내렸다.

"철숙 언니, 내 밖에 나가게 되면 신세 꼭 갚을 게요."

그렇게 말해 놓고도 나는 손에 쥔 것이라고 아무것도 없는 자신이 어처구니없어 보였다. 옥수수 밥알이 모래알 씹는 것 같아 어물어물 목 구멍으로 넘겨 버렸다. 그것도 음식이라고 먹고 나니 속이 한결 나은 듯 했다.

내가 갇혀 있는 보위부 구류장은 크기가 길이 5m× 너비 4m 정도

이다. 그곳에 30명의 사람들이 있었다. 돌아앉을 공간도 없이 숨 막힐 지경이다. 화장실은 구류장 한쪽에 사람 키 절반 되게 벽돌로 둘러막아 놓고 대소변을 보게 만들어 놓았다. 사람이 들어가 앉아 있고도 남을 큰 플라스틱 물통의 윗부분을 도려내고 물을 부어놓고는 바가지를 띄워 놓았다. 세수며 칫솔질은 그 물을 한 바가지씩 퍼서 하게 했다. 한 사람이 한 바가지 이상 쓰면 펌프질을 해야 했다. 또 방 안에서 대변을 보게 만들어 놓았다. 누군가 변을 볼 때면 암모니아 냄새가 코를 찔렀다. 아침 6시에 일어나 세면을 하고는 7시에 점검을 진행한다. 7시 30분~8시까지 식사시간이다. 다른 여자들도 나와 마찬가지로 불려 나갔다가는 매 맞아 터지고 눈두덩이 시퍼렇게 되어 들어오는 경우가 다반사였다. 한번은 중국 도문 변방대 감옥에 함께 있던 머리를 노란색으로 물들인 현숙이라는 열아홉 살 난 처녀애가 조사를 받으러 나갔었다, 그가 불리워 나가 10분가량 되었을 때었다. 보위원이 입에 담지 못할 상스러운 성적인 말까지 거리낌 없이 내뱉는다.

"야! 이 간나야, 중국 아새끼들한테 보지를 팔다 못해 대가리까지 노랗게 물감 들였어?"

심문을 하는 보위원의 돼지 멱따는 소리가 내가 있는 방까지 들린다.

"악! 아!"

뼈가 바스러지는 비명 소리가 들려왔다.

"잘못했습니다. 다시는 중국에 안 들어가겠습니다. 살려주시오! 살려주시오!"

살려달라고 빌고 또 비는 소리가 내가 매를 맞던 그쪽에서 애처롭게 울린다.

"저 애는 머리에 왜 노란색으로 물감 들여 가지고 매를 사서 맞니?"

내가 앉아 있는 뒤에서 누군가가 하는 소리다.

"잘못했습니다. 살려주시오!"

현숙의 비명 소리에 나는 등골이 오싹하고 전기에 감전된 듯이 온몸이 부르르 떨렸다. 얼마나 시간이 흘렀는지…'

"야! 너, 너 나와서 노랑대가리 데려가라."

보위원은 손가락으로 우리와 함께 앉아 있는 여자 두 명을 가리켜 불러냈다. 한 시간 넘게 매를 맞아 까무러친 것 같았다. 반죽음이 된 현숙을 여자들 몇 명이 나가 업고 들어왔다. 구류장 바닥에 눕혀 놓은 현숙을 보던 나는 깜짝 놀라지 않을 수 없었다. 머리카락이 거의 없다시피 험상스레 뭉청뭉청 잘라져 있었다. 후에 현숙의 말을 들으니 '자본주의 대가리'라며 노란색 물감을 들였다고 가위로 머리채를 쥐고 마구 잘라 버렸다는 것이다. 머리카락만 자른 것이 아니라 중국에서 노래방 도우미로 일한 것을 가지고 중국놈들에게 몸을 팔며 살았다고 미친개 패듯 때리고 자궁을 구둣발에 몇 번이나 차였다고 했다.

현숙을 업고 들어왔을 때도 하혈로 피가 줄줄 흐르고 있었다. 얼굴은 형체가 알아볼 수 없게 피범벅이 되었다. 내가 화장실 쪽에 있는 버치에 물을 떠다 씻어 주었다. 보위부 감방에서 매를 맞는 것보다 더 우리를 괴롭히는 것이 있었다. 빈대와 이였다. 한여름 옷을 세탁해 입지 못해 몸이 땀과 먼지 범벅이였다. 밤이 되어 캄캄해지면 빈대들이 사람 피를 빨아 배를 채우느라 사생결단으로 달려들었다. 감방을 감시하는 보위원들이 복도에 왔다 갔다 할 때는 옷을 벗어 이 잡이도 못했다.

사타구니와 옷 혼솔 속에 숨어 몸을 간질거렸다. 이것들한테는 낮과 밤이 따로 없었다. 온몸을 괴롭히는 이 때문에 죽을 맛이다. 무릎을 꿇고 앉아 식사를 하는 시간을 내놓고는 조금도 움직이지 못했다. 간혹 감시 보위원이 밖에 나가고 없을 때면 감방에 있는 여자들은 약속이나 한 듯이 옷을 벗어 이 잡이를 하느라 난리가 났다. 방 천장에 매달려 있는 전등마저 어두워 잘 보이지 않았다. 손톱으로 이를 죽이는 소리가 딱딱 방 안에 울렸다. 얼마나 피를 빨아먹었는지 쌀알 같은 이와 빈대들은 배가 볼록하게 나와 잘 기어다니지도 못한다.

한번은 청진에서 온 40대 중반의 여성이 무슨 일로 밖에·나갔다 다음날에 다시 감방으로 들어온 적이 있었다. 그녀도 빈대와 이 때문에 짬만 있으면 옷을 벗어 벌레잡이를 했었다. 시장에서 구입했는지 빈대, 바퀴를 죽이는 약을 몰래 가지고 들어왔다. 북한 시장들에서는 빈대, 바퀴, 이 같은 벌레들을 죽이는 독성이 강한 필묵 모양의 중국산 살충제를 팔고 있었다. 청진 여자는 감방에 들어와 감시하는 보위원이 자리를 뜬 사이 옷을 벗어 살이 닿는 안쪽에 살충약을 벅벅 그었다.

감방 안의 다른 사람들도 조금 얻어 옷깃들에 살충약을 그어 버렸다. 시간이 얼마 지나지 않아 청진 여자를 비롯해 살충약을 옷에 바른 여자들이 온몸에 새빨갛게 두드러기가 돋아났다. 얼마나 바빴으면 감시원이 복도를 오가는데도 피가 터지도록 손으로 몸을 긁어댄다. 아침부터 저녁까지 매일 취조실에서 비명 소리가 끊이질 않았다. 바깥 날씨가 더워지자 구류장 안은 화장실 악취와 사람들에게서 나는 땀 냄새로 토할 것 같아 숨을 쉬기 힘들었다. 매 맞아 터지고 빈대, 이에게 피를 빨려 낮과 밤이 따로 없는 지옥생활이다.

"아이고 배야, 아이고 배야~"
끓이지 않은 수돗물을 먹은 탓인 것 같았다. 내가 들어온 며칠 후였다. 구류장 안에 대장염이 퍼져 여기저기서 죽는다는 신음소리가 나기 시작했다. 할머니 한 분이 대장염을 앓기 시작해 모두에게 전염되었다. 배를 그러안고 돌아간다. 누군가 가지고 있던 '정통편'을 꺼내 놓았다. 태워 먹을 방법이 없다. 설사하거나 대장염을 앓고 있을 때 북한에서는 흔히 중국 진통제인 '정통편'을 불에 태워서 먹곤 했다. '정통편'이 장염에는 말을 잘 들었다. 들리는 말에 의하면 중국 정통편은 아편이 주원료라고 했다. 온성 보위부 구류장 모두 대장염이 전염되어 난리가 났다. 보위원들도 자기들이 맡은 호실에서 사람이 죽어나가면 책임 한계가 있는지 몹시 불편해 하는 기색이다.

"선생님, 여기다 불 좀 붙여 주시오."

나와 함께 방에 있는 애들은 보위원들이 지나갈 때마다 애걸해 본다. 어떤 보위원은 거들떠보지도 않고 그냥 지나가 버린다. 다행히 불을 붙여주고 약을 먹는 것까지 보고 가는 보위원이 있었다. 할머니는 앓기 시작한 지 1주일 만에 의식을 잃고 쓰러져 영영 일어나지 못했다. 눈도 감지 못하고 세상을 떠난 할머니는 중국 연변 안도현에 있는 남동생네 집에 도움을 받겠다고 몰래 넘어갔었다고 한다. 중국 공안에 잡혀 나온 지 1개월 안 되어 집에 가보지도 못 하고 구류장 안에서 한 많은 세상을 떠났다. 노무자들 두 명이 커다란 담요 같은 것을 가지고 들어왔다.

그 위에 할머니 시체를 올려 놓고는 둘둘 말아 들고 나가 버린다. 8개월 동안 있었다는 한 할머니는 뼈에 가죽만 씌워 해골 박제품처럼 보였다. 그 할머니의 집은 온성군 읍이라고 했다. 잡혀 들어 온 이유를 물어보니 성경을 보고 하나님이 있다고 말을 했다는 것 때문이란다. 누군가에 의해 고발을 당했는데 아들, 며느리, 할머니까지 온 집안 식구 모두 잡혀 들어왔단다. 아들과 며느리는 불려나가 돌아오지 않은 지가 3개월이 넘었다고 했다.

함경북도 청진에서 온 60세 아주머니는 한국에 있는 아버지를 중국에서 만나 보겠다고 갔다 잡혀 나왔다. 한국 기도라며 온성 보위부에서는 집요하게 사실대로 말하라고 나이 많은 분을 얼마나 때렸는지 한

쪽 눈이 완전히 실명이 되었다. 그 아주머니는 양쪽 귀 고막이 터져 전혀 말소리를 알아듣지 못했다. 누가 그 아주머니에게 말을 하면 손을 귀 박죽에 가져다 대곤 했다. 혹시나 무슨 소린가 하고 말하는 사람 입까지 귀를 가져다 대곤 하는 모습을 보니 가슴이 아팠다.

다행히도 나는 대장염에 걸리지 않아 다른 여자들처럼 모질게 죽을 고생은 하지 않았다. 온성 보위부 구류장 생활은 차라리 죽는 것이 편할 것 같다는 생각을 하루에도 몇 번씩 하게끔 사람을 때리고 고통스럽게 만들었다. 구류장에 들어온 지 45일이 되는 날 오전 10시경이었다. 중위 견장을 단 보위원이 서류 같은 것을 손에 들고 우리 감방 앞에 서더니 소리를 친다.

"5번, 6번, 17번, 19번, 20번 나오라."

번호를 부르는 것을 보니 모두 회령 사람들이다. 철숙이도 들어 있었다.

"무슨 일이 있는 걸까?"

복도에 한 줄로 세워 놓고 점검을 다시 하고는 마당으로 끌어낸다. 그날따라 하늘엔 구름 한 점 없다. 한 달 반 만에 보는 햇볕이다. 눈이 부셔 앞이 보이지 않는다. 정신이 핑 돌아가는 것 같아 땅에 무릎을 꿇고 앉아 버렸다.

"야! 임마, 너 뭐야. 왜 땅에 마음대로 앉아. 일어나라!"

우리를 데리고 나왔던 보위원이 소리친다.

"예? 아니 저~ 머리가 어지러워서…"

나는 얼른 일어나며 대답을 얼버무렸다.

"창고에 가서 너의 짐들 다 가지고 오라."

'혹시 회령으로 이관하려고 이러는 걸까?' 나는 창고 쪽으로 걸어가며 이런 생각이 문득 떠올랐다. 구류장에서 함께 나온 여성들 모두 얼굴이 까칠하니 해말쑥했다. 바지에 무엇을 싼 것 같은 엉거추춤한 걸음 새는 두 달 가까이 햇볕을 보지 못하고 무릎을 꿇어앉아 있어 그런 것 같았다. 짐을 찾아들고 마당으로 다시 나와 한 줄로 나란히 섰다. 보위 원이 다가왔다.

"한 줄로 서라!"

우리를 귀머거리들로 아는지 고래고래 소리치고는 족쇄를 두 명씩 팔목에 채운다.

"야! 너희들, 모두 저 차에 타라."

마당에 서 있던 9인 승합차를 향해 손으로 가리켰다.

"야! 집으로 가는구나."

나는 너무 좋아 속으로 환성을 올렸다. 다른 사람들도 말은 안 하 지만 좋아하는 모습을 보니 나도 마냥 즐거웠다. '그래도 회령에 가면 원명 오빠가 있는데…' 원명을 생각하는 나의 마음은 참참했다. 오빠 와 만날 날이 하루하루 가까워 온다고 생각하니 어쩐지 두려움이 앞선 다. 나와 함께 떠난 여자들은 창밖을 내다보며 가족 여행을 떠난 여인 들 같이 소곤거리며 좋아하는 모습이 역력했다. 저희들끼리 소곤소곤거 리고 있다. 권총을 찬 호송원은 운전자 옆에 아무 말 없이 앉아 있는다.

보위부 감방 같으면 벌써 '조용하라! 죽일 년, 개 간나…'등 온갖 상스러운 소리를 질렀을 것이다. 오늘은 웬일인지 차가 심하게 흔들려 도 그대로 몸을 맡기고 조용히 있는 것이 이상했다. 회령으로 가는 도 로는 두만강 기슭을 따라 굽이굽이 돌고 경사가 급한 비탈길이 많기도 했다. '집은 어떻게 되었을까?' 나는 중국으로 들어갈 때 살던 집을 당 분간 봐 달라고 아는 사람에게 빌려주고 떠났었다.

"회령 세관이다."

누군가 조용히 소리를 지른다. 멀리 회령 국경 세관이 보였다. 두만강 경비대 초소에서 검열을 마치고 다시 출발했다. 오산덕(회령시 역 앞에 있는 봉우리 이름)이 바라보이는 회령시로 접어든다. 얼마나 보고 싶고 안기고 싶었던 땅인가. 비록 손목에 쇠고랑을 찬 몸이어도 살아서 못 가면 죽어서라도 가리라 꿈속에서도 애타게 부르고 또 불러본 곳이다. 드디어 왔다고 생각하니 저도 모르게 눈물이 핑 돌았다. 우리를 실은 차는 온성을 떠나 네 시간 만에 회령 보위부 청사 앞마당에 들어섰다. 3일 동안 조사를 받았다. 여기서도 온갖 욕설과 매를 맞으며 심문을 당할 줄 알았다.

그런데 온성 보위부에서 조사를 받아서인지 며칠 만에 노동단련대에 이관해 버린다. 회령시 노동단련대 건물은 도시 건설사업소의 옆 건물에 자리 잡고 있었다. 내가 들어와 보니 이미 잡혀와 처벌을 받고 있는 사람들이 100명도 훨씬 넘었다. 사회적으로 문제 있는 사람들을 강제구금하는 기관이었다. 육체적 한계를 시험하는 노동과 구타, 북한식 사상교육으로 하루 일과를 시작하고 끝내는 곳이다. 노동단련대는 위와 같은 방법으로 자본주의화된 범죄자들의 머리를 북한 정권의 말을 잘 듣는 사람들로 교화시키는 교육기관이기도 했다.

노동단련대에서 복역하는 기간은 죄를 범한 내용에 따라 1개월에서부터 6개월까지였다. 교화소와 다른 점은 공민권을 박탈하지 않는다는 것과 주민지구 가까이에서 일한다는 것이었다. 노동단련대에는 별의별 사람들이 다 들어와 있었다. 도둑, 강도, 남녀 불륜아, 건달들, 마약 밀수꾼, 중국 도강자들… 특급 지체 장애아 김정일 정권만이 만들어 낼 수 있는 세기적인 아이디어 생산품이었다. 북한 정권은 사회와 법적인 규정과 기준에 맞지 않게 산다고 판단되면 이유 여하를 막론하고 잡아들였다. 내가 끌려갔을 때 노동단련대 대장은 시 보안서 감찰과 상위라는 자였다.

단련대 생들에게 얼마나 못되게 굴었으면 '올빠시'라는 별명을 붙였다. 회령시에서 '단련대 올빠시'라고 하면 모르는 사람이 없었다. 노동단련대는 시 보안서에 배속되어 관할하고 있었다. 단련대 사무실에는 시 보안서 소속 보안원 세 명과 시 순찰대 성원 다섯 명이 상시적으로 근무하고 있다. 순찰대는 북한군 특수부대 제대군인들로 조직했다. 단련대 반장은 범죄자들 속에서 주먹이 세고 단련대생들을 관리, 감독할 수 있는 인물로 선발해 일을 시켰다.

[노동단련대 일과표]

아침 6시에 기상

7시까지 세면 또는 점검

7시 30분까지 식사

8시까지 일하는 작업장 도착

8시부터 12시까지 작업

12시~1시까지 식사

1시~오후6시까지 작업

저녁 6시~7시까지 식사

7시~8시까지 점검

8시~10까지 학습 및 생활총화

학습과 생활총화는 그날 일하면서 잘못한 것과 김일성, 김정일의 사상을 따라 배우는 학습을 위주로 진행했다. 그리고 앞으로 사회에 나가 잘못을 하지 않겠다는 것을 다짐하는 시간이다. 다른 사람의 잘못을 비판하지 않으면 밤늦게까지 회의를 끝내지 않아 서로 간의 호상 비판을 싸우듯이 했다. 노동단련대생들이 길거리를 오갈 때면 멀리서도 노동단련대가 온다는 것을 보지 않고도 알 수 있었다. 그들이 부르는 노래가 법 기관에서 지정하여 준 2~3가지 곡으로 규정되어 있기 때문이다. 네 줄로 서서 삽과 곡괭이를 어깨에 메고 목이 터져라 '사회주의 지키세!' 노래를 고함치듯 부르며 지나갈 때면 군인들이 열병식 사열을 하는 것 같았다.

'검은 구름 몰아치고 유혹의 바람 불어도
향도성 받들어 사회주의 나간다.
우리 당이 제일이요. 사회주의 제일일세.
붉은 군기 높이 들고 사회주의 지키세.'

노래 가사에서 '검은 구름'은 자본주의 사상이라는 뜻이다. '몰아치고 유혹의 바람 불어도'라는 말은 자본주의 사회에 대한 환상을 가지지 말라는 소리였다. 북한 정권은 먹지 못하고 입지 못해도 김정일만 있으면 배부르고 잘살 수 있는 날이 온다고 선전했다. 북한 정권 통치자들의 겨드랑에 붙어 비위를 맞추며 잘 보이느라 온갖 아양을 떨고 있는 아첨꾼들의 추한 모습을 보여주는 한 실례이기도 했다.

노동단련대 식사는 150g의 옥수수 겨가루 밥과 무, 배추 시래기 소금국이 전부였다. 반찬이 있다면 면회 온 집안 사람이나 친척들이 가져다 준 것들이었다. 노동단련대 죄수들은 사무실이 있는 본사에 있을 때가 거의 없었다. 벌목지와 주택공사장에서 대부분 일을 했다. 단련대원들이 일하는 옆에는 순찰대 성원들이 감시를 했다. 그 뒤로 총을 찬 보안원이 2중 감시를 하고 있었다. 건설 공사장에서 일하는 날은 벽돌이나 콘크리트 혼합물을 등에 지고 뛰어다녀야 했다.

한마디로 노동단련대 생활은 영화에서나 볼 수 있는 중세기적인 방법으로 일을 시키는 현대판 노예 고역장이다. 간혹 도망자가 나오곤 했는데, 잡혀 오는 사람은 북한 형법을 적용하여 무조건 3년 이상 교화소에 붙잡아 넣었다. 단련대의 하루는 나를 완전히 녹초로 만들어 버렸다. 일이 끝나면 걸음 옮길 힘도 없었다. 노동단련대에 들어온 날부터 나는 원명 오빠에게 어떻게 하면 내가 있는 곳을 알릴 수 있는지 방법을 찾아보았다. 단련대에 이관되어 온 지 10일째 되던 날이다.

온성 보위부 집결소에서 함께 온 철숙이 회령 친척들의 도움으로 단련대에서 퇴소해 나간다고 했다. 철숙의 여동생 남편이 회령시 당위원회에서 간부로 있는데 아마도 그쪽의 도움을 받아 나가는 것이 분명했다. 북한에서는 형제나 친척들이 당 간부나 법 기관에 간부로 있으면 웬만한 위법행위는 눈감아주고 묵과해 주는 것이 관례였다. 특히 돈을 뇌물로 찔러주면 사람을 죽여도 얼렁뚱땅 얼버무려 넘어가는 실례가 많았다.

"철숙 언니, 회령 성천동 44반에 리원명이라고 잘 아는 오빠가 있습니다. 나가게 되면 원명 오빠네 집을 찾아서 내가 여기 있다는 걸 꼭 알려주세요."

나는 철숙이 단련대를 나간다는 말을 들은 그때부터 몇 번이나 같은 말로 부탁했다.

"내 나가서 선희가 말하는 그 사람 꼭 찾아볼게."

하이에나 굴에서 살아날 수 있는 목숨 구원의 손길을 기다리는 단련대 하루가 몇 달처럼 길게만 느껴졌다.

흩날린 꿈

철숙이 노동단련대에서 퇴소한 후 며칠간 나는 서나 앉으나 원명 오빠에 대한 생각뿐이다. 옆에서 인기척 소리만 나도 오빠가 나타나 나를 부르는 것 같았다. 지나가는 사람들 보느라 딴눈을 팔다가 반장 녀석에게 '개 간나, 쌍 간나' 소리까지 들었다. 북한에서 '간나'라는 말은 '시집 갔다, 즉 시집 간 여자'라는 함북 지방 사투리 말에서 유래된 여성들을 욕할 때 쓰는 상스러운 소리였다. 며칠이나 됐을까? 원명 오빠의 소식을 기다리는 하루, 한 시간은 지속되는 가뭄으로 말라가는 곡식을 안타까이 바라보며 '비를 내려주옵소서' 하늘을 우러러 빌고 비는 농사꾼의 마음 같다고 할까. 절망과 고통의 늪에 빠져 경각에 이른 나에게 던져질 구원의 밧줄을 애타게 기다리는 순간이었다.

'오빠가 없어 찾질 못했을까? 아니면 혹시 그동안 사고라도 생긴 걸까?' 나는 있을 수 있는 가상적인 시나리오를 쓰고 지으며 속을 태웠다. 눈이 빠지도록 기다려도 소식이 없자 그에 대한 원망으로 나는 지쳐만 갔다. 철숙이 나간 지 10일째 되는 날이다. 그날도 하루 종일 집 짓는 건설장에서 흙 블로크를 등짐으로 나르고 단련대 숙소로 돌아왔다. 저녁식사 시간이 되어 세수며 손, 발을 씻고 식당으로 가려고 마당에 모여 서 있는데 단련대 반장이 나를 찾는다.

"리선희! 회령에 리원명이라고 아는 사람 있어?"

'엄마나, 원명 오빠 소식이구나.' 순간 나는 환성이 터져 나올 것만 같았다.

"네, 있습니다."

얼마나 기다리던 소식인가. 줄을 함께 섰던 단련대 사람들은 부러운 눈으로 나를 쳐다본다. 누가 면회라도 오면 곁 뿔에 떡 한 개라도 맛볼 수 있을 것 같은 기대감 때문이었다.

"리선희! 원명이라는 사람이 면회 왔대, 나가보라."

사무실 옆에 있는 회의실을 손으로 가리켰다.

"네. 고맙습니다."

원명 오빠가 찾아왔다는 소리에 나는 저도 모르게 눈물이 핑 돌아 눈앞이 보이질 않는다. 흐르는 눈물을 보이지 않으려고 두 손으로 얼굴을 감싸 쥐고 걸어가는데 뒤에서 반장 목소리가 들려왔다.

"야! 리선희! 좋은 거 있으면 혼자 먹지 말고 좀 남겨 놓으라."

단련대에서 반장의 말은 곧 명령이었다. 다른 날 같으면 '알았습니다' 차렷 자세로 목에 핏줄이 퍼렇게 드러나도록 큰 소리로 대답했을 내 입에서는 모기 소리조차 나오질 않는다. '내가 왜 이러지? 오빠에게 이렇게 보이지 말아야 하겠는데…' 걸음을 멈춘 나는 옷자락으로 눈물을 닦고 나서 면회실 쪽으로 발길을 다그쳤다. '이젠 살았구나.' 가슴 떨리는 그리움과 함께 몰려드는 두려움이 심장의 박동을 배가시키는 것 같았다. 출입문을 여는 손이 잘 움직여주질 않는다. 나는 잠시 멈춰서 깊게 다시 호흡을 가다듬고 용기를 내어 문손잡이를 당겼다.

'오빠가 맞구나. 내가 죽어서도 함께 있고 싶어 했던 그 오빠야.' 얼마나 보고 싶었던 그였던가? 나는 쏟아지는 눈물을 보이지 않으려고 손으로 얼굴을 가렸다. 오빠와 한 지붕 아래서 같이 있을 때는 그리도 당당했던 나였다. 그러나 지금은 오리오리 찢겨지고 구겨진 휴지조각 몰골이 되어 서 있다. 하늘만큼 커 보이는 오빠에게 두 손을 마주잡고 빌고 싶었다. 아니 백 번, 천 번을 빌어도 용서 받지 못할 것 같은 생각이 들었다. 내 잘못이 아니라고 해도 상거지 년이 되어 세상 더러운 오물을 다 뒤집어쓴 초췌한 모습으로 한 남자 앞에 선 내 마음은 이루 말할 수 없는 모욕과 자책감이 눈물로 바뀌어 흘러내리고 있었다.

이제 와서 무슨 자존심이랴마는 오빠는 아득히 올려다보이는 산봉우리에 서서 나를 내려다보고 있다. 1년 전만 해도 나에게 사랑을 애원했던 남자였다. 나는 오늘 그 앞에서 마음껏 조롱당해야 하는 신세가 된 것이다. '그래 싸지. 싸다. 내가 무슨 낯으로 오빠에게 살려달라고 구걸할 것이냐... 이 순간을 놓치면 나는 영원히 버림 받는 여자로 남아 있을 것 같아'라는 생각이 들었다.

오빠가 돌아간 다음 나는 잠깐 꿈을 꾼 것 아닌가 하는 생각이 들었다. 눈 깜박할 사이였다. 사라져 버린 면회시간 동안 오빠의 품에 안겼던 나는 그대로 그의 몸속에 녹아들어 영원히 잠들고 싶었다. '원명 오빠 혼자 있을까. 설마 다른 여자와 살지 않겠지. 단련대에서 나가 만나게 되면 알 수 있겠는데 뭘 그리 급해하고 있어.' 면회 음식 꾸러미를 숙소 잠자리에 가져다 놓고 얼른 다른 단련대 성원들이 있는 곳으로 달려갔다. 그날부터 나는 오빠의 생각으로 잠을 이룰 수가 없었다.

5일 후 아침이다.

"리선희! 오라!"

식사가 끝나고 단련대 숙소 마당에 모두 모여 점검을 받고 있는데 반장이 부른다.

"대장이 사무실에 들어오란다."

'혹시 원명 오빠가?' 단련대 대장 방으로 가면서도 가슴이 두근거리고 심장이 쿵쿵 뛴다. 사무실에 들어서니 대장은 마치 나에게 배려를 베푸는 것처럼 이야기를 했다.

"리선희, 잘 들으라. 너는 오늘부터 작업에서 떨어진다. 오전에 시 병원에 가서 검진을 받으라, 그 검진 결과를 오늘 중으로 나한테 가지고 오라, 그리고 이 말을 누구에게도 하지 말라. 알았어?"

"네, 알았습니다."

내 귀를 의심하지 않을 수 없었다. 분명 미친 짐승처럼 단련대원들을 못살게 굴던 대장이 나에게 상냥한 말투로 대해 주는 것이 믿겨지질 않는다.

"반장한테 가서 지시를 받고 움직이라. 정문에 나가면 전번에 왔던 남자가 기다릴 거야."

원명 오빠가 기다린다는 소리에 나는 고무풍선이 되어 하늘에 떠오르는 것만 같았다. 분명 오빠의 보이지 않는 손이 움직여 악어와 같이 사악했던 단련대 대장을 인자한 사람으로 만들었다고 생각했다. 입던 옷이며 소지품들이 들어 있는 가방을 들고 달음박질을 하며 정문으로 나갔다.

정문 밖 가까운 거리에 오빠가 자전거를 옆에 세워 놓고 기다리는 모습이 보였다.

"원명 오빠!"

굳어진 입에서 말이 떨어지지 않는다. 그에게 가까이 다가설수록 걸음이 점점 더디어만 간다. 오빠의 얼굴을 똑바로 바라볼 수가 없었다. '내가 어떻게 오빠에게 안길 수 있어. 내 몸은 이미 중국 남자들에게 더럽혀 질대로 더럽혀진 몸이다. 다가서면 안 돼…' 머뭇거리는 나에게 원명 오빠는 빠른 걸음으로 다가왔다. 그리고는 나를 와락 그러안는다. 오빠의 가슴에 얼굴을 묻고 소리 내어 울어버렸다. 단련대 주변에는 사람 왕래가 드물었다. '누가 보면 어떻단 말인가.' 인제는 그 무엇도 두렵고 부끄러운 것이 없었다. 우리는 아무 말 없이 서로 껴안고 한동안 서 있었다.

"선희야, 가자. 오늘은 아무 말 하지 말자. 우선 시 병원에 가서 검진을 받고 진단서를 떼야 하니까 그리로 가자."

오빠의 눈가에 눈물이 고여 있었다.

"오빠, 고맙고 정말 미안해요. 제가 죽을죄를 졌어요."

"선희야, 그만하라니까. 너 오빠, 속이 뒤집어지는 걸 보고 싶어 안달이 났냐? 내일, 모레 얼마든지 시간이 많으니 그때 속 시원히 말해보자."

나는 오빠가 몹시 흥분해 있음을 육감적으로 느꼈다. 오빠는 나를 자전거 꽁무니에 태우고 회령시 병원으로 향했다. 그날 오후, 나는 폐결핵이라는 진단서를 노동단련대 대장에게 가져다주고 병보석으로 풀려나오게 되었다.

내가 단련대에서 나온 날 저녁, 오빠는 나를 시장으로 데리고 갔다. 내가 입을 속옷이며 겉옷, 화장품이며 신발 등을 가방까지 사서 그 속에 넣어 주었다.

"오빠, 이 비싼 걸 돈이 많이 들 텐데요."

나는 오빠의 뒤를 따르며 그만 사라고 말했다. 그래도 오빠는 '이건 어때, 저건 마음에 들어?' 하고는 내가 머리를 끄덕이면 몸에 대보고 사이즈를 물어보고는 사서 가방에 넣어준다. 술이며 음식들을 함께 사들고 우리는 시장을 나섰다. 바구니와 꽁무니에 한 뭉치 주렁이 달린 짐을 실은 자전거를 밀고 오빠는 성천동 쪽으로 향했다. 우리가 걸음을 멈춘 것은 김정숙의 동상이 있는 광장 옆 '남문려관' 앞이었다.

"선희야, 여기 잠깐 있어라. 내 들어갔다 올게…"

오빠는 자전거를 세워 놓고 정문 안으로 들어가더니 15분가량 지나자 다시 돌아 나왔다.

"선희야, 들어가자. 이 짐을 들어라."

자전거 짐 틀에 실었던 꾸러미들을 나에게 내려준 오빠는 자전거를 들고 여관 안으로 들어갔다. 나도 오빠의 뒤를 따랐다. 자전거를 1층 경비실에 맡기는 것 같았다. 여관 홀 안내창구에 있던 여인이 오빠를 아는지 눈인사를 한다. 우리는 2층 회령시당 건물이 바라보이는 방으로 들어갔다. 여관치고는 꽤 아늑했다. 회령 '남문려관'은 회령시에서 가끔 있는 큰 행사 때마다 외지 손님들에게 숙식처로 제공되는 숙박시설이었다.

8평 정도 되는 방은 침대는 없어도 무색 꽃무늬 벽지로 깔끔하게 도배를 했다. 바닥도 해면 레자를 깔아 한결 온화했다. 내가 방에 들어서며 문을 닫자 오빠는 내 손에 들려있는 짐들을 받아 놓는다.

"선희, 먼저 목욕부터 하고 밥을 먹자. 나도 목욕을 하겠으니 내려가자."

목욕을 해본 지도 몇 달이 된 것 같았다. 나는 오빠를 따라 1층으로 내려갔다. 내게 표 한 장을 주며 여자 목욕탕을 손으로 가리켜 준다.

"열쇠는 안내창구에 맡기겠으니 목욕을 다 하면 열쇠를 찾아라. 아무래도 내가 먼저 나올 것 같으니까 신경 쓰지 말고 목욕을 하고 우리가 들어갔던 방에 올라오면 돼."

나는 오빠와 헤어져 여자 목욕탕으로 향했다. 목욕탕 입구에서 관리원에게 비누와 수건을 받아 쥐고 김이 문문 나는 뜨거운 물이 철렁거리는 욕탕으로 들어갔다. 더운 물김이 뽀얗게 떠 사이를 분간할 수가 없다. 나는 이미 오빠와 한 몸이 되어 환락을 즐기고 있는 그 순간이 내 곁에서 기다리고 있는 것 같은 기분이 들었다. 목욕을 마치고 여관방에 올라오니 오빠가 시장에서 사온 음식들을 바닥에 가지가지 먹음직스럽게 차려 놓고 기다리고 있었다.

"목욕을 다 했어? 보자. 어이구, 완전히 딴사람이 됐네. 아까 시장에서 산 옷이 저기 있어. 그 옷들을 벗고 갈아입어 봐라."

원명 오빠는 오빠가 아닌 친아버지 같았다. 오빠 앞에서 옷을 벗기 뭣하여 주춤거리자 내 생각을 알았는지 일어나 밖으로 나간다. 1년 전까지만도 나는 오빠 앞에서 거리낌 없이 옷을 벗고 잠자리를 함께했다. 오히려 적극적이었던 내가 지금은 오빠를 보기조차 부끄러운 몸이 되었다. 중국 용정시 철화며 영화, 한족 마을 콧수염, 장춘의 김 사장 얼굴들이 바람처럼 나타났다가는 스치듯 사라져 버린다. 나는 다시 그 진절머리 나는 인간들의 모습을 떠올리고 싶지 않아 머리를 흔들어 생각을 쫓아버렸다. 속옷, 겉옷까지 다 갈아입고 나서도 오빠가 들어오지 않는다. '어딜 갔나. 왜 안 들어오지?' 나는 여관방 문을 열어보았다. 복도에도 오빠의 모습이 보이질 않는다. 조금 기다려서야 오빠가 문을 열고 들어섰다.

"리선희 동무, 이렇게 만나게 되어 반갑습니다. 난 리선희 동무를 다시 못 볼 줄 알았는데 이게 얼마만이요."

오빠는 너스레를 떨며 나를 한참 동안 바라본다.

"원명 오빠, 고마워요."

내가 인사를 하려고 말꼭지를 떼기 바쁘게 오빠의 목소리가 울렸다.

"그만해라. 애를 먹이지 말고 제발 말이나 잘 들어라. 선희야, 배고픈데 우선 먹고 보자.”

오빠는 내가 어떻게 돼서 단련대까지 온 사연을 물으려고 하지 않았다. 오빠의 속마음을 모르는 나는 더 조심스러워졌다. 명태 튀김이며 돼지고기 볶음, 계란말이 등 열 가지도 넘는 반찬들이 플라스틱 도시락 통에 가지런히 담겨져 있다.

“선희 덕에 빼주를 다 먹어 보고 정말 오래만인데. 선희, 중국에 가 있었으면서 빼주를 많이 마셔 봤겠다.”

나는 빙그레 웃어 보였다. 플라스틱 술잔에 빼주를 부어 오빠에게 권했다. 오빠가 부어주는 술잔을 받아 쥐는 순간 또 눈물이 앞을 가린다. 시도 때도 없이 흘러내리는 눈물은 장소를 가리지 않고 나를 어린애 같은 인간으로 만들어 버렸다.

“선희야, 그만해라. 이젠 돌아왔으니 됐다. 그만하고 마시자.”

오빠는 내가 들고 있는 잔에 자기 술잔을 쫓더니 바닥이 날 때까지 마셔버린다. 나도 잡생각을 잊어버리고 싶어 빼주를 한입에 마셔버렸다. 끓는 물을 삼킨 것 같았다. 얼른 안주를 집어 오빠에게 권하고 나도 김치를 집어 입에 넣었다. 몇 잔이 돌아가자 오빠의 얼굴에는 취기가 오른 것 같았다. 나는 오빠 입에서 무슨 말이 나올까. 신경이 바늘 끝 같이 날카롭게 곤두서 있었다.

“선희야! 오빠를 용서해라. 오빠는 다른 여자와 지금 살고 있어. 네가 중국으로 떠난 다음 너무 소식이 없어… 미안한 말이지만 선희가 중국 남자에게 시집을 갔다고 생각했었다. 미안하다.”

오빠의 말을 듣던 나는 하늘이 무너지는 것 같이 캄캄하고 가슴이 답답했다. ‘오빠는 내 사람이 아니었구나. 그러면 나는…’ 아무 말도 할 수 없는 나는 오빠를 바라보며 눈물만 흘리고 있었다. ‘내 주제에 오빠에게 무슨 말을 할 수 있을까. 이 모든 것이 내 잘못으로 벌어진 일인데' 나는 혹시나 오빠가 다른 여자와 살지 않을까 생각을 해보면서도 설마했었다. 그런데 막상 오빠가 나 아닌 여자와 산다는 말을 듣는 순간 머릿속은 빈 공간에 물만 채워져 출렁거리는 것만 같았다. 중국에 들어서는 순간부터 1년 365일 어느 하루도 잊어 본 적이 없는 오빠였다. 그 잔인한 짐승들에게 치욕을 당하는 순간에도 내 마음에는 항상 오빠가 있었다. 그처럼 꿈속에도 그려보았던 오빠가 다른 여자를 품에 안고 산다고 생각하니 온몸의 힘이 빠지고 사품치는 강물에 허우적이며 떠내려가는 것만 같았다.

"원명 오빠! 저요. 괜찮아요. 이게 다 내 불찰로 만들어진 일인데 누굴 탓하겠어요. 전혀 오빠를 탓하지 않아요. 걱정 마세요. 제가 오빠 얼굴 보는 것만으로도 이젠 아무 바랄 것 없고 행복해요."

겉으로는 보이지 않으려고 했으나 속에는 재가 앉고 있었다.

"오빠, 오늘은 다른 소리 하지 말고 술이나 마셔요. 나 오늘 푹 취하고 싶어요. 오빠, 날 마지막으로 한번 안아줄래요."

나도 취했는지 말을 가늠하기 힘들어진다. 이 시간이 지나면 오빠를 영영 보지 못할 것만 같아 부끄럼 따위는 멀리 쫓아버리고 욕심을 부렸다.

"선희야! 네가 무슨 일이 있어 오빠에게 소식 한 번 내보내지 않았는지 모르겠지만 우리 이렇게 된 것 후회한들 무슨 소용이 있겠니. 그래 알았다. 오늘은 술이나 실컷 마시고 푹 취해보자. 너도 사연이 있어 그렇게 했겠지만 오빤 너 때문에 마음 고생한 것 얼마인지 다는 모를 거다. 그동안 아팠던 마음을 오늘 선희에게 풀려고 하는데 어때. 받아줄 수 있어?"

나는 오빠 말에 그동안 가슴에 쌓이고 맺혔던 불덩어리가 빙산의 폭포수에 쓸려 내려가는 것 같았다. 오빠와 나는 들거니 마시거니 하며 시장에서 사간 빼주 3병을 모두 마셔버렸다. 우리는 물렁물렁한 떡 반죽이 되어버렸다.

"오빠, 오늘 집에 안 들어가고 려관에 있어도 일없어요?"

나는 음식 그릇들을 거두며 걱정스러워 물어보았다.

"걱정 안 해도 돼. 3일간 청진에 다녀온다고 했으니까 기다리지 않을 거야. 오늘은 나도 집 올가미에서 벗어나 선희랑 함께 조용히 있고 싶어. 남문 려관은 내 집이나 같은 곳이니 걱정하지 말고 있어."

나는 방을 정돈해 놓았다. 오빠는 속이 달아오르는지 겉옷을 벗고는 미닫이로 된 장롱을 열고 이불을 와락와락 꺼내 바닥에 펴 놓는다. 오빠는 나를 건듯 안아 올려 가벼운 물건 다루듯 하기 시작했다.

우리는 1년이 지나서야 다시 사랑을 주고받는 자리를 마련했다. 옛정, 새 사랑이 가득 넘쳐나는 이 순간을 기다려 지새운 밤, 눈물로 보낸 날들이 얼마였던가. 나와 오빠는 피부 미세 조직들에서 샘솟는 뜨거운 땀방울로 흥건히 젖어 있었다. 붉게 달아오른 두 몸의 열기는 우리를 포근히 감싸 안으며 주위를 배회했다. 너 한 번, 나 한 번… 다감한 손놀림이 어우러진 조화로운 몸짓은 환상의 율동이 되어 서로를 껴안고 애무를 만끽하는 한 쌍의 남녀 발레 무용수로 변했다.

'아! 아! 내 몸이 비틀어진 무아의 비경으로 응집되고 있다. 숨 가쁜 오르가슴의 절정이 나를 향해 가속 질주해 온다. 조금만 더 조금만…' 육체가 녹아내리는 순간을 나는 온몸으로 느끼고 있다. 무섭게 타들어 가는 폭발 직전 오빠의 격렬한 운동이 그것을 증명해주고 있었다. 불끈 오른 근육 마디마디 몸속에서 끓어 번진 남아 향기의 정수가 뿜어져 나온다. 두 생명 물질의 감격적인 상봉의 순간, 내 심장은 정지되어 버렸다. 세상이 감동의 하모니로 압축되어 내 몸 안에서 바르르 떨고 있다. 아니 우주가 환희의 불보라로 변해 나를 향해 쏟아져 내리고 있었다.

낮과 밤으로 이어지는 나와 오빠의 사랑은 잔잔한 호수에서 뱃놀이를 하기도 하고 아름다운 선율에 맞춰 춤을 추며 무대 위를 돌기도 했다. 때로는 깎아지른 낭벼랑에서 뛰어내려 격랑의 파도 속에서 헤엄을 친다. 어딘가 모를 화사한 꽃밭을 손을 잡고 다정히 거닐며 봄날의 그윽한 향기에 취해도 보고 끝없이 펼쳐진 푸른 들판 위를 앞서거니 뒤서거니 달리기도 했다. 나는 여성으로서 할 수 있는 생각과 마음, 하나하나를 사랑과 정으로 담아 오빠에게 부어주었다. 날이 밝고 밤이 새도록 한 몸이 되었다가는 지치면 눈물의 이야기를 도란도란 나누며 잠시 쉬고 다시 한 몸이 되기를 반복했다. 할 수만 있다면 오빠의 한 부분이 아닌 오빠를 내 몸속에 넣고 싶었다. 나는 오빠의 품에 안겨 수많은 영혼의 조각상들을 온 넋과 힘을 모아 그려 보고 만들어 냈다. 가슴속에 진주 보석처럼 자리 잡은 그 소중한 추억들을 미련의 갈피마다 흔적으로 자국자국 남기며 우리는 2박 3일을 그렇게 보냈다. 너무도 고맙고 잊지 못할 오빠와 운명을 함께하고 싶었던 나는 마음의 꿈을 접어야 했다.

'나에게는 왜 이런 운명의 장난 같은 마음 아픈 일만 차례지는 것일까?' 다시 오빠와 함께할 수 있으리라 바라던 내 희망은 생각처럼 되어 주질 않았다. '모든 것이 내 잘못으로 일어난 일인데 누굴 원망하랴.' 울며 빌어보고 소리쳐 애원해도 다시 돌아오지 않을 우리의 사랑이었다. 오빠와 한 가정을 이루고 애들을 키우며 오붓하게 살리라 꿈꾸었던 나의 소망은 스쳐버린 바람이 되어 애달픈 긴 여운만 남기고 사라져 버렸다. 또 다른 눈물과 슬픔의 강에 던져진 리선희라는 가랑잎은 어디로, 어디로 가야 하나.

나는 그동안 중국에서 어떻게 되어 오빠에게 소식조차 전할 수 없었는지 밤을 새가며 이야기해 주었다. 오빠도 다른 여성과 살림을 꾸리게 되었던 이유를 말해 주었다. 우리는 세월을 잘못 만나 이룰 수 없는 꿈을 잠시 꾸었던 한줌도 안 되는 하이에나 무리들이 휘두르는 칼부림의 희생물이었다. 가슴을 쥐어뜯고 눈물을 흘리며 후회한들 아물 수 없는 상처를 치유할 수는 없었다. 가난의 올가미에서 벗어나 보려고 국경을 넘었던 나의 중국행은 1년 3개월 만에 막을 내렸다.

짐이라곤 달랑 가방 하나 메고 집으로 향하는 내 걸음은 날개가 달린 듯했다. 수십 년 만에 찾아오는 고향 길마냥 거리와 사람들의 모습이며 모든 것이 새롭기만 했다. 비록 굶주리고 막대기 휘둘러도 하나 거릴 것 없는, 고통과 아픔만을 남겨준 조국이었다. 그래도 그 조국은 어머니 품 같아 타향에서 짐승 취급을 당하면서도 기어이 가고 싶었던 땅이었다.

집까지는 걸어 40분 남짓한 거리다. 원명 오빠의 집으로 찾아가 보고 싶었지만 다른 여자와 산다는 말을 듣고는 차마 발걸음을 돌릴 수가 없다. 내가 원명 오빠에게 바라는 것이 있다면 그전처럼 서로 도우며 지내고 싶은 마음뿐이다. 오빠와 헤어져 새마을동의 내 집에 도착한 것은 오후 5시경이었다. 중국으로 떠날 때 아는 분에게 집을 맡기고 갔던 나는 집 대문을 여는 순간 놀라지 않을 수가 없었다. 집을 맡겼던 분은 보이지 않고 4~7세 또래의 어린애들이 마당에 올망졸망 모여 장난을 치고 있다.

"계십니까?"

짧게 사람을 찾아 불러보니 웬 젊은 여자가 집 문을 열고 나온다.

"누구십니까?"

집에서 나온 여성의 물음이다.

"예, 제가 이 집 주인인데요. 김덕섭이라는 분이 이 집에서 살지 않았어요?"

"예. 그렇습니까? 그 덕섭이라는 분은 몇 달 전에 돌아가셨습니다."

여인의 말에 나는 놀라지 않을 수 없었다.

"제가 김덕섭의 조카 됩니다."

잠시 머뭇거리며 망설이다 한마디 물었다.

"그래요? 그러면 이 집에는 어떻게…"

나는 말꼬리를 얼버무려 마저 잇지 못하고 말았다. 참으로 난처한 입장이 되어 버렸다.

"먹고살기 힘들어 저희 집은 팔고 삼촌이 계실 때 이 집으로 이사 왔습니다."

여인은 마치 나에게 죄지은 사람처럼 어쩔 바를 몰라 송구해 하는 모습이다.

"저, 실례지만 집 식구들은 몇 명이세요?"

"애들 둘에 저하고 모두 세 명입니다."

그녀의 말을 듣던 나는 남편을 말하지 않는 것이 이상해 다시 물었다.

"남편은 없습니까?"

"예."

짧게 대답한 여인은 아무 말 없다. 필경 무슨 사연이 있음을 직감한 나는 우선 집부터 보기로 하고 마당에서 놀고 있는 애들 곁을 지나 방으로 향했다.

"어느 애가 집 애들이에요?"

내 물음에 여자애 두 명을 가리킨다. 방으로 들어가보니 집 안이 한심했다. 도배지며 방바닥에 깔았던 레자 장판지 모두 터지고 구멍이 뻥뻥 뚫어져 있었다. 여인에게 양해를 구한 나는 무엇을 먹고 사는지 밥가마 뚜껑을 열어 보았다. 옥수수 몇 알이 섞인 풀죽이 한 사발될 만큼

뎅구렁이 담겨져 있다. 집 식구 세 명인데도 한 그릇밖에 없는 걸 보니 거의 굶다시피 살고 있는 것 같아 보였다. 나는 우선 여인과 대화를 시도했다.

여인은 내가 자신과 애들을 집에서 나가라고 할까봐 몹시 두려워하는 기색이다. 나는 남편이 왜 없는지에 대해 물었다. 여인의 말을 들으면서 2년 전 가을, 집에서 4km 정도 떨어진 농장 마을에서 있었던 일이 떠올랐다. 옥수수밭에 들어갔다가 총에 맞아 죽었다는 사람의 아내와 마주 서게 되다니...

여인의 남편은 회령시 읍에 있는 기계공장에 다녔었다. 1997년 가을이었다. 국가에서 식량 공급을 끊어버리자 여기저기 품팔이를 하며 겨우 목숨을 이어가고 있었다. 그에게는 아내와 두 살, 네 살짜리 딸이 있었다. 아빠의 식량 배급을 믿고 살던 가족은 식량공급이 끊기자 하루하루를 풀뿌리로 연명하고 있었다. 어느 계절보다 먹거리가 많아야 할 가을인데도 집에서 굶고 있는 아내와 자식들의 정상을 남편은 차마 볼 수가 없었다. 그는 집에서 얼마 멀지 않은 농장 옥수수밭에 도둑질을 가기로 마음먹었다.

어느 날 밤 자정이 깊어서이다. 아내 몰래 쌀자루를 옷 속에 감추어 가지고 집 밖으로 나왔다. 그는 걸음을 다그쳐 농장 옥수수밭 가운데로 숨어들어 갔다. 우선 자신의 배부터 채워야 하겠다고 생각한 남자는 채 여물지도 않은 옥수수 이삭을 따서 게걸스레 먹기 시작했다. 얼마나 굶주렸는지 배가 불러 숨 쉬기 바쁠 정도로 먹어댔다. 그는 한 이삭, 두 이삭 소리가 나지 않게 옥수수대에 달려있는 이삭의 목을 비틀어 따서는 조그마한 자루 안에 넣기 시작했다.

열댓 개 정도의 이삭을 넣으니 자루 목까지 차올라 더 넣을 수가 없다. 그는 옥수수 이삭이 담긴 자루를 손에 쥐고 밭머리로 향했다. 옥수수 밭을 지키는 경비원들의 눈에 걸릴까봐 도둑고양이처럼 발자국 소리를 죽여가며 밭 옆에 있는 오솔길에 접어들어 얼마간 걸어가고 있을 때였다.

"서라, 서지 않으면 쏜다."

별안간 등 뒤에서 소리치는 남자의 목소리에 화들짝 놀라 훔친 옥수수를 담았던 자루를 길 옆에 던져 버리고 뛰기 시작했다.

"땅! 땅!"

얼마간 달음박질하던 그는 야무진 총소리와 함께 그 자리에 푹 꼬꾸라지고 말았다. 몇 자루의 옥수수 이삭을 자식들에게 먹여 보려고 했던 그의 생각은 총소리와 함께 하늘로 영영 흩날려 버려졌다. 밤에 옥수수 밭을 지키던 경비원들이 잠복근무를 서는 것을 모르고 밭에 들어갔다가 억울한 죽음을 당했던 것이다.

1995년부터 북한에서는 굶어 죽는 사람들이 생겨나고 식량을 구할 수 없게 되자 닥치는 대로 너도나도 도둑질과 강도 행위가 전국적으로 나타나기 시작했다. 심지어 철로 전기선을 절단하고 공장의 중요 설비를 해체하여 팔아먹는 대담한 도둑질이 벌어졌다. 농장들에 심은 알곡은 거의 수확하기 전에 밭에서 없어졌다. 바빠 맞은 김정일은 인민 보안성에 명령하여 포고를 발포케 하고 농장들에서 식량을 훔치는 자에 대해서는 현지에서 사살하라는 지시까지 내렸다.

가뜩이나 나라에 식량 사정이 어려운데 농장 알곡을 다 도둑 맞혀 군량미를 거두어들일 수 없으니 군인들이 굶어죽을 지경에 이른 것이다. 농장들에서는 김정일의 지시에 따라 각 농장에 유사시 예비군인 로농적위대(남한의 향토예비군)를 동원하여 무기를 공급하였다. 농장 알곡밭을 경비 서는 사람들은 군사 복무에서 우수한 제대 군인들로 선발되어 총을 다루는 데 능숙했다. 북한의 많은 사람들은 굶주림을 참지 못해 옥수수를 비롯한 농장 알곡밭에 뛰어들었다가 경비원이 쏜 총에 사살되는 일이 비일비재했다.

'나와 같은 처지의 사람도 있구나. 건장한 남성들도 살아가기 힘든 세상에서 살아남을 수 있을까.' 나는 집에 든 여인의 기막힌 가정사를 들으며 아빠 없이 어린애들을 데리고 혼자 살아가야 할 여인의 안타까운 모습이 남의 일 같지 않았다. 당분간은 그들과 함께 집에서 생활하기로 여인과 합의했다. 나는 우선 집을 청소하기로 마음먹고 여인과 함께 집안을 쓸고 닦고… 그날은 그렇게 하루를 보냈다. 오히려 내가 그 여인의 신세를 지는 꼴이 되었다.

1년 넘게 집을 떠났다가 오랜만에 집에서 하루를 보내는 나는 밤늦도록 달걀 낟가리를 쌓아 보며 잠을 이룰 수가 없었다. '중국 장춘 교외에 묻어둔 돈을 하루 빨리 찾아오는 길만이 내가 살 수 있는 길이다.' 손에 쥔 것이라곤 아무것도 없으니 무엇을 어떻게 해야 할지 궁리가 떠오르지 않는다. 빈손뿐인 나는 여인에게 겪었던 일을 간단히 이야기하고 양해를 구했다.

'장영철, 내 너를 기어이 찾아내고야 말 테다.' 중국에서 당한 일을 생각하면 장영철을 갈기갈기 찢어 놓고 싶은 마음이 하루 수십 번도 더 났다. 나는 이미 전에 장영철을 알고 있던 사람들을 만나 그의 행적을 알아보았다. 장영철의 집이 회령 오지공장 마을에 있다는 사실을 알게 되었다. 다음 날, 장영철의 집을 찾아가 보니 이미 그는 이 세상 사람이 아니었다. 북한에서 중국으로 탈북하는 사람들이 줄을 서자 북한 사법당국은 그 주범을 잡는다며 대대적인 검거에 나섰다. 중국 사람들에게 북한 여성을 돈을 받고 팔아넘기는 브로커들에 대한 소탕작전을 벌였다. 나를 비롯한 수십 명의 북한 여성들을 중국 인신매매꾼들에게 팔아 돈을 물 쓰듯 하던 장영철이 예외가 될 수 없었다.

우리를 중국인들에게 넘기고 북한으로 들어간 장영철은 2개월 만에 조선공안당국에 체포되었다고 한다. 장영철이 공개 총살되었다는 소리를 들으며 그가 죽은 것이 나와 무슨 연관이 있는 것 같아 마음이 이상했다. 장영철 때문에 온갖 고생을 다했지만 '망자가 된 그를 지금에 와서 욕한들 무슨 소용이 있을까' 하는 생각이 들었다. 집 안을 청소하고 바를 것은 바르고… 그렇게 며칠을 집에서 보낸 나는 우선 오빠를 만나 내 생각을 말하고 무엇을 할 수 있을지 의논해야 하겠다고 생각했다.

오빠가 가르쳐준 주소지를 찾아 오전 8시경에 집을 나섰다. '역전동 000반이라고 했지?' 나와 오빠가 '남문려관'에서 함께 보냈던 그날, 알려주던 집 주소를 생각해보며 걸음을 재촉했다. 원명 오빠의 집에 도착한 것은 오전 9시가 다 돼서였다. 오빠의 집 대문 밖에 서 있는 내 마음은 별로 좋지 않았다. 나와 살아야 할 남자가 다른 여자와 함께 산다는 생각이 내 감정을 이상하게 자극했다.

물론 나나, 오빠의 잘못이 아닐지라도 왜서인지 보지 못할 일을 당한 것 같은 기분이었다. '네가 일을 저질러 놓고 누굴 탓하는 거냐?' 내 스스로가 마음의 채찍을 휘둘러 종아리를 쳤다. 나는 머리를 흔들며 입술을 깨물었다.

"계십니까?"

커다란 집 대문에 다가서 오빠를 부르자 송아지만큼 커다란 검은 갈색의 독일종 '세퍼트' 한 마리가 컹컹 짖으며 우르렁거린다.

"누구십니까?"

속옷 차림으로 밖을 나온 원명 오빠는 나를 보자 안으로 들어오라고 했다.

"아니, 잠깐 만나 보고 가겠어요."

나는 들어가기 별스러워 그냥 밖에 서 있었다. 오빠는 내가 아내 보기가 미안해 그런다는 것을 알고 얼른 집으로 들어가 옷을 갈아입고 나왔다. 나는 대문 밖 저 멀리서 기다리고 있었다.

어디로 가나

다가오는 오빠를 바라보던 나는 얼굴을 돌리고 말았다. 여자의 마음이 여리다는 생각을 가끔 하면서도 나도 모르게 하지 말아야 될 언행들이 불쑥 튀어나온다. 애써 웃어 보이려고 해도 말조차 나가지 않는다. 나는 먼저 오산덕으로 향했다. 오빠도 말없이 따라오고 있는 것을 보니 마음이 편치 않은 모양이다. 우리는 한참을 걸어 김정숙 사적관 뒤쪽 산등성이에 있는 오산덕 정각에 올랐다. 오빠네 집에서 정각까지는 1km 가까이 되었다. 정각에서는 두만강 넘어 중국 땅이 한눈에 바라보인다. 회령 국경 세관이며 시내를 손금처럼 내려다 볼 수 있었다.

나는 심경에 조금만 변화가 와도 눈물을 흘리는 일이 버릇이 된 것 같았다. 오빠를 몇 발자국 뒤에 두고 오산덕 정각까지 오르는 내내 눈물을 닦으며 걸었다. 왜 이렇게 나약해지고 쩍하면 눈물이 앞서는지 나도 모를 일이다. 오빠를 내 사람이라고 생각했던 나는 지금의 현실을 도무지 믿고 싶지 않았다. 만날 때마다 씁쓸한 기분이 들곤 하는 것을 참아야 했다. 그렇다고 다른 생각을 하고 싶지 않다. 이 땅에서 오빠 말고 남자라면 소름이 돋아 입에 올리기도 싫었다. 아는 남자도 없거니와 또 알고 싶지도 않았다.

만나면 나를 배신했다는 생각에 이가 갈리도록 괘씸한 생각이 들다가도 잠시 헤어지면 눈에 얼른거리고 마음이 불안해 못 견딜 것 같았다. 리원명은 나와 무슨 인연이 있어 한 여자의 애간장을 이리도 태우는지 모를 일이다. 리원명이라는 남자는 낮과 밤, 어느 한시도 머릿속에 넣고 뱅글뱅글 굴리며 다니지 않으면 마음이 불안해 미칠 것만 같은 존재였다. 나도 모르는 사이 최면을 걸어 놓아 이렇게 만들어 놓지 않았을까. 오빠와 내가 남남이라는 사실을 알게 된 다음부터 고뇌의 탕개로 마음을 비틀고 또 비틀며 하루하루를 보내고 있었다.

아무리 내 잘못으로 이 지경까지 오게 되었다고 하지만 오빠를 놓아주고 싶지 않았다. 아니 오빠가 다른 여자를 품에 안는 것을 허락한다는 것은 기름을 말리고 살을 뜯는 것 같은 일이었다. 나는 이 남자를 내 사람으로 만들 수 있는 방법이 무엇인지를 고민했다. 오빠가 나에게 다른 여자와 산다고 말했던 그 순간부터 욕심으로 번뜩이는 그 고민이 내 머릿속을 잠시도 떠나지 않았었다. 또 다른 피멍 든 상처가 내 가슴에서 곪아 터지고 있었다. 나는 정각에 서서 중국 땅을 바라보며 서 있노라니 지난 1년간 있었던 일들이 회오리바람이 되어 내 머리를 휘저어 놓고는 사라진다.

오빠가 옆에 다가와 내 손을 잡는 순간에도 나는 중국 땅 너머 하늘가에서 그 무엇인가를 찾고 있었다. 눈물이 흘러내리는 내 볼에 오빠의 손이 닿는 순간 나는 그 손을 감싸 쥐고 오빠를 마주 보았다. 분노 아니면 미련일지도 모를 서슬 푸른 눈빛이 분명 오빠의 눈을 향해 뿜어 나가고 있었다. '오빠는 배신자다. 어떻게 나를 버리고 다른 여자와 살 수 있어? 그럼 난, 그 짐승 같은 놈들에게 네 몸을 얼마나 끔찍이 더럽혔 는데… 네가 감히 누굴 욕할 처지가 아니잖아. 아, 난 어쩌면 좋아…'

땅을 치며 통곡해도 되돌릴 수 없는 원망의 질책이 우리 둘 사이에 소리 없이 다가와 나를 꾸짖는다. '네가 아무리 울고불고 야단쳐도 이미 떠나간 네 사랑을 찾을 수 없다는 것을 알아야 한다. 마음을 독하게 먹고 현실을 받아들여라. 그렇지 않으면 너는 한평생 눈물 속에서 헤어나질 못해…' 오빠는 나를 가슴에 꼭 안아주며 내 머리를 몇 번이고 쓰다듬고 있었다. '오빠인들 얼마나 속이 탈까. 영원히 떠나간 줄 알았던 내가 나타나 자신을 괴롭히고 있으니 마음인들 오죽하랴. 너무 내 생각만 하지 말고 운명으로 알고 살아라.'

나는 오빠의 품에서 떨어졌다. 오빠도 눈물이 글썽한 눈길로 먼 산을 바라보고 있었다. '오빠가 다른 여자와 산다고 내가 오빠를 놓아줄 수 없어. 비록 한 지붕 아래서 살지 못해도 영원히 내 남자로 만들 거야. 어떻게 하면 오빠를 내 곁을 영원히 떠나지 않게 할 수 있을까. 그렇지, 바로 이것이다.' 나는 오빠를 향해 탐욕의 포문을 열었다.

"오빠, 한 가지 제 소원 들어줄 수 있어요?"

"무슨 소원인데."

"오빠, 전 오빠 아닌 다른 남자를 생각해 본 적도 없고 하고 싶지도 않아요. 그저 오빠만 바라보고 살 거니까 마지막으로 제 소원 하나만 들어주세요."

"선희가 마지막이라는 말이 무슨 소린지 모르겠는데 왜 그런 절망적인 소리를 하고 있어?"

"오빠는 지금 다른 여자를 데리고 살고 있지요? 인제는 나와 함께 살 수 없을 것이고… 오빠와 내가 이렇게 되고 싶어 된 것 아니잖아요. 난 오빠 곁을 떠나고 싶지 않아요."

나는 이미 비장의 각오를 하고 마음속의 결심을 털어놓았다.

"오빠, 난 오빠 아이를 낳고 싶어요."

사실 내가 이런 말을 하면 원명 오빠가 무척 놀라워할 줄 알았다. 아니면 거절할 수도 있다는 것을 생각하고 한 말이었다. 그런데 오빠는 나를 물끄러미 바라만 본다. 잠시 후, 나를 품에 안고 무슨 생각을 하는지 말없이 서 있었다.

"선희, 고마워. 그래도 괜찮은 거야? 만약 그렇게 되면 혼자서 아이를 어떻게 키우며 살겠어."

오빠가 너무 쉽게 내 요구에 순응하고 있다는 것이 놀라웠다. '아! 오빠도 나를 가슴에 품고 있었구나.' 나는 사실 오빠가 내 요구를 받아들이지 않는다면 내가 해야 할 일이 무엇인지를 알고 있었다. 나만 없어지면 될 일이다. 평생 가슴을 쥐어뜯으며 고통 속에서 사느니 세상을 떠나는 것이 낫다고 생각했었다.

"선희와 떨어져 산다는 것을 나도 생각해 본 적이 없어. 그렇다고 지금 아내와 갈라진다는 것도 말이 안 되고… 나는 요즘 사는 게 사는 것 같지 않아."

"오빠만 승인한다면 제 걱정은 마세요. 난 오빠 애를 낳으면 그 애를 오빠처럼 생각하고 잘 키워 보란 듯이 내세울게요. 오빠, 고마워요." 내가 오빠 애를 낳으면 오빠가 자기 자식을 보고 싶어서도 나를 찾아올 것이다. 몇 달에 한 번 오빠가 내 곁에 잠깐 머물러 주면 그 이상 기대할 것 없을 것 같았다. 내가 마지막으로 오빠에게 바라는 것은 이렇게 해서라도 그의 곁에 남아 있는 것이었다.

그날부터 우리의 만남은 더욱 잦아졌다. 오빠와 나는 의도적으로 애를 만들려고 더욱 열성적으로 밀애를 하고 있었다. 오빠의 아내로 사는 여성에게는 미안한 일이었다. 하지만 오빠를 가질 수 없다는 것은 이미 굳어진 사실이다. 내가 오빠와 다시 살겠다고 말해서 될 일이 아닌 것 같았다. 그러기에는 이미 너무 멀리 와 버린 우리에게 서로 상처만을 남기는 일이 벌어질 것 같았다.

그렇게 바라서일까. 오빠와 한 달 넘게 관계를 가지던 어느 날, 점심밥을 먹으려고 밥상에 마주앉은 나는 음식 냄새가 이상하게 싫어졌다. 메스꺼움이 올라와 끝내 밥을 먹지 못하고 밖으로 나왔다. 집에 함께 있던 여인이 무슨 일이냐며 따라 나온다.

"아니에요. 속이 좀 불편해서요."

그때는 별치 않게 생각했었다. 그런데 저녁에 또 같은 일이 반복된다. 음식을 보기만 해도 구역질이 나오고 토할 것 같았다. '앗차, 내가 임신했구나. 오빠! 내가 오빠 애를 가졌어요.' 나는 환성을 올렸다. 그 순간, 왜 그렇게 마음이 편한지… 세상 모든 것이 다 손안에서 돌아가는 것 같은 기분이 들었다. '여자앨까, 아니면 남자… 오빠를 닮았을까? 나를 닮았으면 좋겠는데… 제발 아빠, 엄마와 같은 운명을 타고나지 말아.'

벌써부터 뱃속의 아이에 대한 관심이 이상할 정도로 많아지고 있었다. 내 몸 안에 오빠애가 자라고 있다고 생각하니 오빠에 대한 복잡했던 미련들이 물걸레로 닦고 닦은 듯 깨끗하게 사라져 버렸다. 태어날 아이에게 내가 바라는 것이 있다면 곡절과 눈물로 지금껏 살아온 아빠나 엄마의 운명이 아닌 아기의 얼굴에 한 점의 그늘 없이 밝고 밝은 세상에서 무럭무럭 자라는 것뿐이었다. 나는 그날부터 행복한 고민에 빠져 있었다.

상상 속의 출산을 하루에도 몇 번씩 하는 것이 기분 좋은 버릇처럼 되어 버렸다. 이제 태어날 아이를 위해 할 수 있는 일은 하늘을 우러러 빌고 또 비는 것뿐이다. '너희들이 자라날 세상은 지금 같이 인간의 목숨을 벌레보다 못하게 여기는 말종들이 통치하는 세상이 아니기를 소원한다. 그 세상은 모든 인간이 평등하고 자유롭고 풍요한 세상이 되어 부러운 것 없이 살기를 간절히 바랄 뿐이다. 하늘이시여! 우리 아이에게 만복을 내려 주시옵소서…'

3일 후, 오빠를 만나게 된 날이다. 이 기쁜 소식을 나는 오빠에게 알렸다. 남자들이란 참 알다가도 모를 인간들이다. 나는 세상을 다 얻은 것 같아 마냥 들뜬 기분인데도 내 말을 아무 말 없이 듣고 있는 원명 오빠는 히죽이 황소 웃음만 짓고 있었다. 나는 몸이 더 힘들기 전에 중국에 묻어 놓은 돈을 가져오려고 생각했다. 오빠에게 임신 소식을 알리고 며칠이 지난 어느 날이다. 오빠를 만난 자리에서 힘들게 중국행 소리를 꺼냈다.

"원명 오빠, 저 다시 중국에 갔다 올래요."

나는 마음을 가다듬고 하고 싶었던 이야기를 했다.

"뭐요? 선희, 머리가 좀 잘못되지 않았어?"

오빠는 내 말이 하도 이상했는지 나를 뚫어지게 바라보고 있었다.

"아니, 그만큼 혼났으면 됐지, 그것도 모자라 또 가겠다는 거야?"

"원명 오빠, 제가 중국에 있으면서 감추어 놓은 돈이 있어요. 손에 쥔 것 아무것도 없는데 어떻게 살겠어요. 그렇다고 내가 언제까지 오빠만 바라보면서 살 수 없지 않아요. 몸이 하루가 다르게 힘들어지겠는데 그 돈을 가지고 와야 장사 밑천 만들어 생활하고… 그 돈을 그냥 놔두면 버리지 않나요."

나는 오빠에게 장춘에 묻어 놓은 돈의 전후사연을 자세히 이야기해 주었다. 내 말을 아무런 말없이 끝까지 듣고 있던 원명 오빠는 한동안 반응이 없었다.

"오빠가 중국으로 들어가는 안내선을 좀 소개해 주세요."

"나도 뭐가 뭔지 모르겠어. 좀 생각해 볼 시간을 줘."

나는 그날 오빠에게서 시원한 대답을 듣지 못했다. 나 혼자서도 알아볼 수 있겠지만 장영철과 같은 인간을 또 만날 것 같아 두려웠다. 두 번 다시 오물 구덩이에 빠지고 싶지 않았다. 훗날, 나는 오빠를 다시 만나 중국행을 의논하기로 하고 헤어졌다.

며칠 후, 나는 오빠를 만나게 된 장소에 시간을 맞춰 나갔다. 김정숙 동상 앞에서 오후 2시에 만나기로 약속했었다. 멀리서 보니 벌써 오빠가 자전거를 옆에 세워 놓고 있는 것이 보였다. 원명 오빠는 나를 알아보고는 빙그레 웃는다. '웃음이 나오니 좋겠다. 남의 마음은 알지도 못 하면서…' 나는 속으로 옹알거리며 오빠에게 다가갔다.

"온 지 오래됐어요? 늦었을 것 같아 부지런히 오는 길이에요."

"뒤에 올라타."

무뚝스럽게 한마디 던지고는 먼저 자전거에 오른다. 내가 뒤에 오르자 쌩하니 역전 방향으로 자전거 페달을 밟았다. 회령 세관 쪽으로 한참을 달리던 오빠는 팔을천이 흐르는 강기슭 모래톱에 자전거를 세웠다.

"선희, 중국에 언제 들어가려고 그러오."

"들어가는 선을 알아봤어요?"

"알아봤어. 중국에 들어가 며칠이나 있으려고?"

"며칠은요. 변방에서부터 차를 타고 가면 늦어도 4일은 걸릴 거예요."

오빠는 1주일 후, 두만강을 넘기로 브로커와 약속이 잡혔으니 그리 알고 준비하라고 했다. 중국 소리가 나오자 심장이 두근거리기 시작했다. 그 땅에서 얻은 아픈 기억들이 말만 꺼내도 가슴이 활랑거리고 마음이 별스러웠다.

"선희, 중국에 들어가는 일 정말 자신 있어? 들어갔다 별일 없겠지."

"원명 오빠, 걱정하지 마세요. 중국말도 조금 알고 또 들어가서 있을 것도 아닌데요 뭐. 곧바로 장춘으로 직행해 돈만 가지고 나오면 돼요."

나는 사실 오빠와 함께 들어가고 싶었다. 옆에 오빠가 있으면 마음도 든든할 것 같아서였다. 그러나 아무리 허물없는 사이라고 해도 다른 여성과 가정 살림을 하는 오빠에게 내 욕심에 맞춰 달라는 말이 떨어지지 않았다.

중국으로 들어가는 나에게 오빠는 자신이 사용하고 있던 휴대폰을 건네주었다. 주의해야 할 사항들에 대해 몇 번이고 말했다. 5일 후 저녁, 나는 오빠의 자전거 뒤에 올라 저녁 6시 인계리의 약속된 장소로 갔다. 오빠가 나에게 말했던 박상국이라는 브로커가 밖에 나와 우리를 맞는다. 오빠는 박상국에게 나를 소개해 주었다.

"선희. 이왕 가는 길 막지는 않을게. 만약 일이 생기면 내가 준 휴대폰으로 상황을 알리고 선희가 연락을 가질 수 있는 주소지 전화번호를 내게 꼭 알려야 해. 알았어?"

나는 알았노라고 고개를 끄덕였다. 오빠는 내 손을 잡고는 한참이나 바라보더니 '후' 한숨을 길게 내쉬고는 박상국을 손으로 잡아 이끈다. 내가 있는 조금 떨어진 곳에서 한참 동안 무거운 표정으로 주의사항 같은 것을 말해 주는 것 같았다.

"선희, 올라갈게. 몸조심하고 절대 다른 일 때문에 시간을 지체하면 안 돼."

오빠는 그래도 마음이 놓이지 않는지 떠날 생각을 하지 않고 내 주위를 맴돌고 있었다.

"오빠, 너무 걱정 말아요. 일이 잘될 거예요. 두만강을 넘어올 때 받는 문제만 책임적으로 해주시면 돼요. 이젠 올라가 보세요."

대답은 않고 머리만 끄덕인다. 이어 돌아서 박상국과 악수를 하더니 바로 자전거에 올라타고는 떠나가 버린다. 멀어져 가는 오빠의 뒷모습을 바라보는 내 마음은 비바람 몰아치는 허허벌판에 혼자 남겨진 것 같은 기분이 들었다. 한 개의 작은 점으로 보일 때까지 오빠의 모습을 지켜보던 나는 박상국이 부르는 소리에 정신을 차리고 몸을 돌렸다.

내가 두 명의 다른 여성들과 함께 박상국을 따라 두만강을 넘어선 것은 밤 10시경이었다. 우리를 조선족 자치주 소재지인 연길시까지 안내해 줄 브로커가 사는 집을 향해 조심스레 가고 있었다. 칠흑 같이 어두운 밤에 앞을 도저히 볼 수 없어 중국집들에서 흘러나오는 불빛을 향해 조심조심 걸어갔다. 마을 입구에 들어서던 우리는 개들이 짖어대는 바람에 마을을 순찰하고 있던 민병대에게 발각되었다. 민병대는 중국 사람들만이 알아들을 수 있는 암호를 불렀다.

우리 일행은 그런 내용을 모르는 터라 대답을 하지 못했다. 그러자 갑자기 호루라기 소리가 터졌다. 여기저기 집집마다 사람들이 뛰어나오는 바람에 우리는 사방으로 흩어졌다. 다행히도 여자들은 한 방향으로 뛰다 보니 산등성이에 올라 서로 만날 수 있었다. 밤새 마을 뒷산 속을 헤매며 브로커 박상국을 찾았으나 끝내 나타나질 않는다. 나와 여자들은 당황했다. 그렇다고 멍하니 있다가는 또 공안에 잡혀 족쇄를 찬다는 생각에 우리는 머리를 맞대고 의논을 했다.

후에 안 일이지만 그날 중국 마을에 들어서 우리가 발각된 일은 며칠 전에 있은 소 도난 사건 때문이었다. 중국 농가에서 키우던 황소를 세 마리나 잃어버렸다고 한다. 조선에서 넘어와 소를 가져갔다는 결론을 내린 중국 공안에서는 마을 청년들로 민병대를 조직하여 밤마다 순찰을 돌게 했다. 잃어버린 소의 발자국을 따라가 보았더니 사람들 발자국과 함께 두만강을 건너 조선 쪽으로 갔다는 것이었다. 공안당국은 민병대원들에게 쇠파이프에 고무를 씌운 방망이와 손전등을 무상으로 나누어 주었다고 한다.

그들이 밤마다 조선에서 넘어오는 도둑들을 잡으려고 마을을 순찰하고 있는 것을 우리 일행이 알 리 없었다. 조선 사람이 중국에 몰래 건너가 물건을 도둑질하다 붙잡히면 중국 마을 사람들이 모여들어 몽둥이로 때려죽이는 일들이 빈번히 일어나곤 했다. 1995년도 이후부터 중국과 북조선 두만강을 사이에 두고 총소리 없는 전쟁을 하고 있었다. 민간인들끼리 밀수도 하고 있는 반면 서로 알려지지 않는 사건, 사고가 끊임없이 일어나고 있었다.

굶어 죽게 된 북조선 사람들이 중국으로 넘어가 도둑질을 하는 일이 빈번하게 일어나자 중국 공안에서는 포상금을 내걸고 북조선 사람 잡이를 하였다. 공안당국에서는 북조선에서 넘어온 사람들을 신고하게 되면 중국돈 3천 원을 포상금으로 준다며 선전했다. 북조선 사람들은 중국 사람들에게 고발당하여 중국 공안에 잡히어 북송되면 언젠가는 다시 들어와 복수하곤 하였다. 중국으로 다시 들어간 북조선 사람들은 자신을 고발한 중국 사람의 집에 불을 놓거나 죽이는 사건을 반복했다. 북-중 국경 지역의 북한 사람들과 중국 사람들은 개와 고양이 같은 사이라고 해도 과언이 아니다.

우리는 그 길로 연변 조선족 자치주 소재지까지 걸어가기로 약속하고 산을 타고 50km 넘게 걸었다. 마침 우리 일행 중 한 여성이 여러 번 중국에 드나들며 산길을 타보아 지형을 환히 꿰뚫고 있었다. 2일 동안 꼬박 산을 타고 연길로 들어간 우리는 민박집에서 하룻밤을 쉬었다. 다시 만나 북한으로 나갈 계획을 세우고 헤어졌다. 나는 그 길로 버스를 타고 장춘까지 들어가 묻어 두었던 돈을 찾아 허리에 두르고 다시 연길로 나와 그들을 기다렸다.

그 다음 날, 북한 브로커 박상국이 알려준 중국 친구 전화번호에 전화를 걸었다. 전화로 어디서 만나자고 약속을 한 나는 그날 오후 함께 넘어갔던 조선 여인들과 연길 버스 터미널에서 합류했다. 중국 브로커에게 전화를 걸었다. 마중 나온 브로커의 말을 들어보니 북조선 회령에도 여러 명의 친척이 있는 것 같았다. 나는 중국 브로커에게 두만강 기슭까지 데려다 주는 데 비용을 물었다. 한 사람당 중국 돈 200원씩 주기로 하고 북한 쪽과 전화하여 어느 날 넘어오라는 연락을 받았다.

떠날 때 300원을 먼저 주고 두만강 가에 도착하면 마저 300원을 주기로 약속했다. 우리는 중국 브로커가 마련한 택시를 타고 약속된 날 연길시를 떠났다. 앞에 택시 한 대를 세우고 우리는 뒤차에 올랐다. 혹시나 모를 변방대 초소에서 검열을 하면 앞차에서 우리가 타고 있는 뒤차에다 신호를 보내 위기를 모면하려는 계획에 따른 것이었다. 그날따라 도로 검열 초소에 변방대에서 나와 있지 않아 두만강까지 무사히 도착했다. 중국 브로커는 다시 돌아가며 박상국과의 전화 내용을 말해주었다.

"밤 2시에 조선 쪽에서 전지불이 세 번 연달아 깜빡한다. 그렇게 반복하여 여러 번 하면 아주머니네를 마중 나온 북조선 경비대 군인들이니 안심하고 넘어가라."

시계를 보니 밤 1시가 조금 넘었다. 우리는 조심스레 풀숲을 헤치며 두만강가에 도착하여 강 건너편에서 손전등불 신호가 오기만을 기다렸다. 온몸이 가들어 드는 뜻한 기다림은 더디어만 갔다. 밤 2시가 되어 강 건너편에서 전지불이 세 번씩 깜빡인다.

'야! 살았구나.'

나는 소리 없는 환성을 올렸다. 우리는 벗은 바지를 쥐고 허둥지둥 두만강을 건너가기 시작했다. 나는 돈만 가지고 떠났었다. 돈을 넣은 띠를 배에 차고 있어 움직이는 데 크게 어려움이 없었다. 그런데 나와 함께 동행한 두 여성은 자기들 몸보다 더 큰 배낭을 등에 져서인지 행동이 느렸다. 가슴까지 차오르는 물살에 넘어지지 않으려고 서로가 손을 잡고 두만강을 거의 다 건너 조선 쪽으로 닿았을 때였다. 시꺼먼 사람 형체가 우리를 향해 자갈 밟는 소리를 내며 걸어 나온다. 자세히 보니 경비대 군인이다. 우리는 마음 놓고 두만강 기슭에서 옷을 입고 있었다.

내가 제일 앞에 서 있었다. '오빠, 저 무사히 도착했어요. 우리 인제 는 그전과 같이 너무 힘들게 살지 않아도 될 것 같아요. 내일 오전에 오 빠를 찾아갈게요. 기다리세요.' 나는 안도의 숨을 내쉬며 무사히 도착 했음을 알리는 속삭임을 오빠에게 하고 있었다. 경비대 군인은 말없이 내가 있는 쪽으로 다가와 전지불로 우리를 비쳐보고는 어깨에 메고 있 던 총을 내려 손에 잡았다. 총에는 총창이 꽂혀 있었다.

그러거나 말거나 나와 일행은 바지를 입느라 다른 일에 주의를 돌 리지 않았다. 가까이 다가온 군인에게서 말소리가 들렸다.

"아주머니는 짐이 없어요?"

나를 보고 물어보는 말인 것 같았다.

"네, 저는 빈 몸입니다."

나에게 다가선 군인이 빠르게 몸을 움직이는 순간, 섬뜩한 느낌과 함께 악, 소리를 지르며 쓰러졌다. 총창으로 나를 찌른 것 같다는 생각 이 들었다. 뜨끈뜨끈한 액체가 쏼쏼 아래 몸 부위를 적시며 흘러내린 다. '몸에서 피가 뿜어져 나오는구나.' 잠시 후, 마음도 생각도 세상 모 든 것이 편안해졌다. 몸이 땅속으로 잦아드는 것 같더니 바람에 날려 하늘 위로 둥둥 떠다닌다. 밤하늘 가득히 채워져 있던 별무리들의 밝은 빛이 어디론가 사라졌다가는 다시 나타나기를 반복하며 잿빛으로 변해 가물가물해지고 있다.

저 멀리 검은 나무 숲속 위의 희뿌연 안개가 자욱이 서려 있는 곳에서 구름처럼 보이는 사람 모양을 한 물체가 서서히 다가오며 나를 부른다. 원명 오빠다. 그는 두 손에 무엇인가를 안고 있었다. 오빠의 손에 들려 있는 것은 아기였다. '선희가 낳은 우리 아기야. 이것 봐. 신통히도 선희를 닮았어.' 오빠는 아기를 나에게 안겨 준다. 내가 받아 안은 아기는 투명하고 뽀얀 흰 살이 오동오동했다. 내 품에 안긴 아기는 입을 샐룩이며 고사리 같은 손으로 내 볼이며 입술을 더듬기도 하고 손을 살랑살랑 흔들어 댄다. 나와 아기를 지켜보던 오빠는 갑자기 사람 모양의 돌로 바뀌어 바위처럼 한자리에 굳어져 가고 있다.

'오빠, 왜 그러세요. 말 좀 해봐요. 오빠, 날 좀 안아 일으켜 주어요.' 내가 오빠를 만져 보려고 내민 손이 움직여지지 않고 맥없이 땅에 늘어져 버린다. 안타까이 부르는데도 까닥 움직임 없이 나를 보던 오빠는 모래가 되어 주르르 흘러 형체마저 없어진다. 아기를 안은 나는 바람이 불어치는 허허 벌판을 허우적거리며 헤맨다. 차츰 내 몸도 아기와 함께 검은 물로 변해 땅속으로 스며들어 가고 있다. '내가 왜 검은 물로 변했지. 나는 분명 사람이었어. 그런데 나는 어디로 흘러가는 것일까.'

"

우리 언제인가는 만나게 될 거야.

"

두견새

나는 선희를 박상국에게 인계하고 회령으로 돌아오며 일부러 돌아보지 않고 자전거를 몰았다. 그녀가 중국으로 들어간 날부터 하루하루 뜬눈으로 밤을 새우다시피 했다. 선희가 떠나간 지 1주일이 지났는데도 소식이 없어 나는 모든 일이 손에 잡히지 않고 마음이 불안했다. 박상국의 집에 찾아가 보기로 마음먹고 인계리로 자전거를 불이 나게 몰아내려갔다. 그의 집에 가보니 박상국의 아내만 있고 본인은 어딜 갔는지 없었다.

"아주머니, 남편 있습니까?"

상국의 아내는 남편이 회령에 누구를 만난다며 올라갔다는 것이었다. 그 말을 듣는 순간, 아차! 하는 생각이 머리를 쳤다. '선희에게 문제가 생겼구나. 무슨 일이 있었을까? 박상국이 나에게 거짓말을 할 사람이 아닌데…'

"언제 들어오는지 모르겠어요?"

나는 다시 상국의 아내에게 물었다.

"글쎄요. 잘 모르겠습니다. 저보고 무슨 일을 한다고 말 안 하고 다니니까요."

"아주머니, 남편이 집에 들어오면 회령에서 원명이라는 사람이 왔다갔다고 전해주세요. 내일 오전에 다시 오겠으니 꼭 집에 있어 달라구요."

상국의 아내는 그렇게 하겠노라 대답했다. 나는 다음 날, 다시 아침 일찍 인계리 상국의 집으로 향했다. 박상국의 집에 도착하니 아침 7시도 안 됐다.

"상국이 있소?"

내가 찾는 소리에 박상국이 잠옷 차림으로 방문을 열고 나온다. 대문 밖으로 나온 상국을 보며 물었다.

"상국이 어떻게 된 일이요?"

"원명 형님, 이거 약속을 지키지 못해서 미안합니다. 사실…"

"상국이 잘못된 것은 된 거구. 그래도 결과를 알려주어야 되지 않소. 무슨 일을 그렇게 처리하오."

나는 화가 머리끝까지 나 상국에게 언성을 높였다.

"원명 형님, 기다릴 줄 알면서도 좀 더 기다려 보고 알려드리려고 했어요."

상국은 그 기간 있었던 일을 이야기해주었다. 나와 헤어진 후 상국은 이미 중국에 가려고 집에 와 있던 여성 두 명과 선희까지 세 명을 데리고 떠났다고 한다. 그날 밤 11시 경비대 군인들의 안내를 받으며 두만강을 넘었는데, 중국 쪽 마을에 들어서 중국 브로커와 만나게 된 장소로 가는 도중 마을 순찰 중이던 민병대의 추격을 받아 그들 모두 사방으로 흩어졌다고 한다. 상국의 말로는 누군가 자신들의 일행을 보고 고자질을 하지 않았나 생각했다는 것이다. 뿔뿔이 흩어진 선희네를 밤새껏 찾았으나 끝내 찾지 못하고 돌아왔다고 한다. 나는 어처구니가 없기도 했으나 상국에게 다른 말을 할 수가 없었다.

"그러면 혹시 비상시에 서로 통화할 수 있는 전화번호라도 알려준 것 없소?"

"떠나기 전에 중국에 있는 친구의 전화번호와 내 전화번호를 알려 주었습니다."

"내가 데려왔던 여자 말고 함께 갔던 여자들도 조선에 다시 나올 여자들이요?"

"네, 그 여자들도 중국 친척집에 도움을 받아 가지고 나올 여자들입니다."

상국은 며칠 전, 밤 10시경에 자기 휴대폰으로 연길에 있는 친구에게서 전화가 와 받아보니 선희가 전화를 하더라는 것이었다. 선희의 말이 상국의 친구 집에 왔는데 어떻게 도와줄 수 없느냐고 하면서 도움을 청했다고 한다. 그래서 상국은 중국 친구에게 날짜와 시간을 알려 주면서 두만강 기슭까지 데려다 달라고 부탁했고, 선희네들이 넘어오는 날, 상국은 자신이 아는 국경 경비대 군인에게 부탁하여 그들을 받기로 했다.

그날 밤 1시였다. 상국은 중국 친구에게서 두만강 가까이에 있는 도로에 선희네를 내려놓고 자신들은 다시 연길로 들어간다는 전화를 받았다는 것이었다. 문제는 선희네를 받으러 나갔던 경비대 군인이 아침 8시가 지나서 상국에게 나타났다. 그의 말이 선희네가 약속된 시간까지 두만강에 나타나지 않았다고 했다는 것이다.

"선희네가 중국 쪽 도로에서 두만강까지 밤에 오다가 중국 변방대 잠복에 걸려 잡히지 않았는지 모르겠습니다."

상국이 나에게 하는 말이었다. 나는 상국의 말을 듣고 가만히 생각해 보았다. 중국에 여러 번 다녀 본 경험이 있는 나로서는 도저히 납득이 가지 않았다. 중국 국경 변방대 군인들은 차를 타고 국경 지역을 밤에 한 번씩 순찰만 하지 잠복근무를 선다는 말은 상국에게서 처음 들어보는 말이었다. 그렇다면 혹시, 나는 가슴이 철렁하는 생각이 들었다.

"여자들을 마중 나갔던 경비대 군인은 잘 아는 사이요?"

나는 상국에게 경비대 군인에 대해 물었다.

"네, 잘 아는 사입니다."

"마중 나갈 때 여러 명이 나갔소? 아니면 혼자 나갔소?"

"다른 병사들은 보초 근무가 돼서 나갈 수 없고 해서 혼자 나갔었다고 합니다."

나는 상국의 말을 들으며 많은 의문이 갔으나 알아볼 방법이 없었다. 중국 도강 문제는 법으로 엄격히 금지되어 있었기 때문에 누구에게 내놓고 알아볼 수가 없었다.

"혹시 전화라든가, 소식이 있으면 알려 주오."

잠시 생각에 잠겼던 나는 상국에게 말했다. 발길을 돌려 회령 시내로 돌아오며 경비대 군인이 나쁜 짓을 하지 않았겠는가? 하는 생각이 머리에 떠나질 않았다. 민간에서는 경비대 군인들이 중국에 갔다 오는 사람들의 물건과 돈을 빼앗는다는 소리가 수없이 들려왔다. 선희가 중국으로 들어간 지 20일 정도 되었을 때다. 경비대 군인이 중국에 갔다 돌아오는 여성들을 두만강에서 돈과 물건을 빼앗고 죽였다는 소문이 나돌았다.

나는 혹시나 하여 자세히 소문의 출처를 알아보았다. 그 결과 항간에 떠도는 소문이 사실이었다. 경비대 군인에게 죽임을 당한 당사자가 바로 선희였던 것이다. 세상에 이런 일도 있단 말인가. '선희가 죽다니. 내 아이를 가졌다고 그리도 좋아 웃음 짓던 그녀가 죽다니…' 나는 제

정신이 아니었다. 제발 사실이 아니길 바랐다. 헛소문으로 항간에 돌아가는 소리길 빌고 또 빌었다.

그렇다면 리선희는 지금 어디에 있는 건가. '리선희! 선희. 선희야! 이게 무슨 소리냐. 네가 죽다니. 네가 죽다니. 아! 선희야. 네가 죽다니. 으흐흐…' 모든 것이 현실 아닌 꿈만 같았다. 그 어려운 속에서도 언제 한 번 얼굴 붉힘 없이 밝고 아름다운 모습으로 나를 위해 헌신했던 선희였다. '내가 너를 죽였어. 함께 갔더라면 이렇게 되지 않았을 텐데…'

단련대에서 출소하던 그날 밤이었다.

만신창이가 되었던 선희의 마음을 어떻게 하면 조금이나마 풀어줄 수 있을까. 내가 할 수 있는 일은 그녀의 곁에 있어주는 것뿐이라고 생각했다. 그런데 오히려 선희가 나를 위로해주려고 속삭인다.

"오빠, 나는 오빠 때문에 세상에 두 번 다시 태어났어요. 지금 내가 오빠를 위해 할 수 있는 일은 오빠를 내 품에 꼭 안아 줄 수 있는 것뿐이에요. 어때요? 오빠, 저랑 영원히 함께 살겠다고 지금 말해 줄 수 있어요? 이 땅이 열백 번 갈라져도 다시는 오빠 곁을 떠나지 않을 거예요."

다른 여성들 같으면 열망의 몸짓으로 육신을 비틀고 교태스런 비명을 질러야 하는 그 순간에도 방울방울 눈물을 흘리던 선희였다. 내가 왜 그때 선희가 간절히 듣고 싶어 했던 그 말을 시원히 대답해 주지 못했을까. 땅을 치며 후회하고 소리쳐 말하고 싶어도 들어 줄 사람이 없다. '선희야, 네가 그렇게 가지고 싶어 했던 나를 너에게 줄 수는 없을까. 너와 함께 영원히 살 거라는 고백을 다시 너에게 전할 수만 있다면 서슴없이 말할 거야. 너를 내 마음속 깊이깊이 간직하고 살 거라고…'

곡절과 아픔의 혈흔으로 자국자국 얼룩진 우리의 사랑이 이렇게 허무한 물거품이 되어 사라진단 말인가. 머리며 가슴속은 얼음물로 변한 차디찬 먹물이 출렁이고 있었다. 그녀가 이 세상에 없다고 생각하니 하늘과 땅이 검은 회오리바람이 되어 맞붙어 돌아간다. 가랑잎 들 힘마저 빠져나가 몸을 가늠할 비틀거림조차 할 수 없었다. 리선희는 기다리고 기다려도 끝내 나타나 주질 않는다.

추풍낙엽의 운명이 되어 밟히고 찢겨진 삶을 살다 간 선희기에 마음이 더 아팠다. 죽음이라는 검고 검은 생의 마지막 열차를 타지 않고서는 가 볼 수도, 만날 수 없는 저 세상으로 쓰라림의 긴 여운을 남기고 흔적 없이 떠나갔다. 그녀가 이 세상 사람이 아니라는 것을 피부로 느꼈을 때는 하루에도 살아 있는 수백, 수천의 리선희들이 나를 향해 마주오고 사라지곤 했다.

흑막 속에 영원히 묻힐 뻔했던 경비대 군인의 살인사건이 세상 만천하에 드러나게 된 것은 그 현장에서 살아남은 여성의 증언에 의해서였다. 맨 뒤에 서 있던 그 여성은 앞에 있던 선희네들이 비명을 지르며 쓰러지는 것을 보고 중국 쪽을 향해 있는 힘껏 달려 두만강 물에 뛰어들었다. 죽을힘을 다해 중국 쪽으로 두만강 물살을 가르며 도망치던 여성은 어깨가 쇠망치에 맞은 것 같은 강한 아픔을 느꼈다고 한다. 그래도 그 여성은 살아야 한다는 생각을 하며 중국 쪽으로 한 발자국씩 물을 가르며 기어가다 의식을 잃어버렸다.

여인이 정신을 차린 것은 다음 날, 어느 중국집에서였다. 두만강 가까운 곳에서 살고 있는 중국 농부는 아침마다 두만강에 놓아둔 고기 그물을 거두려 나갔었다. 강기슭에 다다른 그는 물에 반쯤 잠기어 쓰러져 있는 여인을 발견했다. 급히 다가가 죽지 않았나 보니 숨이 붙어 있었다. 여성을 집에 업고 들어와 아내를 시켜 물이 줄줄 흐르는 옷을 벗기던 중국 농부는 깜짝 놀라지 않을 수 없었다. 어깨와 잔등에 무엇엔가 예리한 도구에 찔린 깊은 상처가 있었다. 그들은 집에 있던 외용 살균제 약으로 구급 치료를 하여 눕혀 놓았다.

얼마 후 다행히도 여인은 정신을 차렸다. 너무도 피를 많이 흘려 생명이 위험했다. 여인은 집주인에게 중국 공안을 불러 달라고 말했고, 조금 있어 공안차가 들이닥쳐 여인은 차에 실려 중국 룡정에 있는 변방대병원에서 입원 치료를 받았다. 10여 일 동안 치료를 받고 목숨을 건진 그 여성은 공안에게 자신을 북조선에 내보내 달라고 요구하여 회령 세관으로 넘어오게 되었다. 북한 보위부에 이송된 여인에 의해 국경 경비대 군인의 살인 행적이 세상에 드러나게 된 것이다.

군 검찰에서 선희네를 살해한 국경 경비대원의 진술에 의하면 그는 박상국에게서 선희네 일행을 두만강에 나가 받아달라는 부탁을 받았다고 한다. 그 군인은 자신 혼자서 나간다는 것을 알고 선희네를 없애버린 다음 '넘어오지 않았다고 하면 그만일 것이다'라는 생각을 했다는 것이다. 예로부터 '죄는 지은 대로 가고, 덕은 세운 대로 간다'는 말이 있다. 20세의 애젊은 국경 경비대원은 선희네를 죽인 죄행이 이렇게 드러날 줄 꿈에도 생각을 못했다며 사형되기 전에 눈물을 흘렸다고 한다. 국경 경비대 군인은 두만강에서 선희네을 죽이고 물건과 돈을 빼앗기로 마음먹었다. 혼자 일을 해버리면 귀신도 알 수 없으리라 생각했던 것이다. 먼저 선희를 총창으로 찌른 다음 그 뒤를 따르던 여성 역시 가슴 부위를 찔렀다. 마지막 여성이 뛰는 바람에 급하게 따라가 찌른다는 것이 잘못 찔렀던 것이다. 경비대 군인은 여성이 두만강 물에 가라앉아 떠내려가는 것을 보고는 돌아섰다. 확인 사살을 하느라 다시 선희와 함께 온 여성을 총창으로 수 번씩이나 찔렀다. 그리고 나서 그는 여인들의 몸을 뒤져 돈과 물품들을 모두 빼앗고 두만강으로 시신을 떠내려 보냈다고 진술했다.

나는 선희의 소식을 듣고 혹시 그의 시신이 떠내려가다 두만강 어디에라도 걸리지 않았을까 하여 수소문해 보았다. 그해 따라 가을 장맛비가 내려 두만강 물이 다른 해보다 물량이 훨씬 많았다. 회령에서 25km 정도 온성 쪽으로 두만강을 따라가다 보면 고장 난 열차 견인기를 수리하는 삼봉 철도구가 있다. 두만강에서 홍수가 날 때마다 떠내려오는 물건들이 삼봉 철도구에서 설치해 놓은 쇠그물에 걸리곤 했다. 나는 삼봉철도노동자구까지 열차 견인기를 타고 내려가 하루를 묵으면서 선희의 행적을 알아보았으나 그런 시체는 걸린 것이 없다고 했다.

선희가 두만강 물 어느 곳인가 감탕 속에 파묻혀 있을 수 있다고 생각했다. 며칠 동안 두만강 기슭에 있는 마을들을 다니며 혹시나 하여 선희의 행처에 대해 알아보았으나 끝내 그녀의 소식은 나타나 주질 않았다. 집으로 돌아온 나는 다음 날, 두만강 가까운 회령천을 찾아 모래 무지 위에 터버리고 앉았다. 흐르는 회령천 물에 술을 쏟아부으며 선희의 이름을 불러보는 나의 눈에는 눈물이 하염없이 흘러내렸다.

"선희야! 이렇게 떠나려고 살아서 오빠를 그리도 안타까이 속 태웠느냐. 네가 살아생전 조금이라도 마음 편히 살았으면 이렇게까지 마음 아프지 않겠다. 선희야! 너무너무 미안하구나. 우리 언젠가는 만나게 될 날이 있을 거야. 그때 이승에서 이루지 못한 꿈, 저승에서 다시 만나 꼭 이루기를 날마다, 날마다 너를 생각하며 기도할 거야."

살아서는 만날 수 없는 그녀가 있을 하늘을 바라보며 슬프게 슬프게 울고 또 울었다. 선희도 하늘나라 어디선가 자기를 안타까이 찾으며 목놓아 울고 있는 나를 내려다보고 있으리라. '오빠, 나 여기 있어요.' 한마디 대답이라도 해주었으면 하는 간절한 소원이 바람 타고 구름 타고 그녀에게 전해지리라 생각하면서…

그녀는 밤이면 때 없이 꿈에 나타나 사랑을 속삭인다. 나는 선희에게 묻곤 한다.

"선희가 있는 그 세상은 살기가 어때."

"오빠, 여기는요. 인간 세상과는 비교할 수 없을 만큼 너무너무 좋아요. 이곳에서는 먹고 입고 쓰고 살 걱정이 전혀 없어요. 오빠와 내가 그렇게 마음고생하며 힘들게 살던 이승에서의 생활을 생각만 해도 가슴이 떨려요. 이 세상은 눈물 흘릴 일도 없고 몸이 아프다고 걱정할 일도 없어요. 참, 우리 아기도 나와 함께 잘 있어요. 여기 와보니 아빠, 엄마랑 먼저 인간 세상을 떠난 모든 사람들을 다 만날 수 있어요. 오빠, 이 세상에선 힘들게 걸어 다닐 걱정도 없어요. 훨훨 날아다닐 수 있으니까요. 누구도 나를 욕되게 하는 사람도 없고 너무너무 좋아요. 오빠, 언제 오실래요. 오시면 나랑 손을 꼭 잡고 하늘의 신비로운 세계를 구경해요."

날이 밝기 전이면 조용히 내 품을 떠나곤 하는 선희에게 나는 말한다.

"우리 언제인가는 만나게 될 거야. 지금도 만나고 있지 않니. 이승에서 저승으로 가는 일은 생각하는 것처럼 마음대로 안 되는 일이야. 나는 선희가 오길 항상 기다리고 있을 거야."

낮이면 길거리, 수많은 여인들이 선희의 모습으로 변해 나에게 착각을 불러주곤 한다. 나는 밤을 즐긴다. 꿈을 기다린다. 소리 없이 다가와 나와 뜨겁게 포옹하며 애무를 나누곤 하는 선희… 이승에서 누리지 못했던 환희의 희로애락을 나는 그녀와 천상에서 누리고 있다.

"소쩍, 소쩍, 소~ 소쩍."

밤이면 어김없이 나타나 울고 있는 두견새는 무슨 사연이 있어 저리도 구슬프게 울고 있는 것일까. 나는 선희가 한 마리의 두견새로 변해 억울한 죽음의 사연을 나에게 알리려고 밤마다 슬피 울고 있다고 생각한다. 밤이 찾아오면 '오늘은 어디서 선희가 울고 있을까. 그녀와 내가 이루지 못한 사랑, 나누지 못한 꿈을 차마 못 잊어 저리도 서럽게 울고 있는 것 아닌지…' 은하수 총총한 하늘을 바라보고 있노라면 그네들은 오늘도 침묵의 빛을 발하며 깜빡이는 모습으로 변함없이 나를 대해주고 있다. 나는 어제도, 오늘도 친구였고 먼 훗날에도 함께할 별들에게 속삭인다. '너희들은 나와 리선희가 함께했던 그날의 모든 일들을 지켜봤었지…'

에필로그

흰 구름

빨간색 불이 켜졌다. 서울월드컵경기장 옆 도로를 지나가던 나는 정지선에 천천히 차를 멈춰 세웠다. 횡단보도 좌우 양쪽에서 사람들이 마주 움직이기 시작한다. 인파 속에 한 여인이 유모차를 밀며 내 차 앞을 지나고 있다. 앞을 주시하던 나는 내 눈을 의심했다. '설마…' 그 여인이 어디로 가고 있는지 내 눈길은 그녀의 뒤를 쫓고 있었다.

"빵, 빵."

뒤차에서 짜증이 가득 담긴 경적 소리가 고막을 때린다. 기어를 중립에 놓고 차를 세웠던 나는 흠칫 놀라 액셀을 밟는다는 것이 브레이크를 밟아 버렸다. 또다시 경적 소리가 울린다. 나도 모르게 상스런 소리가 입에서 튀어나간다. '덤비는 거시기 뒷구멍으로 들어간다더니.' 다시 변속기어를 넣어 액셀을 힘껏 밟으며 투덜거렸다. 차를 돌릴 곳을 찾느라 한참을 두리번거리고 나서 그 여인이 사라진 곳까지 다시 돌아왔다. '어디로 갔을까. 세상에 선희와 똑같이 생긴 여자도 있나. 하긴 비슷

하게 생긴 사람들이 얼마나 많은데.'

그녀의 얼굴을 한 번 더 보았으면 하는 생각을 하며 급히 차에서 내렸다. 어디에도 그 여인은 보이지 않는다. 무척이나 아쉬웠다. '이게 착각이라는 거구나…' 뜨겁게 쏟아져 내리던 햇볕이 고층 건물에 가려진 그림자로 변해 동쪽으로 길게 드리워졌다. 오후 시간도 다 지나갔음을 알리고 있었다. 나는 그 길로 차를 한강변으로 몰아 공원 주차장에 차를 세워놓고 강물이 출렁이는 기슭으로 나갔다. 시원하게 불어오는 강바람이 옷자락을 펄럭이며 스친다.

앉을 곳을 찾아 두리번거리다 잔디가 소담하게 자란 곳에 다리를 펴고 자리를 잡았다. 스마트폰을 바지 주머니에서 꺼내 들었다. 며칠 전 새로 출시한 삼성 휴대폰이다. 이제는 어딜 가나 손에서 떼 놓을 수 없는 내 생활의 한 부분이 되어버렸다. 네이버나, 연합뉴스, YTN, TV조선의 뉴스를 보는 것이 습관이 되어버린 지금, 북한 뉴스는 내가 관심을 가장 많이 두고 있는 미디어 중 하나였다.

TV조선 뉴스 제목을 대강 훑어보던 나는 탈북민들을 강제 북송하는 중국 정부를 규탄한 국제사회 소식에 눈길이 멈추었다. 한 글자도 빠짐없이 강제 북송 뉴스를 훑어보던 나는 강 너머 쪽으로 눈길을 돌렸다. 올림픽대로에 가득 늘어서 쏜살같이 달리는 차들을 보고 있노라니 떠나온 북한 생각이 다시 고개를 쳐든다. 좀 전에 횡단보도에서 보았던 그 여인의 모습이 리선희와 바뀌어 내 생각은 이미 북한으로 달리고 있었다.

선희의 죽음에서 받은 충격이 너무도 컸던 나는 북한을 떠나기로 결심했다. 세상 만물의 영장이라고 하는 인간이 하루 한 끼 먹거리 걱정으로 구더기 같은 인생을 살아야 하는 이유가 뭔지를 모른다면 영원히 노예로 살 수밖에 없다는 것을 깨달았다. 나는 구름이 되어 세상 어디라도 훨훨 날아가고 싶었다. 여인들이 마주 오거나 지나칠 때면 나는 상상 속의 선희의 모습과 비교해 보는 것이 습관처럼 되어 버렸다. 선희와 함께 찍은 사진 한 장 남기지 못한 내가 너무 후회스러웠다.

"오빠, 우리 사진 안 찍어요?"

"사진? 그래 찍자. 결혼 등록하는 날, 아버지, 어머니 모시고 찍자."

음력 설날이었다. '이렇게 될 줄 알았으면 사진이라도 남겨 놓을걸…' 하는 생각이 머리에 떠나질 않는다. 죽을 일을 내다보고 사진을 찍어 놓을 사람이 세상 몇이나 될까, 그것도 새파랗게 젊은 사람들이.

'선희야, 난 떠날 거야. 네가 없는 나의 생활이 무슨 의미가 있겠니. 비록 몸은 네가 묻혀 있는 이 땅을 떠나지만 내 마음속엔 언제나 네가 항상 있어. 너와 내가 다시 만나게 될 그곳은 눈물 없고 먹고살 걱정이 없는 자유로운 세상이 될 거야, 살아서 못 가면 죽어서라도 갈 거니까 지켜봐줘.'

나는 선희에게 마음속 맹세를 했다. 그 맹세를 지키려면 우선 중국을 알아야 한다는 생각이 앞섰다. 내가 갈 수 있는 다른 세상은 중국뿐이었다. 선희의 말대로라면 중국은 조선 사람들은 살 수 없는 나라임이 틀림없었다. 나는 알고 싶었다. 무엇이 옳고 그른지를. 왜 우리는 이렇게 살아야 하는 걸까. 다른 나라들에서는 어떤 일들이 벌어지고 있는지. 세상은 어떻게 돌아가고 있는가를 알고 싶었다. 그러나 중국을 경유하지 않고서는 세상 어디라도 갈 수 없었다.

자유를 찾기 위한 첫 모험은 1998년 2월 12일 밤 2시, 두만강을 넘어 중국 땅을 밟는 것으로 시작되었다. 10일 지난 22일 밤, 북조선으로 돌아 나오는 길에 두만강에 빠져 얼음물을 집어 삼키며 허우적거리다 냉동 물귀신이 될 뻔했었다. 발이며 귀가 얼어 몇 달을 고생은 했으나 해 볼 만한 모험이었다. 두 번째 중국행이었다. 두만강 넘어 중국 연길로 들어가려고 자정이 넘은 깊은 밤에 브로커가 있는 두만강변 남호라는 지명을 가진 농촌 마을에 들어갔다가 소도둑으로 몰려 마을 사람들에게 집단 구타를 당해 죽을 뻔했었다. 쇠파이프에 고무판을 씌운 방망이에 머리며 온몸이 풀자루가 되도록 얻어맞아 까무러쳤었다. 다행히 공안에 끌려가기 직전 정신을 차려 도망을 쳐 손목에 쇠고랑을 차고 북-중 국경 세관으로 끌려 나오지 않게 되어 간신히 화를 면했다. 그래도 나는 멈추지 않았다. 누가 못 견디나 보자였다.

세 번째는 중국 국경 마을 개산툰에서 경찰들에게 단속되었을 때 돌을 던지며 산으로 튀어 체포될 위험을 모면했다. 그 보름 후, 북조선으로 돌아나가던 나는 중국 변방군인들에게 잡혀 족쇄가 손목에 채워졌다. 북-중 변경으로 끌려가던 중 변방대 운전기사 운전석을 가로 타고 핸들을 빼앗아 돌려 산벼랑에서 굴러 떨어졌었다. 차는 종잇장처럼 구겨져 버렸다. 함께 탔던 변방 군인들과 중국 친구들의 생사를 확인할 여유도 없이 도망을 쳐야 했다. 머리가 여러 곳에 펑크나 피범벅이 되었다. 생 어금니 세 대가 빠지고 갈비뼈 네 대가 부러졌었다. 그래도 세상을 향한 모험은 계속 되었다.

그 과정에 나와 연관이 있었던 가까운 혈육, 친지들이 목숨을 잃거나 정치범수용소에 끌려가는 가슴 아픈 일을 겪어야 했다. 처형과 고문의 대명사로 불리는 북한 국가안전보위부의 구류장도 자유를 갈망하는 한 마리 작은 새의 날갯짓을 멈출 수 없었다. 뼈가 부서지고 몸이 망가지는 것은 문제가 아니었다. 자유는 위대한 맛과 영양소를 가진 생명의 원천이었고 무한대한 힘의 활력소였다.

중국행을 할수록 요령과 경험이 쌓였다. 배짱도 자랐다. 매도 오래

맞으면 맷집이 세져 아픔이 둔해지고 감각이 무뎌 진다는 것을 나는 수십 번의 중국행을 통해 알게 되었다. 수십 년간 가시철사로 뒤엉킨 조롱에 갇혀 굶주림과 억압에 시달려야 했던 한 마리 작은 새는 밝은 태양이 비추는 푸른 하늘을 날고파 했다. 자유의 날개를 활짝 펴려고 파닥이는 목숨 건 새의 애처로운 날갯짓은 비바람 몰아치는 여름에도, 흰 눈이 강산 같이 쌓인 대소한 추위에도 계속되었다.

리선희는 한 남자를 위해 온몸을 불사르려 했던 여인이었다. 나와 운명을 함께하려고 그토록 헌신했던 사랑하는 여인을 죽음으로 몰아간 북한 정권하에서 산다는 것은 치욕, 그 자체였다. 그 땅에서 계속 살아남으려고 발버둥친다면 죽어서도 눈을 감지 못하고 나를 지켜보고 있을 선희에 대한 배신이고 의리를 저버리는 배은망덕한 일이다. '떠나야 한다. 너를 다시 만날 때, 그 땅은 저주로운 북조선이 아닌 자유롭고 눈물과 한숨이 없는 세상일거야.'

생활에서 미신이 있다, 없다는 이미 널리 사회적인 문제로 화두가 된 지 수천 년 전부터 일 것이다. 나는 누구의 말을 들어서 아니라 내가 겪은 경험에 의해 '미신이 전혀 없다고는 말할 수 없다'고 이야기하곤 한다. 2005년, 그해도 다 지나가는 12월 중순 어느 날이었다. 나는 이미 종파의 자식임에도 불구하고 북한 정권이 경제 파산으로 아우성인 절망의 시기를 이용해 중국에 있는 친구들로부터 옥수수, 식료품, 공산품을 비롯한 무역물자를 선불 받아 북-중 무역업을 시작했다. 역적의 자식이 감히 무역회사를 설립하고 오너가 되어 사업한다는 것은 북한에서는 상상도 못 할 일이었다. 목숨을 담보로 했던 악착같은 노력과 피와 땀으로 이루어진 결과였다. 하루 종일 중국에서 나오는 무역물자를 내가 운영하고 있는 'A무역회사' 회령지사에서 함북도 청진지사에 보내고 피곤이 몰려 집에서 저녁식사를 하며 술을 한잔 마시고 잠에 들었다. 근

래에 와서 꿈에 보이지 않던 선희가 나타나 집 문을 열고 들어서는 것
이었다.

"선희야. 며칠은 안 보인다 했더니 어딜 갔댔어?"

내가 묻는 말에 방 안을 살피던 선희가 내 팔을 덥석 잡아끌며 무작
정 밖으로 나가자고 했다.

"오빠, 아직도 이러고 있으면 어떻게 해요. 내가 있는 하늘에서 오빠
가 살고 있는 동네에 큰 비를 내려 보내겠다고 나한테 알려 왔어요."

"아니. 선희야, 겨울에 무슨 비가 온다고 그래. 지금이 12월이야."

"오빠. 정신 차리세요. 며칠 안 있으면 벼락이 치고 우박이 섞인 큰
소나기가 내릴 거니까 빨리 준비하세요. 오빠네 집은 강변에서 멀지 않
는데 이제 강 제방이 터지면 오빠는 어떻게 되겠어요. 그러니 소나기가
오기 전에 빨리 피하세요."

선희는 한동안 내 곁을 맴돌다 사라지는 것이었다. 꿈에 자주 보는
선희지만 오늘 꿈은 하도 이상해 깨어보니 아직도 창밖은 캄캄했다.
'꿈은 꿈이야.' 나는 별스럽지 않게 생각했다. 다음 날, 중국에서 나오는
무역 물자를 두만강 옆에 있는 세관에 나가 받는 일을 조직해야했기에
아침 일찍 사무실로 출근을 했었다. 헌데 회령시 인민위원회 책임 간부
로 있는 짜개바지 친구가 나를 찾아왔다. 동서를 중국으로 보내 달라
며 부탁하는 것이었다. 깊은 인간관계로 거절할 수가 없었다.

그렇게 되어 친구 동서 한영식을 중국으로 보내주었다. 나의 가장
가까운 친구인 김선호를 중국 길 안내자로 동행시켰다. 그날로부터 얼
마 후, 전혀 예견 못했던 사건이 발생했다. 한영식은 한국에 이미 와 있
던 장미동과 짜고 김선호를 중국 깡패들을 시켜 따돌렸다. 그리고는
함께 들어갔던 장미화라는 여성과 한국으로 도망을 간 것이다. 장미화
는 장미동의 여동생이었다. 그렇지 않아도 북조선에서 종파 자식으로

청산대상 리스트에 올라있던 나는 한영식을 한국으로 보낸 장본인이 되어 하루아침에 역적으로 둔갑되었다.

이제 나에게 남은 것은 북한 국가안전보위부 구류장에서 고무판을 씌운 쇠망치에 머리를 맞아 죽어야 하는 비밀처형 뿐이었다. 하늘의 계시였을까. 아니면 북한 땅을 떠나지 못하고 안타까이 헤매고 있는 나를 지켜보다 못한 리선희가 영혼의 힘을 빌어 만들어 낸 사건이었는지도 모르겠다. '며칠 전 선희가 꿈속에 나타나 큰 소나기가 온다며 빨리 떠나라고 했던 일이 나를 북조선에서 떠나게 하려는 선희의 암시였구나.' 나는 더 생각할 여유가 없었다. 북한을 떠나야 했다.

'선희야. 너무 고맙다. 너는 죽어서도 나를 못 잊어 도와주려고 내 곁을 맴돌고 있구나. 그래, 떠날게. 그런데 너를 두고 떠나야 하는데 어쩌면 좋니. 너무 미안하구나.' 나는 이미 선희가 자유의 몸이 된 것을 미처 생각 못했었다. 나는 선희가 묻혀 있을 두만강 쪽을 바라보며 속삭였다. '아니야, 너는 이미 자유로운 몸이 되어 세상을 날아다니고 있어. 너의 영혼을 따라 나도 자유를 찾을 거야.' 길게 생각하고 싶지 않았다.

나는 야밤을 타 몰래 두만강에 들어섰다. 살아서는 돌아갈 수 없는 북한 땅을 마지막으로 바라보는 나의 가슴은 천 갈래, 만 갈래 찢어지고 있었다. 나를 낳아 키워준 부모님께조차, 그처럼 사랑했던 사람들과 떠난다는 말 한마디 못 하고 떠나야 하는 이 마음을 무엇으로 표현하랴. 한 많고 추억 많은 나서 자라난 고국 땅을 뒤에 남기고 나는 북-중 국경을 넘었다. 중국 땅에서 불빛 한 점 없는 암흑의 북한 땅을 바라보는 내 눈에는 눈물이 하염없이 흘러내렸다.

생이별의 아픈 마음 그 누가 어이 알 수 있으랴.
사랑하는 부모, 처자, 형제를 다시 볼 수 없다는 그 것

천만 갈래 갈갈이 찢기는 슬픔의 눈물 가득 머금고
나는 막막한 창공을 향해 오늘도 소리쳐 애타게 불러본다.

이 가슴, 아픔의 상처를 한 겹 두 겹 쌓고 쌓아
그 높이를 가늠해 본다면 아마도 하늘에 닿았으리라.
이 마음, 슬픔의 고통을 한 아름, 두 아름 안고 담아
이 땅에 펼 수만 있다면 저 드넓은 광야를 덮었으리라.

그 가슴의 아픔과 상처를 바다의 푸른 물이 마르도록
씻고 또 씻어 본다 한들 결코 없어지지 않으리.
그 마음의 슬픔과 고통을 오가는 바람결에 영원히
날려 보낸다 한들 이 몸 가벼워지지 않으리라.

혈육들과 헤어져야만 했던 그 쓰라림의 기막힌 사연
어찌, 저 푸른 하늘이 알고 드넓은 광야가 알 수 있으랴.
사랑하는 이들과 살아서는 다시 만날 수 없다는
몸과 마음의 산산이 부서짐, 가슴 치는 이별의 아픔을.

이 땅을 감돌아 흐르는 강물이 나의 그 사연 안다면
푸르른 물결 돌려세워 노도의 격랑을 일으키리라.
이 강산에 몰아치던 폭풍이 나의 그 마음 안다면
가던 길을 잠시 멈추고 삼가 묵념의 시간 보냈으리라.

푸른 하늘에 두둥실 떠가는 흰 구름이 되어 나는 구속과 억압의 쇠
사슬에서 벗어나 대지를 마음껏 활보할 수 있는 자유의 몸이 되었다.

내가 한국에 온 지도 10여 년의 세월이 흘렀다. 인제는 한국인으로 중국이며 일본, 유럽, 동남아 등 다른 나라들을 마음만 먹으면 갈 수 있다. 북한 하면 선희가 떠오르고 그 땅에서 생과 사를 넘나들며 목숨 연장을 위해 뛰어다니던 그날들이 아직도 눈에 선하게 떠오르곤 한다. 선희도 살아 한국에 왔더라면 얼마나 좋았을까. 그녀는 이미 무주고혼이 된 몸이다. 하지만 언제나, 아니, 내 생이 다할 때까지 그녀는 내 마음의 한 부분이 되어 자유의 삶을 함께하고 있다.

글을 마치며…

　어떤 말이 적중한지 모르겠다. 달라도 너무 다른 남, 북한 두 제도를 살아오면서 내가 태어났고 살아왔던 땅이 빈곤과 기아의 상징으로 불리워질 때마다 왠지 기분이 씁쓸해지곤 한다. '그리 멀지 않은 옛적에는 아래 동네(남한) 형님네 집에서 점심을 먹고 저녁에는 막걸리 병을 뒤꽁무니에 차고 윗동네(북한) 부모님께 문안드리려 다니던 한 민족, 한 핏줄을 나눈 형제들이었다. 헌데 지금은 한 하늘을 이고 살 수 없는 철천지원수가 되었다. '너 죽겠니. 나 살겠다'며 마주 서면 눈을 부릅뜨고 이빨을 으르렁거리고 있으니 이게 무슨 꼴인가.

　왜 이 모양이 되었을까. 북쪽 땅에서는 옥수수밥도 없어 굶어 죽는다고 아우성이다. 독재권력 집착증 정신병에 걸린 김씨왕조는 김일성, 김정일의 시체를 보관하고 동상을 세우고 관리하는 짓거리에 수억 달러를 탕진해대고 있다. 한 번 유흥, 파티놀이에 수만, 수십만 달러를 뿌려대며 억대의 사치, 기호품들을 외국에서 사들인다. 광견병에 걸린 환자가 아니고서야 사람의 가죽을 쓰고 차마 이럴 수가 있을까. 정신병동에 격리시켜 집중치료를 받아야 할 정신병 환자가 한 나라를 통치하는 권좌에 앉아 있으니 북한이 상거지꼴 모양은 당연한 것이라 하겠다.

1995~2000년 사이 내가 살던 회령시 유선노동자구에서 어린애들 다섯 명을 잡아먹고 그 내장으로 순대를 만들어 시장에 팔다 잡힌 김하섭의 사건, 먹을 것이 없어 남의 집 변소 인분을 한 달 넘게 훔쳐 먹다 똥독이 올라 부녀가 죽은 소부 사건은 얼마나 북한이 굶주림에 시달렸는가를 보여주는 한 실례다. 나의 동창생 심동운의 가족은 부모님을 비롯해 여섯 명 모두 땅에 묻혔다. 먹지 못해 벌어진 일이다. 심동운의 아버지 심국철은 탄광에서 일을 잘해 김일성으로부터 노력영웅 칭호를 받고 최고인민회의 대의원(국회의원)까지 했던 사람이다.

1997년 여름, 그는 굶주림을 참다 못해 회령시장에서 영웅메달과 증서를 빵 몇 개와 바꾸어 먹으려고 전전긍긍하다 끝내 일어나지 못했다. 심국철 영웅의 시체는 회령천 강변에 방치되어 개들의 먹잇감으로 심하게 훼손된 채 버려져 있었다. 북한 정권이 입만 벌리면 떠벌리는 인민대중 중심의 조선민주주의인민공화국의 참모습이라 하겠다. 한여름 길가의 골목마다 구더기가 입이며 귓구멍에 우글거리던 시체들이 지금도 내 머리를 떠나지 않고 시도 때도 없이 괴롭히곤 한다.

300여 만의 북한 인민들이 그렇게 굶어 죽고 병들어 죽어 갔다. 세월이 갈수록 그들은 우리의 기억 속에 잊혀져 가고 있다. 눈을 감지 못하고 떠나간 수백만의 영혼들이 겪은 수난사를 이렇게 짧은 글을 남겨서라도 그분들의 넋을 위로하고 싶은 마음이다. 서울의 시장들과 마트, 백화점에 쌓여 있는 식료품, 의류, 가전제품들을 볼 때마다 북한의 거리, 사람들의 모습과 뒤바뀌며 내 머리를 혼돈시키고 스트레스를 받곤 한다.

내가 북한에서 겪었던 참상을 말과 글로 어떻게 다 옮기고 표현할 수 있겠는가. 남한에서는 고칼로리 음식 섭취가 사회문제로 이슈화가 되고 있다. 비만을 근절하기 위한 다이어트를 비롯한 운동요법을 정부에서 권장하고 채소 위주의 영양섭취를 위한 캠페인이 벌어지고 있다. 산골짜기 도룡뇽 생존, 권리 문제가 국가건설계획을 몇 년간이나 지연시킨 일을 내 눈으로 보았었다.

내가 체감하고 있는 한국의 현실을 볼 때마다 인간의 존엄과 권리에 대한 두 사회제도의 차이를 실감하곤 한다. 민족도 핏줄도 같은 지맥의 땅에서 태어난 사람들의 삶의 차이가 이렇게도 다를 수 있는지… 보고, 먹고, 말하고, 자유로이 다니고 싶다는 이유만으로 형장의 이슬로 사라져야 하는 오늘의 북한을 생각하면 이 몸이 한줌의 재가 되어 흩어지는 것만 같다.

돈으로 잠자리는 살 수 있어도 사랑을 가질 수 없고 권력으로 매음을 강요할 수 있어도 진정한 사랑의 의미를 모를 것이다. 금전과 물질에 의해 매매되고 강권으로 이루어지는 이성 관계는 매춘, 강간이라는 것이 잘 알려진 사실이다. 북한 김씨왕조와 그 하수인들은 권력과 총칼을 휘두르고 인민들의 피와 땀이 얼룩진 달러를 창녀들에게 던져주고 낄낄대며 유흥놀이에 광적 증상을 보이고 있다.

그러나 그들은 열백 번 죽었다 깨어나도 사랑이라는 인간 향기와 진미의 값어치를 느낄 수조차 없을 것이다. '사랑은 인간으로 태어나 인간으로 살아가는 인간들만이 향유할 수 있는 인간본능, 아름다움의 정수이다'라고 말하고 싶다. 북한이라는 나라에서 태어난 것이 죄였다. 눈물 없이는 사랑을 이룰 수 없고 한숨과 절망의 가냘픈 끈으로도 그 사랑을 유지할 수 없는 오늘의 북한 땅은 아픔과 고통을 넘어 분노의 도가니로 변해가고 있다.

얼마나 많은 청춘 남녀들과 사람들이 사랑을 주고, 받고 싶다는 이유만으로 김씨왕조의 칼날에 무참히 쓰러지고 생이별을 당해야 했던가. 2천5백만의 북한 인민들은 이유조차 모른 채 겪어야 했고 죽어야 했던 노예살이 참상을 영원히 잊지 않을 것이다. 지금도 어딘가 모를 이국의 비바람 부는 거리 모퉁이에서 떨고 있을 탈북민들을 생각하면 미어지는 가슴을 달랠 길 없다. 남한에 정착한 우리를 바라보고 있는 해외의 탈북민들과 북한 인민들을 위해 무엇을 할 수 있을까.

열심히 노력하여 잘 사는 것만이 그들에게 희망을 주는 길이라고 생각한다. 수백, 수천만의 리선희들이 저 북한 땅에서 자유롭게 살아갈 날은 과연 언제일까. 나는 통일된 대한민국을 그려보곤 한다. 기다리면 천년, 아니 영원히 이루지 못할 수도 있는 통일이다. 당신과 나 손잡고 만들어 가면 십 년 후 통일된 대한민국에서 우리 모두 살 수 있으리라 본다. 하나된 대한민국은 어떤 모습일까.

나의 글이 김씨왕조의 인간 도살 참상을 국제사회에 알리는 데 조금이나마 도움이 되길 기도한다. 남한 정부와 국회는 북한 인권법을 통과시켜 대한민국이 윤리 도덕적, 정신 문명의 빈곤 국가가 아닌 선진 문명 국가임을 보여주길 간절히 부탁드린다. 김씨왕조의 제물이 되어 한을 품고 구천에 떠돌고 있을 탈북민들, 북한 동포들의 명복을 빈다.

북한 민주주의, 인권개선을 위해 헌신의 노력을 다하고 있는 탈북민들, 남한과 해외의 모든 분들에게 경의를 표한다. 아울러 김씨왕조 독재 정치의 희생양이 되어 한 많은 세상을 떠난 아버님과 북한정권을 저주하며 독극물로 목숨을 끊을 수밖에 없었던 나의 사랑하는 남동생에게 이 글을 바친다.

2015년 10월 서울에서

이주성